A Faint Cold Fear Thrills Through My Veins

William Shakespeare

COLIN DEXTER

Die schweigende Welt
des Nicholas Quinn

FRED BREINERSDORFER

Reiche Kunden
killt man nicht

JERRY OSTER

New York
Babylon

rororo

Rowohlt

rororo thriller

Herausgegeben von Bernd Jost

Veröffentlicht im Rowohlt Taschenbuch Verlag GmbH,
Reinbek bei Hamburg, Juni 1993

Übersetzer siehe Titelseiten
Umschlaggestaltung Peter Wippermann / Susanne Müller
Gesamtherstellung Clausen & Bosse, Leck
Printed in Germany
1000-ISBN 3 499 43102 5

COLIN DEXTER

Die schweigende Welt des Nicholas Quinn

Deutsch von
Ute Tanner

Zu diesem Buch

Die Ernennung von Nicholas Quinn zum Mitglied des Prüfungsausschusses kam überraschend. Seine Qualifikationen waren zwar vorzüglich, aber seine fast vollständige Taubheit würde bei den vielen Konferenzen den Ablauf sicher beträchtlich behindern. Doch unerwartet setzt sich ein junger Kollege vehement für ihn ein und erreicht, daß Quinn den Posten bekommt.

Die befürchteten Schwierigkeiten treten kaum auf. Quinn hat die Technik des Lippenlesens so entwickelt, daß seine Kollegen seine Schwerhörigkeit fast vergessen. Nur erfreut sich Quinn nicht lange seines neuen Jobs. Bald findet man ihn vergiftet in seiner Wohnung.

Chief Inspector Morse hat in diesem Fall nicht die geringsten Anhaltspunkte. Nichts steht fest, weder die Todeszeit noch das Motiv, noch wie der Mond geschehen ist. Aber fehlendes Beweismatierial hat Morse noch nie daran gehindert, brillante Theorien zu entwickeln. Und wenn zwei schöne Frauen eine entscheidende Rolle spielen, dann läßt Morse seine Phantasie auf Hochtouren laufen, erst recht, wenn eine von ihnen ständig die Hüllen fallen läßt ...

Colin Dexter, geboren 1930, studierte in Cambridge und gehört der Prüfungskommission der Universität Oxford an. Er gewann bereits zweimal den Silver und zweimal den Gold Dagger, eine Auszeichnung für den besten Kriminalroman des Jahres der British Crime Writers' Association.

In dieser Reihe liegen vor: Hüte dich vor Maskeraden (Nr. 2805), Mord am Oxford-Kanal (Nr. 2960), Das Rätsel der dritten Meile (Nr. 2806) und Tod für Don Juan (Nr. 3041).

Die Hauptpersonen

Tom Bartlett	sorgt für eine makellose Oberfläche
Christopher Roope	legt sich quer
Monica Height	nimmt es mit der Wahrheit nicht so genau
Donald Martin	hilft ihr dabei
Nicholas Quinn	hört schwer und sieht deshalb mehr
Philip Ogleby	verpaßt eine glänzende Karriere
Joyce Greenaway	hat ein Geheimnis vor ihrem Mann
Inga Nielsson	stiftet Verwirrung
Chief Inspector Morse	widersteht einer Versuchung
Sergeant Lewis	leistet nur kurz Widerstand

für Jack Ashley

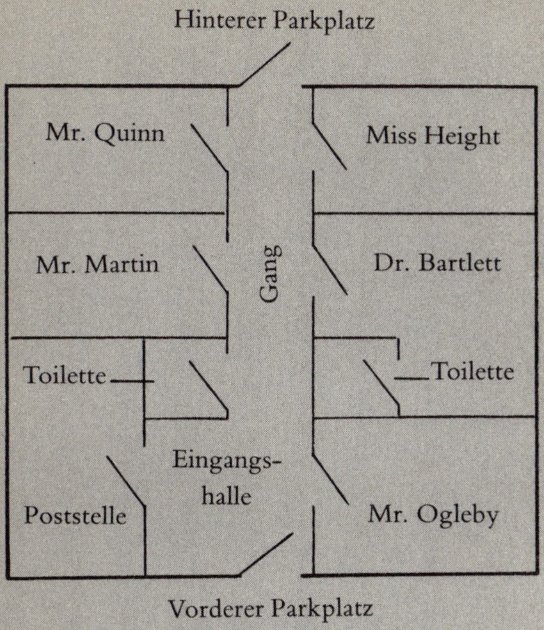
Hinterer Parkplatz
Mr. Quinn
Miss Height
Mr. Martin
Gang
Dr. Bartlett
Toilette
Toilette
Eingangs-
halle
Poststelle
Mr. Ogleby
Vorderer Parkplatz

Prolog

«Tja, was meinen Sie?» Der Präsident des Verbandes für Auslandsprüfungen wandte sich mit seiner Frage direkt an Cedric Voss, den Vorsitzenden des Geschichtsausschusses.

«Nein, nein, lassen Sie erst mal hören, was unser Geschäftsführer meint. Schließlich sind es ja die Hauptamtlichen, die in erster Linie mit dem Mann leben müssen.» In nicht ganz so illustrer Gesellschaft hätte Voss hinzugefügt, daß es ihm Jacke wie Hose war, welcher der Kandidaten den Job bekam. So aber rückte er sich nur in der für ihn typischen schläfrigen Pose wieder in dem bequemen blauen Ledersessel zurecht und hoffte von Herzen, daß man endlich zum Schluß kommen konnte. Die Sitzung dauerte schon fast drei Stunden.

Der Präsident wandte sich an seinen Nachbarn zur Linken, einen ziemlich klein geratenen Mann von Mitte bis Ende Fünfzig mit randloser Brille und einem knabenhaft-verschmitzten Zwinkern. «Dann schießen Sie mal los, Dr. Bartlett.»

Bartlett, Geschäftsführer des Verbandes für Auslandsprüfungen, warf einen freundlichen Blick in die Runde, ehe er sich seinen sauber geschriebenen Notizen zuwandte. Er war solche Sachen gewöhnt. «Mir scheint, wir gehen – ganz allgemein gesprochen, alles in allem» (der Präsident und etliche der älteren Kollegen zuckten merklich zusammen) «und generell – darin einig, daß uns eine sehr gute Auswahlliste vorgelegen hat. Die Bewerber machten alle einen recht kompetenten Eindruck, die meisten verfügten über ausreichende Erfahrung für den Posten. Aber –» Er zog wieder seine Notizen zu Rate. «Ja, also ganz ehrlich gesagt – ich würde mich nicht für eine der Frauen entscheiden. Die Bewerberin aus Cambridge war etwas – wie soll ich sagen – etwas schrill ...» Er sah die Mitglieder der Auswahlkommission erwartungsvoll an, einige nickten lebhaft zustimmend. «Die andere schien mir doch eine Spur unerfahren, und einige ihrer Antworten haben mich – äh – innerlich nicht hundertprozentig überzeugt.» Auch jetzt war bei den schweigenden Zuhörern kein Zeichen von Widerspruch wahrzunehmen, und Bartlett streichelte recht zufrieden seinen runden Bauch.

«Kommen wir also zu den drei männlichen Bewerbern. Duckham? Ein bißchen vage, fand ich. Netter Junge, aber ich weiß nicht recht, ob er den Biß, das Durchsetzungsvermögen hat, das ich mir für unsere Geisteswissenschaften wünsche. Er steht in meiner Liste an dritter Stelle. Der nächste wäre Quinn. Hat mir gefallen. Ehrlicher, intelligenter Bursche, entschiedene Ansichten, guter Kopf. Erfahrungen vielleicht nicht ganz ideal, und dann ... Ja, um ganz ehrlich zu sein: Meiner Ansicht nach wäre seine – äh – Behinderung doch etwas zu belastend bei uns. Telefongespräche, Sitzungen und dergleichen, Sie wissen schon ... Sehr bedauerlich, aber nicht wegzuleugnen. Ich habe ihn auf Platz zwei gesetzt. Bleibt Fielding. Vorbehaltlos mein Favorit. Verteufelt guter Lehrer, hervorragende Schülerleistungen, genau das richtige Alter, bescheiden, sympathisch. Historiker mit Einserexamen, Balliol. Glänzende Referenzen. Einen besseren Kandidaten könnten wir uns nicht wünschen, und ich spreche mich ohne Einschränkung für ihn aus, Herr Präsident.»

Der Präsident schloß recht ostentativ die Mappe mit den Bewerbungsunterlagen, nickte zustimmend und registrierte befriedigt weiteres Kopfnicken. Der Vorstand des Verbandes war vollständig vertreten, ein Dutzend angesehener Professoren aus Colleges der Universität Oxford, die sich zweimal im Semester im Hause des Verbandes einfanden, um die offiziellen Examensrichtlinien festzulegen. Keiner von ihnen arbeitete hauptamtlich für den Verband, keiner kassierte – bis auf die Reisekosten – einen Penny für die Teilnahme an den Sitzungen. Doch die meisten arbeiteten aktiv in den verschiedenen Fachausschüssen mit, stellten sich im Hinblick auf die profitablen Prozeduren der landesweit einheitlichen Prüfungen auf einen Standpunkt aufgeklärten Eigennutzes und betätigten sich im Juni und Juli, wenn ihre Studenten in den Semesterferien waren, als Prüfer bei den Examen an den staatlichen Schulen. Von den hauptamtlichen Mitarbeitern des Verbandes nahm nur Bartlett *ex officio* und ohne Stimmrecht an den Beratungen dieses Lenkungsgremiums teil, und mit Bartlett waren sie jetzt dreizehn. Doch der Präsident war nicht abergläubisch. Jetzt sah er sich wohlwollend um. Alles bewährte, vertrauenswürdige Kollegen, nur ein oder zwei der Jüngeren kannte er noch nicht näher. Etwas zu lange Haare. Und einer hatte einen Bart. Auch Quinn hatte einen Bart ... Ach was! Die Entscheidung mußte jetzt sehr bald fallen, und wenn er Glück hatte, konnte er noch vor sechs wieder im Lonsdale College sein. Heute war das jährliche Galadinner der Collegemitglieder und ... Auf zum Endspurt.

«Wenn ich also davon ausgehen darf, daß der Ausschuß mit der Berufung von Fielding einverstanden ist, brauchen wir nur noch über sein Anfangsgehalt zu sprechen. Er ist – warten Sie –, ja, er ist 34, da dürfte die unterste Gehaltsgruppe für die B-Dozenten –»

«Darf ich noch etwas sagen, Herr Präsident?» Es war einer der jüngeren Hochschullehrer. Einer der Langhaarigen. Der mit dem Bart. Ein Chemiker von Christ Church.

«Selbstverständlich, Mr. Roope, ich wollte keinesfalls den Eindruck erwecken ...»

«Für Sie scheint festzustehen, daß wir alle mit der Ansicht des Geschäftsführers einiggehen. Für die anderen mag das ja zutreffen, aber nicht für mich, und ich dachte, der Sinn dieser Sitzung sei es gerade –»

«Aber natürlich, Mr. Roope. Wie gesagt, es tut mir leid, wenn ich den Eindruck erweckt haben sollte, daß – äh – ja ... Das lag natürlich nicht in meiner Absicht. Ich persönlich hatte das Gefühl, wir hätten einen Konsens erreicht, aber wenn Sie meinen ...»

«Danke, Herr Präsident. Es tut mir leid, aber ich kann mich mit der Rangfolge, die unser Geschäftsführer aufgestellt hat, nicht einverstanden erklären. Mir ist Fielding, ehrlich gesagt, zu glatt, zu sehr ein Jasagertyp. Ich habe nichts gegen abgerundete Persönlichkeiten, aber ein Mensch ganz ohne Ecken und Kanten ist auch nicht ganz das Wahre.» Ein belustigtes Volksgemurmel erhob sich, und die eben noch wahrnehmbare leichte Spannung ließ merklich nach. Einige der älteren Kollegen hörten sich Roopes Ausführungen jetzt mit entschieden mehr Interesse und Aufmerksamkeit an. «Was die anderen Bewerber betrifft, gehe ich mit dem Geschäftsführer – wenn auch nicht unbedingt mit seinen Begründungen – einig.»

«Sie würden also Quinn an die erste Stelle setzen?»

«Auf jeden Fall. Er hat vernünftige Ansichten zum Prüfungswesen, und er hat einen guten Kopf. Was aber noch wichtiger ist – er scheint ein anständiger Kerl zu sein, und heutzutage –»

«Diesen Eindruck hatten Sie bei Fielding nicht?»

«Nein.»

Der Präsident ignorierte das hörbar geflüsterte «Unfug!» des Geschäftsführers, dankte Roope für seine Bemerkungen und blickte sich vage auffordernd um. Doch zunächst kamen keine weiteren Äußerungen. «Möchte noch jemand – äh –»

«Ich finde es reichlich unfair, wenn wir auf Grund einiger weniger Vorstellungsgespräche tiefschürfende Charakteranalysen erstellen», sagte der Vorsitzende des Englisch-Ausschusses. «Gewiß, wir müssen uns alle unsere Meinung über die Bewerber bilden, nur deshalb sitzen wir ja hier zusammen. Aber ich bin, was die Rangfolge betrifft, derselben Ansicht wie unser Geschäftsführer.»

Roope lehnte sich zurück und blickte, einen gelben Bleistift zwischen den Zähnen balancierend, zur Decke.

«Noch jemand?»

Der Vizepräsident, der sich entsetzlich langweilte und es eilig hatte, hier herauszukommen, rutschte unruhig in seinem Sessel herum. Seine Aufzeichnungen bestanden aus einem kunstvollkomplizierten Schnörkelgebilde. Er bereicherte die schwungvolle Zeichnung um einen weiteren gekonnten Kringel, während er zu seinem ersten und letzten Diskussionsbeitrag ansetzte: «Beide sind offenbar gute Leute. Ich habe den Eindruck, daß es ziemlich egal ist, für welchen wir uns entscheiden. Wenn der Geschäftsführer Fielding haben will, bin ich für Fielding. Vielleicht könnten wir mal eben abstimmen?»

Etliche Ausschußmitglieder gaben gedämpft-zustimmende Blöklaute von sich, und etwas mißvergnügt schritt der Präsident zur Abstimmung. «Ich bitte um Handzeichen. Wer ist für Fielding?»

Sieben oder acht Hände hoben sich, doch dann ließ sich unvermittelt wieder Roope vernehmen, und die Hände senkten sich.

«Vor der Abstimmung hätte ich gern noch eine Auskunft von unserem Geschäftsführer. Bestimmt kann er mir auswendig sagen, was ich wissen will.»

Bartlett beäugte Roope mit frostiger Ablehnung, und einige Ausschußmitglieder hatten Mühe, Ärger und Ungeduld zu verbergen. Warum hatten sie nur Roope in dieses Gremium gewählt? Gewiß, er war ein glänzender Chemiker, und im Hinblick auf die Verpflichtungen des Verbandes, hatte man sich gesagt, war seine zweijährige Tätigkeit bei der Anglo-Arabian Oil Co. entschieden ein Plus. Aber er war zu jung, zu pampig, zu laut und spektakulär. Wie ein ordinärer Außenborder, der die ruhigen Gewässer der Verbandsregatta aufwühlte. Es war nicht sein erster Zusammenstoß mit dem Geschäftsführer. Und er arbeitete nicht einmal aktiv im

Chemie-Ausschuß mit, machte keinen Finger für Prüfungen krumm. Er habe zu viel zu tun, behauptete er immer.

«Der Geschäftsführer wird sicherlich gern – äh – Worum geht es denn, Mr. Roope?»

«Bekanntlich bin ich ja noch nicht allzu lange dabei, Herr Präsident, aber ich habe mir mal die Satzung des Verbandes angesehen und habe zufällig heute auch ein Exemplar mitgebracht.»

«Das fehlte noch», brummelte der Vizepräsident.

«In Abschnitt 23 – soll ich ihn vorlesen?»

Da die Hälfte der Anwesenden niemals die Satzung zu Gesicht bekommen, geschweige denn gelesen hatte, wäre es verfehlt gewesen, Vertrautheit mit dem Text vorzutäuschen, und der Präsident nickte widerstrebend.

«Hoffentlich nicht zu – äh – umfangreich, Mr. Roope?»

«Nein, nein, ganz kurz. Ich zitiere: Der Verband wird sich bemühen, jederzeit im Auge zu behalten, daß er finanziell völlig auf öffentliche Mittel angewiesen ist und deswegen eine entsprechende Verantwortung gegenüber der Öffentlichkeit wie auch gegenüber seinen hauptamtlichen Mitarbeitern hat. Insbesondere verpflichtet er sich, einen kleinen Anteil behinderter Mitarbeiter einzustellen, sofern deren Behinderung der Ausführung der ihnen übertragenen Aufgaben nicht im Wege steht.» Roope klappte die schmale Akte zu und legte sie aus der Hand. «Und jetzt darf ich den Geschäftsführer bitten, uns mitzuteilen, wie viele behinderte Mitarbeiter zur Zeit in unserem Verband tätig sind.»

Der Präsident wandte sich erneut an den Geschäftsführer, dessen gewohnte Liebenswürdigkeit offenbar wieder die Oberhand gewonnen hatte.

«Wir hatten mal einen Einäugigen in der Expedition ...» Inmitten der aufflackernden Lacher ging der Vizepräsident, der mit einer schwachen Blase geschlagen war, hinaus, während Roope ohne jede Spur von Humor nachfaßte:

«Der aber vermutlich nicht mehr bei uns ist?»

Bartlett schüttelte den Kopf. «Leider nein. Es stellte sich heraus, daß er eine unbezähmbare Schwäche hatte. Er klaute Toilettenpapier. Rollenweise. Und wir –» Der Rest des Satzes ging in wieherndem Gelächter unter, und es dauerte eine Weile, bis der Präsident die Ordnung wiederhergestellt hatte. Er wies darauf hin, daß es sich bei Abschnitt 23 natürlich nicht um eine satzungsmäßige Festlegung, sondern um eine marginale Empfehlung im Interesse eines normalen zivilisierten – äh – Zusammenlebens handelte. Doch da hatte er sich offenbar im Ton vergriffen. Er hätte besser daran getan, den Geschäftsführer noch die eine oder andere Anekdote über seine mißlichen Erfahrungen mit den vom Leben Benachteiligten zum besten geben zu lassen. Aber die Weichenstellung war nun mal erfolgt, der behinderte Bewerber war wieder im Rennen. Er holte weiter auf, als Roope geschickt nachstieß:

«Ich möchte ja nur folgendes wissen, Herr Präsident: Ist in unseren Augen Mr. Quinns Schwerhörigkeit eine wesentliche Belastung für die Aufgabe, für die er vorgesehen ist?»

Bartlett übernahm die Antwort. «Da wäre, wie gesagt, zunächst mal das Telefon. Vielleicht übersieht Mr. Roope nicht ganz, wie viele Gespräche bei uns eingehen und von hier aus geführt werden. Ich bitte um Verzeihung, wenn ich darauf hinweise, daß ich mich da ein bißchen besser auskenne als er. Es ist ziemlich problematisch für einen Schwerhörigen –»

«Das nehme ich Ihnen nicht ab. Denken Sie mal an die vielen technischen Hilfsmittel, die es heutzutage gibt. Diese Dinger, die man hinter dem Ohr trägt zum Beispiel, wo das Mikrofon –»

«Ist Mr. Roope persönlich mit jemandem bekannt, der schwerhörig ist und der –»

«Nein, aber –»

«Dann dürfte die Gefahr bestehen, daß er die damit verbundene Problematik unterschätzt, die –»

«Aber meine Herren!» Der Wortwechsel war zunehmend schärfer geworden, und der Präsident legte sich ins Mittel. «Wir sind uns wohl alle darüber einig, daß es hier durchaus Probleme gibt. Die Frage ist: Wie schwer wiegen sie?»

«Es geht ja nicht nur um das Telefon. Jedes Jahr finden Dutzende von Sitzungen statt, eine Sitzung wie diese hier zum Beispiel. Da sitzt einer auf derselben Tischseite, drei oder vier Plätze entfernt ...» Bartlett geriet in Schwung und brachte sein Argument vor, ohne unterbrochen zu werden. Er wußte, daß er wieder festeren Boden unter den Füßen hatte. Auch bei ihm machte sich neuerdings eine leichte Schwerhörigkeit bemerkbar.

«Aber es dürfte die menschliche Intelligenz nicht überfordern, die Sitzordnung so zu gestalten, daß –»

«Natürlich nicht», fuhr Bartlett dazwischen. «Und es dürfte die menschliche Intelligenz ebenfalls nicht überfordern, eine Batterie von Kopfhörern und Mikros und Gott weiß was aufzustellen, und notfalls können wir ja alle die Taubstummensprache lernen.»

Es wurde immer deutlicher, daß zwischen den beiden eine schwelende, seltsam persönlich gefärbte Antipathie bestand, was die älteren Kollegen sich alle nicht so recht erklären konnten. Bartlett hatte normalerweise ein geradezu bewundernswert ausgeglichenes Temperament. Und er war noch nicht fertig. «Sie haben alle den Bericht der Klinik gelesen. Sie haben die Audiogramme gesehen. Es steht fest, daß Quinn sehr schwerhörig ist. *Sehr* schwerhörig.»

«*Uns* hat er offenbar alle hervorragend verstanden.» Roope sprach so leise, daß seine Worte Quinn, wäre er dabeigewesen, höchstwahrscheinlich entgangen wären. Aber den Anwesenden entgingen sie nicht, und es war klar, daß Roope einen Punkt für sich hatte verbuchen können. Einen dicken Punkt.

Der Präsident wandte sich wieder an den Geschäftsführer. «Hm. Eigentlich wirklich erstaunlich, daß er uns so gut verstanden hat, nicht?»

Eine Weile wurde planlos hin- und hergeredet, das Gespräch entfernte sich zunehmend von der noch immer ausstehenden Entscheidung. Mrs. Seth, die Vorsitzende des Chemie-Ausschusses, dachte an ihren Vater. Er hatte mit Ende Vierzig, als sie noch zur Schule ging, sehr rasch sein Gehör verloren und war entlassen worden. Arbeitslosengeld und eine dürftige Behindertenrente von der Firma – gewiß, sie hatten versucht, seiner Lage Rechnung zu tragen, fair zu sein. Aber er war ein so klarer, logischer Denker gewesen. Und er hatte nie wieder eine Stellung gefunden. Sein Selbstvertrauen war unwiederbringlich dahin. Dabei hätte er bei sehr vielen Posten seine Sache besser gemacht als die meisten dieser schlappen Typen, die den Hintern auf einem Bürostuhl wetzten. Tiefer Kummer und heftiger Zorn ergriffen sie bei dem Gedanken an ihn.

Plötzlich merkte sie, daß abgestimmt wurde. Fünf Hände hoben sich fast unverzüglich für Fielding. Mrs. Seth fand, wie der Geschäftsführer, daß er wohl der beste Kandidat war. Sie würde auch für ihn stimmen. Aber merkwürdigerweise blieb ihre Hand auf der Schreibunterlage liegen.

«Und wer ist für Quinn?»

Drei der Anwesenden, einschließlich Roope, meldeten sich, ein vierter ... Der Präsident zählte, links beginnend: «Eins, zwei, drei ... vier ...» Da kam die nächste Hand, und er fing noch einmal von vorn an. «Eins, zwei, drei, vier, fünf ... Es sieht aus ...» Und dann ging langsam und dramatisch Mrs. Seths Hand nach oben.

«Sechs. Nun gut, Sie haben entschieden, meine Damen und Herren. Quinn wird den Posten bekommen. Das Stimmenverhältnis ist knapp, sechs zu fünf, aber am Ausgang der Abstimmung ist nicht zu tippen.» Er wandte sich ziemlich befangen nach links. «Sind Sie zufrieden, Dr. Bartlett?»

«Sagen wir so: Jeder hat seine eigenen Ansichten, und meine Ansichten decken sich nicht mit denen der Auswahlkommission. Aber sie hat, wie Sie ganz richtig sagen, ihre Entscheidung getroffen, und ich muß sie akzeptieren.»

Roope lehnte sich zurück und sah wieder unbestimmt zur Decke hoch, den gelben Bleistift zwischen den Zähnen. Mochte er sich auch innerlich an seinem kleinen Triumph weiden – seine Miene blieb unbewegt, wirkte fast distanziert.

Zehn Minuten später gingen der Präsident und der Geschäftsführer nebeneinander die Treppe hinunter, die zum Erdgeschoß und zu Bartletts Büro führte. «Glauben Sie wirklich, daß wir einen schwerwiegenden Fehler gemacht haben, Tom?»

Bartlett blieb stehen und sah zu dem hochgewachsenen, grauhaarigen Theologen hoch. «Ja, Felix, das haben wir. Leider.»

Roope schob sich an ihnen vorbei. «Wiedersehen», brabbelte er unbestimmt.

«Äh – guten Abend», sagte der Präsident, während Bartlett ziemlich betont schwieg und Roope nachsah, bis er verschwunden war. Erst dann ging er die letzten Stufen hinunter und betrat sein Büro.

Oberhalb der Tür war ein über zwei Schalter auf seinem Schreibtisch steuerbares zweifarbiges Signallämpchen angebracht, wie man es in Krankenhäusern hat. Der erste Schalter ließ ein rotes Licht aufleuchten und signalisierte, daß Bartlett eine Besprechung hatte und nicht gestört werden wollte. Der zweite Schalter aktivierte ein grünes Licht und bedeutete dem Einlaßbegehrenden, er möge klopfen und nähertreten. Wenn niemand die Schalter betätigte, brannte auch kein Licht, und man durfte folgern, daß das Büro nicht besetzt war. Seit Antritt seiner Stellung als Geschäftsführer des Verbandes für Auslandsprüfungen bestand Bartlett energisch darauf, daß jeder, der eine wichtige Angelegenheit mit ihm zu besprechen wünschte, gefälligst selbst für einen ungestörten und vertraulichen Ablauf des Gesprächs Sorge zu tragen habe. Seine Mitarbeiter akzeptierten diese Regelung und hielten sich in den meisten Fällen auch daran. Falls doch einmal – was selten vorkam – gegen diese Regel verstoßen wurde, ließ Bartlett eine für ihn ganz untypische Verärgerung erkennen.

Als er jetzt sein Zimmer betrat, schaltete er das rote Licht ein, öffnete ein Schränkchen und schenkte sich einen Gin mit trockenem Vermouth ein. Dann setzte er sich an den Schreibtisch und holte eine Schachtel Zigaretten heraus. In Sitzungen rauchte er nie, jetzt aber zündete er sich eine Zigarette an, inhalierte tief und konsumierte gemächlich seinen Drink. Er würde morgen früh Quinn ein Telegramm schicken, jetzt war es dafür schon zu spät. Er griff noch einmal nach seiner Akte und las die Angaben über Quinn nach. Kein Zweifel, sie hatten sich für den Falschen entschieden. Und daran war nur Roope schuld, dieser verdammte Idiot.

Er räumte seine Papiere weg, schaffte Ordnung auf dem Schreibtisch und lehnte sich in seinem Sessel zurück. Um seine Lippen lag ein leises, eigentümliches Lächeln.

Warum?

I

Während die anderen vier sich in die Halle des Cherwell Motels setzten, ging er zur Bar und bestellte den Aperetif: Zwei Gin-and-Tonics, zwei halbtrockene Sherries und einen trockenen Sherry. Letzteren hatte er für sich geordert. Er liebte trockenen Sherry.

«Schreiben Sie es auf die Rechnung des Verbandes für Auslandsprüfungen bitte. Wir wollen hier essen. Bitte sagen Sie dem Ober Bescheid, wir sitzen da drüben.» Sein nordenglischer Akzent schlug noch durch, allerdings nicht mehr so merklich wie früher.

«Hatten Sie einen Tisch bestellt, Sir?»

Das «Sir» tat ihm gut. «Ja. Auf den Namen Quinn.» Er griff sich eine Handvoll Erdnüsse und das Tablett mit den Gläsern und setzte sich zu den anderen Historikern.

Es war seine dritte Sitzung seit Antritt seiner Stellung, weitere würden folgen. Er machte es sich in dem niedrigen Ledersessel bequem, trank sein Glas auf einen Zug halb leer und sah auf den lebhaften Mittagsverkehr hinaus, der über die Autobahn rollte. So ließ es sich leben. Ein gutes Essen, Wein, Kaffee – und dann zurück in die Beratungen. Wenn er Glück hatte, war um fünf Schluß, vielleicht schon früher. Die Vormittagssitzung war konzentriert und anstrengend gewesen, aber sie waren gut vorangekommen. Die Prüfungsbögen über die Zeiträume von den Kreuzzügen bis zum englischen Bürgerkrieg standen. In dieser Form würden sie im Sommer den Kandidaten für den Mittelschulabschluß im Fach Geschichte vorgelegt werden. Es fehlte nur noch die Fortsetzung – von den Hannoveranern bis zum Versailler Vertrag –, und in moderner Geschichte kannte er sich sehr viel besser aus. In der Schule war Geschichte sein Lieblingsfach gewesen, und seinen Leistungen auf diesem Gebiet verdankte er auch sein Stipendium für Cambridge. Doch nach der Vorprüfung war er auf Englisch umgestiegen, und an der Priestley Grammar School in Bradford, nur einige zwanzig Meilen von seinem Heimatdorf in Yorkshire entfernt, war er als Englischlehrer eingestellt worden. Rückblickend begriff er, was für ein Glücksfall es gewesen war, daß er auf Englisch umgesattelt hatte. In der Stellenausschreibung waren Lehrerfahrung in Geschichte und Englisch zur Bedingung gemacht worden, und er hatte sich durchaus eine Chance ausgerechnet. Daß er den Posten tatsächlich bekommen hatte, konnte er allerdings noch immer nicht so ganz fassen. Nicht, daß seine Schwerhörigkeit ...

«Die Speisekarte, Sir.»

Quinn hatte den Ober nicht kommen hören, er bemerkte ihn erst, als sich die ausladende Karte in sein Gesichtsfeld schob. Ja, vielleicht war seine Schwerhörigkeit doch ein größeres Handicap, als er gedacht hatte. Bisher allerdings war alles erstaunlich gut gelaufen.

Wie die anderen lehnte er sich zurück und studierte die verwirrende Vielfalt der Möglichkeiten auf der Speisekarte. Teuer war fast alles, aber, wie er von seinen beiden früheren Besuchen wußte, gut zubereitet und appetitlich angerichtet. Hoffentlich wählten die anderen nicht etwas zu Ausgefallenes. Bartlett hatte nach dem letzten Gelage diskret darauf hingewiesen, daß die Rechnung vielleicht eine Spur zu hoch gewesen sei. Die Tagessuppe und danach Schinken mit Ananas, überlegte er, das würde wohl selbst bei den derzeitigen angespannten Verhältnissen den Verband nicht überstrapazieren. Und einen Schluck Rotwein durfte man sich auch noch leisten. Ein anderer Wein stand ohnehin nicht zur Diskussion, das wußte er inzwischen. In Oxford wurde ständig Rotwein getrunken – sogar zur Seezunge.

«Noch Zeit für eine zweite Runde, wie?» Cedric Voss, Vorsitzender der Historiker, schob sein leeres Glas über den Tisch. «Austrinken, Leute. Wir brauchen eine Stärkung für heute nachmittag.»

Quinn griff sich brav die Gläser und ging zur Bar hinüber, wo soeben eine Gruppe gutbetuchter Geschäftsleute eingefallen war. Daß er fünf Minuten warten mußte, trug nicht dazu bei, den vagen Groll zu beschwichtigen, der sich in ihm regte.

Als er an den Tisch zurückkam, war der Ober gerade dabei, die Bestellungen aufzunehmen. Nachdem Voss aus ihm herausgefragt hatte, daß die Kirschen aus der Dose und die Erbsen aus der Tiefkühltruhe stammten und das Steak vom Wochenende war, nahm er von seiner ursprünglichen Wahl Abstand und entschied sich für Schnecken und Hummer, und Quinn zuckte innerlich zusammen, als er die Preise sah. Sie machten das Dreifache seiner bescheidenen

Bestellung aus. Er hatte sich bewußt keinen zweiten Drink geholt (obgleich er mit dem größten Vergnügen noch drei oder vier gekippt hätte). Ziemlich unglücklich setzte er sich wieder hin und besah sich die große Luftaufnahme des Stadtkerns von Oxford, die an der Wand hing. Eigentlich recht eindrucksvoll. Die Komplexe von Brasenose und Queen's und ...

«Trinken Sie nichts, Nicholas, alter Junge?» Es war das erste Mal, daß Voss ihn mit Vornamen anredete, und der Groll verflüchtigte sich schlagartig.

«Nein, ich –»

«Hat der alte Bartlett mal wieder über die Kosten gejammert? Das können Sie vergessen. Was glauben Sie, was es den Verband gekostet hat, ihn letztes Jahr in die Ölstaaten zu schicken? Einen ganzen Monat. Allein die Bauchtänzerinnen ...»

«Wein zum Essen, Sir?»

Quinn reichte die Weinkarte an Voss weiter, der sie mit professioneller Gier studierte. «Sind alle für Rot?» Es war mehr eine Feststellung als eine Frage. «Das ist ein guter Tropfen, alter Junge.» Er deutete mit seinem Wurstfinger auf einen der Burgunder. «Feiner Jahrgang.»

Quinn stellte fest (aber er hätte es ohnehin gewußt), daß es der teuerste Wein auf der Karte war, und bestellte eine Flasche.

«Mit einer werden wir nicht weit kommen ... Schließlich sind wir zu fünft ...»

«Anderthalb also?»

«Nein, mein Junge. Zwei. Oder was meinen Sie, meine Herren?»

Die anderen nahmen die Anregung nur zu gern auf.

«Zweimal die Nummer fünf», bestellte Quinn ergeben. Der Groll begann wieder zu nagen.

«Und machen Sie bitte beide gleich auf», ergänzte Voss.

Im Restaurant setzte sich Quinn an die linke Ecke. Rechts neben sich hatte er Voss, zwei Mitglieder der Gruppe direkt gegenüber, den fünften am Kopf der Tafel. Diese Sitzordnung hatte sich als besonders günstig erwiesen. Zwar konnte er die Lippen von Voss kaum beobachten, aber aus dieser geringen Entfernung konnte er ihn noch verstehen. Die anderen sah er deutlich. Auch Lippenlesen hatte seine Grenzen, es nutzte ihm wenig, wenn jemand beim Sprechen nicht den Mund aufmachte oder die Hand vor die Lippen hielt, und wenn der Sprecher einem den Rücken zuwandte oder das Licht ausging, war sowieso alle Liebesmüh vergebens. Aber normalerweise war es ganz erstaunlich, was man mit dieser Fertigkeit anfangen konnte. Quinn hatte vor sechs Jahren damit begonnen und überrascht festgestellt, wie leicht es ihm fiel. Er mußte wohl eine seltene Begabung dafür haben. Er war so viel weiter als die anderen im ersten Kurs, daß sein Lehrer schon nach zwei Wochen meinte, er sei wohl im zweiten Kurs besser aufgehoben, und auch da war er der Beste gewesen. Er konnte sich dieses Talent selbst nicht erklären. So, wie es Zeitgenossen gab, die besonders dafür geeignet waren, einen Fußball zu kicken oder Klavier zu spielen, hatte er eben die Begabung, anderen Menschen die Worte von den Lippen abzulesen. So einfach war das. Inzwischen hatte er sich darin so vervollkommnet, daß er sich manchmal einbilden konnte, wieder richtig zu hören. Ganz hatte er sein Hörvermögen ja auch noch nicht verloren. Die teure Hörhilfe am rechten Ohr (links war er völlig taub) verstärkte den Ton aus nächster Nähe so weit, daß er deutlich verstand, wie Voss, dem gerade die Schnecken serviert wurden, bemerkte:

«Wie sagte der alte Sam Johnson doch gleich? ‹Wer keine Rücksicht auf seinen Bauch nimmt, dem ist auch sonst keinerlei Rücksicht zuzutrauen.› Oder so ähnlich.» Er stopfte sich eine Serviette in den Hosenbund und fixierte den Teller wie Dracula, der sich daranmacht, seine Zähne in eine Jungfrau zu schlagen.

Der Wein war gut, und Quinn hatte genau darauf geachtet, wie Voss ihn handhabte. Wunderbar machte er das, wirklich. Nachdem er sich in das Etikett vertieft hatte wie ein zurückgebliebenes Kind, das versucht, in die Geheimnisse des Alphabets einzudringen, testete er die Temperatur des Weins, indem er leicht und liebevoll die Hände um den Flaschenhals legte. Dann, als der Ober einen Zentimeter des rubinroten Saftes in sein Glas gegossen hatte, kostete er ihn nicht etwa, sondern erschnupperte vier- oder fünfmal argwöhnisch das Bukett wie ein dressierter Schäferhund, der nach Dynamit fahndet. «Nicht übel», sagte er schließlich. «Schenken Sie ein.»

Quinn merkte sich die Prozedur, so würde er es beim nächstenmal auch machen. «Und drehen Sie das verdammte Gedudel ein bißchen leiser», brüllte Voss, als der Ober sich zurückzog. «Man kann ja sein eigenes Wort nicht verstehen.» Die Musik wurde um einige Dezibel zurückgenommen, und ein einsamer Esser von einem der benachbarten Tische kam herüber und bedankte sich. Quinn selbst hatte die Hintergrundmusik gar nicht wahrgenommen.

Als schließlich der Kaffee kam, fühlte sich Quinn ausgeglichener, aber auch ein bißchen schwummerig. Er wußte nicht mehr genau, ob nun Richard III. am Ersten Kreuzzug oder Richard I. am Dritten Kreuzzug teilgenommen oder ob überhaupt ein Richard bei einem der Kreuzzüge mitgemischt hatte. Das Leben war plötzlich wieder eine schöne, runde Sache. Er dachte an Monica. Vielleicht ging er mal bei ihr vorbei, nur ganz kurz, ehe die Nachmittagssitzung anfing. Monica ... Es lag wohl am Wein.

Zwanzig vor drei trafen sie wieder in der Geschäftsstelle des Verbandes ein, und während die anderen gemächlich zum Sitzungszimmer hinaufstiegen, ging Quinn rasch den Gang entlang und klopfte leise an die hinterste Tür rechts, auf deren Schild der Name MISS M. M. HEIGHT stand. Er machte versuchsweise die Tür auf und sah hinein. Das Zimmer war leer. Aber unter einem Briefbeschwerer auf dem aufgeräumten Schreibtisch lag gut sichtbar ein Zettel, und er trat näher, um ihn zu lesen. *«Bin bei Paolo. Um drei zurück.»* Das war typisch für den Umgang hier im Büro. Bartlett störte es nicht, wenn seine Mitarbeiter kamen und gingen, wie sie wollten, sofern ihre Arbeit nicht liegenblieb. Allerdings bestand er strikt darauf (es war fast schon ein Tick), daß alle ihm stets hinterließen, wo sie zu erreichen waren. Monica ließ sich also ihr prächtiges Haar coiffieren. Auch nicht weiter schlimm, er hätte sowieso nicht gewußt, was er sagen sollte. Vielleicht war es sogar besser so, morgen früh sahen sie sich ja ohnehin wieder.

Er ging zu den anderen in den Sitzungsraum, wo Cedric Voss in seinem Sessel lag, die Augen halb geschlossen, ein stupides Grinsen auf den schlaffen, schläfrigen Zügen. «Wenn ich bitten darf, meine Herren ... Könnten wir wohl versuchen, den Hannoveranern unsere Aufmerksamkeit zu schenken?»

2

Um die Mitte des 19. Jahrhunderts hatten radikale Reformen in Oxford eingesetzt, und bis zur Jahrhundertwende waren durch zahlreiche Kommissionen, Gesetze und Verordnungen Änderungen eingeleitet worden, die das Leben in Stadt und Universität von Grund auf verändern sollten. In die Lehrpläne der Hochschule wurden die aufstrebenden Naturwissenschaften und neuere Geschichte aufgenommen. Das unter Benjamin Jowett in Balliol entstandene hohe akademische Niveau wurde allmählich auch in den anderen Colleges eingeführt. Die Einrichtung von Lehrstühlen brachte zunehmend Gelehrte von internationalem Ruf nach Oxford. Die Säkularisierung der Hochschullehrerposten begann den traditionellen, religiös bestimmten Rahmen universitärer Disziplin und Administration zu sprengen. Junge Männer römisch-katholischen und mosaischen Glaubens und Angehörige anderer merkwürdiger Bekenntnisse wurden jetzt als Studenten zugelassen und nicht mehr *nolens volens* mit Cicero und Chrysostomus aufgezogen. Doch vor allem lag die Lehrtätigkeit an der Hochschule nicht mehr allein in den Händen zölibatärer, weltfremder Geistlicher, von denen etliche, wie zu Gibbons Zeit, wohl wußten, daß ihnen ein Gehalt zustand, darüber aber vergaßen, daß sie auch entsprechende Pflichten hatten. Viele der neuberufenen und auch einige der alteingesessenen Hochschullehrer verzichteten auf die Annehmlichkeiten der Junggesellenräumlichkeiten im College, verehelichten sich, kauften ein Haus für sich, ihre Frau, ihre Sprößlinge und Dienstboten in unmittelbarer Nähe des alten geistigen Zentrums von Holywell und High Street, Broad Street und St. Giles. Insbesondere breiteten sie sich nördlich der breiten, baumbestandenen St. Giles aus – dort, wo die Woodstock Road und die Banbury Road zu den Feldern von Nordoxford hinausgehen, in Richtung des Dörfchens Summertown.

Wer heute Oxford besucht und sich von der St. Giles nach Norden wendet, ist beeindruckt von den meist aus der zweiten Hälfte des 19. Jahrhunderts stammenden imposanten Häusern in der Woodstock und Banbury Road und ihren Querstraßen. Von den verwitterten gelben Gesimsen um die weißgestrichenen Fensterrahmen abgesehen, sind diese dreigeschossigen Häuser aus hübschem rötlichen Backstein. Die steilen Dächer haben kleine rechteckige Ziegel in einem eher orangeroten Ton, zahlreiche Schornsteine erheben sich über den Giebelfenstern. Daß solche Häuser heutzutage noch von einer einzigen Familie bewohnt werden, kommt nur ganz selten vor. Dazu sind sie zu groß, zu kalt, zu teuer im Unterhalt, die Umlagen sind zu hoch, die Gehälter (angeblich) zu niedrig, und die rapide im Aussterben begriffene Spezies der Hausangestellten verlangt einen Farbfernseher im Wohnzimmer. Die meisten Häuser sind deshalb in Mietwohnungen aufgeteilt, zu Hotels umgebaut, von Ärzten, Zahnärzten, Sprachschulen für Ausländer, Fachbereichen der Universität und Krankenhäusern übernommen – und in einem großen, gut ausgestatteten Gebäude in der Chaucer Road ist der Verband für Auslandsprüfungen untergebracht.

Das Haus ist etwa zwanzig Meter von der verhältnismäßig ruhigen Straße zurückgesetzt, die die belebten Durchgangsstraßen Banbury Road und Woodstock Road verbindet, und neugierigen Blikken hinter eine Reihe von Roßkastanien entzogen. Von vorn ist es über eine gekieste Auffahrt zu erreichen, an der etwa ein Dutzend Wagen parken können. Doch das Personal der Geschäftsstelle ist neuerdings so angewachsen, daß dieser Platz inzwischen nicht mehr ausreicht, und die Auffahrt ist nach links verlängert worden und führt zu einem kleinen zementierten Hof an der Rückseite, wo die akademischen Mitarbeiter ihre Wagen abstellen.

In dem Verband sind fünf Akademiker als hauptamtliche Mitarbeiter tätig, vier Männer und eine Frau. Jeder betreut in erster Linie das Fachgebiet, das er oder sie studiert und später gelehrt hat. Denn als eherne Regel gilt, daß kein Akademiker Chancen hat, eine Stellung bei dem Verband zu bekommen, wenn er nicht mindestens fünf Jahre Erfahrung im Schuldienst vorweisen kann. Die Namen der fünf Akademiker stehen in dicken blauen Buchstaben auf dem Briefbogen des Verbandes. Und auf solchen Bögen tippen am Freitag, dem 31. Oktober (dem Tag nach Quinns Beratungen mit den Historikern), in einem großen umgebauten Schlafzimmer im ersten Stock vier der fünf Sekretärinnen Briefe an die Direktoren und Direktorinnen jener Schulen im Ausland (eine erlesene, aber wachsende Schar), die bei der staatlichen Prüfung ihre Kandidaten für den Realschulabschluß und die Hochschulzulassung dem Wohlwollen und dem Fachverstand des Verbandes anvertrauen. Die vier jungen Frauen bearbeiten die Tasten ihrer Schreibmaschine mit unterschiedlichem Geschick. Häufig beugt sich eine vor, um einen

Tippfehler oder einen Buchstabendreher zu beseitigen. Gelegentlich wird ein Blatt aus der Maschine gerissen, das Kohlepapier gerettet, aber Brief und Durchschläge werden wütend in den Papierkorb gepfeffert. Die fünfte Sekretärin, die sich bisher in eine Frauenzeitschrift vertieft hatte, legt sie jetzt beiseite und schlägt ihren Stenoblock auf. Irgendwann muß man ja mal anfangen. Automatisch greift sie zum Lineal und streicht sauber den dritten Namen auf dem Briefkopf durch. Dr. Bartlett hat angeordnet, daß die Damen jedes Blatt von Hand zu verbessern haben, bis die neuen Briefbögen geliefert worden sind – und Margaret Freeman tut meist, was ihr gesagt wird.

Dr. phil. T. G. Bartlett, M. A., Geschäftsführer
P. J. Ogleby, M. A., Stellvertretender Geschäftsführer
~~G. Bland, M. A.~~
Miss M. M. Height, M. A.
D. J. Martin, B. A.

Unter den letzten Namen tippt sie: «N. Quinn, M. A.» So heißt ihr neuer Boss.

Als Margaret Freeman weg war, öffnete Quinn einen seiner Aktenschränke und holte die Entwürfe der Prüfungsbögen für Geschichte heraus. Noch ein, zwei Stunden, dann konnten sie in Druck gehen. Alles in allem war er mit seinem Leben recht zufrieden. Das Diktieren (eine für ihn völlig neue Tätigkeit) war gut gelaufen; allmählich kam er dahinter, wie man es anstellt, seine Gedanken unmittelbar in gesprochene Worte umzusetzen, ohne sie erst aufschreiben zu müssen. Und er war sein eigener Herr. Bartlett verstand sich auf die Kunst des Delegierens, und sofern nicht ganz grobe Schnitzer vorkamen, ließ er seine Mitarbeiter völlig selbständig schalten und walten. Ja, Quinn hatte Spaß an seinem neuen Job. Nur die Telefone machten ihm Kummer und brachten ihn, wie er selbst zugab, immer wieder in die größte Verlegenheit. In jedem Büro standen zwei Apparate, ein weißer für Hausverbindungen, ein grauer für Amtsgespräche. Da hockten sie nun, dick und drohend, rechts von Quinn, und er betete darum, daß sie Ruhe gaben, denn noch immer konnte er das Gefühl der Panik nicht bezwingen, das in ihm aufstieg, wenn ihr leises, fernes Schnarren ihn zwang, den einen oder anderen Hörer abzunehmen (er wußte nie welchen). Doch an diesem Vormittag blieben beide Apparate still, und Quinn vermerkte ruhig und gesammelt die vereinbarten Änderungen in den Prüfungsbögen. Um Viertel vor eins war er mit vier der Fragebögen fertig und stellte angenehm überrascht fest, wie rasch der Vormittag vergangen war. Er schloß die Unterlagen ein (Bartlett war in Sicherheitsfragen unheimlich pingelig) und überlegte, ob Monica wohl mit ihm auf einen Drink und ein Sandwich in das Pub *Roß und Trompete* gehen würde – das er beim erstenmal als «Geile Agnethe» mißverstanden hatte. Monicas Büro war direkt gegenüber. Er klopfte leise und machte die Tür auf. Sie war nicht da.

In der Bar des Pubs *Roß und Trompete* schob sich ein hochgewachsener Mann mit strähnigem Haar vorsichtig an den vollbesetzten Tischen vorbei bis in die hinterste Ecke. In der linken Hand hatte er einen Teller mit Sandwiches, in der rechten ein Glas Gin und einen Krug Bier. Er setzte sich neben eine Frau von Mitte Dreißig. Sie rauchte und war sehr attraktiv. Schon ein paarmal hatten taxierende Blicke der Männer von den Nachbartischen sie gestreift.

«Prost.» Er hob sein Glas und steckte die Nase in den Schaum.

«Prost.» Sie trank einen Schluck Gin und drückte die Zigarette aus.

«Hast du an mich gedacht?» fragte er.

«Ich hatte zu viel um die Ohren, da war überhaupt keine Zeit, um an irgendwelche Leute zu denken.» Das klang nicht sehr ermutigend.

«Aber ich habe an dich gedacht.»

«Ach ja?»

Es gab eine Pause.

«Es muß ein Ende haben, das müßte dir eigentlich klar sein.» Erst jetzt sah sie ihm gerade ins Gesicht. Er war merklich betroffen.

«Gestern hast du gesagt, daß es dir Spaß gemacht hat», sagte er sehr leise.

«Klar hat es mir Spaß gemacht. Darum geht es doch nicht», sagte sie ungeduldig und etwas zu laut.

«Pst! Sollen das alle hören?»

«Du bist wirklich kindisch. So kann es nicht weitergehen. Wenn die bis jetzt noch nichts gewittert haben, sind sie blind. Wir müssen Schluß machen. Du bist schließlich verheiratet. Bei mir ist es nicht so kritisch, aber –»

«Könnten wir nicht einfach –»

«Nein, Donald. Ein für allemal nein. Ich habe es mir lange überlegt, und ... Es muß einfach aufhören. Tut mir leid, aber ...»

Es war wirklich riskant, und am meisten fürchtete sie, Bartlett könnte ihnen auf die Spur kommen. Der mit seiner viktorianischen Einstellung ...

Sie gingen wortlos ins Büro zurück, aber Donald Martin war nicht ganz so untröstlich, wie er tat. Ähnliche Gespräche hatten sie schon ein paarmal geführt, und wenn er den richtigen Augenblick abpaßte, spielte sie nur zu gern wieder mit. Solange sie kein anderes Ventil für ihren sexuellen Frust hatte, gab es für ihn immer wieder eine Chance, und wenn sie erst mal zusammen in Monicas Bungalow waren, hinter verschlossener Tür, bei zugezogenen Vorhängen – Menschenskind, was war das für eine heiße Nummer. Er wußte, daß Quinn sie mal zu einem Drink ausgeführt hatte, aber das störte ihn nicht weiter. Oder? Als sie zehn nach zwei die Geschäftsstelle betraten, fragte er sich zum erstenmal, ob er sich nicht doch ein kleines bißchen an dem so harmlos aussehenden Quinn mit seiner Hörhilfe und den großen, unschuldigen Kinderaugen stören müßte.

Philip Ogleby hörte Monica in ihr Büro gehen und verschwendete an diesem Tag keinen Gedanken mehr an sie. Sein Zimmer war das erste auf der rechten Gangseite, neben ihm war Bartletts Büro, dann, ganz am Ende, das von Monica. Er leerte seine zweite Tasse Kaffee, schraubte die Thermosflasche zu und legte eine alte Nummer der *Prawda* aus der Hand. Ogleby war seit vierzehn Jahren beim Verband und seinen derzeitigen Kollegen ebenso ein Buch mit sieben Siegeln, wie er es den vorhergehenden gewesen war. Er war Junggeselle und mittlerweile 53 Jahre alt, hatte ein hageres Asketengesicht und eine stets bekümmert-resignierte Miene. Das ihm verbliebene Haar war grau, und die ihm verbleibenden Lebensjahre versprachen womöglich noch grauer zu werden. In jungen Jahren hatte er sich für zahlreiche und teilweise recht ausgefallene Steckenpferde begeistert – Moriskentanz, viktorianische Laternenpfähle, Schwertlilien, Dampflokomotiven und römische Münzen. Als er sein Examen in Cambridge mit Auszeichnung gemacht und gleich eine Stellung als Mathematiklehrer an einer angesehenen Privatschule bekommen hatte, schien eine beneidenswert glänzende Laufbahn vor ihm zu liegen. Doch schon damals hatte es ihm an

Ehrgeiz gefehlt. Und mit 39 war er nur deshalb auf seinem derzeitigen Posten gelandet, weil er das vage Gefühl gehabt hatte, sich zu lange auf eingefahrenen Gleisen bewegt zu haben, und es deshalb einmal mit einer anderen Art von Trott versuchen wollte. Es gab nicht mehr viel im Leben, was ihm Freude machte; das Reisen gehörte dazu. Zwar waren die sechs Wochen Jahresurlaub für seinen Geschmack bei weitem nicht lang genug, dafür erlaubte ihm sein durchaus ansehnliches Gehalt, in der knapp bemessenen Zeit neue, ungewöhnliche Wege zu gehen. Erst im vergangenen Jahr war er vierzehn Tage in Moskau gewesen. Er war Bartletts offizieller Stellvertreter; außerdem betreute er die Fächer Mathematik, Physik und Chemie. Da von seinen Kollegen niemand (nicht einmal die Philologin Monica Height) sich in den ausgefalleneren Sprachen so gut auskannte wie er, befaßte er sich, so gut es eben gehen wollte, auch mit Walisisch und Russisch. Seinen Mitarbeitern gegenüber verhielt er sich ausgesprochen indifferent. Selbst Monica behandelte er wie ein toleranter Ehemann seine Schwiegermutter. Die Kollegen akzeptierten ihn so, wie er war: geistig ihnen allen überlegen, verwaltungstechnisch unheimlich tüchtig, gesellschaftlich eine Null. Nur noch einen Menschen in Oxford gab es, der um die andere Seite seines Wesens wußte.

Zwanzig nach fünf wählte Bartlett Apparat 5.

«Sind Sie's, Quinn?»

«Hallo?»

«Könnten sie mal eben in mein Büro kommen?»

«Entschuldigen Sie, ich verstehe nicht ganz ...»

«Hier Bartlett», schrie der in den Hörer.

«Ach so, Pardon. Ich verstehe Sie so schlecht, Dr. Bartlett, am besten komme ich eben mal bei Ihnen vorbei.»

«Darum hatte ich Sie ja gerade gebeten.»

«Bitte?»

Bartlett legte auf und seufzte schwer. Es war völlig sinnlos, mit Quinn zu telefonieren.

Quinn klopfte und trat ein.

«Nehmen Sie Platz, Quinn, ich möchte eine Kleinigkeit mit Ihnen besprechen. Als Sie gestern Ihre Sitzung hatten, habe ich den anderen Einzelheiten über unsere – äh – Festivität in der nächsten Woche erzählt.»

Quinn konnte ihm recht gut folgen. «Sie meinen das Treffen mit den Ölscheichs, Sir?»

«Ganz recht. Bitte bedenken Sie, daß die Sache für uns wichtig ist. Der Verband hat in den letzten Jahren knapp ohne Verlust abgeschlossen, und ohne unsere Beziehungen zu einigen der neuen Ölstaaten wären wir sehr schnell pleite, das muß man klar sehen. Wir haben uns mit unseren Schulen drüben in Verbindung gesetzt, und die haben uns gebeten, wir sollten uns mal Gedanken über einen neuen Lehrplan für Geschichte machen – zunächst bis zum Realschulabschluß. So in der Richtung Suezkanal, Lawrence von Arabien, Kolonialismus, äh – kulturelles Erbe, Ausbeutung von Bodenschätzen, na, Sie wissen schon. Ist ja auch wirklich wichtiger als Elisabeth eins, wie?»

Quinn nickte unbestimmt.

«Mir geht es jetzt um folgendes: Lassen Sie sich die Sache bis zur nächsten Woche mal durch den Kopf gehen, ja? Bringen Sie ein paar Ideen zu Papier. Nicht zu ausführlich, nur in Umrissen. Und die geben Sie mir dann.»

«Ich werde mein Bestes tun, Sir. Aber könnten Sie bitte einen Punkt noch einmal wiederholen? Sagten Sie ‹Wichtiger als das Elend des Seins›?»

«Elisabeth eins, Mann! Elisabeth die Erste!»

«Ja, so. Natürlich.» Quinn lächelte bläßlich und ging äußerst kleinlaut hinaus. Wenn sich nur Bartlett ein bißchen mehr Mühe mit seinen Mundbewegungen geben würde.

Bartlett machte die Augen halb zu, verzog die Lippen, als habe er eine Tasse Essig geschluckt, und fletschte die Zähne. Wieder dachte er an Roope. Was war der Mann doch für ein Trottel gewesen.

3

Den ganzen Oktober über war der Gesundheitszustand des englischen Pfundes ein allgemein interessierendes, wenn auch betrübliches Gesprächsthema. Feierlich (und bis auf die zweite Stelle hinter dem Komma) wurde in Funk und Fernsehen über seine effektive Abwertung gegenüber dem Dollar und anderen europäischen Währungen berichtet: Das Pfund hatte einen schlechten Vormittag gehabt, hatte sich aber im späteren Börsenverlauf wieder leicht erholt. Das Pfund hatte einen besseren Vormittag gehabt, war aber später seinen europäischen Konkurrenten gegenüber in Bedrängnis geraten. Es schien, daß sich das Pfund gelegentlich auf seinem Krankenlager aufrichtete, um der Welt zu beweisen, daß Berichte über sein Ableben etwas übertrieben waren, aber fast immer überanstrengte es sich dabei, und bald lag es wieder danieder, erlitt einen Rückfall bis hin zum fast totalen Zusammenbruch, um sich dann doch wieder aufzurappeln, den besorgten ausländischen Finanziers zuzublinzeln und ein, zwei Punkte auf dem internationalen Geldmarkt nach oben zu klettern.

Obgleich also in diesem Herbst die Lücke in der Zahlungsbilanz immer größer wurde, obgleich sich die riesigen Öldefizite nur durch massive Anleihen beim Weltwährungsfonds ausgleichen ließen, obgleich sich die Zahl der Arbeitslosen in nie dagewesene, schwindelnde Höhen erhob, obgleich die Konkursgerichte Zulauf wie nie zuvor hatten, obgleich ausländische Investoren zu der Überzeugung kamen, daß London nicht mehr der geeignete Anlageplatz für ihre ständig anwachsenden Überschüsse war – trotz und alledem bewahrten sich unsere ausländischen Freunde ihren unerschütterlichen Glauben an die Leistungsfähigkeit und Wirksamkeit des britischen Schulsystems und infolgedessen auch an die Integrität und Fairness des Systems staatlicher Prüfungen. Ach je.

Viele Menschen strebten am Abend des 3. November, einem Montag, in Oxford ihren Hotelzimmern zu: Handlungsreisende und kleine Geschäftsleute, Besucher aus dem Ausland und Besucher aus dem Inland. Alle hatten ihre Unterkunft mit Blick auf ihre Spesen und Zuschüsse, den Umfang ihrer Reiseschecks oder den Inhalt ihrer Urlaubskasse gewählt. Es waren billige Hotels und vornehme Hotels, meist aber eher billige, obschon die weiß Gott noch teuer genug waren – Zimmer, in denen die Wassertanks die ganze Nacht über stöhnten und gurgelten, Zimmer, in denen die Schiebefenster klemmten und die Dielenbretter unter dem dünnen Bodenbelag knarrten. Die fünf Emissäre des Scheichtums Al-jamara hingegen waren bereits versorgt. Sie waren in den schönsten Zimmern, die das *Sheridan* zu bieten hatte, untergekommen. Am frühen Abend hatten sie üppig getafelt, bescheiden gebechert und großzügig

Trinkgelder verteilt, dann waren sie nach oben gegangen und hatten sich in die frischbezogenen Betten gelegt. Häusliche Probleme, persönliche Probleme, gesundheitliche Probleme – das eine oder das andere oder alle miteinander mochten als leichter Hauch die stillen Wasser ihrer Träume kräuseln, Geldprobleme aber hatten sie alle nicht. In den Nachkriegsjahren war hochwertiges Öl in großen, leicht zugänglichen Lagern unter ihrem scheinbar kahlen Sandboden gefunden worden, und ein wohlwollender, relativ gewissenhafter Despot, ein Onkel von Scheich Ahmed Dubal, hatte nicht nur amerikanisches Kapital zur Ausbeutung der Ölquellen beschafft, sondern das Leben der meisten Bewohner von Al-jamara unermeßlich bereichert. Straßen, Krankenhäuser, Einkaufszentren, Schwimmbäder und Schulen waren nicht nur geplant, sondern tatsächlich gebaut worden. In dieser zunehmend verwestlichten Gesellschaft war eine bessere Schulbildung für ihre Kinder das große Anliegen der wohlhabenden Bürger. Die ersten Kontakte zum Verband für Auslandsprüfungen lagen jetzt fünf Jahre zurück.

Die auf zwei Tage angesetzte Besprechung begann am Dienstag, dem 4. November, um halb elf. Bei dem voraufgehenden Begrüßungskaffee gab es eifriges Händeschütteln, zahlreiche Vorstellungen, viele lächelnde Mienen und allgemeines Wohlwollen. Die tiefgebräunten Araber trugen fast identische dunkelblaue Anzüge mit blendendweißen Hemden und sachlich-nüchternen Krawatten. Quinn hatte dem Tag mit einigem Zittern und Zagen entgegengesehen, merkte aber bald zu seiner großen Erleichterung, daß die Araber ein wunderbar präzises, fließendes Englisch sprachen, das zwar gelegentlich durch einen idiomatischen Ausrutscher beinträchtigt wurde, aber klar und – für Quinn – fast lächerlich leicht zu verstehen war. Alles in allem gingen die beiden Tage rasch und angenehm vorüber: Plenarsitzungen, Einzelgespräche, allgemeine Diskussion, Diskussion im kleinen Kreis, lebhafte Unterhaltungen, gutes Essen, Kaffee, Sherry, Wein. Das Unternehmen war ein großer Erfolg.

Für den Mittwochabend hatten die Araber die Disraeli-Suite des *Sheridan* für eine Abschiedsfeier *reserviert, und alle* Ehefrauen oder Freundinnen sowie das Führungsgremium des Verbandes waren zu der Festivität eingeladen. Scheich Ahmed höchstselbst, prächtig anzusehen in seinen arabischen Gewändern, nahm neben der strahlenden Monica Height Platz, die einen sehr schicken blaßvioletten Hosenanzug trug. Donald Martin wurde an der Seite seiner unscheinbaren Frau in ihrem zerknitterten weißen Rock und mit den Schuppen auf dem schwarzen Pullover immer elender zumute. Der Scheich hatte ganz offensichtlich die schöne Monica für die Dauer des Abends mit Beschlag belegt. Immer wieder ließ er sein weißgoldenes Lächeln aufblitzen, wenn er sich vertraulich zu ihr hinüberbeugte. Aufmerksam, geschmeichelt, einladend gab sie das Lächeln zurück. Auch Quinn beobachtete die beiden, während er seinen Krabbensalat aß. Der Scheich redete ununterbrochen, aber ob seine Worte allein Monica galten, hätte Quinn nicht sagen können.

«Wie formulierte es doch einer Ihrer Landsleute:

Austern sind amourös,
Hummer ist heiß,
Aber Krabben – o Herr ...»

Monica lachte und flüsterte dem Scheich etwas ins Ohr, was Quinn nicht mitbekam. Es war töricht gewesen, daß er sich je Hoffnungen gemacht hatte. Und dann folgte ein weiterer kurzer Wortwechsel, und jetzt wußte er, daß pianissimo geflüstert worden war. Er spürte sein Herz schneller und heftiger schlagen. Nein, da hatte er sich wohl doch geirrt ...

Gegen Mitternacht war die Gesellschaft auf ein Drittel ihres ursprünglichen Umfangs geschrumpft. Philip Ogleby, der mehr als alle anderen getrunken hatte, wirkte wie der einzig Nüchterne unter den Gästen. Auch die Martins waren vor einiger Zeit gegangen. Monica und Scheich Ahmed tauchten nach einer unerklärten Abwesenheit von einer guten halben Stunde plötzlich wieder auf. Bartlett redete etwas zu laut, und seine große, sehr um ihn besorgte Frau hatte ihn bereits mehrmals darauf hingewiesen, daß er nach Gin gern über seine eigenen Worte stolperte. Einer der Araber verhandelte ernsthaft mit einer Barfrau. Von den Gästen bewiesen nur der Präsident des Verbandes, Voss und Roope noch einiges Stehvermögen.

Um halb eins fand Quinn, daß es höchste Zeit war, die Party zu verlassen. Ihm war heiß und ein bißchen schlecht. Er ging zur Herrentoilette und legte den Kopf an den kühlen Wandspiegel. Morgen früh hatte er bestimmt einen grauenhaften Kater. Und er mußte noch zu seiner Junggesellenwohnung in Kidlington zurückfahren.

Warum war er nicht so vernünftig gewesen, sich ein Taxi zu bestellen? Er ließ sich kaltes Wasser über Gesicht und Handgelenke laufen, fuhr sich mit dem Kamm durch die Haare und fühlte sich etwas besser. Er würde sich verabschieden und machen, daß er wegkam.

Als er die Suite wieder betrat, waren nur noch wenige Gäste da, und er kam sich fast wie ein störender Eindringling vor. Er versuchte, Bartletts Blick aufzufangen, aber der war in ein Gespräch mit Scheich Ahmed vertieft. Quinn sah sich ein paar Minuten einigermaßen ratlos um, dann setzte er sich und schaute wieder zu seinen Gastgebern hinüber. Das Gespräch mit Bartlett dauerte an. Jetzt kam Ogleby dazu, dann trat Roope zu ihnen, Bartlett und Ogleby entfernten sich, dafür gesellten sich der Präsident und Voss, schließlich Monica zu ihnen. Wie hypnotisiert beobachtete Quinn die wechselnden Formationen. Er versuchte zu erfassen, worüber sie sprachen. Schuldbewußt und fasziniert zugleich beobachtete er ihre Lippen und folgte ihrem Gespräch, als stünde er direkt neben ihnen. Einige Bemerkungen, das spürte er, fielen nur im Flüsterton, aber für ihn waren die meisten Worte so deutlich zu verstehen, als riefe man sie durch ein Megaphon. Er erinnerte sich, wie er einmal (damals hatte er noch recht gut gehört) den Hörer abgenommen und unfreiwillig das Gespräch eines Mannes mit seiner Geliebten belauscht hatte, die ein heimliches Treffen verabredeten, wie er mit laszivem Kitzel ihre geplante Unzucht vorweggenommen hatte ...

Er erschrak, als Bartlett ihn jetzt ansah und, gefolgt von Scheich Ahmed, zu ihm trat.

«Haben Sie sich gut amüsiert, alter Junge?»

«Ja, sehr. Ich – ich wollte mich nur noch bei Ihnen beiden bedanken ...»

«Es war uns ein großes Vergnügen, Mi-ister Quiin.» Ahmed lächelte weißgolden und streckte die Hand aus. «Wir hoffen, Sie recht bald wiederzusehen.»

Quinn trat auf die St. Giles hinaus. Er hatte nicht bemerkt, wie scharf er in den letzten Minuten von einem der letzten Gäste beobachtet worden war, und war deshalb sehr überrascht, als er eine Hand auf seiner Schulter spürte. Er wandte sich zu dem Mann um, der ihm zu seinem Wagen gefolgt war.

«Auf ein Wort, Quinn», sagte Philip Ogleby.

Am nächsten Tag um halb eins sah Quinn von der Arbeit hoch, mit der er sich den Vormittag über redlich, aber ziemlich vergeblich herumgeschlagen hatte. Er hatte das Klopfen nicht gehört, aber die Tür stand offen, und in der Tür stand Monica.

«Wenn du magst, darfst du mich auf einen Drink einladen, Nicholas.»

4

Am Freitag, dem 21. November, bestieg ein etwa dreißigjähriger Mann in Paddington den Zug nach Oxford. Er fand ohne große Mühe ein leeres Abteil Erster Klasse, setzte sich behaglich zurecht und zündete sich eine Zigarette an. Seiner Aktentasche entnahm er einen an ihn gerichteten ziemlich dicken Umschlag («Wenn unzustellbar, bitte an den Verband für Auslandsprüfungen zurück!») und holte mehrere umfangreiche Berichte heraus. Er angelte einen Kugelschreiber aus der Brusttasche und begann sich sporadische Notizen zu machen. Da er Linkshänder war und die engbeschriebenen Blätter nur einen schmalen, überdies noch rechts angeordneten Rand hatten, war das ein recht mühsames Geschäft, besonders nachdem der Intercity in den nördlichen Vororten volle Fahrt machte. Der Regen schlug in schrägen Streifen an die schmutzigen Scheiben, immer schneller haschten die Telegrafenstangen nach den Drähten, während er abwesend auf die kahle Herbstlandschaft hinausblickte. Auch als er sich mit einem energischen Ruck wieder den lästigen Unterlagen zuwandte, fiel ihm die Konzentration schwer. Kurz vor Reading ging er in den Speisewagen und trank einen Scotch, dann einen zweiten. Danach fühlte er sich besser.

Um vier steckte er die Papiere wieder in den Umschlag, strich seinen Namen, C. A. Roope, aus und schrieb auf den Umschlag: T. G. Bartlett. Bartlett war ihm menschlich unsympatisch (was er auch nicht verhehlen konnte), aber er war ehrlich genug, um seine Erfahrung und seine sichere Hand in Verwaltungsangelegenheiten zu respektieren. Roope hatte versprochen, heute nachmittag die Unterlagen bei der Geschäftsstelle abzugeben. Bartlett würde nie das Protokoll einer Vorstandssitzung herausgehen lassen, ehe der Entwurf allen Teilnehmern vorgelegen hatte. Und Roope mußte zugeben, daß sich diese Pedanterie in vielen Fällen durchaus bewährt hatte. Für heute war die lästige Aufgabe jedenfalls bewältigt. Roope ließ die Aktentasche zuschnappen und sah wieder hinaus in den Regen. Die Fahrt war schneller gegangen, als er zu hoffen gewagt hatte, und wenig später tauchten zu seiner Rechten hinter den Regenschleiern die grauen Türme Oxfords auf, und der Zug fuhr in den Bahnhof ein.

Roope ging durch die Unterführung, stellte sich geduldig an der Sperre an und überlegte kurz, ob er sich überhaupt die Mühe machen sollte. Dabei wußte er, daß er für sich die Frage schon entschieden hatte. Er nahm die Rückfahrkarte Zweiter Klasse aus der Brieftasche und reichte sie dem Bahnsteigschaffner. «Sie bekommen noch Geld von mir. Ich bin zurück Erster gefahren.»

«Ist der Schaffner nicht durchgekommen?»

«Nein.»

«Tja, dann ist die Sache doch eigentlich erledigt, oder?»

«Bestimmt?»

«Ich wünschte, alle Fahrgäste wären so ehrlich wie Sie, Sir.»

«Na gut, wenn Sie meinen ...»

Roope nahm ein Taxi und gab dem Fahrer ein großzügiges Trinkgeld, als er ihn vor dem Verbandsgebäude absetzte. In den oberen Stockwerken umliegender Bürohäuser schimmerten blaßgelbe Lichtflächen, und die Umrisse der Baumriesen vor der Geschäftsstelle zeichneten sich schwarz vor einem dunkel werdenden Himmel ab. Es goß in Strömen.

Charles Noakes, seines Zeichens Hausmeister beim Verband für Auslandsprüfungen, war ein relativ junger und hilfsbereiter Vertreter seiner Gattung. Noch waren seiner Seele nicht durch jahrelangen Ärger um das Schließen von Fenstern, das Bohnern von Fußböden, die Bedienung der Zentralheizung und die Einstellung der Einbruchsicherung Schwielen gewachsen. Als Roope das Haus betrat, wechselte er gerade eine Leuchtstoffröhre im unteren Gang aus.

«Tag, Noakes. Ist Dr. Bartlett da?»

«Nein, Sir, er war den ganzen Nachmittag nicht im Haus.»

«Ach so.» Roope klopfte bei Bartlett und sah ins Zimmer. Das Licht brannte. Aber darauf konnte man, wie Roope wußte, nichts geben. Das Einschalten einer Leuchtstoffröhre, behauptete Bartlett, verbrauche ebensoviel Energie wie stundenlanger Betrieb, und deshalb blieb in der Geschäftsstelle «aus Gründen der Wirtschaftlichkeit» in allen Räumen das Licht ständig eingeschaltet. Einen Moment glaubte Roope ein Geräusch zu hören, aber dann war es wieder still. Auf dem Schreibtisch lag ein Zettel: «Freitag nachmittag. Bin nach Banbury. Vielleicht gegen fünf zurück.»

«Was hab ich Ihnen gesagt, Sir? Er ist nicht da.» Noakes war von der kleinen Leiter gestiegen und stand vor der Tür.

«Macht nichts, dann spreche ich kurz mit einem der anderen.»

«Da werden Sie nicht viel Glück haben, Sir. Soll ich mal nachsehen, wer noch da ist?»

«Nein, lassen Sie nur, das mache ich selber.»

Er klopfte und sah in Oglebys Zimmer. Keine Spur von Ogleby.

Er versuchte es bei Martin. Keine Spur von Martin.

Er hatte gerade bei Monica Height geklopft und senkte lauschend den Kopf, als der Hausmeister in dem gutbeleuchteten und gutgebohnerten Gang erschien. «Sieht so aus, als ob bloß noch Mr. Quinn da ist, Sir. Jedenfalls steht sein Wagen hinten. Die anderen sind wohl schon weg.»

Ja, ja, wenn die Katze fort ist, dachte Roope. Er machte die Tür zu Monicas Büro auf und sah hinein. Das Zimmer wirkte unheimlich aufgeräumt, der Schreibtisch war leer, der Ledersessel daruntergeschoben.

Bei Quinn versuchte der Hausmeister sein Glück, und Roope trat hinter ihn, als die Tür offenstand. Ein grüner Anorak lag über einem der Seeel, und die oberste Schublade eines Aktenschrankes mit zahlreichen gelben Mappen stand offen. Auf der Schreibtischplatte lag unter einem billigen Briefbeschwerer eine Nachricht von Quinn für seine Sekretärin, aber Quinn selbst war nicht zu sehen.

Roope hatte oft genug davon gehört, daß Bartlett seinen Mitarbeitern immer wieder ans Herz legte, in Prüfungsangelegenheiten strikte Geheimhaltung zu wahren und unbedingt eine Nachricht über ihren jeweiligen Aufenthaltsort zu hinterlassen. «Immerhin hat er uns einen Zettel dagelassen, wozu die anderen sich offenbar nicht haben aufraffen können.»

«Über das da wäre aber der Chef bestimmt nicht sehr glücklich.» Noakes schloß mit ernster Miene den Schrank und ließ das Schloß einschnappen.

«Ziemlicher Pedant in solchen Sachen, der gute Bartlett, was?»

«Er ist überhaupt ziemlich pedantisch, Sir.» Aber irgendwie hatte Roope den Eindruck, daß Noakes, wäre er genötigt, Partei zu ergreifen, sich auf Bartletts Seite schlagen würde.

«Sie glauben also nicht, daß er zu pingelig ist?»

«Nein, Sir. Ich meine, hier kommen doch alle möglichen Leute rein, bei so Sachen kann man nicht vorsichtig genug sein.»

«Recht haben Sie, Noakes.»

Die Bestätigung tat dem Hausmeister wohl, und er ging ein bißchen aus sich heraus. «Eins muß ich ja sagen, Sir, für seine Feuerübung hätte er sich auch eine wärmere Woche aussuchen können.»

«Feuerübungen habt ihr hier auch? Donnerwetter.» Roope griente. Seit seiner Schulzeit hatte er keine Feuerübung mehr mitgemacht.

«Heute, Sir. Punkt zwölf. Eine Viertelstunde hat er uns alle draußen stehenlassen. Gemein kalt war's. Ich weiß, daß es hier drin ein bißchen zu warm ist, aber ...» Noakes war drauf und dran, sich des längeren über seinen ungleichen Kampf mit der antiquierten Heizung in der Geschäftsstelle auszulassen, aber Roope war offenbar weit mehr an Bartlett interessiert.

«Eine Viertelstunde? Bei diesem Wetter?»

Noakes nickte. «Na schön, er hatte uns Anfang der Woche Bescheid gesagt, wir hatten also unsere Mäntel an und alles, und zum Glück hat's da gerade mal nicht geregnet, aber –»

«Warum denn bloß so lange?»

«Wir haben doch jetzt einen Haufen Mitarbeiter, und jeder mußte seinen Namen auf der Liste abhaken. Wie in der Schule. Und dann hat uns der Chef 'ne kleine Rede gehalten ...»

Aber Roope hörte nicht mehr zu. Er konnte schließlich nicht den ganzen Abend hier stehen und mit dem Hauswart reden. Langsam setzte er sich wieder in Bewegung. «Trotzdem komisch, nicht? Heute vormittag sind alle noch vollzählig angetreten, und heute nachmittag ist kein Mensch mehr da.»

«Stimmt schon, Sir. Kann ich sonst noch was für Sie tun?»

«Nein, nein, ist nicht weiter tragisch. Ich wollte Bartlett nur den Umschlag geben. Ich leg ihn auf seinen Schreibtisch.»

«Sobald die Röhre drin ist, mach ich mir oben 'ne Tasse Tee. Möchten Sie auch eine, Sir?»

«Nein, ich muß weiter. Trotzdem schönen Dank.»

Roope benützte die Herrentoilette am Eingang. Jetzt merkte er auch, wie warm es im Haus war. Wie in einer Sauna.

Bartlett hatte vor einer Gruppe von Schulleitern und Schulleiterinnen eine Rede über die eingetretenen Änderungen bei staatlichen Prüfungen gehalten und die letzte Frage autoritativ (aber mit einer Prise Humor) etwa zur gleichen Zeit beantwortet, als Roope das Taxi bestiegen hatte, das ihn zur Geschäftsstelle brachte. Dann setzte er sich in seinen dunkelbraunen Vanden Plas, der sein ganzer Stolz war, und fuhr im Hundertertempo die etwa dreißig Kilometer zurück nach Oxford. Er wohnte in Botley, auf der Westseite der Stadt, und während der Fahrt überlegte er, ob er noch einmal im Büro vorbeischauen oder gleich nach Hause fahren sollte. Aber in Kidlington geriet er in den üblichen Abendstau, und während er sich über den Kreisverkehr am Nordrand von Oxford quälte, beschloß er, gleich Richtung Heimat abzubiegen. Vielleicht fuhr er später, nach der Rush-hour, noch einmal zur Geschäftsstelle.

Als er kurz nach fünf heimkam, sagte ihm seine Frau, daß mehrere Anrufe für ihn eingegangen seien. Und während sie ihm noch Einzelheiten berichtete, läutete das verflixte Telefon schon wieder. Nicht zum erstenmal fand sie, daß eine Geheimnummer etwas durchaus Erstrebenswertes wäre.

Am Samstag, dem 22. November, wurde (wie an den meisten Samstagen) die Alarmanlage früh um halb neun, eine Stunde später als an Wochentagen, abgestellt. In den Wintermonaten wurde am Samstag nur manchmal gearbeitet, und an diesem Samstag war das Haus allem Anschein nach völlig leer. Ogleby kam zu Fuß und schloß leise auf. Der Geruch nach Bohnerwachs weckte in ihm, wie der Geruch nach Kinositzen und alten Bibliotheksbüchern, verlokkende Erinnerungen an seine frühen Schultage, aber er hatte jetzt an anderes zu denken. Er sah nacheinander in alle Räume im Erdgeschoß, um sich davon zu überzeugen, daß niemand da war, was er aber ohnehin spürte. Im Haus hing eine unheimlich hallende Leere, die durch das leise Türenschlagen nur noch vertieft wurde. Er betrat sein Büro und wählte eine Nummer.

«Guten Morgen, Chef. Hoffentlich habe ich Sie nicht aus dem Bett geholt? Freut mich. Ich habe eine ganz dumme Frage. Können Sie mir sagen, wann am Samstag die Alarmanlage abgestellt wird?

Um halb neun? Ja, dachte ich mir, aber ich wollte mich doch noch mal vergewissern. Komisch, ich hatte mir irgendwie eingebildet, das sei irgendwann mal geändert worden. Nein, verstehe. Entschuldigen Sie bitte die Störung. Ist die Sitzung in Banbury gut gelaufen? Bestens. Tja, dann mache ich mich jetzt auf den Weg.»

Ogleby ging in Bartletts Zimmer. Er sah sich rasch um und holte dann seine Schlüssel heraus. Von Botley bis zur Geschäftsstelle fuhr man mindestens zwanzig Minuten, er hatte also eine gute halbe Stunde zur Verfügung. Aber Ogleby war ein vorsichtiger Mensch und genehmigte sich nur zwanzig Minuten.

Fünfundzwanzig Minuten später – er saß inzwischen an seinem Schreibtisch – hörte er, wie jemand das Haus betrat. Gleich darauf ging die Tür auf.

«Sie sind also reibungslos hereingekommen, Philip?»

«Ja, danke. Kein Alarm auf der Wache.»

«Gut.» Bartlett blinzelte hinter seiner Brille. «Ich – äh – habe auch noch ein paar Sachen zu erledigen.» Er machte die Tür wieder zu und ging in sein Büro. Er wußte natürlich, was gespielt wurde. Für einen klugen Mann wie Ogleby war die Ausrede mit der Alarmanlage äußerst dürftig. Aber wonach hatte er gesucht? Bartlett öffnete seine Schränke und zog die Schublade heraus, aber alles war in Ordnung, offenbar war nichts gestohlen worden. Und überhaupt – was hätte hier das Stehlen gelohnt? Er lehnte sich zurück und runzelte nachdenklich die Stirn. Die Sache war doch recht beunruhigend. Er ging noch einmal die paar Schritte bis zu Oglebys Zimmer, aber Ogleby war schon weg.

5

Morse sah in den großen Spiegel vor sich und begutachtete darin den Reflex des hinter ihm erhobenen Handspiegels, in dem hinwiederum er die Okzipitalregion eines in seinen Augen bedeutenden Hauptes betrachten konnte. Er nickte, ohne eine Miene zu verziehen, während der Handspiegel an die linke Nackenseite rückte, nickte erneut, als er nach rechts überwechselte, lehnte die vorgeschlagene Verwendung eines weißen, schmierig aussehenden Haarbalsams ab, der griffbereit auf dem Ablagebrett vor ihm stand, erhob sich wie ein enthülltes Standbild, nahm das ihm entgegengestreckte Zellstofftuch, rubbelte energisch über Gesicht und Ohren und griff nach seiner Brieftasche. Wieder einmal geschafft. Er fühlte sich nie wohl, wenn sein Haar ihm in unordentlich-lockiger Fülle über den Kragen zu wachsen begann, während die Wuchsfreudigkeit auf dem Kopf leider neuerdings zu wünschen übrig ließ. Er gab dem Friseur ein großzügiges Trinkgeld und trat auf die Summertown hinaus. Es war zwar nicht mehr so kalt wie in den letzten Tagen, dafür nieselte es leicht, und er beschloß, mit dem Bus zu seiner möblierten Wohnung am oberen Ende der North Oxford zu fahren. Es war Dienstag, der 25. November, 10 Uhr 15.

Daß ihn im Präsidium irgend etwas Welterschütterndes erwartete, war unwahrscheinlich, und er mußte sowieso zu Hause vorbei. Es war ein Ritual für Morse. Als Rekrut hatten ihn die von der Army gestellten kratzigen Unterhemden, kratzigen Hemden und kratzigen Hosen fast verrückt gemacht. Seine Mutter hatte ihm eingeredet, er habe eine besonders empfindliche Haut, und das hatte er verinnerlicht. Zu Hause war es immer dasselbe nach dem Haareschneiden: Er zog Hemd und Unterhemd aus, ließ warmes Wasser ins Waschbecken laufen und tauchte den Kopf hinein. Ein reiner Genuß. Er wusch sich zweimal die Haare, trocknete Gesicht und Ohren gründlich ab, rubbelte den Rücken mit einem Handtuch, trocknete das Haar, spülte die kurzen schwarzen Härchen, die sich am Waschbeckenrand festgesetzt hatten, weg, holte sich ein sauberes Unterhemd und ein frisches Hemd. Dann kämmte er sich liebevoll vor dem Badezimmerspiegel.

Aber heute vormittag lief es nicht ganz so wie sonst. Er war gerade dabei, die zweite Portion Pflegeshampoo abzuspülen, als das Telefon läutete. Er fluchte hingebungsvoll. Wer zum Teufel –

«Gut, daß ich Sie zu Hause antreffe, Sir. Im Büro hatte niemand Sie gesehen.»

«Na und? Ich habe mir die Haare schneiden lassen. Ist doch wohl kein Verbrechen.»

«Können Sie gleich herkommen, Sir?» Lewis war plötzlich ganz ernst geworden.

«In fünf Minuten. Was gibt's denn?»

«Wir haben einen Toten, Sir.»

«Von wo rufen Sie an?»

«Vom Revier, Sir. Kennen Sie die Pinewood Close?»
«Nein.»
«Ist vielleicht besser, wenn Sie erst hier vorbeikommen.»
«Okay, erwarten Sie mich dort.»

Auch Chief Superintendent Strange erwartete ihn. Ungeduldig stand er auf den Stufen zum Revier der Thames Valley Police in Kidlington, als Morse seinen Lancia parkte und heraussprang.

«Wo haben Sie denn gesteckt, Morse?»

«Entschuldigen Sie, Sir, ich hab mir die Haare schneiden lassen.»

«Sagen Sie das noch mal.»

Morse schwieg. In den hellgrauen Augen stand nicht die Spur von schlechtem Gewissen oder Ärger.

«Schöne Reklame für die Polizei. Da werden brave Bürger umgelegt, die Anspruch auf den Schutz und die Fürsorge der Ordnungskräfte haben, und der einzige verfügbare Chief Inspector läßt sich die Haare schneiden.»

Morse hielt den Mund.

«Hören Sie zu, Morse, Sie übernehmen den Fall, ist das klar? Sie können Lewis haben, wenn Sie wollen.» Strange wandte sich ab, dann fiel ihm noch etwas ein. «Und kein weiterer Haarschnitt, bis Sie die Sache hier geklärt haben. Das ist ein Befehl.»

«Vielleicht brauche ich bis dahin auch gar keinen, Sir.» Morse zwinkerte Lewis vergnügt zu und ging voraus ins Büro. «Wie sieht's von hinten aus?»

«Sehr ordentlich, Sir. Wirklich gut geschnitten.»

Morse lehnte sich in dem schwarzen Ledersessel zurück und strahlte Lewis an. «So, und jetzt schießen Sie los.»

«Ein gewisser Quinn, Sir. Wohnte im Erdgeschoß einer Zweifamilienhaushälfte in der Pinewood Close. Schon eine ganze Weile tot, so wie's aussieht. Gift, würde ich sagen. Er arbeitet –» (arbeitete, brummelte Morse) «– beim Verband für Auslandsprüfungen in der Woodstock Road. Einer seiner Kollegen, der sich um ihn Sorgen machte, ist hingegangen und hat ihn gefunden. Bei mir ist der Anruf um Viertel vor zehn gelandet, ich bin gleich mit Dickson hin und hab mich mal kurz umgesehen. Dickson habe ich dagelassen, und ich bin wieder hergekommen, um Sie anzurufen.»

«Und was weiter, Lewis?»

«So wie ich Sie kenne, hab ich mir gedacht, ich soll vielleicht den Typ festnehmen, der ihn gefunden hat.»

Morse griente. «Ist er hier?»

«Im Vernehmungszimmer. Ich hab schon eine Aussage von ihm, aber ehe er das Protokoll unterschreibt, müssen wir wohl noch mal drübergehen. Sie wollen sicher mit ihm sprechen.»

«Ja, aber das hat Zeit. Haben wir einen Wagen?»

«Wartet draußen, Sir.»

«Die Spurensicherung haben Sie hoffentlich noch nicht in Marsch gesetzt?»

«Nein, damit habe ich auf Sie gewartet.»

«Gut. Kümmern Sie sich um das Protokoll, wir treffen uns in zehn Minuten draußen.»

Morse führte zwei Telefongespräche, kämmte sich noch einmal und war sehr mit sich und der Welt zufrieden.

Etliche Gesichter waren hinter Tüllgardinen in den Erdgeschoßfenstern zu sehen, als das Polizeifahrzeug in die Pinewood Close einfuhr, ein unbedeutendes Sträßchen, in dem acht vor etwa einem halben Jahrhundert errichtete Doppelhäuser in eine leicht verschlissene Würde hineingealtert waren. Die Zäune, die die Grundstücke umgaben, hielten sich zumeist nur noch mühsam aufrecht, die wackligen Latten hätten dringend einen neuen Schutzanstrich gebraucht, die Querverstrebungen waren morsch, regennaß und angeschimmelt. Nur den beiden Eckhäusern der Reihe hatte der ursprüngliche Bauherr genug Platz für eine Garage gegönnt. Vor dem linken Eckhaus hatte der stämmige Constable Dickson Posten bezogen. Er trat auf dem regennassen Beton vor der ungestrichenen Fertiggarage von einem Fuß auf den anderen, während er sich mit der etwa fünfzigjährigen Besitzerin unterhielt, die außerdem noch ein halbes Dutzend Häuser in der Nachbarschaft ihr eigen nannte. Mochten auch die Einkünfte aus den zahlreichen Liegenschaften nicht unbeträchtlich sein – ihre Garderobe ließ keinesfalls auf Wohlstand schließen. Sie hatte keine Strümpfe an und zog, als Morse und Lewis aus dem Wagen stiegen, einen schäbigen alten Mantel fester über der schmuddelig-weißen Bluse zusammen.

«Da kommen die hohen Tiere», sagte Dickson halblaut und trat vor, um den Chief Inspector zu begrüßen. «Das ist Mrs. Jardine, Sir. Das Haus gehört ihr, und sie hat uns eingelassen.»

Morse nickte freundlich, nahm den Sicherheitsschlüssel von Dickson entgegen und schickte den Constable mit Mrs. Jardine zwecks Aufnahme des Protokolls zum Wagen. Er selbst blieb eine Weile schweigend stehen, den Rücken zum Haus, und sah sich um.

Ein dichter Gürtel kleiner Bäume und verschiedenartiger Büsche schirmte die Häuser von der Durchgangsstraße ab und vermittelte fast so etwas wie einen Hauch von Exklusivität. Doch die kleine Straße selbst war ungepflegt, auf dem Gehsteig verlief eine lange, ungleichmäßige schwarze Narbe; an dieser Stelle waren erst neulich wieder einmal die Leute von der Kanalisation am Werk gewesen. Im Rinnstein lag eine dicke Schicht nasses Laub, und die Straßenlaterne vor Nummer 1 war einem Steinwurf zum Opfer gefallen. Die Tür des Hauses nebenan öffnete sich einen Spaltbreit, und eine Frau mittleren Alters linste neugierig zum Ort des Geschehens hinüber.

«Guten Morgen», sagte Morse munter.

Blitzartig schlug die Tür zu, und Morse wandte seine Aufmerksamkeit der Garage zu. Die Tür war zwar nur angelehnt, aber er berührte nichts, sondern begnügte sich mit einem raschen Blick durch die oberen Glasscheiben. In der Garage stand ein dunkelblauer Morris 1300. Zwischen Wand und Fahrertür blieben nicht mehr als dreißig Zentimeter Platz. Er ging zur Haustür und steckte den Schlüssel ins Schloß. «Bloß gut, daß er keinen Cadillac fährt, Lewis.»

«Fuhr», korrigierte Lewis leise.

Von der Haustür der Pinewood Close Nummer 1 kam man direkt in eine enge Diele; am Fuß der Treppe links war eine Reihe von Kleiderhaken angebracht. Morse deutete auf die Tür zu seiner Rechten. «Ist es dort?»

«Nächste Tür, Sir.»

Die Tür war geschlossen. Morse holte einen Kugelschreiber heraus und drückte vorsichtig damit die Klinke herunter. «Hoffentlich haben Sie nicht überall Ihre Fingerabdrücke verteilt, Lewis.»

«Ich habe die Tür genauso aufgemacht wie Sie, Sir.»

In dem Zimmer brannte noch Licht, die orangefarbenen Vorhänge waren vorgezogen, der Gasofen brannte mit kleiner Flamme, und auf dem Teppich lag in fötaler Stellung die Leiche eines jüngeren Mannes. Rechts und links vom Kamin standen zwei alte, aber gemütlich aussehende Sessel. Neben dem Sessel rechts standen auf einem niedrigen, frischpolierten Beistelltisch eine fast volle Flasche trockener Sherry und ein fast leeres billiges Sherryglas. Morse beugte sich vor und schnupperte an der hellen, klaren Flüssigkeit. «Wußten Sie, Lewis, daß etwa 18 Prozent unserer männlichen und etwa 4 Prozent der weiblichen Bevölkerung Zyankali dem Geruch nach nicht erkennen können?»

«Es ist also Gift?»

«Riecht danach. Pfirsichblüten, Bittermandel ... wie Sie wollen.»

Das Gesicht des Toten war ihnen zugewandt, und Morse kniete sich hin und sah ihn an. Ein wenig angetrockneter Schaum haftete an dem verzerrten Mund, und das bärtige Kinn war im Tod fest angespannt. Die Pupillen der geöffneten Augen waren sehr weit, die Hautfarbe von einem fleckig-morbiden Blau. «Die klassischen Symptome, Lewis. Hier könnten wir fast auf die Leichenschau verzichten. Kaliumzyanid. Aber die Jungs von der Spurensicherung müssen ja jeden Augenblick hier sein.» Er stand auf und trat an den Vorhang, der bei einer offenbar schon länger zurückliegenden Wäsche eingelaufen war und oben leicht auseinanderklaffte. Von hier aus sah Morse in den schmalen Garten mit einem fleckigen, armseligen Rasen und einem kleinen Gemüsebeet am hinteren Ende. Links fehlte ein Stück Zaun. Der Anblick schien ihm keine nützlichen Erkenntnisse zu vermitteln, denn er wandte sich wieder dem Zimmer selbst zu. An der Wand gegenüber vom Kamin standen etwa ein Dutzend mit dicker Schnur gebündelte Bücherpakete und ein Sideboard aus dunklem Mahagoni, dessen linke Tür offenstand und das eine kleine Kollektion verschiedenartiger Becher und Gläser sowie eine ungeöffnete Flasche Whisky enthielt. Alles war auffallend sauber und ordentlich. Ein kleiner Papierkorb stand in der flachen Nische links vom Kamin. Ihm entnahm Morse ein zusammengeknülltes Stück Papier, das er behutsam auf dem Sideboard glattstrich.

> *«Mr. Quinn, ich bin heute nachmittag nicht mit Putzen fertiggeworden, weil Mr. Evans krankgeschrieben ist und ich ihm ein Rezept vom Arzt holen muß. Ich komme nach sechs nochmal vorbei und mach fertig, wenn es Ihnen recht ist. A. Evans (Mrs.)»*

Morse gab den Zettel Lewis. «Interessant.»

«Was meinen Sie, wie lange er tot ist, Sir?»

Morse sah noch einmal auf Quinn herunter und zuckte die Schultern. «Zwei, drei Tage, schätze ich.»

«Erstaunlich, daß ihn nicht schon eher jemand gefunden hat.»

«Hm. Er hatte nur diese Räume im Erdgeschoß, sagen Sie?»

«Mrs. Jardine hat das gesagt. Oben wohnt sonst ein junges Ehepaar, aber sie liegt im Radcliffe, weil sie gerade ein Baby bekommen hat, und er macht Nachtschicht in Cowley und schläft zur Zeit bei seinen Eltern in Oxford.»

«Hm.» Morse wandte sich zum Gehen, blieb aber unvermittelt noch einmal stehen. Die Unterseite der Tür war laienhaft mit einem Hobel bearbeitet worden, damit sie genug Spiel hatte, um über den Teppich zu gleiten mit dem Erfolg, daß jetzt ein merklicher Luftzug durch den Spalt drang, in dem die kleinen blauen Gasflammen von Zeit zu Zeit in hellerem Gelb aufzüngelten.

«Komisch, Lewis. Wenn ich hier wohnen würde, hätte ich mir nicht den Sessel ausgesucht, der direkt im Zug steht.»

«Gerade für den scheint er sich aber entschieden zu haben.»

«Das ist noch sehr die Frage, Lewis.»

Es klingelte an der Haustür, und Morse schickte Lewis hin. «Die Jungs können gleich loslegen.» Er ging in die Küche. Auch hier war alles in schönster Ordnung. Auf einem Tisch mit roter Kunststoffplatte stand ein Vorrat offensichtlich frisch erstandener Lebensmittel. Sechs Eier in einem Plastikbehälter, ein halbes Pfund Butter, ein halbes Pfund englischer Cheddarkäse, zwei schöne Steaks in Folie und eine braune Papiertüte mit Champignons. Daneben lag ein Kassenzettel von der Rolle aus dem *Quality*-Supermarkt. In den grauen Augen von Morse blitzte es auf.

«Lewis!»

Alles andere schien weniger interessant: Spüle, Gasherd, Kühlschrank, zwei Küchenhocker und neben der Hintertür ein kleiner Vorratsschrank, mit dem der Platz unter der Treppe genutzt wurde. Lewis, der mit dem Polizeiarzt gesprochen hatte, kam zur Tür. «Sir?»

«Wie läuft's da drin?»

«Gift, sagt der Doktor.»

«Es ist doch etwas Wunderbares um die ärztliche Kunst, Lewis. Aber wir haben im Augenblick noch andere Sorgen. Machen Sie doch bitte eine Bestandsaufnahme aller Lebensmittel im Kühlschrank und im Vorratsschrank.»

«Hm.» Lewis drängte sich der Gedanke auf, ein Kriminalbeamter seines Ranges und mit seinen Erfahrungen sei eigentlich über solche Anfängeraufgaben erhaben. Aber er arbeitete nicht zum erstenmal mit Morse, und man mochte über den Chief Inspector sagen, was man wollte – mit belanglosen oder überflüssigen Aufgaben verschwendete er nur selten seine oder anderer Leute Zeit. Jawohl, er würde sofort damit anfangen, hörte er sich sagen.

«Ich fahre ins Revier zurück, Lewis. Bleiben Sie bitte hier, bis ich wieder da bin.»

Als Morse herauskam, standen Dickson und Mrs. Jardine neben dem Polizeifahrzeug. «Sie fahren mich zum Revier zurück, Dickson.» Er wandte sich an Mrs. Jardine. «Sie haben uns sehr geholfen. Herzlichen Dank. Sie haben einen Wagen?»

Mrs. Jardine nickte und verzog sich. Sie war enttäuscht, weil ihre kleine Rolle in der Ermittlung offensichtlich schon zu Ende war und der ziemlich wortkarge Typ, der wohl die Oberleitung hatte, nicht mehr als eine beiläufige Frage an sie gerichtet hatte. Aber dann wandten sich ihre Überlegungen eher praktischen Problemen zu. Würden sich Mieter um die Räume reißen, die dieser nette junge Mr. Quinn nur so kurze Zeit bewohnt hatte: So was mochten die Leute nicht. Aber als sie die Außenbezirke Oxfords erreicht hatte, tröstete sie sich bereits mit dem Gedanken, daß die Toten schnell vergessen werden. Doch, sie würde die Wohnung bestimmt bald wieder vermieten können. Nach einem Monat sah das alles schon ganz anders aus.

Morse las die Aussage dem jungen Mann vor, der ziemlich zappelig an dem kleinen Tisch im Vernehmungsraum Nummer 1 saß.

«Ich kannte Nicholas Quinn seit einem Vierteljahr. Er hat am 1. September dieses Jahres seinen Posten als akademischer Mitarbeiter im Verband für Auslandsprüfungen angetreten.

Am Montag, dem 24. November, erschien er nicht zum Dienst und hat sich auch nicht telefonisch abgemeldet. Es kommt vor, daß ein Mitarbeiter einen oder zwei Tage freinimmt, aber der Geschäftsführer, Dr. Bartlett, besteht in solchen Fällen darauf, daß er darüber informiert ist. Am Montag hatte keiner meiner Kollegen Mr. Quinn gesehen, und niemand wußte, wo er war. Heute vormittag, am Dienstag, dem 25. November, kam Dr. Bartlett in mein Büro und sagte, Mr. Quinn sei heute auch nicht zum Dienst erschienen. Er habe versucht, ihn anzurufen, es habe sich aber niemand gemeldet. Er bat mich, bei Mr. Quinn vorbeizufahren, was ich tat. Ich traf gegen halb zehn dort ein. Die Haustür war abgeschlossen, und auf mein Klingeln reagierte niemand. Ich sah, daß Mr. Quinns Wagen in der Garage stand, und ging zur Hintertür. In dem Zimmer im Erdgeschoß brannte Licht, und die Vorhänge waren vorgezogen, aber durch einen Spalt konnte ich ins Zimmer sehen. Ich erkannte, daß auf dem Boden vor dem Kamin jemand lag und sich nicht rührte. Und da wußte ich, daß etwas Ernstes vorgefallen war. Ich rief sofort von einer öffentlichen Telefonzelle auf der Hauptstraße die Polizei an und wurde gebeten, vor dem Haus zu warten. Dann traf Sergeant Lewis mit einem Constable ein, sie stellten fest, wem das Haus gehörte, und etwa zehn Minuten später kam die Hauswirtin mit einem Schlüssel. Die Polizei begab sich dann für kurze Zeit ins Haus, und als Sergeant Lewis herauskam, sagte er, ich solle mich auf einen Schock gefaßt machen. Er sagte, Mr. Quinn sei tot.»

«Sind Sie bereit, das zu unterschreiben?» Morse schob das Protokoll über den Tisch.

«Die Wendung ‹begab sich› stammt nicht von mir.»

«Das müssen Sie uns nachsehen, Sir. Die Polizei ‹geht› grundsätzlich nicht. Wir ‹begeben uns›.»

Donald Martin akzeptierte die Erläuterung mit einem schwachen Lächeln und unterschrieb mit einem etwas zittrigen Schnörkel.

«Wie gut haben Sie Mr. Quinn gekannt, Sir?»

«Eigentlich nicht sehr gut. Er ist erst seit –»

«Ja, das steht in Ihrer Aussage. Aber warum hat der Geschäftsführer Sie und nicht einen der anderen Kollegen hingeschickt?»

«Das weiß ich auch nicht.»

«Was haben Sie hier im Haus erwartet?»

«Ich habe mir gedacht, daß er vielleicht krank ist und sich deshalb nicht melden konnte.»

«Es ist Telefon im Haus.»

«Ja, aber er könnte doch ... Es könnte ein Herzanfall oder so was gewesen sein.»

Morse nickte. «Verstehe. Wissen Sie zufällig, wo seine Eltern wohnen?»

«Irgendwo in Yorkshire, glaube ich. Aber bestimmt hat die Geschäftsstelle –»

«Ja, natürlich. Hatte er eine Freundin?»

Martin spürte den Blick der strengen grauen Augen, die auf ihn gerichtet waren, und hatte plötzlich einen sehr trockenen Mund. «Nicht daß ich wüßte.»

«Keine hübsche Puppe im Büro, an der er Gefallen gefunden hatte?»

Die Pause war minimal, aber sie genügte, um Morses Phantasie in leichte Schwingungen zu versetzen.

«So was soll's ja geben, nicht? Er war Junggeselle?»

«Ja.»

«Sind Sie verheiratet, Sir?»

«Ja.»

«Hm. Vielleicht haben Sie vergessen, wie es sich allein lebt.» Morse wäre es lieber gewesen, wenn Martin ihm über den Mund gefahren wäre und gesagt hätte, er solle nicht so einen Blödsinn reden, aber Martin sagte nichts dergleichen.

«Ich weiß nicht recht, worauf Sie hinauswollen, Inspector.»

«Lassen Sie's gut sein, das weiß ich manchmal selber nicht.» Er stand auf. Martin folgte seinem Beispiel und knöpfte seinen Mantel zu. «Jetzt fahren Sie am besten wieder ins Büro zurück, sonst macht man sich dort noch Sorgen um Sie. Sagen Sie dem Geschäftsführer, daß ich mich so bald wie möglich mit ihm in Verbindung setzen werde. Er soll Mr. Quinns Büro abschließen.»

«Sie wissen wohl nicht ...» begann Martin leise.

«Doch, einiges wissen wir schon. Leider. Er ist mit ziemlicher Sicherheit ermordet worden.» Das unheimliche Wort schien noch eine Weile im Raum zu hängen, in dem es mit einem Schlag gespenstisch still geworden war.

6

In den vergangenen zehn Jahren hatte der Verband für Auslandsprüfungen seine Netze über den halben Erdball ausgeworfen, und für seine rund hundert Stützpunkte im Ausland war der 25. November, ein Dienstag, für die Wiederholung der Englischprüfungen für den Realschulabschluß, die sogenannten O-Levels, festgesetzt worden. Für die Mehrheit der ausländischen Prüflinge war dieser Vormittag die ersehnte zweite Chance. Eine gute Englischnote war sowohl für eine künftige Stellung als auch für eine weiterführende Ausbildung so wichtig, daß es kaum einen unter den Kandidaten gab, der den beiden Prüfungsthemen (Aufsatz und inhaltliches Verstehen) nicht den nötigen Respekt entgegenbrachte. Nur die wenigen, die bei dem Termin im Sommer krank gewesen waren, machten die Prüfung zum erstenmal. Die übrigen waren die, die beim ersten Anlauf durch angeborene Unfähigkeit oder monumentale Faulheit versagt hatten und die Prüfer erst noch davon überzeugen mußten, daß sie im Umgang mit der englischen Sprache ein einigermaßen annehmbares Niveau erreicht hatten.

An diesem Vormittag wies in Übereinstimmung mit den Vorschriften der zuständigen Prüfungsstellen um 11 Uhr 55 das Aufsichtspersonal in Genf, in Ost- und Westafrika, in Bombay und am Persischen Golf die Prüflinge darauf hin, daß in fünf Minuten Abgabeschluß für die Arbeiten war. Die Kandidaten sollten noch einmal nachsehen, ob sie auf jeden Bogen ihren vollständigen Namen und ihre Kenn-Nummer geschrieben hatten, und sollten die Blätter in der richtigen Reihenfolge abgeben. Einige wenige Prüflinge schrieben noch fieberhaft und zumeist vergebens. Die anderen sahen noch einmal ihre Texte durch, ordneten die Blätter, rückten sich leicht entspannt zurecht und grinsten ihren Mitprüflingen zu, die an den jeweils eineinhalb Meter voneinander entfernt stehenden Tischen in Klassenräumen oder Turnhallen saßen.

Schlag zwölf gab in einem klimatisierten, europäisch eingerichteten Klassenraum im Scheichtum Al-jamara ein junger Engländer, der zum erstenmal bei einer Prüfung Aufsicht führte, die Aufforderung zum Einstellen der Arbeit. Vor ihm saßen nur fünf Schüler, alles Araber, die alle schon vor einigen Minuten aufgehört hatten zu schreiben. Einer der Jungen (kein Schüler dieser Anstalt, sondern der Sohn eines der Scheichs) war schon länger fertig. Er hatte die Arme übereinandergeschlagen und sich mit einem selbstzufriedenen Lächeln auf den dunklen, semitischen Zügen zurückgelehnt. Er gab als letzter der fünf Prüflinge seine Arbeit ab, ohne ein Wort zu sagen.

Der junge Engländer machte sich mit großer Sorgfalt an das Ausfüllen des Prüfungsprotokolls. Zum Glück war keiner der Kandidaten der Prüfung ferngeblieben, so daß er auf die komplizierten Bestimmungen des Abschnittes «Abwesende» nicht einzugehen brauchte. Er trug Namen und Kenn-Nummer der fünf Prüflinge in die entsprechenden Spalten ein und nahm sich die Anwesenheitsliste vor, um sie zusammen mit den Arbeiten in den amtlichen gelben Umschlag zu stecken. Dabei fiel sein Blick kurz auf die Arbeit von Muhammad Dubal, Kenn-Nummer 5. Er sah sofort, daß sie sehr gut war – sehr viel besser als die der anderen vier. Aber vermutlich hatte der Sohn des Scheichs teuren Privatunterricht gehabt. Nun ja, vielleicht ließen sich auch die Leistungen seiner Schüler bis zum nächsten Sommer noch ein bißchen steigern.

Im Hinausgehen befeuchtete er mit der Zunge die Umschlagklappe und ging zum Sekretariat der Schule hinüber.

Kurz nach zwölf traf Morse wieder in der Pinewood Close ein. Er machte keine Anstalten, die neugierige Menge zu zerstreuen, die sich in der schmalen Straße drängte, denn daß die Öffentlichkeit so häufig für den Wunsch gestraft wurde, die seltenen Unglücksfälle und Katastrophen, die sich in ihrer Nachbarschaft abspielten, hautnah mitzuerleben, hatte er nie so recht verstanden. (Er hätte sich genauso danach gedrängt). Er schob sich an den drei Polizeifahrzeugen und dem Krankenwagen vorbei und betrat das Haus. Drinnen drängelten sich fast so viele Leute wie draußen.

«Traurige Sache, der Tod», sagte Morse.

«*Mors, mortis*, Femininum», brummelte der alternde Polizeiarzt.

«Erinnern Sie mich bloß nicht.» Morse nickte trübsinnig.

«Lassen Sie's gut sein, Morse, wir leben alle langsam, aber sicher dem Tod entgegen.»

«Wie lange ist er tot?»

«Könnten vier, fünf Tage sein. Nicht weniger als drei jedenfalls.»

«Sehr hilfreich ist das nicht.»

«Ich müßte ihn mir näher ansehen.»

«Schätzen Sie doch mal.»

«Inoffiziell?»

«Inoffiziell.»

«Freitag nacht oder Samstag morgen.»

«Zyankali?»

«Zyankali.»

«Glauben Sie, daß es lange gedauert hat?»

«Nein. Ziemlich sichere Sache, wenn man die richtige Dosis intus hat.»

«Minuten?»

«Viel schneller. Ich muß mir natürlich Flasche und Glas ansehen.»

Morse wandte sich an die anderen beiden Beamten, die eifrig mit Pinsel und Pulver hantierten.

«Schon was gefunden?»

«Überall seine Fingerabdrücke, wie es scheint.»

«Kein Wunder.»

«Aber auch noch andere.»

«Vermutlich von der Putzfrau.»

«Auf der Flasche ist nur eine Sorte von Abdrücken, Sir, und auf dem Glas auch.»

«Hm.»

«Können wir die Leiche wegschaffen?»

«Jederzeit. Nein, halt – seine Taschen sollten wir uns wohl noch ansehen.» Er wandte sich an den Arzt. «Machen Sie das, Doc?»

«Seit wann sind Sie zimperlich, Morse? Haben Sie übrigens gewußt, daß er ein Hörgerät trug?»

Eine Minute vor zwei stand Morse auf und sah Lewis an.

«Zu einem Glas reicht's noch, wenn Sie sich ein bißchen ranhalten.»

«Danke, nicht für mich, Sir, mir langt's.»

«Das Geheimnis eines glücklichen Lebens besteht darin, Lewis, daß man weiß, wann man aufhören muß, und dann noch ein kleines bißchen weitergeht.»

«Na schön, aber nur noch ein Kleines.»

Morse ging zur Theke und lächelte die Schankfrau sonnig an. Aber in Wirklichkeit war er keineswegs in Hochstimmung.

Er wußte, daß Bier – insbesondere Bier in großen Mengen – seine Phantasie ankurbelte. Doch heute reagierte sie seltsam träge. Nach dem Abtransport der Leiche hatte er sich noch eine Weile in dem Vorderzimmer im Erdgeschoß aufgehalten, das Quinn als Schlaf- und Arbeitszimmer benutzt hatte. Er hatte Schubladen aufgezogen, Papiere und Aktenordner durchgesehen, das Bett halb abgezogen. Aber das alles war eine ziellose, eher beiläufige Übung gewesen, und er hatte an Belastendem nicht mehr gefunden als den *Playboy* vom Vormonat. Er saß noch auf der Matratze und begutachtete Busen und Pos reihenweise, als Lewis hereinkam, der inzwischen mit seiner langwierigen Inventur fertiggeworden war.

«Was Interessantes, Sir?»

«Nein.» Morse hatte schuldbewußt die Zeitschrift wieder auf den Schreibtisch gelegt und seinen Mantel zugeknöpft.

Im Gehen war sein Blick auf den grünen Anorak gefallen, der an einem Kleiderhaken in der schmalen Diele hing.

7

Bartlett konstatierte überrascht und etwas enttäuscht, daß der Mann getrunken hatte. Schon den ganzen Nachmittag hatte er auf den Anruf gewartet, doch erst um halb vier hatte Morse sich gemeldet. Seit der Mittagspause saßen sie zu viert in Bartletts Büro (draußen brannte das rote Lämpchen) und sprachen mit gedämpfter Stimme über das erschütternde Geschehen. Anschaulich hatte Martin immer wieder über die Einzelheiten seiner Entdeckung berichtet und noch in dieser dunklen Stunde ein gewisses gedämpftes Vergnügen daran gefunden, plötzlich – was noch nie vorgekommen war – im Mittelpunkt des Interesses zu stehen. Doch immer wieder war das Gespräch auf die verwirrende Frage gekommen, wer wann Quinn zum letztenmal lebend gesehen hatte. Daß es am Freitag gewesen war, darüber herrschte Einstimmigkeit, aber wann und wo genau, daran schien sich niemand erinnern zu können. Oder war nicht bereit, darüber zu sprechen.

Monica Height besah sich den Inspector genau, als er hereinkam, und sagte sich, daß sein Blick den ihren bei der knappen Vorstellung Sekundenbruchteile länger als unbedingt nötig festgehalten hatte. Auch seine Stimme gefiel ihr. Und als er ihr mitteilte, daß sie alle getrennt vernommen werden würden, und zwar entweder von ihm oder von Sergeant Lewis, der stumm unter der Tür stand, hoffte sie, daß sie zu Morse kommen würde. Da hätte sie sich keine Sorgen zu machen brauchen – Morse hatte sie im Geiste schon vereinnahmt. Aber erst mußte er hören, was Bartlett ihm zu sagen hatte.

«Sie haben hoffentlich Quinns Zimmer abgeschlossen, Sir?»

«Ja, gleich, als ich Ihre Nachricht erhalten habe.»

«Tja, dann sollten Sie mich vielleicht erst einmal über Ihren Verband informieren. Was Sie hier machen, wie Sie es machen, alles, wovon Sie meinen, daß es uns ein Stückchen weiterhelfen könnte. Daß Quinn umgebracht wurde, ist so gut wie sicher, und meine Aufgabe ist es festzustellen, wer ihn umgebracht hat. Es ist natürlich denkbar, daß der Mord überhaupt nichts mit Ihrem Verband oder mit den Leuten hier zu tun hat. Wahrscheinlicher allerdings ist, daß ich in diesen Räumen irgendwo eine Spur finde. Und deshalb werde ich Sie leider alle ein paar Tage belästigen müssen. Das ist Ihnen klar, nicht?»

Bartlett nickte. «Wir werden uns nach Kräften bemühen, Sie zu unterstützen, Inspector. Es steht Ihnen frei, hier nach Gutdünken zu ermitteln.»

«Danke, Sir. So, und jetzt – was können Sie mir sagen?»

In der nächsten halben Stunde lernte Morse einiges dazu. Bartlett erläuterte ihm Zweck, Aufgaben und Organisation des Verbandes und schilderte, was das Personal in den einzelnen Stadien der Durchführung staatlicher Prüfungen zu tun hatte. Und Morse war zu seiner eigenen Verwunderung überrascht und beeindruckt. Überrascht von dem unerwartet komplexen Geschäftsgang, vor allem aber beeindruckt von der außerordentlichen Tüchtigkeit des Geschäftsführers, dieses kleinen Pickwickiers, der da hinter seinem Schreibtisch saß.

«Und was können Sie mir zu Quinn selbst sagen?»

Bartlett holte eine Akte hervor. «Das habe ich eigens für Sie herausgesucht, Inspector. Es ist Quinns Bewerbung um den Posten bei uns. Das wird Ihnen mehr sagen als viele Worte von mir.»

Morse überflog den Inhalt: Lebenslauf, Zeugnisse, drei Referenzen, Bewerbungsbögen; auf dem oberen Rand hatte Bartlett vermerkt: Eingestellt ab 1. September. Doch wieder blieb in Morses Kopf alles leer und stumm. Die Räder der Maschine waren in Bewegung geraten, aber sie wollten nicht greifen. Er klappte die Akte zu, murmelte entschuldigend etwas von «später in Ruhe lesen» und sah Bartlett an. Wie würde dieser klardenkende, supertüchtige Mann die Mordermittlung angehen? Es sah aus, als könne Bartlett fast seine Gedanken lesen.

«Daß er schwerhörig war, wußten Sie, Inspector?»

«Schwerhörig? Ja, richtig.» Der Polizeiarzt hatte es erwähnt, aber Morse hatte nicht weiter darauf geachtet.

«Wie er mit seiner Behinderung fertig wurde, hat uns alle sehr beeindruckt.»

«Wie stark schwerhörig war er?»

«In ein paar Jahren wäre er vermutlich ganz ertaubt, das war jedenfalls die Prognose.»

Jetzt endlich flackerte in Morses Augen eine Spur von Interesse auf. «Ein bißchen wundert man sich dann schon, daß Sie ihn eingestellt haben, wie?»

«Gewundert hätten *Sie* sich vermutlich, Inspector, aber in einem anderen Sinne. Man merkte ihm seine Schwerhörigkeit kaum an – vom Umgang mit dem Telefon abgesehen, der war doch etwas problematisch. Aber sonst war er enorm, wirklich.»

«Haben Sie ihn – äh – vielleicht eingestellt, *weil* er schwerhörig war?»

«Aus Mitleid, meinen Sie? Nein, nein. Der – äh – Ausschuß fand, daß er einfach der beste Bewerber war.»

«Welcher Ausschuß?»

War da eine Spur von Zurückhaltung in Bartletts Miene? Morse hätte es nicht beschwören können. Fest stand nur, daß die Zähne des kleinsten Rädchens gegriffen hatten.

«Wir hatten alle zwölf Ehrenamtliche in dem Ausschuß. Und – äh – natürlich meine Wenigkeit.»

«Die Ehrenamtlichen sind –»

«Es ist im Grunde eine Art Aufsichtsrat.»

«Sie arbeiten nicht hier?»

«Aber nein. Es sind alles Hochschullehrer. Zweimal im Trimester kommen sie hier zusammen, um nachzuschauen, ob wir unsere Sache ordentlich machen.»

«Haben Sie die Namen bei der Hand?»

Morse las interessiert die getippte Liste, die Bartlett ihm überreichte. Neben den Namen der Ehrenamtlichen standen ausführliche Angaben über Hochschule, College, akademische Grade und andere Ehrungen. Ein Name sprang ihm förmlich ins Gesicht. «Die meisten kommen von Oxford, wie ich sehe.»

«Liegt nahe, nicht?»

«Und ein oder zwei aus Cambridge.»

«Hm . . . ja.»

«War nicht Quinn am Magdalene College in Cambridge?» Morse griff nach der Akte, aber Bartlett lieferte ihm die Bestätigung.

«Wie ich sehe, war Mr. Roope an demselben College.»

«Tatsächlich? Ist mir noch gar nicht aufgefallen.»

«Dabei entgeht Ihnen sonst so leicht nichts, wenn ich das sagen darf.»

«Ich assoziiere Roope wohl immer mit Christ Church. Er ist als Fellow dorthin berufen worden.» Bartlett sah aus, als könne er kein Wässerchen trüben, und Morse überlegte, ob er sich vielleicht vorhin geirrt hatte.

«Was hat Roope für ein Fachgebiet?»

«Er ist Chemiker.»

«Ach ja?» Morse versuchte, die Erregung in seiner Stimme zu unterdrücken, merkte aber, daß es ihm nicht recht gelingen wollte. «Wissen Sie zufällig, wie alt er ist?»

«Noch ziemlich jung, um die Dreißig.»

«Also etwa Quinns Alter?»

«Ja, ungefähr.»

«Nur noch eine Frage.» Er sah auf die Uhr und stellte fest, daß es schon Viertel vor fünf war. «Wissen Sie noch, wann Sie Quinn zum letztenmal gesehen haben?»

«Irgendwann am letzten Freitag. Ehe Sie kamen, haben wir alle überlegt, wann wir ihn zuletzt gesehen haben. Komisch, nicht? Es ist unheimlich schwer, das genau festzumachen. An dem Freitag habe ich ihn mit Sicherheit am späten Vormittag gesehen. Über den Nachmittag könnte ich keine so genaue Aussage abgeben. Ich hatte um drei eine Sitzung in Banbury. Ob ich ihn davor noch gesehen habe, weiß ich nicht.»

«Wann haben Sie das Büro verlassen?»

«Gegen Viertel nach zwei.»

«Sie legen offenbar ein tüchtiges Tempo vor.»

«Ich habe einen schnellen Wagen.»

«Es sind etwa 30 Kilometer, nicht?»

Bartlett zwinkerte. «Wir haben alle unsere kleinen Schwächen, Inspector, aber ich gebe mir die größte Mühe, nicht schneller als erlaubt zu fahren.»

Das hoffe er, hörte Morse sich sagen und fand, daß es höchste Zeit war, sich Monica Height vorzunehmen. Aber vorher mußte er noch etwas Dringendes erledigen. «Wo ist die nächste Toilette? Ich muß unbedingt –»

«Hier, bitte.» Bartlett stand auf und öffnete eine Tür, rechts von seinem Schreibtisch. Dahinter befand sich ein Kabinettchen mit Toilette und einem kleinen Waschbecken. Und während Morse beglückt seine drückende Blase entleerte, mußte Bartlett an die gewaltigen Wassermassen des Niagara denken.

Schon nach wenigen Minuten in Monica Heights Gesellschaft ertappte sich Morse bei der Überlegung, wie ihre Mitarbeiter es wohl fertigbrachten, die Hände von ihr zu lassen, und vermutete zynisch, daß sie vielleicht den Versuch längst aufgegeben hatten. Das apfelgrüne Kleid mit dem Blumenmuster spannte sich zu straff über ihren breiten Schenkeln und schmiegte sich, weich und lasziv zugleich, um ihre vollen Brüste. Vermutlich willig, konstatierte Morse – und im Bett eine Wucht. Sie trug wenig Make-up, aber da sie die Angewohnheit hatte, sich ständig mit der Zunge über die Lippen zu fahren, hatte ihr schmollend aufgeworfener Mund stets einen feuchten Schimmer. Ihr Parfüm schien auf der Stelle beseligende Erfüllung zu versprechen. Zu gewissen Zeiten und in gewissen Stimmungen mußte sie für junge, empfängliche Menschen nahezu unwiderstehlich sein. Für Martin vielleicht? Für Quinn? Die Versuchung war bestimmt ständig dagewesen. Sogar ich, dachte Morse, ein empfänglicher Mann mittleren Alters ... Aber er drängte den Gedanken in den Hintergrund. Wie stand es mit Ogleby? Oder gar mit Bartlett? Eine interessante Überlegung. Morse erinnerte sich an den Abschnitt aus Gibbon über eine der Prüfungen für junge Novizen. Man stecke den Prüfling die ganze Nacht über mit einer nackten Nonne in einen Sack und warte ab, ob ... Morse schüttelte heftig den Kopf und fuhr sich mit der Hand über die Augen. Immer dasselbe nach reichlichem Bierkonsum ...

«Dürfte ich wohl mal eben meine Tochter anrufen, Inspector?» (Tochter?) «Ich bin meist um diese Zeit schon auf dem Heimweg, und sie wird sich wundern, wo ich abgeblieben bin.» Morse hörte zu, während sie am Telefon erklärte, wo sie steckte.

«Wie alt ist Ihre Tochter, Miss – äh – Miss Height?»

Sie lächelte verständnisinnig. «Schon in Ordnung, Inspector. Ich bin geschieden, und Sally ist sechzehn.»

«Sie müssen sehr jung geheiratet haben.»

«Ich war so töricht, mich mit achtzehn zu binden, Inspector. Sie waren da bestimmt viel vernünftiger.»

«Ich? Ja, sicher ... das heißt, nein, ich bin nicht verheiratet.» Wieder trafen sich ihre Blicke, und Morse hatte den Eindruck, daß er im Begriff war, sich auf ein gefährliches Leben einzulassen. Es wurde Zeit, daß er der schönen Monica ein paar wichtige Fragen stellte.

«Wann haben Sie Mr. Quinn zum letztenmal gesehen?»

«Komisch, daß Sie ausgerechnet diese Frage stellen. Wir haben gerade ...» Es war wie eine bis zum Überdruß bekannte Schallplatte. Sie hatte ihn am Freitag vormittag gesehen, ja, das wußte sie ganz genau. Aber am Freitag nachmittag? Daran konnte sie sich nicht recht erinnern. Das war schwierig. Der Freitag lag ja schließlich inzwischen ... wie lange ... ja, fünf Tage zurück. (Wie hatte der Polizeiarzt gesagt? Könnten vier, fünf Tage sein.)

«Mochten Sie Mr. Quinn?» Morse beobachtete sie scharf und hatte den Eindruck, daß sie auf diese Frage nicht hinreichend vorbereitet war.

«Ich kenne ihn natürlich noch nicht lange. Zwei oder drei Monate, nicht? Aber ich mochte ihn, ja. Sehr sympathischer Mensch.»

«Mochte er Sie?»

«Was meinen Sie damit, Inspector?»

Ja, was meinte er damit? «Ich dachte nur ... na ja, ich meinte eben ...»

«Wollen Sie wissen, ob er mich attraktiv gefunden hat?»

«Das hat er bestimmt – ob er wollte oder nicht.»

«Wie nett Sie das sagen, Inspector.»

«Hat er Sie auch ausgeführt?»

«Ein- oder zweimal hat er mich in der Mittagspause auf einen Drink ins Pub eingeladen.»

«Und Sie sind mitgegangen?»

«Warum nicht?»

«Was hat er getrunken?»

«Sherry, glaube ich.»

«Und Sie?»

Wieder fuhr sie sich mit der Zunge über die Lippen. «Ich habe einen etwas kostspieligeren Geschmack.»

«Wohin sind Sie gegangen?»

«Ins Pub *Roß und Trompete*. Hier an der Ecke. Sehr gemütlich, würde Ihnen gefallen.»

«Vielleicht sehen wir uns mal dort.»

«Warum nicht?»

«Sie haben einen kostspieligen Geschmack, sagten Sie?»

«Da finden wir schon eine Lösung.»

Wieder trafen sich ihre Blicke, und in Morses Kopf läuteten die Sturmglocken. Er stand auf. «Tut mir leid, daß ich Sie so lange aufgehalten habe, Miss Height. Bitte entschuldigen Sie mich bei Ihrer Tochter.»

«Die kommt schon zurecht. Sie ist neuerdings viel zu Hause, sie muß in ein paar Fächern die Prüfungen für den Realschulabschluß wiederholen, und wenn sie nicht gerade eine Arbeit schreibt, braucht sie nicht zum Unterricht zu kommen.»

Morse stand an der Tür, der Abschied fiel ihm sichtlich schwer. «Wir sehen uns sicher noch.»

«Hoffentlich, Inspector.» Ihre Stimme war leise, angenehm und – ja, verdammt noch mal – sexy.

Endlich, dachte Lewis erleichtert. Er saß seit zwanzig Minuten mit Bartlett, Ogleby und Martin in der Halle. Alle drei hatten ihre Mäntel und Taschen mit, mochten aber offenbar nicht gehen, ehe Morse das Startzeichen gegeben hatte. Quinns Tod hatte die Stimmung verdüstert, und sie hatten sich wenig zu sagen. Ogleby war Lewis sympathisch gewesen, aber er hatte nichts Wesentliches von ihm erfahren. Ja, sagte Ogleby, er erinnere sich, Quinn am Freitag vormittag gesehen zu haben, nicht aber am frühen Nachmittag. Alle anderen Fragen, die Lewis ihm stellte, hatte er allem Anschein nach offen und ehrlich beantwortet, aber an Informationswert hatten sie nichts hergegeben. Ganz anders war das Gespräch mit Martin verlaufen. Nach Einsetzen der verzögerten Schockwirkung war er verkrampft und nervös und hatte behauptet, er könne sich nicht erinnern, Quinn am Freitag überhaupt gesehen zu haben.

Morse bedankte sich etwas linkisch für die Unterstützung der Mitarbeiter und ließ sich von Bartlett bestätigen, daß nichts dagegen einzuwenden war, wenn er und Lewis noch im Haus blieben. Der Hausmeister war ohnehin bis halb acht da, und auch danach standen ihnen selbstverständlich alle Räume offen, solange sie es wünschten. Ehe Bartlett aber die Schlüssel zu Quinns Büro und seinen Aktenschränken aus der Hand gab, hielt er Morse mit schulmeisterlicher Miene einen kleinen Vortrag über die streng vertrauliche Beschaffenheit der Unterlagen, die sie dort vorfinden würden. Diese Tatsache sei äußerst wichtig, und sie sollten sich daher immer vor Augen halten, daß ... Ja, ja, ja. Hab ich ein Glück, daß Bartlett nicht mein Chef ist, dachte Morse. Für den scheint es ja schon eine Sünde wider den Heiligen Geist zu sein, wenn man vor dem Austreten mal einen Aktenschrank offenläßt.

Morse schlug vor, einmal um den Block zu gehen, und Lewis stimmte bereitwillig zu. Das Haus war überheizt, und die kühle, saubere Nachtluft tat gut. An der Ecke Woodstock Road kamen sie an dem Pub *Roß und Trompete* vorbei, und Morse sah automatisch auf die Uhr.

«Macht einen netten Eindruck, Lewis. Waren Sie schon mal drin?»

«Nein, Sir, und Bier hatte ich heute auch schon genug. Eine Tasse Tee wär mir lieber.» Zu seiner Erleichterung machten die Pubs erst zehn Minuten später auf. Lewis berichtete Morse über seine Gespräche, Morse seinerseits informierte Lewis über das, was er von den anderen erfahren hatte. Beide hatten offenkundig nicht das eindeutige Gefühl, einem Mörder ins Gesicht gesehen zu haben.

«Dufte Puppe, was?»

«Bitte?»

«Jetzt tun Sie bloß nicht so unschuldig, Sir!»

«Na ja, wenn man auf den Typ steht ...»

«Immerhin haben Sie sich offenbar die Dame reserviert.»

«Ein bißchen Spaß muß der Mensch ja auch mal haben.»

«Eigentlich erstaunlich, daß Sie bei ihr nicht mehr rausgekriegt haben. Ich hab den Eindruck, daß sie, wenn's drauf ankommt, als erste was rausläßt.»

«Würde mich nicht wundern, wenn sie ebenso schnell dabei ist, ihr Höschen runterzulassen.»

Manchmal, fand Lewis, drückte sich Morse wirklich unnötig ordinär aus.

8

Quinns Büro war geräumig und gut eingerichtet. Zwei blaue Ledersessel waren ordentlich unter den Schreibtisch geschoben. Die Schreibtischplatte war leer. Im Eingangskorb lagen ein paar Briefe, im Ausgangskorb gähnte ebenfalls völlige Leere, die große Schreibunterlage war am Rand mit Namen, Nummern und bedeutungslosen Schnörkeln in schwarzem Kugelschreiber bekritzelt. An zwei Wänden stapelten sich Geschichtsbände und Ausgaben englischer Klassiker bis an die Decke, die gelben, roten, grünen und weißen Rücken verliehen dem hellen, freundlichen Raum weitere Farbtupfer. Drei dunkelgrüne Aktenschränke standen an der dritten Wand, an der vierten hingen ein Schwarzes Brett aus Holz und Reproduktionen von Atkinson Grimshaws Gemälden der Docks von Hull und Liverpool. Nur der weiße Teppich, der fast die ganze Bodenfläche bedeckte, zeigte deutliche Abnutzungserscheinungen, und als Morse sich majestätisch in Quinns Sessel niederließ, stellte er fest, daß der unter dem Schreibtisch stehende leere Papierkorb eine fast kahle Stelle kaschierte. Zu seiner Rechten standen auf einem Tischchen mit schwarzer Platte zwei Telefonapparate, ein weißer und ein grauer, daneben ein Stapel von Telefonbüchern.

«Nehmen Sie sich die Schränke vor, Lewis, ich versuch's mal im Schreibtisch.»

«Suchen wir was Bestimmtes, Sir?»

«Nicht, daß ich wüßte.»

Lewis beschloß, sich auf die ihm eigene methodische Art vorzukämpfen. Zumindest versprach es eine fesselndere Aufgabe zu werden als die Inventarisierung von Reispuddingdosen.

Er erkannte sehr bald, wieviel Mühe und Arbeit in der Erstellung der Fragebögen für staatliche Prüfungen steckt. Das oberste Schubfach in dem ersten Schrank, den er sich vornahm, war bis obenhin mit dicken gelben Mappen gefüllt, die Kopien von Entwürfen, ersten Fahnenabzügen, ersten, zweiten, dritten Korrekturexemplaren für das Fach Englisch in den O-Levels enthielten. «Da könnte ich ja selber rasch noch zu einem guten Abschluß kommen, Sir.»

Morse murmelte etwas davon, daß die Fragen das Papier nicht wert seien, auf dem sie gedruckt waren, und setzte die einigermaßen lustlose Durchsicht von Quinns oberstem Schubfach fort. Welterschütternde Entdeckungen waren da nicht zu erwarten: Büroklammern, Heftstreifen, Gummibänder, vier Feinstrich-Kugelschreiber, ein Lineal, eine Schere, zwei Geburtstagskarten («Viele liebe Grüße, Monica» – schau einer an ...), eine Schachtel gelber Bleistifte, ein Bleistiftspitzer, etliche Briefe der Universitätskasse, die Übernahme von Rentenansprüchen durch das hochschuleigene Pensionssystem betreffend, ein Brief vom Zentrum für Gehörlose mit der Mitteilung, daß der Unterricht in Zukunft nicht mehr in

Oxpens, sondern an der Headington Tech stattfinden würde. Morse stocherte noch eine Weile aufs Geratewohl herum, dann drehte er sich um und besah sich die Büchersammlung. Ihm gegenüber waren die Autoren mit M. Er griff nach Marvells *Gesammelten Gedichten*. Als habe kürzlich jemand an derselben Stelle herumgelesen, öffnete sich das Buch von selbst bei dem Gedicht «An seine spröde Geliebte», und Morse las erneut die Zeilen, die mittlerweile schon länger, als ihm lieb war, zu seinem geistigen Gepäck gehörten:

«Gar fein und still ist es am Grabesort,
doch gibt es, glaub ich, keine heiße Liebe dort.»

Ja, Quinn lag im Leichenschauhaus, und auch Quinn hatte Hoffnungen und Träume gehabt, wie jeder Sterbliche. Er schob das Buch in die Lücke zurück und wandte sich ziemlich ernüchtert dem zweiten Schubfach zu.

Sie arbeiteten eine Dreiviertelstunde schweigend, und Lewis wurde zunehmend deprimierter. «Glauben Sie wirklich, daß sich das hier lohnt, Sir?»

«Wieso? Haben Sie Durst?»

«Ich weiß einfach nicht, wonach ich suchen soll.»

Morse schwieg, und da sagte auch Lewis nichts mehr.

Um sieben war Lewis mit dem zweiten Schrank fertig. Er schloß den dritten auf, griff sich wieder einen Armvoll dicker Mappen und machte sich erneut ans Werk. Der erste Ordner enthielt Kopien von Briefen über einen Zeitraum von zwei Jahren, alle mit dem Zeichen GB / MF, sowie die Antworten von Mitgliedern des Englisch-Ausschusses mit der Anrede «Lieber George».

«Das muß Quinns Vorgänger gewesen sein, Sir.»

Morse nickte beiläufig und machte sich wieder über den schwarzen Schreibtischkalender her, den einzigen Gegenstand, der auch nur andeutungsweise interessant zu werden versprach. Doch Quinn hatte offenbar nicht den Ehrgeiz gehabt, es Evelyn oder Pepys gleichzutun; außer Datum und Uhrzeit verschiedener Sitzungen fand sich kaum eine persönliche Eintragung. «Geburtstag» (unter dem 23. Oktober) und «Ein Pfund an Donald zurück» schienen die einzigen Zugeständnisse an eine ansonsten außerordentlich schwach entwickelte autobiographische Ader zu sein. Weil ihm nichts Besseres einfiel, zählte Morse müßig die Sitzungen. Es waren zehn innerhalb von zwölf Wochen, fast alle zur Überarbeitung von

Prüfungsbögen. Keine schlechte Leistung. Dazu kam noch eine Besprechung mit dem Englisch-Ausschuß am 30. September und eine zweitätige Sitzung mit EMA am 4. und 5. November.

«Was verbirgt sich hinter EMA, Lewis?»

«Keine Ahnung.»

«Raten Sie doch mal.»

«Elternverband minderbemittelter Analphabetenkinder.»

Morse griente und klappte den Kalender zu. «Sind Sie bald durch?»

«Noch zwei Fächer.»

«Bringt das noch was?»

«Dann habe ich es wenigstens hinter mir.»

«Okay.» Morse lehnte sich in dem Sessel zurück, die Hände hinter dem Kopf verschränkt, und sah sich noch einmal um. Mit einem Paukenschlag hatten die Ermittlungen nicht gerade begonnen, aber sie standen ja auch noch ganz am Anfang. Er würde zwischendurch mal im Präsidium anrufen. Der graue Apparat schien der für Amtsgespräche zu sein. Morse zog ihn zu sich heran. Aber er hatte kaum nach dem Hörer gegriffen, als er schon wieder auflegte. Unter dem orangefarbenen Postleitzahlenverzeichnis lag ein Brief, der seiner Aufmerksamkeit bisher entgangen war. Er kam von der Frederic Delius School, Bradford, und war vom Montag, dem 17. November.

> «Lieber Nick,
> vergiß mich nicht, wenn Du Deine Prüfungsteams fürs nächste Jahr zusammenstellst. Das Formular ist wohl inzwischen wieder bei Dir gelandet. Gryce wollte mit der Referenz erst nicht so recht rausrücken, aber wie Du siehst, bin ich ‹ein Mann mit soliden wissenschaftlichen Grundlagen und beträchtlicher Lehrerfahrung im Realschul- und Oberschulbereich›. Was will man mehr? Martha läßt herzlich grüßen, wir hoffen sehr, daß Du Dich Weihnachten mal wieder in Deinem alten Revier sehen läßt. Da wir ihren und meinen Eltern doch nicht gleichzeitig gerecht werden können, werden wir sie alle beide nicht besuchen und zu Hause bleiben. Übrigens hat sich unser alter Nörgelfritze um den Schulleiterposten der neuen Gesamtschule beworfen. O tempora! O mores! In alter Frische Dein Brian.»

Der Brief war mit schwarzem Kugelschreiber abgehakt, und Morse sah ihn sich einen Augenblick nachdenklich an. Hatte Quinn seinen Freund angerufen? War es vielleicht ein früherer Kollege? Und falls ja, wann hatte er ihn angerufen? Es konnte sich lohnen, der Sache nachzugehen.

Doch es war Lewis, der ganz aus Versehen über den Stolperdraht fiel und die Mine auslöste, die den Fall hochgehen ließ. Als er gerade die letzte Ladung Akten wieder in den Schrank stopfte, fiel sein Blick auf einen zerknautschten Umschlag, der sich in der Gleitschiene des Schubfachs verhakt hatte. Er klaubte ihn heraus und holte ein Briefblatt hervor. «Ich kann Ihnen verraten, was sich hinter EMA verbirgt, Sir.» Morse nahm ihm ohne sonderliche Begeisterung den Brief ab. Es war eine vom 3. März datierte, sichtlich mit dem Zweifingersuchsystem getippte Mitteilung auf dem Briefkopf des Erziehungsministeriums Al-jamara.

«Lieber George,
herzliche Grüße an alle in Oxford. Schönen Dank für Dein
Schreiben und für das Sommer-Prüfung-Päckchen.
Melde- und Gebührenformulare sind angeblich bereit
zum endgültigen Versand an den Verband für Freitag,
den 20., oder allerspätestens, wie man mir sagt, den 21.
Hier klappt's jetzt besser, doch ist dem Chaos noch immer Tür
und Tor geöffnet, wenn man nicht aufpaßt. Aber in zwei, drei
Jahren werden wir's Euch schon zeigen. Bitte
sieh zu, daß Änderungen der Prüfungsordnung nicht sofort
vorgenommen werden, das könnte das Projekt total vernichten.
Schöne Grüße ...»

Das war alles – bis auf die unleserlich gekrakelte Unterschrift.

Morse besah sich stirnrunzelnd den Umschlag, der an G. Bland, M. A., gerichtet und in dicken roten Druckbuchstaben als privat und vertraulich gekennzeichnet war. Aber dann erhellte sich seine Miene wieder, und er gab wortlos Lewis den Brief zurück. Es wurde Zeit, daß sie hier Schluß machten. Müßig klappte er noch einmal den Schreibtischkalender auf und besah sich das Kalendarium auf der inneren Umschlagseite. Und plötzlich stockte ihm das Blut in den Adern. Seinem leisen, dringlichen Ton hörte Lewis sogleich die innere Erregung an.

«Wann ist der Umschlag abgestempelt, Lewis?»

«Am 3. März.»

«Dieses Jahres?»

Lewis sah noch einmal hin. «Ja, Sir.»

«Schau mal einer an.»

«Was ist denn?»

«Freitag, der 20., steht in dem Brief, Lewis. Aber welcher Freitag, der 20.?» Er sah wieder auf das Kalendarium. «Nicht März. Nicht April. Nicht Mai, nicht Juni. Nicht Juli. Und die Bemerkung muß sich auf die Meldeformulare für die Prüfungen vom letzten Sommer beziehen.»

«Man kann sich ja auch mal im Datum irren, Sir, vielleicht hat jemand das Kalendarium vom letzten Jahr –»

Aber Morse hörte nicht hin. Er griff noch einmal nach dem Brief und konzentrierte sich minutenlang stumm darauf. Dann nickte er langsam vor sich hin und lächelte ein wenig. «Gratuliere, Lewis, Sie haben es wieder mal geschafft.»

«Ach nee ...»

«Ich will nicht behaupten, daß wir der Identität des Mörders von Nicholas Quinn sehr viel nähergekommen sind. Aber warum er ermordet worden ist, Lewis, wissen wir inzwischen. Das müßte schon ein ganz dummer Zufall sein ...»

«Ich fürchte, das müssen Sie mir schon ein bißchen genauer erklären, Sir.»

«Schauen Sie sich den Brief noch einmal an, Lewis. Können Sie mir eines verraten: Warum ist eine scheinbar so triviale Epistel als privat und vertraulich gekennzeichnet?»

Lewis schüttelte den Kopf. «Stimmt schon, groß was Wichtiges steht nicht drin, aber –»

«Es steht sogar etwas sehr Wichtiges drin, alter Freund, das ist es ja gerade. Wir lesen von links nach rechts, stimmt's? Aber manche dieser komischen Ausländer sollen ja von oben nach unten lesen ...»

Lewis nahm sich den Brief noch einmal vor. Er machte große Augen. «Sie sind doch wahrhaftig ein schlauer Fuchs, Sir.»

«Na ja, manchmal vielleicht», räumte Morse ein.

Fünf Minuten nach halb acht klopfte der Hausmeister ehrerbietig und steckte den Kopf zur Tür herein. «Ich will ja nicht stören, Sir, aber –»

«Warum tun Sie's dann?» blaffte Morse, und die Tür ging leise wieder zu. Die beiden Kriminalbeamten sahen sich über den Schreibtisch hinweg an – und feixten zufrieden.

Wann?

9

Morse hatte seit jeher nicht das geringste Interesse an fachlichen Einzelheiten der Pathologie, und am Mittwoch vormittag las er den ihm vorliegenden Bericht mit dem wählerischen Auge des Pornophilen, der sich die saftigsten Obszönitäten herauspickt. «Die kleinste bisher tödlich wirkende Dosis war ½ Drachme der pharmakopöischen Säure oder 0,6 g anhydrische Blausäure ... im Körper nach dem Tod rasch umgewandelt, in Verbindung mit Schwefel ...» Ja, hier kam es: «... und alle Zeichen deuten bei dieser Obduktion daraufhin, daß der Tod praktisch auf der Stelle eingetreten sein muß. Auf Grund des Fehlens von Kratzern und Abschürfungen sind Spekulationen über die Möglichkeit eines Transports der Leiche fruchtlos ...» Interessant. Morse übersprang wieder ein Stück. «... deutet auf einen Zeitraum zwischen 72 und 120 Stunden vor Entdeckung des Toten hin. Mit größerer Genauigkeit kann die Zeitspanne in diesem Fall nicht angegeben werden ...» Ist doch bei allen deinen Fällen dasselbe, brummelte Morse vor sich hin. Es wunderte ihn nach wie vor, warum trotz der geradezu atemberaubenden Fortschritte der Medizin Aussagen zur Todeszeit noch immer so erschreckend unbestimmt waren. Denn das war die entscheidende Frage: *Wann* war Quinn gestorben? Wenn man Aristoteles glauben durfte (und warum eigentlich nicht?), lag die Wahrheit vermutlich in der Mitte, also bei etwa 94 Stunden. Demnach war Quinn am Freitag mittag vom Leben zum Tod befördert worden.

War das möglich? Morse legte den Bericht beiseite und überdachte noch einmal das Wenige, was er über Quinns Aufenthaltsort am vergangenen Freitag wußte. Vielleicht hätte er Quinns Kollegen fragen sollen, wo sie am Freitag gewesen waren und nicht, wann sie Quinn zuletzt gesehen hatten. Aber er hatte ja noch reichlich Zeit und würde sie sich bald sowieso noch einmal vorknöpfen. Eines zumindest war klar. Wer sich an Quinns Sherryflasche zu schaffen gemacht hatte, war auch ein wenig, nein, sehr gut sogar in Giften bewandert. Und wer ... Morse holte das dicke Standardwerk von Glaister und Rentoul über *Medizinische Jurisprudenz und Toxikologie* heraus und schlug unter «Kaliumzyanid» (S. 566) nach. Beim Überfliegen der Untertitel lächelte er vor sich hin. Der Verfasser des Untersuchungsberichtes war ihm zuvorgekommen. Einige Sätze waren fast wörtlich abgekupfert. Aber warum eigentlich nicht? Zyankali hatte sich im Laufe der Jahre bestimmt nicht wesentlich verändert. Er dachte an Hitler und seine Clique in dem Berliner Bunker. Das war auch Zyankali gewesen. Selbstmord durch Zyankali. Wie war das? Es kam oft vor, daß Morse den Wald vor Bäumen nicht sah, aber in diesem Augenblick begriff er, daß es eine durchaus einleuchtende Lösung für seinen Fall gab: Quinn hatte Selbstmord begangen. Aber eine echte Lösung war das im Grunde auch nicht. Denn wenn er selbst Hand an sich gelegt hatte, weshalb, um alles in der Welt ...

Lewis war einigermaßen verblüfft, als Morse ihn eine halbe Stunde später mit zu sich nach Nord-Oxford nahm. Er war vor zwei Jahren zum letztenmal dagewesen und war angenehm überrascht, wie relativ sauber und ordentlich die Wohnung aussah. Morse verschwand, steckte aber nach einer Weile den Kopf zur Tür herein und sagte, Lewis solle sich schon etwas einschenken.

«Schönen Dank, nicht für mich, Sir. Aber wenn Sie was möchten ...»

«Ja, einen Sherry. Und nehmen Sie sich auch einen.»

«Ich würde lieber –»

«Herrgott, jetzt tun Sie endlich mal, was Ihnen gesagt wird, Mann.»

Lewis war die jähen Stimmungsumschwünge seines Vorgesetzten inzwischen gewöhnt und regte sich nicht weiter darüber auf. Die Hausbar war gut bestückt. Er holte zwei kleine Gläser heraus, schenkte aus einer Flasche zwei Sherry medium dry ein, setzte sich in einen Sessel und harrte der Dinge, die da kommen sollten.

Er nippte geziert an seinem Sherry, als Morse wieder auftauchte, sich das zweite Glas griff, es an die Lippen hob und wieder absetzte. «Ist Ihnen klar, Lewis, daß Sie jetzt ein toter Mann wären, wenn jemand Gift in den Sherry getan hätte?»

«Sie aber auch.»

«Nein, ich habe meinen nicht angerührt.»

Lewis stellte langsam sein inzwischen halbgeleertes Glas ab. Allmählich wurde ihm der Zweck der Übung klar. «Und auf der Flasche und auf dem Glas wären meine Fingerabdrücke gewesen ...»

«Und wenn ich beides vor unserem Umtrunk sorgsam abgewischt hätte, hätte ich nur meinen Sherry in den Ausguß zu schütten und das Glas abzuwaschen brauchen – und die Sache wäre gelaufen.»

«Aber erst mußte jemand in Quinns Wohnung kommen, um den Sherry zu vergiften.»

«Nicht unbedingt. Vielleicht hat jemand Quinn den Sherry geschenkt.»

«Kein Mensch verschenkt offene Flaschen. Eine einmal geöffnete Sherryflasche wieder zu verschließen muß eine elende Plackerei sein, ich glaube, das geht gar nicht.»

«Vielleicht war es auch gar nicht nötig», sagte Morse nachdenklich. Einen Augenblick stand er da, ohne sich zu rühren, und sah blicklos in die Nebel der Vergangenheit, wo eine ferne Erinnerung an der Schwelle seines Bewußtseins zauderte, aber nicht näher treten mochte. Da war etwas mit einer hübschen jungen Frau gewesen ... aber die Gestalt verschmolz mit anderen jungen Frauen, von denen es früher so viele gegeben hatte. Es würde ihm schon wieder einfallen, man mußte nur an etwas anderes denken. Er leerte sein Glas auf einen Zug und schenkte sich nach. «Schmeckt ein bißchen wie Limo, nicht?»

«Wie geht es jetzt weiter, Sir?»

«Ich glaube, wir müssen uns etwas vorsehen. Kann sein, daß wir da in eine große Sache hineingeraten sind, und gerade deshalb dürfen wir nichts übereilen. Ich möchte wissen, was die Leute in der Geschäftsstelle getrieben haben, aber ich möchte nicht, daß sie es merken.»

«Wäre es nicht besser –»

«Nein. Es wäre auch nicht fair.»

Lewis geriet langsam ins Schleudern. «Sie glauben, daß einer der vier Quinn umgebracht hat?»

«Was glauben Sie?»

«Ich weiß nicht, Sir. Aber wenn Sie denen schon im voraus einen Tip geben ...»

«Ja?»

«Die bereiten sich doch vor, erfinden irgendwas.»

«Genau darauf warte ich ja.»

«Aber wenn einer von ihnen Quinn ermordet hätte ...»

«Wäre er natürlich mit einem Alibi bei der Hand, meinen Sie?»

«Ja.»

Morse schwieg einen Moment, dann wechselte er unvermittelt das Thema. «Haben Sie mich am vergangenen Freitag gesehen, Lewis?»

Lewis machte den Mund auf und machte ihn wieder zu.

«Lassen Sie's raus. Wir arbeiten schließlich im gleichen Haus.»

Lewis gab sich die größte Mühe, aber es wollte ihm einfach nicht einfallen. Der Freitag lag so lange zurück. Was hatte er am Freitag gemacht? Hatte er Morse gesehen?

«Begreifen Sie jetzt, was ich meine, Lewis? Gar nicht so einfach, wie? Wir sollten ihnen eine Chance geben.»

«Aber wie ich schon sagte, Sir – Quinns Mörder hat sich für Freitag bestimmt was Gutes ausgedacht.»

«Genau.»

Lewis gab sich geschlagen. Es gab vieles an seinem Chef, was er nicht verstand. Die Frage, die Morse ihm stellte, ehe er die Haustür hinter ihnen schloß, machte die Sache nicht besser. «Und wieso sind Sie so fest davon überzeugt, daß Quinn am Freitag ermordet worden ist?»

Margaret Freeman, eine schmale, ziemlich unscheinbare, ledige junge Frau, war seit etwas über drei Jahren für den Verband tätig. Sie war Mr. Blands Sekretärin gewesen und wurde daher automatisch an Mr. Quinn weitergereicht. In der vergangenen Nacht hatte sie kaum geschlafen, und erst, als es schon dämmerte, war es ihr gelungen, ihres Grauens einigermaßen Herr zu werden. Aber Morse (der sich einbildete, für derlei Dinge Verständnis zu haben) wunderte sich trotzdem, als sie nach nur wenigen Minuten behutsamer Befragung zusammenbrach und sich in Tränen auflöste. Ja, am Freitag vormittag hatte sie Quinn ganz bestimmt gesehen. Er hatte ihr gegen Viertel vor elf einen ganzen Stapel Briefe diktiert, und damit war sie bis in den späten Nachmittag hinein beschäftigt gewesen. Die Briefe hatte sie dann in Quinns Zimmer gebracht und in den Eingangskorb gelegt. Am Freitag nachmittag hatte sie ihn nicht gesehen, hatte aber den Eindruck gehabt, er sei im Haus gewesen, denn sie konnte sich ziemlich genau daran erinnern, daß Quinns grüner Anorak über einem der Sessel gelegen hatte. Ach ja, richtig, da war noch der Zettel für sie gewesen, mit ihren Initialen – M. F. –

gekennzeichnet und einer kurzen Mitteilung («Dr. Bartlett verlangt, daß man immer hinterläßt, wo man ist, Sir.»), aber sie konnte sich nicht mehr genau besinnen ... irgendwas wie ... nein ... Irgendwas von «weggehen». Vielleicht «Bin bald zurück» oder so. Aber die Erinnerung war und blieb vage.

Morse hatte sie zur Befragung in Quinns Büro geholt. Als sie weg war, zündete er sich eine Zigarette an und dachte nach. Interessant, daß der Zettel nicht mehr da war. Quinn mußte zurückgekommen sein, den Zettel zerknüllt haben ... Aber der Papierkorb war leer gewesen. Das Putzfrauengeschwader! Immerhin, am Freitag vormittag gegen elf oder Viertel nach elf hatte Quinn noch gelebt, das war zumindest ein Anhaltspunkt.

Lewis wurde damit beauftragt, den Hausmeister aufzusuchen und festzustellen, wo der Müll der Geschäftsstelle landete. Und ausnahmsweise hatte er Glück. In einer kleinen Ladezone neben dem Haus warteten zwei große schwarze Plastiksäcke mit Altpapier auf die nächste Abholung, und in Papier wühlte es sich bedeutend angenehmer als in Mülltonnen. Außerdem ging es ziemlich schnell. Die meisten Papiere waren nur mittendurch gerissen und nicht zusammengeknüllt. Meist handelte es sich um veraltete Formulare und Entwürfe komplizierterer Briefe. Eine Nachricht von Quinn an seine Sekretärin fand sich nicht, was Lewis enttäuschte, denn das war ja der Sinn seiner Fahndungsaktion gewesen. Dafür entdeckte er mehrere gleichlautende Briefe von Bartlett, die einen vielversprechenden Eindruck machten. Er ging damit in Quinns Büro, wo aus dem Hörer, den Morse ans Ohr gelegt hatte, das Besetztzeichen kam. Lewis strich einen der Briefe glatt, und Morse legte den Hörer auf und las:

Montag, 17. Nov.

Mitteilung an alle Mitarbeiter
Feuerübung

Am Freitag, dem 21. November, wird mittags um zwölf Feueralarm gegeben. Alle Mitarbeiter haben sofort die Arbeit einzustellen, elektrische Öfen, Lampen und andere elektrische Geräte auszuschalten, das Haus durch die Vordertür zu verlassen und sich auf den vorderen Parkplatz zu begeben. Unter keinen Umständen darf jemand im Gebäude bleiben. Die Arbeit wird erst wieder aufgenommen, nachdem alle sich draußen eingefunden haben. Da mit nassem, kaltem Wetter zu rechnen ist, wird den Mitarbeitern geraten, Mäntel usw. mitzunehmen, obgleich die Übung nicht länger als zehn Minuten in Anspruch nehmen dürfte. Ich erwarte in dieser Angelegenheit Ihre volle Unterstützung.

gez. T. G. Bartlett, Geschäftsführer

«Ein weitblickender Mensch, was?»

«Scheint aber recht tüchtig zu sein.»

«Kein Typ, der irgendwas dem Zufall überläßt.»

«Was wollen Sie damit sagen, Sir?»

«Ich überlege mir, warum er mir nichts von der Feuerübung erzählt hat.»

«Vielleicht, weil Sie ihn nicht danach gefragt haben.»

«Möglich. Erkundigen Sie sich mal, ob eine Anwesenheitsliste verlesen wurde. Wer weiß, vielleicht können wir Quinns Exekution von Viertel nach elf auf Viertel nach zwölf verlegen.»

Über Bartletts Tür brannte das rote Lämpchen, und während Lewis noch unentschlossen davor stand, kam Donald Martin vorbei.

«Das Licht bedeutet, daß er Besuch hat, nicht?»

Martin nickte. «Wenn ihn jemand von den Kollegen stören würde, wäre er bestimmt sauer, aber ... ich meine ...»

Er wirkte auffallend nervös, und Lewis nützte die Chance zu verbreiten, daß Quinns Kollegen in Kürze über ihren Aufenthalt am vergangenen Freitag Rechenschaft würden ablegen müssen.

«Aber was ... er denkt doch nicht etwa ...»

«Er denkt eine Menge, Sir, wenn der Tag lang ist.»

Lewis klopfte an und betrat Bartletts Büro. Monica Height wandte sich leicht verärgert um, aber Bartlett lächelte nur gütig und brachte seine goldene Regel nicht zur Sprache. Statt dessen verwies er Lewis an den Büroleiter im ersten Stock, der die Aktion überwacht hatte und bestimmt eine Liste aller Mitarbeiter besaß, die an der Feuerübung teilgenommen hatten.

Als Lewis wieder draußen war, sah Monica ihren Chef scharf an. «Was hat denn das nun wieder zu bedeuten?»

«Sie dürfen es der Polizei nicht übelnehmen, wenn sie versucht festzustellen, wann Mr. Quinn zum letztenmal lebendig gesehen worden ist. Ich muß zugeben, daß ich die Feuerübung nicht erwähnt hatte ...»

«Aber er war am Freitag nachmittag noch am Leben, daran besteht doch kaum ein Zweifel. Sein Wagen war laut Noakes bis etwa zwanzig nach fünf hier.»

«Ich weiß.»

«Sollten wir das der Polizei nicht offen sagen?»

«Ich habe den Verdacht, meine Liebe, daß Chief Inspector Morse sehr viel mehr herausbringen wird, als manchem von uns lieb sein kann.»

Was auch immer hinter dieser rätselhaften Bemerkung stecken mochte – Monica ging nicht darauf ein. «Aber finden Sie nicht auch, daß es sehr wichtig sein könnte?»

«Gewiß. Besonders, wenn die Polizei glaubt, Mr. Quinn sei am vergangenen Freitag ermordet worden.»

«Glauben Sie, daß er am vergangenen Freitag ermordet worden ist?»

«Ich?» Bartlett lächelte sanftmütig. «Ich glaube kaum, daß meine Meinung viel Gewicht hat.»

«Sie haben meine Frage nicht beantwortet.»

Bartlett zögerte, dann stand er auf. «Nun gut. Meine Antwortet lautet nein.»

«Wann –»

Aber Bartlett legte einen Finger an die Lippen und schüttelte den Kopf. «Sie fragen fast so viel wie die Polizei.»

Auch Monica hatte sich erhoben. Sie ging zur Tür. «Ich finde trotzdem, Sie sollten der Polizei sagen, daß Noakes –»

«Wenn es Sie beruhigt», sagte er milde, «spreche ich gleich einmal mit der Polizei darüber. Zufrieden?»

Als Monica herauskam, trat Martin zu ihr und flüsterte ihr erregt etwas ins Ohr. Zusammen betraten sie Monicas Zimmer.

Der Büroleiter erinnerte sich natürlich noch deutlich an die Feuerübung. Alles war plangemäß verlaufen, und der Geschäftsführer hatte die Liste selbst geprüft, ehe er seine Mitarbeiter wieder ans Werk geschickt hatte. Von den sechsundzwanzig hauptamtlich beim Verband Tätigen hatten nur drei ihre Namen nicht abgehakt.

Aber auch von denen war bekannt, wo sie steckten. Mr. Ogleby war bei der Oxford University Press, eine der Sekretärinnen hatte Grippe und eine der Bürogehilfinnen Urlaub. Quinns Name war in schwarzem Kugelschreiber abgehakt. Ja, das war's. Lewis ging die Treppe hinunter zu Morse.

«Ist Ihnen aufgefallen, daß hier alle schwarze Kugelschreiber benutzen, Lewis?»

«Bartlett hat alles durchorganisiert – bis hinunter zu den Schreibwerkzeugen.»

Morse griff wieder zum Hörer. «So eine blöde Schule muß doch mehr als einen Anschluß haben.» Diesmal war die Leitung frei, er bekam seine Verbindung sofort. Eine muntere Stimme mit nordenglischem Tonfall gab sich als die Schulsekretärin zu erkennen und fragte, ob sie helfen könne. Morse erklärte, wer er war, und stellte seine Frage.

«Am Freitag, sagen Sie? Ja, ich erinnere mich. Aus Oxford, stimmt ... Es muß etwa zwanzig nach zwölf gewesen sein. Ich weiß noch, ich saß über dem Stundenplan, und Mr. Richardson hatte bis Viertel vor eins Unterricht. Nein, nein. Er sagte, ich sollte mich nicht bemühen. Ob ich ihm was ausrichten könnte, hat er gefragt. Er wollte Mr. Richardson bitten, in diesem Sommer ein bißchen was zu korrigieren. Nein, tut mir leid, der Name ist mir im Moment entfallen, aber Mr. Richardson weiß ihn natürlich. Ja, ja, genau, das muß es gewesen sein. Quinn, ganz recht. Ich hoffe, es ist nichts ... Aber nein, das ist ja schrecklich ... Soll ich es Mr. Richardson sagen? Ja, gut, wird gemacht, Sir. Wiederhören.»

Morse legte auf und sah Lewis an. «Was meinen Sie?»

«Ich hab den Eindruck, daß wir ein Stück vorangekommen sind, Sir. Kurz nach elf ist er mit Diktieren fertig, um zwölf geht er zu der Feuerübung, zwanzig nach zwölf ruft er die Schule an.» Morse nickte, und Lewis fuhr, dergestalt ermutigt, fort: «Wissen möchte ich aber doch, ob er die Nachricht für Miss Freeman vor oder nach der Mittagspause hingelegt hat. Vielleicht sollten wir uns mal dafür interessieren, wo er gegessen hat, Sir.»

Morse nickte wieder und sah ins Leere. «Trotzdem, Lewis, ich habe so meine Zweifel, ob wir auf der richtigen Spur sind. Wissen Sie was? Es würde mich nicht wundern, wenn –»

Der Hausapparat läutete, und Morse hob ab. «Schönen Dank,

daß Sie mir Bescheid gesagt haben, Dr. Bartlett. Könnten Sie ihn bitten, gleich mal vorbeizukommen?»

Während der diensteifrige Noakes zu seinem kurzen Bericht ansetzte, fragte sich Morse, warum er sich nicht gleich darum bemüht hatte, den Hausmeister für sich zu gewinnen. Er wußte ganz genau, daß in den verschiedensten Institutionen landauf, landab von Rechts wegen der Name des Hausmeisters auf dem Briefkopf erscheinen müßte. Wo immer seine Dienste benötigt wurden (auch im Präsidium), war es immer der Hausmeister mit seiner unerfreulichen Mischung aus offiziösem Gehabe und Servilität, um dessen Wohlwollen sich alle bemühten, weil er bei Raum-, Tee-, Schlüsselfragen und anderen weltbewegenden Überlegungen unverzichtbar war. Allerdings schien Noakes zu den erfreulicheren Vertretern seiner Gattung zu gehören.

«Ja, Sir, sein Mantel war tatsächlich da, ich erinnere mich genau, weil sein Schrank offenstand und ich ihn zugemacht habe. Dem Chef wär das nicht recht gewesen, er ist da sehr eigen.»

«Lag ein Zettel auf seinem Schreibtisch?»

«Ja, den haben wir auch gesehen.»

«Sagten Sie ‹wir›?»

«Mr. Roope und ich, Sir. Er hatte gerade –»

«Und was wollte der hier?» fragte Morse.

«Er wollte zum Chef, aber der war nicht da, das wußte ich. Und da hat mich Mr. Roope gefragt, ob einer von den anderen da ist, er hatte irgendwelche Papiere, die er jemandem geben wollte.»

«Und wem hat er sie gegeben?»

«Das ist es ja gerade, Sir. Wie gesagt, wir haben's in den anderen Zimmern probiert, aber es war keiner da.»

Morse sah ihn scharf an. «Das wissen Sie genau, Mr. Noakes?»

«Jawohl, Sir. Wir haben niemanden gefunden, und da hat Mr. Roope die Papiere dem Chef auf den Schreibtisch gelegt.»

Morse warf Lewis einen Blick zu und hob merklich die Augenbrauen. «Soso, das ist ja sehr interessant. Wirklich, sehr interessant.» Aber trotz seiner offenkundigen Anteilnahme stellte Morse keine weiteren Fragen, jedenfalls noch nicht. Die Wendung der Dinge hatte ihn schlichtweg überrumpelt, und er bereute jetzt seine töricht-theatralische Entscheidung, bei den Mitarbeitern in Umlauf zu setzen (inzwischen hatte es sich ja wohl überall herumgesprochen), daß er sie bitten würde, über ihren Aufenthalt am Freitag nachmittag Rechenschaft abzulegen. Damit, daß sie alle ein Alibi brauchen würden, hatte er nicht gerechnet. Bartlett war in Banbury gewesen, das wußte er. Aber wo hatten die anderen an diesem verhängnisvollen Nachmittag gesteckt? Monica, Ogleby, Martin und Quinn. Im Büro waren sie nicht gewesen. So ein Mist.

«Um welche Zeit war denn das, Mr. Noakes?»

«Gegen halb fünf, Sir.»

«Hatten die anderen eine Nachricht hinterlassen?»

«Ich glaube nicht, Sir.»

«Ist es denkbar, daß einer der anderen oben war?»

«Möglich schon, aber ... Na ja, ich war 'ne ganze Weile hier. Ich hab die Leuchtstoffröhre im Gang ausgewechselt, als Mr. Roope reinkam.»

Morse war sichtlich noch immer etwas verunsichert, und Lewis beschloß, ihm unter die Arme zu greifen. «Wäre es möglich, daß jemand auf der Toilette war?»

«Da müßte er aber lange drin gewesen sein.»

Das etwas abschätzige Lächeln machte deutlich, daß Noakes mit Bemerkungen eines bloßen Sergeant nichts am Hut hatte. Das sonst so geläufige «Sir» hatte er betont weggelassen.

«Am Freitag nachmittag hat es geregnet, nicht?» fragte Morse schließlich.

«Ja, Sir. Sturm und Wolkenbruch. Scheußlicher Nachmittag.»

«Hoffentlich hat sich Mr. Roope die Füße abgetreten», meinte Morse harmlos.

Zum erstenmal wirkte Noakes fast verlegen. Er rieb sich unbehaglich die Hände und überlegte, was das wohl wieder sollte.

«Haben Sie einen der anderen Mitarbeiter noch gesehen? Später, meine ich ...»

«Nein, nicht richtig. Ich meine, ich hab Mr. Quinn in seinem Wagen wegfahren sehen, das war etwa um –»

«Wie bitte?» Morse richtete sich auf und blinzelte Noakes verwirrt an. «Sie haben ihn wegfahren sehen, sagen Sie?»

«Ja, Sir. Zehn vor fünf muß es etwa gewesen sein. Sein Wagen war –»

«Standen sonst noch Wagen da?» fuhr Morse dazwischen.

«Nein, Sir, nur der von Mr. Quinn.»

«Vielen Dank, Mr. Noakes, Sie haben uns sehr geholfen.»

Morse stand auf und ging zur Tür. «Danach haben Sie niemanden mehr gesehen?»

«Nein, Sir. Nur den Chef, der ist gegen halb sechs noch mal ins Büro gekommen.»

«Ah ja. Also vielen Dank.» Morse hatte Mühe, seine steigende Erregung zu verbergen, und hätte am liebsten Noakes in den Gang hinausgeschubst.

«Wenn ich Ihnen sonst noch behilflich sein kann, Sir ... ich kann jederzeit ...» Er stand katzbuckelnd an der Tür. Wie ein Lehnsmann, der Abschied von seinem Herrn und Gebieter nimmt. Doch Morse hörte gar nicht hin. Eine leise Stimme in seinem Kopf sagte: «Hau ab, du Schleimer!» Aber er nickte nur freundlich, und der Hausmeister machte sich endlich davon.

«Was sagen Sie dazu, Lewis?»

«Würde mich nicht wundern, wenn wir demnächst jemanden finden, der Quinn am Freitagabend in einem Pub gesehen hat. Kurz vor Toresschluß.»

«Glauben Sie?» Aber Morse interessierte sich im Grunde nicht für Lewis' Ansichten. Gestern waren zwar die Räder angelaufen, aber offenbar, wie sich jetzt herausstellte, verkehrt herum, und während der Unterhaltung mit Noakes waren sie vorübergehend ganz zum Stillstand gekommen. Jetzt aber hatten sie sich wieder in Bewegung gesetzt, der Vorwärtsgang war eingeschaltet, und zwei oder drei Rädchen sirrten wie verrückt. Er sah auf die Uhr. Der Vormittag war vorbei. «Was für ein Gesöff servieren sie denn im *Roß und Trompete*, Lewis?»

10

Wenige der nach dem Zweiten Weltkrieg in Oxford errichteten Gebäude haben bei Stadt und Universität großen Anklang gefunden. Es ist vielleicht nicht weiter verwunderlich, daß eine Bevölkerung, die täglich so viele schöne alte Bauten vor Augen hat, gegenüber dem Spannbeton der seltsamen Nachkriegskonstruktionen voreingenommen ist. Oder vielleicht sind auch alle modernen Architekten verrückt. Allgemein gilt das John Radcliffe Hospital als eines der am wenigsten mißglückten Beispiele moderner Baukunst. Die unmittelbar in der Nachbarschaft Wohnenden allerdings, deren teure Einfamilienhäuser durch das gigantische Bauwerk in den Schatten gestellt werden und die jetzt von ihren Gärten aus nicht mehr auf die offenen Grünflächen des Manor Park, sondern auf eine breite, belebte Zufahrtsstraße schauen, sehen das anders. Das siebengeschossige Krankenhaus aus cremeweißem Backstein mit schokoladebraunen Gesimsen steht auf einem großen, baumbestandenen Grundstück. Königsblaue Schilder mit großen weißen Buchstaben weisen Ortsunkundigen den Weg. Doch Ortsunkundige sind hier rar, denn das John Radcliffe Hospital sorgt dafür, daß sämtliche unter der Gesundheitsbehörde von Oxfordshire geborenen Babies wohlbehalten das Licht der Welt erblicken, und fast alle schwangeren Frauen haben dort schon viele Male ihre kostbaren Embryos betasten und befummeln, abhorchen und ausloten lassen. So auch Joyce Greenaway. Aber bei ihr (ein Fall von Tausend, wie es so schön heißt) ist nicht alles so ganz nach gynäkologischer Garantie gelaufen.

Am Mittwochnachmittag hatte Frank Greenaway frei, und um eins rollte er auf den Krankenhausparkplatz. Ihm war schon wieder sehr viel leichter ums Herz, denn es sah jetzt so aus, als käme doch alles ins Lot. Trotzdem wurmte es ihn immer noch, daß der Vorarbeiter in Cowley, dieser unfähige Trottel, es am vergangenen Freitag nicht fertiggebracht hatte, eine Nachricht an ihn weiterzugeben, und er hatte das Gefühl, als habe er seine Frau im Stich gelassen, wo es doch ihr erstes Baby war. Joyce selbst hatte sich nicht verrückt machen lassen. Als sie den Eindruck hatte, daß die Lage kritisch wurde, hatte sie, vernünftig wie sie war, von sich aus im Krankenhaus angerufen. Dennoch ging es ihm nach. Denn als er abends um halb zehn glücklich ins Krankenhaus gekommen war, kämpfte sich ihr untergewichtiger Sprößling – drei Wochen vor der Zeit geboren – schon auf der Intensivstation tapfer und erfolgreich ins Leben hinein. Ich kann ja schließlich nichts dafür, sagte sich Frank. Aber für ihn (er hatte wenig Phantasie, aber ein mitfühlendes Herz) war es, als wenn einer zehn Minuten zu spät zu einem Match von Oxford United kommt und feststellt, daß er das einzige Tor des Spiels versäumt hat.

Auch er war kein Ortsunkundiger mehr. Automatisch öffneten sich die Türen vor ihm, und er ging zielstrebig durch die Eingangshalle mit dem blauen Teppichboden, vorbei an den beiden Informationsschaltern, geradewegs zum Aufzug, wo er, ausgerüstet mit einem frischgewaschenen Nachthemd, einer Schachtel Konfekt und dem *Woman's Weekly*, den Knopf zum 6. Stock drückte.

Joyce und der Kleine waren noch auf der Isolierstation – irgendwas wegen Gelbsucht («Sie brauchen sich aber keine Sorgen zu machen, Mr. Greenaway.»), und Frank betrat Zimmer 12. Warum er ein bißchen befangen war, hätte er selbst nicht so recht sagen können, dagegen wußte er sehr wohl, daß er allen Grund zu fortgesetzter Besorgnis hatte. Die Ärzte hatten verlangt, daß er noch nicht darüber sprach («Ihre Frau hat es nicht ganz leicht gehabt, Mr. Greenaway.») Trotzdem – sie würde es jetzt bald erfahren müssen, würde es fast zwangsläufig früher oder später erfahren. Aber er hatte bereitwillig versprochen mitzuspielen, und die Oberschwester hatte zugesagt, Besucher von Joyce einzuschwören. («Die postnatale Phase kann sehr schwierig sein, Mr. Greenaway.») Natürlich auch keine *Oxford Mail*.

«Wie geht's, mein Schatz?»

«Gut.»

«Und dem Kleinen?»

«Auch gut.»

Sie küßten sich und waren bald über ihre Befangenheit hinweg.

«War der Fernsehmensch schon da? Ich wollte dich gestern schon danach fragen.»

«Nein, Schatz, aber keine Angst, der bringt das schon in Ordnung.»

«Na hoffentlich. Ich bin ja nicht mehr lange hier.»

«Brauchst dir wirklich keine Sorgen zu machen.»

«Hast du schon das Bettchen aufgestellt?»

«Wie oft soll ich dir noch sagen, daß du dich um nichts zu sorgen brauchst? Sieh du nur zu, daß du wieder auf die Beine kommst und dich um den Kleinen kümmern kannst, alles andere ist unwichtig.»

Sie lächelte glücklich, und als er aufstand und sie in den Arm nahm, schmiegte sie sich zärtlich an ihn.

«Ist das nicht komisch, Frank? Einen Mädchennamen hatten wir schon. Und wir waren so sicher, daß es ein Mädchen werden würde.»

«Ja. Aber ich hab mir was überlegt. Wie findest du Simon? Hübscher Name, nicht? Simon Greenaway ... Hört sich irgendwie ... irgendwie distinguiert an.»

«Stimmt. Aber es gibt einen Haufen netter Jungennamen.»

«Zum Beispiel?»

«Du kennst doch den Typ, der unter uns wohnt, den Mr. Quinn. Der heißt Nicholas mit Vornamen. Ist auch hübsch, nicht? Nicholas Greenaway ... Gefällt mir irgendwie, Frank.» Sie beobachtete ihn scharf, hätte schwören können, daß da irgendwas war, und spürte sekundenlang Panik in sich aufsteigen. Aber nein, er konnte es nicht wissen, das bildete sie sich bloß ein. Das war nur ihr schlechtes Gewissen.

Das Pub war leer, als sie sich in die hinterste Ecke setzten. Noch nie hatte Lewis erlebt, daß Morse sich so desinteressiert an seinem Bier gezeigt hatte. Er nippte daran wie eine altjüngferliche Tante an dem hausgemachten Wein auf einer Gemeindefete. Minutenlang saßen sie stumm beieinander. Es war Lewis, der das Schweigen brach. «Haben Sie den Eindruck, daß wir weiterkommen?»

«Doch, ja», sagte Morse tiefsinnig. «Das glaube ich schon.»

«Schon irgendwelche konkreten Ideen?»

«Nein», schwindelte Morse. «Wir brauchen erst noch ein paar Fakten, ehe wir uns auf den Höhenflug von Ideen wagen. Passen Sie auf, Lewis, nehmen Sie sich mal die Mrs. Sowieso vor, die Putzfrau. Die Adresse haben Sie?» Lewis nickte. «Und wenn Sie schon dabei sind, können Sie gleich mal bei der Hauswirtin vorbeifahren, bei dieser Mrs. Jardine. Nehmen Sie meinen Wagen. Ich hab wahrscheinlich den ganzen Nachmittag in der Geschäftsstelle zu tun. Dort können Sie mich abholen.»

«Soll ich was Bestimmtes fragen?»

«Herrgott, seit wann brauchen Sie ein Kindermädchen? Buddeln Sie aus, was Sie können, und fragen Sie nicht so dumm. Sie wissen ebensoviel über den Fall wie ich.» Lewis sagte nichts. Aber er ärgerte sich eigentlich mehr über sich als über den Inspector. Schweigend trank er sein Bier aus.

«Tja, dann fahr ich jetzt los. Ich schau nur noch mal zu Hause vorbei, wenn Sie nichts dagegen haben.»

Morse nickte unbestimmt, und Lewis stand auf. «Dann brauch ich nur noch die Wagenschlüssel.»

Morse hatte sein Bier kaum angerührt und fixierte mit düsterer Konzentration den Teppich.

Mrs. Evans putzte seit etlichen Jahren das Erdgeschoß von Pinewood Close 1, sie gehörte für die lange Reihe von Junggesellen, die durch Mrs. Jardines Räume gezogen waren, fast zur Einrichtung. Für die meisten war die Pinewood Close eine Übergangsstation auf der Suche nach einer etwas besseren Unterkunft, und sie waren selten lange geblieben, aber nett waren sie eigentlich alle gewesen. Schmutz gab es hauptsächlich in der Küche, gewiß, sie wischte auch in den anderen Räumen Staub und saugte, aber in der Küche hatte sie immer am meisten zu tun, eine halbe Stunde für den Herd, eine weitere halbe Stunde für das Bügeln der Hemden, der Unterwäsche und der Taschentücher, die aus dem Waschsalon kamen. Es waren ungefähr zwei Stunden Arbeit, selten mehr, oft etwas weniger. Aber sie berechnete immer zwei Stunden, und dagegen hatte bisher keiner der Mieter was gehabt. Sie arbeitete am liebsten, wenn sonst niemand da war. Mit Quinn hatte sie den Freitag von drei bis fünf fest vereinbart.

Ja, es ging um den armen Mr. Quinn, sie wußte Bescheid, bat Lewis hinein und erzählte ihm ihre kurze Geschichte. Sie war meist schon wieder weg, wenn er heimkam. Aber am letzten Freitag hatte sie für Mr. Evans in die Poliklinik gehen müssen, er hatte Bronchitis und war an dem Tag um halb fünf beim Arzt angemeldet gewesen. Aber bei dem scheußlichen Wetter hatte sie ihn lieber zu Hause behalten, hatte ihm in der Poliklinik ein Rezept geholt, hatte sich in der Apotheke das Medikament geben lassen und war dann nach Hause gefahren, um das Abendessen zu machen. Um Viertel nach sechs war sie wieder bei Quinn gewesen und hatte dort noch eine halbe Stunde gebügelt.

«Sie haben ihm einen Zettel hingelegt, Mrs. Evans?»

«Ja, er sollte sich nicht wundern, weil ich noch nicht fertig war.»

«Das war gegen vier, sagen Sie?»

Sie nickte und bekam es plötzlich mit der Angst zu tun. War der arme Mr. Quinn vielleicht an dem Freitag abend gestorben, gerade als sie gegangen war?

«Wir haben den Zettel im Papierkorb gefunden, Mrs. Evans.»

«Ja, das dachte ich mir. Er hat ihn zusammengeknüllt.»

«Ja, sicher.» Lewis ertappte sich bei dem Gedanken, daß er Morse herbeiwünschte, aber er schüttelte diese Anwandlung rasch wieder ab. Die Sache begann interessant zu werden. «Sie haben den Zettel ins Wohnzimmer gelegt?»

«Ja, aufs Sideboard. Ich hab Ende des Monats immer einen Zettel hingelegt. Wenn wieder vier Wochen um waren ... na, Sie wissen schon ...»

«Hm. Können Sie sich erinnern, ob Mr. Quinns Wagen in der Garage stand, als Sie zurückkamen?»

«Nein, Sergeant, tut mir leid, aber es hat geregnet, und ich war mit dem Rad da, und da hab ich's eilig gehabt. Und wieso hätt ich auch in die Garage schauen sollen. Ich meine –»

«Sie haben Mr. Quinn nicht gesehen?»

«Nein.»

«Ist auch nicht weiter wichtig. Es liegt uns natürlich daran –»

«Glauben Sie, daß er am Freitag abend gestorben ist?»

«So würde ich das nicht sagen. Aber wenn wir feststellen könnten, um welche Zeit er aus dem Büro gekommen ist, wäre das eine große Hilfe für uns. Wer weiß, vielleicht war er am Freitag abend auch gar nicht zu Hause.»

Mrs. Evans runzelte leicht verblüfft die Stirn. «Ich kann Ihnen sagen, wann er nach Hause gekommen ist.»

Es war plötzlich sehr still im Zimmer, und Lewis sah gespannt auf. «Wie meinten Sie, Mrs. Evans?»

«Ja, also, ich hab ihm doch diesen Zettel hingelegt, und den muß er gesehen haben.»

«Er muß ihn gesehen haben, sagen Sie?»

«Genau. Sie haben gesagt, daß er im Papierkorb gelegen hat.»

Lewis lehnte sich wieder zurück, und seine Erregung verebbte. «Aber leider wissen wir ja nicht, wann er den Zettel gefunden hat.»

«Nein, nein, so meine ich das nicht. Er hatte den Zettel gesehen, ehe ich um Viertel nach sechs zurückkam. Er hat mir nämlich was aufgeschrieben, und –»

«Er hat Ihnen was aufgeschrieben?»

«Ja. Daß er zum Einkaufen ist oder so, genau weiß ich es nicht mehr.»

Lewis fing noch einmal von vorn an. «Sie haben ihm also um vier den Zettel hingelegt und sind um Viertel nach sechs wieder hingegangen.»

«Genau.»

«Und wann ist er Ihrer Meinung nach heimgekommen? Gegen fünf?»

«Ja, das war seine übliche Zeit, glaube ich.»

«Und das, was er aufgeschrieben hat, war ganz sicher für Sie bestimmt?»

«Ja. Mein Name stand drauf.»

«Erinnern Sie sich vielleicht noch genau, was er aufgeschrieben hat?»

«Nein, aber wissen Sie was? Vielleicht hab ich den Zettel noch, in der Schürze oder so. Ich trag nämlich immer–»

«Könnten Sie wohl mal nachsehen?»

Mrs. Evans ging in die Küche, und Lewis flehte die Götter an, ihm ausnahmsweise hold zu sein. Ihm war fast schlecht vor Erleichterung, als sie mit einem kleinen gefalteten Zettel zurückkam. Mit der tiefen Ehrfurcht eines Druiden, der über heiligen Runen brütet, las er:

«Mrs. E. Bin einkaufen, bald wieder da. N. Q.»

Es war eine denkbar kurze Mitteilung, aber er war sich ihrer großen Bedeutung wohl bewußt.

«Einkaufen? Um diese Zeit? Bißchen komisch, was?»

«Find ich nicht. Am Freitag hat der der Supermarkt bis neun auf.»

«Ist das der *Quality*?»

«Ja. Er ist direkt hinter dem Haus. Es führt ein Fußweg hin, und jetzt, wo der Zaun weg ist, kann man direkt vom Garten aus rüberlaufen.»

Fünf Minuten später bedankte sich Lewis überschwenglich und ging. Der Alte würde sich freuen.

Kurz nach eins betrat Monica die Bar. Sie entdeckte Morse sofort (der tat, als sähe er sie nicht), ließ sich einen Gin-Campari geben und trat zu ihm.

«Darf ich Sie zu einem Drink einladen, Inspector?»

Morse sah auf und schüttelte den Kopf. «Irgendwie ist mir heute nicht nach Bier.»

«Im Gegensatz zu gestern.»

«Wieso?»

Sie setzte sich neben ihn und sagte nah an seinem Ohr: «Ich hab's an Ihrem Atem gemerkt.»

«Sie hatten auch ein sehr hübsches Parfüm», gab Morse zurück. Aber er wußte, daß dies nicht die Zeit für ein romantisches Abenteuer war. Man merkt die Absicht, und man wird verstimmt ...

«Ich hab mir gedacht, daß ich Sie vielleicht hier treffe.»

Morse hob unverbindlich die Schultern. «Was haben Sie mir zu sagen?»

«Von vorsichtigen Annäherungen halten Sie nichts, was?»

«Manchmal schon.»

«Ja, also ... es geht um Freitag nachmittag.»

«Wie sich so was rumspricht ...»

«Sie wollten wissen, was wir alle am Freitag nachmittag gemacht haben, nicht?»

«Ja. Im Büro war offenbar keiner von Ihnen.»

«Bei den anderen weiß ich das nicht so genau – nein, das stimmt nicht ganz, nämlich ... Ach je, Sie machen es einem aber auch nicht gerade leicht. Ich war den ganzen Nachmittag weg, das heißt, ich war mit jemandem zusammen, und früher oder später müssen Sie wohl erfahren müssen, wer es war.»

«Ich glaube, das weiß ich schon», sagte Morse leise.

Monica sah ihn verblüfft an. «Das ist doch unmöglich. Haben Sie etwa –»

«Nein, ich habe noch nicht mit Mr. Martin gesprochen, aber ich werde es in Kürze tun, und er wird mir vermutlich die ganze Geschichte erzählen – mit dem üblichen Schuß Zögern, Verlegenheit und vielleicht mit einem bißchen Bammel. Es stimmt doch, daß er verheiratet ist?»

Monica legte die Hand an die Stirn und schüttelte traurig den Kopf. «Sind Sie Hellseher?»

«Wenn das der Fall wäre, würde es bei meinen Fällen ein bißchen fixer gehen.»

«Soll ich Ihnen alles erzählen?» Sie machte ein unglückliches Gesicht.

«Jetzt nicht. Es ist mir lieber, wenn ich es von Ihrem Freund erfahre. Er ist kein besonders guter Lügner.» Er stand auf und sah auf ihr leeres Glas. «Gin-Campari, nicht?»

Sie nickte dankend. Während Morse zur Theke ging, zündete sie sich die nächste Zigarette an und inhalierte tief. Besorgt zog sie dic sauber gezupften Brauen zusammen. Was sollte sie nur tun, wenn ...

Morse war ziemlich bald wieder da und plazierte das Glas sorgfältig auf einem Bierfilz. «Das mit dem kostspieligen Geschmack ist mir jetzt klar, Miss Height.»

Sie sah auf und lächelte ein bißchen. «Trinken Sie denn nichts?»

«Nicht jetzt, danke. Ich habe diese Woche ein bißchen mehr als sonst am Hals. Eine Mordermittlung zum Beispiel. Und mit Nutten habe ich sowieso nicht viel am Hut.»

Damit zog er ab und ließ Monica kreuzunglücklich zurück. Wie grausam er gewesen war. Und dabei hatte sie sich noch gestern so wohl in seiner Gesellschaft gefühlt. Jetzt aber haßte sie ihn.

Auch Morse fühlte sich nicht so recht wohl in seiner Haut. So ruppig hätte er sie nicht zu behandeln brauchen. Und überhaupt – diese Eifersucht war dumm und kindisch. Er hatte sie doch gerade erst kennengelernt. Natürlich konnte er umkehren, sie zum nächsten Glas einladen und sich entschuldigen. Ja, das war eine Möglichkeit ... Er tat es nicht. Denn in die Eifersucht mischte sich etwas anderes: das Gefühl, daß Monica ihn belogen hatte.

II

Bis auf die Tatsache, daß Mrs. Greenaway, die im Obergeschoß wohnte, am vergangenen Freitag abend einen Jungen zur Welt gebracht hatte, erfuhr Lewis nicht viel Brauchbares von Mrs. Jardine. Sie vermochte die am Vortag gemachte Aussage nicht um Wesentliches zu ergänzen, und Lewis verbrachte nur zehn Minuten bei ihr. Doch der Triumph von vorhin war ihm nicht zu nehmen. Am Nachmittag berichtete er Morse von seinem Gespräch mit Mrs. Evans, überreichte seine Trophäe und war alles in allem sehr mit sich zufrieden. Morses Begeisterung war allerdings eher gedämpft. Quinns Zettel sah er sich zwar lange und genau an, schien aber ansonsten nicht so recht bei der Sache zu sein.

«Sie scheinen unzufrieden zu sein.»

«Die Mehrheit der Menschheit verbringt ihr Leben in stiller Verzweiflung.»

«Na, wenn Sie *das* nicht aufheitert ...»

«Wie? Blödsinn, Lewis.» Morse schüttelte sich, als könne er damit seine zeitweilige Depression vertreiben, und nahm sich noch einmal den Zettel vor. «Das hätte ich selber kaum besser machen können.» Es war leichthin gesagt, aber Lewis kannte seinen Chef.

«Raus damit, Sir.»

«Womit?»

«Was hätten Sie die Frau gefragt?»

«Sag ich doch. Genau dasselbe, was Sie gefragt haben.»

«Was noch?»

Morse überlegte. «Vielleicht ein, zwei zusätzliche Sachen.»

«Zum Beispiel?»

«Vielleicht hätte ich sie gefragt, ob sie einen Blick in den Papierkorb geworfen hat.»

«Ach ja?» meinte Lewis ziemlich unbeeindruckt.

«Vielleicht hätte ich sie gefragt, ob Quinns Anorak da war.»

«Aber –»

«Bestimmt hätte ich sie gefragt, ob die Gasheizung im Kamin an war.»

Allmählich kapierte Lewis, worauf Morse hinaus wollte, und nickte nachdenklich vor sich hin. «Am besten nehmen wir sie uns noch mal vor.»

«Auf jeden Fall. Aber das ist ja nicht das Problem. Fest steht, daß Quinn allem Anschein nach bis etwa sechs am Leben war. Ich frage mich ...» Einen Augenblick schweiften seine Gedanken wieder ab, aber dann setzte er sich plötzlich bolzengerade auf und zückte seinen Parker-Kugelschreiber. «Erst mal gibt es hier noch genug zu tun. Schauen Sie mal nach, ob er schon vom Essen zurück ist.»

«Wer denn?»

«Martin natürlich, das hab ich doch eben schon gesagt. Oder sind Sie plötzlich schwerhörig geworden?»

Während Martin voller Verlegenheit Monicas Aussage bestätigte, machte Morse ein Gesicht wie jemand, dem man ein faules Ei direkt unter die Nase hält. Sie hatten beide das Haus etwa um 13 Uhr 10 verlassen. Nein, nicht zusammen, sie waren getrennt gefahren. Ja, zu Monicas Bungalow. Ja, ins Bett. (Ein stinkendes, ekelerregendes Ei.) Ja, und das war eigentlich alles. (*Alles*, sagt er. Der macht mir Spaß.)

«Wann sind Sie dort weg?»

«Ungefähr Viertel vor vier.»

«Und Sie sind nicht mehr ins Büro gegangen?»

«Nein, ich bin direkt nach Hause gefahren.»

«Wie nett für Ihre Frau.»

Martin schwieg.

«Lewis, gehen Sie zu Miss Height. Sie haben gehört, was Mr. Martin sagt. Lassen Sie sich ihre Aussage geben.»

Morse sah Martin scharf an. «Sie sind ein geiler Typ, was?»

Martin schüttelte den Kopf. «Nein, das stimmt nicht, Inspector. Ich habe meine Frau nur mit Monica betrogen, mit sonst niemandem.»

«Verliebt in die Frau?»

«Ich weiß nicht. Die Geschichte hat ... ach, ich weiß nicht. Sie ist ... Ach, ist ja jetzt egal.»

«Warum sind Sie so früh weggegangen?»

«Wegen Sally, das ist Monicas Tochter. Meist kommt sie um Viertel nach vier nach Hause.»

«Und Sie wollten nicht, daß sie dazukommt, wie Sie ihre Mutter bumsen, ja?»

Martin machte ein unglückliches Gesicht. «Sind Sie noch nie fremdgegangen, Inspector?»

Morse schüttelte den Kopf. «Nein, mein Junge. Ich hab nämlich noch nie treu zu sein brauchen.»

«Muß – muß es herauskommen?»

«Nicht unbedingt. Es sei denn ...»

«Es sei denn?» Martin machte ängstliche Augen, und Morse hütete sich, ihn zu beruhigen.

«Diese Sally geht in Oxford zur Schule?»

«Ja. Oxford High School.»

«Bißchen peinlich bei den Prüfungen, was? Ich meine, wenn ihre Mutter –»

«Nein, nein, das verstehen Sie falsch, Inspector. Unser Verband hält in England gar keine Prüfungen ab.»

«Wer prüft in der Oxford High School?»

«Die zuständigen örtlichen Behörden, nehme ich an.»

«Aha.»

Als Martin weg war, rief Morse im Präsidium an und gab Constable Dickson seine Anweisungen. Er lächelte zufrieden vor sich hin, als Lewis zurückkam.

«Sie bestätigt, was Martin gesagt hat, Sir.»

«Soso, tut sie das?»

«Das sagen Sie so skeptisch.»

«Finden Sie?»

«Glauben Sie den beiden nicht?»

«Ich habe den Eindruck, Lewis, daß die beiden das Blaue vom Himmel runterschwindeln. Aber ich kann mich natürlich auch irren. Was, wie Sie wissen, gelegentlich vorkommt.» Er hatte jenen Ausdruck falscher Bescheidenheit aufgesetzt, den viele an dem Chief Inspector am wenigsten schätzten, und Lewis war fest entschlossen, sich durch seine verdrehte Logik nicht noch weiter provozieren zu lassen. Er jedenfalls glaubte den beiden, da konnte der große Morse brabbeln, was er wollte.

«Haben Sie nicht gehört, Lewis?»

«Wie meinten Sie, Sir?»

«Was ist denn bloß heute mit Ihnen los, Mann? Holen Sie mir Ogleby, habe ich gesagt. Wenn das nicht zuviel verlangt ist.»

Lewis knallte die Tür hinter sich zu.

Morse hatte bei der offiziellen Vorstellung am Vortag kaum ein halbes Dutzend Worte mit Ogleby gewechselt, er war ihm aber auf Anhieb sympathisch gewesen. Dieser Eindruck bestätigte sich, als Ogleby ihm übersichtliche und zuverlässige Informationen über die Arbeit des Verbandes lieferte.

«Wie ist es mit den Sicherheitsvorkehrungen?» fragte Morse behutsam wie ein zaghafter Schlittschuhläufer, der das Eis testet.

«Das ist natürlich ein ständiges Problem. Da aber alle es gewissermaßen im Hinterkopf haben, löst es sich immer irgendwie von selbst – wenn Sie wissen, was ich meine.»

Morse nickte vor sich hin. «Ihr Geschäftsführer legt offenbar auf diesen Punkt ganz besonderen Wert.»

«Ja, so könnte man es wohl sagen.»

Morse warf ihm einen scharfen Blick zu. Hatte in Oglebys Antwort ein Hauch von Ironie – oder sogar Eifersucht – gelegen? «Kommt überhaupt kein Mißbrauch vor?»

«Das würde ich nicht behaupten. Aber damit sind wir bei einer ganz anderen Frage. Sehen Sie, wenn ein Kandidat im Prüfungsraum schummelt – entweder, indem er Notizen hineinschmuggelt oder von einem Mitprüfling abschreibt –, müssen wir uns einfach darauf verlassen, daß die Aufsicht die Augen offenhält und uns Verdachtsmomente meldet.»

«Das kommt also vor?»

«Zwei-, dreimal im Jahr.»

«Was unternehmen Sie in solchen Fällen?»

«Wir disqualifizieren die betreffenden Prüflinge in allen Fächern.»

«Verstehe.» Morse versuchte es mit einem anderen Ansatzpunkt. «Sie verschicken die Prüfungsbögen vor der Prüfung, nicht?»

«Sonst könnten wir die Prüfung ja schlecht abhalten.»

Morse begriff, wie dämlich er sich ausgedrückt hatte, und fuhr schnell fort: «Nein, ich meine ... Wenn einer der Lehrer mit jemandem unter einer Decke stecken würde ...»

«Die Prüfungsbögen werden direkt an die Ministerien geschickt und dann an die Schulleiter, nie an einzelne Lehrer.»

«Gut, dann nehmen wir mal einen Schulleiter. Wenn er nun ein Gauner ist ... Angenommen, er macht einen Packen Prüfungsbögen auf und zeigt sie seinen Schülern ...»

«Da kann er sich auch gleich aufhängen.»

«Sie meinen, Sie würden das merken?»

Ogelby lächelte. «Aber ja. Unsere Prüfer und Benoter riechen so was drei Meilen gegen den Wind. Wir führen seit Jahren eine Statistik über die Prozentzahlen bestandener Prüfungen in allen Fächern, wir wissen, welchen Schülertyp wir prüfen, was für eine Schule es ist und dergleichen. Aber darum geht es im Grunde gar nicht. Wie alle Prüfungsverbände inspizieren auch wir regelmäßig unsere Schulen, nachdem sie bei uns aufgenommen worden sind. Ehe sie ihre Anerkennung bekommen, überzeugen wir uns davon, daß sie unseren hohen Anforderungen an Integrität und kompetenter Verwaltung genügen.»

«Die Schulen werden also regelmäßig inspiziert ...»

«Aber ja.»

«Ist das der Job, den Mr. Bland in Al-jamara macht?»

Morse beobachtete Ogleby scharf, aber der gab ungerührt zurück: «Ja, unter anderem. Ihm untersteht dort die ganze Verwaltung.»

Morse beschloß, es einfach mal andersherum zu probieren, und balancierte vorsichtig wieder über die Eisfläche ans diesseitige Ufer.

«Wäre es für einen Außenstehenden, sagen wir für jemanden vom Putzgeschwader, möglich, hier im Büro an die Aktenschränke zu kommen und sich bestimmte Unterlagen zu beschaffen?»

«Theoretisch ja. Wenn jemand die Schlüssel hätte und wüßte, wo er zu suchen hat, wenn er das komplizierte System der Curriculum-Numerierung beherrscht, intelligent genug ist, um die vielen Berichtigungen und Druckhinweise zu verstehen. Dann müßte er natürlich das Zeug noch kopieren. Die Fahnen und Korrekturabzüge sind durchnumeriert, eine einzelne Seite könnte niemand unbemerkt mitgehen lassen.»

«Und was ist mit den Prüfern? Mal angenommen, sie geben einem ausgesprochenen Holzkopf eine gute Note?»

«Damit kämen sie nie durch. Die Noten werden alle noch einmal überprüft.»

«Wenn aber nun ein Prüfer alle Antworten gut benotet, auch wenn da ganz großer Quatsch steht ...»

«So ein Prüfer wäre schon längst geflogen. Die Prüfer selbst werden noch einmal von einem Team von Inspektoren begutachtet, die nach jeder Prüfung einen Bericht machen.»

«Aber die Inspektoren könnten ...» Nein, Morse, Schluß damit. Er begriff allmählich, daß die ganze Geschichte weit komplizierter war, als er angenommen hatte.

Aber Ogleby führte den Satz für ihn zu Ende. «Ja, sicher. Wenn ganz oben ein schräger Vogel wäre, hätte er leichtes Spiel. Sehr leichtes Spiel sogar. Aber warum wollen Sie das eigentlich wissen?»

Morse überlegte einen Augenblick. «Wir suchen nach einem Motiv für den Mord an Quinn, Sir. Es gibt natürlich Hunderte von Möglichkeiten, aber ich überlegte mir eben, ob ... ob er vielleicht auf irgendeine krumme Tour gestoßen war. Sie haben mir sehr geholfen.»

Ogleby stand auf, und auch Morse erhob sich. «Ich habe die anderen gefragt, was sie am letzten Freitag nachmittag gemacht haben, und diese Frage muß ich wohl auch Ihnen stellen. Wissen Sie es noch?»

«Kein Problem. Vormittags war ich bei der Oxford University Press, habe dort mit dem Leiter der Druckerei zu Mittag gegessen – ziemlich spät übrigens – und war gegen halb vier wieder hier.»

«Und den Rest des Nachmittags haben Sie hier im Büro verbracht?»

«Ja.»

«Bestimmt?»

Ogleby sah ihn ruhig an. «Ganz bestimmt.»

Morse zögerte. Sollte er den Stier gleich bei den Hörnern nehmen oder sich noch einen Aufschub gönnen?

«Das ist mir jetzt fast ein bißchen peinlich, Sir. Von – äh – anderer Seite hörte ich, am Freitag nachmittag sei niemand im Büro gewesen.»

«Dann muß Ihr Informant falsch unterrichtet sein.»

«Sie haben Ihr Büro nicht mal kurz verlassen? Sind vielleicht nach oben gegangen, zum Büroleiter oder so?»

«Das Haus habe ich jedenfalls nicht verlassen. Möglich, daß ich mal kurz oben war, aber ich glaube es eigentlich nicht. Und dann wären es höchstens ein paar Minuten gewesen.»

«Was würden Sie dann sagen, wenn jemand behauptete, zwischen Viertel nach vier und Viertel vor fünf am Freitag nachmittag sei niemand im Haus gewesen?»

«Ich würde sagen, daß dieser Jemand sich irrt, Inspector.»

«Aber wenn er auf seinem Standpunkt beharrt?»

«Dann hätte er gelogen.» Ogleby lächelte freundlich und machte sacht die Tür hinter sich zu.

Oder du hättest gelogen, dachte Morse, als er allein war. Und du weißt nicht, mein lieber Freund, daß es sogar zwei Jemande gibt, die sagen, daß du nicht im Haus warst. Und wenn das stimmt – wo, zum Teufel, warst du dann?

12

Der Polizeiwagen, weiß mit einem breiten hellblauen Querstreifen, stand am Gehsteig vor dem gepflegten Bungalow in Old Marston. Constable Dickson klopfte; eine flottgekleidete, attraktive junge Frau öffnete.

«Miss Height?»

«Ja.»

«Ist Ihre Tochter zu Hause?»

Miss Height verzog das Gesicht zu einem unverkennbaren Teenagergrinsen. «Seien Sie nicht albern. Ich bin doch erst sechzehn.»

Dickson griente einfältig und folgte der Einladung der jungen Dame, näher zu treten.

«Es ist wegen Mr. Quinn, nicht? Unheimlich aufregend. Er hat im gleichen Büro wie Mummy gearbeitet.»

«Kennen Sie ihn persönlich, Miss?»

«Leider nein.»

«Er war nie hier?»

Sie kicherte. «Da müßte ihn Mummy höchstens eingeschleust haben, wenn ich in der Schule gesessen und geschuftet habe.»

«Aber das würde sie doch nicht tun, oder?»

Sie feixte. «Sie kennen Mummy nicht.»

«Warum sind Sie heute eigentlich nicht in der Schule?»

«Ich mach ein paar Fächer für die O-Levels noch mal. Im Sommer hab ich nämlich nicht besonders abgeschnitten.»

«Welche Fächer sind das?»

«Humanbiologie, Französisch und Mathe. In Mathe ist es ziemlich hoffnungslos. Heute haben wir die zweite Arbeit geschrieben. Ganz schön stinkig. Wollen Sie mal sehen?»

«Jetzt nicht, schönen Dank. Ich – äh – ich hab mir nur überlegt, wieso Sie nicht in der Schule sind.»

«Außer zu den Arbeiten brauchen wir nicht hin. Toll, nicht? Heut hab ich schon seit mittags frei.»

«Kommen Sie immer nach Hause? Wenn Sie schulfrei haben, meine ich.»

«Ja, was sonst?»

«Dann pauken Sie wahrscheinlich?»

«Ja, manchmal. Aber meist setz ich mich vor den Fernseher. Kinderprogramm. Gar nicht so blöd. Manchmal hab ich den Eindruck, daß ich noch kein bißchen erwachsen bin.»

Dickson verzichtete wohlweislich auf eine Vertiefung dieses Themas. «Sie waren also in der letzten Zeit meist zu Hause?»

«Nachmittags jedenfalls.» Sie sah ihn harmlos an. «Morgen nachmittag bin ich auch wieder da.»

Dickson hüstelte verlegen. Er hatte brav seine Hausaufgaben gemacht, wie Morse es ihm aufgetragen hatte. «Diese Kinderfilme schau ich mir auch manchmal an. Neulich war einer über einen Hund. Am letzten Freitag, glaube ich.»

«Ja, den hab ich auch gesehen. Ich hab fast die ganze Zeit Rotz und Wasser geheult. Mußten Sie auch heulen?»

«War schon ganz schön rührselig, das stimmt. Aber jetzt will ich Sie nicht vom Pauken abhalten. Eigentlich wollte ich ja Ihre Mutter sprechen.»

«Aber haben Sie nicht vorhin gesagt, daß Sie mit mir sprechen wollten?»

«Das hab ich wohl durcheinandergebracht. Ich hab gedacht ...» Er gab auf und erhob sich. Alles in allem, fand er, hatte er seine

Sache gar nicht übel gemacht, und der Chief Inspector würde wohl mit ihm zufrieden sein.

Abends um sieben saß Morse allein in seinem Büro. Eine Neonleuchtröhre tauchte den Raum in ein hartes, unfreundliches Licht, und eine einzige gelbe Straßenlaterne auf dem Hof vor dem vorhanglosen Fenster vertiefte nur die Schwärze der Nacht. Manchmal – besonders in solchen Stunden – wünschte Morse sich ein Heim und eine Frau, die die angewärmten Hausschuhe bereitgestellt hatte. In solchen Stunden wirkte auch ein Mord besonders brutal und erschreckend. Dickson hatte über seinen Besuch bei Sally Height berichtet, und die Umrisse an den hintersten Wänden der dunklen Höhle nahmen allmählich feste Gestalt an. Monica hatte ihn belogen. Martin hatte ihn belogen. Es war mehr als wahrscheinlich, daß Ogleby ihn belogen hatte. Hatte auch Bartlett gelogen? Der kleine, runde Bartlett, unerschütterlich, präzis wie ein Metronom ... Wenn er Nicholas Quinn ermordet hatte ...

Eine halbe Stunde ließ er seine Gedanken frei herumlaufen wie geile Rammler in orgiastischem Liebesspiel, dann trat er auf die Bremse. Er brauchte noch mehr Fakten. Und die Fakten lagen vor ihm – in der dunkelblauen Plastiktüte mit den Sachen, die sich in Quinns Taschen und in Quinns grünem Anorak gefunden und die auf Lewis' Liste gestanden hatten. Morse räumte den Schreibtisch ab und machte sich an die Arbeit. Quinns Taschen hatten wenig Überraschendes oder Aufschlußreiches enthalten: eine Brieftasche, ein schmutziges Taschentuch, eine halbe Rolle Pfefferminzdrops, einen Taschenkalender (ohne eine einzige Eintragung), 43½ Pence, einen rosa Kamm, eine halbe Kinokarte, zwei schwarze Kugelschreiber, einen abgegriffenen Rabattmarkenstreifen und einen Bankauszug der Lloyds Bank (Filiale Summertown), der auf dem Girokonto ein Guthaben in Höhe von 114,40 Pfund auswies. Das war's. Morse legte die einzelnen Gegenstände übersichtlich vor sich hin, betrachtete sie minutenlang, dann nahm er sich einen Zettel und schrieb sie auf. Hm, sehr merkwürdig. Schon vor ein paar Minuten war ihm der Gedanke durch den Kopf gegangen ... Dann griff er nach dem Anorak und holte aus der Seitentasche die nächste Kollektion: ein zweites schmutziges Taschentuch, Wagenschlüssel, ein schwarzes Schlüsseletui, zwei uralte Lotterielose, 23 Pence, einen leeren weißen Umschlag, an Quinn adressiert. Auf der Klappe stand mit Bleistift

«Blech!» Ein gefundenes Fressen für seine Rammler, aber er beschloß, ihnen keine Chance zu geben. Auch diese Gegenstände listete er auf, dann lehnte er sich zurück. Ja, es war so, wie er gedacht hatte, aber um heute abend noch einmal in das verlassene Haus in der Pinewood Close zu fahren, war es zu spät – und zu gruselig.

Nach der allgemeinen Übersicht machte sich Morse systematisch über die einzelnen Gegenstände her. Zuerst die Brieftasche: Führerschein, Mitgliedskarte des Automobilclubs, Scheckkarte von Lloyds Bank, altes Rezept für Otosporon, Gehaltszettel des Vormonats, blaue Anmeldekarte für die Poliklinik im Radcliffe, eine Fünf-Pfund-Note, drei Ein-Pfund-Noten, eine Antwortkarte des Verbandes für Auslandsprüfungen, auf der zwei Telefonnummern standen. Morse wählte die erste. Monoton schlug das Freizeichen an sein Ohr. Er versuchte es mit der zweiten.

«Hier Monica Height.»

Morse legte rasch wieder auf, was ungehörig war – aber ihm schwante, daß Monica zur Zeit keine große Freude an seinem Anruf hätte. Ebensowenig, wie der Besuch von Constable Dickson sie freuen würde. Er mußte sich wohl doch ein bißchen genauer auf die Beziehungen einlassen, die innerhalb der Geschäftsstelle gelaufen waren.

Als nächstes Fundstück nahm er sich die rechte Hälfte einer gelben Kinokarte vor. Am oberen Rand standen die Zahlen 102, darunter «Parkett links», untereinander am rechten Rand die Zahlenreihe 93 550. Die Rückseite war mit einem Pentagramm bedruckt. Um welches Kino es sich handelte, mußte sich ja irgendwie feststellen lassen. Am besten sagte er Lewis ... Aber dann war der Groschen schon gefallen. Was am oberen Rand stand, war gar keine Zahl. Zwischen der Null und der Zwei klaffte eine kaum wahrnehmbare Lücke, und der Name des Lichtspielhauses sprang Morse jetzt förmlich ins Gesicht. STUDIO 2 in der Walton Street, er kannte das Kino. Morse hatte die *Oxford Mail* von gestern mit, die kurz über den Mord an Quinn berichtet hatte. Nach kurzem Blättern fand er die immer am Dienstag erscheinenden Besprechungen des Unterhaltungsangebots für die Oxforder Bevölkerung. Ja, da war es:

«Es ist durchaus einleuchtend, warum *Die Nymphomanin* in STUDIO 2 um eine weitere Woche verlängert worden ist. Die *afficionados* kamen in Strömen, um die schwedische Sexnudel Inga

Nielsson zu sehen, die bei jeder sich bietenden Gelegenheit pflichtschuldigst ihren Vierzig-Zoll-Busen entblößt. Strömt nur weiter.»

Morse las die Kritik mit gemischten Gefühlen. Offenbar hatte sich der Rezensent noch nicht mit dem metrischen System anfreunden können und war ein *aficionado*, der Schwierigkeiten mit der Schreibweise dieses Wortes hatte. Aber Busenwunder Inga hörte sich durchaus vielversprechend an, fand Morse, und sicher nicht nur für ihn. Vielleicht auch für Leute, deren Chef am Freitag nachmittag nicht im Haus war? Er schlug die Nummer im Telefonbuch nach und ließ sich mit dem Geschäftsführer verbinden, der sich erstaunlicherweise als eine Geschäftsführerin entpuppte.

«Ja, Sir, wir können unsere Karten zurückverfolgen. Gelb, sagten Sie? Parkett hinten? Doch, dazu kann ich sicher etwas sagen. Die Karten sind blockweise durchnumeriert, wir notieren die Nummern bei der Ausgabe bei Beginn der Matinee und bei der Sechs-Uhr- und der Zehn-Uhr-Vorstellung. Dürfte ich um die Nummer bitten?»

Morse empfand eine seltsame Erregung, als er sie vorlas.

«Eine Minute, Sir.» Es wurden drei oder vier, und Morse spielte nervös mit den Telefonbuchseiten. «Sind Sie noch dran? Ganz recht, Freitag letzter Woche. Eine der ersten Karten, die wir verkauft haben. Einlaß war um Viertel nach eins, die Vorstellung fing um halb zwei an. Die erste verkaufte Karte im Parkett hinten war Nummer 93 543, die Karte dürfte also in den ersten fünf bis zehn Minuten ausgegeben worden sein. Wenn wir aufmachen, stehen meist schon fünf bis sechs Besucher vor der Tür.»

«Das wissen Sie genau?»

«Ganz genau, Sir. Wenn Sie wollen, können Sie sich ja persönlich überzeugen.»

Der Stimme nach schien sie jung und hübsch zu sein.

«Vielleicht komme ich darauf zurück. Was läuft denn im Augenblick?»

Das klang hoffentlich harmlos genug.

«Ich glaube nicht, daß das so ganz Ihre Kragenweite ist, Inspector.»

«Kann man nie wissen, Miss.»

«Mrs. Fragen Sie nach mir, ich besorge Ihnen eine Freikarte.»

Geschenktem Gaul, dachte er ein wenig melancholisch, schaut man nicht ins Maul. Aber darum ging es eigentlich gar nicht. Er hatte nur Angst, gesehen zu werden. Wenn sie zum Beispiel gesagt hätte ...

Aber dafür sagte sie jetzt etwas anderes, was Morse einen regelrechten Ruck gab. «Vielleicht interessiert es Sie, daß mir letzte Woche jemand schon eine ähnliche Frage gestellt hat, und –»

«Was?» entfuhr es ihm ziemlich laut. Leiser setzte er hinzu: «Würden Sie das noch einmal wiederholen, bitte?»

«Ich sagte, daß jemand –»

«Wissen Sie noch, wann das war?»

«Da muß ich überlegen. Es kommt schließlich nicht allzuoft vor, daß –»

«War es am Freitag», fragte Morse aufgeregt und voller Ungeduld.

«Ich weiß nicht, ich überlege noch. Es war ein Nachmittag, das weiß ich, denn ich hatte gerade an der Kasse ausgeholfen, als das Telefon ging, und ich habe selber abgehoben.»

«Am frühen Nachmittag?»

«Nein, bestimmt nicht. Moment. Es war ... Augenblick mal ...»

Morse hörte einen Wortwechsel im Hintergrund, dann wieder die Stimme der Geschäftsführerin. «Ich glaube, es war irgendwann am späten Nachmittag. So gegen fünf. Tut mir wirklich leid, daß ich nicht –»

«Und Sie meinen, es könnte am Freitag gewesen sein?»

«Ja. Oder Samstag. Ich kann einfach nicht –»

«War es ein Mann?»

«Ja. Er hatte eine angenehme Stimme. Gebildet ... Sie wissen schon, was ich meine.»

«Was hat er gefragt?»

«Ein bißchen komisch war das schon. Er hat gesagt, daß er Krimis schreibt und ein paar Einzelheiten checken will.»

«Was für Einzelheiten?»

«Er wollte seinen Detektiv eine Kinokarte mit einer bestimmten Nummer finden lassen und hat gefragt, wie viele Stellen die Numerierung hat.»

«Und das haben Sie ihm gesagt?»

«Nein. Ich hab gesagt, er kann vorbeikommen, wenn er will, aber die Sache war so ein bißchen ... Heutzutage kann man ja nicht vorsichtig genug sein.»

Morse schnaufte heftig in den Hörer. «Verstehe. Ja, dann vielen Dank, es war sehr freundlich von Ihnen. Wie gesagt, ich glaube nicht, daß ich Sie noch einmal werde belästigen müssen.»

«Keine Ursache, Inspector.»

Morse legte auf und pfiff leise vor sich hin. Hatte jemand schon vor dem Dienstagvormittag Quinns Leiche und die Kinokarte gefunden? Lange vor dem Dienstagvormittag? Es konnte der Samstag gewesen sein, hatte die Geschäftsführerin gesagt. Der Freitag kam nicht in Frage. Gegen fünf, hatte sie gesagt. Morse sah noch einmal in die *Oxford Mail*. Da stand es: *Die Nymphomanin.* 13.30–15.20. Am Freitag hatte sich Quinn bis zwanzig nach drei an Inga Nielssons üppigen Kurven geweidet, und es hätte wohl einiges dazugehört, ihn vor Ende des Films aus dem STUDIO 2 zu lokken. Es sei denn ... Und endlich ging ihm ein Licht auf. Einiges sprach dafür, daß Quinn am Freitag nachmittag nicht allein im STUDIO 2 gesessen hatte.

13

Als Morse am nächsten Nachmittag um zwei mit Lewis in der Pinewood Close stand und auf Mrs. Jardine wartete, versuchte er – ohne viel Erfolg –, die Erinnerung an die quälenden Vormittagsstunden hinter einem gnädigen Schleier des Vergessens verschwinden zu lassen. Mr. und Mrs. Quinn waren mit dem Zug von Huddersfield gekommen und hatten trotz der Katastrophe, trotz Tränen und Herzweh, eine stille, tapfere Würde gewahrt. Morse hatte Mr. Quinn senior zur offiziellen Identifizierung seines Sohnes ins Leichenschauhaus begleitet und dann mit dem Ehepaar über eine Stunde in seinem Büro gesessen. Er hatte den beiden nicht viel sagen und außer konventionellen Beileidsbekundungen nichts bieten können. Als das unglückliche Paar in den Wagen stieg, der sie nach Oxford zurückbrachte, empfand er große Bewunderung, aber seine Erleichterung war womöglich noch größer. Das Gespräch hatte ihn sehr betroffen gemacht, und abgesehen von einer kurzen Information für einen Reporter der *Oxford Mail* war er nicht in der Stimmung gewesen, sich mit den ständig vervielfachenden Hinweisen zu den letzten Lebensstunden von Nicholas Quinn auseinanderzusetzen.

Zwei Arbeiter reparierten die Straßenlaterne vor Nummer 1, und Morse ging zu ihnen hinüber. «Wird wohl nicht lange dauern, bis sie wieder eingeschmissen wird, was?»

«Kann man nie wissen, Sir. Aber eigentlich haben wir hier in der Gegend wenig Vandalismus, stimmt's, Jack?»

Aber Morse kam nicht mehr dazu, sich Jacks Meinung zu den Rowdys vor Ort anzuhören, denn jetzt fuhr Mrs. Jardine vor. Sie gingen hinein und setzten sich auf eine halbe Stunde ins Vorderzimmer. Mrs. Jardine erzählte ihnen, was sie von ihrem verstorbenen Mieter wußte. Daß er Mitte August zu ihr gekommen war; daß sie kurz mit Bartlett über ihn gesprochen hatte (den Quinn als Referenz genannt hatte); daß er sehr adrett gewesen sei und seine Miete immer pünktlich bezahlt habe; wie er seine Wochenenden zu verbringen pflegte. Bereitwillig und nach bestem Wissen und Gewissen beantwortete sie die Fragen, die Morse ihr stellte, aber er erfuhr nichts Neues von ihr. Quinn war offenbar ein Mustermieter gewesen. Still, gesittet, ohne Plattenspieler. Freundinnen? Nicht, daß ich wüßte, sagte Mrs. Jardine. Verhindern kann man so was natürlich nicht, aber es ist mir lieber, wenn meine Mieter ... nun ja, sich benehmen. Die Mieter im ersten Stock? Ja, die hatten sich wohl recht gut mit Mr. Quinn verstanden. Genau wußte man das natürlich nie. Bloß gut, daß Mrs. Greenaway am Dienstag nicht im Haus gewesen war. Man konnte doch nie wissen, bei so einem Schock ... So hatte eben doch alles noch sein Gutes.

Es war wieder ein kühler Nachmittag, und Morse stand auf, um den Gasofen einzuschalten. Er drehte den Automatikschalter bis zum Anschlag, aber es tat sich nichts.

«Da nützen nur Streichhölzer, Inspector, diese Dinger funktionieren nie so, wie sie sollen. Was einem die Hersteller alles zumuten ...»

Morse riß ein Streichholz an, und eine orangefarbene Flamme züngelte hoch.

«Berechnen Sie Gas und Strom extra?»

«Nein, das ist in der Miete mit drin», gab Mrs. Jardine zurück, beeilte sich aber hinzuzufügen, als wolle sie vermeiden, in den Geruch übertriebener Großzügigkeit zu kommen, daß die Mieter natürlich das Telefon gemeinsam bezahlen müßten.

Morse sah sie ein wenig ratlos an. «Das verstehe ich nicht ganz.»

«Sie haben einen Gemeinschaftsanschluß. Ein Apparat steht oben im Schlafzimmer der Greenaways, einer hier im Zimmer.»

«Ach so», sagte Morse leise.

Als die Hauswirtin gegangen war, gingen die beiden Beamten in das Zimmer, in dem man Quinn gefunden hatte. Die Vorhänge waren jetzt zurückgezogen, aber es war noch genauso düster wie bei ihrem ersten Besuch und entschieden kälter. Morse bückte sich und betätigte den Schalter, aber er bemühte sich vergebens.

«Wahrscheinlich sind keine Batterien drin, Sir.» Lewis machte eine seitliche Klappe auf und förderte zwei dicke Batterien zutage, die mit einer schmierig-schimmeligen Ablagerung bedeckt waren.

Am Donnerstag vormittag durfte Joyce Greenaway die Intensivstation des John Radcliffe Hospital verlassen. Als eine frühere Schulfreundin sie um halb drei besuchte, lag sie in einem freundlichen Zimmer zwei Stock tiefer, zusammen mit drei Müttern, die auch kürzlich entbunden hatten. Das Gespräch drehte sich ausschließlich um Babies, und Joyce war bester Stimmung. In ein paar Tagen würde sie entlassen werden, und sie spürte, wie sich tief in ihr eine seltsam befriedigende Aufwallung mütterlicher Gefühle regte. Sie liebte ihren süßen kleinen Jungen. Inzwischen stand fest, daß alles mit ihm in Ordnung war. Noch offen war die Namensfrage. Frank hatte zu erkennen gegeben, daß er Nicholas nicht so toll fand, und Joyce hatte ihm die Entscheidung überlassen. Sie selbst war auch nicht so begeistert von dem Namen, es war eigentlich recht unverfroren, daß sie ihn überhaupt ins Spiel gebracht hatte. Sie hatte einfach mal sehen wollen, ob Frank etwas ahnte, was offenbar nicht der Fall war. Und eigentlich war ja auch alles ganz harmlos gewesen.

Angefangen hatte es kurz nach Nicholas Quinns Einzug Anfang September. Ständig war ihm etwas ausgegangen, mal die Streichhölzer, mal der Zucker, mal die Milch. Und er war so dankbar gewesen und so aufmerksam – wo sie doch schon im sechsten Monat war. Und dann, an einem Samstagvormittag, hatte sie plötzlich keine Milch mehr, Frank mußte wieder mal seine ewig lange Schicht schieben, und sie war in Nachthemd und Morgenrock zu ihm heruntergegangen. Sie hatten lange in der Küche zusammengesessen und Kaffee getrunken, und sie hatte sich danach gesehnt, daß er sie küßte. Was er dann auch getan hatte – neben ihr stehend, die Hände auf ihren Schultern. Dann hatte er behutsam ihren Morgenrock aufgemacht, die rechte Hand tief in ihr Nachthemd geschoben und zärtlich ihre kleinen, festen Brüste gestreichelt. Danach war es noch dreimal passiert, und sie empfand eine tiefe Zärtlichkeit für ihn, denn er forderte sonst nichts von ihrem Körper, strich nur mit sanften Fingerspitzen über ihre Beine und ihren gewölbten Leib. Und nur dieses eine Mal hatte sie mehr getan, als sich passiv zurückzulehnen und sich dem köstlichen Schauer seiner Berührung zu überlassen. Nur dieses eine Mal hatten ihre ausgestreckten Finger ihn scheu und leicht gestreichelt. Nur ganz leicht, wirklich. Und sie hatte eine tiefe innere Freude empfunden, als er seinen Kopf an ihre Schulter legte, und was sie ihm damals zugeflüstert hatte, darum kreisten jetzt ihre schuldbewußten Gedanken. Aber Frank würde es nie erfahren, und sie nahm sich vor, daß sie niemals, wirklich nie ...

Um vier wachte sie von dem Geschirrklappern auf, und eine Viertelstunde danach kam der Wagen mit Zeitungen und Zeitschriften vorbei. Sie kaufte die *Oxford Mail*.

Morse kam ein paar Minuten früher als verabredet, aber der Präsident des Verbandes erwartete ihn in seinem eichengetäfelten Büro. Sie sprachen unverbindlich über dies und das, bis fünf nach vier ein Diener klopfte und ein Tablett hereinbrachte.

«Ich dachte mir, wir trinken einen Darjeeling zusammen, wenn es Ihnen recht ist.» Die Stimme war vollmundig und weltgewandt, wie ihr Besitzer.

«Sehr schön», sagte Morse, der mit ‹einem Darjeeling› nichts anfangen konnte.

Der weißbekittelte Diener schenkte das dunkelbraune Gebräu in Tassen aus Bone China mit dem Wappen vom Lonsdale College. «Milch, Sir?»

Morse betrachtete die Szene distanziert und leicht belustigt. Der Präsident nahm offenbar immer eine Scheibe Zitrone und einen halben Teelöffel Zucker, den der Diener fast grangenau abmaß und feierlich verrührte. Vermutlich ließ sich der alte Knabe von seinem Diener auch noch die Schnürsenkel binden. Wolkenkuckucksheim. Morse nahm einen Schluck Tee. Er sah, daß der Präsident verständnisinnig lächelte.

«Nicht so ganz Ihr Stil, wie? Kann ich Ihnen nicht verdenken. Er ist jetzt fast dreißig Jahre bei mir und ist fast ... Aber entschuldigen Sie bitte, beinahe hätte ich vergessen ... Sie kommen wegen Quinn. Was wollen Sie wissen?»

Der Präsident schien ein sensibler, hochgebildeter Mann zu sein. In einem Jahr, mit Fünfundsechzig, würde er sich zur Ruhe setzen.

Daß der Mord an Quinn nun seine lange, verdienstvolle Tätigkeit für den Verband beschattete, machte ihm sichtlich Kummer. Morse fand diese Einstellung etwas egoistisch.

«Würden Sie sagen, daß in der Geschäftsstelle ein gutes Arbeitsklima herrscht, Sir?»

«Ja, und ich glaube, das würde Ihnen jeder bestätigen.»

«Kein Streit? Keine persönlichen Animositäten?»

Der Präsident wirkte leicht verlegen, offenbar hatte er da doch gewisse Vorbehalte. «Nun ja, gewisse – äh – Schwierigkeiten gibt es immer, die hat man in allen – äh –»

«Was für Schwierigkeiten?»

«Nun ja, im Grunde geht es wohl immer um – sagen wir um Reibungen zwischen der älteren Generation, meiner Generation, und einigen der jüngeren Mitarbeiter. Das gibt es immer. Auch schon, als ich so alt war wie Sie.»

«Die Jüngeren haben ihre eigenen Vorstellungen?»

«Ja, und das ist auch gut so.»

«Denken Sie an einen bestimmten Vorfall?»

Wieder zögerte der Präsident. «Sie kennen das bestimmt so gut wie ich. Da geraten sich zwei ein bißchen in die Wolle ...»

«Hat es etwas mit Mr. Quinn zu tun?»

«Ganz ehrlich gesagt, Chief Inspector – ich glaube es nicht. Einer dieser Vorfälle ereignete sich vor seiner Einstellung, genaugenommen während des Berufungsverfahrens.» Er berichtete kurz über die Auseinandersetzung im Berufungsausschuß.

«Das heißt, daß Bartlett Quinn eigentlich nicht hat einstellen wollen?»

Der Präsident schüttelte den Kopf. «Sie mißverstehen mich. Der Geschäftsführer war ganz zufrieden mit ihm. Nur er persönlich hätte einen der anderen Kandidaten vorgezogen.»

«Und wie standen Sie dazu?»

«Ich – äh – war auf Bartletts Seite.»

«Der Haken war demnach Roope?»

«Nein, nein, auch diese Formulierung wäre mißverständlich. Quinn wurde nicht von Roope, sondern von dem ganzen Ausschuß bestellt.»

«Ich bitte Sie jetzt um eine offene Antwort, Sir. Haben Sie den Eindruck, daß sich Bartlett und Roope nicht gerade in herzlicher Freundschaft zugetan sind?»

«Schmeckt Ihnen der Tee nicht, Inspector? Sie haben ja noch kaum etwas getrunken.»

«Wollen Sie meine Frage nicht beantworten?»

«Es wäre wohl fairer, wenn Sie die Betroffenen danach fragen würden.»

Morse nickte und schluckte das lauwarme Gebräu. «Gibt es Reibungen zwischen den Hauptamtlichen?»

«Bei den Akademikern, meinen Sie? Kaum.»

«Das klingt ein bißchen skeptisch.»

Der Präsident trank langsam seinen Tee, und Morse beschloß, seinem Glück etwas nachzuhelfen.

«Wie ist es zum Beispiel mit Miss Height?»

«Eine reizende Frau.»

«Sie meinen, man könnte es den anderen gar nicht verdenken, wenn –»

«Falls da irgend etwas – äh – gespielt wird, kann ich nur sagen, daß ich davon nichts weiß.»

«Auch nicht gerüchteweise?»

«Kein vernünftiger Mensch gibt etwas auf Gerüchte.»

«Ach nein?»

Aber der Präsident ließ sich nicht provozieren, und Morse schlug erneut einen Haken. «Ist Bartlett eigentlich beliebt?»

Der Präsident sah Morse scharf an und schenkte Tee nach. «Wie meinen Sie das?»

«Ich überlege nur, ob einer seiner akademischen Mitarbeiter vielleicht Grund hatte ... na ja, Sie wissen schon ...» Morse wußte selbst nicht recht, was er meinte, aber offenbar hatte er aus seinem Gegenüber eine Reaktion herausgekitzelt.

«Sie denken wohl an Ogleby?»

Morse nickte weise und bemühte sich, Allwissenheit zu verströmen. «Ganz recht, ich dachte an Mr. Ogleby.»

«Aber das ist doch eine alte Geschichte. Damals habe ich tatsächlich Ogleby für geeigneter gehalten und auch für ihn gestimmt. Aber im Rückblick meine ich, daß wir mit Bartlett besser gefahren sind, und wir haben es alle begrüßt, daß Ogleby sich bereit erklärt hat, den Posten des stellvertretenden Geschäftsführers zu übernehmen. Ein sehr fähiger Mann. Hätte er nur gewollt, dann hätte er bestimmt ...» Während der Präsident sich jetzt keinen Zwang mehr antat, schweiften Morses Gedanken ab. Bartlett und Ogleby hatten sich demnach beide um die Geschäftsführung beworben, und Ogleby war durchgefallen. Vielleicht hatte die Kränkung sich bei ihm festgesetzt, so was sollte es geben. Aber was um alles in der Welt konnte das mit dem Mord an Quinn zu tun haben? Gewiß, wenn Bartlett umgebracht worden wäre, meinetwegen auch noch Ogleby. Aber so ...

Der Präsident sah Morse nach, der rasch über den Hof ging. Er wußte, daß er die letzten zehn Minuten tauben Ohren gepredigt hatte, und konnte sich beim besten Willen den Ausdruck stiller Selbstzufriedenheit nicht erklären, der unvermittelt auf dem Gesicht des Chief Inspector erschienen war.

Lewis leerte seine Teetasse und wollte gerade die Polizeikantine verlassen, als Dickson hereinkam.

«Wie ich sehe, sind Sie an die Öffentlichkeit gegangen. Hat der Alte sich festgefahren?»

Er reichte Lewis die *Oxford Mail* und deutete auf einen Absatz am unteren Ende der ersten Seite.

MORDERMITTLUNG

«Im Zuge der Ermittlungen im Mordfall N. Quinn, Pinewood Close 1, Kidlington, der dort am Dienstagvormittag von einem Kollegen des Verbandes für Auslandsprüfungen tot aufgefunden wurde, bittet die Polizei um die Meldung von Zeugen, die Quinn am Freitag, dem 21. November, oder am Samstag, dem 22. November, gesehen haben. Chief Inspector Morse, der die Ermittlungen leitet, erklärte heute: Ein diesbezüglicher Hinweis könne von entscheidender Bedeutung für die Festsetzung der Todeszeit sein. Die Leichenschau findet am Montag statt.»

Lewis besah sich das Foto neben der Meldung und gab dann Dickson die Zeitung zurück. In seiner Tasche steckte das Original, das die Quinns auf Bitte von Morse aus Huddersfield mitgebracht hatten. Manchmal nahm Morse durchaus die Dreckarbeit auf sich, das mußte man ihm lassen. Im Vergleich damit war der Auftrag, mit dem er, Lewis, betraut war, das reinste Kinderspiel.

Der junge Filialleiter war schnell gefunden und gab bereitwillig Auskunft über die vielfältigen Informationsmöglichkeiten, die in dem von Lewis mitgebrachten Zettelchen von der Rolle steckten. Oben das Datum, rechts der «Kundencode», darunter die gekauften Waren, nach Abteilungen aufgeschlüsselt und mit römischen Ziffern von I bis IV gekennzeichnet. Unten die Nummer der Kasse. Der «Kundenfluß» war – mit hohen Umsätzen den ganzen Tag über – freitags ziemlich konstant, wie Lewis erfuhr. Die aufgeführten Posten waren mit ziemlicher Sicherheit (obgleich der Filialleiter sich hier nicht festlegen mochte) am späten Nachmittag oder frühen Abend gekauft worden. Leider fiel der kleinen Dicken mit dem Watschelgang von Kasse 3 nichts dazu ein. Nicht einmal der Hauch einer Erinnerung streifte sie, als ihr das Foto gezeigt wurde. Schließlich mußte sie ja die Waren im Auge behalten, ein Blick auf die Kunden war da selten drin. Da konnte man nichts machen.

Lewis bedankte sich bei dem Filialleiter des *Quality*-Supermarktes in Kidlington und zog ab. Morse würde vielleicht nicht begeistert sein, aber alle Hinweise deuteten ganz klar in eine Richtung.

«Aber warum hast du es mir denn nicht gesagt? Es muß dir doch klargewesen sein ...»

«Komm, Joyce, du weißt ganz genau warum. Es hätte dich aufgeregt, und wir –»

«Es hätte mich lange nicht so aufgeregt wie jetzt, wo ich's in der Zeitung gelesen habe.»

Er schüttelte bekümmert den Kopf. «Und ich hab gedacht, es ist am besten so, Schatz. Aber so geht's einem manchmal – wie man's macht, ist es falsch.»

«Ich versteh schon.» Aber natürlich hatte *er* nichts verstanden. Wie sollte er auch.

«Wie gesagt, du brauchst dich um gar nichts zu kümmern. Wenn's dir wieder bessergeht, können wir alles in Ruhe besprechen. In ein paar Wochen hat sich der Wirbel gelegt, und jetzt haben wir ja erst mal ein Dach über dem Kopf.»

Der Ärmste, er hatte das alles in die falsche Kehle gekriegt. Joyce hatte bisher noch keinen Gedanken auf die Frage verschwendet, ob sie die Wohnung in der Pinewood Close behalten sollten oder nicht. Im Augenblick drückte sie eine viel größere Sorge, aber davon würde sie ihm nichts sagen. Noch nicht jedenfalls.

14

Christopher Roope war sofort zu einem Treffen mit Morse bereit gewesen. Am Freitag, kurz nach zwölf, im *Schwarzen Hund* in St. Aldates, gegenüber dem großen Portal von Christ Church. Es könne ein paar Minuten später werden, hatte Roope vorsorglich gesagt, er habe bis zwölf ein Tutorium. Aber Morse hatte ein Bier vor sich stehen und konnte warten. Er war sehr gespannt auf die Begegnung mit dem jungen Chemiker, denn falls ein Außenstehender bei dem Mord an Quinn seine Hand im Spiel gehabt hatte, war in seinen Augen Roope der wahrscheinlichste Kandidat. Er hatte schon etliche interessante Fakten über ihn gesammelt. Erstens wußte er jetzt, daß Roope einige Zeit für eine Tochtergesellschaft von Gulf Petroleum gearbeitet hatte und daher durchaus Kontakte zu einflußreichen Leuten gehabt haben konnte. Denn irgendwann mußte es zu einem Geschäft gekommen sein, in dessen Verlauf (wenn auch später) Bland in Oxford veranlaßt worden war, auf schändliche, aber äußerst lukrative Art und Weise das Vertrauen der Öffentlichkeit zu täuschen. Zweitens war Roope Chemiker, und Quinns Mörder besaß beträchtliches Fachwissen, was die tödlich wirkende Dosierung von Zyankali betraf. Drittens war es Roope gewesen, der am vergangenen Freitag zu einer sehr entscheidenden Zeit – nach Noakes' Aussage etwa um halb fünf – plötzlich in den Räumen der Geschäftsstelle aufgetaucht war; es war Roope gewesen, der in die Zimmer aller akademischen Mitarbeiter gesehen hatte. Was hatte er dort zu suchen gehabt? Und was hatte er getrieben, nachdem Noakes nach oben gegangen war, um seinen Tee zu trinken? Viertens war da die seltsame Animosität zwischen Roope und Bartlett, und Morse hatte den Eindruck, daß dahinter mehr steckte als nur der Streit um Quinns Einstellung. Immerhin war es interessant, daß es bei dem Streit ausgerechnet um Quinn gegangen war. Und das paßte gut zu dem fünften Punkt, den Morse am Vormittag durch geduldige Grabungsarbeiten in der Hochschulregistratur zutage gefördert hatte – daß nämlich Roope auf eine Privatschule in Bradford gegangen war, in eben jener Stadt, in der Quinn – erst als Schüler, dann als Lehrer – fast sein ganzes kurzes Leben verbracht hatte. Hatten die beiden sich schon vor Quinns Anstellung bei dem Verband für Auslandsprüfungen gekannt? Und warum hatte Roope so viel daran gelegen, Quinn zu dem Posten zu verhelfen? Quinn war 31 gewesen, Roope war 30, und wenn sie befreundet gewesen waren ... Aber wo blieb da die Logik? Man bringt doch nicht seine Freunde um. Es sei denn ...

Ein Trio vergnügter, langhaariger, bärtiger Studenten in T-Shirts und Jeans betrat das Pub. Wie sich die Zeiten ändern, dachte Morse. Er selbst hatte Halstuch oder Krawatte getragen – und manchmal einen Blazer. Aber das war lange her. Er leerte sein Glas und sah auf die Uhr.

«Chief Inspector Morse?» Es war einer der drei Bärtigen. Offenbar, überlegte Morse, bin ich noch weit rückständiger, als ich dachte.

«Mr. Roope?»

Der junge Mann nickte. «Darf ich Ihnen noch was zu trinken holen?»

«Lassen Sie mich ...»

«Nein, nein, meine Runde. Was trinken Sie?»

Bei einem frischen Bier berichtete ein etwas verunsicherter Morse über den bisherigen Stand der Ermittlungen, soweit er das für klug hielt, und unterstrich, wie wichtig es sei, die Tatzeit genau festzulegen. Als Roopes Besuch in der Geschäftsstelle am vergangenen Freitag zur Sprache kam, vermerkte Morse angenehm überrascht, wie präzise und – wenn man Noakes glauben durfte – wie zutreffend Roope schilderte, was sich dort im Haus abgespielt hatte. Alles in allem bestätigten sich Roope und Noakes wechselseitig in ihren Aussagen. Nur in einigen Punkten erwies sich Roopes Gedächtnis als nicht ganz zuverlässig, und an diesen Stellen hakte Morse sofort nach.

«Sie sagen, auf Quinns Schreibtisch habe ein Zettel gelegen?»

«Ja, der Hausmeister müßte ihn auch gesehen haben. Wir haben beide –»

«Aber was draufstand, wissen Sie nicht mehr genau?»

Roope schwieg ein paar Sekunden. «Nein. So etwa in dem Sinn wie ‹Komme gleich wieder› ...»

«Und Quinns Anorak lag auf einem der Sessel?»

«Ja, er hing über der Lehne des Sessels, der hinter seinem Schreibtisch stand.»

«Ob er naß war, ist Ihnen nicht aufgefallen?»

Roope schüttelte den Kopf.

«Und die Schränke standen offen, sagen Sie?»

«Einer bestimmt. Der Hausmeister hat ihn zugemacht und abgeschlossen.»

«Offenstehende Schränke dürften unter Bartlett doch wohl eine Seltenheit sein, wie?»

Roope feixte entwaffnend. «Ein alter Gauner, dieser Bartlett. Bei dem müssen sie alle spuren.» Er zündete sich eine Zigarette an und legte das abgebrannte Streichholz mit der linken Hand ordentlich in die Schachtel zurück.

«Wie kommen Sie denn mit ihm zurecht?»

Roope lachte laut auf. «Ich? Wir sind nicht auf einer Wellenlänge. Sie haben wohl gehört –»

«Nach dem, was man sich so erzählt, sind Sie nicht gerade Busenfreunde.»

«Ganz so würde ich es nicht ausdrücken. Sie dürfen nicht alles glauben, was geredet wird.»

Morse ließ die Frage auf sich beruhen. «Mr. Ogleby war nicht in seinem Zimmer, sagen Sie?»

«Jedenfalls nicht, während ich im Haus war.»

Morse nickte. Das klang glaubhaft. «Wie lange waren Sie im Haus, Sir?»

«Eine Viertelstunde, schätze ich. Ob Ogleby oder einer der anderen da war, kann ich nicht sagen, aber dann hätte ich sie eigentlich sehen müssen.»

Morse nickte wieder. «Ganz recht, Sir. Ich glaube auch nicht, daß jemand im Haus war.» Seine Gedanken schweiften ab. Sekundenlang wandte ihm eine der Silhouetten auf der Höhlenwand ihr Profil zu, ein Profil, das Morse deutlich zu erkennen glaubte.

Roope unterbrach seinen Gedankengang. «Wenn ich Ihnen sonst noch was sagen –»

Morse leerte sein Glas und bat Roope, ihm zu berichten, was er am vergangenen Freitag gemacht hatte. Roope gab bereitwillig Auskunft. Er hatte den Acht-Uhr-fünf-Zug nach London genommen, der um 9 Uhr 10 in Paddington ankam, und war mit der Untergrundbahn zum Mansion House gefahren. Mit seinem Verleger hatte er sich zu einer Besprechung über die Fahnenabzüge für ein Werk über industrielle Chemie zusammengesetzt, war dort gegen 10 Uhr 45 weggegangen, hatte irgendwo am Strand einen Geflügelsalat gegessen, etwa eine Stunde in der National Portrait Gallery am Trafalgar Square verbracht und war dann wieder nach Paddington gefahren, wo er um 15 Uhr 05 einen Zug nach Oxford bestiegen hatte.

Morse hatte plötzlich das Gefühl, daß Roopes Aussage irgendwie und irgendwo nicht astrein war – ein Gefühl, das er sich selbst nicht recht erklären konnte. Es klang alles zu glatt, zu geläufig. Vieles stimmte zweifellos (der Besuch bei seinem Verleger zum Beispiel). Auch daß er nach London gefahren war, mochte stimmen. Aber wann genau war er zurückgekommen? Er habe gegen 10 Uhr 45 den Verlag verlassen, hatte Roope gesagt. Wenn er mit dem Taxi zur Paddington Station ... ja, natürlich, Roope hätte ohne Mühe noch vor dem Mittagessen wieder in Oxford sein können. «Ich frage nur interessehalber, Sir», sagte Morse milde. «Könnten Sie das alles auch beweisen?»

Roope sah ihn scharf an. «Das glaube ich kaum.»

«Sie haben in London keine Bekannten getroffen?»

«Ich sage doch, ich war –»

«Ja, gewiß. Später, meine ich.»

«Nein.» Das kam kurz und knapp, und Morse überlegte, daß Roopes schlanke Figur und sein ziemlich manieriertes Gebaren täuschen mochten und er möglicherweise körperlich und geistig bedeutend robuster war, als er aussah. Sicher war, daß er Zweifel an seinen Worten schlecht vertragen konnte. Hatte er vielleicht deshalb mit Bartlett ...

«Gut, lassen wir das einstweilen. Eine andere Frage. Kannten Sie Quinn schon vor seiner Einstellung?»

«Nein.»

«Sie kommen aber aus seiner Gegend, nicht?»

«Im Klartext: Ich habe keinen Oxford-Akzent.»

«Ich tippe auf Yorkshire.»

«Sie haben offenbar Ihre Hausaufgaben gemacht.»

«Dafür werde ich bezahlt.»

«Ich bin aus Bradford – und von da stammte auch Quinn. Aber um es ganz deutlich zu sagen: Ich hatte ihn noch nie gesehen, ehe er zum Vorstellungsgespräch kam. Glauben Sie mir das?»

«Ich glaube Ihnen alles, was Sie sagen, Sir. Warum auch nicht?»

«Sie müßten ganz schön bescheuert sein, wenn Sie alles glauben würden, was die Leute Ihnen so erzählen.» Die Feindseligkeit in seiner Stimme war jetzt kaum noch verhüllt, und Morse fand allmählich Spaß an der Sache.

«Man kann mir alles mögliche nachsagen», meinte er ganz freundlich, «aber bescheuert bin ich nicht.»

Roope schwieg, und Morse fuhr fort: «Haben Sie ein Auto?»

«Nein, ich hatte mal eins, aber ich wohne gleich hier in der Woodstock Road –»

«Das sind Junggesellenwohnungen, nicht?»

Roope lächelte unerwartet. «Warum fragen Sie mich nicht zur Abwechslung mal Sachen, die Sie noch nicht wissen, Inspector?»

Morse zuckte die Schultern. «Na schön. Hat es geregnet, als Sie aus London zurückkamen?»

«Ja, es war der reinste Wolkenbruch. Ich –» Plötzlich ging ihm ein Licht auf. «Jawohl, ich habe mir zur Geschäftsstelle ein Taxi genommen, das müßte sich eigentlich irgendwie beweisen lassen.»

«Erinnern Sie sich an den Fahrer?»

«Nein, aber ich glaube, ich weiß noch, welches Taxiunternehmen es war.»

Damit hatte Roope natürlich recht, das festzustellen konnte nicht allzu schwierig sein. «Wir können es ja mal versuchen.»

«Warum nicht?» Roope stand auf und griff nach seinen Büchern. «Wie heißt es so schön? Was du heute kannst besorgen, das verschiebe nicht auf morgen.»

Als sie die Carfax hinaufgingen und dann nach links in die Queen Street einbogen, hatte Morse das Gefühl, daß er irgendwo danebengegriffen hatte. Vor der Taxischlange am Bahnhof blieben sie stehen. «Am besten überlassen Sie das mir», sagte er, «ich habe da meine Erfahrungen.»

«Wenn Sie nichts dagegen haben, würde ich es gern selber machen.»

Morse blieb unter dem Wartesaal-Schild stehen und kam sich ausgesprochen überflüssig vor.

Fünf Minunten später war Roope wieder da. Er wirkte recht bedeppert. Es war lange nicht so einfach, wie er es sich vorgestellt hatte, er würde es aber trotzdem gern weiter allein versuchen. Morse hatte nichts dagegen. Wenn dem jungen Mann so viel daran lag, sich zu rechtfertigen ... «Noch ein Bier?» Sie gingen zur Sperre.

«Wir wollen nur ein Bier trinken», erläuterte Morse.

«Da brauchen Sie aber Bahnsteigkarten, Sir.»

«So ein Quatsch.» Er wandte sich an Roope. «Gehen wir zum *Royal Oxford* rüber.»

«Moment mal.» Roope machte wieder ein ganz vergnügtes Gesicht. Er drehte sich um und tippte dem Bahnsteigschaffner auf die Schulter.

«Erinnern Sie sich an mich?»

«Nee. Wieso?»

«Hatten Sie am Freitag nachmittag Dienst?»

«Nee.» Das klang sehr endgültig.

«Wissen Sie, wer an dem Tag Dienst gemacht hat?»

«Da müssen Sie im Büro fragen.»

«Wo ist das?»

Der Mann machte eine unbestimmte Bewegung. «Hat jetzt aber keinen Zweck. Mittagspause.»

Es war offenbar nicht Roopes Glückstag. Morse legte ihm mitfühlend die Hand auf die Schulter. «Zwei Bahnsteigkarten bitte», sagte er zu dem Mann an der Sperre.

Eine halbe Stunde später war Roope seiner Wege gegangen, und Morse saß noch immer im Wartesaal und grübelte vor sich hin. Die beiden Teenager, die ihm an dem schmalen Tisch gegenübersaßen, fanden, daß er keine Miene verzog. Wären sie nicht ganz so intensiv miteinander beschäftigt gewesen, hätten sie vielleicht bemerkt, daß sich der Hauch eines zufriedenen Lächelns in seinen Mundwinkeln zu verstecken trachtete. Er regte sich nicht, die grauen Augen waren starr in eine blaue Ferne gerichtet, indes die rastlosen Gedankenvögel in seinem Hirn herumflatterten. Bis der Zug aus London in den Bahnhof rauschte und den Bann brach.

Die beiden jungen Leute standen auf, tauschten einen kurzen, aber leidenschaftlichen Kuß und nahmen zärtlich Abschied voneinander.

«Ich komm nicht mit auf den Bahnsteig», sagte er. «Da wird mir immer richtig mies.»

«Ist schon gut, geh ruhig. Bis Samstag.»

«Na klar.»

Das Mädchen stöckelte mit ihren hochhackigen Stiefeln zu der Tür, die zum Gleis 1 führte, der junge Mann sah ihr nach und angelte sich seine Bahnsteigkarte.

«Und vergiß nicht, diesmal bring *ich* was zu trinken mit», sagte sie, sie flüsterte es fast, aber der junge Mann hatte verstanden und nickte. Dann war sie weg, und Morse merkte, wie es ihm kalt den Rücken herunterlief. Das war die Erinnerung, die sich ihm die ganze Zeit versagt hatte. Plötzlich war alles wieder da. Es war während seines Studiums gewesen, er hatte die kokette kleine Krankenschwester auf seine Bude in der Iffley Road eingeladen, und sie hatte unbedingt eine Flasche mitbringen wollen, weil ihr Vater ein Pub hatte, und hatte ihn gefragt, was er am liebsten trank. Scotch, hatte er gesagt. Ich auch, hatte sie gemeint, aber eigentlich nicht so sehr wegen des Geschmacks, sondern weil ihr dann so schön sexy wurde. Ach ja ...

Morse schaltete die fernen, zaubervollen Erinnerungen ab. Die Silhouette begann wieder zu verschwimmen, aber an der Wand der dunklen Höhle erschienen jetzt andere Gestalten, die sich zu einer folgerichtigen Gruppierung zusammenfanden. Morse gab seine Bahnsteigkarte ab und trat in den sonnigen Nachmittag hinaus. Fester denn je war er davon überzeugt, daß an dem bewußten Freitagnachmittag noch jemand im STUDIO 2 gewesen war. Er sah auf die Uhr. 13 Uhr 45. Verlockend, weiß Gott. Zu Fuß waren es nur drei Minuten zu dem Kino, und Inga konnte ihnen bestimmt noch das eine oder andere beibringen. Ach was. Schwamm drüber.

Er winkte sich ein Taxi heran. «Verband für Auslandsprüfungen, bitte.»

15

«Was Sie fragen, ist mir völlig schnuppe», ereiferte sich Morse. «Wenn ich sie reingebracht habe, halten Sie sie einfach zehn Minuten am Reden, mehr verlange ich ja gar nicht.» Lewis, der vor einer halben Stunde wieder in die Geschäftsstelle befohlen worden war, zog ein sehr bedenkliches Gesicht. «Was soll ich denn herauskriegen?»

«Was Sie wollen. Meinetwegen fragen Sie nach ihren Maßen.»

«Können Sie nicht mal ausnahmsweise ernst sein?»

«Fragen Sie, ob ihr Gin direkt in die Titten steigt oder so was in der Richtung.»

In dieser Stimmung war mit Morse nichts anzufangen, das wußte

Lewis aus Erfahrung. Was war bloß los mit ihm? Er war auf einmal richtig aufgekratzt.

Morse klopfte bei Monica und trat ein. «Hätten Sie wohl eine Minute Zeit für uns, Miss Height? Es dauert nicht lange.» Er geleitete sie höflich in Quinns Büro, rückte ihr den Sessel gegenüber von Lewis, ihrem widerwilligen Gesprächspartner, zurecht, und blieb müßig neben ihr stehen.

Wenig später läutete das Telefon, und Lewis nahm ab. «Für Sie, Sir.»

«Hier Morse.»

«Könnte ich Sie wohl kurz sprechen, Inspector? Es ist – äh – ziemlich wichtig. Könnten Sie gleich mal vorbeikommen?»

«Bin schon unterwegs.»

Lewis und Monica hatten die Worte aus dem Hörer mitbekommen. Morse entschuldigte sich ohne weitere Erklärung.

In Monicas Büro fackelte er nicht lange. Die dicke Lammfelljacke im Wandschrank gab nicht viel her. Jetzt die Handtasche. Wenn überhaupt, dann würde er wohl hier fündig werden. Make-up, Scheckbuch, Kalender, Kugelschreiber, Kamm, kleine Flasche Parfum, ein Paar Ohrringe, Programm für eine bevorstehende Aufführung des *Messias*, Schachtel Dunhill-Zigaretten, Streichhölzer, Börse. Mit nicht ganz sicherer Hand machte er sie auf und kramte darin herum. Kleingeld, Schlüssel, Briefmarken – und da war es, wahrhaftig, er hatte recht gehabt. Er atmete schnell und geräuschvoll, während er die Handtasche zumachte, sorgfältig an ihren Platz zurückstellte, das Zimmer verließ und die Tür leise hinter sich schloß. Auf dem Gang blieb er stehen. Die Folgen seiner Entdekkung waren ernst. Er war sich zwar ziemlich sicher gewesen, daß er mit einigem Glück etwas finden würde, aber irgendwas stimmte hier nicht, irgendwo war ein falscher Ton. So etwas war ihm noch nie passiert. Doch das würde sich bestimmt schnell klären.

Er war nicht länger als zwei oder drei Minuten weg gewesen, und Lewis fiel ein Stein vom Herzen, als er wieder hereinkam. Morse setzte sich auf eine Schreibtischecke und sah Monica Height an. Es passierte ihm manchmal (zugegebenermaßen selten), daß die Spezies Frau jeden Reiz für ihn verlor. So ging es ihm jetzt. Ihr Anblick ließ ihn so kalt, als habe er ein Marmorstandbild vor sich. Morse hatte sich sagen lassen, daß er mit solchen Erfahrungen nicht allein stand. Eine Art Trockenzeit hatten sie es genannt.

Er holte tief Luft. «Warum haben Sie mich wegen Freitag nachmittag angelogen?»

Monica wurde dunkelrot, war aber nicht besonders überrascht. «Darauf hat Sally Sie gebracht, nicht? Mir war natürlich klar, was Ihr Mitarbeiter von ihr wollte.»

«Ich warte.»

«Ich weiß nicht warum. Vielleicht, weil es sich weniger – weniger schmutzig anhörte, als ich sagte, wir seien zu mir gegangen.»

«Weniger schmutzig als was?»

«Sie wissen schon. Als mit dem Auto herumzufahren und auf Rastplätzen zu halten und zu hoffen, daß keiner kommt.»

«Würde Mr. Martin Ihre Aussage bestätigen?»

«Ja, wenn Sie ihm erklären, warum –»

«Sie wollen mir doch wohl nicht weismachen, daß Sie ihn noch nicht vorbereitet haben?» Morses Tonfall wurde zunehmend strenger, und Monica lief wieder dunkelrot an.

«Glauben Sie nicht, daß wir ihn fragen müßten?»

«Nein. Der läßt sich von Ihnen um den Finger wickeln, das sieht doch ein Blinder. Ihre Lügengeschichten interessieren mich nicht. Ich verlange die Wahrheit. Es geht hier um einen Mord und nicht darum, daß Sie irgendwann mal Ihren Wagen ins Parkverbot gestellt haben.»

«Hören Sie, Inspector, ich kann Ihnen nur sagen –»

«Sie können mir sagen, wie es sich wirklich zugetragen hat.»

«Sie sind Ihrer Sache offenbar sehr sicher.»

«Allerdings. Können Sie mir verraten, was das ist?» Er hieb mit der Faust wütend auf die Schreibtischplatte. Die abgerissene Hälfte jener Kinokarte kam zum Vorschein. Am oberen Rand standen die Buchstaben IO, dahinter die Ziffer 2. Darunter stand: Parkett links, und am rechten Rand waren senkrecht die Ziffern 93 556 angeordnet.

Monica sah wie gebannt auf die Kinokarte herab.

«Na?»

«Dann haben Sie die kleine Komödie am Telefon mit Dr. Bartlett eingefädelt?»

«Ich hab schon Dümmeres in meinem Leben gemacht.»

Unvermittelt, unerklärlich schlug seine Stimmung um. Er sah sie an und sagte freundlicher: «Sie wissen doch, daß es früher oder später herauskommt. Bitte sagen Sie mir die Wahrheit.»

Monica seufzte tief. «Könnten Sie mir wohl eine Zigarette beschaffen, Inspector? Ich habe welche in der Handtasche – aber das wissen Sie ja.»

Und dann bestätigte sie, was Morse vermutet hatte. Sally war an diesem Nachmittag nicht in der Schule gewesen, zu Monica hatten sie deshalb nicht gehen können. Eigentlich, sagte sie, war sie auch nicht so scharf darauf gewesen. Natürlich war sie in gleichem Maße schuldig wie Donald, aber sie hatte sich in letzter Zeit wirklich sehr bemüht, die hoffnungslose und riskante Beziehung zu beenden. Donald hatte schließlich den Kinobesuch vorgeschlagen, und sie hatte sich überreden lassen. Zusammen mochten sie nicht hingehen, das wäre zu gefährlich gewesen, sie hatten deshalb verabredet, er solle zwanzig nach eins hineingehen, sie würde ein paar Minuten später nachkommen. Sie würden ihre Karten getrennt kaufen, und er würde sich in die letzte Parkettreihe setzen und nach ihr Ausschau halten. Ja, und so hatten sie es dann auch gemacht. Alles war glattgegangen, und gegen halb vier hatten sie sich wieder davongemacht. Sie waren beide mit dem eigenen Wagen gekommen, Monica hatte ihren in der Cranham Terrace geparkt, am Kino. Sie war von dort aus direkt nach Hause gefahren, und Donald auch, soweit sie wußte. Natürlich war ihnen der Schreck in die Glieder gefahren, als sie hörten, daß die Polizei wissen wollte, wo sie am Freitagnachmittag gewesen waren, und deshalb hatten sie in ihrer Dummheit ... aber das wußte Morse ja mittlerweile. Doch allzuweit von der Wahrheit hatten sie sich ja nicht entfernt, oder? Na ja, gelogen hatte sie, das stimmte schon ...

«Wenn Sie nichts dagegen haben, holen wir jetzt Ihren Scheich rein», sagte Morse.

«Es ist bestimmt das beste.» Sie hatte den Seitenhieb widerspruchslos geschluckt und sah schon wieder ganz munter aus. Jedenfalls munterer als Morse.

Martin setzte mit unglücklichem Gesicht wieder zu der unautorisierten Fassung an, aber Monica fiel ihm ins Wort. «Sag ihnen, wie es wirklich war, Donald. Ich habe eben auch die Karten auf den Tisch gelegt. Sie wissen, wo wir am Freitagnachmittag waren.»

«Wie? Ach so.»

Morses Stimmung sank auf einen Tiefpunkt, während Martin sich stockend und stotternd durch dieselbe klägliche Geschichte kämpfte. Nirgends ein Widerspruch. Er war, wie Monica, hinterher offenbar direkt nach Hause gefahren. Ja, und das war's wohl.

«Noch eine Frage.» Morse stieß sich von der Schreibtischecke ab und lehnte sich an einen Aktenschrank. Es war eine entscheidende, ja, *die* entscheidende Frage, und er wollte ihre Reaktionen sehen. «An Sie beide. Haben Sie Mr. Quinn am Freitag nachmittag gesehen? Bitte überlegen Sie sich Ihre Antwort genau.»

Aber offenbar brauchten beide keine lange Bedenkzeit. Sie sahen ihn verständnislos an, schüttelten den Kopf und beteuerten im Brustton der Überzeugung, sie hätten ihn nicht gesehen.

Morse holte tief Luft. Konnte nichts schaden, es ihnen zu sagen – falls sie es nicht schon wußten. «Wären Sie überrascht, wenn ich Ihnen eröffnen würde, daß –» Morse legte eine, wie er hoffte, dramatische Pause ein – «daß am Freitagnachmittag noch einer Ihrer Kollegen im STUDIO 2 war?»

Martin wurde kalkweiß, und Monica sperrte den Mund auf wie eine chronisch Asthmakranke, die nach Luft ringt. Morse hätte, wie er später einsah, klüger daran getan, die volle Wirkung seiner Worte abzuwarten. Aber er fuhr fort: «Da staunen Sie, was? Wir wissen genau, wo Mr. Quinn am Freitagnachmittag war. Er saß – wie Sie beide – im Parkett von STUDIO 2.»

Martin und Monica Height sahen ihn sprachlos an.

Als sie gegangen waren, wandte Morse sich an Lewis. «So, daran dürften sie eine Weile zu kauen haben.»

Aber Lewis machte kein Hehl aus seiner Unzufriedenheit. «Entschuldigen Sie bitte, Sir, aber –»

«Na los, Lewis, spucken Sie's schon aus.»

«Ich glaube, daß das nicht besonders gut gelaufen ist.»

«Das Gefühl habe ich auch», sagte Morse gelassen. «Weiter.»

«Ja, also, ich hatte den Eindruck, daß sie gar nicht richtig überrascht waren, als Sie sagten, es sei noch einer ihrer Kollegen im Kino gewesen. Es war fast, als ob –»

«Ich weiß schon. Es war fast, als ob sie erwartet hätten, einen anderen Namen von mir zu hören, nicht?»

Lewis nickte nachdrücklich. «Aber als Sie sagten, daß es Quinn war, da haben sie echt gestaunt.»

«Stimmt. Bleibt also nur noch einer. Bartlett war an dem Nachmittag in Banbury.»

«Das haben wir nicht nachgeprüft.»

«Wir werden einige Direktoren finden, die sein Alibi bestätigen.»

«Dann bleibt nur Ogleby.»

Morse nickte.

«Soll ich ihn holen?»

«Was meinen Sie?» Seine gewohnte Selbstsicherheit war ihm abhanden gekommen, und Lewis stand auf und ging zur Tür. «Nein, Lewis, warten Sie noch einen Augenblick. Ich möchte noch einmal in aller Ruhe darüber nachdenken.»

Lewis zuckte ein wenig ungeduldig die Schultern und setzte sich wieder. Morse war offenbar nicht so ganz in Form. Trotzdem würde es nicht lange dauern, bis etwas passierte, das wußte er. Wenn Morse mitmischte, passierte immer was.

Und während Lewis noch einmal selbstgerecht die durchaus zutreffenden Bemerkungen Revue passieren ließ, die er soeben geäußert hatte, dachte Morse an eine dicke Fehlleistung seines logisch-analytischen Denkens. Trottel, der er war. Martin und Monica Height. Warum hatten sie ihm diese dümmliche Lüge überhaupt aufgetischt? Da Sally so oft zu Hause war, mußten sie doch damit rechnen, daß ein einigermaßen tüchtiger Kriminalbeamter der Wahrheit sehr bald auf die Spur kommen würde. Warum also? Und plötzlich stand die Antwort klar und deutlich vor ihm. Weil es ebenso riskant gewesen wäre, die Wahrheit zu sagen. Warum hatten sie nicht zugegeben, daß sie ins Kino gegangen waren? Das war doch weit harmloser als die klägliche Schäferstunde, zu der sie sich bedenkenlos bekannt hatten. Es war schließlich nichts dabei, wenn Mann und Frau zusammen ins Kino gingen. Gewiß, es konnte – ja, es würde – Gerede geben, wenn sie zusammen gesehen wurden. Aber ... Die Silhouetten an der Wand hatten sich neu gruppiert. Sie umstanden jetzt alle einen Mann. Arnold Philip Ogleby.

«Sie haben schon recht, Lewis. Holen Sie ihn her. Sofort, wenn ich bitten darf.»

Donald und Monica waren ein paar Sekunden schweigend auf dem gebohnerten Gang stehengeblieben. «Komm einen Moment herein», flüsterte Monica. Sie machte die Bürotür hinter sich zu, funkelte ihn wütend an und erklärte leise und nachdrücklich: «Wir sagen kein Wort darüber, ist das klar? Kein einziges Wort.»

16

Ogleby sah müde aus, und Morse entschloß sich für eine harte Gangart. Er wußte, daß er einiges riskierte, aber wer nicht wagt, der nicht gewinnt.

«Sie sagten, daß Sie am vergangenen Freitagnachmittag nach der Mittagspause in die Geschäftsstelle zurückgegangen sind?»

«Das hatten wir doch alles schon mal.»

Morse fuhr fort, ohne seinen Einwurf zu beachten: «Aber Sie haben mich belogen. Sie sind am Freitagnachmittag außerhalb der Geschäftsstelle gesehen worden. Um genau zu sein, man hat Sie beobachtet, wie Sie ins STUDIO 2 in der Walton Street gingen.»

Ogleby wirkte völlig ungerührt. Er schien nicht überrascht. Überrascht war allenfalls Morse, und zwar über Oglebys Gegenfrage: «Wer hat mich beobachtet?»

«Sie leugnen es nicht?»

«Ich habe Sie gefragt, wer mich beobachtet hat.»

«Das kann ich Ihnen leider nicht sagen, dafür müssen Sie Verständnis haben.»

Ogleby nickte gleichmütig. «Wie Sie wollen.»

«Wir haben auch Beweise dafür, daß Mr. Quinn an dem bewußten Nachmittag im STUDIO 2 war.»

«Hat den auch jemand beobachtet?»

Morse wurde immer unbehaglicher zumute. Lügen – manchmal sogar die eigenen – hatten kurze Beine. Er löste das Problem, indem er es ignorierte. «Um welche Zeit haben Sie das Kino betreten?»

«Wissen Sie das nicht?»

«Ich möchte es gern von Ihnen hören.»

Sekundenlang schien Ogleby das Für und Wider eines Geständnisses zu erwägen. «In gewisser Weise habe ich wohl wirklich ein bißchen geschwindelt, Inspector.» Lewis schrieb mit, so schnell er konnte. «Wir machen hier – offiziell jedenfalls – um fünf Feierabend. Ich halte mich – und das wird Ihnen jeder bestätigen können – gewissenhaft an die Arbeitsstunden. Ich komme nie zu spät und sitze oft noch am Schreibtisch, wenn die anderen schon gegangen sind. An dem bewußten Freitag, das gebe ich zu, bin ich etwas früher gegangen, etwa Viertel vor fünf.»

«Und dann sind Sie ins STUDIO 2 gegangen.»

«Ich wohne in der Walton Street, es ist nicht weit.»

«Sie waren dort?»

Ogleby schüttelte den Kopf. «Nein.»

«Würden Sie mir sagen, weshalb Sie da waren?»

«Ich war nicht da.»

«Waren Sie früher mal da?»

«Ja.»

«Warum?»

«Weil ich ein geiler alter Mann bin.»

Morse wechselte den Kurs. «Waren Sie noch in der Geschäftsstelle, als Mr. Roope kam?»

«Ja, ich habe ihn mit dem Hausmeister sprechen hören.»

Auch diese Antwort war für Morse überraschend, und er kam allmählich ins Schwimmen. «Aber Sie waren nicht in Ihrem Zimmer. Ihr Wagen –»

«Ich war am Freitag nicht mit dem Wagen da.»

«Sie haben Quinn nicht gesehen? Im Kino, meine ich.»

«Ich war nicht im Kino.»

«Haben Sie Miss Height und Mr. Martin dort gesehen?»

Jetzt endlich ließ auch Ogleby Überraschung erkennen. «Waren die denn da?» Morse hätte schwören mögen, daß Ogleby das nicht gewußt hatte.

«Hat Ihnen der Film gefallen?»

«Ich habe ihn nicht gesehen.»

«Aber Sie haben Spaß an Pornos?»

«Manchmal glaube ich, daß ich als Filmproduzent etwas *wirklich* Erotisches zustande bringen würde, Inspector. Die Phantasie habe ich dazu.»

«Sie haben Ihre Kinokarte nicht aufgehoben?»

«Ich hatte keine Kinokarte.»

«Würden Sie einmal nachsehen?»

«Das dürfte nicht viel Sinn haben.»

Puh!

Morse beschloß, aufs Ganze zu gehen. In so einem Verband blieb nichts lange geheim, er hatte also nichts zu verlieren, vielleicht sogar etwas zu gewinnen, wenn er alle Karten auf den Tisch legte.

Als Ogleby gegangen war, bat er Bartlett in Quinns Büro und erzählte ihm, was er an diesem Nachmittag in Erfahrung gebracht hatte. Erzählte ihm von den Büros, die sich so restlos geleert hatten, nachdem er, Bartlett, nach Banbury gefahren war; von Miss Inga Nielssons verlockender Oberweite; von seinen Schwierigkeiten festzustellen, wo sich die Mitarbeiter des Verbandes an dem bewußten Freitagnachmittag aufgehalten hatten. Er weihte ihn in fast alles ein, was er wußte oder mutmaßte – das meiste würde sich sowieso sehr bald herumsprechen –, und bat ihn abschließend um detaillierte Angaben, wie er den Nachmittag verbracht hatte. Bartlett reagierte gelassen. Wo er sich aufgehalten hatte, sagte er, ließ sich sofort feststellen. Er rief den Schulleiter der Banbury Polytechnic an und reichte ihn an Morse weiter. Ja, Bartlett hatte bei einer Schulleiterkonferenz eine Rede gehalten. Er war ungefähr fünf vor drei gekommen, dann hatten sie zusammen ein Glas Sherry getrunken, und etwa 20 oder 25 Minuten nach vier war die Sitzung zu Ende gewesen.

Bartlett fragte, ob er zu dem, was er eben erfahren hatte, noch etwas sagen dürfe, und es stellte sich heraus, daß er seine Mitmenschen sehr viel schärfer beobachtete, als Morse ihm zugetraut hatte. «Das mit Miss Height und Martin überrascht mich nicht besonders, Inspector. Sie ist eine sehr attraktive Frau – sogar in meinen Augen, und ich bin schon fast ein alter Mann. Martins Ehe ist, wie man hört, nicht besonders glücklich. Natürlich ist schon hier und da gemunkelt worden, aber ich habe nie etwas gesagt. Eine kurze Verliebtheit, habe ich mir gedacht, die sich von selbst wieder geben wird. Aber was Sie mir von Ogleby erzählen, wundert mich doch sehr. Es paßt irgendwie nicht zu ihm. Ich kenne ihn seit vielen Jahren, und er ... er ist einfach nicht der Typ für so was.»

«Wir haben alle unsere kleinen Schwächen, Sir.»

«Nein, bitte mißverstehen Sie mich nicht. Es geht nicht um den Pornofilm. Ich habe oft ... aber das tut nichts zur Sache. Nein, ich meinte, daß er ausgesagt hat, er sei hier gewesen. Solche Flunkereien liegen ihm nicht. Aber wie Sie berichten, behauptet er steif und fest, hier gewesen zu sein, als Roope kam.»

«Ganz recht.»

«Und Roope sagt, in seinem Büro sei er nicht gewesen.»

«Der Hausmeister bestätigt das.»

«Vielleicht war er oben.»

«Das glaube ich nicht. Mr. Ogleby sagt, er habe Roope hereinkommen hören.»

Bartlett schüttelte nachdenklich den Kopf und runzelte die Stirn.

«Was sagen die Mädchen?»

«Welche Mädchen?»

«Die sich um das Leeren der Ausgangskörbe kümmern.»

Morse gab sich innerlich eine Ohrfeige. «Wann werden die Ausgangskörbe geleert?»

«Um vier. Gegen Viertel nach vier kommt meist der Wagen von der Post, und bis dahin muß alles fertig sein.»

Bartlett rief in der Poststelle an, und wenig später kam eine blonde junge Frau herein, die sichtlich Mühe hatte, während der Vernehmung die Fassung zu bewahren. Sie hatte am Freitag nachmittag die Ausgangskörbe geleert. Ja, um vier. Es war niemand dagewesen. Weder Ogleby noch Miss Height noch Martin noch Quinn. Ja, das wußte sie ganz genau. Sie hatte noch zu den anderen gesagt, daß das eigentlich irgendwie komisch war.

Bartlett schickte ihr einen mißbilligenden Blick nach und überlegte offenbar, wie es wohl mit der Arbeitsmoral der «anderen» stand, wenn er nicht hinsah.

Morse begriff allmählich, wie wenig er im Grunde über den verwickelten Geschäftsgang wußte. «Ich würde mich gern mal ausführlich mit Ihnen unterhalten. Über den Verband, meine ich. Es gibt so vieles ...»

«Kommen Sie doch zu uns zum Essen. Meine Frau ist eine exzellente Köchin.»

«Sehr freundlich, Sir. Wann würde es Ihnen passen?»

«Jederzeit. Heute abend, wenn Sie wollen.»

«Ihre Frau –»

«Das überlassen Sie nur mir.» Er verschwand kurz in seinem Büro und kam zwei Minuten später wieder. «Mögen Sie Steak, Inspector?»

Sehr nachdenklich gingen Lewis und Morse zum Wagen zurück. Inzwischen hatten sie genügend Stichworte für ein ganzes Kreuzworträtsel, aber alle wollten sie nicht recht in das vorgegebene Kreuzgitter passen.

«Netter Typ, dieser Bartlett», meinte Lewis vorsichtig, während sie über die Woodstock Road zur Ringstraße fuhren.

Morse antwortete nicht. Vielleicht ein bißchen zu nett, dachte er. Eigentlich viel zu nett. Wie ein Verdächtiger in einem Krimi, der sich dann als der Schurke entpuppt. War das denkbar? Hätte es dieser untersetzte, gescheite, tüchtige kleine Bartlett irgendwie fertigbekommen können, Nicholas Quinn zu ermorden? Auf der langen, abfallenden Geraden nach Kidlington gab Lewis Gas. Doch, dachte Morse, möglich war es schon. Man hätte nur teuflisch clever zu Werke gehen müssen. Und ... bekanntlich wimmelte es in Oxford von cleveren Leuten. Morse begriff plötzlich, daß er sehr aufpassen mußte, um die von ihm Vernommenen nicht zu unterschätzen. Vielleicht hockten sie jetzt alle zusammen und lachten über ihn.

17

Morse saß in seinem Büro. Die Bartletts erwarteten ihn erst in zweieinhalb Stunden, und er war froh, daß er einmal in Ruhe nachdenken konnte.

Die Lebensmittel, die Quinn gekauft hatte, und die Bestandsaufnahme seines Vorratsschrankes hatten sich als unerwartet aufschlußreich erwiesen. Zwei Steaks und eine Tüte Champignons zum Beispiel. Ein bißchen reichlich für eine Person, was? War die Menge vielleicht für zwei berechnet? Ein Liebespaar? Morse sah wieder das Mädchen im Wartesaal vor sich, das plötzlich mit der Gestalt von Monica Height verschmolz. Monica hatte zugegeben, daß sie im Kino gewesen war. Allerdings mit Martin. Konnte er Martin außer acht lassen? Der Mann war ein Waschlappen. Und so vernarrt in Monica, daß er zu jeder von ihr gewünschten Aussage bereit wäre, wenn sie ihn darum bat oder ihn bestach. Weiter, Morse. Also Monica und Quinn. Letzte Reihe Parkett. Ungeschicktes Fummeln an Knöpfen und Verschlüssen, stürmische Zärtlichkeiten, mit der Verheißung weiterer Freuden ... später. Aber wo? Nicht bei ihr, da war ja Sally. Warum nicht bei ihm? Er besorgte die Zutaten (Steaks? Champignons?), sie machte das Essen. Mit Vergnügen. «Und denk dran, Nick, diesmal bring ich was zu trinken mit ... Sherry, ja? Trockenen Sherry, den trinke ich auch gern. Und eine Flasche Scotch, weil der mich so schön anmacht ...» Denkbar. Zumindest ein Ansatzpunkt.

Morse las noch einmal die beiden Aufstellungen und machte eine neue Entdeckung. Quinn hatte schon zwei Halbpfundpackungen

Butter im Kühlschrank, aber aus irgendeinem Grund hatte er noch eine gekauft. Eine andere Marke. Eigenartig. Ebenso eigenartig wie ein paar andere Punkte. Er griff nach einem Zettel und notierte:

a) Stellung von Quinns Beistelltisch weist darauf hin, daß er vermutlich im Zug gesessen hat. (Nur keine voreiligen Schlüsse, Sherlock!)

b) Keine abgebrannten Streichhölzer in Küche oder Wohnzimmer, keine Streichhölzer in Quinns Taschen. (Notabene: Mrs. E. hatte schon geputzt, sie war nur noch zum Bügeln gekommen und hatte den Papierkorb nicht noch einmal geleert.)

c) Zusätzlicher Butterkauf, obgleich schon genügend vorhanden. (Unbeachtlich?)

d) Zettel von Quinn an Mrs. E: Reichlich vage, daher praktisch für jede Gelegenheit passend? (So vage allerdings auch wieder nicht ...)

Morse lehnte sich zurück und betrachtete sein Werk. Jeder Punkt für sich allein wirkte dürftig. Aber wies die Summe der Beobachtungen nicht in eine bestimmte Richtung? Dahin zum Beispiel, daß Quinn am Freitag abend gar nicht mehr nach Hause gekommen war? Daß ein anderer den Gasofen angezündet, die Lebensmittel gekauft, einen Zettel für Mrs. Evans geschrieben hatte? Weiter, Morse! Möglich war es. Noch ein Ansatzpunkt. Könnte dieser geheimnisvolle Jemand Monica gewesen sein? (Immer wieder kam er auf sie zurück.) Aber irgendwann mußte sie heim, zu Sally. (Auftrag für Lewis: Bitte nachprüfen!) Martin? Irgendwann mußte auch er heimgefahren sein, zu seiner Frau. Wann? (Auftrag für Lewis: Bitte nachprüfen!) Aber was wußten die beiden über Zyankali? Gift war etwas für Experten – allerdings auch die Waffe einer Frau. Roope war Chemiker. Und auch Ogleby kannte sich auf diesem Gebiet aus ... Also Roope oder Ogleby? Aber Roope war bis Viertel nach vier gar nicht in Oxford gewesen (sagte er). Und Ogleby hatte etwas früher als sonst Feierabend gemacht (sagte er). Und was war mit Bartlett? Kidlington lag auf der Strecke nach Banbury, und die Hauptstraße verlief nur 30 Meter von der Pinewood Close entfernt. Wenn er um 16 Uhr 25 in Banbury losgefahren und Tempo vorgelegt hatte, konnte er gut um zehn vor fünf in Kidlington gewesen sein. Die Gelegenheit hatten sie demnach alle gehabt. Denn wenn Quinn in Erfahrung gebracht hatte, daß einer der vier ...

Morse wußte, daß ihm seine Überlegungen nicht viel gebracht

hatten. Er war einfach noch nicht hinter die Methode gekommen. Aber eins stand fest: Wer immer an diesem Freitagabend in die Pinewood Close gekommen war – Nicholas Quinn war es nicht gewesen. Laß es erst mal gut sein, Morse, denk an was anderes, das ist in solchen Fällen immer das beste. Zumindest einer Frage konnte er gleich nachgehen.

Er bat Peters, den Handschriftenexperten, zu sich, zeigte ihm die Nachricht an Mrs. Evans und gab ihm ein Blatt mit Quinns Handschrift, das er in der Pinewood Close gefunden hatte.

«Was meinen Sie?»

Peters zögerte. «Ich müßte das genauer ...»

«Was hindert Sie daran?»

Peters, früher Pathologe beim Innenministerium, war praktisch durch nichts aus der Fassung zu bringen. In jüngeren Jahren hatte er sich einen guten Ruf und ein nicht unbeträchtliches Vermögen erworben, indem er die beiden goldenen Erfolgsregeln mißachtet hatte – schnell zu denken und entschlossen zu handeln. Peters dachte so schnell, wie eine arthritische Schildkröte läuft, und handelte so entschlossen wie ein Faultier kurz vor dem Einschlafen. Morse kannte seine Pappenheimer und faßte sich in Geduld. Wenn Peters sagte, etwas sei so, dann war es so. Wenn Peters sagte, Quinn habe diesen Zettel geschrieben, dann hatte er ihn geschrieben. Wenn er sagte, er wisse es nicht genau, dann wußte er es nicht genau – und dann konnte auch sonst niemand es genau wissen.

«Wie lange wird es dauern, Peters?»

«Zehn, zwölf Minuten.»

Somit konnte Morse sich darauf einstellen, in etwa elf Minuten seine Antwort zu bekommen. Er blieb sitzen, wo er saß, und wartete. Ein paar Minuten später läutete das Telefon.

«Morse.»

Es war die Zentrale. «Eine Mrs. Greenaway, Sir. Aus dem John Radcliffe Hospital. Sie möchte mit dem Leiter der Ermittlungen im Mordfall Quinn sprechen.»

«Da ist sie bei mir richtig», sagte Morse ohne große Begeisterung. Mrs. Greenaway, die Frau, die über Quinn wohnte. Na, mal sehen.

Sie hatte den Artikel in der *Oxford Mail* gelesen, sagte sie, und da hatte sie sich einfach bei der Polizei melden müssen. Ihrem Mann würde es vielleicht nicht recht sein, aber ... (Los doch, Mädchen!)

Ja, also, das Baby sollte zwar erst im Dezember kommen, aber Freitag gegen vier wurde ihr so komisch. Die Wehen ... Sie hatte in dem Betrieb angerufen, in dem Frank («Das ist mein Mann»), in dem Frank also arbeitete, und hatte versucht, ihm etwas ausrichten zu lassen. Und dann hatte sie sich ans Fenster gesetzt und hinausgesehen und gewartet, aber er war nicht gekommen. Und so um Viertel vor fünf hatte sie noch mal im Werk angerufen. Nicht, daß sie sich direkt Sorgen gemacht hatte, aber lieber wäre es ihr schon gewesen, wenn Frank ... Na ja, sie konnte natürlich im Krankenhaus anrufen, die würden sofort einen Krankenwagen schicken, und ganz sicher war sie ja ihrer Sache auch nicht. Vielleicht war es ja auch nur ... (Zur Sache, Weib ...) Ja, also gegen fünf hatte sie dann Quinn kommen sehen. In seinem Wagen.

«Sie haben ihn gesehen?»

«Ja. Es muß fünf nach fünf gewesen sein. Er hat den Wagen in die Garage gestellt.»

«War jemand bei ihm?»

«Nein.»

«Bitte weiter, Mrs. Greenaway.»

«Das war eigentlich alles.»

«Ist er noch einmal weggegangen?»

«Ich habe ihn nicht gesehen.»

«Hätten Sie ihn gesehen, wenn er weggegangen wäre?»

«Ja, natürlich. Wie gesagt, ich habe die ganze Zeit aus dem Fenster geschaut.»

«Wir glauben, daß er einkaufen war, Mrs. Greenaway. Aber Sie sagen –»

«Ja, doch, da könnte er hinten rausgegangen sein. Man kommt durch den Zaun auf den Weg, aber –»

«Aber Sie halten das für unwahrscheinlich?»

«Ich habe ihn nicht gehört, und er wäre bestimmt nicht hintenherum gegangen, da ist es furchtbar matschig.»

«Ach so ...»

«Ja, ich hoffe –»

«Sind Sie ganz sicher, daß Sie Mr. Quinn gesehen haben, Mrs. Greenaway?»

«Na ja, also direkt gesehen ... Aber *gehört* habe ich ihn. Beim Telefonieren.»

«Bitte?»

«Ja, weil wir doch einen Gemeinschaftsanschluß haben. Er war gerade erst gekommen. So langsam bekam ich es doch mit der Angst zu tun, und ich wollte es noch mal im Betrieb versuchen, aber ich kam nicht durch, weil Mr. Quinn telefonierte.»

«Haben Sie gehört, was gesprochen wurde?»

«Nein, ich bin nicht neugierig.» (Natürlich nicht.) «Mir lag nur daran, daß er aus der Leitung geht.»

«Hat er lange gesprochen?»

«Eine ganze Weile. Ich hab zwei- oder dreimal den Hörer abgenommen, und da waren sie immer noch –»

«Sie erinnern sich nicht zufällig an irgendeinen Namen, den Mr. Quinn genannt hat? Einen Vornamen vielleicht, irgend etwas, was uns weiterhelfen könnte?»

Joyce Greenaway schwieg einen Augenblick. Eine dunkle Erinnerung regte sich, war gleich wieder verschwunden. «Ich ... Nein, es fällt mir nichts ein.»

«War sein Gesprächspartner eine Frau?»

«Nein, nein, ein Mann, ganz bestimmt. Eine gebildete Stimme.»

«Haben sie sich gestritten?»

«Das glaube ich nicht. Aber ich habe, wie gesagt, nicht zugehört. Nicht richtig. Ich wurde nur allmählich ungeduldig.»

«Warum sind Sie nicht heruntergegangen und haben Mr. Quinn gesagt, worum es geht?»

Joyce zögerte einen Augenblick, und Morse hätte sehr gern gewußt, was hinter diesem Zögern steckte. «So vertraut waren wir nun auch nicht miteinander.»

«Überlegen Sie bitte einmal ganz genau, Mrs. Greenaway. Es ist sehr wichtig. Wenn Ihnen noch etwas einfällt, und wenn es nur eine Kleinigkeit ist ...»

Aber es kam nichts mehr, der Umriß eines Namens verbarg sich irgendwo im Unterbewußten. Wenn nur ...

Morse lieferte den Auslöser. «Ogleby? Kommt Ihnen das bekannt vor?»

«Nein.»

«Roope? Mr. Roope? Bartlett? Dr. Bartlett? Mar ...»

Joyce spürte ein Kribbeln auf der Kopfhaut. «Beschwören kann ich es nicht, Inspector, aber es könnte Bartlett gewesen sein.»

Na also, die Sache machte sich. Morse versprach, jemanden vorbeizuschicken, aber erst am nächsten Tag. Und Joyce Greenaway ging, halb erleichtert, halb verzagt, zur Entbindungsstation zurück.

Peters hatte die letzten zwei, drei Minuten regungslos dagesessen und sichtlich interessiert zugehört, äußerte sich aber nicht zu dem Gespräch. «Na?» fragte Morse.

«Der Zettel ist von Quinn.»

Morse machte den Mund auf und wieder zu. Protest wäre sinnlos gewesen. Wenn Peters ein Urteil abgegeben hatte, war daran nicht zu rütteln.

Warum hältst du dich nicht an die Beweise, Morse? Weg mit den fadenscheinigen Phantastereien. Quinn war gegen fünf heimgekommen, hatte Mrs. Evans einen Zettel hingelegt und jemanden angerufen. Einen Jemand mit gebildeter Stimme, der möglicherweise Bartlett geheißen hatte.

18

Mrs. Bartlett hatte Morse sich irgendwie anders vorgestellt. Sie war fast 10 Zentimeter größer als ihr Mann und kommandierte ihn herum, als sei er ein unartiger, aber liebenswerter Schuljunge. Noch eine weitere Überraschung erwartete ihn. Niemand hatte Morse etwas davon gesagt, daß die Bartletts einen Sohn hatten, und dem ziemlich schlampig gekleideten, mürrisch dreinblickenden jungen Mann, der Richard hieß, schien nicht gerade viel daran zu liegen, einen günstigen ersten Eindruck zu machen. Aber als sie zu viert etwas verlegen herumsaßen und ihren Sherry tranken, stellte sich heraus, daß Richard im Grunde eine liebenswürdige, angenehme Art hatte. Allmählich taute er auf und äußerte sich humorvoll und ganz unverklemmt. Während er und Morse über das Pro und Contra der *Ring*-Aufnahmen von Solti und Furtwängler diskutierten, ging Mrs. Bartlett rasch in die Küche, um vorsichtig mit der Gabel den Rosenkohl anzustechen, und beauftragte ihren Mann, den Wein aufzumachen. Der Tisch war makellos für vier gedeckt, das Silber blitzte und blinkte auf der weißen Tischdecke in dem gedämpft beleuchteten Zimmer. Das Gemüse war fast gar.

Bartlett schenkte Morse nach. «Hübscher kleiner Sherry, was?»

«Finde ich auch», sagte Morse und stellte fest, daß die Flasche ein anderes Etikett trug als die in Quinns Zimmer.

«Noch etwas für dich, Richard?»

«Nein.» Das klang seltsam schroff, als gäbe es da eine dunkelverborgene Feindschaft im Bartlett-Clan.

Die Suppe stand auf dem Tisch. Morse leerte sein Glas, erhob sich und ging händereibend durch das große Zimmer.

«Komm, Richard», sagte seine Mutter freundlich, aber Morse hörte die Spannung in ihrer Stimme.

«Mit mir braucht ihr nicht zu rechnen, ich hab keinen Hunger.»

«Aber Richard –»

Der junge Mann stand auf, und in seinen Augen blitzte es kurz und gefährlich. «Hast du mich nicht verstanden? Ich hab keinen Hunger, Mutter.»

«Aber ich habe gedacht, daß du –»

«Hör auf, mir deinen verdammten Fraß aufzudrängen, wie oft soll ich dir das noch sagen, du blöde Kuh.» Er stürmte aus dem Zimmer, und wenig später fiel mit einem sehr endgültigen Knall die Haustür ins Schloß.

«Entschuldigen Sie vielmals, Inspector ...»

«Lassen Sie nur, Mrs. Bartlett, die heutige Jugend ...»

«Das ist es nicht, Inspector. Sehen Sie, Richard ist schizophren. Er kann so lieb sein, und von einer Sekunde auf die andere wird er so, wie Sie ihn eben erlebt haben.» Sie war den Tränen nahe, und Morse gab sich redliche Mühe, das Richtige zu sagen, aber es war klar, daß der Vorfall tiefe Schatten über den Abend geworfen hatte, und eine Weile aßen sie in verlegenem Schweigen.

«Kann man es behandeln?»

Mrs. Bartlett lächelte traurig. «Eine gute Frage, Inspector. Wir haben buchstäblich schon Tausende dafür ausgegeben, nicht wahr, Tom? Er ist zur Zeit freiwillig in Littlemore in Behandlung. Manchmal kommt er an den Wochenenden nach Hause, und gelegentlich, wie heute, kommt er vorbei, sitzt eine Weile hier oder ißt etwas mit uns.» Ihre Stimme schwankte, und ihr Mann klopfte ihr tröstend auf die Schulter.

«Laß gut sein, Liebes. Wir haben den Inspector ja nicht hergebeten, um ihm etwas vorzujammern. Er dürfte genug eigene Sorgen haben.»

Erst als Mrs. Bartlett sich um den Abwasch kümmerte, kamen

die beiden Männer dazu, in Ruhe miteinander zu reden, und Morses Eindruck, daß Bartlett sehr genau wußte, was in seinem Büro lief, bestätigte sich. Wenn einer ahnte, wer sich bereit gefunden hatte, die Integrität des Verbandes preiszugeben, dann mußte es Bartlett sein. Aber der wußte offenbar nichts. Mit allen Tricks versuchte Morse, Verdachtsmomente oder heimliche Zweifel aus ihm herauszulocken. Aber Bartlett ließ nichts auf seine Mitarbeiter kommen. Offenbar, überlegte Morse, halfen ihm die leisen Töne nicht weiter. Klotzen, nicht kleckern, das war die Devise.

«Was wollte Mr. Quinn von Ihnen, als er Sie anrief?»

Bartlett blinzelte hinter seiner dicken Brille, dann sah er auf seine Kaffeetasse herunter und schwieg eine Weile. Wenn er leugnete, daß Quinn ihn angerufen hatte, waren Morse die Hände gebunden, das wußte er ganz genau. Beweisen konnte er nichts. Aber je länger Bartlett zauderte, desto klarer wurde die Sachlage.

«Sie wissen also, daß er mich angerufen hat?»

Morse wagte einen Schuß ins Blaue. «Ja, Sir.»

«Darf ich fragen, woher Sie es wissen?»

Jetzt stockte Morse doch einen Augenblick, beschloß aber dann, sich so weit wie möglich an die Wahrheit zu halten. «Quinn hatte einen Gemeinschaftsanschluß. Jemand hat mitgehört.»

Regte sich da plötzliches Erschrecken in den Augen hinter dem dicken Glas?

«Sie wollen also wissen, worum es bei dem Gespräch ging?»

«Sie hätten es mir schon früher sagen sollen, Sir, das hätte uns viel Mühe gespart.»

«Ach ja?» Bartlett sah den Inspector an, und Morse hatte den Verdacht, daß er von der Lösung des Falles noch sehr weit entfernt war.

«Irgendwann kommt die Wahrheit ja doch ans Licht, Sir. Ehrlich, es wäre das beste, die Karten auf den Tisch zu legen.»

«Liegen Ihnen nicht alle Informationen vor? Sie sagen, daß jemand mitgehört hat. Sehr schön ist es ja nicht, andere Leute zu belauschen ...»

«Na ja, wie man's nimmt. Aber diese – äh – andere Person hat nicht direkt gelauscht, jedenfalls nicht absichtlich. Sie wollte selber telefonieren, es war sehr wichtig.»

«Sie wissen also nicht, worüber wir gesprochen haben?»

Morse holte tief Luft. «Nein, Sir.»

«Nun, dann – äh – werde ich Ihnen auch nicht sagen, worum es sich handelte. Es war eine sehr persönliche Angelegenheit, die nur Quinn und mich –»

«Vielleicht war es auch eine persönliche Angelegenheit, die zu seinem Tod führte, Sir.»

«Das ist mir klar.»

«Aber Sie wollen es mir nicht sagen?»

«Nein.»

Morse leerte langsam seine Tasse. «Ich glaube, Sie haben noch nicht erfaßt, wie wichtig diese Frage ist. Wenn es uns nicht gelingt festzustellen, wo Quinn an dem bewußten Freitag war und was er gemacht hat ...»

Bartlett sah ihn scharf an. «Von Freitag war bisher noch nicht die Rede.»

«Sie meinen ...»

«Ich meine, daß Quinn mich letzte Woche einmal abends angerufen hat. Aber nicht am Freitag.»

Clever, der Bursche. Morse hatte die Katze aus dem Sack gelassen, hatte ihm gesagt, daß er nicht wußte, worum es bei dem Gespräch gegangen war – und jetzt war die Katze über den Zaun gesprungen und hatte sich davongemacht. Bartlett hatte natürlich recht. Er hatte nicht ausdrücklich von dem Freitag gesprochen, aber ...

Mrs. Bartlett kam mit der Kaffeekanne und schenkte nach. Es schien, als sei ihr gar nicht klar, daß sie die Unterhaltung an einem entscheidenden Punkt unterbrochen hatte. Unschuldig fragte sie Morse, wie er mit seinen Ermittlungen in der schrecklichen Geschichte um den armen Mr. Quinn vorankam.

Morse schlug alle Vorsicht in den Wind. «Wir sprechen gerade übers Telefonieren, Mrs. Bartlett. Das Telefon wächst sich neuerdings zur reinsten Landplage aus, bestimmt werden Sie ebenso oft angerufen wie ich.»

«Da haben Sie wirklich recht, Inspector. Erst letzte Woche habe ich gesagt ... wann war das, Tom, erinnerst du dich? Richtig, es war an dem Tag, an dem du in Banbury warst. Den ganzen Nachmittag klingelte das Telefon, und als Tom heimkam, habe ich zu ihm gesagt, wir sollten uns doch eine Geheimnummer besorgen, und ich hatte kaum ausgesprochen, da läutete das schreckliche Ding schon wieder. Und du mußtest noch mal weg, weißt du noch, Tom?»

Der Geschäftsführer nickte und lächelte traurig. Manchmal konnte das Leben wirklich sehr ungerecht sein.

Am gleichen Abend um Viertel nach acht nahm ein Mann den Dekkel von dem bronzeglänzenden Kohlebehälter, als er es klopfen hörte. Er richtete sich langsam auf und öffnete die Tür.

«Hereinspaziert, ich bin gleich soweit. Setzen Sie sich.» Er kniete sich wieder vor den Kamin und holte mit der Feuerzange einen blanken schwarzen Kohlebrocken heraus.

In seinem eigenen Kopf hörte es sich an, als habe er in einen großen, knackigen Apfel gebissen. Seine Kiefer verspannten sich, eine unheimlich-erschreckende Sekunde lang suchte er in den leeren, hallenden Gängen seines Gehirns verzweifelt eine Erinnerung an sich selbst zu erhaschen. Seine rechte Hand hielt noch die Kohlenzange, und mit dem ganzen Körper versuchte er sich zu zwingen, die Kohle in das hellflackernde Feuer zu schieben. Unerklärlicherweise mußte er an die Lava des Vesuvs denken, die sich in einem alles verschlingenden Strom in die Straßen des alten Pompeji ergoß, und noch während sich seine Linke langsam, instinktiv zu seinem zerschmetterten Schädel hob, wußte er, daß das Leben zu Ende war. Das Licht ging plötzlich aus, als habe jemand die Dunkelheit angeschaltet. Er war tot.

19

Um Viertel vor elf stand Mrs. Bartlett auf, um ans Telefon zu gehen. Morse beschloß, die Unterbrechung zu nutzen, um sich einigermaßen zeitig von seinen Gastgebern zu verabschieden.

«Das wird Richard sein», sagte Bartlett. «Oft tut es ihm hinterher leid, und dann versucht er sich zu entschuldigen. Es würde mich nicht wundern, wenn –»

Mrs. Bartlett kam wieder herein. «Für Sie, Inspector.»

Lewis erstattete so knapp und klar wie möglich Bericht. Gegen neun war die Polizei verständigt worden; Einsatzleiter war Chief Inspector Bell. Erst später wurde ihnen klar, daß da möglicherweise ein Zusammenhang bestand. Sie hatten versucht, Morse zu erreichen, und hatten schließlich Lewis verständigt. Der Mann war sofort tot gewesen – ein heftiger Schlag mit einem Schürhaken auf den Hinterkopf. Keine Fingerabdrücke. Die Schubladen waren durchwühlt, offenbar aber nicht systematisch durchsucht worden. Anscheinend war der Mörder gestört worden.

«Ich komme so schnell wie möglich, Lewis.»

Als Morse wieder ins Zimmer trat, war er blaß geworden. «Ogleby ist ermordet worden», sagte er und bemühte sich, seine Stimme ruhig zu halten.

Mrs. Bartlett schlug die Hände vors Gesicht und brach in Tränen aus. Ihr Mann hatte Mühe, zusammenhängend zu sprechen, als er Morse zur Tür brachte. Er schien um Jahre gealtert. «Sie haben gefragt ... als Quinn anrief ... Sie wollten wissen ... und ich habe gesagt ...»

Morse legte Bartlett beruhigend die Hand auf die Schulter. «Ja?»

«Er hat gesagt, er ... er habe etwas erfahren, was ich wissen müsse. Er sagte ... er sagte ... daß jemand aus der Geschäftsstelle Prüfungsfragen an andere weitergegeben habe.»

«Hat er auch gesagt, wer so etwas gemacht hat?» fragte Morse.

«Ja. Er hat gesagt, ich sei es, Inspector.»

Als Morse in dem hübschen kleinen Reihenhaus in der Walton Street eintraf, sprach Lewis leise mit Bell. Es war ein scheußlicher Anblick. Morse wandte den Kopf ab, schloß die Augen und spürte Übelkeit in der Kehle aufsteigen. «Ich möchte, daß Sie so schnell wie möglich ein paar Punkte klarstellen, Lewis. Rufen Sie an, wenn Sie wollen, oder gehen Sie bei den Leuten vorbei. Ich möchte wissen, wo Roope heute abend war, wo Martin war, wo Miss Height war ...»

Bell fiel ihm ins Wort. «Wo Miss Height war, wissen wir, ich habe gerade mit dem Sergeant darüber gesprochen. Sie war hier. Sie hat ihn gefunden.»

Das kam Morse unerwartet und schien ihn etwas aus dem Konzept zu bringen. «Wo ist sie jetzt?»

«Es geht ihr gar nicht gut. Sie hat uns über den Notruf verständigt, dann ist sie offenbar in Ohnmacht gefallen. Man hat sie vor der Telefonzelle an der Ecke gefunden. Der Arzt hat sie untersucht und sie für die Nacht ins Radcliffe eingewiesen.»

«Sie hat eine halbwüchsige Tochter.»

Bell legte Morse die Hand auf die Schulter. «Keine Aufregung, alter Junge. Das ist alles geregelt. Ein bißchen was müssen Sie uns auch zutrauen.»

Morse setzte sich in einen Sessel. Hatte er die Dinge nicht mehr im Griff? Er schloß erneut die Augen und atmete ein paarmal tief durch. «Tun Sie trotzdem, was ich sage, Lewis. Setzen Sie sich sofort mit Roope und Martin in Verbindung. Und noch etwas. Fahren Sie zum Littlemore und sehen Sie zu, was Sie über Richard Bartlett in Erfahrung bringen können. Richard Bartlett, ist das klar? Er ist freiwillig dort in Behandlung. Stellen Sie fest, wann er heute abend gekommen ist – falls er sich dort überhaupt hat sehen lassen.»

Morse zwang sich, noch einmal einen Blick auf den Brei aus Hirn und Blut vor der matten Glut im Kamin zu werfen. «Und versuchen Sie herauszubekommen, ob einer von ihnen sich heute abend umgezogen hat. Was meinen Sie, Bell? Das Blut muß ja in alle Himmelsrichtungen gespritzt sein.»

Bell zuckte die Schultern. «Die Frau hatte Blut an Händen und Ärmeln.»

«Am besten fahre ich gleich zu ihr.»

«Nicht mehr heute abend, alter Junge. Der Arzt hat alle Besuche verboten, sie hat einen schweren Schock.»

«Warum ist sie hergekommen? Hat sie das gesagt?»

«Sie hat gesagt, sie wollte etwas Wichtiges mit ihm besprechen.»

«War die Tür offen?»

«Nein, es war abgeschlossen, sagt sie.»

«Und wie, zum Teufel, ist sie dann hineingekommen?»

«Sie hatte einen Schlüssel.»

Morse brauchte einen Augenblick, um das zu verdauen. «Schau einer an. Sehr großzügig mit ihren Gunstbezeugungen, wie?»

«Bitte?» fragte Bell.

In den frühen Morgenstunden des Samstags fand Morse, was er gesucht hatte. Nur er und Lewis waren noch da – und zwei Constables der Oxforder Polizei, die draußen Wache schoben.

«Kommen Sie mal her, Lewis, und schauen Sie sich das an», flüsterte er ungläubig. «Das» war der Taschenkalender aus Oglebys Hüfttasche. Bell hatte ihn bereits flüchtig durchgearbeitet, keine Eintragungen gefunden und ihn wieder aus der Hand gelegt. Es war ein blauer Universitätskalender mit einer kleinen Klappe am hinteren Einbanddeckel zum Aufbewahren von Fahrkarten und derglechen. Morse warf einen Blick hinein und traute seinen Augen kaum. Es war eine in der Mitte durchgerissene Eintrittskarte, am oberen Rand das inzwischen vertraute IO 2, darunter «Parkett hinten», am rechten Rand die senkrecht angeordnete Zahlenreihe 93 593.

«Was sagen Sie dazu?»

«Er war also tatsächlich da.»

«Vier waren da. Vier von fünf.»

Lewis blätterte den Kalender mit der gewohnten Akribie von vorn bis hinten durch. Ogleby hatte offenbar den Kalender nicht benutzt. Aber dann kam er zu dem Abschnitt Notizen, und seine Augen wurden groß wie Suppenteller. «Sehen Sie mal, Sir», wisperte er, als könne der leiseste Laut das Gesehene wieder verschwinden lassen. Morse spürte den vertrauten Druck auf den Schläfen, den elektrischen Stromstoß, der durch seinen Kopf zu jagen schien. Sauber und akkurat war dort etwas aufgezeichnet:

«Herrgott», sagte er. «Es ist dieselbe Nummer wie auf der Kinokarte, die wir bei Quinn gefunden haben.»

Als die beiden eine halbe Stunde später das Haus in der Walton Street verließen, mußte Morse an die Worte von Dr. Hans Gross, früher Professor für Kriminologie an der Universität Prag, denken. Er kannte sie auswendig. «Keine menschliche Handlung geschieht rein zufällig, ohne Zusammenhang mit anderen Vorfällen. Keine ist unerklärlich.» Es war ein Ausspruch, den Morse immer unterschrieben hatte. Aber als er jetzt auf die stille Straße hinaustrat, fragte er sich, ob er wirklich stimmte.

Nur 50 oder 60 Meter weiter stand das Haus, in dem STUDIO 1 und STUDIO 2 untergebracht waren. Die weißen Schilder über dem Foyer waren noch beleuchtet, grellbunt schrien die roten und königsblauen Buchstaben in die lautlose Nacht hinein: «*Die Nymphomanin* (nur für Erwachsene)». Versuchte die bunte Schrift ihm etwas zu sagen? Er besah sich mit Lewis die Bilder, die draußen hingen. Sie zeigten eine üppige Schönheit, an der ersichtlich alles dran war, auch wenn irgendein unvergleichlicher Idiot eine Reihe fünfzackiger Sterne über die Titten der unvergleichlichen Inga geklebt hatte.

20

Müde und unrasiert stellte Morse sich am nächsten Morgen um halb acht im Büro ein. Er hatte ein paar Stunden zu schlafen versucht, aber in seinem Kopf hatte es weiter gewühlt, so daß er schließlich den ungleichen Kampf aufgegeben hatte. Er wußte, daß er mit seinen Problemen sehr viel besser zu Rande kam, wenn er völlig abschalten konnte. Da das nicht ging, konnte er zumindest versuchen, sein Hirn mit einem Kreuzworträtsel fit zu halten. Er schlug die letzte Seite der *Times* auf, sah auf die Uhr, notierte die Zeit auf dem linken Rand und fing an. Er brauchte zwölfeinhalb Minuten. Keine Bestzeit, aber nicht schlecht. Und wenn ihm nicht das eine Wort gefehlt hätte, wäre er in zehn Minuten fertig gewesen. «... in dem die Langerhans-Inseln liegen.» Geschlagene zwei Minuten hatte ihn das -e-a-s angegrinst, ehe der Groschen gefallen war. Zum Glück hatte er sich dann an ein Radioquiz erinnert, bei dem ein Teilnehmer das Südchinesische Meer, ein anderer die Ostsee, ein dritter das Mittelmeer vorgeschlagen hatte. Und das Studiopublikum, das durch den Quizmaster die richtige Antwort kannte, hatte sich vor Lachen den Bauch gehalten.

Im Lauf des Vormittags liefen die Informationen Schlag auf Schlag ein. Martin sagte aus, er sei am Vorabend nervös und unruhig gewesen, und deshalb sei er gegen halb acht weggegangen und gegen Viertel vor elf wieder heimgekommen. Er sei mit dem Wagen unterwegs gewesen, habe etliche Pubs am Radcliffe Square abgeklappert und habe sich nach seiner Heimkehr von seiner Frau eine Gardinenpredigt anhören müssen. Roope erklärte, er habe den ganzen Abend zu Hause gesessen und gearbeitet. Nein, er habe keinen Besuch gehabt, er habe selten Besuch. Er habe an einer Vortragsreihe über Probleme der anorganischen Chemie gearbeitet. Worum es sich dabei genau handelte, hatte Lewis nicht recht begriffen und inzwischen auch wieder vergessen. «So, wie ich das sehe, Sir, liegen sie beide gut im Rennen. Das Dumme ist, daß uns allmählich die Verdächtigen ausgehen. Wenn Sie nicht meinen, daß Miss Height –»

«Möglich wäre es schon ...»

«Gut, aber das sind dann immer nur noch drei.»

«Sie vergessen Ogleby.»

Lewis sah ihn einigermaßen fassungslos an. «Da komme ich nicht ganz mit.»

«Er steht nach wie vor auf meiner Liste, Lewis, und ich sehe beim besten Willen keinen vernünftigen Grund, ihn zu streichen. Sie etwa?»

Lewis machte den Mund auf und wieder zu. Und dann läutete das Telefon.

Es war der Präsident des Verbandes, der vom Lonsdale College aus anrief. Bartlett hatte ihn gestern abend verständigt. Eine schreckliche Geschichte. Beängstigend geradezu. Er wollte nur noch eine Kleinigkeit nachtragen. Hatte Morse sich mal für die Beziehungen innerhalb des Verbandes interessiert? Durch den Mord an Quinn und Ogleby war ihm die Sache wieder eingefallen. Es war an dem Abend gewesen, als sie die große Fete im *Sheridan* gehabt hatten, mit den Leuten aus Al-jamara. Ein harter Kern war noch geblieben, als die anderen Gäste schon längst im Bett lagen. Dazu hatte auch Quinn gehört. Und Ogleby. Und er, der Präsident, hatte seinerzeit das Gefühl gehabt (er konnte sich natürlich irren), daß Ogleby nur auf Quinns Aufbruch gewartet, daß er ihn ganz eigenartig angesehen hatte. Und als Quinn gegangen war, hatte sich unmittelbar danach auch Ogleby davongemacht. Es war, wie es jetzt so im Raum stand, wirklich nur eine Bagatelle. Aber er, der Präsident, war die Sache jetzt zumindest los und hoffte, daß er den Inspector damit nicht allzusehr aufgehalten hatte. Morse bedankte sich und legte auf. Der Präsident hatte schon recht, viel war damit nicht anzufangen.

Am späten Vormittag rief Bell aus Oxford an. Die medizinische Untersuchung hatte ergeben, daß Ogleby nur Minuten nach seinem Tod aufgefunden worden war. Weder auf dem Schürhaken noch auf dem Schreibtisch, auf dem ein wildes Durcheinander herrschte, hatten sich fremde Fingerabdrücke feststellen lassen. Natürlich stand es Morse frei, alles noch einmal zu überprüfen, aber er, Bell, habe den Eindruck, daß damit nicht viel gewonnen sei. Der Schlag, der Oglebys dünnen Schädel zerschmettert hatte, war mit erheblicher Wildheit geführt worden, hatte aber möglicherweise gar nicht einmal viel Kraft erfordert. Vermutlich war der Täter Rechtshänder gewesen, und der zentrale Aufschlagspunkt lag etwa 5 Zentimeter über dem Hinterhauptbein, ungefähr 2 Zentimeter rechts von dem parietalen Foramen. Die Wirkung des Schlages –

«Geschenkt», sagte Morse.

«Na, dann nicht.»

«Ist Miss Height noch –»

«Sie können erst nach dem Mittagessen zu ihr. Anweisung des Arztes.»

«Ist sie noch im Radcliffe?»

«Ja. Und ich verspreche Ihnen, daß Sie als zweiter zu ihr dürfen.»

Eine junge Schwester schob den Kopf durch die Vorhänge, die das Bett auf der Frauen-Unfallstation abschirmten. «Sie haben wieder Besuch.»

Monica sah blaß und elend aus.

Sie lehnte aufrecht in den Kissen, das weite Krankenhausnachthemd kaschierte die Konturen ihres schönen Körpers. «Erzählen Sie», bat Morse.

Ihre Stimme war leise, aber fest: «Viel zu erzählen gibt es da eigentlich nicht. Ich kam gegen halb neun, und da lag –»

«Sie hatten einen Schlüssel?»

Sie nickte. In ihren Augen stand jähe Trauer, und Morse ließ den Punkt auf sich beruhen. Ob Philip Ogleby *Die Nymphomanin* besucht hatte, war fraglich – aber daß die Nymphomanin ihn besucht hatte, und zwar ziemlich regelmäßig, stand außer Frage.

«Und da lag er ...?»

Sie nickte. «Ich dachte, er hätte einen Herzanfall gehabt oder so was. Im Grunde hatte ich gar keine Angst. Ich kniete mich hin und faßte ihn an der Schulter ... und sein ... sein Kopf ... lag ... lag fast im Kamin, und da sah ich das Blut ...» Sie schüttelte den Kopf, als könne sie sich dadurch von dem schrecklichen Bild befreien. «Und dann waren meine Hände voll ... voll Blut und ... und Zeug ... Ich wußte nicht, was ich machen sollte. Ich konnte nicht in diesem gräßlichen Zimmer bleiben. Ich wußte, daß ein Telefon drinstand, aber ... aber ich bin aus dem Haus gegangen und habe die Polizei von der Telefonzelle aus verständigt. Mehr weiß ich nicht. Ich muß umgekippt sein, als ich aus der Zelle kam. Erst im Krankenwagen bin ich wieder zu mir gekommen.»

«Warum waren Sie bei ihm?» (Die Frage mußte sein.)

«Ich ... ich hatte mit ihm noch gar nicht richtig über Nick sprechen können ...» (Schon wieder geschwindelt)

«Glauben Sie denn, daß er etwas über den Mord an Quinn wußte?»

Sie lächelte traurig-resigniert. «Er war ein sehr kluger Mann, Inspector.»

«Sonst haben Sie niemanden gesehen?»

Wieder schüttelte sie den Kopf.

«Ist es denkbar, daß sonst jemand ... im Hause war?»

«Ich weiß es nicht. Ich weiß es einfach nicht.»

Sollte er ihr glauben? Sie hatte ihm schon so viele Lügen aufgetischt. Aber es mußte einen Grund für die Lügen geben. Wenn es ihm gelang, diesen Grund zu entdecken, war er schon ein großes Stück weiter. Am meisten machte ihm die Geschichte um STUDIO 2 zu schaffen. Warum hatten Monica und Donald Martin so ungeschickt geschwindelt? Und während er sich wieder einmal mit dem Problem herumschlug, festigte sich in ihm die Überzeugung, daß alle vier – Monica, Martin, Ogleby und Quinn – einen gemeinsamen Grund für den Kinobesuch am Freitag nachmittag gehabt haben mußten. Denn daß sich ihre Wege dort rein zufällig gekreuzt hatten, das mochte er einfach nicht glauben, auch wenn er sonst unwahrscheinliche Zufälle mit einer fast rührenden Leichtgläubigkeit zu schlucken pflegte. Irgend etwas mußte an diesem Nachmittag im STUDIO 2 geschehen sein. Aber was? Laß dir etwas einfallen, Morse. Quinn war schon früh hingegangen, kurz nach der Öffnung. Dann war Martin gekommen, hatte sich in die hinterste Reihe gesetzt und sich nervös umgeschaut. Hatte er Quinn gesehen? Hatte Quinn ihn gesehen? Im Kino herrschte üblicherweise Dämmerlicht, an das sich das Auge aber rasch gewöhnte. Und dann? Dann war Monica gekommen und hatte sich neben Martin gesetzt, und Martin hatte ihr erzählt, er habe Quinn gesehen. Was macht man in so einem Fall? Man steht auf und geht, und zwar auf der Stelle. Weiter, Morse. Hätte Martin Quinn gesehen, Quinn aber nicht ihn, wäre Martin sofort hinausgelaufen, hätte draußen auf Monica gewartet und ihr gesagt, sie müßten woanders hingehen. Aber wie paßte Ogleby in dieses Muster? Die laufende Nummer seiner Kinokarte – etwa vierzig Stellen nach Quinn – ließ, wenn die Geschäftsführerin richtig gerechnet hatte, darauf schließen, daß Ogleby erst gegen vier oder fünf ins Kino gekommen war. Aber wie paßte das nun wieder hinein? Überhaupt nicht. Eben. Versuch's noch einmal, Morse. Vielleicht war Monica durch irgend etwas abgeschreckt worden? Klang schon wahrscheinlicher. Hatte sie irgend etwas oder irgend jemanden gesehen? War das der Grund für all die Flunkerei? Nachdem sie erfahren hatten, daß Quinn im STUDIO 2 gewesen war, hatte sie wieder gelogen, und ... Herrgott, was für ein Durcheinander. Die Bilder flackerten unruhig an der Wand, die Gesichter verblaßten, veränderten sich, verblaßten erneut ...

«Sie waren weit weg, Inspector.»

«Wie? Pardon. Ich habe nur mit offenen Augen geträumt.»

«Von mir?»

«Unter anderem.»

Auf dem Tisch neben dem Bett lag die *Times,* die Seite mit dem Kreuzworträtsel war aufgeschlagen, aber nur drei oder vier Worte waren eingetragen, und Morse kam wieder ins Grübeln. Ob Monica wußte, wo die Langerhans-Inseln lagen? Wenn nicht, konnte bestimmt die Schwester – Moment mal! Sein spärlicher werdendes Haar sträubte sich, und er hatte plötzlich eine Gänsehaut. Ja, es war ein verlockender Gedanke, und die alten Fragen kamen ihm wieder in den Sinn. In welchem Meer liegen die Langerhans-Inseln? Wann wurde George Washington ermordet? Wer war Kansas-Nebraska Bill? In welchem Jahr wurde R. A. Butler Premierminister? Von wem ist das Forellenquartett? Unter welchem Namen wurde der Schwarze Prinz bekannt, als er König wurde? All diese Fragen waren Nicht-Fragen. Georgie Washington starb nicht durch Mörderhand, es hieß nicht der, sondern die Kansas-Nebraska-Bill, und es handelte sich dabei um eine Gesetzesvorlage. Fragen, die kein Mensch zu beantworten vermochte, weil es Fragen waren, die man überhaupt nicht stellen konnte. Morse war fixiert darauf herauszubekommen, wer wann warum im STUDIO 2 gewesen war. Aber wenn das alles Nicht-Fragen waren? Wenn nun überhaupt niemand im STUDIO 2 gewesen war? Alles in dem Fall war darauf angelegt, ihn in die Irre zu führen, ihn glauben zu machen, sie seien dort gewesen. Einigen der Beteiligten – vielleicht allen – lag daran, daß er das glaubte. Und er war geradewegs den Gang in dem dunklen Kinosaal heruntergestolpert und hatte sich wie blind vorwärtsgetastet, um festzustellen wie ein Narr, wer da saß. Aber vielleicht, Morse, hat da niemand gesessen. Niemand.

«Wen haben Sie gesehen, als Sie ins STUDIO 2 kamen, Miss Height?»

«Wollen Sie mich nicht Monica nennen?»

Die Schwester steckte den Kopf durch den Vorhang und drängte Morse zum Aufbruch, die ihm zugebilligte Zeit sei längst abgelaufen. Er stand auf, sah Monica noch einmal an und gab ihr einen leichten Kuß auf den Scheitel.

«Sie haben niemanden gesehen, als Sie ins Kino kamen, stimmt's, Monica?»

Einen Augenblick zögerte sie, dann sah sie ihn ernst an. «Nein, ich habe niemanden gesehen, das müssen Sie mir glauben.»

Sie nahm seine Hand und legte sie sanft an ihre weiche Brust. «Besuchen Sie mich wieder. Und kümmern Sie sich ein bißchen um mich, ja?»

Ihr Blick suchte den seinen, und er überlegte erneut, wie ungeheuer begehrenswert sie für einsame Männer war – Männer wie ihn. Aber in ihrem Blick stand noch etwas anderes. Der Ausdruck des Opfers, das vor dem Jäger flieht, der Ausdruck der Angst. «Ich habe Angst, Inspector. Ich habe ganz schreckliche Angst.»

Nachdenklich ging Morse über den langen Gang und schob sich durch die Zelluloidtüren. Der Lancia stand auf einem Parkplatz mit dem Hinweis «Nur Krankenwagen». Er startete und kurvte langsam über die gewundenen Zufahrtswege, die zur Walton Street führten, als er eine bekannte Gestalt erblickte, die auf das Krankenhaus zustrebte. Er hielt und kurbelte das Wagenfenster herunter.

«Schön, daß ich Sie treffe, Mr. Martin. Ich wollte gerade zu Ihnen. Steigen Sie ein.»

«Tut mir leid, jetzt nicht, ich will zu –»

«Nein, das werden Sie nicht.»

«Wer sagt das?»

«Niemand darf zu ihr, bis ich es erlaube.»

«Aber wann –?»

«Steigen Sie ein.»

«Muß ich?»

Morse zuckte die Schultern. «Nicht unbedingt. Sie können machen, was Sie wollen – jedenfalls, bis ich Sie in Gewahrsam nehme.»

«Was soll das heißen?»

«Genau das, was ich gesagt habe. Bis ich Sie in Gewahrsam nehme und Anklage erhebe –»

«Anklage? Weswegen?»

«Es wird mir schon was einfallen.»

Stumpfe Augen waren halb ängstlich, halb ratlos auf Morse gerichtet. «Das kann nicht Ihr Ernst sein.»

«Natürlich nicht.» Er beugte sich vor und öffnete die Beifahrertür des Lancia. Mißgelaunt brachte Donald Martin seine langen Beine im Wageninneren unter.

Es herrschte starker Verkehr, und Morse beschloß, rechts abzubiegen und die Querverbindung zur Woodstock Road zu nehmen. Während er wieder mal an einem Fußgängerübergang halten mußte, überlegte er, wie kurz der Weg von der Geschäftsstelle des Verbandes zum STUDIO 2 war. Er fuhr an und bremste erneut, als ein verspäteter Fußgänger, ein bärtiger junger Mann, über die Fahrbahn galoppierte. Er hatte es offenbar eilig und hatte Morse nicht erkannt, aber Morse wußte, wer es war, und er hatte plötzlich wieder Monicas letzte Worte im Ohr. Im Rückspiegel sah er, daß der Mann rasch auf der rechten Seite der Woodstock in Richtung Krankenhaus ging, und bog, die träge dahinrollende Autoschlange verfluchend, an der nächsten Ecke scharf ab. Er parkte im Halteverbot hinter dem Radcliffe, befahl Martin zu warten und hetzte wie ein Verrückter zur Unfallstation. Sie war noch da, saß noch immer, appetitlich anzusehen, im Bett, als er durch die Vorhänge spähte. Puh! Vom Zimmer der Stationsschwester aus rief er im Revier an, befahl Dickson unverzüglich ins Krankenhaus und legte schwer atmend auf.

«Alles in Ordnung, Inspector?»

«Ja, danke, Schwester. Aber passen Sie auf, ich möchte nicht, daß jemand mit Miss Height spricht oder sie besucht. Klar? Und wenn jemand versucht, zu ihr vorzudringen, möchte ich wissen, wer es ist. Einer meiner Leute ist in zehn Minuten hier.»

Ungeduldig tigerte er auf dem Gang auf und ab und wartete auf Dickson. Wie der Pilger bei Bunyan machte auch er nur mühselige Fortschritte – hinauf auf den Berg der Schwierigkeiten und hinunter in das Tal der Hoffnungslosigkeit. Aber Richard Bartlett ließ sich nicht blicken. Vielleicht, dachte Morse, sehe ich Gespenster.

21

Eine Dreiviertelstunde später – die Uhr im Büro stand auf halb drei – war Morses Irritation über den jungen Windbeutel fast in offene Abneigung umgeschlagen. Dieser Donald Martin war wirklich ein schlapper Typ. Er gab – wenn auch etwas widerstrebend – fast alles zu. Von Zeit zu Zeit war seine Beziehung zu Monica zu einer großen Leidenschaft geworden, dann hatten ihn die üblichen Gewissensbisse heimgesucht, und er hatte geschworen, jetzt endlich Schluß zu machen. Immer war die Initiative zu den Treffen von ihm ausgegangen. Aber wenn sie zusammen im Bett lagen (Morse zog die Verdunkelungsvorhänge vor seine Phantasie), wußte er, daß sie es genoß. Es war unglaublich, wie rückhaltlos sie sich der körperlichen Liebe hingeben konnte, er hatte so was noch nie erlebt. Aber wenn die Leidenschaft sich verausgabt hatte, verschanzte sie sich hinter Indifferenz, ja, Gefühllosigkeit. Sie hatte ihm nie vorgespielt, daß sie sich aus einem anderen Grund mit ihm eingelassen hatte, es ging ihr allein ums Körperliche. Von Liebe, von tieferer Zuneigung war nie die Rede gewesen. Seine Frau? Nein, die ahnte bestimmt nichts von seiner Untreue, auch wenn sie gespürt haben mußte, daß die sorglosen Wonnen der ersten Ehetage vorbei waren, vielleicht für immer.

Ekelhaft, der Mann mit seinen langen, strähnigen Haaren, seiner Hornbrille, den langen, fast femininen Fingern. Morses Stimmung besserte sich auch nicht, als Martin wiederholte, was er Lewis bereits am vergangenen Abend erzählt hatte. Er hatte Glück gehabt und einen Parkplatz auf der Broad Street gefunden, dann war er in die *King's Arms* gegangen, wo sich eine der Barfrauen wohl noch an ihn erinnern würde. Dann weiter zum *White Horse,* wo er niemanden kannte. Wieder eine Halbe. Dann zur *Turl Bar.* Die nächste Halbe. Nein, er ging nicht oft auf Sauftour, eigentlich ganz selten. Aber die letzten Tage waren wie ein Alptraum gewesen. Er schlief schlecht, mit Bier ging es ein bißchen besser. Aber warum ritt Morse ständig darauf herum? Er war nicht mal in Oglebys Nähe gewesen. Warum denn auch? Was, um Himmels willen, hatte er mit dem Mord an Ogleby zu schaffen? Er hatte ihn nicht sehr gut gekannt, ja, er bezweifelte, ob irgend jemand im Büro ihn gut gekannt hatte.

Morse ging auf seine Fragen nicht ein. «Kommen wir noch einmal auf den bewußten Freitagnachmittag zurück.»

«Nicht noch einmal. Ich habe Ihnen gesagt, wie es war. Schön, erst habe ich geschwindelt, aber –»

«Und jetzt schwindeln Sie schon wieder. Und wenn Sie nicht aufpassen, wandern Sie in eine Zelle, bis Sie mir die Wahrheit sagen.»

«Aber ich schwindele nicht, wirklich.» Er schüttelte unglücklich den Kopf. «Warum wollen Sie mir nicht glauben?»

«Warum haben Sie gesagt, daß Sie den Nachmittag bei Miss Height verbracht haben?»

«Ich weiß es nicht. Monica meinte –» Seine Stimme erstarb.

«Ja, das hat sie mir erzählt.»

«Ach ja?» Er schien plötzlich erleichtert.

«Ja», schwindelte Morse. «Aber wenn Sie es mir nicht selbst sagen wollen, können wir warten. Ich hab's nicht eilig.»

Martin starrte auf den Teppich. «Ich weiß nicht, warum sie nicht sagen wollte, daß wir im Kino waren, ehrlich nicht. Aber ich fand es nicht so wichtig, und da habe ich eben mitgespielt.»

«Ist es nicht ein bißchen merkwürdig zu behaupten, man habe miteinander geschlafen, wenn man nur nebeneinander im Kino gesessen hat?»

Martin nickte. «Aber es stimmt, Inspector, ehrlich. Wir waren bis etwa Viertel vor vier im Kino, das müssen Sie mir glauben. Ich hatte nichts mit Nicks Tod zu tun, wirklich nicht. Und Monica auch nicht. Wir waren den ganzen Nachmittag zusammen.»

«Erzählen Sie mir was über den Film.»

Martin gehorchte, und Morse wußte, daß er sich solche willkürlichen Obszönitäten kaum hätte ausdenken können. Ja, Martin hatte den Film tatsächlich gesehen. Irgendwann jedenfalls. Nicht unbedingt an dem bewußten Freitag, nicht unbedingt mit Monica, aber ...

Martin wirkte durchaus überzeugend. Angenommen, er war an dem Freitagnachmittag tatsächlich im Kino gewesen. Mit Monica? Gut, warum nicht mit Monica. Er sitzt in der letzten Reihe Parkett, Monica kommt herein ... Ja, Morse, weiter! Sie kommt also herein, und sie schauen sich den Film an. Wen hatten sie gesehen? Nein, setz ein bißchen früher ein. Wen hatte Martin beim Hereinkommen gesehen? Nein. Wen hatte Monica gesehen? Beim Hereinkommen? Oder? Ja, das war's.

Zäumen wir die Sache mal andersherum auf. Angenommen,

Ogleby hatte gegen Viertel vor fünf das Kino betreten. Aber er mußte von Quinns Kinokarte gewußt, er mußte sie gesehen haben. Wann? Wo? Warum hatte er diese Kinokarte so sorgsam abgezeichnet? Ogleby mußte gewußt – oder zumindest vermutet – haben, daß der Kinokarte ausschlaggebende Bedeutung zukam. Angenommen, Monica und Martin hatten den Film zusammen gesehen. Aber war Quinn hingegangen? Oder hatte es nur jemand darauf angelegt, daß es so aussah, als sei er hingegangen? Wer? Wer wußte von der Kinokarte? Wer hatte sie gezeichnet? Wo hatte er sie gefunden, Morse? Herrgott, ja, was war er für ein Trottel gewesen.

Martin schwieg schon seit etlichen Minuten und sah den heiter lächelnden Mann in dem schwarzen Ledersessel verwundert an. Wie immer war Morse die Erleuchtung von einem Augenblick zum anderen gekommen. Ja, während er dort saß und die Welt um sich her vergessen hatte, meinte Morse zu wissen, wann Nicholas Quinn zu Tode gekommen war.

22

Am frühen Samstagabend gab Nigel Denniston sich einen Ruck und machte sich an die Arbeit. Der größte Teil der Prüfungsblätter, Fach Englisch, war inzwischen da, und wie immer fing er damit an, daß er die großen gelben Umschläge alphabetisch ordnete und mit seiner Liste verglich. Die Prüferkonferenz sollte in zwei Tagen stattfinden, und bis dahin mußte er etwa zwanzig Arbeiten durchsehen, sie provisorisch mit Bleistift benoten und sie dem Prüfungsleiter vorlegen, der nach der Plenarsitzung mit allen Mitgliedern noch getrennt sprechen würde. Al-jamara war die erste Schule in seiner Aufstellung. Er schlitzte den fest verschlossenen Umschlag auf und nahm den Inhalt heraus. Obenauf lag die Anwesenheitsliste, und Denniston sah automatisch und voller Hoffnung auf die Sparte «Abwesende». Es freute ihn immer, wenn ein oder zwei Kandidaten mit irgendeiner orientalischen Krankheit geschlagen worden waren. Doch bei Al-jamara erlebte er eine Enttäuschung. Laut Anwesenheitsliste hatten sich fünf Prüflinge angemeldet, und alle fünf waren ordnungsgemäß erschienen. Aber noch war nicht alles verloren, noch bestand die Hoffnung, daß der eine oder andere liebreizende Knabe darunter war, der nichts gedacht und nichts geschrieben hatte, bei dem der Quell der Inspiration nach zwei mühsamen Sätzen aufgehört hatte zu sprudeln. Aber auch diese Hoffnung zerschlug sich, keiner der fünf Prüflinge hatte vorzeitig das Handtuch geworfen. Es war alles so wie immer. Seitenweise mußte er sich durch hingekrakeltes, unidiomatisches, irrelevantes Gewäsch kämpfen, um Myriaden von Grammatik-, Syntax-, Konstruktions-, Orthographie- und Interpunktionsfehlern mit roter Tinte zu korrigieren. Es war ein beschwerliches Geschäft, und er wußte eigentlich nicht recht, warum er sich dieser Mühe jedes Jahr von neuem unterzog. Falsch – er wußte es sogar sehr gut. Korrekturen bedeuteten zusätzliches Bares, und wenn er nicht arbeitete, saß er doch nur vor dem Fernseher und stritt mit der Familie über die Senderwahl. Er blätterte die ersten Bogen durch. Himmel!

Diese Ausländer mochten ja in Mathematik oder Wirtschaftskunde oder dergleichen ganz gut sein, aber mit Englisch kamen sie nun mal nicht zurecht. Was andererseits einen nicht zu wundern brauchte – schließlich war es nicht ihre Muttersprache. Schon nicht mehr ganz so gallig, griff er sich seinen Bleistift und fing an.

Eine Stunde später hatte er die ersten vier Aufsätze hinter sich. Die Prüflinge hatten sich redliche Mühe gegeben. Aber eigentlich konnte er es mit seinem Gewissen nicht vereinbaren, ihnen eine Note zu geben, die «bestanden» bedeutet hätte. Er hatte seine vorläufige Beurteilung in die rechte obere Ecke der Arbeiten geschrieben: 27%, 34%, 35%, 19%. Die letzte Arbeit würde er vor dem Abendessen rasch auch noch durchsehen.

Dieser Aufsatz war besser. Bedeutend besser. Je weiter er kam, desto klarer wurde ihm, daß er hier wirklich eine gute Arbeit vor sich hatte. Er legte den Bleistift beiseite und begann mit echtem Interesse, fast mit Vergnügen zu lesen. Der Junge – wer immer er sein mochte – hatte einen wunderbaren Stil. Gewiß, hier und da fand sich auch ein nicht so gelungener Satz, der eine oder andere leichtere Fehler, aber Denniston überlegte, daß er es unter Prüfungsbedingungen selbst kaum besser hätte machen können. Natürlich war dergleichen schon öfter vorgekommen. Ein Prüfling lernte einen ganzen Aufsatz auswendig und schrieb ihn hin, ein Prachtstück, von vorn bis hinten von einem der großen englischen Prosakünstler abgekupfert. Aber in solchen Fällen war das Thema meist so weit verfehlt, daß die Arbeit wertlos war. Das war hier anders. Entweder handelte es sich um einen ungewöhnlich begabten Schüler, oder er hatte ungewöhnliches Glück gehabt. Doch das zu entscheiden war nicht Dennistons Sache. Er hatte nur zu beurteilen, was in der Arbeit stand. Mit Bleistift vermerkte er: 90%. Und überlegte, warum er nicht 95% oder gar 99% spendiert hatte. Aber wie alle Prüfer hatte er Hemmungen, die Noten voll auszuschöpfen. In jedem Fall würde der Junge die Prüfung mit fliegenden Fahnen bestehen. Ein tüchtiger Kerl. Flüchtig sah Denniston auf den Namen: Dubal. Er sagte ihm nichts.

In Al-jamara war die letzte der in diese eine Woche zusammengedrängten Herbstprüfungen am vergangenen Nachmittag zu Ende gegangen, und George Bland entspannte sich bei einem geeisten Gin-and-Tonic in seiner klimatisierten Wohnung. Schon nach wenigen Wochen tat es ihm leid, daß er sich verändert hatte. Gewiß, die Stellung war besser dotiert, aber erst nachdem er Oxford verlassen hatte, waren ihm die Vorzüge seines von Streiks geplagten, bankrotten, wunderschönen Vaterlandes so recht aufgegangen. Vor allem fehlte ihm das Gefühl, irgendwo so etwas wie eine Heimat zu haben, es fehlten ihm das abendliche Pub, die Cotswold-Dörfer mit ihren Auen und alten Kirchen, die Konzerte, das Theater, die Vorträge, die von Wissenschaft und Gelehrsamkeit gesättigte Atmosphäre, die Sonderlinge, die unbelohnt und unverdrossen mit ihrer Muse rangen. Er hatte nie gewußt, wieviel ihm das alles bedeutete. Das Klima in Al-jamara war unerträglich und schlug einem auf die Nerven, die Bevölkerung war unendlich fremd – nach außen hin gastfreundlich, aber insgeheim wachsam und argwöhnisch. Ja, er bereute es sehr, sich verändert zu haben.

Die Nachricht hatte ihn betroffen gemacht, hätte jeden betroffen gemacht. Sie war eigentlich nur als Information gedacht, und es war nett, daß man ihn auf dem laufenden hielt. Das Telegramm war am Mittwochvormittag gekommen: Traurige Nachricht stop Quinn tot stop Mordverdacht stop Brief folgt stop Bartlett. Doch ein weiteres Telegramm war heute vormittag eingetroffen, und das hatte keine Unterschrift gehabt. Er hatte es sofort verbrannt, obgleich er wußte, daß niemand hier die wahre Bedeutung der wenigen Zeilen durchschauen konnte. Dabei war es eine Möglichkeit, mit der man immer hatte rechnen müssen, und er war auf alle Eventualitäten vorbereitet. Er ging an seinen Schreibtisch und holte seinen Paß heraus. Alles war in Ordnung. In dem Paß lag sein Ticket für den planmäßigen Flug nach Kairo am Mittag des nächsten Tages.

23

Vor Pinewood Close Nummer 1 stand ein Wagen, als Frank Greenaway in die Straße einbog, aber er erkannte ihn nicht und kümmerte sich nicht weiter darum. Er konnte Joyce vollauf verstehen. Auch er riß sich nicht darum, wieder dort zu wohnen, und er würde nie verlangen, daß sie in der Wohnung allein blieb, während er auf Schicht war. Gewiß, sie hatte den Kleinen, ganz allein war sie also nicht, aber ... Nein – er war ganz ihrer Meinung. Sie würden sich etwas anderes suchen, und vorläufig konnten sie bei seinen Eltern wohnen. Aber allzulange mochte er dort nicht bleiben. Wie hieß es doch so schön? Fische und Logierbesuch fangen nach drei Tagen an zu riechen ... Ihre Habe konnten sie noch ein, zwei Wochen in der Pinewood Close stehenlassen, jetzt wollte er nur ein paar Sachen für Joyce holen, die morgen aus dem Krankenhaus kam. Die Polizei hatte nichts dagegen.

Als er aus dem Wagen stieg, sah er, daß die Straßenlaterne repariert worden war, und das Haus, in dem er und Joyce gelebt hatten und in dem Quinn ermordet aufgefunden worden war, kam ihm fast wieder normal vor. Das Gartentor stand offen. Er ging zur Haustür und suchte an seinem Schlüsselbund nach dem richtigen Schlüssel. Auch die Garagentür stand offen, zwei Backsteine hielten sie fest. Frank machte leise die Haustür auf. Er war kein ängstlicher Mensch, aber unwillkürlich fröstelte er leicht, als er in die dunkle Diele trat. Er würde sich beeilen, allzu verlockend war die Vorstellung nicht, mutterseelenallein im Haus zu sein. Als er die Hand aufs Treppengeländer legte, sah er den schmalen Lichtstreifen unter der Küchentür. Die Polizei hatte wohl vergessen ... Aber dann hörte er es ganz deutlich. Jemand war in der Küche, jemand ging leise darin herum ... Der Dämon Angst packte ihn an der Schulter, und ohne bewußte Willensentscheidung fegte er Sekunden später über die Einfahrt zu seinem Wagen.

Morse hörte die Haustür klappen und schaute in die Diele hinaus. Nichts zu sehen. Da hatte er sich wohl wieder mal was eingebildet. Er ging zurück in die Küche und schaute sich an der Hintertür um. Es war so, wie er vermutet hatte. In den anderen Räumen im Erdgeschoß war kein Schmutz, sie waren ja auch erst eine Stunde vor Quinns geplanter Rückkehr gesaugt worden. Aber an der Hintertür waren Erdspuren, und Morse erkannte, daß jemand die Schuhe ausgezogen und neben den Fußabstreifer gestellt hatte. Seine Schritte knirschten auf dem körnig angetrockneten Schmutz, als trampele er auf Cornflakes herum.

Er verließ das Haus und stieg in seinen Lancia. Doch dann mußte er noch einmal heraus, um die Garagentür und das Gartentor hinter sich zuzumachen.

Zehn Minuten später hielt er vor dem dunklen Haus in der Walton Street, wo ein Constable vor der Tür Wache schob.

«Hat jemand versucht, ins Haus zu kommen, Constable?»

«Nein, Sir. Ein paar Neugierige drücken sich immer herum, aber drin war niemand.»

«Gut. Ich brauche nur zehn Minuten.»

Oglebys Schlafzimmer wirkte verlassen und kahl. Keine Bilder an den Wänden, keine Bücher am Bett, kein Zierat auf dem Ankleidetisch, keine sichtbaren Anzeichen einer Raumheizung. Das große Doppelbett nahm fast den ganzen verfügbaren Raum ein. Morse schlug die Decke zurück. Nebeneinander lagen da zwei Kopfkissen, unter der Bettdecke lag ein hellgelber Pyjama. Morse griff nach dem nächstgelegenen Kopfkissen und fand darunter ein ordentlich gefaltetes Nachthemd. Schwarz, dünn, fast durchsichtig, Firmenzeichen «St. Michael».

Noch niemand hatte sich die Mühe gemacht, im Nebenzimmer zu putzen, und das Feuer, das gestern abend lustig geflackert hatte, war jetzt nur kalte feine Asche im Kamin, in die irgendwelche Polizisten die Kippen ihrer Filterzigaretten geschnippt hatten. Es sah fast obszön aus. Morse musterte die Bücher in den hohen Regalen rechts und links vom Kamin. Es waren hauptsächlich Fachbücher über Oglebys Spezialgebiete. Morse interessierte nur eins: *Medizinische Jurisprudenz und Toxikologie,* von Glaister und Rentoul. Ein alter Bekannter. Ein gefalteter Zettel ragte daraus hervor, und Morse schlug das Buch an der gekennzeichneten Seite auf. Seite 566. Dick gedruckt stand auf der oberen Hälfte: Kaliumzyanid.

In der Summertown Health Clinic wurde Morse gleich zu Dr. Parker geführt.

«Ja, Inspector, ich habe Mr. Ogleby betreut. Sieben oder acht Jahre müssen es gewesen sein. Ein sehr trauriger Fall. Möglich, daß man etwas entdeckt hätte, aber ich bezweifele es sehr. Eine außergewöhnlich seltene Blutkrankheit, wir tappen da alle noch ziemlich im dunkeln.»

«Sie hätten ihm noch ein Jahr gegeben, sagen Sie?»

«Eineinhalb vielleicht, länger nicht.»

«Und das wußte er?»

«Aber ja. Er bestand darauf, alles zu erfahren. Und es wäre ja auch sinnlos gewesen, es ihm zu verschweigen. Medizinisch gesehen war er vorzüglich im Bilde. Er wußte mehr über seine Krankheit als ich. Oder als die Spezialisten im Radcliffe.»

«Glauben Sie, daß er es jemandem gesagt hat?»

«Das möchte ich bezweifeln. Ein, zwei guten Freunden vielleicht. Aber ich weiß nichts über sein Privatleben. Vielleicht hatte er gar keine guten Freunde.»

«Warum sagen Sie das?»

«Er war ... ja, er war so etwas wie ein Einzelgänger. Ziemlich verschlossen.»

«Hatte er starke Schmerzen?»

«Das glaube ich nicht. Gesagt hat er jedenfalls nichts davon.»

«Er war kein Selbstmordtyp, oder?»

«Kaum. Auf mich machte er einen ziemlich ausgeglichenen Eindruck. Hätte er sich umbringen wollen, hätte er einen schnellen, unkomplizierten Weg gewählt.»

«Und was ist Ihrer Meinung nach die schnellste und unkomplizierteste Möglichkeit?»

Parker zuckte die Schultern. «Ich selbst würde wahrscheinlich eine sicher wirkende Dosis Zyankali nehmen.»

Morse ging nachdenklich zum Wagen. Das Gespräch hatte ihn traurig gemacht, ihm aber nicht viel weitergeholfen. Jetzt konnte er nur noch hoffen, daß Margaret Freeman an diesem Samstagabend nicht zum Tanzen gegangen war.

Lewis hatte zwar beim besten Willen nicht einzusehen vermocht, was der Chief Inspector diesmal im Schilde führte, aber die ihm übertragene Aufgabe war ihm durchaus nicht unsympathisch gewesen.

Joyce Greenaway war sehr nett und hilfsbereit und bemühte sich redlich, die seltsamen Fragen des Sergeant zu beantworten. Sie könnte, wie sie schon Inspector Morse gesagt hatte, nicht beschwören, daß der Name wirklich Bartlett gewesen war, und wieso sie versuchen sollte, sich daran zu erinnern (sie gab sich trotzdem große Mühe), ob er als Bartlett oder als Dr. Bartlett angesprochen worden war, wollte ihr nicht recht einleuchten. Und die Stimme würde sie nicht wiedererkennen, das wußte sie genau. Sie hörte sowieso nicht besonders gut, und ... na ja, so ohne weiteres erkannte man eben eine Stimme nicht wieder. Worüber sie gesprochen hatten? Es war wohl um eine Verabredung gegangen. Aber wann, wo, warum ... nein, keine Ahnung.

Lewis notierte alles, und als er fertig war, schäkerte er noch pflichtschuldigst ein bißchen mit dem kleinen Bündel am Bett.

«Haben Sie Kinder, Sergeant?»

«Zwei Töchter.»

«Einen Mädchennamen hatten wir schon.»

«Für Jungen gibt es aber auch eine Menge hübscher Namen.»

«Das stimmt, aber ... Wie heißen Sie mit Vornamen, Sergeant?»

Lewis sagte es ihr. Er schätzte seinen Vornamen nicht sonderlich.

«Und der Inspector?»

Lewis runzelte die Stirn. Komisch eigentlich – daß Morse ja auch einen Vornamen haben mußte, war ihm noch nie in den Sinn gekommen.

«Das weiß ich nicht. Ich hab noch nie erlebt, daß ihn jemand mit dem Vornamen angeredet hat.»

Vom John Radcliffe aus fuhr Lewis zum Bahnhof. Die Stadt hatte vier Taxiunternehmen, und Lewis bekam sehr widersprüchliche Ratschläge zur Lösung der ihm gestellten Aufgabe. Es hätte eigentlich relativ einfach sein müssen festzustellen, wer (wenn überhaupt) am 21. November gegen 16 Uhr 20 Roope vom Bahnhof zur Geschäftsstelle gefahren hatte, aber es war nicht einfach. Und als Lewis seine Runde beendet hatte, dachte er bei sich, daß die Antwort, die er mitbrachte, bestimmt nicht die war, die Morse erwartet oder erhofft hatte.

Es war schon nach halb neun, als Lewis endlich im Littlemore Hospital eintraf.

Dr. Addison, der heute Nachtdienst hatte, war selbst kaum mit Richard Bartletts Fall befaßt gewesen, wußte aber natürlich davon. Er holte die Akte, weigerte sich aber, sie Lewis zur Durchsicht zu überlassen. «Sie enthält bestimmte, sehr persönliche Daten, und vermutlich kann ich Ihnen die Auskunft, die Sie brauchen, auch geben, ohne daß –»

«Einzelheiten über Mr. Bartletts Leiden interessieren mich eigentlich weniger. Ich brauche nur eine Aufstellung der Institutionen, in denen er in den letzten fünf Jahren war, über die Kliniken, die er aufgesucht, die Spezialisten, die er konsultiert hat – natürlich mit Datenangabe.»

Addison war sichtlich irritiert. «Das wollen Sie alles wissen? Na ja, wenn es wirklich sein muß ...» Die Akte war fünf Zentimeter dick, und Lewis machte sich geduldig seine Notizen. Sie brauchten fast eine Stunde. «Vielen Dank, Sir. Entschuldigen Sie bitte, daß ich Sie so lange aufgehalten habe.»

Addison schwieg.

Lewis stand auf, doch ehe er ging, stellte er noch eine letzte Frage, die nicht auf Morses Liste stand.

«Was hat denn Mr. Bartlett, Sir?»

«Schizophrenie.»

«Ach so.» Lewis bedankte sich noch einmal und machte sich davon.

Morse war nicht im Büro, als Lewis zurückkam. Sie hatten verabredet, sich, wenn es sich einrichten ließ, gegen zehn zu treffen. War Morse mit seinen Ermittlungen inzwischen fertig? Höchstwahrscheinlich hatte er Schluß gemacht und war auf ein Bier gegangen. Lewis sah auf die Uhr. Zehn nach zehn, er würde noch ein bißchen warten. Morse hatte offenbar etwas für sein Kreuzworträtsel nachgeschlagen, denn der *Chambers* lag auf dem unordentlichen Schreibtisch. Lewis griff danach.

Ski-? Nein. *Sci-?* Nein. Orthographie war noch nie seine Stärke gewesen. Da war es: *«Schizophrenie, dementia praecox* und verwandte Krankheitszustände, gekennzeichnet durch Introversion und Verlust des Zusammenhangs zwischen Gedanken, Gefühlen und Handlungen.»

Lewis war bereits bei *dementia,* als Morse hereinkam, der ausnahmsweise mal nichts getrunken hatte. Er hörte sich aufmerksam an, was Lewis zu berichten hatte, schien aber weder überrascht noch sonderlich aufgeregt zu sein.

Um Viertel vor elf ließ er dann die Bombe platzen. «Ich habe eine Überraschung für Sie, alter Freund. Wir werden am Montag vormittag eine Verhaftung vornehmen.»

«Da ist doch die Leichenschau.»

«Eben. Da werden wir ihn festnehmen.»

«Geht so was bei einer Leichenschau, Sir? Ist es legal?»

«Legal? Legalitäten sind noch nie mein Fall gewesen. Aber vielleicht haben Sie recht. Dann machen wir es direkt danach, wenn er gerade –»

«Und wenn er nicht da ist?»

«Er wird schon da sein.»

«Wer es ist, wollen Sie mir wohl nicht verraten?»

«Damit würde ich mir ja den Spaß verderben. Wie wär's mit einem schönen Bier? Zur Feier des Tages sozusagen.»

«Aber die Pubs sind zu, Sir.»

«Ach ja?» sagte Morse mit gespielter Überraschung. Er ging zu einem Wandschrank und holte ein halbes Dutzend Halbliterflaschen, zwei Gläser und einen Öffner heraus.

«In unserem Job, Lewis, muß man auf alle Eventualitäten vorbereitet sein.»

Margaret Freeman hatte sich seit elf ruhelos im Bett herumgeworfen. Um halb zwei stand sie auf, ging auf Zehenspitzen am Zimmer ihrer Eltern vorbei in die Küche und setzte den Kessel auf. Sie hatte keine Angst mehr, wie Anfang der Woche, als sie froh gewesen war, nicht allein zu wohnen, wie manche ihrer Freundinnen. Nein, jetzt war sie eher ratlos. Sie konnte sich auf die Frage, die Morse ihr gestellt hatte, keinen Reim machen. Die anderen Mädchen fanden den Inspector ganz schön sexy. Ihr war er zu alt – und zu eitel. Als sie hereingekommen war, hatte er sich gekämmt und versucht, die kahle Stelle am Hinterkopf zu verdecken. Männer! Aber Mr. Quinn hatte ihr gefallen – vielleicht sogar mehr als erlaubt. Sie schenkte sich eine Tasse Tee ein und setzte sich an den Küchentisch. Warum hatte Morse ihr diese Frage gestellt? Er tat ja, als habe sie den Schlüssel zu einer ganz wichtigen Sache in der Hand. Ja, hatte er gesagt, es sei tatsächlich wichtig. Aber weshalb hatte er es wissen wollen? Sie hatte wachgelegen und darüber nachgegrübelt und immer wieder überlegt, weshalb er sie gerade das gefragt hatte. Warum war es für ihn so wichtig zu wissen, ob Mr. Quinn auf den Zettel, den er ihr hingelegt hatte, ihre Initialen geschrieben hatte? Natürlich hatte er es getan, der Zettel war ja schließlich an sie gerichtet. Sie war seine Sekretärin. Oder vielmehr – war seine Sekretärin gewesen. Sie schenkte sich eine zweite Tasse Tee ein, ging damit in ihr Zimmer und machte die Nachttischlampe an. Drohende Schatten schienen an der hinteren Wand zu lauern, während sie sich wieder ins Bett legte. Sie versuchte, ganz still zu liegen, und hatte plötzlich wieder große Angst.

24

Lewis wartete am Montag vormittag vor dem Büro von Superintendent Strange. Als der Superintendent die Tür aufmachte, bekam er noch den letzten Zipfel des Gesprächs mit.

«... verrückt, aber –»

«Habe ich Sie je enttäuscht, Sir?»

«Oft sogar.»

Morse zwinkerte Lewis zu und schloß die Tür hinter sich. Es war halb elf, für elf war die Leichenschau angesetzt. Dickson wartete draußen mit dem Wagen. Zu dritt fuhren sie nach Oxford.

Ort des Geschehens war der Gerichtssaal hinter dem Präsidium in der St. Aldates Street. Vor der Tür stand eine wartende Gruppe. Der Saal war noch besetzt. Lewis musterte die Wartenden. Er hatte, von Morse genau instruiert, an alle geschrieben, die irgendwie von dem Mord an Quinn betroffen waren. Einige würden ohnehin eine Aussage machen müssen, andere nicht («Wir wären Ihnen aber trotzdem für ihr Erscheinen dankbar ...») Da stand, voll akademischer Ungeduld, der Präsident des Verbandes, die Hände tief in den Taschen des teuren dunklen Mantels vergraben. Da war Bartlett mit angemessen ernster Miene. Monica Height wirkte attraktiv wie immer, trotz ihrer Blässe. Martin lief wie eine nervöse Hyäne auf dem gepflasterten Hof hin und her. Roope rauchte eine Zigarette und sah nachdenklich zu Boden. Mr. Quinn senior stand abseits und sah, wie Bunyans Pilger, in die Grube der Verzweiflung. Mrs. Evans und Mrs. Jardine – in der gesellschaftlichen Hierarchie durch Welten getrennt – unterhielten sich angeregt über die traurigen Ereignisse, die sie zusammengeführt hatten.

Es war zehn nach elf geworden, als sie im Gänsemarsch den Gerichtssaal betraten, wo der Assistent des Coroners unauffällig-diskret die Sitzordnung nach seinem Geschmack regelte, durch eine hintere Tür entschwand und gleich darauf mit dem Coroner wiederkam. Alle erhoben sich, während der Assistent das juristische Ritual abspulte. Die Verhandlung hatte begonnen.

Zunächst bestätigte Mr. Quinn senior die Identität des Toten, dann trat Mrs. Jardine in den Zeugenstand, gefolgt von Martin, Bartlett, Sergeant Lewis und Constable Dickson. An den Aussagen, die dem Coroner vorlagen, brauchten weder Ergänzungen noch Abstriche vorgenommen zu werden. Danach berichtete der hagere Polizeiarzt mit dem Rundrücken über die Autopsie. Dabei ratterte er seinen vorbereiteten Text in so atemberaubendem Tempo und unter Verwendung so vieler physiologischer Details herunter, daß er ebensogut einer Sonderschulklasse das orthodoxe Glaubensbekenntnis hätte vorbeten können. Als der letzte Punkt abgehandelt war, überreichte er das Schriftstück ungerührt dem Coroner, verließ den Zeugenstand und verschwand mit größtmöglicher Beschleunigung aus dem Saal und aus dem Fall. Lewis überlegte müßig, was er wohl als Honorar kassiert haben mochte.

«Chief Inspector Morse, bitte.»

Morse betrat den Zeugenstand und leierte den Eid herunter.

«Sie leiten die Ermittlungen im Fall Nicholas Quinn?»

«Ja, Sir.»

Doch ehe der Coroner weitersprechen konnte, entstand Bewegung an der Tür, es wurde geflüstert, ein bärtiger junger Mann wurde eingelassen und setzte sich neben Constable Dickson auf eine der niedrigen Bänke. Lewis fiel ein Stein vom Herzen. Er hatte schon Angst gehabt, sein Brief an Richard Bartlett sei vielleicht verlorengegangen.

Der Coroner fuhr fort: «Sind Sie bereit, dem Gericht über den derzeitigen Stand Ihrer Ermittlungen zu berichten?»

«Noch nicht, Sir. Mit Ihrer Erlaubnis, Euer Ehren, möchte ich beantragen, die Verhandlung um vierzehn Tage zu vertagen.»

«Darf ich daraus schließen, Chief Inspector, daß Sie damit rechnen, Ihre Ermittlungen in dieser Zeitspanne zum Abschluß bringen zu können?»

«Jawohl, Sir. In Kürze, wie ich hoffe.»

«Aha. Sie haben bisher noch keine Verhaftung vorgenommen?»

«Eine Verhaftung steht bevor.»

«Tatsächlich?»

Morse nahm einen Haftbefehl aus der Tasche und hielt ihn hoch. «Es ist vielleicht etwas ungewöhnlich, einen so melodramatischen Ton in die Verhandlung zu bringen, Euer Ehren. Aber falls Euer Ehren der Vertagung zustimmen, ist es meine Pflicht, unmittelbar danach eine Verhaftung vorzunehmen.»

Morse ließ seinen Blick über die erste Reihe wandern: Dickson, Richard Bartlett, Mrs. Evans, Mrs. Jardine, Dr. Bartlett, Monica Height, Roope, Lewis. Ja, da waren sie, alle miteinander, und der Mörder saß unter ihnen. Es lief alles nach Plan.

Der Coroner vertagte formell die Verhandlung um zwei Wochen, und das Gericht erhob sich, als der hohe Herr den Saal verließ, was er höchst ungern tat. Es wurde still, alle schienen den Atem anzuhalten, als Morse langsam den Zeugenstand verließ. Einen Augenblick blieb er vor Richard Bartlett stehen, dann ging er weiter. Vorbei an Mrs. Evans. An Mrs. Jardine. An Martin. An Bartlett. An Monica Height. Vor Roope machte er halt.

«Christopher Algernon Roope, ich habe einen Haftbefehl für Sie im Zusammenhang mit dem Mord an Nicholas Quinn.» Die Worte hallten im Saal nach. Noch immer wagten die Anwesenden kaum zu atmen. «Es ist meine Pflicht, Ihnen mitzuteilen –»

Roope sah Morse fassungslos an. «Was, zum Teufel, soll das?» Sein Blick ging nach links und nach rechts, als schätze er die Chancen einer schnellen Flucht ab. Aber rechts stand der stämmige Constable Dickson, und von links legte ihm Lewis eine schwere Hand auf die Schulter.

«Sie sind hoffentlich vernünftig und kommen freiwillig mit, Sir.»

«Und Sie wissen hoffentlich, was für ein schwerer Mißgriff Ihnen da unterlaufen ist», krächzte Roope. «Ich weiß wirklich nicht –»

«Sparen Sie sich das für später», sagte Morse scharf.

Aller Blicke waren auf Roope gerichtet, als er, flankiert von Dickson und Lewis, den Saal verließ. Noch immer sagte niemand etwas. Es war, als seien sie alle der Sprache beraubt, hätten ein Wunder erlebt oder der Gorgo ins Antlitz gesehen.

Bartlett war der erste, in den wieder Bewegung kam. Mit ungläubigem Gesicht und automatenhaften Bewegungen ging er auf seinen Sohn zu. Monicas Blick wanderte los, und sie merkte, daß Donald Martin sie ansah. Man mußte sehr genau hinsehen, um es zu erkennen – das kaum wahrnehmbare Kopfschütteln, den warnenden Blick. Halt den Mund, du Idiot, schien dieser Blick zu sagen.

25

«Sie hatten in dieser bösen Geschichte Glück und Pech, Roope. Das Glück haben Sie nach Kräften ausgenutzt. Ihr Pech war, daß manches geschah, was niemand, nicht einmal Sie, hätte voraussehen können. Sie haben zwar geschickt agiert – ja, fast wäre es Ihnen gelungen, die Dinge zu Ihrem Vorteil zu wenden –, aber mit Ihrer Superschläue haben Sie sich doch ein bißchen übernommen. Daß ich es mit einem ungewöhnlich gerissenen, einfallsreichen Mörder zu tun hatte, war mir klar. Aber letzten Endes war es gerade Ihre Gerissenheit, die Sie verraten hat.»

Sie saßen zu dritt im Vernehmungsraum 1 – Morse, Lewis, Roope. Lewis, dem Morse nachdrücklich eingeschärft hatte, den Mund zu halten und sich auf keinen Fall provozieren zu lassen, saß an der Tür. Morse und Roope saßen sich an dem kleinen Tisch gegenüber. Morse, der Jäger, strahlte Selbstsicherheit aus, seine Stimme war gelassen, fast liebenswürdig. «Soll ich fortfahren?»

«Wenn es sein muß ... Ich habe Ihnen schon erklärt, daß Sie sich unheimlich lächerlich machen, aber Sie wollen sich ja nichts sagen lassen.»

Morse nickte. «Nun gut. Wir fangen am besten in der Mitte an, zu dem Zeitpunkt, als Sie die Geschäftsstelle betraten. Am vergangenen Freitag um 16 Uhr 25. Dort begegneten Sie zunächst Noakes, dem Hausmeister, der auf dem Gang eine Leuchtröhre auswechselte. Aber Sie merkten bald, daß sonst kein Mensch da war, erzählten etwas von Papieren, die Sie bei Dr. Bartlett abgeben wollten, und weil er nicht im Haus war, hatten Sie einen guten Grund vorzugeben, Sie wollten statt dessen einen seiner Mitarbeiter sprechen. Natürlich schauten sie auch bei Quinn herein, und alles war so, wie Sie es erwartet, wie Sie es geplant hatten. Alles war geschickt so arrangiert, daß man den Eindruck haben mußte, Quinn sei im Büro oder würde zumindest in Kürze dort erscheinen. Den ganzen Freitag über hatte es – Glück für Sie – heftig geregnet; und über Quinns Sessel hing sein grüner Anorak. Wer hätte bei solchem Wetter das Haus ohne Mantel verlassen? Und die Schränke standen offen. In den Schränken waren Prüfungsunterlagen, und Bartlett pflegte Gift und Galle zu spucken, wenn einer seiner Mitarbeiter nachlässig in Sicherheitsfragen war. Quinn ist erst seit kurzer Zeit bei dem Verband tätig, die Notwendigkeit ständiger Wachsamkeit war ihm vermutlich bis zum Überdruß eingebleut worden. Doch was tut er, Roope? Er geht aus dem Haus, ohne seine Schränke abzuschließen. Gleichzeitig haben wir aber einen Hinweis darauf, daß sich Quinn gewissenhaft an die Anweisungen des Geschäftsführers gehalten hat. Bei Antritt seiner Stellung ist ihm gesagt worden, daß er ohne weiteres tagsüber aus dem Haus gehen kann, sofern er hinterläßt, wo er zu erreichen ist. Das tut er. Im Klartext: Was Bartlett sagt, ist für Quinn Gesetz. Das Zusammentreffen dieser beiden Umstände ist recht aufschlußreich, Roope. Es gibt Leute, die sind faul und leichtsinnig, und dann gibt es welche, die sind pedantisch und gewissenhaft. Nur wenige sind beides gleichzeitig. Würden Sie mir da zustimmen?»

Roope sah aus dem Fenster auf den zementierten Hof hinaus. Er war aufmerksam und angespannt, erwiderte aber nichts.

«Der Hausmeister hat Ihnen gesagt, daß er nach oben gehen würde, um seinen Tee zu trinken, und bald waren Sie, wie Sie glaubten, im Erdgeschoß allein. Es war erst halb fünf. Ich nehme an, daß Sie ursprünglich geplant hatten, zu warten, bis niemand mehr im Haus war, aber so eine günstige Gelegenheit wollten Sie sich denn doch nicht entgehen lassen. Noakes hatte Ihnen, ohne es zu merken, wertvolle Informationen geliefert – die Sie sich allerdings ohne weiteres auch selbst hätten beschaffen können. Der einzige Wagen, der noch auf dem hinteren Parkplatz stand, war der von Quinn. Und dann geschah in etwa folgendes: Sie gingen noch einmal in Quinns Zimmer. Sie griffen sich seinen Anorak und zogen ihn an. Natürlich hatten Sie die Handschuhe anbehalten. Den Plastikregenmantel, den sie angehabt hatten, falteten Sie zusammen. Dann sahen Sie sich noch einmal den Zettel an und beschlossen, ihn einzustecken. Quinn hätte ihn, wenn er zurückgekommen wäre, sicher nicht auf dem Schreibtisch liegenlassen, und von jetzt ab mußten Sie genauso denken und handeln, wie Quinn gedacht und gehandelt hätte. Sie gingen auf den hinteren Parkplatz. Quinns Autoschlüssel steckten, womit Sie gerechnet hatten, in der Tasche seines Anoraks. Weit und breit war kein Mensch zu sehen. Das Wetter war noch immer grauenhaft, allerdings für Ihre Zwecke ideal. Sie setzten sich in den Wagen und fuhren los. Noakes sah Sie von oben beim Teetrinken, aber er hielt Sie für Quinn, was man ihm nicht verdenken kann, er sah ja nur das Wagendach. Bis dahin hatten Sie das Glück auf Ihrer Seite, und Sie nützten das weidlich aus.

Der erste Teil des großen Täuschungsmanövers war vorbei, und es war alles glattgegangen.»

Roope rutschte unbehaglich auf dem harten Stuhl herum. In seinen Augen lag ein gefährliches Lauern, aber er sagte noch immer nichts.

«Sie fuhren nach Kidlington und stellten den Wagen in der Pinewood Close ab. Wieder lagen für Sie Glück und Pech nah beieinander. Zuerst das Glück. Es goß noch immer in Strömen, und es war kaum damit zu rechnen, daß sich jemand den Mann, der aus Quinns Wagen stieg, um die Garage aufzuschließen, genau anschauen würde. Außerdem war es dunkel, und die Ecke Pinewood Close war noch dunkler als sonst, weil jemand – *jemand,* Roope! – dafür gesorgt hatte, daß die Straßenlaterne vor dem Haus zu Bruch gegangen war. Ich formuliere hier keine bestimmten Vorwürfe, aber ein privater Verdacht sei mir gestattet. Selbst wenn jemand Sie in Quinns grünem Anorak gesehen hätte, den Kopf eingezogen zum Schutz vor dem strömenden Regen, bezweifele ich, ob ihm etwas aufgefallen wäre. Sie waren von der Figur her Quinn sehr ähnlich und hatten einen Bart – wie er. Aber dann wendete sich das Blatt. Zufällig stand eine Frau am vorderen Fenster der Wohnung im ersten Stock, und das haben Sie bemerkt, mußten Sie bemerken. Sie wartete schon geraume Zeit und hatte Angst, ihr Kind könne vorzeitig zur Welt kommen. Sie hatte mehrmals ihren Mann in Cowley angerufen und rechnete jeden Augenblick mit seinem Eintreffen. Nun war das kein großes Unglück, denn sie wäre nie auf die Idee gekommen, der Mann im grünen Anorak könne nicht Quinn sein. Auch Sie müssen sich das überlegt und danach gehandelt haben. Immerhin – die Frau hatte Sie ins Haus gehen sehen, wo Sie feststellten, daß Mrs. Evans – Sie müssen sich genau über die häuslichen Gepflogenheiten informiert haben – ausgerechnet an diesem Tag mit dem Putzen nicht fertig geworden war. Schlimmer noch, Mrs. Evans hatte Quinn auf einem Zettel wissen lassen, sie würde noch einmal vorbeikommen. Das war nun wirklich Pech. Trotzdem sahen Sie auch hier Ihre Chance. Sie lasen den Zettel, knüllten ihn zusammen und warfen ihn in den Papierkorb. Sie zündeten den Gasofen an, wobei Sie das dafür verwendete Streichholz sorgsam wieder in der Schachtel verstauten. Das hätten Sie nicht tun sollen, Roope, aber jeder macht eben mal einen Fehler. Und dann – Ihre Meisterleistung. Sie hatten einen Zettel in der Tasche, den Quinn höchstpersönlich geschrieben hatte, der nicht nur echt aussah, sondern es auch war. Jeder Handschriftenexperte hätte praktisch auf den ersten Blick bestätigt, daß der Zettel von Quinns Hand stammte. Die Nachricht war Margaret Freeman, seiner Sekretärin, zugedacht. Aber er hatte nicht ihren Namen, sondern nur ihre Initialen, M. F., draufgeschrieben. Sie fanden in Quinns Anorak einen schwarzen Kugelschreiber mit Feinstrichmine und änderten die Initialen, was nicht weiter schwer war. Ein Schnörkel nach dem M, ein zusätzlicher Strich am unteren Ende des F – und schon war aus M. F. eine Mrs. Evans geworden. Die Nachricht war unbestimmt genug für die Täuschung. Sie müssen zufrieden gefeixt haben, als Sie den Zettel auf das Sideboard legten. Und dann gingen Sie wieder. Sie wollten allerdings nichts riskieren, also verließen Sie das Haus durch die Hintertür, stiegen durch die Lücke im Zaun und gingen zum *Quality*-Supermarkt. Sie kauften ein paar Lebensmittel, und noch während Sie an den Regalen entlanggingen, lief Ihr Denkapparat auf Hochtouren. Sie würden etwas kaufen, was den Eindruck aufkommen ließ, daß Quinn an diesem Abend einen Gast hatte. Ein geschickter Schachzug. Zwei Steaks und und und. Nur die Butter hätten Sie nicht kaufen dürfen, Roope, Sie hatten die falsche Marke erwischt, und er hatte noch genug im Kühlschrank. Es war, wie gesagt, schlau eingefädelt, Sie haben den Bogen nur ein bißchen überspannt.»

«So wie Sie, Inspector.» Jetzt endlich geriet Roope in Bewegung, er nahm eine Zigarette heraus, zündete sie an und legte das Streichholz sorgsam in den Aschenbecher. «Erwarten Sie im Ernst von mir, daß ich Ihnen diesen blühenden Unsinn abkaufe?»

Seine Stimme war ruhig, überredend, er schien mit sich selbst wieder im reinen zu sein. «Wenn Sie nichts Besseres zu bieten haben als solche idiotischen Pfadfindergeschichten, würde ich vorschlagen, daß Sie mich unverzüglich wieder auf freien Fuß setzen. Wenn Sie aber in dieser Tonart weitermachen wollen, muß ich meinen Anwalt verständigen. Vorhin, als Sie mich über meine Rechte belehrten – über die ich mir durchaus im klaren bin, Inspector! –, habe ich das abgelehnt. Meine Unschuld, habe ich mir gedacht, ist mir bestimmt eine bessere Hilfe als so ein Paragraphenreiter von Rechtsanwalt. Aber Sie gehen ein bißchen zu weit. Sie haben nicht die Spur eines Beweises für Ihre phantastischen Vorwürfe.»

«Sie leugnen also die Beschuldigung?»

«Ich höre immer Beschuldigung ...»

«Sie leugnen, daß die Abfolge der Ereignisse –»

«Natürlich leugne ich das. Weshalb sollte sich jemand soviel Mühe machen –»

«Quinns Mörder mußte versuchen, sich ein Alibi zu verschaffen. Und das ist ihm gelungen. Es ist ein sehr geschicktes Alibi. Alles in diesem Fall schien darauf hinzudeuten, daß Quinn am Abend des Freitags – zumindest am frühen Abend – noch am Leben war, und es war von entscheidender Bedeutung –»

«Sie meinen, Quinn hätte am Freitag abend nicht mehr gelebt?»

«Nein», sagte Morse langsam. «Da war Quinn schon seit mehreren Stunden tot.»

Es blieb lange still in dem kleinen Raum. Dann wiederholte Roope:

«Seit mehreren Stunden, sagen Sie?»

Morse nickte. «Wann genau Quinn ermordet wurde, weiß ich allerdings nicht. Ich hatte gehofft, das würden Sie mir sagen können.»

Roope lachte laut auf. Dann schüttelte er den Kopf. «Und Sie glauben, ich hätte Quinn umgebracht?»

«Deshalb sind Sie hier. Und deshalb bleiben Sie auch hier, bis Sie mir die Wahrheit gesagt haben.»

Roopes Stimme kletterte plötzlich gereizt in die Höhe. «Aber – aber ich war an diesem Freitag in London, das habe ich Ihnen doch schon gesagt. Ich bin um 16 Uhr 15 nach Oxford zurückgekommen, können Sie mir das nicht abnehmen?»

«Nein, das kann ich nicht.»

«Dann will ich Ihnen mal was sagen, Inspector. Wo ich an dem bewußten Abend von fünf bis acht war, kann ich nicht beweisen, jedenfalls nicht zu Ihrer Zufriedenheit. Und Sie würden mir ja doch nicht glauben. Aber wenn Sie entschlossen sind, mich noch eine Weile in diesem Loch festzuhalten, erheben Sie wenigstens eine Anklage, die Hand und Fuß hat. Ich bin also mit Quinns Wagen gefahren und habe für ihn eingekauft und weiß der Geier was noch. Lassen wir das mal so stehen, wenn's Ihnen Spaß macht. Aber dann legen Sie mir wenigstens auch den Mord an Quinn zur Last. Um zwanzig nach vier, oder wann Sie wollen. Um fünf, um sechs, um sieben, ganz nach Wunsch. Aber seien Sie vernünftig, Mann. Bis um drei war ich in London, danach im Zug. Warum geht das nicht in Ihren Schädel? Erfinden Sie von mir aus irgendwas, aber tun Sie mir einen Gefallen – verraten Sie mir, wann ich den Mann ermordet haben soll.»

Lewis hatte den Eindruck, daß Morse etwas von seiner Selbstsicherheit abhanden gekommen war. Er griff nach den Papieren, die vor ihm lagen, und blätterte sinnlos darin herum. Irgendwas war ihm schwer danebengegangen.

«Ich habe nur Ihre Aussage dafür, Mr. Roope» (aha, jetzt hieß es plötzlich *Mr.* Roope!) «– daß Sie mit diesem Zug nach Oxford gefahren sind. Ich weiß, Sie waren bei Ihrem Verleger, wir haben das nachgeprüft, aber Sie könnten –»

«Darf ich telefonieren, Inspector?»

Morse zuckte leicht pikiert die Schultern. «Es ist eigentlich nicht üblich, aber –»

Roope griff zum Telefonbuch, wählte eine Nummer, sprach ein paar Sätze und reichte Morse den Hörer. Am anderen Ende der Leitung waren Cabriolet Taxis Services. Morse hörte zu, nickte, stellte keine Fragen. «Alles klar. Besten Dank.» Er legte auf und sah Roope an. «Sie hatten mehr Erfolg als wir, Mr. Roope. Haben Sie auch mit dem Bahnsteigschaffner gesprochen?»

«Nein. Er hatte die Grippe, kommt aber diese Woche wieder in den Dienst.»

«Da waren Sie ja sehr aktiv.»

«Ich war beunruhigt, was Sie mir wohl kaum verdenken können. Ständig Ihre Fragen, wo ich war – da mußte ich ja das Gefühl haben, Sie hätten es auf mich abgesehen. Ja, und da habe ich mir eben gesagt, es ist besser, wenn du dich mal umhörst. Wir haben alle einen gewissen Selbsterhaltungstrieb.»

«Hm.» Morse strich sich mit dem Zeigefinger der linken Hand über die Nase, wählte und ließ sich den Chefredakteur der *Oxford Mail* geben. «Verstehe. Da sind wir also zu spät dran. Seite 1, sagen Sie? Tja, da kann man nichts machen. Wie ist es unter Letzte Meldungen? Gut. Sagen wir – äh – ‹Mordverdächtiger auf freien Fuß gesetzt. Mr. C. A. Roope (s. Seite 1), der heute im Zusammenhang mit dem Mord an Nicholas Quinn verhaftet worden war, wurde heute nachmittag freigelassen. Chief Inspector –› Wie meinen Sie? Dafür ist kein Platz mehr? Na ja, besser als nichts. Tut mir leid, daß ich Ihnen zusätzliche Arbeit gemacht habe, so was kommt manchmal vor. Leider. Wiederhören.»

Morse wandte sich wieder an Roope. «Ja, wie gesagt, so was kommt manchmal vor –»

Roope stand auf. «Geschenkt. Für einen Tag haben Sie genug geredet. Ich darf also annehmen, daß ich frei bin?» Seine Stimme war ätzend.

«Ja, Sir. Und wie gesagt ...» Er ließ den Satz in der Luft hängen, und Roope sah ihn verächtlich an. «Haben Sie einen Wagen hier, Sir?»

«Nein, ich besitze keinen Wagen.»

«Ach richtig. Wenn Sie wollen, kann Sergeant Lewis –»

«Nein, danke. Ihre Gastfreundschaft habe ich heute schon lange genug genossen. Ich nehme den Bus.»

Und ehe Morse noch etwas sagen konnte, war er draußen, ging rasch über den Hof und in den sonnigen kühlen Nachmittag hinein.

In den letzten zehn Minuten des Gesprächs wußte Lewis überhaupt nicht mehr, woran er war, ja, er hatte sich dabei ertappt, daß er Morse anstarrte, als sei der ein Kalb mit zwei Köpfen. Was hatte der Chief Inspector sich dabei eigentlich gedacht? Morse hatte sich über seine Papiere gebeugt. Jetzt sah er auf, und ein eigentümlich selbstzufriedenes Lächeln lag um seine Lippen. Er sah, daß Lewis ihn beobachtete, und zwinkerte ihm aufgeräumt zu.

26

Der Mann im Haus ist besorgt, aber einigermaßen ruhig. Mehrmals am späten Nachmittag und am frühen Abend läutet das Telefon. Durchdringend und gebieterisch. Er hebt nicht ab, denn er hat gesehen, daß ein Fernmeldetrupp an der Ecke Telefonleitungen repariert hat. Ungeschickt und auffällig. Sie müssen ihn für einen Trottel halten. Dabei weiß er, daß sie durchaus nicht dumm sind, und diese Überlegung geht ihm nach. Immer wieder sagt er sich, daß sie nichts wissen, daß sie nur mutmaßen können, daß sie keine Beweise haben. Vor diesem Labyrinth würde sogar die unermüdlichste Ariadne kapitulieren, das Wollknäuel führt nur in Sackgassen und zu vermauerten Zugängen. Dieses verdammte Telefon. Er wartet, bis die scheinbar unerschöpfliche Geduld des unverschämten Anrufers sich endlich doch erschöpft hat, und nimmt den Hörer ab. Aber er surrt weiter. Unerträglich. Zehn vor sechs stellt er das Transistorradio an und hört – allerdings nur mit einem Bruchteil seiner bewußten Wahrnehmung –, wie der City-Korrespondent der BBC über die Schwankungen des Kurszettels in der *Financial Times* und das Schicksal des floatenden Pfundes berichtet. Er selbst hat keine Geldsorgen. Nein, wahrhaftig nicht.

Der Mann vor dem Haus hält Wache, wie schon seit dreieinhalb Stunden. Seine Füße sind naß und kalt. Er sieht auf die Leuchtziffern seiner Uhr. 17 Uhr 40. Zwanzig Minuten bis zur Ablösung. Noch immer keine Bewegung – nur der Schatten, der immer wieder hinter dem Fenstervorhang vorbeizieht.

Wenn Schlaf als Erschlaffen des Bewußtseins definiert werden kann, schläft der Mann im Haus in dieser Nacht nicht. Früh um sechs ist er bereits wieder angezogen und wartet. Um 6 Uhr 45 hört er draußen auf der dunklen Straße das Klappern von Milchflaschen. Doch noch immer wartet er. Erst um 7 Uhr 45 kommt der Zeitungsbote mit der *Times*. Es ist noch immer dunkel, und die kleine Transaktion ist schnell abgewickelt. Unkompliziert und ohne Zeugen.

Der Mann vor dem Haus hat fast die Hoffnung aufgegeben, als um 13 Uhr 15 die Tür aufgeht, ein Mann herauskommt und ohne Eile in Richtung Oxford davongeht. Der Mann draußen schaltet auf Sendung und spricht in sein Funkgerät. Dann schaltet er auf Aufnahme. Die Anweisung ist kurz und knapp. «Folgen Sie ihm, Dickson. Und passen Sie auf, daß er Sie nicht sieht.»

Der Mann aus dem Haus geht zum Bahnhof, sieht sich um und betritt den Wartesaal. Er bestellt eine Tasse Kaffee, setzt sich ans Fenster und sieht hinaus auf den Parkplatz. Um 13 Uhr 35 fährt langsam ein Wagen vorbei. Ein bekannter Wagen, der den Hang zum Parkplatz hinunterrollt. Die automatische Schranke hebt sich, der Wagen steuert die hinterste Ecke der Parkfläche an. Der Parkplatz ist fast voll. Der Mann im Wartesaal setzt seine halbgeleerte Tasse ab, zündet sich eine Zigarette an, legt das abgebrannte Streichholz ordentlich in die Schachtel zurück und geht hinaus.

Um 14 Uhr hält das junge Mädchen in dem braunen Kleid es nicht mehr aus. Auch die wenigen Gäste mustern ihn schon seit einiger Zeit recht eigentümlich. Sie kommt hinter der Theke hervor und tippt ihm auf die Schulter. Er ist höchstens mittelgroß. «Entschuldigen Sie, Sir. Aber möchten Sie vielleicht einen Kaffee?»

«Nein, bringen Sie mir einen Tee, bitte», sagt er liebenswürdig, und als er den starken Feldstecher absetzt, sieht sie, daß er hellgraue Augen hat.

Kurz nach fünf kommt Lewis nach Hause. Er ist müde, und seine Füße sind Eisklumpen.

«Bleibst du jetzt hier?»

«Ja, Schatz, Gott sei Dank. Ich bin total durchgefroren.»

«Dieses Ekel Morse will dir wohl eine Lungenentzündung anhängen, was?»

Lewis hat verstanden, was seine Frau gesagt hat, aber er denkt an etwas anderes. «Ein Schlitzohr, dieser Morse, alles, was recht ist. Aber ob er diesmal richtig liegt ...» Doch seine Frau hört nicht mehr hin, und Lewis vernimmt das hochwillkommene Klappern der Bratpfanne in der Küche.

27

Am Mittwoch vormittag legte Morse in der Geschäftsstelle des Verbandes Bartlett ganz offen dar, daß es bei der Durchführung der Prüfungen mit größter Wahrscheinlichkeit zu kriminellem Mißbrauch gekommen war. Insbesondere äußerte er den Verdacht, daß Prüfungsfragen unerlaubt nach Al-jamara weitergegeben worden waren, und reichte Beweisstück Nummer 1 über den Tisch.

«Lieber George,
herzliche Grüße an alle in Oxford. Schönen Dank für Dein
Schreiben und für das Sommer-Prüfung-Päckchen.
Melde- und Gebührenformulare sind angeblich bereit
zum endgültigen Versand an den Verband für Freitag,
den 20., oder allerspätestens, wie man mir sagt, den 21.
Hier klappt's jetzt besser, doch ist dem Chaos noch immer Tür

und Tor geöffnet, wenn man nicht aufpaßt. Aber in zwei, drei Jahren werden wir's Euch schon zeigen. Bitte
sieh zu, daß Änderungen der Prüfungsordnung nicht sofort vorgenommen werden, das könnte das Projekt total vernichten. Schöne Grüße ...»

Bartlett las stirnrunzelnd, dann blätterte er kurz in seinem Schreibtischkalender. «Das ist – äh – doch alles Unsinn. Die Meldeformulare mußten bis zum 1. März bei uns sein. Wir machen das jetzt über Computer, und alles, was nach –»

«Sie meinen, daß die Meldeformulare aus Al-jamara schon da waren, als der Brief geschrieben wurde?» fiel ihm Morse ins Wort.

«Aber ja. Sonst hätten wir die dortigen Kandidaten ja nicht prüfen können.»

«Und die haben Sie geprüft?»

«Selbstverständlich. Und dann diese Geschichte mit dem Sommer-Prüfung-Päckchen. Das kann höchstens Anfang April eingetroffen sein. Die Hälfte der Prüfungsbögen war bis dahin noch gar nicht gedruckt. Und da ist noch eine Unstimmigkeit. Der 20. März ist kein Freitag – jedenfalls nicht nach meinem Kalender. Nein, nein, ich würde nicht zu viel auf diesen Brief geben, er ist bestimmt nicht von einem unserer –»

«Die Unterschrift erkennen Sie nicht?»

«Das wäre wohl zu viel verlangt. Sieht aus wie ein Stacheldrahtverhau.»

«Lesen Sie mal die rechte Seite des Briefes senkrecht von oben nach unten, Sir. Das letzte Wort auf jeder Zeile.»

Ausdruckslos las Bartlett: «Dein-Päckchen-bereit-Freitag-21.-Tür-drei-Bitte-sofort-vernichten.» Er nickte nachdenklich vor sich hin. «Jetzt wird mir einiges klar, Inspector. Von selbst wäre ich allerdings nie darauf gekommen. Sie glauben, daß George Bland –»

«– daß George Bland an der Sache gedreht hat, jawohl. Meiner Ansicht nach enthielt dieser Brief Anweisungen, wo und wann er sich das fällige Honorar abholen konnte.»

Bartlett holte tief Luft und konsultierte erneut seinen Kalender. «Nicht ausgeschlossen. Am Freitag, dem 21., war er nicht im Haus.»

«Wissen Sie, wo er war?»

Bartlett reichte Morse den Kalender. Eine der zahlreichen kurzen, sauber notierten Eintragungen unter dem 21. März lautete: GB nicht im Büro.

«Können Sie ihn erreichen, Sir?»

«Aber ja, ich habe ihm erst am Mittwoch ein Telegramm geschickt. Wegen Quinn. Sie hatten sich kennengelernt, als –»

«Hat er geantwortet?»

«Noch nicht.»

Morse gab sich einen Ruck. «Ich kann Ihnen natürlich nicht alles sagen, Sir, aber Sie sollten wissen, daß in meinen Augen der Tod von Quinn und Ogleby direkt mit Bland in Zusammenhang steht. Ich glaube, Bland war korrupt genug, um die Integrität des Verbandes bedenkenlos aufs Spiel zu setzen, sofern für ihn etwas dabei heraussprang. Aber auch hier – nicht unbedingt unter den akademischen Mitarbeitern, aber jedenfalls bei Ihnen im Hause – muß es jemanden geben, der eng mit Bland zusammenarbeitet, jemanden, der über die Tätigkeit in der Geschäftsstelle genau im Bilde ist. Für mich steht so gut wie fest, daß Quinn entdeckt hat, wer es war, und deshalb umgebracht wurde.»

Bartlett zeigte sich nur mäßig überrascht. «Etwas in der Richtung hatte ich erwartet, Inspector. Sie glauben, daß auch Ogleby der Sache auf die Spur gekommen ist und aus dem gleichen Grund ermordet wurde.»

«Es könnte sein, Sir. Es ist allerdings auch möglich, daß Sie einen falschen Schluß ziehen. Es kann sein, daß Nicholas Quinns Mörder bereits für sein Verbrechen bestraft worden ist.»

Jetzt war Bartlett ehrlich erschüttert. Die Augenbrauen schnellten in die Höhe, die randlose Brille rutschte in Richtung Nasenspitze. Morse fuhr fort:

«Ich fürchte, Sie können nicht mehr ausschließen, Sir, daß Quinns Mörder hier, direkt unter Ihrer Nase, gearbeitet hat. Daß es Ihr Vertreter, Philip Ogleby, war.»

Als zehn Minuten später Lewis kam, waren Morse und Bartlett schon dabei, Vorbereitungen für die Sitzung zu treffen. Bartlett sollte alle Mitglieder des Verbandes schriftlich oder telefonisch für Freitag um 10 Uhr zu einer außerordentlichen Generalversammlung einladen. Er sollte im Hinblick auf die Bedeutung dieser Zusammenkunft verlangen, daß die Eingeladenen alle anderen Verpflichtungen absagten, um teilnehmen zu können. Immerhin ging es um den Mord an zwei Mitarbeitern.

Draußen auf dem Gang flüsterte Lewis Morse zu: «Sie hatten recht, Sir. Es hat zwei Minuten geläutet, Noakes bestätigt das.»

«Sehr gut. Dann können wir wohl zuschlagen. Ist der Wagen draußen?»

«Ja, Sir. Soll ich mitkommen?»

«Nein. Gehen Sie schon voraus, wir kommen gleich nach.» Er ging ein paar Schritte weiter, klopfte leise und trat ein. Sie saß am Schreibtisch und unterschrieb Briefe, nahm aber rasch ihre Lesebrille ab, stand auf und lächelte erwartungsvoll. «Noch ein bißchen früh für einen Drink, nicht?»

«Fehlanzeige – leider. Der Wagen wartet draußen. Nehmen Sie bitte Ihren Mantel mit.»

Am Mittwoch morgen geht der Mann nicht aus dem Haus. Der Zeitungsbote bleibt noch ein paar Sekunden stehen, nachdem er die *Times* durch den Briefschlitz gesteckt hat, aber heute zeichnet sich kein lukratives Geschäft ab. Der Milchmann bringt einen halben Liter Milch, der Briefträger bringt keine Briefe, der Tag keine Besucher. Ein paarmal hat das Telefon geläutet, und um zwölf meldet es sich wieder. Vier Anschläge, Pause, dann fängt es wieder an zu läuten, und der Mann zählt mechanisch mit. Achtundzwanzig, neunundzwanzig, dreißig. Das Telefon verstummt, und der Mann lächelt vor sich hin. Es ist ein gutes System, sie benutzen es nicht zum erstenmal.

Der Mann draußen wartet immer noch – voller Spannung, denn er glaubt, daß die Stunde der Abrechnung nah ist. Um 16 Uhr 20 merkt er, daß sich hinter dem Haus etwas tut, und eine Minute später taucht der Mann mit einem Fahrrad auf, strampelt rasch auf die Kreuzung zu und ist fünf Sekunden später verschwunden. Es ging zu schnell, war zu unerwartet. Constable Dickson flucht leise vor sich hin und ruft im Präsidium an, wo Sergeant Lewis deutlich sein Mißfallen äußert.

Wieder ist der Parkplatz sehr voll, wieder steht Morse am Wartesaalfenster. Er fragt sich, was wohl passieren würde, wenn ein heftiger Schneeschauer die Wege mit einer weißen Decke überziehen würde. Dann müßten die verblüfften Autofahrer überlegen, wo sie ihre Wagen abgestellt haben, und genau diese Stelle ansteuern – und wiederfinden. So wie Morse jetzt die Stelle mit seinem Feldstecher wiederfindet. Aber es ist nichts zu sehen. Eine halbe Stunde später, um 17 Uhr 15 ist immer noch nichts zu sehen. Er gibt auf, spricht mit dem Bahnsteigschaffner und erfährt, daß Roope allem Anschein nach mit seiner Aussage nicht gelogen hat, er habe am Freitag, dem 21. November, die Sperre passiert, als sei er mit dem Zug um 15 Uhr 05 von Paddington gekommen.

Als der Mann im Haus am nächsten Tag, Donnerstag, dem 4. Dezember, um halb zehn vor die Haustür tritt, wird er von Sergeant Lewis und Constable Dickson verhaftet. Er wird der Beihilfe zum Mord an Nicholas Quinn und Philip Ogleby angeklagt.

28

Der Fall war praktisch gelaufen, und Morse hatte, ein bißchen zu voll von Bier und mehr als ein bißchen zu voll von Selbstzufriedenheit, die Füße auf den Schreibtisch gelegt, als Lewis am Donnerstag nachmittag zu ihm ins Büro kam. «Ich habe ihn gefunden, Sir. Mußte ihn aus dem Unterricht in der Cherwell School holen – aber es war genau, wie Sie gesagt haben.»

«Ja, damit haben wir wohl alles wasserdicht gemacht und –» Er unterbrach sich. «Sie machen keinen sehr glücklichen Eindruck. Was ist los mit Ihnen?»

«Ich kapiere immer noch nicht, was hier läuft.»

«Sie wollen mir doch morgen früh nicht den Spaß verderben?»

Lewis schüttelte widerstrebend den Kopf, aber er kam sich vor wie ein Examenskandidat, der soeben den Prüfungsraum mit dem Gefühl verlassen hat, daß er seine Sache sehr viel besser hätte machen müssen. «Sie müssen mich für ziemlich dämlich halten.»

«Keineswegs. Es war ein sehr gerissenes Verbrechen, Lewis. Ich habe einfach Glück gehabt.»

«Wahrscheinlich habe ich, wie immer, die offenkundigen Hinweise übersehen.»

«Weil sie eben nicht offenkundig waren, alter Freund. Tja, vielleicht ...» Er nahm die Füße vom Schreibtisch und zündete sich eine Zigarette an. «Ich will Ihnen sagen, wie ich auf die richtige Spur gekommen bin. Ich glaube, das Wichtigste an dem Fall war Quinns Schwerhörigkeit. Es war nicht nur eine leichte Behinderung – Quinn war fast taub. Aber er war, wie wir wissen, ungewöhnlich bewandert in der Kunst des Lippenlesens, und eben dieser Kunst verdankte Quinn auch die Erkenntnis, daß einer seiner Kollegen ein Betrüger war. Für Leute, die mit staatlichen Prüfungen zu tun haben, ist es die größte Sünde wider den Heiligen Geist, vorab etwas über Prüfungsfragen verlauten zu lassen. Und genau das hatte einer von Quinns Kollegen getan, und er ist ihm draufgekommen. Ich hatte aber eine weitere offenkundige und sehr viel wichtigere Folge von Quinns Schwerhörigkeit nicht berücksichtigt. Dabei war die Sache sehr einfach, jeder Trottel hätte darauf kommen können. Quinn war ein Genie, wenn es darum ging, den Leuten die Worte von den Lippen abzulesen. Aber er konnte gewissermaßen nur hören, was andere sagten, wenn er sie sehen konnte. Lippenlesen nutzt einem nichts, wenn der Gesprächspartner hinter einem steht, oder wenn draußen auf dem Gang jemand schreit, daß eine Bombe im Haus ist. Wenn jemand bei Quinn klopfte, merkte er es nicht. Aber sobald jemand die Tür aufmachte und etwas sagte, war alles in Ordnung. Noch einmal: Quinn konnte nicht hören, was er nicht sah.»

«Und darauf soll ich mir einen Reim machen, Sir?»

«Sollen Sie, Lewis. Und das werden Sie auch, wenn Sie sich mal den Freitag vor Augen halten, an dem Quinn ermordet wurde.»

«Daß er am Freitag ermordet wurde, steht also fest?»

«Wenn's drauf ankäme, könnte ich Ihnen die Tatzeit wahrscheinlich sogar bis auf die Minute genau nennen.»

Morse wirkte sehr selbstzufrieden, und Lewis war hin- und hergerissen zwischen dem Wunsch, seine Neugier zu befriedigen, und einem gewissen Widerstreben, das bereits überaus gut entwickelte Ego seines Chefs noch mehr aufzublähen. Aber so langsam sah er Land. Ja, natürlich, Noakes hatte gesagt ... Er nickte vor sich hin, und die Neugier siegte.

«Wie war das dann aber mit der Geschichte im Kino? War das einfach eine raffiniert gelegte falsche Spur?»

«Keineswegs. Sie war als falsche Spur gedacht, verhalf uns aber –

vom Standpunkt des Mörders aus bedauerlicherweise – zu mehreren entscheidenden Hinweisen. Überlegen Sie mal. Mit jeder neuen Information über Quinns Tod rückte die Tatzeit immer weiter in den Abend hinein. Gegen 12 Uhr 20 rief er in Bradford an. Um halb zwei ging er ins STUDIO 2, nachdem er seiner Sekretärin einen Zettel hingelegt hatte. Viertel nach fünf kam er wieder ins Büro zurück und fuhr nach Hause. Er legte seiner Putzfrau einen Zettel hin und ging einkaufen. Zehn nach fünf telefonierte er. Vor halb sieben – das heißt, bis Mrs. Evans kam – hatte niemand das Haus betreten. Mrs. Greenaway hatte die ganze Zeit die Einfahrt im Blick. Also muß Quinn später am Abend oder sogar erst am folgenden Vormittag ermordet worden sein. Der Obduktionsbericht hat uns da nicht viel gebracht, es blieb uns nichts anderes übrig, als unserer Nase zu folgen – was wir getan haben. Aber wenn man genau hinsieht, stellt sich heraus, daß nach Freitag mittag niemand mehr Quinn wirklich *gesehen* hat. Nehmen wir das Telefonat mit Bradford. Ein Lehrer – und alle akademischen Mitarbeiter des Verbandes waren mal im Schuldienst – weiß, daß 12 Uhr 20 eine besonders ungünstige Zeit ist, jemanden vom Lehrpersonal ans Telefon zu bekommen. In den meisten Schulen wird da noch unterrichtet. Im Klartext: Der Anrufer hatte gar nicht die Absicht, seinen Gesprächspartner auch zu erreichen. Erreicht wurde nur – und zwar leider sehr erfolgreich –, daß ich mich vergaloppiert habe. Jetzt zu dem Zettel, den Quinn auf seinen Schreibtisch gelegt hat. Wir wissen, daß Bartlett in seinem Laden ein ziemlich strenges Regiment führte. Zu seinen eisernen Regeln gehört, daß die Mitarbeiter eine Mitteilung hinterlassen, wenn sie aus dem Haus gehen. Quinn war seit einem Vierteljahr bei dem Verband, er war ein heller Kopf, der es seinem Chef recht machen wollte. Er muß in diesen drei Monaten Dutzende von Zetteln geschrieben haben. Für jemanden, der so was gut gebrauchen konnte, um ein Alibi zu festigen, war es ein leichtes, irgendwann eine dieser Kurzepisteln an sich zu nehmen – und das hat dieser Jemand prompt getan. Wir kommen zu dem Telefongespräch, das Mrs. Greenaway mitgehört hat. Auch hier ist wichtig, daß sie nicht *gesehen* hat, wie Quinn telefonierte. Sie ist nervös, sie glaubt, daß das Baby jeden Augenblick kommen kann, sie hat nicht das geringste Interesse an dem, was gesprochen wird, ihr geht es nur darum, daß die Telefonierenden endlich die Leitung freimachen. Sie hört Stimmen, nimmt sie aber nicht auf, wartet nur sehnsüchtig darauf, daß endlich Schluß ist. Und wenn der andere Gesprächspartner – der, den Quinn ihrer Meinung nach angerufen hat – gerade jetzt den größten Teil des Gesprächs bestreitet … Begreifen Sie jetzt, worauf ich bei Roope hinauswollte, Lewis? Wenn es Roope war, der in der Leitung hing, der gelegentlich ein Ja oder Nein einschob, würde Mrs. Greenaway, deren Gehör nach eigener Aussage ohnehin nicht besonders gut ist, ihn automatisch für Quinn halten. Quinn stammte, wie Roope, aus Bradford, beide hatten einen ziemlich breiten nordenglischen Akzent, und Mrs. Greenaway erinnert sich nur noch daran, daß sich eine der Stimmen gebildet und professoral angehört hat. Zugegeben, sehr viel weiter kommen wir damit nicht. Allenfalls steht jetzt fest, daß das Gespräch nicht zwischen Quinn und Roope stattgefunden hat. Aber das wußte ich schon, Lewis, denn ich wußte, daß Quinn schon mehrere Stunden tot gewesen sein mußte, als von Quinns Zimmer aus telefoniert wurde.»

«Da hat er ja Glück gehabt, daß Mrs. Greenaway nicht –»

Morse nickte. «Ja. Aber kein Glück ist vollkommen. Bedenken Sie, daß Mrs. Evans –»

«Ja, soweit ist mir das jetzt klar. Nur bei der Sache mit STUDIO 2 blicke ich nach wie vor nicht durch.»

«Kein Wunder – bei all den Lügengeschichten, die uns da aufgetischt wurden. Aber ich will Ihnen ein, zwei Tips geben. Martin und Monica hatten sich entschlossen, am Freitag nachmittag ins Kino zu gehen, und versuchten dann erstaunlicherweise, von diesem guten auf ein oberfaules Alibi umzuschwenken. Was mag dahinterstecken, Lewis? Als einzige einigermaßen einleuchtende Antwort fiel mir ein, daß sie etwas gesehen hatten, worüber sie nicht sprechen wollten. Ich glaube, daß Monica zumindest in diesem Punkt bereit war, mir reinen Wein einzuschenken. Ich fragte sie, ob sie beim Hineinkommen jemanden gesehen habe, was sie verneinte.» Morse lächelte ein wenig. «Begreifen Sie jetzt?»

«Nein.»

«Nicht aufgeben, Lewis. Halten wir fest: Martin und Monica sind geblieben, um sich den Film anzusehen. Kapiert? Was immer die beiden – oder einen von ihnen – verunsichert hatte, aus dem Kino getrieben hat es sie nicht. Na? Dämmert es allmählich?»

Lewis war ratloser denn je, aber seine Neugier ließ ihn nicht ruhen. «Und was war mit Ogleby?»

«Jetzt kommen wir zum springenden Punkt, Lewis. Ogleby hat mich angeschwindelt. Er hat mir ein oder zwei Lügen erster Güte aufgetischt. Aber im wesentlichen entsprach seine Aussage der Wahrheit. Sie waren ja dabei, als ich ihn vernommen habe, Lewis, und brauchen sich nur Ihre Notizen noch mal anzusehen. Er hat ein paar sehr interessante Bemerkungen gemacht. Zum Beispiel, daß er an dem bewußten Freitagnachmittag im Büro war.»

«Und Sie glauben, er war wirklich da?»

«Ich weiß es. Er mußte einfach da sein, verstehen Sie?»

«Ah ja», sagte Lewis und verstand nur Bahnhof. «Dann war er wohl auch im STUDIO 2?»

Morse nickte. «Ja, später. Und denken Sie daran, daß er sorgsam eine Kinokarte abgezeichnet hat, die ihm nicht gehörte. Die Karte, die wir in Quinns Tasche fanden. Kleine Quizfrage, Lewis: Wann und warum hat Ogleby das getan?»

«Ich weiß es nicht, Sir. Allmählich komme ich total ins Schleudern.»

Morse stand auf und begann, im Zimmer auf und ab zu gehen. «Dabei ist es im Grunde ganz einfach, Lewis. Überlegen Sie mal – warum hat er die Kinokarte nicht einfach an sich genommen? Er muß sie gesehen, muß sie in der Hand gehalten haben. Da gibt es doch nur eins.»

Lewis nickte hoffnungsvoll, und zu seiner großen Erleichterung fuhr Morse fort:

«Ganz recht. Ogleby hatte die Kinokarte gar nicht finden sollen, aber er hat sie gefunden, und er wußte, daß sie aus einem ganz bestimmten Grund an der Stelle lag, wo er sie entdeckt hat. Und er wußte, daß er sie dort nicht wegnehmen konnte.»

Das Telefon läutete, Morse sagte, er werde gleich dort sein.

«Kommen Sie mit, Lewis. Sein Anwalt ist da.» Während sie zu den Haftzellen gingen, erkundigte sich Morse bei Lewis, ob er wüßte, wo die Langerhans-Inseln lägen.

«Kommt mir irgendwie bekannt vor. Ostsee?»

«Falsch. Pankreas – falls Ihnen das was sagt.»

«Doch. Der Pankreas ist eine große Drüse, die in den Zwölffingerdarm mündet.»

Morse sah seinen Mitarbeiter anerkennend an. Eins rauf für Lewis.

29

Als Morse sich die Schüler betrachtete, die am Donnerstag abend mit ihren privaten oder Krankenkassen-Hörhilfen beim Unterricht saßen, dachte er daran, daß in den vergangenen Wochen Quinn unter ihnen gesessen und an ihren Geheimnissen und lautlosen Manifestationen teilgehabt hatte. Acht waren es, die sich vor der Lehrerin aufgereiht hatten, und Morse kam es vor, als sähe er einen Fernseher mit abgestelltem Ton. Die Lehrerin sprach, denn ihre Lippen bewegten sich, und sie machte die beim Sprechen üblichen Bewegungen, aber kein Laut war zu hören. Als es Morse gelungen war, sich von dem jähen Verdacht zu befreien, er sei plötzlich taub geworden, beobachtete er die Lippen der Lehrerin genau und versuchte die Worte zu erkennen. Ab und zu meldete sich einer der Schüler und stellte eine lautlose Frage, und dann schrieb die Lehrerin ein Wort an die Tafel.

Häufig handelte es sich bei den Stolpersteinen um Worte, die mit P, B oder M anfingen, gelegentlich auch mit T, D oder N. Lippenlesen war offenbar eine hohe Kunst.

Am Ende der Stunde bedankte sich Morse bei der Lehrerin, die ihm diese Gastrolle ermöglicht hatte, und erwähnte Quinn. Er war ihr bester Schüler gewesen, sie waren alle tief betroffen von seinem Tod. Ja, er war sehr schwerhörig gewesen, aber wenn man es nicht wußte, merkte man das kaum.

Es klingelte. Neun Uhr – das Haus wurde geschlossen.

«Konnte er das hören?» fragte Morse.

Doch die Lehrerin hatte sich abgewandt, um etwas ins Klassenbuch zu schreiben. Die Glocke ging noch einmal.

«Hätte Quinn das hören können?» fragte Morse.

Aber sie nahm noch immer keine Notiz von ihm, und erst jetzt ging Morse ein Licht auf. Als sie endlich aufsah, wiederholte er seine Frage. «Konnte Quinn die Glocke hören?»

«Konnte Quinn ... Wie meinten Sie?»

«Konnte Quinn die Glocke hören?» wiederholte Morse mit übertrieben deutlichen Mundbewegungen.

«Ach so, die Glocke ... Läutet es? Nein, das hören wir leider alle nicht.»

Am Donnerstag war Gästeabend im Lonsdale College, aber nach ein, zwei Sherries als Aperitif verzog der Präsident des Verbandes für Auslandsprüfungen sich wieder in seine Räume. Es paßte ihm gar nicht, seinen Terminplan für Freitag vormittag umwerfen zu müssen, denn eine der wenigen Obliegenheiten, an denen er wirklich Spaß hatte, war das Gespräch mit Studienbewerbern. Während er über den Hof ging, überlegte er mißgelaunt, wie lange die Sitzung wohl dauern würde und warum Tom Bartlett es so dringend gemacht hatte. Die Sache wurde ihm sowieso allmählich zuviel. Er war einfach zu alt für so einen Posten und freute sich auf die Pensionierung in einem Jahr. Eins stand fest – Vorfälle wie in den letzten vierzehn Tagen bekam er einfach nicht mehr in den Griff.

Er blätterte die Unterlagen auf seinem Schreibtisch durch und las die Lobeshymnen von Schulleitern und Schulleiterinnen, die sich verzweifelt bemühten, mit ihren Schulen auf der Tabelle der Oxbridge-Liga ein paar Plätze weiterzukommen. Offenbar hatten die würdigen Damen und Herren noch nicht erkannt, daß sie mit diesem Geschwätz eher das Gegenteil erreichten. Da war der Bericht einer Direktorin über eine Schülerin, die sich um einen der wenigen in Lonsdale vorgesehenen Studienplätze für Frauen bewarb. Selbstredend war das Mädchen die beste Schülerin ihres Jahrgangs und hatte einen ganzen Schrank voller Preise gewonnen. Unter «Persönlichkeit» hieß es: «Nicht unattraktiv und sehr lebhaft, mit einem eigenwilligen Sinn für Humor und treffsicherem Witz.» Der Präsident lächelte säuerlich. Was für ein Satz! Im Lauf der Jahre hatte er sich eine eigene Synonymeliste zusammengestellt.

«nicht unattraktiv»	ausgesprochene Schreckschraube
«lebhaft»	meist angeheitert
«eigenwillig»	überspannt
«treffsicher»	absolut ruppig

Aber vielleicht war sie gar nicht so übel. Leider würde er sie nun nicht zu Gesicht bekommen, und daran war nur dieser blödsinnige Verband schuld. Er hätte gern wieder einmal seine Theorie getestet. Nur zu oft versuchten sich die Leute ganz anders zu geben, als sie in Wirklichkeit waren – was ja auch keine Schwierigkeit ist. Ein lächelndes Gesicht, ein Herz aus Stein. Auch das Gegenteil war denkbar. Ein steinernes Gesicht, und ... Eine unbestimmte Erinnerung regte sich. Irgendwas in der Richtung hatte doch Chief Inspector Morse gesagt? Aber es wollte ihm nicht einfallen. Kein Beinbruch, so wichtig konnte es nicht gewesen sein.

Um acht rief Mrs. Martin bei Bartlett an. Wußte er vielleicht, wo Donald steckte? Hatte er eine Sitzung? Ja, gewiß, manchmal arbeitete er noch lange im Büro, aber so spät war es noch nie geworden. Bartlett beruhigte sie, so gut es gehen wollte, und versprach zurückzurufen. Die Sache würde sich bestimmt als ganz harmlos herausstellen.

«Was ist, Tom?» Mrs. Bartlett war in die Diele gekommen und sah ihn besorgt an. Er legte sanft die Hand auf die ihre und lächelte müde. «Wie oft soll ich es dir noch sagen? Hör meine Telefongespräche nicht mit. Du hast genug eigene –»

«Das tu ich nie, Tom, aber –»

«Schon gut. Es ist nicht dein, sondern mein Problem. Dafür werde ich schließlich bezahlt. Von nichts kommt nichts, wie es so schön heißt.»

Mrs. Bartlett legte liebevoll einen Arm um ihn. «Ich weiß nicht, was sie dir zahlen, und ich will es auch gar nicht wissen. Ich finde, du wärst selbst mit einer Million nicht überbezahlt. Aber –»

Bartlett spürte, daß sie sich Sorgen machte. «Ich weiß. Man hat den Eindruck, daß die Welt plötzlich verrückt geworden ist. Das war Martins Frau. Er ist noch nicht zu Hause.»

«Ach, Tom ...»

«Immer mit der Ruhe. Nur keine voreiligen Schlüsse.»

«Du glaubst doch nicht –»

«Setz dich und schenk dir einen Gin ein. Mir auch einen, bitte. Ich komme gleich nach.» Er suchte sich Monicas Nummer heraus. Wie jemand anders am Vortag zählte auch er mechanisch die Anschläge. Zehn, zwanzig, fünfundzwanzig. Auch Sally war offenbar nicht zu Hause. Er ließ es noch ein paarmal läuten, dann legte er langsam auf. Brach jetzt alles über ihnen zusammen?

Er dachte daran, wieviel Zeit und Kraft er in die Jahre des Aufbaus gesteckt hatte. Irgendwann hatte das Fundament sich verschoben, und der Bau hatte Risse bekommen. Er wußte auch ziemlich genau, wann das gewesen war – als sie Roope zum Ehrenamtlichen gewählt hatten. Ja, seit dieser Zeit knisterte es im Gebälk. Roope. Ein paar Minuten blieb Bartlett unentschlossen am Telefon stehen.

Er hätte den Mann mit Wonne umbringen können. Statt dessen rief er Morse im Präsidium an, aber auch Morse war nicht da. Kein Unglück, er würde es ihm morgen früh sagen.

30

Um Viertel vor zehn betrat Mrs. Seth das Haus und ging zum Vorstandsraum hinauf. Sie war die erste. Unwillkürlich erinnerte sie sich an die letzte Sitzung in diesem Raum, als sie an ihren Vater gedacht hatte. Erinnerte sich an Roopes Rede, an die Entscheidung über die Einstellung von Quinn. Allmählich füllte sich der Raum, man begrüßte sich gedämpft, die Stimmung war gedrückt. Auch die anderen Ehrenamtlichen ließen ihre Gedanken zu der letzten Sitzung zurückgehen, genau wie sie. Manchmal nahm auch der eine oder andere Hauptamtliche an der Sitzung teil, aber nur auf besondere Einladung. Heute war nur Bartlett da, dessen müdes, eingefallenes Gesicht das allgemeine Klima widerspiegelte. Den Mann neben Bartlett kannte sie nicht. Er mußte von der Polizei sein. Sah sympathisch aus, etwa ihr Alter, Mitte, Ende Vierzig. Das Haar schon etwas dünn. Nette Augen, auch wenn sie einen gleichzeitig anzusehen und durch einen hindurchzublicken schienen. Ein zweiter Unbekannter – wahrscheinlich auch von der Polizei – stand, ein Notizbuch in der Hand, bescheiden außerhalb des inneren Kreises.

Zwei Minuten nach zehn, als nur noch ein Stuhl unbesetzt war, stand Bartlett auf und berichtete in einer bedrückten kleinen Rede von dem Verdacht der Polizei (den er teilte), daß dem Ruf ihrer Prüfungen im Ausland durch die kriminellen Machenschaften von ein oder zwei Persönlichkeiten, in die der Verband volles Vertrauen gesetzt hatte, irreparabler Schaden zugefügt worden sei. Nach Ansicht von Chief Inspector Morse («rechts von mir») bestehe ein direkter Zusammenhang zwischen dem Tod von Quinn und Ogleby und dieser Angelegenheit. Nach der Abwicklung der nicht sehr umfangreichen Herbstprüfungen müsse die Tätigkeit des Verbandes zunächst eingestellt werden, um eine gründliche Überprüfung zu ermöglichen. Die Implikationen einer Schließung seien weitreichend, und die Unterstützung aller Anwesenden sei unverzichtbar. Aber dies seien zunächst zweitrangige Erwägungen. Bei der heutigen Sitzung gehe es um ganz andere Dinge, wie sie gleich erfahren würden.

Der Präsident dankte dem Geschäftsführer und äußerte anschließend seine eigenen düsteren Gedanken zur Zukunft des Verbandes, und während er sich mit vielen Ähs und Hms über die Runden quälte, wurden die Vorstandsmitglieder sichtlich unruhig. Am Tisch wurde geflüstert. «Was hat Bartlett gesagt? Einer oder zwei?» «Wer war es, was meinen Sie?» «Warum ist die Polizei dabei?» «Die sind doch von der Polizei, nicht?»

Endlich war der Präsident fertig, und auch das Flüstern erstarb. Es war eine seltsame Umkehrung der natürlichen Abfolge, und Mrs. Seth dachte, das müsse wohl an dem Mann zu Bartletts Rechter liegen, der bisher ungerührt dagesessen und sich gelegentlich mit dem Zeigefinger der Linken über die Nase gestrichen hatte. Sie sah, wie Bartlett sich Morse zuwandte und ihn fragend ansah. Morse nickte und erhob sich langsam.

«Meine Damen und Herren, ich habe den Geschäftsführer gebeten, diese Sitzung einzuberufen, weil ich es für angebracht hielt, Sie über die in diesem Hause durchgeführten Manipulationen von Prüfungsunterlagen unterrichten zu lassen. Sie haben inzwischen einiges darüber erfahren. Damit ist die Sitzung offiziell beendet, und wenn der eine oder andere von Ihnen Termine wahrzunehmen hat, die sich nicht aufschieben lassen, steht es Ihnen frei zu gehen.» Er ließ seine kalten grauen Augen durch den Raum wandern, und die Spannung stieg spürbar. Keiner verzog eine Miene, und es war sehr still. «Vielleicht ist es aber auch angebracht, Sie über die Ermittlungen der Polizei im Mordfall Quinn und im Mordfall Ogleby zu informieren. Ich freue mich, Ihnen mitteilen zu können, daß der Fall inzwischen gelöst – oder so gut wie gelöst – ist. Lassen Sie es mich in unserem Jargon sagen: Ein Mann ist verhaftet worden und wird zur Vernehmung im Zusammenhang mit dem Mord an Quinn und dem Mord an Ogleby festgehalten.»

Nur das Rascheln, mit dem Lewis eine Seite seines Notizbuchs umschlug, unterbrach die Stille. Morse stand im Mittelpunkt, die Ehrenamtlichen hingen an seinen Lippen. «Sie wissen wohl – oder die meisten von Ihnen wissen es –, daß am Montag einer Ihrer Kollegen, Christopher Roope, im Zusammenhang mit dem Mord an Quinn kurz in Haft war. Sie wissen vermutlich auch, daß er wenig später wieder auf freien Fuß gesetzt wurde. Das Beweismaterial rechtfertigte es in unseren Augen nicht, ihn länger festzuhalten, und alles schien darauf hinzudeuten, daß er für die Zeit, in der nach Ansicht der Polizei Quinn ermordet wurde, ein hieb- und stichfestes Alibi hatte. Allerdings kann leider kein Zweifel daran bestehen, daß es Roope war, der die Seele des Verbandes verkauft hat – ganz gewiß in Al-jamara, möglicherweise auch noch in anderen Auslandszentren.» Einige der Anwesenden schnappten nach Luft, der eine oder andere machte den Mund auf, aber keiner ließ Morse aus den Augen. «Sein wichtigster Helfershelfer, meine Damen und Herren, war Ihr früherer Kollege George Bland.» Wieder eine Mischung aus Schock und Überraschung, wieder eine Unterströmung gespannter Erwartung. «Ans Licht gekommen ist die Geschichte durch die Aufmerksamkeit und Integrität eines einzelnen Mannes. Dieser Mann war Nicholas Quinn. Wann Quinn seine Entdeckung machte, werden wir vielleicht nie genau erfahren. Denkbar ist es, daß der Anlaß jener Empfang war, zu dem die Emissäre aus Al-jamara eingeladen hatten, als einige der Beteiligten es nach reichlichem Alkoholgenuß an Diskretion fehlen ließen und Quinn die Worte, die er dem einen oder anderen Gast von den Lippen ablas, so deutlich ‹verstand›, als habe der Betreffende sie in ein Megaphon gesprochen. Der Mord an Quinn war, jedenfalls in meinen Augen, die direkte Konsequenz seiner folgenschweren Entdekkung. Man wollte ihn zum Schweigen bringen, um so sicherzustellen, daß diejenigen, die das Vertrauen der Öffentlichkeit getäuscht hatten, weiterhin ihren – zweifellos recht stattlichen – Lohn von ihren Komplizen im Ausland kassieren konnten. Quinn dürfte das, was er wußte oder zumindest argwöhnte, nicht nur dem Schuldigen erzählt haben, sondern auch noch einem Bekannten, von dem er glaubte, er habe mit den Schiebungen nicht das mindeste zu tun. Es handelte sich um Philip Ogleby. Einiges läßt darauf schließen, daß Quinn an jenem Abend mehr trank, als ihm zuträglich war, und daß Ogleby ihm folgte, als er die Party verließ. Ich nehme an, daß Ogleby Quinn einholte und ihm sagte, es sei sträflicher Leichtsinn, sich in seinem Zustand ans Steuer zu setzen. Kann sein, daß er ihm angeboten hat, ihn heimzufahren – aber das kann ich natürlich nicht genau sagen. Fest steht für mich, daß Quinn Philip Ogleby erzählt hat, was er wußte. Wenn nun Ogleby selbst bei den Machenschaften mitgemischt hätte, würde das vieles erklären, was uns im

Mordfall Quinn Kopfzerbrechen bereitet hat. Von Quinns Kollegen war Ogleby der einzige, der für die kritische Zeit am Freitag nachmittag kein Alibi hatte. Er ging nach der Mittagspause noch einmal ins Büro und war nach seiner eigenen Aussage den ganzen Nachmittag dort. Quinns Mörder muß sowohl am späten Vormittag als auch zwischen halb fünf und fünf im Haus gewesen sein, und wenn Quinns Mörder einer der Mitarbeiter des Verbandes war, dann gab es nur einen echten Verdächtigen: Ogleby, den Mann, dem sich Quinn anvertraut hatte.»

Am Tisch erhob sich Gemurmel, und einige der Anwesenden rutschten unbehaglich auf ihren Sesseln herum. Als Morse weitersprach, erzielte er damit denselben Effekt wie ein Dirigent, der mit dem Stab ans Pult schlägt.

«Als ich Ogleby fragte, wo er am Freitag nachmittag gewesen sei, hat er mich angelogen. Ich habe die Aussage genau prüfen können, denn mein Sergeant –» ein paar Köpfe drehten sich, und Lewis reagierte auf den plötzlichen Ruhm mit einiger Verlegenheit – «hat sich seinerzeit ausführliche Notizen gemacht. Ich weiß inzwischen, in welchem Punkt Ogleby mich angelogen hat, mich anlügen mußte. Er hat behauptet, er sei gegen halb fünf im Büro gewesen. Hingegen schwören nicht nur Mr. Roope, sondern auch Mr. Noakes, der Hausmeister, Stein und Bein, er sei nicht dagewesen. Merkwürdig, nicht wahr? Ogleby hat mich in dem einen Punkt belogen, der seine Schuld zu beweisen schien. Und warum? Warum hat er behauptet, er sei den ganzen Nachmittag im Haus gewesen? Warum hat er sich selbst die Schlinge um den Hals gelegt? Keine leichte Frage, zugegeben. Aber es gibt eine Antwort, eine sehr simple Antwort. Ogleby hat gar nicht gelogen. An dieser Stelle jedenfalls hat er die Wahrheit gesagt. Er war tatsächlich hier, auch wenn Roope und Noakes ihn nicht gesehen haben. Und als ich seine Aussage noch einmal durchlas, fragte ich mich, ob die eine oder andere Bemerkung, die ich zunächst für eine Lüge gehalten hatte, nicht vielleicht doch die Wahrheit gewesen war. Allmählich wurde mir klar, was sich an jenem Freitag nachmittag abgespielt hatte, wurde mir klar, daß Ogleby den Mord an Nicholas Quinn nicht begangen hatte. Weil Ogleby am Freitag, dem 21. November, nachmittags im Büro gewesen war, wußte er auch, wer Quinn umgebracht hatte. Und weil er das wußte, wurde er selbst ermordet. Warum Ogleby mit seinem Verdacht, der fast eine Gewißheit war, nicht zu mir kam, werde ich nie mit Bestimmtheit wissen. Man kann es vermuten, aber ... Jedenfalls können wir froh sein, daß der Mörder verhaftet worden und in Polizeigewahrsam ist. Er hat ein rückhaltloses Geständnis abgelegt.» Morse deutete mit dramatischer Geste auf den leeren Stuhl. «Dies ist sein Stammplatz, nicht wahr? Ja, meine Damen und Herren, es handelt sich um Ihren Mitarbeiter Christopher Roope.»

Lautes Stimmengewirr erhob sich, und Mrs. Seth weinte lautlos vor sich hin. Doch noch ehe die erste Aufregung sich gelegt hatte, kam es zu einem zweiten dramatischen Höhepunkt. Nach einer geflüsterten Beratung am Kopf des Vorstandstisches bat der Vizepräsident ums Wort, und Morse setzte sich und malte Schnörkel auf die vor ihm liegende Schreibunterlage.

«Mit Erlaubnis des Chief Inspector möchte ich auf einen Punkt zurückkommen. Habe ich recht verstanden, daß der Mörder Quinns sowohl am Vormittag als auch am späten Nachmittag im Haus gewesen sein mußte?»

«Ganz recht, Sir. Ich möchte nicht alle Einzelheiten des Falles aufrollen. Aber Quinn wurde am Freitag, dem 21. November, gegen zwölf Uhr mittags – nein, ich will ganz genau sein – Schlag zwölf Uhr mittags ermordet. Seine Leiche wurde um etwa 16 Uhr 45 aus dem Haus geschafft. Genügt Ihnen diese Erklärung?»

Der Vizepräsident hüstelte verlegen und machte ein äußerst betretenes Gesicht. «Äh – eigentlich nicht, Chief Inspector. Ich bin nämlich am Freitag vormittag auch in London gewesen und um 15 Uhr 05 wieder nach Oxford gefahren. Ich kam zwischen Viertel und zwanzig nach vier hier an. Und Roope war in demselben Zug.»

Verblüfftes Schweigen folgte diesem neuen Hinweis. «Sie sind also mit ihm zurückgefahren?» vergewisserte sich Morse.

«So direkt kann man das auch nicht sagen. Ich ging über den Bahnsteig und sah, daß Roope in ein Abteil Erster Klasse einstieg. Ich habe mich nicht zu ihm gesetzt, weil ich Zweiter gefahren bin.» Der Vizepräsident war heilfroh, daß er sich nicht näher zu dem Punkt auszulassen brauchte. Selbst wenn er ein Billett Erster Klasse gehabt hätte, wäre er lieber in die Zweite Klasse gestiegen, als sich zu Roope ins Abteil zu setzen. Er hatte Roope nie leiden können. Es war eine Ironie des Schicksals, daß ausgerechnet er diesen Mann von dem Mordverdacht befreite.

«Schade, daß Sie mir das nicht schon eher gesagt haben. Sie konnten es natürlich nicht wissen», setzte Morse rasch hinzu, um eventuellen Mißverständnissen vorzubeugen. «Aber es überrascht mich nicht. Ich wußte, daß Roope den Zug um 15 Uhr 05 von Paddington genommen hat.»

Einige der Anwesenden sahen sich an, die allgemeine Ratlosigkeit war fast mit Händen zu greifen. Bartlett versuchte, die unausgesprochene Frage zu formulieren: «Aber Sie meinten doch gerade –»

«Nein, Sir. Ich weiß, was Sie sagen wollen, aber so stimmt es eben nicht. Ich habe gesagt, daß niemand Quinn hätte ermorden können, der nicht zu zwei entscheidenden Zeitpunkten im Haus war. Ich wiederhole – niemand hätte allein den teuflisch-genialen Plan ausführen können.» Er sah sich um, und langsam begriffen die Vorstandsmitglieder, was er mit seinem letzten Satz hatte sagen wollen. Mrs. Seth fand, daß seine Stimme sehr leise und fern klang, gleichzeitig aber eindringlich, angespannt, als sei die Lösung jetzt ganz nah. Sie sah, wie Morse über ihren Kopf hinweg jemandem zunickte. Sergeant Lewis ging lautlos zur Tür und verließ den Raum. Was ... Aber da sprach Morse schon weiter, wieder mit dieser leisen, stahlharten Stimme.

«Wir müssen, wie gesagt, davon ausgehen, daß niemand den Mord an Quinn allein begangen haben kann. Daraus folgt zwingend, meine Damen und Herren, daß wir zwei Täter suchen. Zwei Täter, die ein gemeinsames Motiv haben. Zwei Täter, für die Quinns Tod unverzichtbar ist. Zwei Täter, die eine enge Beziehung zueinander haben, zwei Täter, die die Möglichkeit gemeinsamer Arbeit und Planung hatten. Zwei Täter, die Ihnen gut bekannt sind. Sehr gut sogar ... Und ehe Sergeant Lewis zurückkommt, möchte ich nur noch eines betonen, denn ich habe den Eindruck, daß der eine oder andere von Ihnen mir nicht genau zugehört hat. Ich sagte, daß Roope verhaftet und unter Mordanklage gestellt worden ist. Ich habe nicht gesagt, um welchen Mord es sich handelt. Denn ich bin fest davon überzeugt, daß nicht Christopher Roope Nicholas Quinn ermordet hat.»

In Quinns früherem Büro hatten Monica Height und Donald Martin noch kein Wort gewechselt, obgleich es jetzt schon eine halbe Stunde her war, seit die beiden Constables sie geholt hatten. Monica hatte das Gefühl, sich durch eine kahle, wasserlose Wüste zu bewegen. Ihre Gedanken, ihre Gefühle, ja, selbst ihre Ängste waren verdorrt, leidenschaftslos, leer. Gleich zu Anfang hatte sie bemerkt, wie einer der Constables ihre Figur gemustert hatte, aber diesmal hatte sie das völlig kaltgelassen. Wie hatte sie sich je einbilden können, Morse würde nicht darauf kommen? Diesem klaren Denker entging so schnell nichts. Ja, er hatte die Wahrheit erraten. Wie er ihre Geschichte durchschaut hatte, das war ihr allerdings immer noch nicht recht klar. Dabei war es gar keine dicke Lüge gewesen. Im Gegensatz zu den anderen dummen Lügengeschichten, die sie und Donald ihm anfangs aufgetischt hatten. Donald ... Das war doch gar kein Mann, der da mürrisch, stumm, verachtenswert neben ihr saß, hoffnungslos wie sie, denn auch er hatte kaum noch eine Chance. Die Wahrheit mußte ans Licht, die ganze Wahrheit. Die Gerichte, die Presse ... Einen Moment empfand sie einen Hauch von Mitgefühl, denn im Grunde war es ihre Schuld, nicht die seine. Als er seine Stellung hier angetreten hatte, hatte sie sofort gewußt, daß sie mit ihm machen konnte, was sie wollte.

Die Tür ging auf, Lewis erschien. «Bitte kommen Sie mit, Miss Height.»

Sie erhob sich langsam und ging die hölzerne Treppe hinauf. Die Tür zum Vorstandsraum war geschlossen. Sie zögerte sekundenlang, als Lewis sie aufmachte und beiseite trat, um ihr den Vortritt zu lassen. Das Gewicht, das auf ihr Gewissen drückte, war unerträglich geworden. Endlich würde sie es loswerden.

Mrs. Seth wandte den Kopf, als die Tür hinter ihr aufging. Der Inspector hatte gerade vom STUDIO 2 in der Walton Street gesprochen, aber sie war schon ganz benommen und hatte ihm kaum folgen können. Eine gedämpfte Männerstimme: «Nach Ihnen, Miss Height.» Monica Height? Nein, das durfte nicht wahr sein. Monica Height und Martin. Gewiß, sie hatte Gerüchte gehört, alle hatten wohl die Gerüchte gehört, aber ... Monica saß jetzt auf Roopes Platz. Zwei Täter, hatte Morse gesagt. Hatte er Roope und Monica gemeint? Aber da sprach er schon weiter.

«Als ich Sie zu Beginn des Falles vernommen habe, Miss Height, behaupteten Sie, am Freitag, dem 21. November, den Nachmittag mit Mr. Martin verbracht zu haben. Trifft das zu?»

«Ja.» Ihre Stimme war kaum zu verstehen.

«Sie sagten, Sie hätten den Nachmittag bei sich zu Hause verbracht?»

«Ja.»

«Und danach haben Sie zugegeben, daß das nicht stimmte?»

«Ja.»

«Sie sagten, daß Sie in Wirklichkeit den Nachmittag mit Mr. Martin im STUDIO 2 in der Walton Street verbracht haben.»

«Ja.»

«Als ich Sie zuerst danach fragte, wollte ich wissen, ob Sie in dem Kino außer Mr. Martin sonst noch Bekannte gesehen hätten. Erinnern Sie sich?»

«Ja, ich erinnere mich.»

«Und Sie sagten, dies sei nicht der Fall gewesen.»

«Ja, und das stimmte auch.»

«Ich fragte dann, ob Sie irgendwelche Bekannte haben ins Kino gehen sehen.»

«Ja.»

«Und Ihre Antwort lautete nein.»

«Ja.»

«Und dabei bleiben Sie?»

«Ja.»

«Sie haben einen Film mit dem Titel *Die Nymphomanin* gesehen?»

«Ja.»

«Und Sie blieben bis zum Ende des Films mit Mr. Martin zusammen?»

«Wir sind ein paar Minuten vor Schluß gegangen.»

«Trifft es zu, Miss Height, daß ich Ihnen auch eine andere Frage hätte stellen können? Eine Frage, die entscheidende Bedeutung für den Mord an Nicholas Quinn gehabt hätte?»

«Ja.»

«Und diese Frage wäre nicht gewesen: ‹Wen haben Sie gesehen, als Sie ins Kino kamen?›, sondern: ‹Wen haben Sie gesehen, als Sie herauskamen?›»

«Ja.»

«Und da haben Sie in der Tat jemanden gesehen?»

«Ja.»

«Würden Sie die Person wiedererkennen, die Sie an diesem Tag aus dem STUDIO 2 kommen sahen?»

«Ja.»

«Ist es jemand aus Ihrem Bekanntenkreis?»

«Ja.»

«Befindet sich diese Person zur Zeit hier im Raum?»

«Ja.»

«Würden Sie uns die fragliche Person bitte zeigen.»

Monica Height hob den Arm. Es war fast wie eine Magnetnadel, die zum Pol zeigt und sich langsam auf den richtigen Kurs einpendelt. Zunächst dachte Mrs. Seth, der Arm sei direkt auf Morse gerichtet, aber das konnte ja nicht sein. Und dann folgte sie dem anklagend gereckten Finger und glaubte, ihren Augen nicht zu trauen. Monicas Hand deutete direkt auf den Geschäftsführer des Verbandes.

31

Diesmal hatte man Lewis wunderbarerweise einmal nicht außen vor gelassen. Es war Lewis gewesen, der vor Roopes Haus Posten bezogen hatte. Es war Lewis gewesen, der beobachtet hatte, wie Roope das Haus verließ und langsam zu dem Parkplatz am Bahnhof ging. Es war Lewis gewesen, der den Zeitungsboten aufgestöbert und den Adressaten von Roopes kurzer, dringender Mitteilung ausfindig gemacht hatte. Es war Lewis gewesen, der Morse in den Wartesaal beordert und mit ihm die beiden Männer beobachtet hatte, die im hintersten Winkel des Parkplatzes auf den Vordersitzen eines dunkelbraunen Vanden Plas saßen. Es war Lewis gewesen, der Roope verhaftet hatte, als er sich gestern früh zum letztenmal aus dem Haus gewagt hatte.

Gewiß, ganz im dunkeln tappte Lewis also nicht, aber so, daß es ihn an die Küsten des Lichtes verschlagen hätte, war es nun auch wieder nicht. Und am Nachmittag nutzte er die günstige Gelegenheit, ein paar Punkte klarzustellen.

«Wie sind Sie eigentlich auf Bartlett gekommen, Sir?»

Morse hatte es sich in seinem schwarzen Ledersessel gemütlich gemacht und gab bereitwillig Auskunft. «Wir wußten relativ früh, Lewis, daß sich Bartlett und Roope nicht grün waren, und ich fragte mich, woran das wohl lag. Ganz allmählich dämmerte es mir. Ich hatte mir die falsche Frage gestellt, eine Nicht-Frage gewissermaßen. Es bestand gar keine Feindschaft zwischen den beiden, sie taten nur so. Sie arbeiteten in der Al-jamara-Sache Hand in Hand, wußten es aber so einzurichten, daß Außenstehende nichts von dem abgekarteten Spiel merkten. Das war ganz leicht: Hier und da ein gespielter Nadelstich oder eine kleine Szene vor den anderen Ehrenamtlichen. Ihren großen Auftritt hatten sie, als es um die Berufung eines Nachfolgers für Bland ging. Sie hatten alles genau geplant. Auf wen die Wahl fiel, war ihnen letztlich egal. Wichtig war, daß es aussah, als seien sie nicht einer Meinung, als seien sie sich öffentlich und heftig wegen der Berufung in die Haare geraten. Als Bartlett sich für den einen Kandidaten aussprach, entschied sich Roope prompt für den anderen. So leicht war das. Wäre Bartlett für Quinn gewesen, hätte eben Roope die Gegenposition bezogen.» Morse runzelte leicht die Stirn, fuhr aber dann scheinbar unbekümmert fort. «Und es lief wie geschmiert. Den anderen Ehrenamtlichen war der Streit zwischen ihrem jungen Kollegen Roope und dem von ihnen allen geschätzten Geschäftsführer merklich peinlich. Genau das hatten die beiden ja bezweckt. Keiner würde auf die Idee kommen, daß die beiden gemeinsame Interessen verfolgten. Erst war das sorgsam gepflegte Feindbild nur als Tarnung für die krummen Geschäfte mit dem Emirat gedacht. Als ihnen dann Quinn auf die Schliche kam, war die Konstellation ideal für seine Beseitigung. Verstehen Sie, worauf ich hinauswill?»

«Ja», sagte Lewis nachdenklich. «Aber weshalb hat sich ausgerechnet Bartlett auf so etwas eingelassen?»

«Eine berechtigte Frage. Normalerweise hätte vermutlich nichts und niemand ihn dazu bewegen können, sich auf Kosten des Verbandes zu bereichern. Aber er hatte einen Sohn, Richard. Es war sein Einziger. Ein vielversprechender junger Mann, auf dem die Hoffnungen einer stolzen Mutter und eines stolzen Vaters ruhten. Und plötzlich bricht für die Bartletts eine Welt zusammen: Richard hat sich überanstrengt, die an ihn gestellten Erwartungen waren zu hoch. Er hat einen Nervenzusammenbruch, muß ins Krankenhaus. Als er herauskommt, wird er für die Bartletts zum Problem. Sie schicken ihn von einem Spezialisten zum anderen. Überall dieselbe Antwort: eine längere Behandlung verspricht möglicherweise Heilung.

Sie, Lewis, haben selbst ermittelt, daß Richard Bartlett die letzten fünf Jahre in den fortschrittlichsten und teuersten psychiatrischen

Kliniken Europas zugebracht hat – Genf, Wien, London, Gott weiß wo. Und da ist die Behandlung nicht gratis und franko. Es muß Bartlett Tausende gekostet haben, und ich glaube nicht, daß er so gut betucht ist. Sein Gehalt ist recht ordentlich, aber ... Roope muß das gewußt haben. Wie alles im einzelnen gekommen ist, wissen wir nicht, jedenfalls haben die beiden ein Geschäft miteinander gemacht. Ursprünglich hatten wohl Bland und Roope zusammengearbeitet. Aber Bland wandte sich noch fetteren Weiden zu, und Roope brauchte jemanden im Verband selbst, damit die Gans weiterhin goldene Eier legen konnte. Wie sie es arrangiert hatten, weiß ich nicht, aber –»

«Wissen Sie genau, wie Bartlett Quinn umgebracht hat?»

«Genau nicht, nein. Aber ich kann es mir denken, denn nur so konnte die Täuschung funktionieren. Sie beschafften sich eine tüchtige Dosis Zyankali. Das dürfte Roope übernommen haben. Wenn die Menge groß genug ist, tritt der Tod auf der Stelle ein, die Tat selbst ist also eigentlich kein Problem. Ich denke mir, daß Bartlett ihn in sein Brüo bat und ihm etwas zu trinken anbot. Er wußte, daß Quinn sehr gern trockenen Sherry trank, und sagte ihm, er solle sich ein Glas einschenken – und Bartlett auch. Vermutlich hatte er vorher schon die Sherryflasche und die Gläser abgewischt, so daß –»

«Aber hätte Quinn das Zyankali nicht gerochen?»

«Normalerweise vielleicht, aber Bartlett hatte fast sekundengenau geplant. Alles war mit teuflischem Geschick auf die nächsten Minuten abgestellt.»

«Sie meinen die Feuerübung.»

«Ja. Noakes hatte Anweisung, um 12 Uhr mittags Alarm zu geben, dazu aber das Startzeichen des Chefs abzuwarten. Sobald Quinn den Sherry einschenkt, greift Bartlett zum Telefon, wendet Quinn vermutlich den Rücken zu und sagt: Okay, Noakes. Ein, zwei Sekunden später schrillt die Alarmglocke. Aber – und das ist der springende Punkt, Lewis – Quinn kann sie nicht hören. Sie ist gleich in der Eingangshalle angebracht und laut genug, aber Quinn hört sie nicht, und damit hat Bartlett den kleinen Spielraum, den er braucht. Als Quinn eingeschenkt hat, sagt er etwa: ‹Ach, die Alarmglocke, das hatte ich ja ganz vergessen. Trinken Sie schnell aus, wir reden nachher weiter.› Quinn muß die Hälfte des kleinen Glases auf einen Zug geleert und sofort gemerkt haben, daß irgendwas nicht stimmt. Er ringt nach Atem, windet sich in Krämpfen. Eine, allenfalls zwei Minuten später ist er tot.»

«Warum hat er aber nicht um Hilfe gerufen? Es muß doch –»

«Sie haben offenbar die Raffinesse von Bartletts Plan noch nicht völlig durchschaut. Was geschieht draußen? Eine Feuerübung. Wie Sie selbst herausgefunden haben, hatte Noakes Anweisung, die Alarmglocke zwei Minuten läuten zu lassen. Zwei Minuten sind eine lange Zeit, Lewis. In dieser Zeit läuft alles lachend und schwatzend die Treppe hinunter und den Gang entlang. Vielleicht hat Bartlett dafür gesorgt, daß Quinn nicht um Hilfe rief. Aber selbst, wenn er einen Schrei herausgebracht hätte, ist es sehr fraglich, ob er von jemandem gehört worden wäre. Und bedenken Sie noch eins: Niemand betritt unaufgefordert Bartletts Büro. Draußen brennt das rote Lämpchen, und die Mitarbeiter wissen sehr wohl, daß man nicht ungestraft gegen die goldene Regel verstößt. Und selbst im schlimmsten Fall, Lewis, selbst wenn jemand ins Zimmer gekommen wäre – ich möchte allerdings annehmen, daß Bartlett abgeschlossen hatte –, sind auf der Flasche und den Gläsern nur Quinns Fingerabdrücke, und die Ermittlungen der Polizei werden sich auf die grundsätzliche Frage konzentrieren, wer Bartletts Sherry vergiftet und somit versucht hat, Bartlett – nicht Quinn! – umzubringen. Quinn ist also tot, das Haus ist leer. Bartlett zieht sich Handschuhe an, gießt seinen und den Rest von Quinns Sherry in das Waschbecken seiner kleinen Privattoilette – Sie erinnern sich, Lewis? – und steckt die Sherryflasche und Quinns Glas in eine Aktentasche. So weit, so gut. Quinn war ziemlich schmächtig, es kann sein, daß Bartlett ihn sich über die Schulter gelegt oder in einen dieser großen Müllsäcke gesteckt und ihn über den gebohnerten Boden geschleift hat. Wahrscheinlich hat er ihn getragen, da wir an Quinns Körper weder Kratzer noch Abschürfungen gefunden haben. Es waren nur wenige Meter zum Hinterausgang, und Quinns Parkplatz war direkt vor der Tür. Bartlett, der bereits die Wagenschlüssel und die Hausschlüssel aus Quinns Tasche genommen hat, verstaut die Leiche und die Aktentasche im Kofferraum, schließt ab, und die Sache ist erledigt.»

«Wir hätten wohl den Kofferraum untersuchen sollen, Sir.»

«Das habe ich getan, habe aber keine Spuren gefunden. Deshalb denke ich mir, daß Bartlett irgendeinen Behälter benutzt haben muß.»

«Dann geht er zu seinen Mitarbeitern –»

Morse nickte. «– die brav draußen in der Kälte stehen. Er nimmt die Liste an sich, die inzwischen bei den etwa dreißig Leuten vom ständigen Personal herumgegangen ist, hakt sich und Quinn als anwesend ab und konstatiert, daß alle da sind.»

«Dann war es also Bartlett, der die Schule in Bradford angerufen hat?»

«Allerdings. Er hatte sich natürlich Möglichkeiten überlegt, um die unvermeidlichen Ermittlungen auf eine falsche Spur zu lenken. Den Brief, der in Quinns Eingangskorb lag, muß er Anfang der Woche in der Poststelle gesehen haben. Abgestempelt war er am Montag, dem 17. November.»

«Dann ging er nach Hause und ließ sich sein Abendessen schmekken.»

«Das wage ich zu bezweifeln», sagte Morse. «Bartlett ist ein cleverer Typ, aber bei weitem nicht so skrupellos wie Roope. Außerdem war er ja noch nicht aus dem Schneider. Gewiß, der heikelste Teil des Unternehmens war überstanden, aber abgeschlossen war es noch nicht. Er muß etwa zehn nach eins von zu Hause weggegangen sein, wobei er seiner Frau sagte – was ja auch stimmte –, daß er noch einmal ins Büro müsse, ehe er zu seiner Sitzung nach Banbury fuhr. Aber vorher –»

«– ging er ins STUDIO 2.»

«Genau. Bartlett kaufte eine Kinokarte, ließ sie abreißen, fragte die Platzanweiserin nach der Herrentoilette, wartete dort ein paar Minuten und schlich sich hinaus, als das Mädchen an der Kasse durch Besucher in Anspruch genommen war. Doch danach lief einiges schief. Damit meine ich nicht, daß Bartlett Monica Height gesehen hat – das hat er nämlich meiner Meinung nach nicht. Aber sie sah ihn, als sie das Kino verließ. Monica und Donald Martin wollen den Nachmittag zusammen verbringen. Zu ihr können sie nicht gehen, weil ihre Tochter zu Hause ist. Bei ihm geht es auch nicht, seine Frau ist ständig daheim. Eine Spazierfahrt also? An einem regnerischen Novembernachmittag hat das wenig Reiz. Also beschließen sie, ins Kino zu gehen. Aber man darf sie nicht zusammen sehen. Deshalb kommt Martin ziemlich früh, kauft eine Karte, Parkett hinten, setzt sich in die letzte Reihe und wartet. Monica soll ein paar Minuten später nachkommen. Er spitzt die Ohren und beobachtet alle, die hereinkommen. Eins ist klar, Lewis: Wäre

Quinn an diesem Nachmittag ins STUDIO 2 gegangen, hätte Martin ihn mit Sicherheit gesehen. Und er hätte auch Bartlett gesehen. Und hätte er die beiden gesehen, wäre er nicht dageblieben. Er hätte sich sofort wieder davongemacht, hätte draußen Monica abgefangen und ihr Bescheid gesagt. Aber das tat er nicht. Jetzt versetzen Sie sich mal in Monicas Lage. Als wir sie und Martin verhörten, wurde eins klar: Sie hatten sich den Film angesehen, und das hätten sie bestimmt nicht getan, wenn irgendeiner ihrer Kollegen aus dem Verband hereingekommen wäre. Es gab nur eine Erklärung. Monica hatte etwas gesehen, was ihr im Lichte der späteren Entwicklung sehr nachging, was sie aber nicht daran hinderte, sich zu Martin in den Zuschauerraum zu setzen. Das läßt nur einen Schluß zu: Sie hat jemanden gesehen, der aus dem Kino kam. Und dieser Jemand war Bartlett. Er geht zur Geschäftsstelle zurück, stolzer Besitzer einer Kinokarte. Aber wo soll er sie lassen? Er kann sie in Quinns Zimmer deponieren, weil er sowieso dorthin muß, um einen Zettel für Margaret Freeman hinzulegen und die Schränke aufzumachen. Wenn man es sich recht überlegt, war das ein bißchen leichtsinnig von Bartlett ...» Morse schüttelte den Kopf, als habe eine Fliege die kahle Stelle auf seinem Schädel angeflogen, schob aber den Gedanken, der ihm offenbar gekommen war, beiseite. «Bedenken Sie, daß alles penibel im voraus geplant werden mußte, und von diesem Punkt an mußte Bartlett auch an Roope denken. Roope hatte sich pflichtschuldigst bis zum späten Nachmittag ein hieb- und stichfestes Alibi besorgt, aber jetzt brauchte er einen plausiblen Grund für einen Besuch in der Geschäftsstelle. Weder er noch Bartlett konnten ahnen, daß keiner der akademischen Mitarbeiter im Haus sein würde. Sie verabreden also, daß er einige Unterlagen in Bartletts Büro hinterlegt. Er muß später noch in Quinns Zimmer, um den Anorak zu holen, aber inzwischen hat er die Lage peilen können, da wird ihm schon etwas einfallen. Die Kinokarte und Quinns Schlüssel sollen auf Bartletts Schreibtisch deponiert werden. Roope klopft bei Bartlett, bekommt keine Antwort, geht hinein, legt seine Unterlagen ab, greift sich die Karte und die Schlüssel. Kinderleicht. Ursprünglich war wohl geplant, daß er irgendwo, wahrscheinlich an den Bäumen hinter dem Haus, warten sollte, bis die übrigen Hauptamtlichen nach Hause gegangen sind. Dann hätte er nur noch einmal von hinten ins Haus gehen, sich den Anorak aus Quinns Büro holen und in Quinns Wagen davonfahren müssen.

Aber die Sache ging dann noch glatter, als er zu hoffen gewagt hatte. Gewiß, Noakes war ein unvorhergesehenes Problem, erwies sich letztlich aber als große Hilfe. Noakes konnte bestätigen, daß keiner der Hauptamtlichen an diesem Nachmittag im Haus gewesen war. Und als er Roope verkündete, er würde jetzt nach oben gehen, um Tee zu trinken, war die Luft rein – und zwar eine halbe Stunde eher als erwartet.»

«Die Fortsetzung war dann wohl in etwa so, wie Sie es mir schon erklärt hatten.»

«Mit einer Ausnahme. Als wir Roope zum erstenmal verhafteten, sagte ich, daß er den Zettel von Quinns Schreibtisch genommen habe, aber ich glaube, das kann nicht stimmen. Sonst hätte er ja nicht Bartlett anzurufen brauchen, als er zu seinem Schrecken las, daß Mrs. Evans noch einmal wiederkommen würde. Das muß für ihn der schlimmste Moment des ganzen Unternehmens gewesen sein, und Roope war drauf und dran, die Nerven zu verlieren. Draußen goß es in Strömen, er konnte den Toten nicht einfach ablegen und sich davonmachen. Mrs. Greenaway – er muß sie gesehen haben – saß bei zurückgezogenen Vorhängen für alle sichtbar im Obergeschoß, und es gab nur eine Möglichkeit, den toten Quinn ins Haus zu schaffen – nämlich durch die Garagentür. Es half nichts, er mußte warten.

Aber nicht dort, wo er war. Er war wohl ziemlich am Ende mit seinem Latein, als er Bartlett anrief, aber Bartlett hatte eine geniale Idee: der Zettel auf Quinns Schreibtisch! Es war wirklich enormer Dusel, und den hatten sie in diesem Moment auch nötig. Bartlett war gerade erst aus Banbury gekommen, aber er fuhr gleich noch mal los, holte sich in der Geschäftsstelle den Zettel und traf sich verabredungsgemäß mit Roope in dem Supermarkt hinter der Pinewood Close, wo Roope bereits die Lebensmittel erstanden hatte. Ich schätze, daß Bartlett mindestens zwanzig Minuten gebraucht hat, aber noch lief alles nach Plan. Roope ging zurück in Quinns Haus, zog die schmutzigen Stiefel aus, deponierte den Zettel und postierte sich wieder auf der Straße. Er muß naß bis auf die Haut geworden sein, aber man stelle sich seine enorme Erleichterung vor, als er beobachtete, wie zunächst Mrs. Evans das Haus betrat und sich wieder davonmachte und dann – es muß ihm wie ein Wunder vorgekommen sein – ein Krankenwagen vorfuhr und Mrs. Greenaway zur Entbindung brachte. Das Haus lag im Dunkeln, weit und breit war kein Mensch zu sehen, die Straßenlaterne war kaputt, der letzte Akt konnte beginnen. Er schleppt Quinns Leiche ins Haus, legt sie auf den Teppich neben dem Sessel im Wohnzimmer, stellt die Sherryflasche und das Glas auf den Beistelltisch, zündet den Gasofen an – und die Sache ist gelaufen. Durch die Hintertür verläßt er das Haus und fährt mit dem Bus zurück nach Oxford.»

Lewis überlegte. Ja, so mußte es sich abgespielt haben, aber eines konnte er sich noch immer nicht erklären. «Und was für eine Rolle hat Ogleby bei der ganzen Sache gespielt?»

«Ich muß noch einmal betonen, Lewis – vieles von dem, was Ogleby uns gesagt hat, stimmte, und ich schätze, er war so gut wie sicher, daß Bartlett Quinn umgebracht hatte, längst ehe ich ...»

«Aber warum hat er es für sich behalten?»

«Keine Ahnung. Er wollte wohl sich selbst beweisen, daß ...»

«Klingt nicht sehr überzeugend!»

«Mag sein.» Morse sah auf den Hof hinaus und überlegte wieder einmal, warum bloß Ogleby ... Hm. Ein paar Stücke wollten sich einfach nicht in das Puzzle einfügen, aber die waren wohl nicht weiter wichtig ... Lewis unterbrach seinen Gedankengang. «Ogleby muß ein sehr kluger Kopf gewesen sein.»

«Ich weiß nicht recht. Immerhin hatte er ein paar Meilen Vorsprung vor mir.»

«Wie meinen Sie das, Sir?»

«Wie oft soll ich Ihnen das noch sagen? Er war an dem Nachmittag im Büro!»

«Dann muß er oben gewesen sein, denn ...»

«Irrtum! Er muß unten gewesen sein! Wir wissen sogar genau, wo er war und wann er da war. Als er vom Essen zurückkam, muß ihm klargeworden sein, daß er der einzige Hauptamtliche im Büro war und daß das eine ideale Gelegenheit war, sich mal in Bartletts Zimmer umzusehen. Ob Quinn in Zusammenhang mit seinem Verdacht nur den Namen Bartlett oder auch den Namen Roope genannt hat, wissen wir nicht genau. Jedenfalls aber hatte Ogleby allen Grund, bei Bartlett Unrat zu wittern, und beschloß, auf eigene Faust ein bißchen Detektiv zu spielen. Niemand wird ihn stören, denn es ist ja niemand da. Um halb fünf hört er draußen Stimmen – die Stimmen von Roope und Noakes. Da er keinen gesteigerten Wert darauf legt, von den beiden ertappt zu werden, sucht er nach einem Versteck und entscheidet sich – wofür wohl, Lewis? – für die kleine Toilette hinter Bartletts Schreibtisch, die ich an dem ersten Nachmittag benutzt habe. Ideal. Dort bleibt er stehen und wartet. Es dauert nicht lange. Und was sieht Ogleby, als er herauskommt? Die Kinokarte und die Schlüssel, die vorhin auf dem Schreibtisch lagen, sind weg. Das dürfte ihn sehr gewundert haben. Noch traut er sich nicht aus dem Zimmer. Er hört Noakes draußen auf dem Gang, später hört er jemanden herumlaufen, hört Türen schlagen – und muß zunächst noch bleiben, wo er ist. Als er sich schließlich hervorwagt, sieht er sofort, daß Quinns Wagen weg ist. Vielleicht schaut er in Quinns Zimmer, ich weiß es nicht. War Quinn da? Ist er gleich wieder gegangen? Wieviel er in diesem Moment erraten hat, ahne ich nicht. Vielleicht nicht sehr viel. Aber er weiß, daß Roope Schlüssel und eine geheimnisvolle Kinokarte an sich genommen hat, eine Kinokarte, die er sorgsam in seinen Taschenkalender gezeichnet hat. Es ist sein einziges Beweisstück, und er macht es wie ich – er ruft im STUDIO 2 an und versucht festzustellen …»

«Aber er kriegt nichts heraus und geht selber hin!»

Morse nickte. «Und erfährt nur eins, der arme Kerl. Daß die Karte, die er gefunden hat, aller Wahrscheinlichkeit nach am gleichen Nachmittag gekauft worden ist.»

«Komisch, nicht? Sie waren alle an dem Nachmittag da.»

«Alle außer Quinn», verbesserte Morse düster. «Haben Sie Ihren Wagen hier?»

«Wohin fahren wir, Sir?»

«Ich meine, wir sollten Oglebys Beispiel folgen und uns mal in Bartletts Büro umsehen.»

Während Lewis ihn zum letztenmal zur Geschäftsstelle des Verbandes fuhr, beschäftigte sich Morse mit den wenigen (wirklich geringfügigen) Unstimmigkeiten, die noch geblieben waren. Die Menschheit verhielt sich oft sonderbar. Man konnte kaum hinter jeder Handlung ein logisches Motiv erwarten. Die Maschine lief, kein Zweifel, die Zahnräder griffen genau und kräftig. Es war nur eine Spur Sand im Getriebe.

In Zelle 2 saß Bartlett auf dem kahlen Bett, und sein Geist schwamm, wie Yeats' langbeinige Fliege, auf der Stille.

Wer?

32

Die Geschäftsstelle war abgeschlossen, das Personal bis auf weiteres nach Hause geschickt worden. Nur Noakes tat seine Arbeit wie bisher und ließ die beiden Beamten ein.

Morse setzte sich an Bartletts Schreibtisch und amüsierte sich damit, das rote und grüne Licht ein- und auszuschalten. Er war wie ein kleiner Junge mit einem neuen Spielzeug, und Lewis fand sich damit ab, daß die eigentliche Arbeit mal wieder an ihm hängenbleiben würde.

Über eine halbe Stunde später, nachdem Lewis systematisch den Safe durchsucht und nichts Interessantes gefunden hatte, geruhte Morse, der sich bisher nur vage umgesehen hatte, auch tätig zu werden. Die oberste Schreibtischschublade rechts enthielt nur sauber ausgerichtete Briefpapierstapel. Müßig holte Morse einen Bogen hervor und besah sich die dezimierte Mannschaft:

T. G. Bartlett, Dr. phil., M. A., Geschäftsführer
P. Ogleby, M. A., stellvertr. Geschäftsführer
G. Bland, M. A.
Miss M. M. Height, M. A.
D. J. Martin, B. A.

Hm. Die Sekretärinnen hatten Anweisung, Blands Namen durchzustreichen und Quinns Namen ans Ende zu tippen. Das war ja nun nicht mehr nötig, jetzt brauchten sie nur die obersten drei Namen durchzustreichen, das ging viel schneller. Blieben zwei ... Würde man Miss Height die Leitung antragen? Per Anzeige neues Personal suchen? Oder würde der Verband seine Tätigkeit einstellen? Donald Martin, diesen Jammerlappen, konnte man sich als stellvertretenden Geschäftsführer schlecht vorstellen. Gott helfe den jungen männlichen Neueinstellungen, wenn Monica mit ihrer aufreizenden Hinterfront wackelte. Morse holte seinen Parker-Kugelschreiber heraus und strich langsam die Namen Dr. Bartlett, Philip Ogleby, George Bland durch. Da waren es nur noch zwei ... Und jetzt konnten sie es ein paar Monate nach Herzenslust miteinander treiben. Ein paar Monate ... länger war Quinn nicht dagewesen, nicht mal lange genug, um als gedruckter Name auf dem Briefkopf zu erscheinen. Morse dachte an den Lippenlese-Unterricht. Hätte Quinn sich hier halten können, wenn sein Gehör ganz ausgefallen wäre? Vielleicht doch nicht. Lippenlesen war eine wunderbare Sache, aber selbst die Lehrerin hatte einen Fehler gemacht, als er sie gefragt hatte ...

Morse erstarrte zur Salzsäule, das Blut schien aus seinen Armen und Schultern zu weichen, sein Oberkörper fühlte sich plötzlich wie taub an und kribbelte. Nein, das durfte nicht wahr sein! Lieber Gott und Heilige Mutter Maria, bitte nicht ...! Mit zitternder Hand schrieb er die beiden Namen auf das Blatt. Seine Stimme schwankte.

«Lewis! Lassen Sie alles stehen und liegen! Stellen Sie sich an die Tür, nehmen Sie das Blatt hier mit!»

Verblüfft tat Lewis, was ihm gesagt wurde. «Und was jetzt, Sir?»

«Lesen Sie mir die beiden Namen vor – nur mit den Lippen. Nicht flüstern, nur die Lippen bewegen. Klar?»

Lewis gab sich die größte Mühe.

«Noch mal!» sagte Morse. Lewis gehorchte.

«Noch einmal ... und noch einmal ... und noch einmal ...» Morse nickte und nickte und nickte. In seiner Stimme schwang tiefe Erregung. «Schnappen Sie sich Ihren Mantel, Lewis, wir sind hier fertig!»

Zuerst wollte sie nichts sagen, aber Morse kannte kein Erbarmen. «Haben Sie das Blut abgeputzt?» Er hatte die Frage schon ein dutzendmal gestellt. «Herrgott, Sie müssen blind sein, wenn Sie nicht begreifen, was geschehen ist! Wie viele Frauen hat er sonst noch gehabt? Bei wem war er gestern abend? Wissen Sie das nicht? Haben Sie nie Verdacht geschöpft? Haben Sie das Blut abgeputzt? Raus mit der Sprache! Oder hat er es getan? Verstehen Sie nicht, was ich sage? Ich muß es wissen! Haben Sie das Blut abgeputzt? Ich muß es wissen!»

Plötzlich brach sie völlig zusammen und begann hysterisch zu schluchzen. «Er hat gesagt ... es hätte einen ... einen ... Unfall gegeben. Und er ... er hat gesagt ... er hat helfen wollen ...

bis ... bis der Krankenwagen da war. Es war ...es war in der Broad Street ... gegenüber von Blackwells ... und ...»

Die Tür ging auf, und ein Mann kam herein. «Was ist denn hier los?» Seine Stimme peitschte, und in seinen Augen glühte ein primitiver, flammender Wahnsinn. «Was hat dieser Scheißkerl Roope Ihnen erzählt, Sie Schnüffler?» Er stürzte sich auf Morse und schlug wild zu, während Mrs. Martin kreischend aus dem Zimmer floh.

«Sie sollten mal was für sich tun, Morse, Sie sind ganz schön abgeschlafft.»

«Kommt vom Bier», murmelte Morse. «Au!»

«Das ist der letzte. Kommen Sie in einer Woche wieder, dann ziehen wir die Fäden. Alles okay?»

«Ein Glück, daß ich Lewis dabeihatte! Sonst hätten Sie gleich die nächste Leiche am Hals gehabt.»

«Guter Mann, wie?»

Morse grinste schief und nickte. «Den hätten Sie erleben sollen, Doktor!»

Am nächsten Morgen in Morses Büro war es Lewis, der sich eins griente. «Das Reden muß ein bißchen schwierig sein mit dem genähten Mund, Sir!»

«Hm.»

«Na, dann erzählen Sie mal!»

«Was wollen Sie wissen?»

«Wie Sie auf Martin gekommen sind.»

«Ich habe Ihnen gesagt, daß der Schlüssel zu dem Fall in der Tatsache lag, daß Quinn schwerhörig war. Aber ich habe immer nur daran gedacht, wie großartig er das Lippenlesen gelernt hatte, und übersah dabei das Naheliegendste: Daß selbst der beste Lippenleser hie und da mal einen Fehler macht. Und genau das ist Quinn passiert. Er sah, wie Roope mit dem Scheich sprach, und las einen Namen falsch von seinen Lippen ab. Im Lippenlese-Unterricht habe ich gelernt, daß Schwerhörige die größten Schwierigkeiten haben, zwischen den Konsonanten P, B und M zu unterscheiden, und bei den Namen Bartlett und Martin gibt es kaum Unterschiede in der Lippenstellung. B und M sind völlig identisch, und der zweite Teil des Namens verschwindet irgendwo in der Mundhöhle. Aber das ist nicht alles. Es hieß *Doktor* Bartlett und *Donald* Martin. Versuchen

Sie's mal. Kaum ein Unterschied, nicht? Wenn man die beiden Namen nebeneinanderstellt, ist es durchaus verständlich, wenn ein Schwerhöriger sie verwechselt. Roope hätte den Geschäftsführer nie Tom genannt, so gut, daß sie sich mit Vornamen angeredet hätten, standen sie nicht zueinander, er hätte Bartlett oder Dr. Bartlett gesagt. Und der Scheich hätte ihm bestimmt seinen vollen Titel gegönnt. Aber Martin war einer von ihnen, er gehörte zur Clique. Er war *Donald* Martin.»

«Bißchen gewagte Schlußfolgerung, wie?»

«Finde ich eigentlich nicht. Es gab da ein paar Teile, die sich nicht in das Puzzle einfügen wollten, und ich hatte so das ungemütliche Gefühl, daß ich da vielleicht was in die falsche Kehle gekriegt hatte. Es paßte einfach nicht zu ihm, da hatten Sie natürlich recht. Bartlett betrachtete den Verband praktisch als sein Lebenswerk, es fiel schwer, sich vorzustellen, daß er sich zu Schiebungen, ja, sogar zu einem Mord hergeben würde. Aber erst vorhin in Bartletts Büro ging mir ein Licht auf, und dann rückte automatisch alles an die richtige Stelle. Quinn glaubte entdeckt zu haben, daß Bartlett bei betrügerischen Machenschaften mitspielte, und er rief ihn an. Er rief ihn an, Lewis – obgleich es ihn, wie Sie sich vorstellen können, jedesmal große Überwindung kostete, zum Hörer zu greifen. Er rief ihn an, weil er es nicht fertigbrachte, Bartlett persönlich damit zu konfrontieren, denn er konnte sich einfach nicht vorstellen, daß Bartlett sich schuldig gemacht hatte.»

«Hat Quinn Bartlett von seinem Verdacht Roope gegenüber erzählt?»

«Das möchte ich annehmen. Quinn muß ein ungewöhnlich geradliniger Mensch gewesen sein, und er hat vermutlich bei Bartlett wie auch bei Roope alle Karten auf den Tisch gelegt.»

«Und warum hat Bartlett nichts unternommen?»

«Ich denke mir, er hat einfach geglaubt, Quinn hätte sich da irgendwie vertan. Man denke – er, Bartlett, sollte den Verband hintergangen haben? Und wenn Quinn sich in seiner Person geirrt hatte, konnte es dann nicht sein, daß auch der Verdacht gegen Roope ungerechtfertigt war?»

Lewis schüttelte nachdenklich den Kopf. «Alles ein bißchen dünn, wenn Sie mich fragen.»

«Für sich allein genommen schon. Aber wenden wir uns jetzt mal Monica Height zu. Wie sollen wir uns die Lügengeschichten erklären, die sie uns aufgetischt hat? Es ist jetzt durchaus verständlich, weshalb Martin, nachdem Monica ihm erzählt hatte, sie habe Bartlett aus dem Kino kommen sehen, bei dem Schwindel bereitwillig mitgemacht hat. Vielleicht ist die Sache sogar von ihm ausgegangen. Es paßte ihm natürlich sehr gut in den Kram, daß man ihn nicht mit STUDIO 2 in Verbindung brachte. Als Monica erfuhr, daß Quinn möglicherweise am gleichen Nachmittag auch in dem Kino gewesen war, begriff sie sofort, daß es schlecht für Bartlett aussah, wenn sie sagte, sie habe ihn dort gesehen. Also rückte sie noch immer mit der Wahrheit nicht heraus. Warum nicht, Lewis? Weil sie, ebenso wie Quinn, sich nicht vorstellen konnte, daß Bartlett sich schuldig gemacht hatte.»

Lewis nickte. Allmählich hörte sich die Sache schon einleuchtender an.

«Und dann war da Ogleby», fuhr Morse fort. «Er hat mir am meisten zu schaffen gemacht, Lewis, und Sie haben die kritische Frage selbst gestellt. Warum hat er mir nicht gesagt, was er wußte? Ich glaube, dafür gibt es zwei mögliche Erklärungen. Erstens war Ogleby als typischer Einzelgänger durchaus nicht abgeneigt, den Fall allein anzugehen. Er wußte, daß er ohnehin nicht mehr lange zu leben hatte, und vielleicht hatte es für ihn einen besonderen Reiz, auf eigene Faust die merkwürdige Situation aufzuklären, in die er da geraten war. Daß er sich in Gefahr begab, mag ihm gleichgültig gewesen sein, er lebte sowieso gefährlich. Aber lassen wir das mal dahingestellt. Meiner Meinung nach gab es noch einen zweiten und sehr viel zwingenderen Grund für seine Handlungsweise. Er hatte Beweismaterial gefunden, das allem Anschein nach Bartlett, einen Mann, den er seit vierzehn Jahren kannte, schwer belastete, und er konnte einfach nicht glauben, daß er sich schuldig gemacht hatte. Er war fest entschlossen, mit keinem Wort den Verdacht gegen ihn zu bestärken. Zumindest nicht, ehe er Beweise gegen ihn in der Hand hatte.»

«Aber dazu kam es nicht mehr.»

«Nein», sagte Morse leise. Er lehnte sich zurück und strich sich vorsichtig über die verschwollenen Lippen. «Sonst noch was, mein Sohn?»

Lewis überdachte noch einmal den komplizierten Fall. So ganz klar war einiges immer noch nicht. «Dann war es Martin, der all das getan hat, was Sie mir über Bartlett erzählt haben?»

«Ganz recht! Martin hat Quinn genau zum gleichen Zeitpunkt und fast auf die gleiche Art getötet. Der Mord geschah in Martins Büro, und Martin hatte die gleichen Möglichkeiten wie Bartlett. Zugegeben, sein Risiko war etwas größer, aber er hatte die Tat – zumindest bis zu diesem Zeitpunkt – sehr sorgfältig vorbereitet. In groben Umrissen muß der Plan entstanden sein, nachdem Bartlett für Freitag die Feuerübung angesetzt hatte. Die Mitarbeiter hatten erst am Montag davon erfahren, allzuviel Zeit blieb also nicht. Ein bißchen improvisieren mußten sie sowieso. Alles in allem haben sie ihre Chance gut genutzt, haben es aber ein bißchen zu schlau angestellt, besonders im Hinblick auf die Kinokarten, was ihnen durchaus vermeidliche Unannehmlichkeiten einbrachte.»

«Bitte seien Sie mir nicht böse, aber können Sie mir das vielleicht noch mal erklären? Ich kann immer noch nicht ...»

«Ich glaube, STUDIO 2 kam in dem ursprünglichen Plan gar nicht vor. Ich kann mich natürlich auch irren. An sich ging es ihnen wohl nur darum, eventuelle Besucher von Quinn davon zu überzeugen, daß dieser am Freitag nachmittag irgendwo im Hause war. Es war alles ein bißchen ungelenk, aber gerade noch annehmbar – der Zettel für die Sekretärin, der Anorak, die Schränke und so weiter. Vermutlich war Martin mit den Nerven total am Ende, nachdem er Quinn umgebracht hatte, und ihm muß ein Stein vom Herzen gefallen sein, als er Monica dazu überreden konnte, den Nachmittag mit ihm zu verbringen. Je spärlicher die Geschäftsstelle an dem Nachmittag besetzt war, desto besser, und das Zusammensein mit Monica verschaffte ihm ein gutes Alibi, falls was schiefging. Zu diesem Zeitpunkt war, wie gesagt, meiner Meinung nach nicht daran gedacht, die abgerissene Kinokarte Quinn zuzustecken. Aber bedenken Sie, wie es dann weiterging. Martin und Monica beschlossen, den Kinobesuch zu unterschlagen, und Martin muß eingesehen haben, daß der komplizierte Versuch, den Eindruck zu erwecken, Quinn befinde sich wohlbehalten in der Geschäftsstelle, sinnlos war. Es war niemand da, den man davon hätte überzeugen müssen. Bartlett war in Banbury, er und Monica waren nicht im Hause, Quinn war tot, und Ogleby aß mit den Leuten von der Oxford University Press zu Mittag und würde vielleicht gar nicht mehr in die Geschäftsstelle zurückkommen. Und da hat er seinen Gedankenblitz: Er wird Roope veranlassen, die Kinokarte Quinn in die Tasche zu stecken.»

«Aber wann ...»

«Moment noch! Nachdem sie das Kino verlassen hatten – da hat übrigens Martin geschwindelt, und eigentlich hätte mir das schon früher auffallen müssen. Er versuchte, sein Alibi zu erweitern, indem er sagte, er sei Viertel vor vier gegangen. Aber wie wir von Monica wissen, sind beide kurz vor Ende des Films gegangen, also um Viertel nach drei. Sie wollten natürlich weg, ehe der allgemeine Ansturm einsetzte, um nicht gesehen zu werden. Als sie draußen waren, ging jeder seiner Wege. Monica fuhr nach Hause, Martin desgleichen, nur fuhr er auf dem Heimweg noch mal bei der Geschäftsstelle vorbei – das war so um 15 Uhr 20 –, sah niemanden, auch nicht Ogleby, und legte die Kinokarte in Bartletts Zimmer, wo Roope sie abholen sollte.»

«Aber Roope konnte doch nicht wissen ...»

«Bitte lassen Sie mich ausreden, Lewis! Martin muß einen Zettel geschrieben haben – ‹Steck ihm das in die Tasche!› oder so was in der Richtung –, den er zu der Karte und den Schlüsseln legte. Zehn Minuten später kam Ogleby zurück und fand, daß dies eine gute Gelegenheit sei, sich mal bei Bartlett umzusehen. Und was er dort sah, verblüffte ihn so, daß er die Kinokarte in seinen Taschenkalender zeichnete.»

«Und dann fuhr Martin heim.»

Morse nickte. «Und sorgte dafür, daß er gesehen wurde, insbesondere in der entscheidenden Phase zwischen halb fünf und fünf, wo Roope die Operation zu Ende führte. Er hatte wohl gehofft, sich etwas entspannen zu können, doch dann rief ihn Roope kurz nach fünf von Quinns Wohnung aus an mit der vernichtenden Mitteilung, daß Quinns Putzfrau ... Aber die Fortsetzung kennen Sie ja.»

Lewis überlegte, und allmählich wurde ihm alles klar. «Und was war mit dem Zeitungsjungen? Hat Roope ihn nur deshalb mit dem Brief zu Bartlett geschickt, um ...»

«... um Bartlett das Leben schwerzumachen, jawohl. Roope muß geschrieben haben, er müsse dringend mit ihm über den Verdacht der Polizei sprechen oder so was in der Art. Roope wußte natürlich, daß wir ihn scharf beobachteten, deshalb ging er langsam zum Bahnhof und ließ uns hinterherlaufen.»

«Sie haben nicht mit Bartlett darüber gesprochen?»

«Noch nicht. Wir wollten dem armen Kerl nach seiner Entlassung erst eine Atempause gönnen.»

Lewis zögerte. «Da wäre nur noch eines, Sir ...»

«Ja?»

«Etwas hat Bartlett doch zu vertuschen. Er war wirklich im STUDIO 2, nicht?»

Morse feixte so breit, wie es sein geschwollener Mund zuließ. «Wissen Sie, Lewis, Bartlett ist auch nur ein Mensch, und vielleicht ist es lange her, seit er gesehen hat, wie eine Inga Nielsson ihre Bluse aufknöpft. Der Film fing um halb zwei an, und da er erst um halb drei nach Banbury fahren mußte, wollte er sich mal eine schöne Stunde machen. Aber brechen Sie nicht den Stab über ihn, Lewis! Er geht hinein, setzt sich nach hinten, und als seine Augen sich an das Dämmerlicht gewöhnt haben, sieht er Martin hereinkommen. Aber Martin hatte ihn nicht bemerkt, und Bartlett tut, was jeder in seiner Lage tun würde – er macht, daß er wieder rauskommt.»

«Und da ist er Monica ins Visier gelaufen?»

«Genau!»

«Er hat sich also den Film gar nicht angesehen?»

Morse schüttelte bedauernd den Kopf. «Und was Sie sonst noch an Fragen haben, hat bestimmt Zeit bis morgen. Ich habe eine Überraschung für Sie!»

«Aber ich habe meiner Frau versprochen ...»

Morse schob ihm das Telefon hin. «Sagen Sie ihr, daß es ein bißchen später wird!»

Sie saßen nebeneinander in dem gutbesuchten Saal. Die «Ausgang»-Schilder leuchteten grün im Dämmerlicht. Morse hatte die Karten spendiert. Parkett hinten. Zur Feier des Tages gewissermaßen.

«Jetzt schauen Sie sich das an!» flüsterte Morse, als die Kamera auf die dralle blonde Schönheit zufuhr, deren Brüste aus dem tief ausgeschnittenen, enganliegenden Gewand zu quellen drohten.

«Ausziehen!» brüllte jemand weiter vorn, und die zum größten Teil männlichen Kinobesucher prusteten zustimmend. Morse setzte sich behaglich in seinem Sessel zurecht und machte sich daran, seine niederen Instinkte zu befriedigen. Nach einigen Anstandsminuten tat Lewis es ihm nach.

Epilog

Der Verband war genötigt, gleich nach der Veröffentlichung der Herbst-Prüfungsergebnisse seine Tätigkeit einzustellen. Die Auslandszentren wurden unter den anderen Prüfungsgremien aufgeteilt. In das Haus ist das Finanzamt eingezogen, und heute klappern die Absätze weiblicher Angestellter über die gebohnerten Gänge, und in den Räumen, wo einst der kleine Bartlett und seine Mitarbeiter Prüfungen vorbereiteten, wird über weibliche Themen geschwatzt.

Von ihrem nicht unbeträchtlichen eigenen Einkommen kaufte Mrs. Bartlett eine Farm in Hampshire, wo Richard endlich Lebensumstände vorfand, die seiner gequälten Seele guttaten, und wo sein Vater gelegentlich wieder jungenhaft hinter der randlosen Brille blinzelt.

Bis zu Sallys Schulabschluß – mit dem sie sich keine besonderen Lorbeeren erwarb – blieb Miss Height in Oxford und nahm eine Teilzeitstellung als Lehrerin an. In den Monaten nach der Verurteilung der Mörder war sie mehrmals im Pub *Roß und Trompete* – alter Zeiten eingedenk, wie sie sagte. Sie hätte ihn so gern wiedergesehen. Er hatte noch einen Drink bei ihr gut, und sie wollte sich revanchieren. Aber so sehr sie ihn auch herbeisehnte – er kam nie!

Es fand sich genug Beweismaterial, um den sofortigen Ausschluß des Schülers Muhammad Dubal von allen Prüfungen zu rechtfertigen. Sechs Wochen später galt sein Vater, der Scheich, nach einem «unblutigen» Putsch im Emirat als vermißt.

George Bland war zwar angeblich in verschiedenen östlichen Hauptstädten gesehen worden, aber bisher hat ihn seine Strafe nicht ereilt. Gottes Mühlen mahlen langsam!

Beide Wohnungen in der Pinewoode Close 1 sind mittlerweile wieder vermietet, und Mrs. Jardine überlegt, ob sie sich neue Garderobe kaufen soll. Mit der traurigen Berühmtheit war es nach wenigen Wochen wieder vorbei, sie hatte es sich ja gleich gedacht. So ist das Leben!

Kurz nach Weihnachten tauchte bei einer Taufe in Ost-Oxford der Pfarrer behutsam einen Finger in das Taufbecken und nahm im

Namen der Heiligen Dreifaltigkeit den kleinen Erdenbürger in den Schoß der Kirche auf. Doch das Wasser war eiskalt, und Nicholas John Greenaway brüllte empört. Über den Namen hatte schließlich Frank das letzte Wort gesprochen. Er habe sich allmählich daran gewöhnt, sagte er. Aber während Joyce den Kleinen auf den Arm nahm und ihn mit zärtlichen Lauten tröstete, dachte sie an den Tag, als Nicholas, ihr Sohn, geboren wurde und ein anderer Nicholas sein Leben verlor.

FRED BREINERSDORFER

Reiche Kunden killt man nicht

Zu diesem Buch

Abel beobachtete die Grenzer mit wachsendem Unbehagen. Er stellte fest, daß sie jeden dritten oder vierten Wagen genauer kontrollierten. Da fiel ihm ein, daß er total vergessen hatte, die falschen Nummernschilder wieder anzubringen. Der Schreck jagte ihm eine Gänsehaut über Arme und Rücken.

Abel saß im Niemandsland fest.

Die Polizei ist hinter dem Privatdetektiv Jean Abel her. Die Großfahndung läuft. Er soll einen Klienten umgebracht haben; die Indizien sprechen gegen ihn, und er hat kein Alibi.

Vor allem aber paßt ein Privatdetektiv in schmutzigen Jeans, mit abgebrochenem Jurastudium, Schulden und starkem Alkoholverbrauch als Mörder vorzüglich in das Weltbild von Hauptkommissar Schuster ... Nein, Schuster ist kein mieser Bulle. Er ist eher ein Mann mit Grundsätzen, mit sehr viel Erfahrung und wenig Phantasie. Und wenn da nicht nur ein Alibi fehlt und die Indizien eindeutig sind, sondern auch ein klares Motiv erkennbar wird, da hat der alte Praktiker nicht mit Zweifeln zu kämpfen.

Aber mit Abel.

Fred Breinersdorfer ist hauptberuflich Rechtsanwalt in Stuttgart. Dies ist seiner erster Kriminalroman. Außerdem liegen in dieser Reihe vor: Der Dienstagmann (Nr. 2658), Frohes Fest, Lucie (Nr. 2562), Das kurze Leben des K. Rusinski (Nr. 2538), Noch Zweifel, Herr Verteidiger (Nr. 2621), Notwehr (Nr. 3079) und der Kurzgeschichtenband Schlemihl und die Narren (Nr. 2792).

Die Hauptpersonen

Albert Reissler	wird erst betrogen und dann beseitigt.
Jean Abel	hat kein Geld, kein Staatsexamen und kein Alibi.
Ernest von Paloff	ist gewohnt, daß ihm ein Mädchen ausgespannt wird.
Carl Haussmann	ist sein Brot noch nie auf die Butterseite gefallen.
Dr. Wolff	trägt statt des sprichwörtlichen Schafspelzes eine Anwaltsrobe.
Anne	sitzt zur rechten Zeit am rechten Platz.
Karin	betrachtet die Aufklärung eines Mordes als Denksportaufgabe.
Kriminalhauptmeister Novotny	stolpert vor Diensteifer mehrfach über die eigenen Füße.
Kriminalhauptkommissar Schuster	kennt seine Paragraphen. Und seine Pappenheimer.

1

«Tach», sagte der Mann, der Paloff auf der Treppe entgegenkam.

«Grüß Gott», antwortete Paloff in reinstem Schwäbisch. Er stieg langsam die Stufen durch das alte Treppenhaus hinauf. Oben unter dem Dach gab es drei Türen. An der mittleren klebte ein Zettel.

JEAN ABEL

– Privatdetektiv –

telef. Voranmeldung erforderlich

Paloff klopfte. Nichts. Er klopfte noch einmal, lauter.

«Oho, Alter, das ist aber mal 'ne Überraschung.» Abel hielt die Tür mit der linken Hand, sein rechter Arm fuhr in einer weiten Geste hinauf zum Türbalken. Dann packte er Paloff mit beiden Händen an den Schultern und zog ihn zu sich herein.

«A Freid is es.» Abel lachte und imitierte Wienerisch. Die Tür bekam einen Fußtritt und schlug krachend zu. Der Detektiv zerrte Paloff den Mantel von den Schultern und schob ihn vor sich her zu einem breiten Ohrensessel. Paloff setzte sich in die zerschlissenen Polster und legte sein Pfeifenetui sorgfältig vor sich auf den Schreibtisch.

«Ich habe Arbeit für dich», sagte er beiläufig.

«Was?»

«Arbeit, einen Auftrag.»

Abel angelte nach dem Stuhl hinter dem Schreibtisch und zog ihn herüber. Er setzte sich rittlings und legte das Kinn auf die Lehne.

Paloff klappte sein Etui wie ein Buch auseinander, wählte eine Pfeife aus und begann sie sorgfältig zu stopfen.

«Worum geht's denn da?»

«Dein Klient kommt gleich, er wird dir alles genau erzählen. Es handelt sich, soviel ich weiß, um eine Erbschaftsgeschichte.» Paloff paffte dicke Qualmwölkchen vor sich hin.

«Und was ist das für ein Mann?»

«Ein Kollege aus Südamerika», sagte Paloff stolz.

«Ich werd verrückt.» Abel spielte großes Erstaunen und ließ sich rücklings fast vom Stuhl fallen. Paloff war Philologe, seine Spezialität war Althochdeutsch. Abel hatte zu dieser Wissenschaft keine Beziehung, aber ihren Vertretern traute er nichts zu. Er kannte ja Paloff.

«Kann der überhaupt ein Auto vom Rasenmäher unterscheiden?» Besorgt zog er die Augenbrauen hoch.

«Ich kann ja wieder gehen und ihm Bescheid sagen . . .»

«Quatsch, man wird ja noch mal fragen dürfen.» Abel lachte. Er zwinkerte zu Paloff hinüber.

«Einen Kaffee zur Friedenspfeife?» Er schob seinen Stuhl zurück und ging in den zweiten Raum seiner Dachwohnung hinüber, um am Waschbecken einen Topf mit Wasser zu füllen und auf die elektrische Platte zu stellen.

Die beiden Männer saßen sich gegenüber unter dem Lichtkreis der Schreibtischlampe. Abel hatte einen starken, heißen Kaffee gebraut. Die Henkelbecher hinterließen kleine Kreise auf der Lederunterlage. Der Rauch von Paloffs Pfeife schwebte in dünnen Schwaden im Raum und schimmerte matt. Ein fahler Herbstabend lag draußen vor dem Fenster, wo der Sprühregen wie Nebel um die Lichter der Laternen hing. Im Zimmer knisterte das Holz im Kanonenofen.

Abels breites Gesicht glühte jetzt vor Interesse. Er kratzte sich am Bart, rieb über die borstigen Haare, wenn er nachdachte, und versuchte, einen Namen aus einer Gedächtnisschublade zu kramen. Die beiden tratschten. Paloff hatte eine frühere Freundin von Abel getroffen. Dort hatte er dies und jenes über die ehemaligen Kommilitonen erfahren, Kleinigkeiten, aber immerhin, Abel war gespannt, er schwadronierte und lästerte und hatte fast alles schon vorher gewußt.

«Das war doch klar, daß die sich blitzschnell einen sucht, einen mit Kies meine ich.» Abel war aufgestanden und kramte im Nebenzimmer nach einer Schnapsflasche. «Und dann ist nix mehr mit In-die-Schule-Gehen, anderer Leute Kinder erziehen. Jetzt gibt's nur noch Porsche fahren und auf Parties und Vernissagen rumrennen.»

«Bessere Kreise.» Paloff zuckte mit den Schultern, er gehörte selbst dazu.

«Bessere Kreise, bessere Kreise, da scheiß ich drauf», Abel kam mit einer Flasche zurück.

«Ob dein Freund noch kommt?»

«Er ist sonst immer pünktlich», Paloff schaute auf seine Uhr.

2

«Er kommt bestimmt.»

«Hoffentlich.»

«Bestimmt, wenn ich's sage», beharrte Paloff, «er ist aus Südamerika,er kennt hier niemanden.»

Abel trank ächzend einen Schluck hellen Schnaps aus dem Wasserglas, das vor ihm stand; die beiden schwiegen. Im Ofen fuhr krachend ein Holzscheit auseinander. Unten auf der Straße brummte der Abendverkehr.

Da knarrten die Stufen vor der Tür unter unsicheren Schritten. Abel hob den Kopf. Paloff legte die Pfeife aus der Hand. Die Schritte verharrten in der Nähe der Tür. Bevor wieder der Lärm von der Straße heraufdrang und die letzten Geräusche hier überdeckte, klopfte jemand behutsam an die Tür.

Der Mann, der den Raum betrat, war klein und untersetzt. Seine stämmige Erscheinung paßte nicht zu den vorsichtigen Schritten.

Abel hatte das Deckenlicht angeschaltet, er stand hinter dem Fremden, so daß er nicht sehen konnte, wie dessen Miene sich aufhellte. Paloff und der Mann begrüßten sich freundschaftlich.

«Das ist der Mann, den ich Ihnen empfohlen habe, Herr Kollege», sagte Paloff und deutete auf Abel.

«Aha, schön», sagte der Mann und säuberte seine beschlagene Brille sorgfältig mit einem Taschentuch. Er hatte sich umgedreht.

«Abel», stellte sich der Detektiv vor.

«Sehr angenehm, Reissler.» Der Fremde drückte die Hand des Detektivs fest zusammen, «Sie wissen sicher, daß Herr Paloff und ich Kollegen sind, wir kennen uns von Kongressen, ihr Freund ist eine wissenschaftliche Autorität, daher mein Vertrauen, seinen privaten Ratschlag zu befolgen.»

Reisslers Gesicht zeigte dennoch Skepsis. Sein Blick wanderte flüchtig durch den matt erleuchteten, kleinen Raum. Paloff lächelte entschuldigend.

«In Amerika residieren Privatdetektive sicher fürstlicher», sagte Abel.

Mit einer weiten Geste des rechten Arms wies er auf einen zweiten Stuhl, den er herangezogen hatte.

«Bitte, nehmen Sie doch Platz.»

«Danke», sagte Reissler und setzte sich zögernd auf die Stuhlkante. Abel verschwand im hinteren Zimmer und kehrte mit einem Glas zurück. Er stellte es direkt vor Reissler und zog aus der Tasche ein Päckchen Zigaretten, das er in die Mitte des Schreibtisches legte.

«Trinken Sie auch ein Glas?» fragte Abel und näherte sich mit der Flasche.

«Schnaps?» fragte Reissler.

«Ja, Obstschnaps.»

Abel hielt die Flasche kurz über das Glas.

«Ja, gerne», sagte der Mann und nickte. Abel vergaß vor Erstaunen fast das Einschenken. Ein Philologe, der Schnaps trinkt, paßte nicht in sein Weltbild. Reissler kippte den Obstler hinunter und zog die Schultern hoch. Abel beobachtete den Vorgang ungläubig, dann trank er selbst.

«Noch einen?»

«Ja gerne, das wärmt.»

Die drei Männer saßen um den Tisch und sahen sich an. Hätte auch Paloff getrunken, es wäre fast gemütlich gewesen. Nachdem Reissler sich eine von Abels «Anbietzigaretten» angezündet hatte – Abel selbst rauchte nicht –, fragte Abel geschäftsmäßig, wo der Schuh denn drücke. Reissler saß aufrecht und starr auf dem Stuhl und schaute Abel aufmerksam an.

«Mein Problem ist privater Natur, eine alte Geschichte. Ich selbst kann es nicht lösen. Ich bin daher auf fremde Hilfe angewiesen. Es geht um Ermittlungen, die Sie für mich durchführen sollen.»

«Das ist mein Beruf.» Abel trank ein Schlückchen.

«Ich komme aus Venezuela», fuhr Reissler fort, «und bin dort an der Universität tätig, geboren bin ich aber in Stuttgart. Nach dem Krieg – ich war Mitte Zwanzig – bin ich zusammen mit meinem Vater nach Südamerika. Es gab dafür private, na ja, sagen wir politische Gründe. Die einen sind damals geflüchtet und haben im Ausland ihren Weg gemacht, die anderen sind hier in der Heimat geblieben. Und um die – soweit sie aus meiner Familie sind – geht es.»

Abel nickte und begann auf einem Block Notizen zu machen.

«Unsere Familie ist verhältnismäßig wohlhabend. Mein Großvater hat das Vermögen zusammengebracht, wie, weiß heute keiner mehr. Weder mein Vater noch ich ahnten etwas über die Höhe, es gab nur Schätzungen. Bis zu seinem Tod hat mein Vater immer wieder davon gesprochen, daß wir ausgesorgt haben würden, wenn der Erbfall eintreten würde.

«Hat Ihr Vater diesen Erbfall noch erlebt?» fragte Abel, ohne von seinem Block aufzusehen.

«Nein, mein Vater ist vorher gestorben.» Reisslers Miene blieb unbeweglich. «Der ‹Erbfall›, das war meine Großmutter. Sie hieß Haussmann und war so was wie eine Stammesfürstin. Sie war geizig, verschlagen und zäh, sie ist erst nach meinem Vater gestorben. Trotz allem war sie nicht ohne Gerechtigkeitssinn, wenn es die Familie betraf. Mein Vater hat das immer wieder betont und fest daran geglaubt, daß wir in Südamerika nicht betrogen werden würden.»

«Und hat sich Ihr Vater getäuscht?»

«Ja.» Reissler drehte das Schnapsglas zwischen seinen Fingern. «Als die Großmutter 1964 starb, hier ist der Totenschein –» Reissler reichte ein verschlissenes Blatt über den Tisch – «bin ich nach Deutschland gekommen, um das Erbe anzutreten. Die Verwandten haben mich sehr distanziert behandelt, mit dem Tenor: ‹Du hast dich nie um deine Großmutter gekümmert, jetzt, wenn es um's Geld geht, bist du da!› Ich bin mir damals ziemlich schäbig vorgekommen, so, als wollte ich die anderen bestehlen.»

«Es war aber eher umgekehrt», warf Paloff dazwischen, der die Geschichte Reisslers schon kannte. Er zog heftig an seiner Pfeife.

«Damals habe ich mich mit dem Nachlaßgericht in Verbindung gesetzt», fuhr Reissler fort, «und dort einen Erbschein erhalten, der auf ein Drittel der vorhandenen Erbmasse lautet. Das stand mir auch zu, denn mein Vater hatte zwar drei Geschwister, aber ein Bruder ist kinderlos im Krieg geblieben, so daß außer meinem Vater noch zwei bzw. deren Kinder je ein Drittel erbten; sozusagen zwei weitere Äste des Stammbaumes, außer unserem.»

Abel grinste, denn die gesetzliche Erbfolge kannte er. Immerhin hatte er sein erstes juristisches Examen, wenn auch mit unsäglichem Glück, bestanden.

«Das Merkwürdige war nur, daß mein Anteil verhältnismäßig mager ausfiel. Alles zusammen am Schluß nur knapp 100000,– Mark. Dabei war eine Gießerei vorhanden, mit zwei Verarbeitungsbetrieben. Das Grundstück, auf dem die Gebäude der Firmen standen, soll früher uns gehört haben und dann in den fünziger Jahren verkauft worden sein. Neben einer großen Villa am Killesberg hier in Stuttgart, eine sehr gute Gegend, wie Sie wahrscheinlich wissen, muß es noch Mietshäuser in der Stadt und Grundstücke auf dem Lande gegeben haben.»

«Eine ganze Menge.» Abel war beeindruckt. «Da hätte sich das Erben gelohnt.»

«Von allem war angeblich nichts mehr da.» Reissler fuhr mit einer knappen Bewegung der Hand durch die Luft. «Die Grundstücke und Häuser sollen nach dem Krieg von den Alliierten konfisziert worden sein – ohne Abfindung, hieß es. Und die Firmen waren notleidend, hieß es. Man hat mir damals ein Gutachten von zwei Wirtschaftsprüfern vorgelegt, aus denen hervorging, daß der Wert des gesamten Unternehmens praktisch gleich Null war und nur die Betriebsgrundstücke – abzüglich hoher Belastungen – noch knapp 300000,– Mark bringen würden.»

Paloff schüttelte ungläubig den Kopf, obwohl er die Vorfälle kannte. Er beobachtete, wie der Detektiv nun eifriger schrieb.

«Dreihunderttausend muß das heißen», er zeigte mit dem Finger auf das Notizpapier.

«Heißt es auch», knurrte Abel.

«Damals war ich schon skeptisch und habe mir einen Rechtsanwalt genommen», fuhr Reissler fort, «der hatte jedoch nur wenig Zeit auf die Prüfung der Unterlagen verwendet und mir schließlich geraten, aus den Firmen, deren Teilhaber ich als Erbe war, auszuscheiden und meinen Anteil zu realisieren, bevor ein Konkurs kommen würde. Ich habe diesen Rat – wenn auch mit großen Bedenken – befolgt, da die Vorgänge plausibel dargestellt waren und ich befürchten mußte , schließlich noch alles zu verlieren.»

«Wie hieß der Mann?» fragte Abel dazwischen, ohne aufzublicken.

«Wer?»

«Der Anwalt, den Sie hatten.»

«Kuhlmann», antwortete Reissler. Nach einer versonnenen Pause sprach er weiter:

«Später erst habe ich mich gewundert, woher die anderen Erben so schnell das Geld aufgetrieben haben, um mich auszuzahlen, wenn alles tatsächlich so marode war, wie es aussah. Ganz besonders deshalb, weil die Familie ihre Einkünfte ohne Ausnahme aus den Firmen bezog. Keiner von denen war in der Lage, durch seiner Hände Arbeit etwas zu verdienen. Keiner hatte etwas Richtiges gelernt. Ich habe in Venezuela dann immer die Wirtschaftspresse über Deutschland verfolgt. Dabei bin ich schließlich vor knapp drei Wochen auf eine Notiz gestoßen, aus der hervorging, daß die *Haussmann Me-*

tallverarbeitungsgesellschaft mbH in Stuttgart – eine Dachgesellschaft – für einen Preis von über 30 Millionen Mark mit einem Großunternehmen fusioniert hat und daß die bisherigen Inhaber, Kurt Haussmann und Ina Haussmann–Nasch entsprechend ausbezahlt wurden. Nebenbei bemerkt, das sind mein Vetter und meine Cousine, die armen Miterben von damals.» Reissler schob einen Zeitungsausschnitt über den Tisch.

«Eigenartig, was der deutsche Unternehmergeist aus konkursreifen Firmen alles macht.» Abel drehte den Zeitungsausschnitt mit dem spanischen Text unschlüssig in der Hand.

«Ja, da ist mir schließlich klargeworden, daß man mich damals betrogen hat», sagte Reissler bitter, «und jetzt bin ich gekommen, mein Recht zu suchen.»

Er lehnte sich zurück und drehte das leere Schnapsglas in den Händen.

«Eines ist mir nicht klar», sagte Abel langsam und fuhr mit dem Bleistiftstummel an seinen Notizen entlang. «Sie heißen Reissler, folglich hieß auch Ihr Vater so, wie sind Sie genau mit der Familie Haussmann verwandt?»

«Ganz einfach: Meine Mutter war eine geborene Haussmann und stammte aus Stuttgart.»

«Gut, aber dann hätte Ihr Vater nicht geerbt, nur Sie persönlich», Abel sah Reissler an.

«Richtig, mein Vater hätte zwar unter Umständen auch selbst erben können – das lassen wir beiseite –, er hat aber die wenigen Kontakte nach Deutschland immer aufrechterhalten und hat quasi als Sachwalter meiner Mutter gearbeitet. Aus diesem Grunde konnte er – aus einer Art Überidentifikation heraus – von ‹unserem› Erbe sprechen; das war für ihn nichts Ungewöhnliches. Schließlich wäre ich auf alle Fälle bedacht worden, und mein Verhältnis zu meinem Vater war ausgezeichnet.»

«Wird akzeptiert», sagte Abel trocken und schenkte nach.

Reissler schob einen kleinen Stoß Papier zu Abel hinüber und sagte: «Das sind die Unterlagen, die ich habe, vielleicht werden Sie klug daraus. Ihre Bemerkung zeigt mir, daß Sie zumindest ein guter Beobachter, oder besser, Zuhörer sind.»

Paloff sah von der Pfeife auf, die er gerade reinigte. «Was soll Herr Abel jetzt für Sie unternehmen, Herr Reissler?»

«Er soll klären, ob und – wenn ja – wie ich übers Ohr gehauen worden bin», antwortete Reissler knapp. Er sah Abel an und beobachtete, wie dieser noch einmal seine Notizen durchging. Er hatte Vertrauen gefaßt. In gemächlichen Schlucken trank er Abels Schnaps.

Die Männer schwiegen. Der Detektiv hatte sich zu dem Auftrag noch nicht geäußert; er war in seine Notizen vertieft. Dann fragte er, ohne von seinen Blättern aufzusehen, wo genau die Villa am Killesberg liege.

Reissler nannte die Adresse und gab dann noch Auskunft über die mutmaßliche Lage der anderen Häuser und Grundstücke. Abel schrieb alles auf. Dann gingen sie zusammen die auf dem Tisch liegenden Dokumente durch.

«Ja», sagte der Detektiv schließlich und sah Reissler ins Gesicht, «eine interessante Sache, ich nehme den Auftrag an.»

Reissler nickte erleichtert. Er konnte nicht wissen, daß Abel in folge chronischer Finanzschwäche kaum etwas anderes übrigblieb.

Paloff erhob sich als erster. Er packte seine Pfeifen behutsam zusammen. Reissler war noch unschlüssig, er sah zu Abel hinüber und fragte:

«Wie stehen unsere Aussichten?»

«Eine schwierige Frage», murmelte Abel. «Für den Erfolg kann ich Ihnen nicht garantieren. Die Sache ist dafür zu kompliziert.» Er legte die Papiere auf den alten breiten Schreibtisch und kam auf Reissler zu. «Wenn Sie eine Erfolgsgarantie wollen, dann kann ich nichts für Sie tun. Ich versichere Ihnen aber, daß ich mich bemühen werde.»

«Mehr wollte ich nicht wissen», sagte Reissler zufrieden und stand auch auf; er kam auf Abel zu und gab dem Detektiv die Hand: «Sie werden es schon schaffen, davon bin ich überzeugt.»

Abel nickte. Es schien einen Augenblick, als wollte er sich wichtig tun, doch der Eindruck war nur flüchtig.

«Mein Honorar beträgt 250 Mark am Tag plus Spesen», sagte er, als Paloff und Reissler im Begriff waren, das Zimmer zu verlassen. Paloff schien nichts gehört zu haben. Seit seiner frühen Jugend waren ihm Gespräche über Geld in persönlichem Zusammenhang peinlich.

Reissler drehte sich um und lächelte. Er griff in die Tasche seines Jacketts und zog seine Brieftasche heraus.

«Sie brauchen sicher einen Vorschuß, Herr Abel», sagte er mit leiser Ironie und schaute an Abel vorbei in das hintere Zimmer, dann fuhr er versöhnlich fort: «Reichen 1000 Mark für die ersten Tage?»

Er streckte die Hand aus und gab Abel ein paar Geldscheine. Abel antwortete nicht und nahm das Geld.

«Quittung?» fragte er dann.

«Nein, danke, ich vertraue Ihnen», sagte Reissler und winkte mit der Linken ab, während er die Brieftasche zurücksteckte.

Abel nickte und griff hinter sich. Aus einem ungeordneten Berg mit Papieren zog er einige Formulare hervor, die er umdrehte und auf den Tisch schob.

«Bitte noch die Vollmachten . . .» sagte er geschäftsmäßig zu Reissler, der schon wieder fast an der Tür war.

«Wofür?» Reissler betrachtete die Papiere skeptisch. Paloff zog die Brauen hoch.

«Ich muß mich bei Behörden für Sie legimitieren können», erklärte Abel sachlich, obwohl er bemerkt hatte, daß Mißtrauen aufkam. Reissler nickte und unterschrieb, nachdem er die Texte gelesen hatte.

«Damit Sie mich erreichen können . . .» Abel gab dem Mann mit einer leichten Verbeugung seine Karte.

«Aha, danke.» Reissler steckte die Visitenkarte in die kleine Brusttasche außen am Jackett.

3

Der nächste Morgen war aschgrau. Obwohl es schon zehn Uhr war, drang kaum ein Schimmer Tageslicht durch die Vorhänge von Abels Zimmer. Ein kalter Herbststurm klapperte mit den Dachschindeln. Abel saß auf der Kante seines Bettes und hatte die Hände zwischen die nackten Knie geklemmt. Ihm war kalt. Langsam ließ er seinen Kopf auf die Brust sinken. Als ihn ein Schauer überlief, fuhren seine Hände hinauf zur Stirn. Er spürte, wie der Puls die Schmerzen durch den Schädel trieb. Abel rieb die Augen, ohne den Kopf zu bewegen. Seine Zunge schmierte den üblen Nachtgeschmack der Zähne durch den Mund. Beim nächsten Kälteschauer zog er die Luft scharf ein.

«Scheiße noch mal.»

Er stand ächzend von der Bettkante auf und faltete die Hände hinten im Nacken. Die Kopfschmerzen waren unerträglich. Er griff nach seinem Rollkragenpullover, der vor dem Bett lag, und streifte ihn vorsichtig über den Kopf. Mühsam schaffte er die fünf Schritte bis zu seinem Ohrensessel im Büro nebenan, dort verharrte er und schnaufte tief, bevor ihn die Übelkeit würgte und zum Hinsetzen zwang. Er schluckte einige Male kräftig, denn einige schnelle Schritte zum Klo hinaus hätten seinen Schädel gespalten.

Abel hockte zusammengesunken auf der Sesselkante und gähnte mit weit offenem Mund. Erst als er wieder frei atmen konnte, stand er langsam auf, um an sein Waschbecken zu gehen.

«Drei Aspirin und Zähneputzen», befahl er sich laut und betrachtete sein verkniffenes Gesicht im Spiegel. Mit schalem Leitungswasser spülte er die Tabletten hinunter und gurgelte mit der bitteren Flüssigkeit. Nach dem Zähneputzen legte er sich in Hose und Pullover zurück ins Bett. Zugedeckt bis zur Nase wartete er, bis das Schmerzmittel wirkte. Es klopfte.

«Reinkommen», sagte Abel matt.

Jetzt polterten Fausthiebe an die Tür.

«Reinkommen, zum Teufel», schrie er und sank wieder zurück auf das Kissen.

Draußen wurde jetzt an der Tür gerüttelt, jemand rief etwas Unverständliches. Abel drückte sich mit beiden Armen vom Bett hoch und tappte zur Tür. Der Schlüssel steckte, es war von innen abgeschlossen. Abel öffnete. Durch den Spalt der Tür drängten sich zwei Männer in den Raum. Der jüngere von beiden drehte sich zu Abel um und kramte in der Tasche.

«Kriminalpolizei Stuttgart.» Er hielt seine Marke in die Richtung, in der Abel noch mit der Türklinke in der Hand stehengeblieben war. Der Mann verharrte einen kurzen Augenblick in der pathetischen Haltung eines Schiedsrichters, der die gelbe Karte zeigt, dann wandte er sich ab und ließ den Ausweis wieder in die Tasche zurückgleiten.

«Guten Morgen», sagte Abel betont höflich und ließ die Tür krachend ins Schloß fallen. Die beiden Beamten in weiten Mänteln mit Wasserflecken und triefenden Regenschirmen in den Händen fuhren zusammen. Abel machte sich steif und ging zwei Schritte auf die beiden zu.

«Was gibt's?» fragte er grimmig und preßte die linke Hand an den Kopf.

«Nur ein paar Fragen.» Der Ältere wirkte wie ein pensionierter Bilanzbuchhalter, müde und alt. Ohne zu fragen, sank er in den Besuchersessel und schloß die Augen. Der Jüngere, mit Brille und roten Haaren, trat wie ein Vasall hinter den Thron seines Vorgesetzten.

«Bitte», sagte Abel knapp.

«Kennen Sie diese Karte?» fragte der ältere Mann leise und schob, ohne die Augen zu öffnen, eine verfleckte Visitenkarte über den Tisch, dahin, wo er Abel vermutete. Der Detektiv nahm die Karte und legte sie sofort wieder zurück.

«Ja, das ist eine von meinen Visitenkarten», sagte er verwundert.

«Wem haben Sie diese Karte gegeben?» fragte der Rotköpfige dazwischen.

«Weiß ich's?» Abel kniff die Augen zusammen. «Doch, ja, im letzten halben oder dreiviertel Jahr habe ich vielleicht vierhundert davon verteilt; eine Liste von den Empfängern habe ich mir nicht gemacht.» Abel wurde zornig, der Schmerz in den Schläfen pochte wieder. Er stand auf und wollte nach hinten gehen.

«Stopp, mein Freund», der Jüngere war schnell an Abels Seite, um nach dem Arm des Detektivs zu packen. Abel, der erheblich größer und schwerer als der Beamte war, fuhr zur Seite und stellte sich mit dem Rücken zur Wand, die Arme leicht nach vorne gestreckt. Er biß sich auf die Lippen, um das Ziehen im Kopf zu unterdrücken.

«Was ist hier eigentlich los, was soll der Scheiß?» schrie er. «Ich hole mir ein paar Socken, und daran lasse ich mich nicht hindern, von dir schon gar nicht.» Abel zeigte auf den Polizisten und machte einen Schritt nach vorne.

«Laß ihn», sage der Alte ruhig, und sein Kollege gehorchte zögernd.

Abel ging zu seinem Bett und zog darunter einen Karton hervor, kramte darin herum und holte ein Paar Socken hervor. In dem blinden Spiegel an der Wand konnte er sehen, daß der jüngere Kriminalbeamte vier Schritte hinter ihm stand und jede Bewegung registrierte. Abel stand auf und unterdrückte ein Ächzen. Auf einem Bein tanzend, zog er die Strümpfe an. Dann ging er wieder zurück in sein Büro. Dort saß der Alte immer noch mit geschlossenen Augen im Sessel.

«Ihr kriegt nichts», beschied Abel und räumte eine halbleere Schnapsflasche weg, «ihr seid im Dienst.»

«Was ist jetzt mit der Karte da?» Von Abels Fingern geschnickt, schwebte sie auf den Exbuchhalter zu.

«Diese Karte haben wir heute nacht bei einem Mann gefunden.» Der Alte hielt die Hände gefaltet vor dem Gesicht.

«Und was hat der Typ ausgefressen?» Abel fühlte sich wieder stark.

«Nichts», sagte der Beamte, «er hatte nichts ausgefressen.»

«Was soll dann das ganze Theater hier?» Abel zog mit der Hand einen weiten Kreis durch den Raum.

«Der Mann ist tot, Abel, und die Karte ist das einzige gewesen, was wir bei ihm finden konnten.»

4

Die Luft in dem kahlen Zimmer war stickig. Abel saß auf einem Holzstuhl und kniff die Augen zusammen. Neonlicht, zwei Schränke – davon einer mit metallenen Schubfächern –, ein Schreibtisch, Stühle, Kaktus auf dem Fenstersims, als Dekoration ein Stadtplan mit Werbebanderolen. Ein wenig Kasernenmief und Pulverkaffeearoma in dem überhitzten Raum.

Abel hatte mit den Kriminalbeamten ins Präsidium fahren müssen. Zunächst war er in eine kleine Haftzelle gebracht worden, wo er über zwei Stunden warten mußte. Interessiert hatte er die Wände mit den unvermeidlichen Kritzeleien inspiziert und die Zelle mit Schritten ausgemessen. Schließlich war es das erste Mal, daß Abel eine Zelle von innen ausführlich begutachten konnte. Nicht einmal zur Ausnüchterung hatte er gesessen.

Später war dann ein Wachtmeister gekommen, um ihn in dieses Zimmer zu bringen, zum Verhör, wie man ihm sagte. Nun saßen sie sich schon drei Stunden gegenüber, Schuster, der alte Beamte, der in seinem Büro dabeigewesen war, Novotny, so hieß der Rotkopf, und Abel, in dessen Kopf mittlerweile wieder ein dumpfer Schmerz Löcher hämmerte, denn die Wirkung der Tabletten hatte nachgelassen.

Abel hatte erfahren, daß gegen 0.30 Uhr eine männliche Leiche auf einem Bahndamm bei Cannstatt gefunden worden war. Im zynischen Jargon der Beamten eine «lange Leiche», da die Teile des Körpers über zweihundert Meter an den Gleisen entlang verstreut lagen.

Der Lokführer des Güterzugs, der den Mann überfahren hatte,

meldete das Ereignis und hatte bei seinem ersten Verhör glaubhaft ausgesagt, daß der Mann bewegungslos mit dem Kopf auf den Schienen gelegen hatte, als der Scheinwerferkegel der Zugmaschine auf ihn traf. Trotz sofortiger Vollbremsung habe er nicht verhindern können, daß der Zug den Körper erfaßte.

Die Obduktion – deshalb hatte man Abel so lange warten lassen – hatte aber ergeben, daß der Mann schon tot gewesen war, als der Zug ihn überfuhr. Der zerrissene Körper hatte nicht mehr geblutet, als ihn der Zug zerfetzte. Den Todeszeitpunkt hatte der Gerichtsmediziner vorerst mit dem Zeitraum zwischen 19.30 und 21.30 Uhr angegeben. Eine genauere Bestimmung war bei dem Zustand der Leiche kaum möglich.

«Bleibt nur ein Schluß», fuhr Schuster fort, «der Täter wollte nicht, daß wir den Mann identifizieren. Er hat auch alle Hinweise wie ein Profi beseitigt. Keine Etikette in Hose, Mantel und Jackett, die Schuhe fehlen – man hätte an ihren Sohlen Erdspuren oder was Ähnliches finden können. Natürlich auch keine Brieftasche oder Geldbörse, kein Autoschlüssel, kein Führerschein, nichts . . .»

Schuster hielt inne und schloß wieder die Augen, es schien, als wolle er beten. Ohne sich zu rühren, sah er dann auf und faßte Abel ins Auge:

«Nur Ihre Visitenkarte, Herr Abel!»

Abel war wenig beeindruckt: «Wie schön von mir, gleich die Visitenkarte dazulassen. Sie lag wohl adrett genau in der Mitte Ihrer Zweihundert-Meter-Leiche?»

«Nein, sie steckte noch oben in der kleinen Tasche des Jacketts.» Schuster zeigte auf seine Brust. «Der Täter scheint sie da übersehen zu haben; das passiert übrigens häufiger mal, daß wir dort die besten Spuren finden.»

«Da hab ich Schelm wohl mit euch Bütteln Ostereiersuchen gespielt?» Abel wand sich geziert in seinem Stuhl.

«Mir ist es ernst, Herr Abel, hier ist ein Mensch ermordet worden.»

«Kann er nicht vorher eines natürlichen Todes gestorben sein, Meister», baffte Abel zurück, «das soll's ja auch geben, daß einer beim Bumsen bei der Hostess die Augen zumacht und der Beschützer der Dame, um Scherereien zu vermeiden, die Leiche auf diese Weise wegschafft; das schadet doch dem Gewerbe?»

«Und wie paßt dazu die professionelle Tour, die Identifikation zu erschweren? Der Mann lag zum Beispiel so genau mit dem Kiefer auf der Schiene, daß das Gebiß – unser sicherster Anhaltspunkt in aller Regel – total zerquetscht wurde.»

«Jeder Lude ist ein Profi und leistet im Zweifel pedantische Arbeit. Vielleicht ist er gelernter Beamter, der umgesattelt hat?»

An Abels Schienbein kam der Tritt des jungen Beamten nicht an. Der Schuh krachte an die verschalte Vorderseite des Schreibtischs. Dem langen, bulligen Abel traute niemand eine solche schnelle Reaktion zu. Novotny hatte sich das Sprunggelenk verstaucht, er rieb verbissen den Fuß. Sein Kopf war noch eine Spur röter, als er Abel böse anfuhr:

«Das kommt dich noch teuer zu stehen, du Schwein!»

«Ts, ts, ts.» Abel hatte Oberwasser, er grinste, obwohl ihm schier der Schädel zersprang. «Das könnte man als verbotene Verhandlungsmethode bezeichnen, da haben der Herr Kriminalmeister wohl geschlafen beim Lehrgang, als es um den 136 a StPO ging?» Dann fuhr er ruhiger fort: «Kannst froh sein, Bulle, daß du mich nicht getroffen hast.»

«Ruhe!» Schuster war aufgesprungen. Die beiden anderen schauten zu ihm auf.

«Leute, wir unterhalten uns jetzt vernünftig. Und Sie, Abel, Sie sind für uns nicht der Täter – jedenfalls noch nicht. Aber dringender Tatverdacht ist fast schon gegeben. In einer solchen Situation haut man nicht so auf den Klotz.»

«Friedensangebot angenommen», sagte Abel, «aber daß ‹man› etwas nicht macht, kotzt mich schon seit meiner zartesten Jugend an, Schuster.»

Der alte Beamte nickte und setzte sich wieder hin.

Novotny mußte Kaffee holen gehen, und der Kommissar stand noch einmal auf, um das Fenster zu öffnen. Die Pause tat allen gut. Abel bekam sogar eine Schmerztablette, die er zerbiß und ohne Wasser schluckte.

Abel war es, der das Gespräch oder besser: das Verhör wieder aufnahm.

«Wer ist denn Ihr Mann?» wollte er wissen.

«Endlich kommen wir zu einer vernünftigen Frage.» Schuster schnaufte kurz. «Das wollten wir von Ihnen wissen, schließlich sind wir nicht so naiv, daß wir meinen, Sie hätten dem Opfer Ihre Karte zugesteckt, nachdem Sie den Mann umgelegt haben.»

«Was weiß man bis jetzt?» Abels Interesse war wieder wach, denn er hatte ebenfalls einen Verdacht.

«Der Mann dürfte um die einssiebzig groß gewesen sein, bulliger Körperbau», referierte Novotny, der selbst auch einlenken wollte, «blondes Haar, Alter zwischen fünfzig und fünfundfünfzig, das ist alles, was die Gerichtsmedizin in diesem Punkt bis jetzt sagen konnte.» Er klappte einen grauen Aktendeckel zu, aus dem er seine Informationen bezogen hatte.

«Und die Klamotten?»

«Der Mann war bekleidet mit einem dunkelgrauen Anzug aus Flanell, weißes Baumwolloberhemd, blaurot gestreifte Krawatte, Mohairmantel und schwarze Strümpfe. Die Schuhe – wie gesagt – fehlen uns.» Novotny schloß wieder das Dossier.

Abel schwieg einen Augenblick und fixierte die beiden Beamten.

«Der Mann heißt Albert Reissler, ist Venezolaner deutscher Abstammung und wohnt zur Zeit im *Stuttgart-Intercontinental* . . ., ja, besser wohl: wohnte.»

Abel lehnte sich zurück und schaute weiter von einem zum anderen. Er genoß es, daß die beiden Männer von der Polizei verblüfft waren. Novotny griff nach einem Block auf dem Tisch, um alles aufzuschreiben. Bevor er jedoch fragen konnte, war Schuster aufgestanden und ging auf Abel zu.

«Woher kennen Sie den Mann, und wie ist er umgekommen?»

«Reissler war mein Klient.» Abel setzte sich zurecht und trank seinen Kaffee aus, die Tablettenreste schmeckten bitter auf der Zunge. Dann begann er ruhig und detalliert zu erzählen, was sich in den letzten Tagen zugetragen hatte.

«Warum sollte ich denn einen guten Kunden umbringen?» fragte er zum Schluß.

«Da hat er auch wieder recht», sagte Schuster zu Novotny, der fleißig mitgeschrieben hatte, obwohl das Bandgerät lief.

«Da müssen wir den Herrn Paloff mal fragen, ob das stimmt», beharrte Novotny, der seine Notizen weglegte.

«Und den Herrn Haussmann.» Abel stand auf. «Herrn Paloff können Sie auch anrufen, der hat Telefon.»

«Nein, da fragt man wohl besser persönlich nach», sagte Schuster. Novotny, der sich die Adresse von Paloff notiert hatte, hinkte hinaus.

Zwei Stunden später war Abel wieder frei.

5

Abel war ein großer Mann mit groben Knochen. Sein Gesicht war breit, fast zugewachsen mit einem rotblonden, kurzen Vollbart. Die Nase, früher lang und spitz, war ihm durch einen Unfall eingeschlagen worden. Sie wirkte jetzt gedrungen und schief. Graugrüne, lebhafte Augen und struppiges, halblanges Haar. Meist lief er in verwaschenen Jeans herum, dazu Schaftstiefel und Pullover.

Für Leute, die ihn nicht kannten, war es schwer, ihn einzuschätzen. Sein Lachen und seine unstreitbar vorhandene praktische Intelligenz, sein Selbstbewußtsein, alles das machte ihn für viele auf den ersten Blick sympathisch. Doch weil er immer zu unpassenden Zeiten das Maul aufriß, verdarb er oft den guten Eindruck schon nach wenigen Minuten. Es gab aber auch Menschen, denen diese spezifische Mischung imponierte.

Paloff gehörte dazu.

Die beiden waren alte Freunde. Sie waren zusammen in die Schule gegangen, hatten im gleichen Viertel gewohnt und früher alles gemeinsam unternommen.

Es war neben der gegenseitigen Bewunderung auch eine Art Symbiose, die die beiden zusammenhielt. Abel war groß und stark. Paloff feingliedrig und lang. Früher in der Schule, als Körperkraft der größte Reichtum eines Jungen war, hatte Paloff von Abel profitiert, der jedem erklärte, daß Ernie Paloff sein Freund war. Damals verehrte Paloff den Freund, strahlte ihn an – er ließ nichts auf ihn kommen. Auch wenn seine Mutter anfänglich den Umgang mit Abel verbot. Paloff fand immer wieder eine Gelegenheit, auszubüchsen.

Paloff kam aus einer reichen, adeligen Familie, er hieß richtig Ernest von Paloff, hatte Klavierstunden und verfügte über Taschengeld. Zehn Mark in der Woche, ein für damalige Verhältnisse unglaublich hoher Betrag. Hiervon schenkte er Abel regelmäßig vier Mark. So kam es, daß Abel an Paloff niemand heranließ, der versuchte, ihm auch nur ein Haar zu krümmen. Aus Dankbarkeit half Paloff seinem Freund wiederum bei den Hausaufgaben.

Jean Abel dagegen stammte aus einer einfachen Familie. Der Vater war kleiner Angestellter; die Mutter hatte er im Krieg kennengelernt, sie kam aus Reims. Sie war dem Vater gefolgt, als der Krieg sich seinem Ende zuneigte; sie hatte geahnt, was mit den Kollaborateuren geschehen würde.

Die Ehe der Abels war auf der Basis der Zweckmäßigkeit gegründet.

Der Vater erhängte sich 1949, weil er in eine Unterschlagungsgeschichte verwickelt war. Die Mutter lebte fortan allein mit dem Sohn im Osten Stuttgarts in einer Arbeitersiedlung und verdiente den Lebensunterhalt als Putzfrau in den Villen weiter oben am Berg. Dort, wo auch Paloff mit seinen Eltern wohnte.

Beide kamen tatsächlich aus dem gleichen Viertel.

Daß Abel in ein Gymnasium kam, verdankte er einer alten Lehrerin, die meinte, bei ihm Talent entdeckt zu haben. Dort im Gymnasium trafen sich die Freunde zum erstenmal.

Irgendwie dauerte das Verhältnis fort bis heute. Bis dahin war es jedoch ein langer Weg gewesen. Paloff hatte sein Abitur mit Auszeichnung bestanden. Auch Abel hatte damals respektabel abgeschnitten. Danach trennten sie sich für zwei Jahre. Während Paloff das Studium der Germanistik begann, meldete sich Abel freiwillig zum Militär. Paloff war untauglich gewesen, nicht nur weil er kurzsichtig war, sondern weil ein Vetter seines Vaters ihm eine Reihe weiterer körperlicher Mängel attestierte, die sogar teilweise wirklich vorhanden waren.

Bei den Fallschirmspringern hatte Abel das Saufen gelernt, eine Eigenschaft, die ihm später auf der Universität zustatten kam, als er in Tübingen Jura studierte und von der Burschenschaft Germania als Fuchs gekeilt wurde. Nach einer kurzen, aber steilen Karriere in der Verbindung – er brachte es zum Erstchargierten – schloß er sich einer der damals aufkeimenden politischen Studentengruppen an.

Aus diesen Tagen rührte auch eine Vorstrafe wegen Landfriedensbruchs her, die jedoch später unter die Amnestie gefallen war.

In Tübingen hatten sich Abel und Paloff oft gesehen. Paloff hatte den Versuch unternommen, in der Verbindung Abels Fuß zu fassen, der Kontakt mißlang jedoch wegen aufkommender Nierenkoliken bei Paloff, die eine Einschränkung des Bierkonsums erforderten.

Die später folgenden politischen Aktivitäten Abels am linken Rande der Szene hatten Paloff erschreckt. Er hielt sich für einen absolut «unpolitischen» Menschen.

Im Laufe der Jahre hatte Abel den Absprung ins Examen fast verpaßt. Zwar prädestinierten ihn seine Tätigkeiten für einen erfolgreichen Juristen, wenn man den Soziologen glauben will, seine schludrigen Vorbereitungen auf das erste Examen im 16. Semester ließen ihm freilich kaum eine Chance. Abel riskierte unbekümmert einen zweiten Versuch, der zu aller Erstaunen mit einem schwachen Ausreichend einen glücklichen Ausgang fand.

Paloff dagegen war schon länger Assistent im germanischen Seminar geworden und saß an einer langwierigen Doktorarbeit über bestimmte Aspekte der althochdeutschen Sprache. In seinem Fach war er anerkannt, wenngleich er unter den Intrigen in seiner Fakultät zu leiden hatte.

Nach dem Examen zog Abel zurück nach Stuttgart, wo er eine Stelle als Volontär bei der Zeitung bekam. Nach einem halben Jahr wechselte er zum Süddeutschen Rundfunk als freier Mitarbeiter, und wiederum ein halbes Jahr später begann er von Gelegenheitsarbeiten zu leben, wie damals während des Studiums. Bis er sein Detektivbüro aufmachte, um sich «selbständig» zu machen.

Es war Paloff gewesen, der Abel in dessen neuem Beruf den ersten wichtigen Fall verschaffte – und prompt gab es Schwierigkeiten.

Kaum hatte Novotny, der Kriminalbeamte, das Paloffsche Haus verlassen, ging die Litanei los.

«Seit Jahren sage ich schon, daß es soweit kommen *muß* mit deinem Freund. Wer eine ordentliche Ausbildung nicht nutzt, kann nichts werden.» Paloffs Mutter redete mit hochrotem Kopf auf ihren Sohn ein, der an seiner kalten Pfeife zog und in Gedanken ein Buch durchblätterte.

«Ich weiß, Mama, du hast es immer schon gesagt.»

«Das ist ja auch nicht schwer, wenn man darüber nachdenkt, nur ein bißchen nachdenken muß man.»

«Okay, kann ich jetzt arbeiten, Mama?»

«Nein, ich muß wissen, ob er etwas mit der Sache zu tun hat.»

«Ich weiß es nicht.»

«Vielleicht hat er es von seinem Vater geerbt?» Sie sank graziös in einen Sessel.

«Warum suchst du nach Erklärungen?» Paloff kramte nach einer Streichholzschachtel.

«Er ist im Grunde ein so liebenswürdiger Mensch.» Paloffs Mutter verdrehte die Augen. «Aber ein Filou, vielleicht hat er das auch von seinem Vater?» Unschlüssig schüttelte die alte Dame den Kopf.

Eigentlich konnte sie Abel nie böse sein. Seit sie ihn persönlich kannte, verzieh sie ihm alles – mehr als ihrem eigenen Sohn.

«Oh, das Telefon.» Sie war schon aufgestanden. Doch es war keine von ihren Freundinnen.

«Für dich, Ernest.» Enttäuscht brachte sie den Apparat an die Tür. Paloff klappte das Buch mit einem Schlag zu und ging hinaus auf den Flur.

«Ernie, bist du's?» Abels Stimme war kaum zu verstehen. Er telefonierte aus einer Kneipe.

«Die Polizei war hier.»

«Ja, ich weiß, ich hab sie geschickt.»

«Mußte das sein?»

«Ja, sonst säße ich immer noch bei denen in der Zelle. Was haben sie denn gefragt?» Paloff spürte seine Mutter hinter sich.

«Ich kann jetzt nicht.» Er fürchtete sich vor ihrer Schwatzhaftigkeit.

«Okay, wir treffen uns!» Die beiden verabredeten sich für den Abend.

6

Der Treffpunkt war ein Kompromiß. Paloff war nicht bereit, sich in einer von Abels Stammkneipen sehen zu lassen, die ihm generell zu laut waren. Eines der guten Restaurants, wie sie Paloff bevorzugte, kam wiederum für Abel nicht in Frage, weil die Getränke dort teuer und – nach Abels Meinung – schlecht waren. So trafen sich die beiden in einem Weinlokal am Rande der Altstadt, in dem erst langsam Betrieb anlief. Die Stammkunden saßen noch alle im Theater.

Als Paloff erschien, war Abel aufgestanden. Mit seinem Parka, den er noch aus Bundeswehrzeiten besaß, hatte er dabei dem Nachbarn fast das Weinglas vom Tisch gewischt, was ihm empörte Seitenblicke eintrug.

Paloff war frostig.

«Was ist gestern nacht vorgefallen?» fragte er ohne Umschweife.

«Ehrlich, Ernie, ich weiß es nicht.» Abels Gesicht war ernst. Er trank einen langen Schluck.

«Weißt du es nicht, oder weißt du es nicht mehr?» forschte Paloff weiter.

«Ich weiß es nicht.» Abels Stimme war leise, denn er spürte, daß Paloff durch den Tod seines Kollegen getroffen war.

«Wo bist du gewesen, als es passierte?»

«Du meinst, zwischen acht und halb zehn?»

«Woher weißt du das so genau?»

«Weil's mir die Büttel gesagt haben.»

«Also, wo warst du?»

«Du wirst lachen, daheim.»

«Wohl sicher mit einer deiner Katzen?» Paloff betonte das Wort «Katzen» pikiert.

«Noch nicht mal das», Abel konnte schon wieder lachen.

«Nein, total ohne Frau, ohne Alibi, ohne Reissler, schlicht ohne alles», fuhr Abel fort, «ich habe gearbeitet und mich später aufs Ohr gelegt.» Daß er eine halbe Flasche Schnaps getrunken hatte, unterschlug er bei der Aufzählung.

«Was gearbeitet?» Paloff war skeptisch, gerade in diesem Punkt. «Was hast *du* schon gearbeitet?»

«An meinem Auftrag, mein lieber Ernest.» Abel war beleidigt.

«Ich denke, Privatdetektive führen ihre Ermittlungen außer Haus durch?»

«Richtig, aber nur zum Teil. Ich habe mir den ganzen Tag die Füße wund gelaufen und den Arsch über Registern wund gesessen», die Tischnachbarn schauten herüber, «dann habe ich von vielen amtlichen Unterlagen sogenannte ‹Abschriften› machen lassen, pro Seite eine Mark. Den ganzen Kram habe ich dann in meinem Büro durchgesehen und verglichen.»

«Was waren das für Unterlagen?» Paloffs Neugier war geweckt. Er kannte schließlich die Geschichte, die Reissler nach Stuttgart geführt hatte.

«Ganz einfach: jedermann zugängliche Grundbücher und Auszüge aus dem Handelsregister unserer verehrten Vaterstadt.» Abel war sichtlich stolz auf seine Kenntnisse. Immerhin, er hatte das ja mal studiert.

«Hast du was herausgefunden?»

«Ja, dabei kamen ein paar interessante Sachen zutage.» Abel kramte aus der Innentasche seines Parka einige zusammengefaltete Blätter mit handschriftlichen Notizen, die er vor sich auf den Tisch in die Weinflecke legte und glattstrich.

«Zunächst einmal zu den Grundstücken: da ist das Haus auf dem

Killesberg in erster Lage. Eigentümer sind jeweils zur Hälfte Carl Haussmann – also der Cousin von Reissler – und die Cousine Haussmann-Nasch. Von Reissler selbst oder seiner Mutter nicht die geringste Spur im Grundbuch. Dasselbe bei drei Mietshäusern in Stuttgart. Dann war ich draußen in Nürtingen, hier gehören den beiden einige Hektar Wald und ein ganzer Bauernhof auf der Alb bei Münsingen. Carl Haussmann besitzt daneben noch ein Haus mit Eigentumsappartements, das er sich wohl selbst gebaut hat. Immerhin ist hier das Datum aufschlußreich: Sommer 1965, also ein Jahr nach dem Hinscheiden der lieben Großmutter.» Abel fuhr sich grinsend mit der Handkante um den Hals.

«Ich habe mir diesen Kasten einmal angesehen», fuhr er fort. «Ich schätze, daß das Haus schon damals über eine Million – ohne Grundstück – gekostet hat. Man muß nicht unbedingt so schlau wie Rockford sein, um daraus zu schließen, daß es mit der Finanzkrise bei Haussmanns nicht weit her war im Jahr zuvor, als Reissler in Stuttgart war.»

Paloff staunte. Die Fakten, die Abel genannt hatte, bestätigten die Vermutung seines toten Kollegen. Die Skepsis, was Abels detektivische Fähigkeiten anbetraf, war zwar noch nicht verflogen, er zeigte jedoch jetzt das unverhohlene Interesse eines Wissenschaftlers, der außerhalb seines Gebietes sein Problem mit Methode angegangen sah.

«Und weiter?» Paloff bekam nun selbst ein Viertel Rotwein.

«Einen Rechtspfleger vom Registergericht konnte ich rumkriegen, daß er mir einen der Verträge zeigte, mit denen die Haussmanns die Grundstücke erworben haben.»

«Ist das überhaupt bekannt? Jeder kann doch ein Grundstück kaufen, ohne daß es das Grundbuchamt etwas angeht, auf welche Weise der Vertrag zustande gekommen ist.»

Paloff war über die Möglichkeit der Indiskretion bei einer Behörde indigniert.

«Doch, mein Lieber», dozierte Abel, «die prüfen das Zeug sogar sehr genau, und die Verträge werden gut aufgehoben.» Abel winkte ab und fuhr fort: «Ich weiß, was du sagen willst, aber ich war ja legitimiert, denn Reissler hatte mir Vollmacht gegeben. Zudem besaß ich den Erbschein von Reissler; das hat dem Rechtspfleger genügt.»

«Jedenfalls habe ich die Verträge zumindest einsehen können und mir Notizen gemacht.» Abel zeigte auf die Papiere: «Fest steht demnach, daß die alte Dame schon 1961 die Liegenschaften ihren Enkeln schenkungsweise vermacht hat. Das ist an sich nichts Außergewöhnliches. Mit solchen ‹Ausstattungsverträgen› versucht man immer den Fiskus um die Erbschaftssteuer zu bescheißen.»

«Ist ja interessant.» Paloff zog das Notizblatt von Abel herüber. «Da könnte ich also auch die Erbschaftssteuer sparen, wenn mein Vater mir jetzt schon das Haus schenkt?»

«Ja, du Kapitalist», knurrte Abel, «du mußt es nur schnell machen, denn wenn der alte Herr nicht noch zehn Jahre am Leben bleibt, dann mußt du trotzdem blechen.»

«Aha.» Paloff nickte nachdenklich. «Und warum ist Reisslers Mutter oder er selbst nicht beschenkt worden?»

«Weil sie sie vermutlich beschissen haben, vielleicht war die Alte schon senil, oder man hat ihr vorgemacht, Reissler sei ein Scheusal, ein Mörder, ein Erbschleicher oder weiß ich was!» Abel schnaufte wütend und bestellte das zweite Viertele in einer solchen Lautstärke, daß auch zwei Tische weiter die Gespräche verstummten.

«Da muß doch einer mitgeholfen haben, ein Notar oder so?»

«Schon möglich», räumte Abel ein und malte mit dem Finger Kreise auf den Tisch.

«Was ist jetzt mit der Firma?»

«Nichts! Reissler ist 1964 ausgeschieden. Aus dieser Zeit sind keine Bilanzen mehr da. Weiß der Henker, wie es damals um die Betriebe stand. Fest steht jedenfalls, daß der Laden kürzlich verscheuert worden ist und zuletzt eine Bilanzsumme von 30 Millionen hatte. Der Preis für die Klitsche wird so um diesen Dreh gewesen sein, sagte mir der Mensch beim Handelsregister. Der hat seine Informationen aber vorerst auch nur aus der Zeitung, und dort steht drin – ich war nämlich bei denen im Archiv –, daß es 32 Milliönchen gewesen sein sollen.»

«In der Tat eine furiose Entwicklung in 12 Jahren.»

«Ich wollte, ich hätte nur 10% davon», brummte Abel.

«Es sieht also so aus, als wäre mein Kollege Reissler tatsächlich furchtbar betrogen worden?» Er schüttelte entrüstet den Kopf und nahm die Brille ab. Er sah jetzt aus wie ein kurzsichtiger Frosch.

«Betrogen?» Abel lachte. «Beschissen, regelrecht beschissen. Die haben ihn aussteigen lassen wie Beckenbauer den Nationallinksaußen von Haiti.»

«Ich denke, Haiti ist eine rechte Diktatur», fragte Paloff etwas verwirrt.

«Ja, ja, mein Guter, und die Amtssprache im Fußball in Haiti ist seit vorgestern Althochdeutsch, daş hat der alte Papa Duvallier so gewollt!» Abel brüllte, daß auch der letzte Schwabe im Lokal aus seiner Balettkritik aufgeschreckt wurde und verwundert den Kopf drehte.

Paloff klappte seine Brille auseinander und setzte sich wieder. Er sah streng zu Abel hinüber, der immer noch breit lachte.

«Du solltest nicht so schreien in diesem Lokal», sagte er leise, «man kennt mich hier.»

«Ja, Papa.» Abel hob sein Glas.

7

Als Abel endlich gegen halb zwölf das Lokal verließ, war Paloff schon längst gegangen. Er hatte vorher noch die Zeche bezahlt und dazu zwei weitere Viertele, weil sein Freund noch Durst hatte. Abel hatte schließlich etwas geleistet, das mußte auch Paloff – trotz der Sticheleien – anerkennen.

Abel hatte mächtig getrunken und fühlte sich wohl. Er hatte eine Frau bei sich, um die er brüderlich den Arm gelegt hatte. Sie hatte ihm erzählt, daß sie Anne heiße und daß sie ihren Mann nicht mehr liebe. Abel hatte dafür Verständnis gezeigt, zumal sich diese Anne am Tisch von Paloff und Abel mit eben diesem Mann herumgezankt hatte. Er hatte ausgesehen wie ein Wäschevertreter und auch genau so geredet. Seine lahmen Erklärungen hatten sie nicht besänftigt. Da Paloff inzwischen gegangen war – ihm war diese Auseinandersetzung peinlich –, hatte Abel über das Weinglas hinweg die beiden beobachtet und mitbekommen, daß Anne ihrem Mann heftig vorwarf, daß er wieder einen «Betthasen» habe.

Abel war amüsiert und hatte nach dem Theaterdonner – nicht ohne Hintergedanken – den Tröster gespielt, denn der Betthasenjäger war schließlich den Attacken seiner Frau zum Opfer gefallen und hatte wütend das Lokal verlassen.

Abel ließ sich noch die zwei Viertele, die Paloff schon bezahlt hatte, bringen und teilte redlich. Dies war auch notwendig, da die Frau des Wäschevertreters kein Geld hatte, wie sich dann herausstellte. Da es Abel genauso ging – er war ja von der Kripo von zu Hause abgeholt worden –, standen die beiden jetzt mittellos auf der Straße.

Abel wußte indessen Rat. Er schlug vor, das Tröstungswerk bei sich zu Hause fortzusetzen und zu einem glücklichen Ende zu bringen.

Langsam trödelten die beiden eine der steil bergan führenden Straßen hinauf, in den Osten der Stadt. Dünner Nebel zog fadig vom Neckar her. Mit abgehackt kurzen Schritten versuchte der lange Abel im gleichen Rhythmus mit seiner neuen Freundin zu gehen. Er hatte seine rechte Hand unter den weichen Fellkragen ihres Mantels vergraben und hörte ihr scheinbar aufmerksam zu.

«Jedesmal wenn er wiederkommt, ist irgend etwas los mit dem Kerl», sagte sie gerade entrüstet – während Abel versuchte, sich ihre nackten Brüste vorzustellen. Offenbar war ihr Mann tatsächlich Vertreter, vielleicht für Damenunterwäsche, wer weiß?

«Er hat ja doch immerhin mal ewige Treue geschworen», warf er ein.

«Ach, Quatsch», sie winkte mit einer Hand ab, «darum geht's doch gar nicht. Aber der muß doch allem hinterhersteigen, was einen Rock anhat und nicht schnell genug auf die Bäume kommt.»

«Auch kein leichtes Leben», stellte Abel fest.

«Jedenfalls laß ich mir das nicht mehr bieten.» Sie blieb stehen, wodurch Abel für einen kurzen Augenblick den Körperkontakt verlor, weil er einen Schritt weiter war. Er beschloß, aufmerksamer zu sein.

«Und du», fragte er leise, «bist du treu?»

«Kommt darauf an.»

«Worauf?»

Sie schwieg und schob sich dicht an seine Seite. Wortlos gingen die beiden bis zu seiner Wohnung.

Unter dem Dach war es feucht. Die Kälte der Herbstnacht hockte in den Mauern. Abel half Anne aus dem Mantel und zündete in dem Kanonenofen ein Feuer an. Unter seinem Bett zog er eine angebrochene Weinflasche hervor und riß den Korken mit den Zähnen heraus. Sie stand noch am Ofen und rieb sich die Hände – sie schwieg. Behutsam schenkte er zwei Wassergläser halbvoll. Eines davon überreichte er ihr, als sei es ein Sektkelch.

«Cheers!» sagte er ernst.

Dann streichelte er ihre Haare, seine Fingerspitzen glitten über ihre Brauen, berührten sanft ihre vor Kälte grauen Lippen, bevor er sie langsam an sich herzog. Ihr Körper bog sich leicht über Abels Leib.

Als seine Hände ihre kleinen Brüste suchten, überlegte Abel listig, ob er selbst auch ein Betthase sei; ein männlicher in diesem Fall, versteht sich.

8

Nachmittags stand die Kripo schon wieder bei Abel vor der Tür. Abel hatte sich gerade in seinem ungemachten Bett vergraben, um sich für ein paar Stunden abzumelden, zu schlafen, an nichts zu denken. Er war grenzenlos wütend über die Eindringlinge, beschloß aber, sich zu beherrschen. Dieses Mal hatte Novotny einen Hausdurchsuchungsbefehl und zwei Mann Verstärkung dabei. Schuster fehlte. Die ganze Aktion wurde von einem jungen Beamten – er hatte sich als Staatsanwalt Scheible vorgestellt – geleitet.

Abel war darauf nicht vorbereitet gewesen. Er hatte angenommen, daß sich der Verdacht nach seiner Aussage gestern im Präsidium auf Haussmann konzentrieren würde. Auf seine entsprechende Frage hatte Novotny geantwortet, daß Haussmann überhaupt nicht in Deutschland sei und zur mutmaßlichen Tatzeit sich ebenfalls nicht in Stuttgart aufgehalten habe – das wisse man zuverlässig vom Personal und den Nachbarn.

«Wo war er denn?» Abel hatte seine Fassung noch nicht wiedergewonnen.

«In seinem Haus am Zürichsee, in der Schweiz», sagte Novotny, während er in Abels Schreibtischschublade zwischen abgebrochenen Bleistiften, leeren Filzschreibern und aufgerissenen Kaugummipakkungen kramte.

Abel stand mitten in seinem Büro und hielt den Durchsuchungsbefehl in der Hand. Keiner kümmerte sich um ihn. Jeder der Beamten wühlte irgendwo herum. Keiner ließ sich bei der Arbeit stören.

«Sucht ihr was Bestimmtes?»

«Ja», sagte der Staatsanwalt und wischte die Augen.

Scheible präsidierte schweigend, legte hie und da Hand mit an und beobachtete, wie Novotny mit spitzen Fingern einen Leinensack mit dreckiger Wäsche ausräumte.

Das alte Bettlaken, befleckt von Wein und Sperma, wurde abgezogen, die Matratzen abgefummelt und der Bettkasten untersucht.

«Man braucht eine seltsame Veranlagung für diesen Job», sagte Abel ruhig, als er die Szene beobachtete.

«*Sie* habe ich nicht um Ihre Meinung gebeten», schnauzte der Staatsanwalt und versuchte durch die Kontaktlinsen aus feuchten Augen zu blitzen.

Abel setzte sich resigniert in den Sessel und begann nochmals den Durchsuchungsbefehl zu lesen. Er wurde aber aufgescheucht, weil einer der Beamten von unten her im Sitzpolster nachsehen wollte. Außer einer Staubwolke und kleinen Häufchen Sägemehl kam nichts zutage.

Als die Suche nach eineinhalb Stunden beendet war, hatten die Kriminalbeamten einige Stapel Papier auf dem Schreibtisch zusammengetragen, dazu einen schweren Pokal von einem Fallschirmweltspringen bei der Bundeswehr und ein langes Küchenmesser, das Abel gewöhnlich zum Brotschneiden benutzte. Als Krönung der Fundsachen lag eine Strumpfhose mit einem großen Loch im Zwikkel obenauf. Sie war nach fahrlässiger Beschädigung am Morgen von Anne zurückgelassen worden. Einer der Beamte hatte sie unter dem Bett gefunden.

«Was soll denn das?» fragte Abel.

«Nylon ist gut zum Waffenreinigen», Novotny verstaute das Indiz mit spitzen Fingern in einem Plastikbeutel. Die Einwände von Abel wurden damit beschwichtigt, daß die kriminaltechnische Untersuchung sicherlich schon bald Licht in die Sache bringen würde. Die Beamten suchten weiter.

«Ich hab sie.» Einer der Polizisten stand neben dem Ofen und streckte eine Pistole vor. Er hatte sie vorsichtig hinten am geriffelten Teil des Verschlusses gepackt.

«Aha.» Scheible und die anderen kamen hinzu. Nur Novotny stand dicht bei Abel.

«Das ist meine», sagte Abel dämlich.

«Aha.» Der Staatsanwalt nickte.

Abel verließ an diesem Morgen seine Wohnung flankiert von Novotny, der immer noch hinkte, und dem Staatsanwalt.

Beim Verlassen des Hauses blieben einige Leute stehen und sahen mit froher Verachtung zu, wie man Abel auf den Rücksitz eines Peterwagens zwängte, links und rechts ein Polizist. Der Staatsanwalt folgte mit Novotny in einem neutralen Ford.

Diesmal mußte er nicht in die Zelle, sondern wurde sofort in das Zimmer von Schuster geführt. Novotny zeigte dem Alten, was sie bei Abel beschlagnahmt hatten, und ging dann, um seine Beute im Labor abzuliefern.

«Sieht diesmal nicht so gut aus, Abel», begann Schuster, der schon auf Abel gewartet hatte. Abel schwieg.

«Gar nicht gut», wiederholte der Alte und wackelte mit dem Kopf, daß die faltigen Backentaschen schlackerten. Abel blieb reglos sitzen.

«An ihrer Theorie mit Haussmann ist nichts dran, der ist aus dem Schneider. – Da bleibt im Augenblick nur der Verdacht gegen unseren Freund Abel.»

«Sie wissen sicher, daß Sie die Aussage verweigern können. Sie haben das Recht, einen Anwalt zuzuziehen.» Der Staatsanwalt hatte die Belehrung gemurmelt und sich dabei einen Stuhl von der Wand herangezogen.

«Wo haben Sie denn die Pistole her, die man bei Ihnen gefunden hat?» Schuster hatte sich aufrecht hingesetzt.

«Gekauft, was sonst?»

«Wo?»

«Bei Waffen-Schenk; man braucht für dieses Spielzeug noch keinen Waffenschein, wenn Sie das meinen.»

«Wir gucken uns das Ding ohnehin an», sagte der Staatsanwalt verbissen.

«Bitte –» Abel zuckte mit den Schultern – «wegen unerlaubten Waffenbesitzes wollen Sie mich ja wohl nicht festnageln, warum interessiert Sie die Pistole?»

«Wir vernehmen hier», fauchte Scheible.

«Eine interessante Frage.» Schuster lehnte sich zurück. «Sie wußten nicht, daß man Reissler erschossen hat?»

«Nein, woher auch?»

«Tja, die Gerichtsmediziner haben die Leichenteile noch geröntgt, der Befund kam erst gestern abend.»

«So?» Abel war überrascht.

«Und in der Schädelkalotte des Opfers hat man dabei ein Projektil entdeckt.» Schuster deutete auf seinen Hinterkopf. Das Einschußloch war durch die Räder des Zuges zermahlen worden. Aus dem Schußkanal schließen die Mediziner, daß Reissler aus verhältnismäßig spitzem Winkel, von unten gesehen, durch einen Genickschuß getötet wurde.»

«Dann muß der Täter doch aus einer gewissen Distanz unter dem Opfer stehend geschossen haben. Vielleicht kann man auf Grund dieser Tatsache den Tatort ermitteln», sagte Abel eifrig.

«Nein.» Schuster lächelte grimmig und lehnte sich zurück. «Die Pistole war aufgesetzt worden, eine ganz geschäftsmäßige Tötungsmethode, denken Sie an die Russen im Krieg, die haben es auch so gemacht.»

«Das hätte dem Opfer doch den Schädel auseinandergerissen, mindestens aber wäre die Kugel vorne wieder herausgekommen», Abel machte eine abfällige Geste mit der Hand.

«Theorie und Praxis.» Schuster machte eine Kunstpause, weil er sah, daß Abel unruhig auf seinem Stuhl herumrutschte. «Es war ein kleines Kaliber.»

Abel zeigte Wirkung. Er wußte jetzt, warum der Haussuchungsbefehl gegen ihn ergangen war. Er war unsicher, weil er mit einem schlüssigen Verdacht konfrontiert wurde und selbst nichts dagegen unternehmen konnte. Er erinnerte sich, wie er früher bei der Bundeswehr einmal stechende Schmerzen im Brustbein hatte und der Arzt ein EKG; auch damals hatte er ohne sachlichen Grund den Atem angehalten, als der Doktor die Kurve studierte.

«Wir werden Ihre Waffe genau ballistisch untersuchen», sagte Schuster. Abel meinte einen drohenden Ton in seiner Stimme zu hören. Plötzlich fürchtete er sich vor dem Ergebnis. Trotzdem spielte er den starken Mann: «Okay, da wird nichts rauskommen.»

«Wir können warten, wir haben Zeit.» Schuster legte den Kopf auf die Seite und sah Abel in die Augen.

«Herr Abel, legen Sie ein Geständnis ab», Scheible versuchte zu beschwören. Bei dem Wort «ab» sprühte Speichel herüber.

Abel wies mit einer Geste auf Schuster hin. «Abwarten und Tee trinken», sagte er mit einem hohlen Gefühl in der Magengrube.

«Moment», sagte Schuster und hob die Hand, «auch wenn die ballistische Untersuchung nichts bringt, sind Sie noch lange nicht aus dem Schneider.»

«Und – bitteschön, warum nicht?»

«Sie können die Tatwaffe genauso versteckt oder fortgeworfen haben wie die Schuhe des Opfers.»

«Dann suchen Sie sie», sagte Abel kalt, er war wieder sicher geworden. Novotny kam wieder. Er knallte die Tür hinter sich zu.

«Morgen sind wir schlauer», sagte er stolz, «die beeilen sich im Labor.»

Schuster nahm keine Notiz von ihm. Er schloß die Augen und lehnte sich mit gefalteten Händen zurück. «Und wie steht es mit den Finanzen, Abel?»

«Wie soll's denn stehen, schlecht.»

«Auf Ihrem Konto sind zwölfhundert Mark Soll.»

«Ja.»

«Und die Bank hat den Dauerauftrag für Elektrizität und Gas nicht mehr ausgeführt.»

«Ja», Abel grinste, «es sah schlecht aus.»

«Es sieht schlecht aus.» Schuster hielt die Augen geschlossen. Es blieb still im Zimmer. Nebenan schrillte ein Telefon.

«Hier», Abel warf ein Bündel Geldscheine auf den Tisch.

«Und hier die Quittungen.»

«Woher kommt das Geld?» fragte der Staatsanwalt.

«Von Reissler.» Novotny steckte den Kopf vor, Schuster und Scheible sahen sich an.

«Vom Opfer», sagte der Staatsanwalt.

«Ja, der Rest vom Vorschuß, immerhin so runde achthundert Mark», strahlte Abel, «das reicht für Strom und Gas.»

«Aber es war noch mehr da.»

Abel sah zu Schuster hinüber. «Was war da?»

«Geld.»

«Bei Reissler?»

«Eben nicht! Er hat kurz vor seinem Tod am Montagabend im Hotel viertausend Mark auf Traveller Cheques eingetauscht. Das Geld ist verschwunden.»

«Ich hab's nicht», sagte Abel einfältig.

«Vielleicht liegt es dort, wo Sie die Pistole und die Schuhe des Opfers versteckt haben», sagte Scheible.

«Immerhin viertausend Mark», Schuster bewegte sich nicht, «genug für einen Mord. Ich kenne Fälle, in denen Menschen wegen weniger umgekommen sind – wegen erheblich weniger.»

«Quatsch», knurrte Abel wütend, «wer schlachtet denn schon eine Milchkuh? Ich bin doch nicht bekloppt!»

«Tausend haben Sie als Anzahlung bekommen, das wissen wir von Ihrem Freund», fuhr der Kommissar ungerührt fort, «plus viertausend, das sind fünf.»

«Aha.»

«Wieviel nehmen Sie pro Tag?»

«Zweihundertfünfzig und die Spesen.»

«Wie lange arbeitet man an einem solchen Fall?» überlegte Schuster: «Eine Woche?»

«Mehr.»

«Also gut, zehn Tage!»

«Vielleicht.»

«Das macht zwei-fünf.» Schuster sah wieder zu Abel hinüber. «Das ist nur die Hälfte von dem, was der Mord eingebracht hat. Denn die Milchkuh gibt nicht unbegrenzt Milch.»

«Ihr müßt das Geld erst mal finden; möglichst mit meinen Fingerabdrücken.» Abel hieb mit der Faust auf den Tisch. «Dann könnt ihr kombinieren und spekulieren, vorher ist das nichts als eine wakkelige Vermutung.»

«Mag sein, wo waren Sie am Montagabend?»

«Am Montag?»

«Ja, am Tattag?»

«Nirgends, kein Alibi, nichts. Ich war zu Hause.»

«Ferngesehen?»

«Nein, nicht mal das, ich kann also noch nicht einmal das Programm aufsagen.»

«So, so.»

Novotny nickte wichtig.

«Nein, denn ich habe versucht, Auszüge aus Grundbüchern und Handelsregistern zu ordnen, mit denen ich nachweisen kann, daß Haussmann ein Erbschleicher ist», sagte Abel wütend, «diese Unterlagen haben Sie ja nicht konfiziert.»

Novotny grinste.

«Lenken Sie nicht ab», sagte Schuster streng, «Sie haben also kein Alibi für die Tatzeit.»

«Nein.»

«Als Sie angerufen haben, hat die Telefonzentrale Reissler ausrufen lassen, da er gerade beim Essen war. Daran hat man sich erinnert.»

«So?» Abel war beeindruckt.

«Warum hat Reissler Sie eigentlich mittags angerufen?» setzte Schuster nach.

«Ich weiß nicht, ob er angerufen hat, ich war nicht da.»

«Jedenfalls wissen wir, daß Reissler genau um 15.03 Uhr von seinem Zimmer aus telefoniert hat.»

«Doch nicht mit mir.» Abel griff sich an die Stirn. «Der Aufzeichner darf doch bloß die Gebühreneinheiten notieren, aber nicht, welche Nummer gewählt worden ist – und wenn er so eingestellt ist, dürft ihr diese Information nicht verwerten, denn das wäre schon ‹abhören›. Rechtswidrig zustande gekommene Beweismittel sind aber nicht verwertbar», dozierte Abel.

«Ganz so ist es zwar nicht», sagte Schuster lächelnd, «Sie haben aber recht, daß nicht aufgezeichnet worden ist, wohin Reissler telefonierte.»

«Weiter», Schuster war jetzt wach: «Warum haben Sie abends noch mit Reissler telefoniert?»

«Weil ich ihm berichten wollte, was ich am ersten Tag erreicht habe.» Abels Antwort kam prompt. Nach einem kurzen Augenblick fragte er unsicher: «Wie habt ihr das denn rausgekriegt?»

«Sie haben es uns eben gesagt, wir wußten nur von einem Anruf.» Schuster ruhte schon wieder und verzog sein faltiges Gesicht zu einem leichten Grinsen: «Sehen Sie, die Telefonzentrale in dem Hotel registriert an sich nur die ausgehenden Gespräche für die Rechnung der Gäste.»

«Sie meinen wohl, es geht immer nach dem Strickmuster: ‹man wird ja noch mal fragen dürfen›», sagte Abel böse. Schuster zog die Schultern hoch.

«Es wäre denkbar, daß er Sie mittags um einen Zwischenbericht gebeten und etwas von seinem Geld erzählt hat, dann haben Sie ihn abends zu dem verhängnisvollen Rendezvous gebeten?»

Abel stierte den Beamten entgeistert an. «Warum sind Sie dann ausgerechnet hinter mir her? Wollen Sie mir auf Teufel komm raus etwas anhängen?»

«Geschenkt.» Schuster stand auf und sah zu Scheible hinüber. «Ich habe keine Fragen mehr.» Der Staatsanwalt schüttelte den

Kopf. «Das Protokoll wird nachher geschrieben, Sie können es dann draußen in Stammheim lesen.»

«Stammheim?»

«Meinen Sie, bei diesen Indizien lassen wir Sie laufen?» sagte der Staatsanwalt jovial.

Abel schnaufte schwer. «Ihr seid komplett durchgedreht.»

Keiner beachtete ihn. «Mit dem nächsten Schub in die JVA», sagte Schuster zu einem Uniformierten, den Novotny herbeigerufen hatte. Der Mann kam und packte Abel am Ärmel. Im Hinausgehen hörte er, wie der Kommissar zufrieden zu Scheible sagte: «Das reicht wohl für einen Haftbefehl?» Ja – man habe gut gearbeitet, er werde sogleich den Antrag diktieren und nachher den Haftrichter anrufen, sagte der Staatsanwalt.

Abel wußte, daß er sich vor dem Alten zu hüten hatte.

9

Abel stand im Herbstnebel an der Endstation der Straßenbahn in Stammheim. Der Neubau des Gefängnisses mit den hohen Mauern und der tristen gegliederten Fassade war nicht mehr zu sehen.

Der Ermittlungsrichter hatte Abel – wenn auch mit Bedenken – wieder «auf freien Fuß gesetzt», wie es im Amtsdeutsch so schön heißt. Abel sprang in der nassen Kälte von einem dieser freien Füße auf den anderen und zählte die Geldscheine, die man ihm gestern weggenommen hatte und heute wieder aushändigen mußte. Er tat das zum wiederholten Mal und war zornig, daß der Betrag stimmte und er nicht auf diese Weise den Bullen etwas anhängen konnte.

Abel war zugute gekommen, daß die kriminaltechnische Untersuchung der konfiszierten Gegenstände, einschließlich der Pistole, nichts Nachteiliges erbracht hatte. Zwar hatte man festgestellt, daß mit der Waffe vor einiger Zeit geschossen worden war, aber das Kaliber der Pistole paßte weder mit dem Schußkanal im Kopf des toten Reissler noch mit dem Projektil zusammen. Die ballistische Untersuchung verlief negativ.

Der Haftrichter hatte Abel daraufhin laufen lassen. Das fehlende Alibi und die Schulden des Detektivs reichten nicht für die Anordnung eines Haftbefehls.

«Wir fassen nach», hatte Schuster versprochen, als er Abel das Geld und die beschlagnahmten Gegenstände zurückgab.

«Wir kennen Ihr Motiv: Geld.»

«Und warum?»

«Nur so ein Gefühl», sagte Schuster, «dreißig Jahre Praxis, das schärft den Blick.»

«Ich werde mich vorsehen.» Abel rannte fast, um aus dem Gefängnis herauszukommen.

Die Nacht war Abel schlecht bekommen. Gereizt durch die Enge der Zelle und den Gestank aus dem Abtritt, waren ihm die Geräusche in dem Gebäude besonders stark auf die Nerven gegangen. Gedämpft durch die robusten Türen hörte er, wie sich die Gefangenen schreiend unterhielten, hörte das Johlen und die Pfiffe, hörte das Klappern mit den Eßnäpfen. Plötzlich schrie Abel selbst, bis sich die Stimme überschlug, keifte seine Wut gegen die geschlossene Tür und drosch sich die Handballen wund. Er hörte nicht, daß draußen «Maul halten» geschrieen wurde und einer der Wärter durch die Klappe nachsah, ob alles in Ordnung sei. Da er sah, daß Abel nur tobte, war alles in Ordnung. Eben dieser Ordung halber rief der Wärter noch einmal «Maul halten», dann ging er weiter.

Abel verstummte schließlich, er war heiser, und seine Knie zitterten vor Wut und Erschöpfung. Der Mann, der mit Abel die Zelle teilte, holte ihn behutsam auf die Pritsche zurück.

Als Abel nach einem kurzen Blick auf seine Uhr feststellte, daß er noch eine Viertelstunde Zeit bis zur Abfahrt der Straßenbahn hatte, machte er sich auf die Suche nach einer Kneipe in der näheren Umgebung.

Vor lauter Suchen hätte er schließlich beinahe die Bahn verpaßt – gefunden hatte er nichts. Um diese frühe Morgenstunde waren die Lokale noch geschlossen.

Im Bohnenviertel fand er schließlich das, was er suchte. In einer der Stehimbißbuden goß er hastig Cola hinunter. Durch die verschmierte Scheibe des Lokals sah er hinaus auf die tief über der Stadt hängenden Wolken, zu denen noch einzelne Nebelfetzen aufstiegen, um gierig von der schwarzgrauen Masse aufgesogen zu werden.

Das Bohnenviertel liegt am Rand der City. Alte Häuser, die das Flächenbombardement im Krieg überstanden haben, und Baracken, in denen Teppichhändler ihre Geschäfte machen, Stripteasebuden untergebracht sind und einige Kneipen ihren 24-Stunden-Service anbieten. Mitten in diese Budenstadt hatte jemand ein schäbiges Parkhaus geklotzt. Davor lag eine breite Stadtautobahn.

Die Pneus der vorbeiziehenden Wagen pfiffen leise.

Neben Abel stand einer der Penner, die sich im Sommer in einer dürftigen Grünanlage neben dem Parkhaus die Stunden mit zahnlosen alten Weibern und Zweiliterrotwein vertrieben.

Er hatte einen Gipsarm und eine breite Platzwunde über dem Schädel. Abel dachte, wenn's mal mit mir so weit kommt, mach ich Schluß, geh ich raus aus der Scheiße, gratis und franco runter von einem Hochhaus, mit dem Kopf zuerst.

Der Penner hatte eine Flasche Fusel – zum Einkaufspreis – bestellt und wartete. Er lugte von der Seite aufmerksam zu Abel hinüber und faselte leise und unverständlich mit triefenden Lippen vor sich hin. Ein Grinsen entstellte seine Gesichtszüge.

Abel bestellte einen Schnaps und dann, nach kurzem Zögern, noch einen für seinen Nachbarn, der sich überschwenglich brabbelnd bedankte. Abel klopfte dem Alten auf die Schulter und sagte:

«Wenn's mit mir auch mal so weit kommt wie mit dir, Kumpel, kannst du mal einen springen lassen.» Die Richtigkeit seiner These wurde ihm ausführlich versichert. Die Männer gossen den Korn mit einer Bewegung aus dem Handgelenk hinunter. Befriedigt sabberte der Penner in seine schwielige Hand.

Der Wirt, ein Grieche in weißer Schürze, reichte eine Flasche in Zeitungspapier über die Theke und kassierte den Nettopreis, damit der Alte so schnell wie möglich wieder verschwand und nicht die Gäste belästigte. Mit beiden Händen griff der Penner danach, vorsichtig, wie ein Priester mit der Hostie.

Abel fühlte die fahrige Hand des anderen an seinem Ärmel, er drehte sich um und sah den Alten hinter sich stehen. Einem plötzlichen Impuls folgend, zahlte Abel und folgte dem Mann mit dem gebrochenen Arm hinaus in den schwarzen Vormittag.

10

Sie saßen in einem Keller auf feuchten Seegrasmatratzen und lachten hysterisch. Abel stand mitten unter ihnen, die Kapuze seines Parka gegen die Kälte hochgeschlagen. Er trug mit großer Geste seine Knasterlebnisse vor, die er phantasievoll ausschmückte. Die Details über seinen onanierenden Zellengenossen, der schon im vierten Monat in der U-Haft saß, animierten die alten Mädchen, von denen eines die Zähne herausgenommen hatte, zu heiserem Gekreisch. Der Schnaps trug ihn auf und davon. Die drei oder vier Schluck Korn auf nüchternen Magen hatten seinen Kopf aufgeblasen. Er war frei. Die Nacht in der Zelle hatte ihre Wirkung verloren und sich verflüchtigt wie Nebel in der Sonne. Er hatte Menschen um sich, er konnte sich frei-erzählen.

«Warum», sabberte sein neuer Freund, der Musik-Paule hieß, weil er Mundharmonika spielen konnte, «warum haben die Bullen dich gekrallt?»

«Weil ich einen Kunden abgeknallt haben soll, so ein Schwachsinn.» Abel nahm einen tiefen Schluck aus der Flasche, während er mit dem Zeigefinger der linken Hand an die Stirn tippte.

«Is er kaputt?»

«Ja leider.»

«Und wer hat'n abgeknallt?»

«Ich bestimmt nicht; reiche Kunden killt man nicht.»

«Wer dann?» Paule schielte nach der Flasche.

Abel kam nicht drum herum, seine Geschichte zu erzählen. Die Penner und ihre Weiber rückten näher zusammen. Jeder von ihnen konnte auf eine lange Latte von Vorstrafen zurückblicken, aber unter Mordverdacht hatte keiner gestanden. Nur eine der Damen kannte einen mordverdächtigen Zuhälter aus Heilbronn, der eines seiner Mädchen erdrosselt haben soll. Nachweisen konnte man dem Kerl aber nichts.

Wenn Abel vorher nicht den Pennern eine Flasche Schnaps von Reisslers Geld bezahlt hätte, wäre er auf der Stelle hinausgeflogen. Jede Gruppe von Menschen hat ihren eigenen Ehrenkodex, der sie zusammenhält. Mord und Totschlag war bei den Pennern nicht drin. Körperverletzung, Diebstahl, Hausfriedensbruch, ja, das war jederzeit mal möglich – aber einen stechen, abknallen oder sonst wie umbringen, das war verboten.

Skepsis kam auf. Die Stimmung sank. Abel sah sich plötzlich in der Lage, nachweisen zu müssen, daß er es nicht gewesen war, obwohl keiner offen eine Rechtfertigung von ihm verlangte.

Abel war verlegen. Er wollte sich gerade auf den Weg machen, als Musik-Paule die Gipshand hob.

«Wart mal», brabbelte er, «ich kenn den Mann.»

«Wen kennst du?»

«Halt den Bonzen, den reichen, der oben in Degerloch wohnt in so 'ner Villa, mit'm Mercedes und so und den Hunden.»

«Haussmann?»

«Ja, von dem redest du doch die ganze Zeit.»

«Was weißt du denn von dem?» Abel war zurückgekommen und ließ sich wieder auf einer der fauligen Matratzen in dem unterirdischen Quartier nieder.

«Der wohnt halt hinter dem Friedhof, da sind wir als, und wenn wir an den Zaun kommen, hetzt er seine Köter, dann hauen wir ab.» Der Mann neben Paule nickte bestätigend.

«Seid ihr schon oft auf dem Friedhof gewesen?»

«Klar», sagte der Mann neben Paule und schaute fragend zu seinem Nachbarn.

«War der immer schon reich, ich meine, ging's dem auch mal 'ne Zeitlang weniger gut?»

«Quatsch, dem geht's immer besser.»

«Immer besser.» Paule nickte.

«Woher wißt ihr das?»

«Na, der hat doch vor ein paar Jahren gerade die Villa umgebaut, so'n richtiger Prunkkasten ist das jetzt, mit 'nem Schwimmbad und so'm Kokolores.» Paule schüttelte sich.

«Wißt ihr noch, wann das war?»

«Nee, vielleicht so drei oder vielleicht so acht Jahre.»

«Nein, länger!» Der Nachbar widersprach. Es begann eine rege Diskussion unter den Leuten über den Zeitpunkt des Umbaus. Jeder zog Vergleiche mit anderen Ereignissen aus ihrem Umkreis. Zu einem Ergebnis kam man nicht. Abel wartete geduldig, dann fragte er:

«Warum seid ihr eigentlich so oft auf dem Friedhof?»

«Blumen holen», sagte Paule und wunderte sich über die Frage. Es schien, als dekoriere er jeden Tag seinen Kellerunterschlupf mit bunten Sträußen.

«Und was macht ihr mit den Blumen?»

«Halt verkaufen, für Sprit», sagte Paule bereitwillig. Dabei schaute er Abel unschuldig an.

«Wart ihr vielleicht beim Umbau in der Villa?»

«Klar, da haben wir paarmal gut einen gesoffen», schwärmte Paules Nachbar.

«Nachts?»

«Klar, tagsüber waren doch die Maurer drin und so.»

«Und der Haussmann hat nicht dort gewohnt?»

«Nee, der war doch im Urlaub für'n Vierteljahr. Nur der Architekt, die Sau, hat uns die Büttel auf den Pelz gehetzt.»

Abel fragte noch einmal nach dem Zeitpunkt des Umbaus. Wieder erhielt er nur ungenaue Angaben. Lediglich der Umfang der Arbeiten wurde einigermaßen brauchbar beschrieben. Es schien, als sei das ganze Haus um- und ausgebaut worden, Wände herausgebrochen und versetzt, ein Schwimmbad installiert und das Gebäude zusätzlich mit einem Schlaftrakt versehen worden. Er verließ die aufgeregt schwatzende Runde, nachdem er Paule noch zehn Mark gegeben hatte.

Zuletzt hatten sich die Leute noch um die Baukosten gestritten. Auch hier lagen die Schätzungen weit auseinander, sie reichten von 10000 Mark bis hundert Millionen.

Für diese Menschen waren 500 Mark schon ein unermeßlicher Reichtum, kein Wunder, daß sie kein Verhältnis zu den Kosten eines Villenumbaus fanden.

11

Abel kehrte auf Umwegen nach Hause zurück. Seit seiner Festnahme war er mißtrauisch. Er fand seine Wohnung unbewacht. Sein Wagen stand noch genauso an der Ecke, wie er ihn zuletzt abgestellt hatte. Erleichtert klopfte er mit dem Knöchel dreimal auf sein «Praxisschild», bevor er den Schlüssel ins Schloß steckte.

Es roch feucht in den beiden Zimmern. Abel nahm den kleinen Stapel Fotokopien aus einem Regalfach. Novotny hatte darin nur achtlos gewühlt und dann die Papiere ungeordnet zurückgelegt. Abel zog sich mit seinen Unterlagen ins Bett zurück.

Bei einem Glas Rotwein sortierte er ohne Hast die Papiere, machte Aufzeichnungen und heftete kleine Pakete mit Stahlklammern zusammen. Schließlich legte er sich zurück und studierte nochmals seine Notizen.

Dr. Wolf, Dr. Wolf? Leise wiederholte er den Namen, den er am Rande eines der Zettel fand. Ziellos blätterte er weiter, der Name, so war er für ihn beziehungslos, beschäftigte ihn. Er schlug noch einmal das Blatt auf, an dessen Rand Dr. Wolf gekritzelt war.

Richtig! Abel hatte den Namen von einem der Registrierbeamten erfahren, als er sich nebenbei erkundigt hatte, welcher Anwalt wohl die umfangreichen Verträge gemacht habe. Der Mann müsse doch schon deshalb inzwischen wohlhabend sein, hatte er damals vermutet, freilich ohne die Bemerkung in Beziehung zu seinem Fall zu setzen. Der Beamte hatte dies bestätigt und erzählt, daß man von diesem Anwalt nichts gehört habe, daß Dr. Wolf jetzt aber gut im Geschäft sei.

Bei dieser Gelegenheit hatte Abel den Namen des Anwalts aufgeschnappt und beiläufig notiert.

Abel sprang aus dem Bett und warf dabei eine Flasche abgestandene Cola um. Auf dem staubigen Linoleum bildete sich eine klebrige Lache. Mit zwei Schritten war er beim Telefon und zerrte unter dem Apparat das Branchenfernsprechbuch hervor.

«Rechtsanwälte, Stuttgart», Abel suchte die Spalten unter dem Namen «Dr. Wolf» ab.

«Dr. Peter Wolf und Partner.»

Abel wählte die Rufnummer, eine freundliche Damenstimme sagte: «Rechtsanwaltskanzlei, guten Tag.»

«Abel», er erschrak, als er merkte, daß er sich mit dem eigenen Namen gemeldet hatte.

«Ja?» fragte die Dame am anderen Ende.

«Bitte, kann ich Herrn Dr. Wolf sprechen?»

«Tut mir leid, Dr. Wolf ist bei Gericht.»

Abel glaubte der Sekretärin kein Wort.

«Kann ich etwas ausrichten?»

Abel entschloß sich für den Angriff.

«Ich hätte gern einen Besprechungstermin.»

«In welcher Sache?»

«In der Erbsache Haussmann.»

«Ja.»

«Geht es heute noch?» Als er merkte, daß das Mädchen zögerte, fuhr er fort: «Es ist sehr eilig.»

«Dann aber erst um 18 Uhr 30.»

«Gut, ist mir recht.»

«Wen darf ich melden?»

«Abel», er buchstabierte: «A-b-e-l.»

«Danke, und noch eine Frage.» Man hörte, daß die Sekretärin schrieb und den Hörer unter das Kinn geklemmt hatte, die Stimme klang jetzt dumpf.

«Bitte!»

«In welcher Beziehung stehen Sie zu der Sache Haussmann?»

Abel grinste: «Ich vertrete einen Verwandten der Familie.»

«Sie sind Rechtsanwalt?»

«So etwas Ähnliches», dann sagte er schnell: «Also dann bis heute abend, auf Wiederhören!»

12

Am Nachmittag, nachdem er sich ausgeschlafen hatte, ging Abel zu seinem Freund Paloff. Er wartete geduldig vor dem schmiedeeisernen Tor in der Gartenmauer, bis das Hausmädchen sich am Sprechapparat meldete.

«Der Abel ist's», rief er der unsichtbaren Dame zu.

Es knackte kurz. Anders als sonst mußte er längere Zeit warten, bis der elektrische Verschluß des Tores summend den Weg frei gab.

Im Vestibül des großen alten Hauses stand Paloffs Mutter. Sie war, wie immer nachmittags, in Brokat und Seide gehüllt. Ein wenig overdressed, aber Abel kannte das schon. Frau von Paloff war eine geborene Gräfin Lehrenberg, ein Umstand, den sie jedem Fremden innerhalb weniger Minuten mitzuteilen pflegte. Sie stand erhobenen Hauptes, eine Hand auf der Barockkommode, im Hintergrund der Halle. Abel spürte, daß sie ungnädig war. Es sah aus, als habe sie diese Pose vorher geübt, denn sie rührte sich nicht, während Abel auf sie zuschritt. Trotz der hochgetürmten, hell blondierten Haare war sie gut zwei Köpfe kleiner als der Privatdetektiv, der sich weit herunterbeugen mußte, um ihr – wie immer – die Hand zu küssen.

«Guten Tag, gnädige Frau.»

«Die Kriminalpolizei war da!» sagte Paloffs Mutter mit unüberhörbarer Entrüstung in der Stimme.

Abel zuckte mit den Schultern.

«Ja, die Kriminalpolizei war bei uns und hat den Jungen verhört!»

«Es besteht ein Verdacht gegen mich, der ausgeräumt werden muß», sagte Abel ernst.

«Mein Vater hätte das nie verziehen!» Frau von Paloff stand immer noch am selben Fleck. «Die Polizei im Hause einer von Lehrenberg!» Sie schüttelte die aufgetürmten Locken.

«Die Beamten müssen allem nachforschen, jedem Verdacht auf den Grund gehen.» Lächelnd blickte Abel auf die kleine Frau hinunter.

«Ihr Vater wäre doch sicher auch der letzte gewesen, der Unrecht geduldet hätte. Er hätte zur Aufklärung eines gemeinen Irrtums gegen einen Freund alles getan, auch die Polizei in sein Haus gelassen.»

Abels Stimme war pathetisch geworden. Er kannte genau die Schliche, mit denen der alten Frau beizukommen war. Sie hatte ihm schon früher nicht böse sein können, wenn ihr Sohn und sein sonderbarer Freund etwas angestellt hatten und Abel mit advokatischer Schläue aus einem Lausbubenstreich eine aristokratische Heldentat gemacht hatte.

«Ich vergebe Ihnen, denn Sie haben vollkommen recht», sagte Frau Paloff. Ihre Stimme vibrierte vor Gerechtigkeitsgefühl. Sie hatte es sich abgewöhnt, dem Freund ihres Sohnes längeren Widerstand zu leisten. Es reizte sie nur immer wieder neu, den Versuch zu machen.

Abel folgte der alten Dame durch den Korridor in den Wintergarten, wo Paloff saß. Wie immer in früheren Fällen, hatte es lange Diskussionen zwischen Mutter und Sohn gegeben, hatte Paloff die aristokratischen Verhaltensweisen, die die alte Dame von ihm erwartete, wieder vorgehalten bekommen. In diesen Gesprächen hatte die Mutter immer die Oberhand behalten und daraus die Kraft für die Unterwerfung gegenüber Abel gewonnen. Abel wußte das und erschien absichtlich – wie auch diesmal – erst geraume Zeit nach dem Vorfall, der Anstoß erregt hatte. Stets fand er dann seinen Freund nach dem Geplänkel der alten Dame in ohnmächtiger Wut im Wintergarten sitzend vor.

Man «nahm» den Tee. Paloff brummte: «Trotzdem, diese Geschichte wäre bestimmt nicht nötig gewesen, Jean.»

«Ich bitte dich», rief seine Mutter. «Wenn dein Freund unter einem nicht gerechtfertigten Verdacht steht, dann müssen wir ihm helfen.»

Genau das hatte Paloff die ganze Zeit seiner Mutter klarzumachen versucht. Er ließ resigniert die Schultern sinken.

Abel erzählte seine Erlebnisse seit dem Abend in dem Weinlokal – mit einigen begreiflichen Auslassungen. Mutter und Sohn hörten mit skeptischem Interesse zu. Obwohl Abel gelegentlich die Personen schönte – etwa bei der Episode mit den Pennern –, ging es nicht ohne Kopfschütteln der alten Dame ab.

«Jetzt sind Sie rehabilitiert, Jean!» Man sah, daß sie sich freute.

«Nicht ganz.» Abel goß sich Tee nach. «Ich muß selbst dranbleiben und herausbekommen, was passiert ist.»

«Das macht doch die Polizei!»

Abel schüttelte den Kopf. «Dr. Wolf», sagte er und langte nach dem vierten Biskuitgebäck, «ein Rechtsanwalt. Ist Ihnen der Name bekannt, gnädige Frau?»

Frau Paloff war – wie alle älteren Damen – unsäglich neugierig und wußte von ihren Freundinnen, die sie allesamt verabscheute und zugleich entzückend fand, so allerlei über «die Gesellschaft». Nur bei Haussmann war die Quelle der Informationen dürftig gewesen, da die Familie wohl eher auf dem internationalen Parkett verkehrte und die «Stuttgarter Society» schnitt. Diesmal hatte Abel dagegen Glück.

«Ein Parvenu», flötete die Mutter seines Freundes das Wort mit spitzem Mund.

«Aber Mutter!»

«Nein, mein Sohn, ein Parvenu», wiederholte die alte Dame streitsüchtig.

Abel bohrte weiter: «So etwas habe ich auch gehört.»

«Ja.» Der blonde Haarturm wankte bedrohlich, so heftig nickte Frau Paloff erstaunt, «aus ganz einfachen Verhältnissen. Die Mutter war Zugehfrau, und der Vater hat in der Fabrik gearbeitet.» Wie üblich bei ihren sozialen Klassifizierungen fiel ihr erst hinterher auf, daß auch Abel aus «ganz einfachen Verhältnissen» stammte. Da sie ihn aber sehr gern mochte, fand sie stets einen Kompromiß: «Natürlich ganz anders als bei Ihnen, Jean, ich meine, so entsetzlich primitive Verhältnisse – ohne jede Kultur und Bildung.»

«Aha!» Abel war nicht beeindruckt und weit davon entfernt, beleidigt zu sein.

«Sie müßten ihn fast kennen», fuhr die alte Dame fort, «er hat auch in Tübingen Jura studiert und ist nur wenig älter als Sie. Dann hat er sich als Anwalt selbständig gemacht, nachdem er in einer Kanzlei gearbeitet hatte. Dort hat er wohl versucht, Mandanten abspenstig zu machen, und ist dann gekündigt worden. Danach hat man nichts mehr von ihm gehört, bis er vor ein paar Jahren zu Geld gekommen ist. Seitdem treibt er sich in der guten Gesellschaft herum und benimmt sich wie ein *nouveau riche.*»

«Weiß man, wie Wolf zu Geld gekommen ist?»

«Man hört so allerlei.» Die alte Dame lächelte sibyllinisch. «Und überhaupt, was hat ein solcher Mensch im Vorstand von *Reit- und Fahrverein* zu tun?»

Abel rechnete nach, während Paloffs Mutter einige Geschichten aus dem Klub preisgab. Wolf konnte doch kaum ein Studienkollege von ihnen beiden gewesen sein, wenn er schon 1964 die verhängnisvollen Verträge als Anwalt entworfen hatte. Er fragte:

«Wie alt ist der Mann?»

«Mitte Vierzig vielleicht.»

«Dann war er wohl doch kein Konsemester von uns.» Abel zeigte auf Paloff, der schweigend an der Teetasse nippte.

«Tja, wie die Zeit vergeht», stellte die alte Dame kokett fest und überging damit den kleinen Rechenfehler.

Trotz mehrerer Nachfragen war für Abel nichts weiter Interessantes zu erfahren. Wolf war anscheinend nicht sehr beliebt, aber brauchbar. Er hatte im Reitklub den undankbaren Vorstandsposten eines Schriftführers inne. Man munkelte, daß sein plötzlicher Reichtum nicht ohne dunkle Punkte war. Da aber eine Reihe anderer Mitglieder, die ebenfalls nicht vom alten Geldadel waren, das Sagen hatten, wurde nicht allzuviel auf die Gerüchte gegeben. Der Detektiv erhob sich.

«Tschüs!» sagte er und drückte Paloff die Hand, wie andere Leute eine Zitrone auspressen.

«Tschüs!» antwortete sein Freund säuerlich.

Frau von Paloff bekam einen artigen Handkuß von dem Privatdetektiv.

«Wer so gute Manieren hat wie Sie, Jean», sagte die alte Dame gerührt, «der sollte auch auf sein Äußeres mehr Wert legen.»

«Ich werde mich bessern», versprach er spöttisch, dienerte noch einmal an der Tür, dann verschwand er aufatmend.

13

In der Nähe der Anwaltskanzlei fand Abel einen Parkplatz, den ein verspäteter Büroangestellter gerade räumte. Den ganzen Tag schon hatte der Regen schwer in den Wolken gehangen, jetzt nieselten die ersten Schleier gegen die Windschutzscheibe herab. Die Scheibenwischer schmierten hin und her, als Abel vorsichtig zurückstieß. Bevor er das Auto verließ, zog er sich noch die Kapuze seines Parka über den Kopf. Er griff in den Handschuhkasten und steckte seine Kleinkaliberpistole, die er von der Polizei zurückerhalten hatte, in die Tasche.

In der Halle des Bürohauses war schon die Nachtbeleuchtung eingeschaltet. Beide Aufzüge gähnten beschäftigungslos mit offenen Portalen. Abel betrat den rechten, ohne die Kapuze abzunehmen. Wahllos drückte er auf einen der Knöpfe. Er wartete, bis sich die Türen mit leisem Zischen schlossen, ehe er sich der langen Tafel mit den einzelnen Adressen zuwandte.

«Dr. Wolf & Partner, Rechtsanwälte», las er neben dem Knopf des achten Stockwerks. Er drückte den Knopf für die neunte Etage.

Nach einer Zwischenstation im vierten Geschoß stieg er im neunten aus. Am Ende eines langen Korridors fand Abel eine Stahltür mit der Aufschrift «Nebentreppe». Er gelangte hinaus auf einen seitlich am Haus hochgezogenen Treppenturm aus Beton, der fast nie benutzt wurde. Ohne die Beleuchtung einzuschalten, ging er langsam im schwachen Licht der fernen Neonreklamen über zwei Treppenabsätze hinunter.

In der achten Etage brannte an der Seite noch Licht in einem der Fenster. Abel lehnte sich über die Brüstung der Treppe, sah aber hinter den Vorhängen nur undeutlich die Umrisse einer Person, die auf und ab ging. Er beobachtete dennoch die Gestalt über fünf Minuten, bis der Leuchtanzeiger seiner Armbanduhr eine Minute vor halb sieben erreicht hatte. Nichts war geschehen. Die Person in dem Büro war nur rastlos auf und ab gegangen.

Vorsichtig drückte der Privatdetektiv den Griff der Tür zum Korridor hinunter und spähte durch den Spalt in das spärliche Licht im Innern des Hauses.

Auf der rechten Seite sah er vor der nächstliegenden Tür ein Messingschild:

«Dr. Wolf & Partner.»

Als Abel den Flur betrat, achtete er sorgfältig darauf, daß die Tür hinter seinem Rücken nicht ins Schloß fiel. Dann ging er die wenigen Schritte bis zur Kanzleitür rasch und entschlossen.

Bevor er den Klingelknopf drückte, der in dem Messingschild eingelassen war, bemerkte er verblüfft, daß die Tür angelehnt war. Abel fuhr herum und stellte sich flach mit dem Rücken an das Türblatt. Aus der Tasche seines Parka zog er ein paar Lederhandschuhe, die er flink überstreifte. Langsam drückte er den Spalt weiter auf, dann schaute er in den Vorraum, der in dem Lichtstreifen vom Flur kahl und leer dalag.

Abel griff nach innen und suchte an der Wand den Lichtschalter. Als er den Knopf gedrückt hatte, züngelte das Neonlicht durch den Raum und beruhigte sich erst nach einigen Sekunden. Abel wartete einen Augenblick. Als alles still blieb, trat er ein. Blumen in weißlackierten Kästen, Sessel und ein Glastisch mit Zeitschriften möblierten den Raum. Gegenüber, in einer Nische, stand ein Schreibtisch mit abgedeckter Schreibmaschine. Neben der Nische ging ein Flur nach hinten.

Gerade als Abel an dem verlassenen Arbeitsplatz vorbeischlich, schrillte neben ihm das Telefon. Er fuhr zurück und fand sich beim zweiten Klingelzeichen gegenüber der Nische, den rechten Arm ausgestreckt, in der Hand die Waffe, die Linke um seine Faust gekrallt. Doch dann bemerkte er den Anrufbeantworter unter dem Telefonapparat, der das nächste Klingeln schluckte und in diesem Moment mit seiner Arbeit begann.

Abel knipste das Licht aus und nahm im Dunkeln auf einem der Sessel im Vorzimmer Platz. Vorher hatte er noch den Telefonverteilerkasten gesucht und hinter dem verlassenen Platz der Empfangsdame gefunden. Er wußte, daß die Relais in diesen Kästen recht laut ratterten, wenn vom Büro aus eine Nummer gewählt werden würde – doch es blieb still.

Abel hatte fast eine Stunde im Dunkeln gesessen, bis das Licht abermals aufflammte. Er hörte Schritte und sah einen Mann vorbeigehen. Als der andere beinahe die Tür erreicht hatte, zog Abel sein linkes Bein über das rechte Knie, er saß komfortabel.

«Guten Abend, Herr Doktor Wolf.»

Der Anwalt fuhr herum und griff sich an den Hals.

«Abel?» fragte er tonlos, dann hatte er die Fassung wiedergewonnen. Er räusperte sich.

«Ich habe auf Sie gewartet.»

«Und ich bin gekommen», sagte der Detektiv liebenswürdig.

«Ich wollte nicht stören, da hab ich hier gewartet.»

Der Anwalt schaute auf seine Uhr. «Ich bin eingeladen», sagte er zögernd.

«Sie haben aber bis jetzt gearbeitet und daher keine Zeit für mich, wie ich vermute.» Abel wippte mit der Schuhspitze. «Gut, kommen Sie.» Der Anwalt machte eine kurze Geste in Richtung Korridor. «Aber nur kurz.»

«Nach Ihnen», Abel drängte sich hinter den Anwalt, höflich sagte er: «Das ist nett von Ihnen, wenn Sie mir noch Ihre kostbare Zeit auch am Abend opfern.»

Während die beiden Männer den Gang durchschritten, beobachtete Abel flink aus den Augenwinkeln die Türen. Alle waren geschlossen. Am Ende des Flurs öffnete Wolf die Tür und ließ Abel vorgehen. Wie zufällig stieß Abel den Türflügel ganz weit auf, denn er befürchtete noch immer, in einen Hinterhalt zu geraten. Doch niemand war zu sehen.

Das Büro des Anwalts war geräumig, mit einer breiten Fensterfront, hinter der die in Wasserschleier eingetauchten Lichter der Stadt glommen. Die Vorhänge waren wieder aufgezogen worden.

Bevor Abel in einem Ledersessel Platz nahm, zog er seine Handschuhe aus und vergrub sie in den Taschen. Wolf hatte seine Fassung wiedergefunden; er legte dekorativ seine Hände auf die Schreibunterlage und begann nach kurzer Zeit mit einem langen, geschnitzten Brieföffner zu spielen. Er versuchte dem Detektiv in die Augen zu sehen. Doch dieser wich dem Blick aus und musterte mit zusammengekniffenen Augen das naßkalte Panorama der Stadt. Nach einer kleinen Weile des Schweigens fragte Wolf: «Sie wollten einen Termin?»

«Und ich habe ihn zu meinem nicht geringen Erstaunen bekommen», Abel grinste.

«Als Rechtsanwälte sind wir für alle da», Wolf wirkte förmlich.

Abel fuhr mit der linken Hand durch die Luft, ernst sagte er: «Sie wissen geau, Dr. Wolf, worum es geht; nur deshalb haben Sie mich empfangen.»

Wolf schüttelte den Kopf, er tat, als schaue er Abel fragend an.

«Stichwort: Haussmann.» Abel hatte die beiden Worte fast geflüstert.

«Ein Mandant von mir.»

«. . . und einer der besten.»

«Darf ich Sie fragen, was Sie das angeht?» Wolf lehnte sich mit einem arroganten Lächeln zurück und begann mit übergeschlagenen Beinen auf seinem Sessel zu wippen.

«Ziemlich viel», Abel griff in seine Innentasche und zog die Papiere, die er auf den Ämtern zusammengetragen hatte, heraus. Aus dem Handgelenk warf er das kleine Paket auf den Tisch, griff hinüber und faltete die ersten Blätter auf. Sorgfältig legte er eine kleine Patience mit den Dokumenten. Der Anwalt sah ruhig zu.

«Es geht mich etwas an», fuhr Abel fort, ohne sein seltsames Spiel zu unterbrechen. «Ich bin in den Verdacht geraten, einen Menschen getötet zu haben.»

Der Anwalt ließ Abel gewähren. Ruhig sprach der Detektiv weiter:

«Nun will's der Teufel, daß ich nicht unter Verfolgungswahn leide – es ist also ernst.» Lächelnd schaute er zu dem Rechtsanwalt hinüber, der weiter unbeeindruckt mit dem Stuhl wippte.

«Da ich nun selbst genau weiß, daß ich Herrn Reissler, der Name dürfte Ihnen etwas sagen, nicht erschossen habe, andererseits die Kripo aber nicht locker läßt, weil sie glaubt, daß ich mit der Sache zu tun habe, bleibt mir nichts anderes übrig, als zu beweisen, daß es ein anderer war.»

«Und was hat das mit meinem Klienten zu tun?»

«Möglicherweise Entscheidendes.» Abel deutete mit dem Finger der Reihe nach auf die Dokumente auf dem Tisch.

«Der Tote, Reissler, fühlte sich von Ihrem Mandanten im Zusammenhang mit einer Erbauseinandersetzung betrogen. Ich hatte den Auftrag, dem nachzuspüren. Kaum hatte ich meine Nase in die Sache gesteckt, war *mein* Klient tot. Ihr Klient lebt. Es läßt sich beweisen, daß Herr Haussmann meinen Klienten betrogen hat. Weitergehende Schlüsse sind erlaubt.»

Abel lümmelte sich weit auf den Schreibtisch vor. Der Rechtsanwalt bog sich nach hinten, um Distanz zu gewinnen. Abel nahm mit spitzen Fingern eines der Dokumente hoch und zeigte auf eine Zahl: «2,5 Millionen!» Das ist keine kleine Gaunerei, dafür lohnt sich zwar kein Mord, wenn man es objektiv sieht, manche sind aber schon wegen kleinerer Summen umgebracht worden . . .»

«Wenn Sie Strafanzeige erstatten wollen, so steht Ihnen das frei.»

Der Anwalt legte den Brieföffner zur Seite und schob seinen Stuhl zurück. Er stand auf.

«Ich kann Sie in dieser Sache nicht vertreten, da ich der Anwalt von Herrn Haussmann bin», fuhr er fort, «die Annahme eines solchen Mandats ist mir verboten.»

Jetzt schlug Abel, der sitzen geblieben war, die Beine übereinander und faltete die Arme vor der Brust. Er schloß die Augen, wie er es bei dem Kriminalkommissar gesehen hatte, und sagte gelassen:

«Einer, Herr Rechtsanwalt, einer hat aber die Verträge entworfen, die Reisslers Verderben waren, wenn man so will. Wäre es nicht denkbar, daß derjenige, zumindest wegen Beihilfe zu dem Erbschaftsbetrug, ziemlich tief in der Scheiße sitzen würde, wenn alles ans Licht käme?»

«Beweisen Sie Ihre Behauptungen», sagte der Anwalt drohend.

Er stand in abweisender Haltung an der Ecke seines Schreibtischs. Ungerührt fuhr Abel fort:

«Auch dies ergäbe ein Motiv.»

«Sie können Ihre Beschuldigungen schriftlich erheben oder Strafanzeige erstatten.» Der Anwalt hatte sich vorgebeugt, seine Stimme zitterte leicht. «Ich werde Ihnen gerichtlich verbieten lassen, mich wegen meiner Vertragsentwürfe zu beschuldigen.»

Abel öffnete die Augen, ohne seine Position zu verändern. In seinem Gesicht blühte ein gemeines Lächeln auf.

«Ach, *Sie* haben die Verträge entworfen?»

Er warf den Kopf in den Nacken und begann leise in sich hineinzulachen.

«Wie schön, das von Ihnen direkt zu erfahren!»

Abel schrie diesen Satz lachend heraus, er warf sich zurück in den Sessel. Sein brüllendes Gelächter dröhnte durch den Raum. Wolf stand starr und griff wieder nach dem Brieföffner. Doch Abel hatte sich schon erhoben, die Papiere zusammengerafft und ging hinaus, immer noch lachend und nicht auf den Mann achtend, der ihn aus schmalen Augenschlitzen beobachtete. Krachend warf er die Tür hinter sich ins Schloß, bis er auf dem Flur des Bürohauses angelangt war. Dann duckte er sich, lief an der Wand entlang bis an die schwere Eisentür zur Nebentreppe. Er verließ vorsichtig das Haus, ohne Haussmann zu begegnen.

14

Es war bereits nach 21 Uhr, als Abel in die Auffahrt des Hotels *Intercontinental* einbog. Mit elegantem Schwung stellte er seinen verbeulten Capri auf einen Parkplatz abseits der großen Lichter. Das alte Auto sollte nicht gleich dazu führen, daß er von einem der Portiers abgewiesen würde. Abel hatte sich fein gemacht, seinen einzigen Anzug ausgebürstet und die Schuhe geputzt. Das Hemd ließ er zwei Knöpfe weit über der Brust offen, den Kragen über den Revers des Jacketts geschlagen.

Abel hastete durch die Regenböen, denn einen standesgemäßen Mantel besaß er nicht, nur den alten Parka. Er betrat das Hotel durch die automatische Schiebetür und ging an die Rezeption.

«Bitte, kann ich noch mal die Telefonistin sprechen?»

«Warum?» Der Blick des Empfangschefs glitt abschätzend über Abels Anzug.

«Kripo, die Mordsache Reissler . . .» frech log Abel; eine gestandene Amtsanmaßung. Das schäbige Äußere des Detektivs überzeugte schließlich den Portier, er fragte nicht nach Abels Kripo-Marke.

Mit dem Kuli wies er über die Schulter in eine entfernte Ecke der Empfangshalle. Gleichzeitig machte er eine Verbeugung, fischte nach einem der Schlüssel hinter sich und sagte betont höflich: «Schönen guten Abend, Herr Doktor.»

Abel machte sich gemessenen Schrittes aus dem Staub, während sich der Herr Doktor flüsternd beim Portier nach dem Nachtleben der Stadt erkundigte. Abel kurvte zwischen den tiefen Sesseln in Schlangenlinien im Foyer hindurch und steuerte auf die ihm angewiesene Ecke zu. Dort entdeckte er drei Telefonzellen, unweit davon traf er auf eine unbeschriftete Tapetentür, die er vorsichtig öffnete.

«'n Abend», sagte er freundlich zu der älteren Dame mit einem Hörknopf im Ohr und einem Mikro unter dem Kinn. Die Dame sprach gerade englisch und drückte dann auf zwei der diskret leuchtenden elektronischen Tasten vor sich auf dem breiten Pult. Ein Anschluß summte, Lichter flammten auf und verglommen. Abel zog leise die Tür hinter sich ins Schloß und trat in den halbdunklen Raum. Die Frau sah mißtrauisch zu ihm auf.

«Abel», stellte er sich mit einem Kopfnicken vor.

Die Dame sprach schon wieder.

«Bitte, Sie wünschen?» fragte Sie. «Ferngespräche bitte an der Rezeption anmelden, mein Herr.»

«Nein, nein, mein Bedarf ist gedeckt.» Abel lachte und hob zur Abwehr beide Hände. Die Dame lachte auch und stellte kurz eine Verbindung her.

«Nur ein paar Fragen», begann Abel.

Die Frau lehnte sich in ihrem Bürostuhl zurück und schloß die Augen. «Wieder die Polizei», seufzte sie. Abel beschloß, sie in dem frommen Glauben zu lassen.

«Leider ja», heuchelte er.

«Also gut.»

Da die Dame wieder verbinden mußte, setzte Abel kurz ein besorgtes Gesicht auf und fragte: «Anstrengend, der Job, was?»

«Hotel Interconti, einen Augenblick bitte . . . ja, das kann man sagen.» Die Dame nickte und kramte eine Zigarette aus ihrer Handtasche, Abel gab ihr Feuer. Sie drückte eine Taste und schnaufte tief:

«Besetzt das Ganze für einen Augenblick», erklärte sie, «Zigarettenpause!»

Abel zog sich einen Stuhl aus der Ecke herbei und setzte sich.

«Und ich muß Sie auch noch piesacken», sagte er reumütig.

«Nicht so schlimm, wenn's nur nicht Ihr rothaariger Kollege ist, der junge, der ein wenig hinkt.»

Abel grinste mitfühlend.

«Also, wir wissen», begann er behutsam, «daß ich . . . äh, daß Reissler einen Anruf im Speisesaal erhielt. Das war so gegen halb acht. War sonst nichts?»

«Ihr seid mir ein cleverer Haufen», lachte die Frau, «das habe ich doch schon Ihrem Kollegen erzählt.»

«Der Novotny hinkt auch da oben ein bißchen.» Abel deutete auf seine Stirn. «Der erzählt mir immer nur die Hälfte, da muß ich dann schon mal selber . . .»

«Richtig, Novotny heißt der. Also das ist so, wir wechseln um 19 Uhr die Schicht. Ich hatte Nachtschicht, wie heute. Wir, meine Kollegin und ich, wissen deshalb von dem Anruf, weil er gerade beim Schichtwechsel kam und wir den Herrn Reißer . . .»

«Reissler», verbesserte Abel.

«. . . also gut, Reissler, suchen lassen mußten. Erst in der Bar und dann im Restaurant. Ich habe dann schließlich verbunden.»

«Und das war der einzige Anruf, den er bekam?»

«Ja, zumindest der einzige von einem Mann, und danach hat Ihr Kollege ja gefragt.»

«Ein qualifizierter Beamter», sagte Abel doppeldeutig, «wer hat denn sonst noch angerufen?»

«Kurz danach noch eine Frau, zumindest eine Frauenstimme.»

«Warum wissen Sie das noch so genau?»

«Ganz einfach, weil ich den Herrn mal wieder suchen lassen mußte, diesmal war er in der Bar.»

«Aha.»

«Wissen Sie, wir haben solche Serientelefonierer öfters mal. Die reden die ganze Nacht mit Amerika, weil dort dann Arbeitszeit ist. Diese Leute sind gefürchtet in der Nachtschicht, und ich hatte schon vermutet, daß der Mann dazugehört.»

«Die können doch selbst von ihrem Zimmer aus wählen», warf Abel ein.

«Ja, aber viele sind zu faul, selbst bei der Auslandsauskunft anzurufen oder zu warten, bis eine Leitung frei ist, dann müssen wir vermitteln. Übrigens werden die auch häufig angerufen, und man muß sie suchen lassen, wie Ihren Kunden.»

«Sie wissen also genau, daß Herr Reissler noch einmal angerufen wurde, und zwar von einer Frau?»

«Ja, zumindest war es eine Frauenstimme.»

«Und mittags hat er selbst ein Gespräch geführt.»

«Ja, nach der Aufzeichnung hier», sie suchte in einem Aktenordner mit Computerbogen, «um 15 Uhr 03, nein, halt, um 15 Uhr 06 noch einmal, das habe ich übersehen.» Sie sah zu ihm auf. »Gut, daß ich selbst noch einmal gekommen bin.»

«Nur noch eine Frage: Wieviel Einheiten hat Herr Reissler vertelefoniert?»

Sie sah noch einmal nach. «Erst eine, dann achtzehn.»

Abel stand auf, während die Dame die Zigarette ausdrückte und sich den aufgeregt flackernden Lichtern an ihrem Pult zuwandte.

«Merci auch», sagte er und ging zur Tür. Die freundliche Dame winkte nur kurz mit dem Bleistift, denn sie hatte jetzt viel zu tun.

15

Abel kam gerade vom Baurechtsamt. Dort hatte er gleich am nächsten Morgen die Pläne für die Villa Haussmann eingesehen. Da er schon eine gewisse Übung in Amtsanmaßungen hatte, hatte er sich als Architekt Bierle vom Architektenbüro Scheller & Meyer vorgestellt, ein Atelier, das ihm aus der Zeitung wegen seiner teuren und extravaganten Entwürfe bekannt war. Für Haussmann schien ihm das angemessen.

Der Beamte war nicht besonders mißtrauisch, hatte aber dennoch gefragt: «Sonscht kommt doch immer d'r Wagner?»

«Ja, aber der ist in Urlaub», hatte Abel gleichgültig geantwortet. Der Beamte schlurfte durch die langen Regalreihen und suchte das Baugesuch des Anwesens von Haussmann. Da in diesen Räumen alle Unterlagen über alle Bauten in Stuttgart – jedenfalls soweit sie mit einer Baugenehmigung errichtet worden waren – aufbewahrt wurden, waren Pfadfinderkünste vonnöten, um darin die Akten eines bestimmten Hauses zu finden. Der Beamte war früher wohl nicht bei den Pfadfindern gewesen, denn nach zwei Minuten rief er nach einem Kollegen, der dann widerwillig zwischen den verstaubten Regalen auftauchte und brummelte:

«Findescht wieder mol nix, Schorsch?»

Nach weiteren fünf Minuten der Nachforschungen in Registern und Ablagen wurde dann die Akte gefunden.

Der Beamte mit dem Vornamen Schorsch brachte es an und warf das Papierbündel vor Abel auf den langen Tresen.

«Nemmed S's mit zum Kopiere?»

Abel schüttelte den Kopf und zog sich zu einem der beiden kahlen Tische mit uralten Tintenflecken zurück, um dort die Akte zu studieren. Gleich obenauf lag das, was er suchte: die Umbaupläne für die Villa. Sie waren im September 1964 eingereicht und kurze Zeit später genehmigt worden. Abel notierte die Daten und blätterte dann noch etwas in den Zeichnungen herum. Allein nach dem, was er als Laie aus den Unterlagen erkennen konnte, war der Umbau tatsächlich geeignet, dem Mann von der Straße die Maßstäbe für Baukosten zu verwirren. Von dem, was da mit kurzen Wörtern wie «Cheminée», «Pool» oder «Halle» bezeichnet war, konnte man sicher in solider Bauweise mehrere Reihenhäuser erstellen, so viel Geld mag das gekostet haben.

Abel hatte genug gesehen. Er klappte den Aktendeckel zu und gab die Papiere zurück, bedankte sich und verließ das Baurechtsamt.

In seinem Wagen studierte er noch einmal seine Notizen über den Fall, die er unter Rubriken wie «Daten», «Personalien» usw. zusammengetragen hatte.

Fest stand inzwischen, daß nach dem Tod von Reisslers Großmutter zumindest nicht bei Haussmann in Stuttgart der Gürtel enger geschnallt worden war – eher das Gegenteil war der Fall, wenn man den luxuriösen Umbau und den Neubau des Appartementhauses mit in Betracht zog. Aus dem Blatt mit der Überschrift «Daten» entnahm Abel, daß die alte Dame am 5. Mai 1964 gestorben war. In die Zeile darunter notierte er mit kleiner Schrift: «26. September: Haussmann reicht Umbaugesuch ein.»

Wenn man es sich richtig überlegt, war die Zeit für die Anfertigung der Pläne ziemlich knapp gewesen, sofern man unterstellt, daß der Auftrag an den Architekten unmittelbar nach dem Tod der Großmutter ergangen war. Wenn da Erbschaftsgeld verbaut worden war, dann hatte es Haussmann sehr eilig gehabt.

Abel blätterte in seinen Aufzeichnungen über das Gespräch mit Reissler. Langsam folgte er mit dem Zeigefinger den Zeilen.

«Scheiße», brummte er und las noch einmal. Aber er konnte keine näheren Angaben dazu finden, wann genau Reissler 1964 nach Deutschland gekommen war. Es wäre immerhin interessant gewesen, ob Haussmann die Pläne für den Umbau erst in Auftrag gegeben hatte, nachdem Reissler ausbezahlt worden war. Aufklären konnte Abel diesen Punkt jetzt nicht, Reissler war tot, und mit Haussmann wollte er – zumindest jetzt noch nicht – sprechen.

Er startete den Motor und fuhr langsam in Richtung Osten, wo er wohnte. Er grübelte und war beim Fahren unaufmerksam. Mehrmals wurde er von aufgeregten Fahrern angehupt, weil er durch die Straßen schlich und grüne Ampeln verschlief.

Abel war jetzt sicher, daß Haussmann damals seinen Vetter Reissler aufs Kreuz gelegt hatte. Folglich mußte Haussmann befürchten, daß Reissler Unruhe stiften würde, wenn er wieder nach Deutschland kam.

Aber warum hatte Haussmann dann das geerbte Geld so auffällig angelegt? Hatte er sich so sicher fühlen können? War Reissler schon früher zum Tode verurteilt worden für den Fall, daß er zurückkehrte?

Haussmann hatte ein Alibi für die Tatzeit: er war in seinem Haus bei Zürich; immerhin schien dieser Punkt felsenfest zu sein, wenn die Kripo schon allein deswegen die Fährte aufgab.

Falls das Alibi getürkt war, blieb die Frage offen: Woher wußte Haussmann eigentlich, daß Reissler wieder im Land war? Reissler war aufgrund einer kleinen Zeitungsnotiz gekommen, um die Vorfälle um die Erbschaft aufzuklären. Er hatte sich Abel engagiert. Es war daher kaum anzunehmen, daß er seine Anwesenheit gleichzeitig an die große Glocke gehängt hatte.

Abel trat wütend auf das Gas, als die Ampel den ersten Schimmer von Gelb zeigte. Die Fragen waren alle wichtig, und er wußte keine Antwort darauf.

Als er um die Ecke der Straße schoß, in der seine Dachbude lag, erkannte er die Gefahr sofort. Etwa hundert Meter vor ihm, in der Nähe des Hauseingangs, lungerte ein Mann an einem Volkswagen mit langer Antenne. Abel trat hart auf das Bremspedal. Hinter ihm kreischten die Bremsen eines anderen Volkswagens, der ebenfalls eine auffällige Antenne auf dem Dach hatte. Im Rückspiegel sah Abel das Fahrzeug und wußte sofort, daß dieser Wagen ihn schon seit einiger Zeit verfolgt haben dürfte, er hatte es nur verschlafen.

Vollgas. Der Capri ging über der hinteren Starrachse rumpelnd in die Blattfederung, als Abel mit brüllendem Zwischengas herunterschaltete. Das Wagenheck drehte sich seitlich weg. Als die Räder endlich griffen, mußte Abel gegensteuern.

Aus den Augenwinkeln sah er Novotny in den zweiten Wagen springen, der allerdings in der falschen Richtung geparkt war.

Jetzt war er am Ende der schmalen Straße. Im Rückspiegel sah er den anderen VW, jetzt schon 60 oder 80 Meter zurück, dahinter wendete Novotny.

Ohne auf den Verkehr zu achten, drehte Abel den Capri mit abschmierenden Hinterrädern in eine breite, steile Straße hinein und schoß davon, instinktiv in Richtung Autobahn.

Er nahm einen Schleichweg, um die beiden Verfolger abzuhängen. Nach wenigen Ecken – zunächst scheinbar in Richtung Innenstadt fahrend – hatte er die beiden Volkswagen aus dem Rückspiegel verloren. Mit unveränderter Geschwindigkeit fuhr er weiter und näherte sich den Außenbezirken der Stadt.

Erst als er auf der großen Ausfallstraße war, fuhr er brav fünfzig.

Jetzt hatte er Zeit, das Radio einzustellen. Er kurbelte an der Frequenz, bis er den Polizeifunk hatte. Das Radio war von einem seiner Kumpane entsprechend frisiert worden, und Abel hatte es bisher nur dazu benutzt, um die Position von Polizeikontrollen zu orten, wenn er – was manchmal vorkam – total besoffen nach Hause fuhr. Jetzt war der Funk für ihn lebenswichtig geworden.

«Ich wiederhole», sagte eine momotone Stimme. «An alle: Fahndung nach einem roten Ford-Capri, Baujahr '70, amtliches Kennzeichen Siegfried-Anton-Ulrich, zwo-fünf-zwo-fünf. Der Fahrer ist flüchtig, es besteht Haftbefehl wegen Mordverdacht, Achtung, Fahrer ist bewaffnet.»

«Kacke», murmelte Abel und verfluchte seine Renommiernummer S – AU 2525, für die er noch zusätzlich 40 Mark bei der Anmeldestelle geopfert hatte.

Rechts tauchte eine große Tankstelle mit Selbstbedienung auf und einem in bunten Buchstaben angekündigten «Auto-Shop». Abel lenkte den Capri in eine der Boxen und tankte seinen Wagen bis oben hin voll. Im Auto-Shop sah er sich um und kaufte nach kurzer Bedenkzeit zwei Dutzend Aufkleber von «Bundesgartenschau '77 Stuttgart» über «Racing-Team» bis hin zu drei verschiedenen Nationalitätenkennzeichen. Dazu erstand er zwei Tageszeitungen, 2 Rollen Klebeband und fünf Dosen Sprühlack in dezentem Blau.

16

Die Polizei verzichtete in seinem Fall offenbar auf eine Straßensperre, so daß Abel ungeschoren die ersten Waldstücke an der B 27 in Richtung Tübingen erreichte. Zwar war kurz hinter Echterdingen auf der Gegenfahrbahn ein Streifenwagen vorbeigekommen, offensichtlich hatte die Besatzung Abels Fahrzeug in der Schlange übersehen, denn der Funk blieb ruhig. Abel schwitzte immer noch, als er vor Dettenhausen in einen Feldweg einbog und langsam zu einer Waldlichtung rumpelte, die er noch aus Tübinger Zeiten kannte. Dort bugsierte er seinen Capri hinter eine halb verfallene Holzhütte.

Bevor er die Plastiktüte mit den Einkäufen aus dem Ford nahm, schlich er in einem weiten Kreis um die Lichtung, um sich zu vergewissern, daß er allein war. Dann nahm er aus dem Kofferraum seinen blechernen Werkzeugkasten, legte alles zusammen auf den Boden und begann mit einem Schraubenzieher die Zierleisten abzuheben. Die Scheiben klebte er mit Zeitungspapier und Klebstoff ab. Über die Stoßstange hängte er eine modrige Decke, die er sonst als Unterlage benutzte, wenn er unter den Wagen kriechen mußte.

Nach einer halben Stunde war er mit den Vorbereitungsarbeiten fertig. Bevor er die erste Lackdose öffnete, betrachtete er mißtrauisch den bleigrauen Himmel. Keiner konnte sagen, ob es nicht in der nächsten Minute zu regnen begann. Schließlich zuckte Abel mit den Schultern und fing an, systematisch mit kreisenden Bewegungen von hinten her seinen Wagen zu besprühen.

Nach einer weiteren halben Stunde war aus dem signalroten, rostigen Capri, ein matt glänzendes, blaues Fahrzeug geworden. Abel saß auf einem Holzklotz und wartete, während der Lack trocknete. Wütend starrte er vor sich hin, riß ab und zu einen Grasbüschel aus und schleuderte ihn auf die Lichtung. Er ertappte sich dabei, daß er einen Schuldigen für seine augenblickliche Misere suchte. Hätte Paloff ihm nur nicht diesen Reissler angeschleppt! Wegen tausend Mark so einen Haufen Ärger. Eine Nacht im Knast, die Polizei im Nacken. Wieder flog ein Grasklumpen im hohen Bogen auf die Lichtung hinaus.

Recht geschieht mir, dachte Abel und verwünschte den Tag, an dem er auf die Idee gekommen war, ein Detektivbüro aufzumachen.

«*Fuck it*», sagte er laut, «und jetzt kann ich noch selbst weiterwurschteln, um meinen Kopf aus der Schlinge zu ziehen. Schöne Bescherung!» Er sah sich vorsichtig um, dann ging er zurück zu seinem Auto.

Vorsichtig berührte er mit den Fingerspitzen den neuen Lack und stellte fest, daß die Farbe bereits trocken war. Sorgfältig entfernte er die Klebestreifen und das Papier und kratzte mit den Fingernägeln einige Lackspritzer von den Chromteilen. Ein halbes Dutzend dünne rote Streifen übersprühte er noch zusätzlich. Dann kamen die Zierleisten wieder an ihren Platz. Schließlich wählte er aus seiner Aufklebersammlung einige Schilder aus, mit denen er wahllos Heck und Türen des Wagens beklebte.

Nachdem er sorgfältig die Zeitungen, die Klebebänder und die leeren Lackdosen in die Plastiktüte gestopft hatte, holte er aus seinem Kofferraum die Krönung seines Werkes heraus: zwei Nummerschilder von seinem früheren verschrotteten Capri – S – R 3684. Damals hatte er den Wagen lediglich abgemeldet, aber den Brief nicht einziehen lassen. Die Zulassungsmarken und die TÜV-Plakette hatte er mit Filzstift in einer stillen Stunde nachgemalt. Er hielt diese Maßnahme damals für die Ausstattung eines Privatdetektivs angemessen; heute retteten ihn die falschen Schilder an dem umlackierten Wagen möglicherweise vor der endgültigen Verhaftung und gaben ihm damit die Chance, den Fall zu klären, bevor man ihn endgültig in den Kasten schickte. Sicher, ein Risiko war dabei, wenn einer die falschen Nummernschilder genau ansah, aber Abel blieb im Augenblick keine andere Wahl. Er verdrängte die Angst vor der Gefahr. Bevor er wieder in das Auto stieg, trat er langsam einige Schritte zurück, um sein Werk aus der Distanz zu bewundern. Zufrieden nickte er vor sich hin und knurrte: «Tarnen und täuschen, gelernt ist doch gelernt!»

So wie er jetzt auf der Lichtung stand, konnte der Wagen bei einer flüchtigen Kontrolle durchgehen. Mit dem gesuchten roten Capri war er jedenfalls auf den ersten Blick nicht zu verwechseln.

17

«Und?» Schuster hielt den Telefonhörer mit seiner Hand zu.

«Bis jetzt noch nichts Positives», sagte Novotny. Sein Kopf war dunkelrot, Schweiß perlte auf seiner Stirn.

«Ich habe die Meldung noch einmal durchgeben lassen.»

«Es ist ein alter, verbeulter Ford Capri», bellte Schuster ins Telefon. «Vergeßt nicht die Parkhäuser in der Innenstadt.»

Novotny beobachtete, wie sein Chef angestrengt lauschte.

«Warum geht das nicht?» Pause. «Aha, der Herr Ministerpräsident weiht eine Fußgängerzone ein!» Pause. «Wieviel? Das gibt's doch nicht!» Lange Pause. «Na, dann.»

Schuster legte auf. «Personenschutz», sagte er und schnaufte tief. «Warum muß auch dieser Typ von der Bundesanwaltschaft überall mit rumstehen, dieser Einweihungsminister.»

«Der Ministerpräsident hat Sicherheitsstufe eins», sagte Novotny wichtig.

«Menschenskind, kümmern Sie sich nicht um ungelegte Eier»,

schnauzte der Kommissar, «und halten Sie mir wenigstens die Streifenwagen auf Trab, die sollen gefälligst die Augen offenhalten. Und das Telex, was ist mit dem Telex?»

«Was für ein Telex?» fragte Novotny.

«Fahndungsersuchen an die anderen Dienststellen.»

«Vor fünf Minuten rausgetickert.»

«Also ab, lassen Sie die Meldung über Funk noch mal durchgeben.»

Novotny war froh, daß er wieder verschwinden konnte.

Abel fuhr zügig in Richtung Süden. Seit einer halben Stunde regnete es wie aus Kübeln. Der neue Lack war schon bald ganz normal verdreckt. Abel hatte zwischendurch bei einem Dorfmetzger gehalten und sich Wurst und Brötchen besorgt. Dabei hatte er die verdächtige Plastiktüte hinter dem Haus auf eine kleine Müllkippe geworfen, wo sie sicher niemand suchen würde.

Er passierte gerade Rottweil. Der örtliche Polizeifunk gab keine Aufschlüsse darüber, daß er überregional gesucht wurde. Er räkelte sich zufrieden in seinem Sitz und fuhr weiter auf den öden, leicht geschwungenen Landstraßen in den prasselnden Regen hinein.

«Kruzifix!» Abel schreckte aus seiner beschaulichen Ruhe auf und streckte den Kopf nach vorne, um besser zu sehen. Die Scheiben waren leicht beschlagen. Knapp hundert Meter vor sich sah er einen Streifenwagen am Straßenrand. Ein Polizist mit Regenumhang stand halb in seiner Fahrspur und schwenkte langsam eine Leuchtkelle mit der Aufschrift «Polizei – Halt» auf und nieder.

Umdrehen und abhauen, schoß es Abel durch den Kopf; aber dazu war es schon zu spät. Ehe Abel von hundert heruntergebremst hatte, war er schon bis auf dreißig Meter an den Posten herangekommen. Vorbeiziehen ging nicht, da gerade jetzt Gegenverkehr war – er hätte den Mann überfahren müssen. Einen kurzen Augenblick war Abel versucht, tatsächlich das Gas durchzutreten. Mach keinen Scheiß, ermahnte er sich und ließ sich seitlich auf einen Parkplatz einwinken.

Gerade noch rechtzeitig fiel ihm auf, daß der Polizeifunk lief. Mit einer knappen Handbewegung schaltete er das Radio auf eine Hausfrauensendung um, da war schon ein zweiter Polizist an das Seitenfenster herangetreten. Abel kurbelte die Scheibe herunter. Das Gesicht des Mannes kam bedrohlich nahe.

«Guten Tag, Ihre Papiere bitte», sagte der Polizist. Abel begann in seinem Parka zu kramen, der neben ihm auf dem Beifahrersitz lag. Führerschein und Personalausweis hatte er in seiner Plastikbrieftasche stecken.

Zunächst fummelte er den Führerschein heraus und überlegte dabei fieberhaft, wo er das letzte Mal seinen Kfz-Schein hingesteckt hatte, denn den durfte die Polizei keinesfalls entdecken, das falsche Nummernschild wäre sofort aufgefallen. Er gab zunächst den Führerschein dem Polizisten heraus und dann noch seinen Personalausweis. Er tat so, als suche er seine Brieftasche gründlich durch, dann beugte er sich zu seinem Parka hinüber, um dort in den Taschen zu kramen. Er versuchte, ein bekümmertes Gesicht zu machen.

Als er aufsah, bemerkte er, daß der Beamte ihm den Personalausweis unter die Nase hielt, den Führerschein hatte er unter seinen Umhang gesteckt, damit er nicht naß wurde. Hinter Abel fuhr ein zweites Fahrzeug heran, das man ebenfalls herausgewinkt hatte. Mit einem scharfen Ruck bremste der Fahrer. Beinahe wäre er auf Abels Capri gerutscht. Der Detektiv zog den Kopf ein. Das hätte noch gefehlt, jetzt einen Unfall unter den Augen der Polizei, ausführliche Feststellung der Personalien, großes Palaver – da wäre Abel nicht einmal mehr der Schimmer einer Chance geblieben.

Der Polizist stelzte nach hinten. Abel hörte, wie er losschnauzte.

«Wohl verrückt geworden?»

In dem Wagen schrie eine aufgeregte Stimme etwas von Schikane und daß er es eilig habe.

«Sie warten schön, bis Sie an der Reihe sind.» Der Beamte kam zurück. «Dem werden wir mal zeigen, was Schikane ist», sagte er grimmig. Er gab den Führerschein zurück, ohne hineingesehen zu haben.

«Und die Wagenpapiere?» fragte er.

Abel kramte inzwischen im Handschuhfach.

«Die habe ich wohl zu Hause liegenlassen.» Er zuckte mit den Schultern und machte ein betretenes Gesicht.

Seine Knie und Hände fingen an leicht zu beben. Er atmete tief durch und sah starr nach vorn.

«So eine alte Schleuder klaut man nicht.» Der Scherz gelang Abel nur mühsam.

«Steht doch noch gut da», sagte der Polizist trocken.

«Wie man's nimmt.»

«Warum fahren Sie ohne Licht?» wollte der Beamte schließlich wissen. Abel fiel ein Stein von der Seele.

Er starrte auf seinen Lichtschalter, als hätte er ihn zum erstenmal in seinem Leben gesehen, und sagte verblüfft:

«Tatsächlich!»

Der Polizist ließ die Antwort durchgehen. Nach kurzer Bedenkzeit fragte er: «Wären Sie mit einer gebührenpflichtigen Verwarnung von 20 Mark einverstanden?»

«Wenn's sein muß», Abel hatte fast schon wieder Oberwasser.

Der Polizist schrieb. Nebenbei fragte er: «Wo fahren Sie hin?»

«Nach Singen», log Abel.

«Wie lange bleiben Sie dort?»

«Och, zwei oder drei Tage.»

«Gut, dann werden Sie bis in einer Woche bei Ihrem zuständigen Revier in Stuttgart Ihren Fahrzeugschein vorlegen – zusammen mit dieser Aufforderung.» Der Beamte reichte Abel ein von Regentropfen gesprenkeltes Formular in den Wagen.

Abel streckte sich, um aus seiner Tasche das Geld herauszuziehen. Er zahlte die 20 Mark und versicherte nochmals, daß er sich bei dem Revier melden würde. Dann drehte sich der Polizist um und ging langsam zu dem nächsten Auto. – «So, und jetzt die Papiere.»

Abel warf den Führerschein und Ausweis in das Handschuhfach und kurbelte schnell das Fenster hoch. Die Verwarnung und den anderen Zettel steckte er an eine Klammer am Armaturenbrett, dann fuhr er an.

18

Unbehelligt von Zoll und Polizei erreichte Abel am späten Nachmittag Zürich. An der Grenze war er in einem Rutsch im Feierabendverkehr durchgewunken worden. Die Deutschen kontrollierten nur die Einreise, und von den Schweizern hatte keiner auf sein Auto geachtet. Es regnete immer noch heftig vom grauen Himmel herunter. Die Leuchtreklamen waren schon lange eingeschaltet.

Abel stand vor dem Schaufenster eines Fernsehgeschäfts und verspeiste seinen dritten Hotdog. Er hatte die Kapuze seines Parka hochgeschlagen und trat fröstelnd von einem Bein auf das andere.

Gelegentlich nahm er verstohlen einen Zug aus einer flachen Flasche mit Obstschnaps. Er grübelte und starrte auf die Fernsehapparate hinter der Scheibe, auf deren Mattscheibe zwanzigfach multiplizierte Werbespots abliefen. Seine Lage war im Augenblick mies. Klar, aber daran war nichts zu ändern – vielleicht konnte er in Zürich mehr über Haussmann erfahren. Etwas, was ihn überführte.

Achselzuckend ging er zu der Würstchenbude zurück und kaufte sich noch zwei Hotdogs, dann ging er zu seinem Wagen, den er in einer Seitengasse in der Nähe der Limmat abgestellt hatte.

Dort aß er alles auf und zählte dann sein Geld. Wenn man die hundert Mark nicht rechnete, die er in Franken eingetauscht hatte, besaß er noch fünfhundertdreizehn Mark und ein paar Pfennige.

Er mußte sparen, weil er nicht wußte, wie lange er mit dem Geld auskommen mußte. Ein Hotel war unter diesen Umständen zu teuer. Abel stieg aus und öffnete die Heckklappe. Dort zog er seinen Bundeswehrschlafsack heraus, der dort seit dem Sommer lag, und warf ihn auf den Rücksitz. Er fuhr los. An einem Supermarkt hielt er noch kurz und besorgte sich zwei Flaschen Bier; jetzt war er für die Nacht gerüstet.

Nur noch eine Ermittlung stand offen, bevor sein seltsamer Feierabend begann: die Adresse von Haussmanns zweiter Bleibe am See. Da anzunehmen war, daß er Telefon hatte, studierte Abel in einer Telefonzelle am Stadtrand das Fernsprechverzeichnis. Dabei kam ihm zugute, daß in der Schweiz immer die Teilnehmer größerer Gebiete ohne regionale Trennung alphabetisch zusammengefaßt sind. So fand er nach kurzem Suchen unter verschiedenen Haus-, Hauß- und Hus-männern seinen «Haussmann, Curt» heraus und notierte Anschrift und Telefonnummer.

Dann verließ er die Stadt am Seeufer auf einer großen Ausfallstraße. Er gähnte mit weit offenem Mund und war trotz allem eigentlich zufrieden über seine derzeitige Lage – es hätte bedeutend schlimmer kommen können. Sein Optimismus gewann wieder die Oberhand.

Nach zehn Minuten bog er rechts ab und fuhr auf einen der Höhenzüge hinauf, die den See begleiteten. Auf einem Holzabfuhrweg in einem stillen Waldstück fand er eine Ausweichstelle. Dort parkte er den Wagen. Unter den tropfenden Fichten wechselte er noch schnell die Nummernschilder, damit er wieder seinen Kfz-Schein benutzen konnte – die Farbe des Wagens wird ja nicht vermerkt. Nachdem er den Beifahrersitz vorgezogen und in Liegeposition hinuntergekurbelt hatte, zog er den Parka aus und kroch voll angezogen in den Schlafsack. Die Nacht war kalt.

19

Die fahle Novembersonne flimmerte durch die Äste des Fichtenwaldes und zeichnete kantige Schatten ins leblose Gras. Modergeruch wehte durch den offenen Spalt der Seitenscheibe herein. Auf dem Holzabfuhrweg standen tiefe Pfützen. Der Capri schlingerte im Schlamm und kroch spritzend durch die Wasserlöcher, als Abel gegen 9 Uhr morgens zurück auf die Straße fuhr. Fedrige Wolken jagten im Wind hoch über dem See und tupften dunkle Flecken auf die graugrünen Matten an den Hängen. Die Szenerie erinnerte an die frühen Märztage in den Alpen, auch der Schnee auf den Bergflanken paßte dazu.

Im Dorf vor der Seeuferstraße hielt Abel vor einem Migros-Laden und kaufte dort frische Wecken, eine Büchse Cola und eine Lyoner aus der *Action* – der schweizerischen Version des Sonderangebots. Bei Weck und Wurst studierte er dann auf einem Parkplatz am See die Karte. Langsam kehrte die Wärme in seine steifen Knochen zurück.

Er fand in seinem Straßenatlas einen Stadtplan von Zürich und konnte dort die Gegend, in der Haussmann seine Zweitwohnung hatte, näher identifizieren. Er legte das Lesezeichen an dieser Stelle in das Buch und klappte es mit einem Knall zu.

Der Weg zum Zürichberg führte ihn wieder am Rand der Innenstadt vorbei durch das morgendliche Verkehrsgewühl. Er schob sich langsam im Stau von Ampel zu Ampel und beobachtete dabei die Samstag-Vormittag-Einkaufsbummler. Trotz der Sonne, die schräg in die Straßen schien, blieben die meisten Gesichter unbeteiligt und starr. Die Menschen bewegten sich in einem einförmigen Strom an den Schaufenstern vorbei, beladen mit Taschen und Tüten. Es schien, als habe keiner die Sonne bemerkt. Konsum und Eile forderten die ganze Aufmerksamkeit der Passanten.

Nach einer langen halben Stunde hatte Abel endlich das Areal vor dem *Golf-Club Dolder* erreicht, sein erster Fixpunkt bei der Anfahrt zum Zürichberg. Von dort aus fuhr er weiter durch stille Straßen mit abweisenden Mauern. Die Bürgersteige waren säuberlich gefegt, so daß nicht einmal der Novemberwind ein Blatt von einem der vielen Bäume fand, um es im Kreis herumzujagen. Schließlich kam Abel in der Nähe eines Friedhofs auf eine breitere Straße, wo er eine Tankstelle fand.

Menschen, die er nach dem Weg hätte fragen können, traf man in dieser Gegend nicht. Also fuhr er in die Tankstelle und stellte seinen alten Capri bescheiden an der Seite ab, damit keiner auf den Gedanken kommen konnte, er wolle tanken; denn sogar das sah nur teuer und exklusiv aus.

Abel beobachtete, wie der Tankwart eine schwere Jaguar-Limousine sorgfältig tankte und hierfür einen Hundertfrankenschein kassierte. Dann stieg er aus seinem Fahrzeug und schlenderte auf das Verkaufshäuschen zu. Der Tankwart saß über einer Zeitung und musterte den Privatdetektiv neugierig mit einem kleinen Schuß Mißtrauen – es soll schon vorgekommen sein, daß man eine Tankstelle beraubt hat – auch in der Schweiz.

Als Abel die Tür hinter sich schloß, stand der Mann auf und kam um seinen metallenen Schreibtisch herum. Einen Teil der Zeitung behielt er in der Hand. Er blickte in Abels bärtiges Gesicht, zog die Augenbrauen hoch und blieb in der Nähe des Telefons stehen.

«Nur eine Frage.»

«Ja, bitte.» Die gepflegten Manieren dieses Tankwarts verlangten auch in einer scheinbar bedrohlichen Situation eine gewisse höfliche Distanz.

«Wo finde ich hier den Prätschliweg?» Abel lachte freundlich, um das Mißtrauen des Mannes zu zerstreuen. Doch die Sorgenfalten auf dessen Stirn wurden noch tiefer.

«Zu wem wollen Sie da bitte?»

«Zu Herrn Curt Haussmann», Abel schien es besser, den richtigen Namen zu nennen, denn der Mann machte den Eindruck, als kenne er sich aus.

«Der ist nicht da», sagte der Tankwart kurz und setzte sich wieder.

«Das kann doch kaum sein», log Abel, «denn in Stuttgart ist er auch nicht.»

«Was wollen Sie denn von Herrn Haussmann?»

Abel war verblüfft über die unverhohlene Ablehnung des Mannes, der sich wie ein Dienstbote Haussmanns aufspielte. Wie doch die noble Gegend den Charakter eines Tankwarts beeinflußte. Doch Abel war zu schnell im Geschichtenerfinden, um sich aus dem Konzept bringen zu lassen.

«Also gut», sagte er versöhnlich, «ich bin Journalist, genauer: ich bin der Stuttgarter Korrespondent des *Business-Magazins* und möchte mit Herrn Haussmann ein Interview machen. Sie können sich vorstellen», schwafelte er weiter, «daß so etwas gar nicht so einfach ist, bei einem so einflußreichen Mann.»

Der Tankwart nickte. Die Vorstellung, daß seine Kunden wesentliche Wirtschaftslenker, bedeutende Künstler und Wissenschaftler, verschwiegene, erfolgreiche Anwälte oder virtuose Chirurgen waren, hatte sich bei ihm mit den Jahren festgesetzt. Da konnte es schon mal vorkommen, daß sich auch die Presse um die Leute kümmerte.

«In Stuttgart ist der Herr Kommerzialrat aber nicht aufzutreiben, und, im Vertrauen, ich weiß, daß er hier sein muß.»

«Bestimmt nicht. Er ist seit gestern in Mailand, zu einer geschäftlichen Besprechung.»

«Seit gestern», wiederholte Abel und schrieb in sein Notizheft. «Habe ich mir doch gleich gedacht», sagte er und machte ein Verschwörergesicht.

«Ja, Frau Bläsi, die dort den Haushalt macht, wenn die Familie da ist, hat gestern angerufen und gesagt, daß der Mercedes von Herrn Haussmann deshalb erst nächste Woche zum Ölwechsel kommt.» Der Tankwart war stolz auf den vertrauten Umgang mit seinen Kunden.

«Aha, Herr Haussmann ist mit dem Wagen unterwegs?»

«Nein, er ist wieder geflogen. Aber, da er keinen Chauffeur hat, kann keiner den Wagen abholen und wieder zurückbringen», klärte der Tankwart auf.

Abel war aufgefallen, daß Haussmann «wieder» geflogen sein soll. Er erkannte einen Zusammenhang zu den Punkten, die ihn interessierten, und so fragte er: «War Herr Haussmann am letzten Montag auch mit dem Flugzeug in Mailand?»

Und weil er sah, daß der andere wieder mißtrauisch wurde, fuhr er fort: «Da sollen nämlich Gespräche, ganz entscheidende Gespräche, über eine Fusion mit den Mailändern geführt worden sein; Sie täten mir einen großen Gefallen und Herrn Haussmann sicher auch, wenn Sie mir darüber etwas erzählen könnten. Herr Haussmann muß, wie die Dinge liegen, ein großes Interesse an gewissen gezielten Indiskretionen haben; er hätte sonst nicht über die Chefsekretärin den Tip mit Zürich und Mailand an mich lancieren lassen. Sie wissen ja, wie es in der Industrie und Wirtschaft oft ist . . .»

Das feine Vokabular des Detektivs schien den Tankwart zu überzeugen – insbesondere der Appell an sein Wissen um den verzwickten Gang der Dinge in der Weltwirtschaft tat dem Mann gut, der ja die Wirtschaftsbosse mit Sprit bediente und deshalb ohnehin praktisch nur Super verkaufte.

Vorsichtig fragte er: «Es ist doch bestimmt nicht von Nachteil für den Herrn Direktor, wenn ich Ihnen etwas sage?»

«Ich sagte Ihnen ja, gezielte Indiskretionen, wir verstehen uns . . .»

Der Mann griff über den Schreibtisch und schlug eine Mappe mit Rechnungen auf. Nach einem kurzen Blick auf die Belege sagte er zögernd: «Am Montag?»

«Ja.»

«Am Montag ist er zum Flughafen gefahren.» Der Tankwart nickte. «Er hat eine entsprechende Bemerkung fallenlassen.»

«Habe ich mir gedacht!» Abel schrieb schon wieder eifrig in seinen Notizblock.

«War er allein?»

«Nein, sein Advokat war dabei.»

«Aha, den kennen Sie auch?»

«Ja.»

«Und wann ist er geflogen?»

Der Tankwart zog die Brauen hoch. Abel schaute ihn an, dann sagte der Mann: «Das weiß ich nicht. Er war kurz vor Geschäftsschluß hier, so gegen sechs am Abend.»

Eine blödsinnige Zeit für eine Besprechung, dachte Abel und sagte laut:

«Ja, die Italiener mit ihren späten Besprechungsterminen. Sie regeln dort alles beim Abendessen.» Abel grinste.

«Hm», machte der Tankwart, der offensichtlich da nicht mehr mitreden konnte.

«Jetzt wird es ganz wichtig für mich: war Herr Haussmann schon bald wieder zurück, daraus kann man nämlich schließen, daß sie zu dem Zeitpunkt nicht handelseinig wurden.»

«Das weiß ich nicht, denn Herr Haussmann fährt dann manchmal mit dem Wagen vom Flughafen direkt nach Stuttgart.»

Abel suchte noch einmal kurz seine Notizen durch und nickte dabei freundlich.

Der Tankwart hatte plötzlich doch ein schlechtes Gewissen bekommen und fragte besorgt: «Ich kann Herrn Haussmann doch davon erzählen, daß Sie da waren?»

Abel drehte sich noch einmal vor der Tür um.

«Klar, gezielte Indiskretionen, Sie wissen schon», sagte er zweideutig, zwinkerte mit einem Auge und verließ den Glaspavillon. Der Tankwart winkte mit gemischten Gefühlen zurück, als Abel freundlich grüßend an ihm vorbeifuhr; vorsichtshalber notierte der Mann die Autonummer – man konnte ja nicht wissen . . .

20

Auf dem Weg in die Stadt hielt Abel am Straßenrand, um noch einmal die Karte zu studieren. Zum Flughafen Kloten mußte er sich nördlich vom Stadtzentrum halten; über die Universitätsstraße und die Winterthurer Straße nach Westen.

Abels Laune war vorzüglich. Für ihn stand außer Zweifel, daß er Haussmanns Alibi knacken konnte. Ein ganz wichtiger Punkt! Das Motiv war ohnehin schon eindeutig: die Verschleierung der Manipulation um die Erbschaft, Schiebereien hatte es mit Sicherheit gegeben, das stand fest.

Wie Schuppen war es ihm eben in der Tankstelle von den Augen gefallen. Der alte Trick: im Flugzeug von Zürich nach Stuttgart; mit der nächsten Maschine zurück, und dazwischen eine delikate Besprechung mit einseitig tödlichem Ausgang.

Das Puzzle paßte plötzlich.

Da war zum Beispiel der mysteriöse zweite Anruf im Hotel bei Reissler. Er, Abel, hatte mit Sicherheit nur einmal angerufen. Der zweite Anruf konnte gut von Haussmann gewesen sein, der – und das war noch aufzuklären – von Reisslers Anwesenheit wußte und nun versuchte, ihn zu sprechen, vielleicht hatte er den Tatentschluß schon gefaßt und kaltblütig einen Treff arrangiert, vielleicht mit Armsünderstimme, ganz zerknirschte Reue . . .

Abel stutzte, seine Gedanken hatten sich überschlagen.

«Apropos Stimme», murmelte er.

Die freundliche Telefonistin im Interconti hatte doch klipp und klar gesagt, daß eine Frau angerufen hatte, sie war davon felsenfest überzeugt.

«Scheiße», brummte Abel, dann wischte er den Gedanken fort und besänftigte sich damit, daß man eine Stimme auch verstellen kann – das würde für die Theorie von Kaltblütigkeit sprechen – oder daß Haussmann seine Sekretärin hat anrufen lassen.

Muß ich alles noch prüfen, tröstete er sich.

Jetzt aber mußte er herausbekommen, ob Haussmann am Montag tatsächlich nach Stuttgart geflogen war – was heißt herausbekommen, Abel war seiner Sache so sicher, daß er davon ausging, seine Hypothese nur noch beweisen zu müssen.

Der Flughafen tauchte auf, und Abel ordnete sich zum Abbiegen ein. Während er einen Parkplatz suchte, überlegte er, ob es möglich wäre, trotz Zollkontrolle unter einem falschen Namen in die Passagierliste zu kommen. Wenn der Coup geplant war – seine Kaltblütigkeitsthese –, dann mußte er seinen Kunden vorsichtshalber auch unter einem anderen Namen suchen. Schwierig wäre es erst, wenn Haussmann unter einem zweiten Falschnamen zurückgeflogen wäre.

Abel brachte seinen Wagen an einer der münzenfressenden Parkuhren auf dem Flugplatzareal unter. Zehn Rappen für zehn Minuten, ein stolzer Preis. Die Schweizer standen den Schwaben in nichts nach, stellte er fest, denn er kannte diesen schönen Brauch schon vom Stuttgarter Flughafen. Bloß der Service beim Geldabnehmen war hier perfekter: Der Automat nahm dankend auch Frankenstücke entgegen.

Knurrend bediente Abel das gefräßige Ding auf der Eisenstange zunächst mit einem Franken, dann ging er zum Flughafengebäude hinüber.

Abel hatte es zunächst in der Ankunftshalle versucht, dort aber niemanden gefunden, der ihm hätte Auskunft geben können. Er erfuhr aber, daß die Fluggesellschaften ihre Schalter in der Abflughalle haben. Also ging er den Pfeilen mit der Aufschrift *Departures* nach und stand kurz darauf vor einer langen Reihe von Schaltern, in denen die Vertretungen der Gesellschaften aus allen Ecken der Welt residieren. Die Leuchtschriften wiesen diskret auf das bunte Spektrum der Linien hin, lediglich die Swissair hatte mehrere Schalter belegt.

Abel war stehengeblieben und suchte mit den Augen die Schalter ab. Manche waren nicht besetzt, an anderen standen die Menschen in längeren oder kürzeren Schlangen. Alles schön und gut, aber die Frage, die Abel quälte, war durch die Beobachtung der Länge einer Schlange vor einem Schalter nicht zu lösen: Mit welcher Gesellschaft war Haussmann geflogen?

Das mußte er schon wissen, bevor er nach der Passagierliste fragte! Kurze Zeit war Abel ratlos. Dann aber fiel ihm ein, daß er zunächst einmal herausfinden mußte, welche der Gesellschaften Stuttgart anflogen. Der Flugplan!

Da die An- und Abflugzeiten nicht wie in einem Bahnhof angeschlagen sind, steuerte Abel kurz entschlossen auf den nächsten Schalter zu und fragte den Mann, der hinter dem Pult saß und aussah wie ein Bilderbuchflugkapitän mit weißem Hemd und Pomade in den Haaren:

«Guten Tag, können Sie mir vielleicht sagen, wann eine Maschine abends nach Stuttgart geht?»

Der Reklamekapitän schaute beleidigt und deutete wortlos mit einem Kuli auf die Leuchtanzeige über seinem Kopf. Dort stand: *Swissair, oversea lines.*

«Aha», entfuhr es Abel, der erst in diesem Moment das Ausmaß der persönlichen Beleidigung für den Mann ermessen konnte, trotzdem gab er sich kaltschnäuzig:

«Gibt's denn keinen Flugplan oder etwas Ähnliches?»

Der beleidigte Flugkapitän von der Bodentruppe wies ungnädig mit seinem Kugelschreiber auf eine der Säulen in der Halle – wieder ohne ein Wort zu sagen, dann wandte er sich indigniert ab und fuhr sich mit dem Kuli durch das pomadige Haar. Da Abel mit dem Hinweis nichts anzufangen wußte, sagte er giftig:

«Gibt einen schönen langen Strich auf der weißen Kopfhaut», er deutete auf den Kuli, «'ne gute Markierung für den nächsten Ölwechsel im Haar, gell?»

Grinsend trollte er sich und ließ den Bodensteward fassungslos zurück.

Von einer netten jungen Dame mit Schweizer Akzent, die am Schalter einer orientalischen Fluglinie saß, erfuhr er schließlich, daß der Hinweis auf die Säule doch nicht so falsch war. Dort waren nämlich kleine Kästen eingelassen, aus denen Karten herauslugten, die in langer Reihe die An- und Abflugzeiten der einzelnen Maschinen enthielten.

Abel zog sich auf eine der gepolsterten Bänke zurück und vertiefte sich in die Zahlen. Er hatte seinen Bleistift herausgezogen und suchte in den späteren Abflugzeiten herum.

«Na, bitte», sagte er zu sich und pfiff leise durch die Zähne. «Das paßt.»

Tatsächlich gab es einen Flug von Zürich nach Stuttgart um 19 Uhr 20, Stuttgart an 19 Uhr 55. Abel wunderte sich, daß ein Flugzeug nur 35 Minuten für die Strecke brauchte, die mit dem Wagen, wegen der schlechten Straßen, schnellstens in zweieinhalb Stunden zu bewältigen war. Das kam seiner Theorie entgegen.

Er drehte das Kärtchen um. *Ankunft/Arrival* stand dort. Aus diesem Plan entnahm er, daß bereits um 20 Uhr 30 eine Maschine in Stuttgart wieder startete, um gegen 21 Uhr 05 wieder in Zürich zu sein. Demnach hatte Haussmann nur gut eine halbe Stunde Zeit gehabt. Fünfzehn Minuten vor Abflug mußte er spätestens wieder einchecken, also blieben ihm nur 20 Minuten Zeit. Zog man noch mindestens fünf Minuten fürs Aussteigen ab, dann hatte Haussmann ganze fünfzehn Minuten Zeit gehabt, Reissler umzubringen, den Toten auszuplündern, die Etikette aus den Kleidern zu trennen und die Leiche auf das Bahngleis, etwa vier Kilometer vom Flugplatz entfernt, zu fahren.

«Blödsinn!» murmelte Abel.

Mit dem Bleistift unterstrich er aber noch die Fluggesellschaft, die die Linie flog: Lufthansa.

«Hätte ich mir denken können», maulte er vor sich hin, «daß der Schwabe nur mit den deutschen Klapperkisten fliegt. Auch wieder Quatsch», verbesserte er sich, «andere fliegen doch gar nicht um diese Zeit direkt nach Stuttgart.»

Er trabte verdrossen in Richtung Ausgang und überdachte die Sache noch einmal.

Plötzlich blieb er stehen und schlug sich mit der flachen Hand vor die Stirn.

«Klar!» Er drehte sich auf der Stelle herum und rannte zu den

Schaltern der Fluggesellschaften zurück, wortlos bestaunt von einer pelzumhüllten Dame, die er beinahe umgerissen hätte.

Bei der Lufthansa mußte er zunächst einige Minuten warten, weil der Schalter gerade nicht besetzt war. Nervös trat er von einem Bein auf das andere und suchte nach einer Glocke oder etwas Ähnlichem, um jemand herbeizurufen, dabei fiel ihm das Linienverzeichnis der Gesellschaft in die Hände, eines der schmalen gelben Bändchen, die in einem Plastikständer standen.

Er blätterte zunächst nur darin herum, um die Zeit zu verkürzen. Nach einigen Augenblicken durchschaute er jedoch das scheinbar verwirrende System von Orts- und Zeitangaben. Das war ja haargenau das, was er suchte: ein Verzeichnis aller Linienverbindungen der Lufthansa. Gespannt nahm er das Bändchen mit und trollte sich wieder auf die gepolsterte Bank.

Unter dem Verzeichnis der Liniendienste *ab Stuttgart* fand er kurz darauf das, was er suchte:

Die letzte Maschine, die den Stuttgarter Flughafen verließ, ging nonstop nach Mailand! Abflug um 21 Uhr 20, Ankunft um 22 Uhr 15.

Abel malte sorgfältig mit seinem Kuli einen breiten Rand um diese Angabe. Die Seite knickte er ein, damit er die Fundstelle sofort im Griff hatte.

Wenn Hausmann die Maschine um kurz vor halb acht nach Stuttgart genommen hatte und dann von dort nach Mailand geflogen war, hatte er immerhin eine Stunde und zwanzig Minuten Aufenthalt in Stuttgart gehabt. In dieser Zeit war es eher möglich, Reissler zu treffen und umzubringen und zusätzlich noch die Leiche zu beseitigen. Knapp, aber durchaus nicht unmöglich. Andererseits fiel eine gute Stunde Verzögerung im Zeitplan eines Tages nicht sonderlich auf, so daß auch von dieser Seite die Sache glattgehen könnte.

Abel pfiff vergnügt vor sich hin und klatschte den Takt zu seinem Lied mit dem Linienverzeichnis der Lufthansa.

Kaum fünf Minuten später erschien eine Bodenstewardess am Schalter und kramte unter dem Tresen herum. Abel schoß hoch und erwischte die junge Frau gerade noch, bevor sie wieder hinter einer Tür verschwinden konnte.

«Tag», sagte er freundlich.

«Guten Tag, mein Herr», die Stewardess hatte ihr Kundengesicht in Sekundenbruchteilen übergestreift.

«Erste Frage: Kann ich das Ding mitnehmen?» Abel zeigte auf das gelbe Heftchen.

«Ja, selbstverständlich, dazu ist es ja da», zuvorkommendes Lächeln.

«Danke, zweite Frage: Kann man die Passagierlisten einsehen?»

Das Lächeln verschwand. «Das ist leider nicht möglich.»

«Auch nicht ausnahmsweise?»

«Leider nein.»

Abel versuchte es wieder mit einer seiner Geschichten:

«Es ist mir peinlich, aber mein Vater», druckste er, «mein Vater ist schon seit einiger Zeit weg, und da wollten ich und meine Mutter und meine Geschwister – wir sind sechs zu Hause – doch mal gerne wissen, wo er ist und . . .»

Abels Plüschblick zog diesmal nicht.

«Warum melden Sie das nicht der Polizei, die kann jederzeit die Listen einsehen.» Die Dame blieb freundlich – aber hart.

«Naja, wer will schon gleich mit der Polizei kommen?» fragte Abel, um Verständnis heischend, und setzte hinzu: «Etwas delikat, die Geschichte, Sie verstehen doch.»

«Ja, ich verstehe», sagte die Stewardess und zuckte mit den Schultern. Sie war daran gewöhnt, daß so komische Vögel wie Abel die unmöglichsten Wünsche hatten. Ein verständnisvolles Lächeln war ihr Schutzpanzer für diese Fälle.

«Und Sie müssen bitte Verständnis dafür haben, daß wir nicht befugt sind, Privatpersonen Einblick in die Passagierlisten zu geben», beharrte sie.

«Schade», sagte Abel und verzog das Gesicht.

Die Stewardess verschwand schnell im Hintergrund, bevor Abel seine Geschichte noch mal in überarbeiteter Version an die Frau bringen konnte. Enttäuscht drehte er sich um und ging zu seinem Wagen zurück.

Die räuberische Parkuhr bekam noch einmal fünfzig Rappen, weil Abel im Auto kräftig nachdenken mußte.

Das Ergebnis seiner Reise nach Zürich war trotz scheinbarer Erfolge nicht überwältigend. Zwar hatte er jetzt eine genau umrissene Hypothese, wie Haussmann sein Alibi aufgebaut hatte. Außer der Aussage des Tankwarts fehlte aber jeder schlüssige Beweis dafür, daß sich die Dinge tatsächlich so zugetragen haben. Aber immerhin, das Gegenteil war ebenfalls nicht bewiesen.

«Auf zur Attacke», sagte Abel zu sich selbst und stieg aus dem Auto. Er suchte eine Telefonzelle und kramte aus seinem Notizblock die hiesige Telefonnummer Haussmanns heraus.

Gleich nachdem das Geldstück gefallen war, knackte es am anderen Ende. Abel war für einen kurzen Augenblick über die schnelle Reaktion erschrocken, dann drang ihm die mechanisch wirkende Stimme am andern Ende ins Bewußtsein:

«Hier automatischer Anrufbeantworter, Direktor Carl Haussmann, Zürich. Der Anschluß ist vorübergehend nicht besetzt. Sie können eine Nachricht von unbeschränkter Dauer auf das Band sprechen. Bitte nennen sie Name und Anschrift, und vermeiden Sie Pausen von mehr als acht Sekunden. Bitte sprechen sie jetzt . . .»

Abel war so verblüfft, daß er sich die Ansage bis zum Ende anhörte, ohne aufzuhängen. Nach kurzer Zeit knackte es wieder in der Leitung, dann war das Gespräch unterbrochen; die acht Sekunden, von denen die Dame gesprochen hatte, waren vergangen.

«Richtig, eine Frauenstimme», sagte Abel halblaut und kramte in seiner Tasche nach einem weiteren Geldstück. Er wollte ihre Stimme auf Haussmanns Anrufbeantworter noch einmal hören.

Wieder kam die Ansage unvermittelt. Die Stimme war mechanisch, puppenhaft, kein Akzent, nicht der geringste Anflug von kehligem «ch», auch kein Schwäbisch.

Kurz bevor der Automat die Verbindung wieder trennte, fuhr es Abel heraus: «Ich krieg dich noch, du fettes Warzenschwein.» Dann hängte er befriedigt auf.

Noch ein Faktum notierte er: Haussmann hatte offenbar eine Dame, die sich um seine Telefonangelegenheiten kümmert – und das in Zürich. Es konnte also durchaus möglich sein, daß dies dieselbe Dame war, die für Reissler die verhängnisvolle Verbindung in das Stuttgarter Hotel hergestellt hatte.

Abel lehnte sich an die Mauer und ging sorgfältig seine Aufzeichnungen durch. Mit dem Bleistift wanderte er an den geschmierten Notizen entlang und machte auf einer freien Seite ordnende Randbemerkungen, die er mit dünnen Strichen untereinander verband. Oben über den Kolonnen standen die Buchstaben «C. H.» und «Dr. W.». Nachdenklich machte Abel einen Kreis um das Wort «Anruf» in der Spalte unter «C. H.». Einer spontanen Idee folgend ging er zur Schalterbatterie an der Längsseite der Halle hinüber.

Auslandsvermittlung stand auf einem der vielen Schilder. Abel mußte warten, bis er an die Reihe kam.

«Kann man im Zeitalter der Selbstwählgespräche sich noch vermitteln lassen?»

«Jawohl.»

«Auch innerhalb Europas?»

«Jawohl.»

Abel nickte. «Machen Sie das?»

«Nein, eine Kollegin, wohin wollen Sie telefonieren?»

«Danke, ich will nicht telefonieren.» Abel grinste und drehte sich um. Vom Ausgang her winkte er noch einmal zurück. Im Gehen kritzelte er einen zweiten Kreis in sein Notizbuch, diesmal um das Wort «Anruf» in der Spalte «Dr. W.».

Fast fröhlich ging Abel ein zweites Mal zu seinem Auto und beschloß, zurück nach Stuttgart zu fahren. Haussmanns Villa in Zürich interessierte ihn nicht mehr.

21

Novotny war als erster wieder bei Schuster erschienen. Es war kurz vor elf Uhr in der Nacht.

«Nichts», sagte er leise, «wie in Luft aufgelöst.»

Schuster legte die Akte, in der er gelesen hatte, langsam auf den Tisch und lehnte sich vorsichtig zurück. Er schloß die Augen und rieb mit Daumen und Zeigefinger seine Nasenwurzel.

«Novotny», fast flüsternd sagte er den Namen des jungen Beamten.

«Ja, Chef?» Novotny stand immer noch zwei Schritte vor dem Kommissar.

«Wir haben einen Haftbefehl gegen diesen Mann», murmelte Schuster, ohne die Augen zu öffnen.

«Ja, Chef.»

«Wir haben den Mann seit sieben Uhr beschattet, ohne daß er etwas gemerkt hatte.»

«Ja, Chef.»

«Und dann postiert sich der Herr Kriminalhauptmeister Novotny so auffällig vor der Haustür des Gesuchten, daß der sofort Lunte riecht und alles auffliegt.»

«Chef, ich wollte . . .»

Schuster wollte nicht wissen, was Novotny wollte. Er unterbrach ihn mit einer knappen Geste, fuhr aus seinem Stuhl hoch, blieb halb gebückt, auf eine Hand gestützt, stehen. Sein Gesicht mit den faltigen Backentaschen geriet für einen Augenblick in Bewegung.

«Ja, ich weiß», fauchte er, «Django spielen wollten Sie. Den Rächer, den Gerechten. Alles alleine machen. Schlauer sein als die Kollegen.»

Er ließ sich wieder zurückfallen, atmete tief durch, seufzte fast. Leise sagte er dann:

«Dienstgeiles Monstrum!»

Das saß! Novotny plusterte sich auf, wollte nun selbst lospoltern, daß es ungerecht sei, wenn der Chef . . .

«Wer das Pensum des letzten Lehrgangs nicht begriffen hat und in der Praxis versagt, der gehört noch nicht auf den nächsten Lehrgang», stellte Schuster nüchtern fest.

Novotny sah sein Ziel in weite Ferne rücken, sah die endlosen Dienststunden vor sich. Haß keimte auf. Er beobachtete, wie der Alte wieder in sich zusammensank und emotionslos, scheinbar unbeteiligt vor sich hindöste.

«Dann kann ich ja gehen», sagte er trotzig und drehte sich um.

«Mitnichten!»

«Also gut, dann eben nicht.»

Schuster öffnete die Augen einen kleinen Spalt und schob sein Unterkinn vor. Lauernd beobachtete er den Mann vor sich. Dann sagte er:

«Dienstgeil ist ein Beamter dann, wenn er vorgibt, eifrig zu sein, dabei aber im Grunde nicht an den Dienst denkt, sondern an sein persönliches Fortkommen.» Diese Definition schien dem Handbuch für die Polizei entnommen zu sein – wenngleich zweifelhaft war, ob ein solches Werk je diesen Begriff erklären würde.

«Ich erwarte von Ihnen», fuhr Schuster fort, «daß Sie sich um die Sache kümmern und nicht bloß darum, wie Sie am schnellsten Inspektor werden, verstanden?»

«Ja.»

«Fassen wir zusammen», sagte Schuster und zog die Akte vom Schreibtisch zu sich herüber. «Abel ist uns entwischt. Die Personenfahndung ist bisher ohne Erfolg gewesen. Auch sein Fahrzeug haben wir nicht gefunden. Folgende Tatsachen rechtfertigen den dringenden Tatverdacht, auf den der Richter seinen Haftbefehl gestützt hat, erstens: Abels Visitenkarte ist bei der Leiche gefunden worden. Reissler hat die Karte von Abel bekommen, als er ihn wegen seiner Erbschaftsgeschichte aufgesucht hatte. Zwischen mutmaßlichem Täter und Opfer bestand also vor der Tat Kontakt. Zweitens: Abel hat nach seiner eigenen Aussage von Reissler tausend Mark erhalten. Ihm war bekannt, daß Reissler erheblich mehr Bargeld hatte. Abel hat Schulden, ist beschäftigungslos, abgebrochene Ausbildung. Er hat also keine persönliche Perspektive. Er lebt von der Hand in den Mund. Da taucht plötzlich eine Gelegenheit auf, schnell an Geld zu kommen. Das Opfer kommt aus Südamerika, und zwar diskret, um einem Verwandten nachzuspüren. Nur der Freund weiß von der Anwesenheit des Mannes. Hätte er nicht die Visitenkarte vergessen, wäre Reissler genauso plötzlich und diskret verschwunden gewesen, wie er gekommen war. Basta.» Schuster ließ die flache Hand auf den Schreibtisch fallen.

«Er hatte aber gleich tausend Mark bekommen», wendete Novotny ein, der sich auf einen der Holzstühle niedergelassen hatte und mit wenig Interesse den Gedankengängen seines Vorgesetzten folgte.

«Richtig», gab Schuster zu, «es muß ja nicht unbedingt so gewesen sein, daß Abel aus einer aktuellen Zwangssituation heraus gehandelt hat; Gelegenheit macht bekanntlich Diebe, vielleicht auch Mörder? Das Motiv ist doch sonnenklar: Habgier einer arbeitsscheuen Existenz.»

Novotny nickte brav. Er wollte nach Hause.

Schuster ließ nicht locker:

«Drittens», sagte er und spreizte die Finger der linken Hand weit auseinander. Mit dem Zeigefinger der rechten deutete er auf seinen Mittelfinger, «drittens, die Begehungsweise. Abel schimpft sich Privatdetektiv; er hat Jura studiert, er ist also in gewissem Maße sachkundig und sicher auch intelligent und gerissen. Die Tat ist umsichtig ausgeführt worden. Der Täter hat versucht, sämtliche Spuren zu verwischen. Die Etikette fehlen in den Kleidern, die Leiche war – ohne die Visitenkarte – fast unidentifizierbar. Und die Schuhe des Opfers – immer ein wichtiger Anhaltspunkt für das Labor – fehlten vollständig. Daß er beim ersten Verhör sofort den Namen Reissler genannt hat, zeigt, wie clever er ist; er mußte in dieser Situation ja damit rechnen, daß sein Freund, dieser Professor, sofort zu uns kommen würde, wenn sich der Verdacht gegen Abel verdichtete. Der hätte dann ohnehin das Opfer nach den Ergebnissen der Gerichtsmedizin identifiziert.»

«Die Schuhe haben wir ja jetzt», maulte Novotny.

«Ja, obwohl der clevere Beamte Novotny bei der ersten Haussuchung den Keller vergessen hat», bestätigte Schuster ungerührt.

«Aber der clevere Beamte Novotny hat die Schuhe und die Plastikplane dann doch noch im Keller gefunden.»

«Großer Meister», belehrte ihn Schuster, «das war nicht Ihr Verdienst, sondern Ihr Glück!»

«Wenn man will, kann man alles verdrehen.»

«Sie sollten mehr Einsicht in Ihre Fehler zeigen, Novotny. Gut, aber zur Sache: viertens die neuen Indizien: Im Keller des Beschuldigten Abel werden bei einer zweiten Haussuchung, die wegen der Nachlässigkeit des Kriminalhauptmeisters Novotny nötig war, ein Paar Schuhe und eine Plastikplane gefunden. Die Schuhe können aufgrund von Schweißproben und Faserproben der Socken des Toten als dessen Schuhe identifiziert werden. In der Plastikplane findet das Labor Blutspuren, die mit dem Blut des Toten übereinstimmen. Aus der Untersuchung des Fundortes der Leiche und seiner Umgebung wissen wir, daß Reissler nicht in der Nähe umgebracht wurde. Die Leiche muß somit über eine längere Strecke transportiert worden sein. Bei Abel kommt als Transportmittel nur sein Auto in Betracht. Wenn Abel aber vorher die Leiche in eine Plastikplane gewickelt hat, dann sind im Auto auch keine Spuren zu finden.» Der Kommissar sah Novotny schräg an. «Trotzdem hätte ich mir mal den Capri gerne angesehen – aber damit ist Abel ja verschwunden . . . Und fünftens –» Schuster zeigt auf den kleinen Finger, «hat der Beschuldigte kein Alibi. Es ergibt sich somit folgendes Bild: Abel hat die Tötung des Reissler kaltblütig geplant. Er hat ihn angerufen – das hatte ich vergessen – und hat ihn unter dem Vorwand, neue Informationen zu besitzen, zu einem Treffpunkt gelockt. Wahrscheinlich hat er ihn sogar vom Hotel abgeholt, auch wenn das keinem aufgefallen ist. Im Kofferraum hat er schon die Plastikplane mit sich geführt. Dann fährt er das Opfer an einen stillen Platz – vielleicht unter dem Vorwand, ihm etwas zeigen zu wollen. Dort schlägt er sein Opfer nieder, reißt die Etiketten aus den Kleidern, nimmt dem Toten alles ab, was er besitzt – vor allem aber das Geld. Bloß eines vergißt er: die Visitenkarte in der kleinen Tasche am Jackett. Dann wickelt er den

Toten in die Plane und bringt ihn zu dem späteren Fundort. Die Etikette und die persönlichen Dinge des Toten vernichtet er, nur die größeren Gegenstände, die Plastikplane und die Schuhe will er später beiseite schaffen und bewahrt sie vorläufig im Keller auf. Wesentlich ist schließlich noch, daß er davon ausgehen konnte, daß man erst nach längerer Zeit die Leiche identifizieren würde und daß er sich daher Zeit lassen konnte; das erklärt die Sorglosigkeit, mit der er die Plane und die Schuhe verwahrt hat.»

Die beiden schwiegen.

«Paßt alles ganz genau zusammen, Chef», sagte Novotny und grinste schief.

«Tja, *einen* Fehler macht jeder, auch der studierte Herr Abel», sagte Schuster stolz.

«Es ist schon fast Mitternacht», Novotny hielt die Situation für reif, nochmals auf sein Schlafbedürfnis hinzuweisen.

«Und Sie haben morgen um Punkt sechs wieder Dienst», Schuster stand auf, «dann lösen Sie nämlich den Kollegen Kaider in Abels Wohnung ab.»

Mit einem frohen Lächeln verabschiedete er einen müden und ausgebrannten Novotny.

22

Das Fahndungsersuchen der Stuttgarter Dienststelle war am Abend zuvor per Telex durchgekommen und lag inzwischen unter neueren Meldungen in einem abgeschabten Aktenkorb bei der Grenzpolizei in Lindau. Im Mittagsverkehr hatte sich eine Schlange von etwa dreihundert Meter Länge vor dem deutschen Zoll gebildet. Abel stand mit dem Capri in dem Stau. Er war den Umweg über Lindau gefahren, weil er nicht auszuschließen vermochte, daß die Polizei ihn in Zürich oder auf dem Weg dorthin vermutete. Es war immerhin möglich, daß man annahm, daß er auf eigene Faust versuchen würde, seine Theorie von der Täterschaft Haussmanns vor Ort in der Schweiz zu untermauern.

Abel beobachtete die Grenzer mit wachem Unbehagen. Er stellte fest, daß sie jeden dritten oder vierten Wagen genauer kontrollierten, die anderen Fahrzeuge jedoch durchwinkten.

Er hatte vor Spannung ein ziehendes Gefühl im Magen und

rauchte – gegen seine sonstige Gewohnheit – eine Zigarette, die er im Handschuhfach gefunden hatte. Erst kurz vor dem Brückchen, das von Österreich nach Deutschland führt, fiel ihm ein, daß er total vergessen hatte, die falschen Nummernschilder wieder anzubringen. Der Schreck jagte ihm eine Gänsehaut über Arme und Rücken. Er drehte sich um und legte den Rückwärtsgang ein, doch bevor er aus der Schlange ausscheren konnte, erkannte er, daß er bereits den österreichischen Zoll passiert hatte. Es würde mit Sicherheit auffallen, wenn er jetzt wieder zurückfuhr. Abel saß im Niemandsland fest.

Zögernd rückte die Kolonne auf die deutsche Zollstation vor. Wagen um Wagen wurde abgefertigt. Drei Fahrzeuge vor Abel kontrollierten die Polizisten einen Opel mit Dachträger und einer Menge Gepäck. Der Grenzer ging um den Opel herum und verglich das Nummernschild des Autos mit einem Papier, das er in der Hand hielt; dann dirigierte er den Wagen auf die Seite.

Abels Vordermänner wurden durchgewunken. Der Qualm im Wageninnern biß in Abels Augen; auf seiner Stirn bildeten sich kleine Schweißperlen. Jetzt war er an der Reihe. Einer der zwei Grenzer machte mit der rechten Hand eine Geste, die «Anhalten!» bedeutete. Abels Fuß sprang auf das Gaspedal. Bevor er jedoch zutreten konnte, stieß der Opel mit dem Gepäckständer vor der Schnauze seines Capri zurück: blockiert!

Abels Fahrzeug rollte noch einen Meter, bevor er bremste. Er kurbelte die Scheibe herunter.

«Bleiben S' halt auch stehen», sagte der Beamte, der ihn angehalten hatte, unwirsch, weil er Abel zwei Schritte nachlaufen mußte.

«Entschuldigung», sagte Abel heiser und hielt dem Polizisten seinen Personalausweis entgegen, in dem dick und fett sein Name stand, derselbe Name wie auf dem Fahndungsersuchen im Ablagekorb.

«Ham S' was anzumelden?» fragte der Grenzer und blätterte nach dem Ausstellungsdatum in dem Ausweis. Der Name interessierte ihn nicht. Abel hatte genau 18 Zigaretten bei sich, dennoch log er: «Zweihundert Zigaretten.»

«Nit mehr?» wollte der Beamte wissen.

«Nein.»

«Is gut, rauchen S' halt nit so viel.» Der Polizist gab den Ausweis zurück und winkte Abel weiter.

Der fuhr langsam an und spürte sein Herz am Hals klopfen. Unwillkürlich duckte er sich hinter das Steuer, denn er erwartete einen Pfiff oder ein Martinshorn. Breit und deutlich stand S – AU 2525 an seinem Heck zu lesen, eine Nummer, die sich jeder merken konnte.

Doch der Polizist fragte schon den übernächsten, ob er etwas anzumelden habe. Abels Hintermann war durchgewunken worden und fuhr dicht hinter ihm.

23

Auf Schleichwegen näherte sich Abel dem Albabstieg vor Stuttgart. Er vermied die häufig befahrene Hohenauer Steige und wich über Genkingen aus, ein Dorf, von dem ein schmales Sträßchen in umständlichen Windungen durch den Wald ins Tal kroch. Er fuhr gegen seine sonstigen Gewohnheiten vorsichtig und langsam und vermied es aufzufallen. Er passierte Gomaringen, bog von dort nach Stockach ab und trödelte weiter über ein paar Dörfer, bis er oberhalb von Tübingen die vierspurige Schnellstraße erreichte. Vom Scheitel der Straße konnte man das Städtchen zwischen den kurzen Bergen hocken sehen.

«Richtig, mein Sohn», sagte Abel zu sich selbst und gab Gas, obwohl die Geschwindigkeit hier auf 70 Stundenkilometer begrenzt war. Ihm war eingefallen, daß er nicht nach Stuttgart mußte; keiner zwang ihn dazu. Tübingen war ein perfekter Unterschlupf; Abel hatte hier studiert und viele Jahre gelebt. Er kannte jeden Winkel, die Kneipen, jeden Wald in der Umgebung, viele Zimmer in den Studentenwohnheimen – und das Wichtigste war: er kannte immer noch einige alte Kumpel, die ihn irgendwo unterbringen konnten.

Abel mußte lange durch die Gassen der Stadt kurven, bevor er einen Parkplatz fand, auf dem man tatsächlich parken durfte. Denn auffallen wollte er nicht. Er trollte sich die Haaggasse hoch zum Marktplatz, bog um die Ecke und schritt die drei abgewetzten Stufen zum *Boulanger*, seiner alten Stammkneipe, hinauf, die er schon ungezählte Male volltrunken hinuntergestolpert war.

Um diese Zeit – es war gegen vier am Nachmittag – hockten nur wenige hartnäckige Stammgäste auf den schiefen Holzstühlen an der hinteren Wand. Keiner drehte den Kopf nach Abel. Der Würfelbecher – schwarz und zerknüllt vom Schweiß vieler Hände – stand zwischen den Bierhumpen mitten auf dem Tisch. Einer rechnete laut. Abel wußte, es wurde «Chicago» gespielt. Er trat an den Tisch und legte seine Hand einem dürren Blonden auf die Schulter. Der schaute über die Schulter, glotzte Abel kurz aus seinen roten Augen an, dann schrie er:

«Mensch, der Elsässer!»

Die anderen brüllten auf. Einer hieb mit der flachen Hand auf den Tisch, daß die Gläser tanzten.

«Der alte Säufer!»

Abel lachte und schrie über die Köpfe hinweg zur Theke hin: «Else, Schnaps für alle!»

Die Bedienung schielte aus der Küche, erkannte Abel und kam mit ausgebreiteten Armen auf ihn zu.

«Der Elsässer! Wieder im Land?»

«Klar», sagte Abel fest, dann fügte er schnell hinzu:

«Bleibt aber unter uns, mein Schatz, da gibt's ein paar Typen, die brauchen das nicht zu wissen.»

Else legte beschwörend den Zeigefinger auf seine Lippen und zwinkerte konspirativ.

«Geht schon klar, Elsässer. Du kennst mich doch!»

Abel drehte sich zu dem Blonden um, der fast zwei Köpfe kleiner war als der Detektiv. Er griff an dessen Gürtel, nahm die Bierzipfel der Verbindung, die der Blonde dort trug, in die Hand und wog sie anerkennend.

«Schöne Leistung», lobte er, «für eine so reaktionäre Sau wie dich.»

«Scheiß Weltrevolution», sagte der Blonde gutmütig. «Wenn du so weitermachst, versäufst du den Tag, an dem eure rote Sonne aufgeht.»

Abel lachte laut und warf den Kopf in den Nacken. Er zog mit raschem Griff einen Stuhl vom Nachbartisch bei, schob ihn unter seinen Hintern und beugte sich mit den anderen über das Spiel. Der Schnaps kam, man hob ernst die Gläser, ein Trinkspruch wurde Abel zum Willkommen ausgebracht.

Dann gingen die Köpfe wieder zusammen, die nächste Runde und damit auch eine weitere Lage Bier waren zu bewältigen.

«Chicago, Chicago, you'll bringin' me down . . .» sang einer mit krusseligen Haaren, der Abel gegenübersaß.

Nach vielen Würfelrunden und ebenso vielen Humpen Bier, machten die Spieler eine Pause, um Leberkäs' mit Spätzle und Soße zu vertilgen. Inzwischen hatte sich die Kneipe gefüllt. Das Gebrüll, mit dem die Runde einen guten Wurf zu begleiten pflegte, ging nach und nach im Lärm an den anderen Tischen unter.

Als Else gegen drei Uhr am Morgen begann, die Stühle auf den Tisch zu stellen, lag einer von ihnen schon zwei Stunden auf der Bank an der Wand. Er schlief. Ein Arm hing regungslos herab. Speichel floß aus seinem Mundwinkel und tropfte auf das durchgewetzte Sitzkissen. Über dem Tisch in der hinteren Ecke hingen Tabaksqualm und Bierdunst. Die Biere für den Schlafenden standen in einer Reihe, wie Verbindungsstudenten beim Kommers. Der Schaum war zusammengefallen. Hin und wieder brüllte die Gesellschaft wie aus einem Munde auf.

Else stieß dem Schläfer, der mit Spitznamen Knaddler hieß, einen Besenstiel in die Seite: «Schluß jetzt!»

«Nix is mit Schluß», sagte Abel, ohne sich umzudrehen.

«Doch, Schluß is, Elsässer», beharrte Else. Sie schob die Sitzfläche des einzigen freien Stuhls am Tisch, auf dem der Schläfer gesessen hatte, vorsichtig in die Gläser hinein.

«Hau ab, mein Schatz», brummte der Blonde und nahm den Stuhl mit der linken Hand wieder herunter.

«Aber nur noch das eine», sagte Else resigniert und brachte wieder sechs Bier an den Tisch.

Es war kurz vor vier, als man das *Boulanger* verließ. Zwischen Abel und dem Krusselhaarigen hing der Knaddler, den die beiden von der Bank hochgezerrt und mit schleifenden Beinen über die drei Stufen gebracht hatten.

«Ist bei euch auf dem Haus noch eine Pofe frei?» fragte Abel mit schleppender Stimme den Blonden, der mit dem Rücken an der Mauer lehnte.

Der holte mit der Rechten weit aus und fuhr mit einem Streich durch die Luft, der ihn fast umgehauen hätte.

«Stiftungsfest», lallte er, «alles dicht.» Er rülpste, daß es von der Mauer hinter dem Kollegiumsgärtlein widerhallte.

«Und bei dir auf der Bude», Abel zeigte mit dem Finger in weitem Bogen auf den Krusselhaarigen neben sich.

«Läuft nix», kicherte dieser, «die Frau ist da und will noch begattet werden», fügte er verschwörerisch hinzu.

«Scheiße», sagte Abel lustig und setzte sich in Bewegung. Er zog Knaddler und den Krusselhaarigen in weiten Schlangenlinien mit sich.

Zwei Ecken weiter hielt der Zug an, weil der Schläfer aus seiner Betäubung erwacht war und würgte. Der Krusselhaarige packte ihn bei den Schultern. Abel stellte sich geübt dahinter, hielt den Kopf des Kumpanen und drückte ihm barmherzig den Leib, während dieser sich in mehreren Krämpfen erbrach.

«So isch recht», sagte Abel, der selten in den Dialekt seiner Heimat verfiel, «das Kälbel, wo sauft, muß au kotze.»

Schräg vor ihm kicherte der Krusselhaarige.

Bald danach zogen sie weiter. Arm in Arm, aneinanderstoßend, torkelten sie auf den engen Gehsteigen zwischen den abgestellten Wagen und der Mauer entlang.

In einer Seitengasse hielten sie vor einem der schiefen Häuser an. Knaddler, der jetzt wieder einigermaßen aus den Augen sehen konnte, grub in seinen Hosentaschen nach dem Schlüssel. Der Krusselhaarige schlug Abel auf die Schultern und brüllte, daß er jetzt heimfahre.

Abel hieb seinerseits dem anderen mit seiner Pranke zwischen die Schulterblätter und wünschte gute Fahrt. Breitbeinig verzog sich der Krusselhaarige und bestieg nicht weit von dem Haus einen dunkelgrünen 2 CV, mit dem er in großzügigen Schwüngen ausparkte und gemächlich, ohne Licht, davonfuhr.

«Wie ist's bei dir, Knaddler?» fragte Abel seinen Kumpanen, der immer noch in den Taschen wühlte.

«Was?»

«Kann ich bei dir pennen?»

«Geht nicht, nur ein Bett», brummte Knaddler, dann zeigte er an der Fassade hoch, dahin, wo noch ein Licht brannte.

«Aber beim Ahmed bestimmt.»

«Gut!» Abel betrat das Haus mit seinem Freund und polterte im Dunkeln die winkelige Treppe hinauf.

Knaddler bog in einen Flur, ohne ein Wort zu sagen. Abel hielt sich am Geländer fest und suchte nach einem Lichtschein in der Dunkelheit.

Eine Treppe weiter sah er unter einer Tür einen schimmernden

Spalt. Vorsichtig tappte er darauf zu. Er tastete nach der Klinke und drückte sie leise herunter.

In dem geräumigen Zimmer roch es süßlich nach Orienttabak. Im Lichtkegel einer Leselampe saß ein Mann mit dem Rücken zur Tür. Abel trat ein.

«'n Abend, Ahmed», sagte er ruhig.

Der Mann blieb regungslos sitzen und starrte weiter in ein aufgeschlagenes Buch.

«Guten Abend, Elsässer», antwortete er.

Abel ging auf den Tisch zu, an dem der Mann saß. Der las ruhig einen Absatz fertig, machte sich eine Notiz auf einem der vielen Blätter, die um ihn herum verstreut lagen. Dann blickte er auf.

«Wo hängt es?» fragte er mit dem seltsam singenden Tonfall der Orientalen.

«Kann ich bei dir pennen?» fragte Abel.

«Wenn es dich nicht stört, daß ich lese.»

Abel mußte sich an dem Stuhl für einen kurzen Augenblick festhalten, bevor er erleichtert den Kopf schütteln konnte.

«Nur eins», bat er, «mach kurz das Fenster auf.»

«Daß du dich nicht an den Rauch einer guten Zigarette gewöhnen kannst», sagte Ahmed lächelnd und öffnete einen Flügel des Fensters.

24

Abel erwachte von dem Dröhnen der Glocken der nahen Stiftskirche. Sonntag mittag. Sein schwerer Rausch war noch nicht vergangen. Beim ersten Schritt sank er beinahe um. Er mußte sich für einige Sekunden an dem Schrank festklammern, bevor er weitergehen konnte.

Die Stube war leer. Ahmed hatte seine Bücher und Notizzettel liegenlassen. Auf einem Blatt stand in großen Buchstaben: *Bin in der «Forelle»*. Abel wusch sich mühsam und suchte dann nach etwas Trinkbarem. Sprudel, Limonade, egal, aber er fand nichts. Mit Widerwillen trank er das schale Wasser aus der Leitung, er schüttelte sich.

Abel öffnete das Fenster. In dem Augenblick sah er den Mann, der schräg vor dem Haus stand und sich langweilte. Abel beschloß, vorsichtig zu sein und den Mann zu beobachten. Er trat zwei Schritte zurück und wartete.

Nach einiger Zeit, es war schon nach halb eins, hatte Abel herausgefunden, daß der Mann ganz offensichtlich das Haus, in dem Ahmeds Zimmer sich befand, überwachte. Unruhig ging Abel auf und ab, den Parka über dem Arm. Von Zeit zu Zeit schaute er wieder hinunter auf die Straße – der Mann stand immer noch am selben Fleck.

Er legte sich wieder zurück ins Bett und kämpfte gegen die Übelkeit an.

Als der Mann gegen zwei immer noch auf dem Posten war, schlich Abel vorsichtig aus dem Zimmer. Er war davon überzeugt, daß die Observation ihm galt.

Eine Treppe tiefer ging er vorsichtig in den Flur hinein, in dem am frühen Morgen sein Kumpan verschwunden war. Er suchte an den Türschildern aus Papier, bis er den Namen Oslowski las. So hieß der Knaddler mit bürgerlichem Namen. Abel klopfte an die Tür, die von innen verschlossen war. Halblaut rief er:

«Knaddler!»

Schließlich hörte er ein Stöhnen und Ächzen, dann tappende Schritte. Die Tür öffnete sich zu einem schmalen Spalt. Das hagere Gesicht mit tiefen Rändern unter roten Augen gähnte breit.

«Du?» fragte Knaddler.

Abel stieß die Tür auf und trat ein. Hinter ihm stand sein Freund in Hemd und Hose, so wie er ins Bett gefallen war. Seine borstigen Haare standen in zahllosen Wirbeln vom Kopf. Schweigsam suchte Abel die Schränke in dem engen Zimmer durch, bis er in einer Lade eine halbvolle Flasche mit billigem Whisky fand. Er schraubte den Deckel ab, setzte die Flasche an den Mund und trank einen Schluck. Knaddler stand immer noch am selben Fleck und beobachtete Abel fassungslos.

«Toll», krächzte er anerkennend, «so was bringe ich nicht fertig.» Dann mußte er husten.

«Gut gegen den Kater», sagte Abel und zog eine Grimasse.

Knaddler schlurfte zu seinem Bett zurück und legte sich auf die Decke. Vorsichtig drehte er den Kopf.

«Draußen auf der Straße steht ein Typ, der beobachtet eure Hütte», sagte Abel beiläufig.

«Ist mir noch nicht aufgefallen.»

«Doch, bestimmt», Abel beobachtete durch die Vorhänge den Garten auf der Hinterseite des Hauses. Dort stand keiner.

«Wie kommt man bei euch hinten raus?»

«Durch den Keller, da ist eine Tür», antwortete Knaddler schläfrig.

«Tschüs», Abel stellte die Schnapsflasche zurück und verschwand. Knaddler bemerkte das nicht mehr, denn er schlief schon wieder.

Vorsichtig überwand Abel die knarrenden Stufen. Er rechnete damit, daß auch im Hausflur ein Beobachtungsposten stand. Jeden Augenblick wartete er darauf, daß eine Tür aufflog und jemand auf ihn zustürzen würde. Doch es blieb ruhig.

Abel schlich sich durch die nassen Sträucher im Garten, schwang sich auf die Mauer und ließ sich von dort in einen anderen Garten hinunter. Nachdem er zwei weitere Mauern überwunden hatte, gelangte er in einen Hof. In der Einfahrt blieb er stehen, sondierte vorsichtig den kleinen Platz und ging dann zügig bergauf in Richtung *Forelle*.

Er fand Ahmed an einem der vorderen Tische zwischen anderen Studenten. Ahmed stach schon vom Äußeren her von seinen Kommilitonen ab. Stets trug er einen korrekten, wenn auch zerschlissenen Anzug mit Krawatte, die schwarzen Haare waren kurz geschnitten und präzise gescheitelt. Lediglich das zierliche Bärtchen auf der Oberlippe milderte den strengen Eindruck der Erscheinung.

Ahmed kam aus Teheran. Er war der Sproß einer alten Adelssippe, die ihn freilich verstoßen hatte, denn Ahmed war eines der Häupter der Studentenbewegung gegen den Schah gewesen. Man hatte ihn in seiner Heimat unter dem alten Regime in Abwesenheit verurteilt – zum Tode, wie man munkelte. Ein Umstand, der damals für die Familie keinesfalls akzeptabel war.

Als man schließlich den Schah und seine Günstlinge aus dem Land gejagt hatte, war ein Onkel von ihm unter den ersten Generälen gewesen, die auf einem Gefängnishof von Exekutionskommandos des Ayatollah erschossen worden waren.

Ahmed war wenig später in seine Heimat zurückgekehrt, freilich ohne dort seine Familie zu treffen; denn die meisten Verwandten waren ohnehin geflohen oder untergetaucht. Einige Wochen später kam er wieder nach Tübingen zurück. Keiner erfuhr, warum er sich nicht einer der unzähligen revolutionären Gruppen angeschlossen hatte – denen, die ihn besser kannten, fiel aber auf, daß er nur noch sehr selten über die Zustände in seinem Land sprach.

Ahmed lebte seit über zehn Jahren in Westeuropa, hatte an renommierten Universitäten studiert und schließlich in Tübingen mit dem Diplomexamen abgeschlossen. Augenblicklich promovierte er über ein klassenkämpferisches Thema, wofür er allerdings an der Tübinger Universität keinen Doktorvater gefunden hatte.

Nun saß er am Tisch über den Resten seines Mittagessens und dozierte den aufmerksam zuhörenden Kommilitonen über die Mehrwerttheorie. Er sprach langsam und deutlich, in Grammatik und Syntax korrekt, jedoch mit dem wiegenden Akzent der Orientalen. Als Abel an den Tisch trat, stach er mit der Gabel in die Luft und sagte: «Das ist es, woran sich der Kapitalist bereichert!»

Die Studenten nickten und schauten zu Abel hinüber.

«Das ist der Elsässer», erklärte er und lächelte freundlich, «er hat lange hier gelebt und mit uns zusammen gekämpft.» Abel mußte der Gabel ausweichen, die auf ihn zugeschossen kam.

«Setz dich, du brauchst etwas zu essen.»

Abel drückte sich neben die anderen auf eine Bank an der Wand. Ahmed rief die Bedienung.

«Laß, ich habe Geld», Abel griff nach der Karte, doch sein Freund hatte schon bestellt. Widerstand gegen die Hilfsbereitschaft des Persers war zwecklos.

Während Abel schweigsam aß, dozierte Ahmed weiter und breitete mit präzisen Gedankengängen seine Theorie vor den Zuhörern aus. Erst lange nachdem Abel fertig gegessen hatte, löste sich der Kreis auf.

«Dank dir», sagte Abel.

«Wofür?» Die Frage war ohne Koketterie gestellt, nur verwundert.

«Okay.» Abel wußte, daß jedes weitere Wort Zeitverschwendung war.

«Hast du den Mann vor deinem Haus gesehen?» Abel kam zur Sache.

«Den Mann auf der anderen Straßenseite?»

«Ja, den.»

«Sicher, ich habe ihn gesehen, ich kenne ihn gut, er bewacht mich jeden zweiten Tag.»

«Du wirst überwacht, warum?»

«Nun, frühen wegen Seiner Majestät.» Ahmed lächelte spöttisch. «Um den Schah vor mir zu schützen.»

«Und heute?»

«Oh, heute genügt es, einfach Ausländer und links zu sein.»

Abel lachte.

«Und warum sitzt unser Freund nicht am Nachbartisch?»

«Er ist unbelehrbar», schmunzelte der Perser, «ich habe schon häufig versucht, mit ihm zu sprechen, wenn er mir auf der Straße gefolgt ist, aber er will nicht zuhören. Er hat zunächst nicht zugegeben, daß er mich überwacht, schließlich hat er mir gesagt, daß er eine Frau hat und zwei Kinder und daß ich nicht mit ihm sprechen soll, weil er im Dienst ist.

So seid ihr Deutschen», fuhr Ahmed fort, «erst bringt ihr Leute wie Marx, Hegel und Engels hervor, Schiller und Brecht, und dann müßt ihr um eure Existenz fürchten, wenn ihr bloß mit einem Ausländer sprecht.»

«Die Polizei und ihre Mentalität ist international», sagte Abel.

«Auch das ist wahr.»

«Ich dachte schon, der wäre meinetwegen auf dem Posten.»

«Du auch?» fragte Ahmed.

«Nein, diesmal nichts Politisches.»

«Sondern?»

«Ich stehe unter Mordverdacht.» Abel schaute seinem Freund gerade in die Augen.

«Und was ist dran?»

«Nichts!»

«Das ist gut», der Perser senkte den Blick, die Sache war erledigt.

«Ich kann im Augenblick nicht zurück in meine Wohnung nach Stuttgart», sagte Abel. «Ich muß für ein paar Tage hier untertauchen.»

«Du kannst bei mir bleiben», Ahmed drehte einen Schlüssel von seinem Schlüsselring, «da, und vor dem Bullen brauchst du keine Angst zu haben, der wartet nur auf mich, andere interessieren ihn von Amts wegen nicht, auch wenn sie unzählige Menschen auf dem Gewissen haben, wie Seine Majestät – und andere Leute.»

Er legte den Schlüssel vor Abel auf den Tisch.

«Du brauchst also nicht wieder über die Mauer – wie ich», Ahmeds Blick glitt an Abels Parka hinunter.

25

Der Rechtsanwalt Dr. Wolf telefonierte mit Zürich.

«Ja, Haftbefehl liegt gegen ihn vor», sagte er streng, dann nach einer Weile: «Nein, er wird versuchen, an meinen Mandanten heranzukommen.»

Er schwieg eine Weile und hörte ruhig zu.

«Doch es ist nötig, Kommissar», beharrte er. «Interpol schreibt ihn schon zur Fahndung aus, weil dringender Mordverdacht besteht.»

Wieder eine Pause.

«Sie wissen doch selbst, Kommissar, wie die internationalen Behörden arbeiten . . .»

Sein Gesprächspartner schien sich nicht überzeugen zu lassen.

«Ich sage doch: eine Sache von nationalem Interesse für die Schweiz. Immerhin wurde mein Mandant telefonisch von ihm bedroht. Aus Zürich. Das Tonband aus dem Anrufbeantworter liegt vor.»

Und kurz darauf:

«Der Nationalrat selbst hat Ihnen doch bestätigt, daß Herr Haussmann . . .»

Nach einer Weile:

«Also doch!» Er war erleichtert.

Nach einigen höflichen Bemerkungen legte er auf.

«Altes, stures Rindvieh», brummte er dabei.

«Was ist jetzt?» fragte Haussmann, der ihm gegenübersaß.

«Sie wollen ihn suchen.»

«Meinen Sie, daß der Mensch auch gegen andere gewalttätig ist?» fragte Haussmann.

«Man kann nie wissen», der Antwalt zuckte mit den Schultern. Er sah an Haussmann vorbei aus dem Fenster.

«Jedenfalls hat er mich bei der hiesigen Kriminalpolizei beschuldigt», sagte Haussmann aufgebracht und wischte sich den Schweiß von der Stirn.

«Das hilft ihm nichts», beschwichtigte Wolf, «nichts hilft ihm mehr, denn die Beamten haben in seinem Keller einen Plastiksack voller Blutspuren von Ihrem toten Vetter gefunden und daneben noch seine Schuhe, die man vor allem gesucht hatte.»

«Trotzdem», Haussmann war immer noch nicht überzeugt, «Sie

wissen doch, es geht mir nicht um den Mord, da habe ich eine weiße Weste, das ist nicht meine Art», fast lächelte er, «aber er wird doch in seinem Prozeß wieder versuchen, mich zu belasten. Und zwar eindeutig auf der Basis seiner Beschuldigungen wegen des Erbfalles.»

«Ja, und da liegt das Problem . . .» Der Anwalt schwieg.

Haussmann schaute ängstlich zu seinem Advokaten hinüber.

«Mich hat er ja auch schon aufgesucht . . .»

«Was?» Haussmann fuhr von seinem Sessel hoch.

«Keine Angst», der Anwalt hob beschwörend die Hand, «ich habe ihn schon von der Spur abgebracht.» Er lächelte überlegen. Haussmann ließ sich erleichtert zurücksinken, denn er hatte unbegrenztes Vertrauen zu Wolf.

«Rein buchtechnisch geht die Sache in Ordnung», sinnierte dieser, «das haben wir lang und breit durchgesprochen, das wissen Sie. Und die Bücher und Register sind das Wichtigste. Alles andere zählt nicht.»

«Wozu soll man auch einem hergelaufenen Rechtsradikalen aus Südamerika ein Vermögen in den Rachen werfen, für das er nicht gearbeitet hat. Sein Vater hat damals die ‹Plutokratie› bekämpft, ich weiß es noch genau, und dann kommt der Sohn und will sich ins gemachte Bett legen.»

Entrüstet beschwor Haussmann die Solidarität der Demokraten gegen den Radikalismus. Wolf nickte abwesend.

«Es fragt sich, ob der Mann zu kaufen wäre?» begann der Anwalt vorsichtig.

«Aber das ist doch eine alte Geschichte», wehrte Haussmann ab. «Erst verlangt er eine kleine Summe, sie wird verpulvert, dann eine größere Summe und so fort und so fort, bis schließlich nichts mehr da ist!»

«Nein, nein», der Anwalt lächelte zu Haussmann hinüber, «eine einmalige Zahlung – aber nur gegen Sicherheit, wie es unter Geschäftsleuten üblich ist.»

«Und wie stellen Sie sich die Sicherheiten vor, die uns dieser Mensch geben kann?» fragte Haussmann zweifelnd.

«Ein Geständnis, beispielsweise.» Der Anwalt malte auf einem Telefonzettel Ornamente.

«Ich bitte Sie, Wolf, die Polizei findet ihn nicht, und Sie wollen ihn aufspüren und dazu noch zu einem Geständnis bringen; machen Sie sich doch nicht lächerlich.» Er winkte ab und fuhr sich wieder mit dem Taschentuch über die Glatze.

«Money makes the world go round», der Anwalt rieb Zeigefinger und Daumen aneinander. «Wir kaufen ihn. Er muß nur genug bekommen, um für ein paar Jahre bequem im Ausland leben zu können. Sie sehen ja, wie lasch die Behörden mit frei rumlaufenden Mördern umgehen.» Er zeigte auf das Telefon.

«Und wie wollen Sie ihn finden?»

«Er wird sich melden, er hat ja schon einmal bei Ihnen angerufen. Sowie er wieder anruft, sagen Sie zu ihm, Sie hätten einen Vorschlag und er soll sich bei mir melden, sichern Sie ihm Diskretion zu.»

«Gut, aber was ist mit der Sicherheit, von der Sie gesprochen haben? Wie bekommen Sie ihn zum Geständnis?»

«Abel ist eine verkrachte Existenz, er ist nichts, und er hat nichts, für Geld geht er mit Sicherheit auf unsere Forderungen ein.»

«Was ist, wenn er zur Polizei läuft, sein Geständnis widerruft oder behauptet, es sei eine Fälschung, und einen Koffer von meinem Geld gleich mitbringt?»

«Passen Sie auf, ich stelle mir das Ganze so vor: Abel kommt zu mir. Er ist vorsichtig, weil er eine Falle der Polizei vermutet. Da er bis zum Hals in die Sache verwickelt ist, gibt es für ihn nur einen Ausweg: er muß Sie belasten, das hat er ja schon versucht. Schon aus diesem Grund muß er dranbleiben. Er wird also kommen.»

«Das leuchtet ein.»

«Durch unser Angebot bekommt die Geschichte für ihn eine neue Perspektive. Wenn er genügend Geld hat, um sich in irgendeine Ekke der Welt abzusetzen, dann braucht er Sie nicht mehr zu belasten.»

«Aber was ist mit der Sicherheit, wir werden doch erpreßbar durch ein solches Angebot.»

«Abel wird für diesen neuen Ausweg bereit sein, ein handschriftliches Geständnis abzugeben, und er wird mir die Tatwaffe geben, er muß sie ja noch haben.»

«An welche Summe haben Sie gedacht?» Haussmann war ganz bei der Sache.

«Es muß für ihn ein Vermögen sein.»

«Sagen Sie schon, wieviel?»

«Dreihundert?»

«Dreihunderttausend?! Ich bin schließlich nicht Rockefeller!»

«Wir müssen das durchstehen. Reissler war immer eine latente Bedrohung. Abel hat ihn beseitigt, dafür hat er schon eine Belohnung verdient.»

Haussmann nickte. «In bar?»

«Selbstverständlich in bar.»

«Wer verwahrt das Geständnis und die Tatwaffe, das ist doch gefährlich, wenn Sie die Sachen bei sich rumliegen haben.»

«Ganz unverfänglich», der Anwalt lächelte böse, «bei einem Notar.»

«Was machen wir, wenn der Notar das Geständnis liest?»

«Er wird es nicht lesen. Die Notare sind verpflichtet, Dokumente oder Gegenstände, die man ihnen zur Verwahrung gibt, unbesehen dreißig Jahre lang – manchmal sogar länger – aufzubewahren. Das Ganze kommt in ein Paket und wird versiegelt, dann erst gebe ich es dem Notar.»

Haussmann atmete auf. «Aber Sie sind dann wegen Begünstigung auf alle Fälle dran.»

«Keinesfalls.» Wolf zerknüllte den bemalten Telefonzettel. «Ich lasse mir von Abel in dieser Sache Mandat erteilen, dann bin ich zur Aussageverweigerung verpflichtet. Wie ich zu dem Paket gekommen bin, ist dann mein Berufsgeheimnis.»

Haussmann grinste. «Es ist immer schon gut gewesen, einen gerissenen Advokaten zu haben. Mal etwas anderes: Wollen Sie sich nicht an der Bestechungssumme für Abel beteiligen?»

Wolf kniff die Augen zusammen. Er schwieg einen Augenblick, dann sagte er kalt: «Nein, Sie können ja Ihre Cousine Ina fragen, sie ist ja auch um einen ganzen Brocken reicher geworden, als Reissler damals mit hunderttausend abgefunden wurde.»

Haussmann zuckte mit den Schultern. «Gut, ich werde Ihnen den Mann schicken.» Er klopfte mit dem Knöchel dreimal auf die Schreibtischplatte, dann ging er hinaus.

Paloff hob mahnend den Finger.

«Auch wenn ich dir deine Geschichte glaube», begann er heftig, «es steht schlecht um dich.»

Abel schüttelte bedächtig den Kopf und betrachtete seinen Freund, den er am Abend in einer der winkeligen Gassen der alten Universitätsstadt getroffen hatte und der ihn mit verschwörerischer Miene hierher, in die verräucherte Stube einer alten Studentenkneipe, gezogen hatte. Sie hatten sich in einer der finsteren Ecken niedergelassen und Bier in großen Humpen bestellt. Paloff hatte ein Mädchen bei sich. Abel musterte sie mit erstauntem Interesse, denn es war selten, daß man Paloff mit einer Freundin sah. Sie war Abel kurz mit dem Namen Karin vorgestellt worden.

Während Paloff aufgeregt redete, betrachtete Abel aufmerksam das Mädchen an der Seite seines Freundes, er musterte ihr schmales Gesicht, die langen, in Strähnen blondierten Haare. Nur beiläufig folgte er dem Bericht Paloffs.

«Reissler ist inzwischen auf dem Pragfriedhof in Stuttgart beerdigt worden», fuhr Paloff fort, «die ganze Familie war dabei. Ich habe mir gedacht, daß ich dir vielleicht einen Gefallen tun kann, wenn ich auch mal hingehe.»

«Gut so.»

«Immerhin war sogar der Kriminalbeamte, der uns zu Hause besucht hat, dabei.» Es schein, als sei Paloff stolz auf seine Beobachtungsgabe.

«Es spielten sich erschütternde Szenen ab. Die dicke Frau Haussmann heulte wie ein Schloßhund.»

«Interessant.»

«Ja, und ich habe den Eindruck gehabt, daß die Kripo auch auf dich gewartet hat, mein Lieber.»

Paloff versuchte mit der bedrohlichen Nachricht Abels Aufmerksamkeit auf seine Erzählung zu lenken. Abel schien jedoch nicht sonderlich beeindruckt.

«Was hat er denn ausgefressen?» fragte das Mädchen, das bislang geschwiegen hatte.

«Mord», Abel genoß die Wirkung des Wortes auf sie, dann fuhr er fort: «Genauer gesagt: Man nimmt an, ich sei ein Mörder. Die Sache hat bloß einen Haken für die Bullen, ich war's nicht. Trotzdem versucht man, mich reinzuhängen, weil man keinen Besseren – oder besser – keinen Schlechteren hat.»

Abel trank einen tiefen Zug aus seinem Humpen, hielt ihn dann weit über den Kopf und brüllte durch das Stimmengewirr:

«Noch einen!»

Das Mädchen schaute Paloff fragend an. Der paffte hastig an seiner Pfeife und winkte mit einer linkischen Geste ab. Er flüsterte vertraulich ein paar Sätze, während Abel weiter versuchte, sich Gehör zu verschaffen. Als der Kellner kam und Abels Humpen austauschte, erklärte Paloff seiner Freundin, daß Abel behauptete, dem Täter auf der Spur zu sein. Abel drehte sich herum und bemerkte den interessierten Blick des Mädchens, der jedoch sofort wegglitt und sich nicht von Abels Augen packen ließ.

«C'est la vie», Abel lachte und prostete Karin zu, die ihn von unten her ansah und ihr Glas hob. Paloff schwadronierte unterdessen weiter über den «Fall Abel», ein für ihn ungewöhnlicher Wesenszug. Es schien, als wolle er sich seiner Freundschaft mit dem Detektiv brüsten. Abel blieb wortkarg. Er beobachtete unterdessen seine Tischnachbarin. Sie rauchte schwarze Zigaretten aus Frankreich und trank in tiefen Zügen ihr Bier. Als ihr Glas leer war, bot Abel seinen Humpen an.

«Halbpart, Gevatterin», sagte er, während sie, ohne zu zögern, zugriff.

Bei jeder Zigarette hustete sie, ihre Brüste hüpften unter dem Pullover. Paloff bemerkte, daß er ins Leere sprach. Er verlegte sich auf Randbemerkungen über die anderen Gäste. Als das Mädchen wieder hustete und Abels Blick hinunterglitt, brummte Paloff etwas von der gesundheitsschädigenden Wirkung des Zigarettenrauchens. Sie zog die Augenbrauen hoch. Abel schwieg und sah, wie sich ihre Brustwarzen unter der Wolle des Pullovers langsam zu spitzen Knubbeln zusammenzogen.

Leise begann er zu sprechen. In kurzen Zügen umriß er seine Geschichte. Paloff schien nicht mehr zu existieren – seine tadelnde Miene verschwamm in Qualm und Bierdunst. Das Mädchen sah auf seine Hände herab und stellte von Zeit zu Zeit eine Frage, die Aufmerksamkeit und Intelligenz verriet. Abel bemerkte, daß sie nur ihn ansah, wenn sie gelegentlich den Blick hob. Ihre Augen prüften seine Redlichkeit.

Paloff saß dabei und spürte, wie er ins Abseits gedrängt wurde, er fühlte, daß seine eigene Persönlichkeit nichts gegen die Ausstrahlung Abels auszurichten vermochte. Er trank verwirrt noch einen großen Humpen Bier aus. Seine Versuche, sich durch Warnungen oder passende Bemerkungen an dem Gespräch zu beteiligen, wurden seltener. Schließlich starrte er nur noch in sein Bier. Als die Bank, auf der er saß, langsam zu schwanken und sich zu drehen begann, stand er auf und ging, um beim Kellner zu zahlen. Er verließ die beiden ganz selbstverständlich, wie ein Fremder, ohne Gruß.

«Und was passiert jetzt?» fragte das Mädchen und sah Abel zum erstenmal voll ins Gesicht. Der hob die Schultern und ließ sie fallen.

«Weiß nicht.»

Behutsam legte sie ihre Hand auf Abels Arm. Ihr Gesicht kam näher: «Laß uns gehen», sagte sie leise, «vielleicht fällt uns noch etwas ein.»

27

Sie saßen einträchtig nebeneinander in Karins Bett. Die blasse Spätherbstsonne schien schräg durch halboffene Vorhänge auf große bunte Kaffeetassen, Eierbecher, Teller und Zuckerdose herunter, die verstreut vor den beiden auf dem Tablett standen. Abel kaute mit vollen Backen und würzte sein drittes Marmeladenbrot mit einem weiteren Kaffee. Den großen Plüschhund hatte er sich als Stütze in den Rücken geklemmt.

«Das Motiv ist der entscheidende Schlüssel zu jeder Handlung. Es kann sehr tief in der Persönlichkeit verborgen liegen – aber es ist so: das Motiv ist ausschlaggebend.» Karin zog an ihrer Zigarette, hustete ein wenig, dann sprach sie weiter: «Also ganz einfach, du mußt als erstes die Motive deiner Hauptverdächtigen analysieren, dann siehst du weiter.»

«Ich habe zwei Verdächtige und zwei plausible Motive. Der eine will seine Erbschaft behalten, die er sich teilweise erschlichen hat, koste es, was es wolle. Der andere will, möglicherweise auch um jeden Preis, seine Beteiligung oder Anstiftung unter den Tisch kehren, um seine Existenz zu retten.» Abel schnippte ein paar Krümel vom Laken und nickte.

«Gut, das ist nur der Anfang.» Sie drehte die Goldkette, die über ihre nackten Brüste herabhing, zwischen den Fingern und lächelte listig.

«Wessen Motiv gibt mehr her? Ich meine, wer von den beiden verliert mehr, wenn die Geschichte herauskommt?»

«Geschmackssache.» Abel bohrte mit dem Messer ein Loch in den Brotlaib, der vor ihm in einem Korb lag, und holte einen dicken Krümel heraus. «Haussmann muß vielleicht ein paar Millionen an Reisslers Erben herausgeben. Wolf behält seine Honorare. Beide kriegen ein bis eineinhalb Jahre aufgebrummt, Bewährung gibt's natürlich in jedem Fall für die ‹unbescholtenen Bürger› – das wäre was anderes, wenn Haussmann Maurer wäre und Wolf ein kleiner Angestellter.»

«Bleib bei der Sache», sie schubste ihn in die Seite, «Haussmann hat nach all dem noch einiges Geld, denn ein Drittel von der Erbschaft bleibt ihm ja. Damit kommt er sicher über den Winter. Aber der Anwalt verliert doch bestimmt nach einer solchen Geschichte seine Zulassung – oder wie man das nennt. Auch wenn er noch so fette Honorare kassiert hat, reicht ihm das nicht für ewig.»

«Sicher, den Wolf packt es im Prinzip härter.» Abel nickte langsam.

«Gell!» Sie war stolz.

«Intelligenzbestie, und dabei hasse ich intelligente Weiber.» Er schnitt eine Grimasse.

«Spinner.» Sie lachte leise und strich ihm mit einer flüchtigen Bewegung durch die Haare. Ihre warme Brust berührte Abels Arm. Zwei Finger glitten leichthin über seine krumme Nase herab. Er unterdrückte das aufkeimende Ziehen unter der Gürtellinie.

«Und noch eins: Du hast festgestellt, daß beide an diesem Montagabend noch in Zürich waren und zum Flughafen wollten.»

«Ja», sagte Abel einfältig.

«Gut, du meinst, daß sie einzeln oder zu zweit nach Stuttgart geflogen sind. Du mußt also nur ihre Routen prüfen.»

«Kunststück, hab ich doch in Zürich schon probiert.»

«Und was ist, wenn du mal bei Haussmann anrufst und auf den Busch klopfst?»

Abel grübelte. «Ja, Vorwärtsverteidigung.»

«Was ist denn das?»

«Eine elegante Umschreibung für den Angriff.» Abel schüttelte den Kopf: «Nein, vorher versuche ich es noch mal in Stuttgart, ich habe dort doch noch gar nicht rumgefragt. Vielleicht gibt es eine gute Fee, die dem alten Elsässer mal den einen oder anderen Tip zukommen läßt.»

«Eben, du mußt weitersuchen, du kannst dich nicht ewig verstekken. Irgendwann findet sich dieser Kommissar Schuhmacher, oder wie er heißt. Du bist nicht Bommi Baumannn, du hast keine Sympathisanten, die dir weiterhelfen.»

«Na, eine Sympathisantin habe ich wohl», brummte Abel und grabschte nach ihr. Sie wich kreischend aus und lachte.

«Wer weiß, wie lange?»

«Hast recht.»

Sie legte sich zurück, und ihr Busen spreizte sich weich über dem Brustbein. «Was machst du, wenn du weiterkommst, gehst du dann zu den Bullen?»

«Nein, erst wenn ich den Täter in der Tasche mitbringen kann.»

«Abel von la Mancha, mein Ritter ohne Furcht und Tadel.» Sie blies ihm den Rauch ihrer Gauloise ins Gesicht und setzte sich rittlings auf ihn drauf.

«Meine kleine Rosinante», murmelte Abel.

Als Abel unschlüssig an der Tür stand und zu ihr hinübersah, dachte er, sie sei schon eingeschlafen, doch dann sagte sie leise: «Erzähl mir bei Gelegenheit, wie die Geschichte ausgegangen ist, mein Don Quichotte.» Dann zog sie das Kissen, auf dem er in der Nacht geschlafen hatte, zu sich heran, kuschelte sich tief hinein und genoß seinen Geruch, der bald verflogen sein würde. Abel schloß behutsam hinter sich die Tür.

28

«Letzter Aufruf, Lufthansa nach Düsseldorf, die Passagiere werden gebeten, sich am Ausgang B 4 einzufinden. Last call, Lufthansa . . .»

Abel wunderte sich darüber, daß anscheinend in allen Flughäfen die gleiche freundlich-monotone Frauenstimme für Ansagen verwendet wurde. Warum eigentlich nie Männer?

Abel stand vor der Treppe, die zur Abfertigungshalle für Abflüge hinunterführte. Sein Blick wanderte prüfend über die Schalter auf der rechten Seite der Halle.

Er wartete, ohne zu wissen, worauf. Ihm war die kühle Freundlichkeit der Dame in Zürich noch gut in Erinnerung. Damals war sein Faden gerissen. Jetzt war er dabei, das gerissene Ende wieder aufzunehmen, aber wie? Vorhin hatte er schon einmal den Versuch gestartet. Diesmal per Telefon. Er hatte der Dame am anderen Ende vorgelogen, die Kripo verlange eine Auskunft. Der Authentizität halber hatte er sich mit dem Namen Schuster gemeldet. Auch diesmal hatte er keinen Erfolg.

«Benutzen Sie bitte das Telex, wie es üblich ist», hatte die Dame kalt geantwortet. Abel hatte sich verdutzt entschuldigt und aufgelegt.

Er wußte in diesem Augenblick kein Mittel mehr, die uneinnehmbare Festung der Informationssperre zu erobern. Er wäre sogar bereit gewesen, die Passagierliste zu klauen, denn ein solcher Diebstahl schien ihm angesichts der drohenden Mordanklage fast so etwas wie Notwehr. Aber um diesen Plan auszuführen, hätte er entweder den ganzen Lufthansacomputer mitnehmen und einen Programmierlehrgang belegen oder einen Programmierer bestechen müssen.

Alles Quatsch, ging es Abel durch den Kopf. Er ertappte sich dabei, daß er bei der Beobachtung des Lufthansaschalters überlegte, wie er sein Abtauchen in einen privaten Untergrund am besten organisieren sollte. Nebenbei registrierte er, wie sich am vordersten Schalter zwei Mädchen ablösten. Erst als sich die Stewardess von der neuen Schicht gesetzt hatte und mit einem Kunden verhandelte, schaute Abel näher hin – vielleicht war er durch eine kleine Bewegung aufmerksam geworden.

Langsam trollte er sich die Treppe hinunter und ging an den Schaltern, scheinbar ohne Ziel, entlang. Dabei schaute er sich die Stewardess noch einmal genau an. Kein Zweifel, sie war es, die Frau des Betthasenjägers, die er vor ein paar Tagen bei sich zu Hause getröstet hatte.

«Man muß das Eisen schmieden, solange es noch heiß ist», murmelte er. Er verbot sich das Grinsen, lächelte vorbildlich und ging auf das Mädchen zu.

Ein langgezogenes «Halloh!», unterstützt von einem unwiderstehlichen Lächeln: er war erkannt. Abel bleckte auch die Zähne, sagte «Ciao» und lehnte sich lässig an den Tresen.

«Ich war neulich mal bei dir», verriet sie verschwörerisch, dann drohte sie mit dem Zeigefinger. «Aber der Vogel war ausgeflogen.»

«Welcher?» Abel stellte sich dumm.

Sie kicherte aufgeklärt und errötete zugleich ein bißchen.

«Wie geht's sonst?» wollte Abel wissen. «Jagt der Göttergatte wieder Schürzen?»

«Wir leben in Scheidung», sagte sie bedeutungsvoll. «Ist auch besser so, dann heirate ich einen der reichen Knacker, die hier so täglich vorbeikommen und halte mir immer was Nettes für die Nacht nebenbei.»

Abel lachte höflich und fragte sich, ob sie nicht ihre Position, ihren Charme und ihr Aussehen ein wenig überschätzte. Nun denn, ihm konnte es ja egal sein.

«Was treibst du denn eigentlich hier?» fragte sie. «Die suchen dich, oder?»

«Wer sagt das?»

«Die Zeitung. Ein gewisser Privatdetektiv Abel wird gesucht, weil er einen Ami umgebracht haben soll.»

«Lug und Trug.» Abel winkte beschwichtigend mit den Händen.

«Aber man hat doch in deinem Keller die Schuhe von der Leiche und noch ein paar andere Sachen gefunden?»

«Was?» Abel stand mit offenem Mund da. «Die Schuhe?»

«Ja, und noch irgendwas Belastendes!»

Er riß sich zusammen und versuchte zu lachen. «Ach, das Zeug, nein, da ist nichts dran gewesen. Das hat sich längst aufgeklärt.»

«So?» Sie war skeptisch.

Abel beugte sich zu ihr hinüber und flüsterte konspirativ: «Meinst du, sonst würde ich mich hier unter den Augen von den Bullen mit dir unterhalten?» Er nickte mit dem Kopf nach hinten, wo eine Doppelstreife von Grenzschützern gerade vorbeiging. Dabei vermied er es, sich umzudrehen.

Sie glaubte ihm. «Wo fliegst du hin?»

«Nirgends, aber ich habe ein Problem, bei dem nur eine ganz, ganz gute Freundin helfen kann.» Sie unterbrach ihn:

«Treffen wir uns heute abend?»

«Gerne, aber das ist nicht mein eigentliches Problem.»

«Was um Himmels willen denn?»

«Ich suche einen Namen in euren Passagierlisten, aber keiner will so richtig dran.»

«Ach ja, der Herr Detektiv hat einen Auftrag.» Sie lachte.

«Sag mal, kannst du mir nicht mal einen Namen raussuchen, ich sag's bestimmt nicht weiter.»

«Das ist ja eigentlich verboten.» Sie legte eine tiefe Falte zwischen ihre Augenbrauen. Aus dem «eigentlich» schloß Abel zu seiner Erleichterung, daß kein Prinzip so starr wàr, daß es keine Ausnahme geben könnte; auch nicht bei den – zumindest dienstlich – so unzugänglichen Stewardessen.

«Carl Haussmann, Carl mit C, heißt er», sagte Abel schnell. «Ich muß unbedingt wissen, ob er am 8. November mit der Maschine um 21.20 h nach Mailand geflogen ist.»

«Von Stuttgart?» fragte sie und bediente schon die Tasten unter dem Bildschirm neben sich.

«Ja.» Abel sah gespannt in ihr Gesicht und beobachtete die Augen, die geschäftsmäßig über die Zeilen flogen, die der Computer schrieb.

«Nein», sagte sie sachlich.

«Bestimmt nicht?»

«Nein, wenn ich es doch sage.»

«Und auf der Maschine Stuttgart–Zürich um 20.30 h?» Abel las die Zeiten und die Flugnummer aus dem schmalen gelben Brevier vor, das er von Zürich mitgebracht hatte. Sie reagierte mechanisch.

«Auch nicht», sagte sie und schaute ihn fragend an. Abel bemerkte, wie ein Mann hinter ihn trat.

«Bitte, Sie wünschen?» Ihr Gesicht strahlte wieder. Der Mann erhielt eine Auskunft über irgendeine Flugverbindung und bedankte sich.

«Es ist wichtig, sehr wichtig», flüsterte Abel beschwörend, weil er merkte, wie sie langsam unwillig wurde.

«Mach schnell», sagte sie.

«Gut: War auf einer der beiden Maschinen ein Dr. Wolf gebucht?»

Wieder negativ nach kurzer Zeit.

«Letzte Frage», Abel war entschlossen, die Sympathie der jungen Frau voll auszunutzen, «gibt es auf dem Flug Zürich–Stuttgart–Zürich am Abend zweimal den gleichen Namen?»

Wieder eine kurze Pause, dann die Antwort:

«Ja, ein Mr. Regazzo, Paul Regazzo.» Sie lächelte, schien sich mit ihm zu freuen. Abel schnaufte erleichtert. Er drückte ihren Arm. Nach einer Weile sagte er:

«Es ist wie beim Roulette: man muß mit dem Glück setzen. Noch ganz schnell: Ist Haussmann an diesem Abend von Zürich nach Mailand geflogen?»

Sie zog die Augenbrauen hoch. Abel sah, daß sie verärgert war. Sicher riskierte sie auch einiges durch diese Auskünfte, die sie eigentlich nicht hätte erteilen dürfen. Nur deshalb hatte Abel ein schlechtes Gewissen. Doch sie bediente wieder die Tasten des Geräts. Diesmal dauerte es länger, bis sie wieder zu Abel herübersah.

«Nein.»

«Und Wolf?»

«Ja.»

«Tatsächlich?» Abel staunte die Stewardess an, die sich unterdessen einer Dame hinter Abel zuwendete und wieder höfliche Auskünfte erteilte.

«Menschenskinder!» Abel konnte sich immer noch nicht fassen.

«Merci», sagte er dankbar und hielt mit den Händen den Rand des Tresens umklammert. Er schüttelte mit dem Kopf. «Heute abend, wenn du willst», sagte er behutsam, «ich warte auf dich, bestimmt.» Abel machte glückliche Plüschaugen.

Sie nickte und sah ihm nach, wie er zügig die Treppe hinaufging und demonstrativ an einem Zollbeamten vorbeisah.

Plötzlich war er wieder der alte Abel, hatte wieder Mut. Er spürte, daß seine Phantasie und sein Einfühlungsvermögen – wichtige Werkzeuge für einen Kriminalisten – wieder funktionierten. An der Windschutzscheibe seines Capri fand er einen auf billigem Papier hektographierten Zettel, auf dem stand, daß sich der Fahrer des Wagens S – AU 2525 da und da zu melden habe, da die Parkuhr abgelaufen sei.

Abel steckte den Zettel lachend in die Tasche seines Parka und ließ sich in den Schalensitz hinter dem Lenkrad fallen. Das Aufheulen seines Motors ging im Dröhnen der Turbinen einer startenden Maschine unter.

Am Abend hatte Abel Besuch. Anne kannte nur Abels Stuttgarter Adresse. Erst auf dem Weg zurück nach Tübingen fiel ihm das wieder ein. Er schlug sich an den Kopf, bremste und bog in einen Feldweg ein. Richtig, er hatte ja ganz vergessen, daß man ihn suchte und sicher seine Wohnung überwachen würde. Wenn er Novotny oder einem seiner Kollegen in die Arme laufen wollte, mußte er nur in die eigene Wohnung zurückkehren.

Er wendete sein Auto in einer Wiese und fuhr zurück in Richtung Flughafen. Es mußte noch reichen. Er erinnerte sich, daß er Anne zunächst dabei beobachtet hatte, wie sie eine andere Stewardess, die vorher an dem Platz gesessen hatte, ablöste. Es mußte ganz bestimmt noch reichen. Denn eines war ihm klar, bevor er noch die neue Konstellation richtig durchdacht hatte: Fragen an die Stewardess blieben offen; unter Umständen ganz enorm wichtige Fragen. Freilich bestand keine Chance auf neue Antworten, wenn Abel das Rendezvous versäumte. Er mußte noch einmal zum Flughafen – trotz des großen Risikos, von einer der vielen Streifen angehalten zu werden.

Er drängelte hinter einem 2 CV und überholte halsbrecherisch in einer unübersichtlichen Kurve. Dann blieb er in den vielen Windungen der B 27 im Siebenmühlental hinter einem Laster hängen, den er erst auf einer Kuppe vor Echterdingen überholen konnte. Schließlich stand er eine Viertelstunde in einem Stau, der sich träge durch die Hauptstraße des Ortes quälte, ständig durch rote Ampeln unterbrochen. Er sah auf die Uhr, als er auf den Abholerparkplatz einkurvte, über eine Stunde hatte er gebraucht.

Nun stand er wieder oben an der Treppe, die zur Abfertigung hinunterführte. Anne war nicht mehr da zu sehen. Abgelöst konnte sie noch nicht sein, das war sicher, denn er selbst hatte gesehen, wie sie selbst vor knapp zwei Stunden ihre Kollegin abgelöst hatte.

Abel schritt langsam die Treppe hinunter und ging zu dem Schalter, an dem er vorhin mit der Stewardess gesprochen hatte.

«Wo ist Ihre nette Kollegin?» fragte er die Dame in Gelb und Blau, die jetzt Dienst hatte.

«Welche Kollegin?»

«Die, die vor Ihnen hier gesessen hat. Ich habe mich nett mit ihr unterhalten und wollte sie fragen, was sie heute abend macht.» Wieder eine von Abels improvisierten Geschichten, freilich keine von den guten. Entsprechend fiel die Reaktion aus.

«Ich bin kein Eheanbahnungsinstitut», sagte die Dame schnippisch.

«Nein, ehrlich, wo ist sie?» Abel kapitulierte nicht.

«Feierabend.»

«Glaub ich nicht, ich habe sie selbst gefragt, und sie hat mir erzählt, daß sie erst seit kurzer Zeit am Schalter hier sitzt.» Abel deutete bestimmt auf den Tisch. «Ihr arbeitet doch sicher länger als bloß zwei Stunden.»

«Sicher, aber sie war vorher im Office, und jetzt hat sie Feierabend.»

Abel fiel nichts mehr ein.

«Und jetzt lassen Sie mich bitte arbeiten, ich habe nämlich auch bald Feierabend», sagte die Stewardess böse.

«Ciao», sagte Abel und ging.

Das Problem war nicht gelöst. Eine dringende, zentrale Frage blieb übrig. Je nachdem, wie die Antwort der Stewardess ausfiel, war Abel ein gutes Stück weiter, wenn nicht schon ganz nahe an der Lösung seines Falles.

Abel saß schon seit einer halben Stunde in seinem Wagen, den er auf einem Parkstreifen am Rande der Innenstadt abgestellt hatte. Zerstreut beobachtete er, wie die frühe Novembernacht über die Stadt hereinzog. Auf den Bürgersteigen drängten sich die Passanten vorbei. Einer wie der andere grau und zielstrebig. Keiner schlenderte, niemand besah sich die Auslagen in den Schaufenstern. Der Nebel zog wie eine Schnecke über die Dächer der Häuser.

Abel grübelte. Er hatte das gleiche Ziel wie die Menschen draußen auf der Straße: Er wollte nach Hause. Nein, besser: er mußte nach Hause, denn dort war die Schaltstation für die Lösung seines Falles. Diese eine dumme Frage, die er vor wenigen Stunden vergessen hatte, zu stellen, zwang ihn zurück in seine Bude, die mit Sicherheit von der Kripo überwacht wurde. Möglicherweise hätte auch eine andere Stewardess auf dem Flughafen dieselbe Frage beantwortet, aber Abel war nach seinen Erfahrungen nicht sicher, also klammerte er sich an das Rendezvous.

«Okay, fahren wir volles Risiko», sagte er zu sich und zündete den Motor.

Er merkte, wie seine Scheuklappen wuchsen, wie er, ohne zureichenden Grund, alle anderen Möglichkeiten verwarf und die objektiv für ihn gefährlichste Variante wählte, um zum Ziel zu kommen. Mit dem Kopf durch die Wand – die Taktik der Dummköpfe und der Helden. Keiner weiß, warum sich ein Mensch plötzlich entschließt, ohne überzeugende Gründe alles auf eine Karte zu setzen und blind loszurennen, warum einer auf Finten und Schliche verzichtet und nur noch geradeaus geht, wenn der Umweg leichter wäre.

Abel zog den Kragen seines Parka dicht um den Hals und stieg aus. Er machte sich zu Fuß auf den Weg, um nicht durch sein Auto, das ja auch gesucht wurde, aufzufallen. Er schritt in den Abend hinein. Er würde zwanzig Minuten brauchen, bis er zu dem Haus kam, in dem er gewöhnlich wohnte.

29

Aus der Ferne konnte er nicht richtig erkennen, ob die Tür unter Beobachtung stand. Der Nebel war dichter geworden. Die Straßenlaternen hatten bereits einen weiten Hof. Abel lehnte in einer Toreinfahrt und spähte von Zeit zu Zeit die Straße hinunter. Es war unmöglich zu erkennen, ob in einem der geparkten Wagen ein Polizist lauerte. Dabei schloß Abel die Möglichkeit aus, daß der Posten bei dieser Witterung im Freien stand.

Ratlos verharrte er über eine Stunde in der Einfahrt. Nur manchmal zückte er einen Flachmann, um einen Schluck zu nehmen. Schließlich zog er die Kapuze seiner Jacke tief ins Gesicht und ging zielstrebig los. Er hielt sich dicht an der Häuserzeile und beobachtete die abgestellten Autos. Bewußt veränderte er seine Haltung. Er wußte, daß in diesem diffusen Licht der Gang und die Figur eines Menschen nahezu die einzigen Erkennungszeichen waren. Gebückt, die Füße einwärts gestellt, schlurfte Abel voran.

Ohne anzuhalten, passierte er die Tür des Hauses, unter dessen Dach er bislang gelebt hatte. Er wurde nicht angehalten. Erst an der nächsten Tür verharrte er und drückte auf die oberste Klingel. Mit eingezogenem Kopf wartete er, jederzeit bereit zu fliehen, doch dann kam der Summton, die Eingangstür gab nach und schlug kurz hinter Abel ins Schloß. Er richtete sich auf und tastete nach dem Lichtschalter. Die Lampen verteilten mit einem unwilligen Brummen ihr trübes Licht. Abel sah sich um und fand zwischen abgestellten Kinderwagen und fahrbaren Einkaufskörben den Weg zur Hoftür.

Abgeschlossen, klar, es war ein intaktes schwäbisches Haus mit Kehrwoche und Hausordnung. Abel untersuchte das Schloß. Er fummelte seine Taschen nach einem Draht ab. Nichts zu finden.

Stück um Stück probierte er die Schlüssel an seinem Bund durch. Auch hier kein Erfolg. Die Lichter erloschen. Im Dunkeln suchte Abel den Balken über der Tür ab. Tatsächlich, es gab im Haus ein Schlitzohr, das den Schlüssel, trotz des hausordnungsmäßigen Gebots, um 19 Uhr die Hoftür abzuschließen, dort oben deponiert hatte, um nicht jedes zweite Mal, wenn er ihn vergessen hatte, über unzählige Stufen zurückzumüssen, um ihn zu holen.

Leise schloß Abel die Tür auf und legte dann den Schlüssel kollegial zurück, denn der Unbekannte sollte durch ihn keine Scherereien bekommen.

Die Hofmauer war kein Problem. Über die Teppichstange gelangte Abel in den herbstlich kahlen Garten hinter dem Nachbarhaus und schlich sich zur Hoftür. Da ihm ein Rest guter Erziehung geblieben war, hatte er seinen Schlüssel nicht innen über den Türbalken gelegt, sondern am Bund in seiner Hosentasche.

Langsam tastete er sich im Dunkeln die Stufen hinauf. Seine rechte Hand umklammerte die Kleinkaliberpistole in der Tasche seines Parka. Als er sich dabei ertappte, nahm er die Waffe heraus und steckte sie in den Hosenbund – ein grotesker Einfall, sich gegen das Gesetz verteidigen zu wollen, aber immerhin . . .

Abel saß nun schon eine Stunde oder länger im Dunkeln. Er hatte seinen Besuchersessel hochgenommen und zwei Meter vor die Tür gestellt.

Als es klingelte, flog er hoch. Kauernd drückte er den Summer und lauschte mit schiefem Kopf den Schritten, die langsam lauter wurden. Das Licht im Flur erlosch, wurde wieder eingeschaltet, dann kamen die Schritte heran. Abel war sicher, daß die Person draußen alleine war. Er öffnete die Tür.

«Schuster», Abel sah den alten Kommissar freundlich aus dem trüben Licht des Hausflurs ihn anlächeln. Dann erlosch das Licht erneut.

«Mach das Licht an, mein Junge.» Die Stimme des Mannes im Flur klang hohl, hallte zurück und brach sich hinter den Treppenstufen. Abel gehorchte.

Schuster schob den Detektiv zur Seite und trat ein. Abel schaute auf den ersten Treppenabsatz hinunter, soweit der Schein des Lichts aus seinem Zimmer fiel, niemand war zu sehen.

«Es hat keinen Sinn», sagte Schuster und setzte sich.

Abel schloß die Tür. Er sah den alten Mann zusammengesunken in seinem Besuchersessel kauern und war sich nicht sicher, ob der Polizist reagieren würde, wenn er zu fliehen versuchte. Der Detektiv überlegte, zögerte noch einen Augenblick, dann ging er an dem Sessel vorbei, nahm den Flachmann und trank einen Schluck.

«Gut so», lobte Schuster. «Ach, beinahe hätte ich vergessen, einen guten Abend zu wünschen», sagte er. «Es war dumm von Ihnen zu kommen, ich habe Sie gesehen.»

Abel schwieg.

«Ja, der Kommissar Zufall . . .» Schuster faltete die Hände. «Er hat mir wieder einmal geholfen. Ich weiß nicht, ob ein altes Weib daraus ein Glaubensbekenntnis machen würde, aber manchmal ist es wirklich so: der Zufall hilft dem Recht.»

«Interpretationssache», meinte Abel.

«Nein, Erfahrungssache», widersprach Schuster.

«Ich meine das Recht. Daß der Zufall *Ihnen* hin und wieder hilft, mag sein, ob er damit dem Recht hilft, ist noch nicht raus.»

«Auch das ist Erfahrungssache», murmelte der Kommissar, der regungslos im Sessel verharrte.

«Sie sind also im Besitz der Wahrheit, die bekanntlich im Recht ihren Niederschlag findet?»

«Nein, sicher nicht, aber wir haben hier», Schuster deutete auf den Boden, «hier und heute haben wir unsere Maßstäbe zu finden und zu bewahren; wenn ein Gericht einen Täter verurteilt, dann ist das für mich das Recht.»

«Ich bin nicht verurteilt.» Abel stand auf und ging auf den Alten zu.

«Nein, aber Sie haben Reissler umgebracht.» Schuster saß mit geschlossenen Augen auf seinem Platz.

Abel stützte sich mit beiden Händen auf die Lehne des Sessels. Sein Gesicht blieb dicht vor dem des Kommissars stehen.

«Sie haben nichts in der Hand; keinen echten Beweis, nichts.» Seine Stimme war leise und kalt. Schuster schüttelte den Kopf. Er blieb unbeweglich.

«Wenn Ihnen die Beweise nicht genügen, die für den Haftbefehl maßgebend waren», sagte der Kommissar ruhig, «dann brauchen wir nicht mehr zu reden, ich bin ohnehin nur da, um den Haftbefehl an Ihnen zu vollstrecken.»

«Welche Beweise?» beharrte Abel. «Welche, alter Mann?»

«Die Schuhe des Toten in Ihrem Keller und die Plane, in der die Leiche eingewickelt war; beides fein säuberlich in einem Karton, junger Mann.»

«In meinem Keller! Bravo!» Abel erhob sich. Er begann in der kleinen Stube auf und ab zu gehen, von dem Beamten unter halb geschlossenen Lidern beobachtet. Vor dem Regal blieb er stehen und nahm sein Notizbuch, schlug es auf und ging sorgfältig die Aufzeichnungen aus Zürich durch. Der Detektiv lächelte plötzlich dünn und knickte eine Seite um. Er nickte, nach einer Pause fragte er gelassen: «Habe ich noch eine Chance?»

«Keine mehr», murmelte der Kommissar, «für uns ist das nur noch Routine. Wir schnappen den Täter, verhören ihn, und nach drei Tagen packt er aus.»

Abel stand jetzt wie ein Vasall hinter dem Thron des Alten. Die linke Hand schlich sich auf den Rücken und suchte den Griff der Waffe in seinem Gürtel.

Es klingelte. Abels Hand fuhr zurück. Er ging mechanisch zur Tür. Unten tönte der Summer.

«Ihre Leute?» fragte er.

«Nein.»

Abel begriff.

«Wenn das Mädchen kommt», sagte er schnell, «lassen Sie mich bitte nur eine Frage stellen.»

Er drehte sich um und sah den Kommissar an. Schuster saß unverändert da, nur seine Augen waren offen und hell.

«Nein», sagte er kalt, «keine Chance, noch nicht mal diese eine, Sie gehen mir nicht noch einmal durch, Abel.»

«Stopp, mein Alter.» Abels Pistole stand starr vor dem Gesicht des Kommissars.

Schuster war mitten in der Bewegung zusammengefallen. Er lehnte sich behutsam zurück und faltete wieder die Hände.

«Nach wie vor: keine Chance.» In dem Gesicht des Kommissars waren keine Emotionen zu erkennen. «Wir kriegen dich, du kommst wieder, wie alle andern.»

«Doch», Abel schlich langsam rückwärts zur Tür und klinkte die Falle mit dem Ellenbogen auf.

«Doch, es gibt eine Chance», wiederholte er gelassen, «wenn ich Ihnen den Täter bringe.»

«Nein», beharrte der Alte ruhig.

Die Schritte des Mädchens kamen näher; sie klopfte. Abel wand sich neben den Eingang.

«Komm rein», sagte er, ohne den Polizisten aus den Augen zu lassen. «Erschrick nicht.»

Vorsichtig öffnete Anne die Tür und lugte durch den Spalt. Als sie den alten Mann sah, trat sie ein.

Abel hatte geglaubt, daß sie kreischen würde, aber sie blieb ruhig, fast gelassen.

«Tut mir leid, daß heute nichts daraus wird», sagte der Detektiv, ohne zu erklären, woraus etwas hätte werden sollen.

«Nur eine Frage, dann gehen wir», unverwandt hielt er Schuster im Visier, «kann man bei deiner Fluggesellschaft in den Passagierlisten bleiben, ohne den Flug anzutreten?»

«Kapier ich nicht», sagte sie trocken.

«Ganz einfach, ich buche einen Flug, dann komme ich auf die Liste, wenn ich aber mein Ticket nicht abgebe, was ist dann?»

«Dann fliegst du eine Viertelstunde vor Abflug raus, damit einer von der Warteliste auf deinen Platz kommt.»

«Gut, wie kann ich aber drinbleiben, ohne tatsächlich zu fliegen?»

Alle waren regungslos verharrt. Schuster lauschte.

«Du gibst dein Ticket ab und verschwindest wieder aus der Abfertigung, das gibt aber keinen Sinn.»

«Doch», Abel grinste breit, «doch, das gibt einen Sinn, wenn man hundertprozentig in der Liste bleiben will.»

«Sicher.»

«Danke, ma chérie», Abel ging langsam auf Schuster zu und langte mit kurzem Griff unter dessen Jackett und zog die Handschellen heraus. Aus dem Handgelenk schnippte er das Schloß um Schusters linkes Handgelenk. Den Lauf seiner Waffe preßte er dem Kommissar in die weiche Stelle unter dem Ohr.

«Aufstehen!» zischte er. Der Kommissar gehorchte sofort.

Abel zog den Mann mit sich zum Fenster. Dort schloß er den anderen Teil der Handfessel um das Entlüftungsrohr, das an der Wand aufstieg.

«Es tut mir leid», sagte er, als er Schusters Schlüsselbund und Dienstwaffe herausgefingert hatte, «das lege ich vor die Tür, ich will nichts behalten. Und du bleibst hier und schreist bitte nicht.» Anne nickte stumm und ließ sich in den Besuchersessel fallen, auf den Abel mit der Waffe gedeutet hatte.

«Schade», sagte er zu ihr hin und sah, wie sie leicht mit dem Kopf nickte. «Nach zehn Minuten gibst du ihm seine Schlüssel.»

Abel ging langsam rückwärts, immer noch die Schußwaffe im Anschlag. Er sah Schuster an dem Entlüftungsrohr stehen.

«Bis bald», sagte Abel, als er die Tür schloß.

«Keine Chance», antwortete der Kommissar kalt.

Abel verschwand über die Hinterhöfe, ohne daß Novotny ihn bemerkt hätte. Der Polizist beobachtete ständig das Licht in Abels Dachfenster und nahm sich vor, beherzt nach oben zu rennen, sobald es verlöschen würde. Doch Abel hatte das Licht brennen lassen.

30

«Paul Regazzo läßt grüßen – Regazzo aus Zürich», sagte Abel in die Sprechmuschel des Telefons, als sich Haussmann meldete.

«Ich soll einen Treff arrangieren, morgen abend acht Uhr dreißig, in der ersten Schneise links, wenn man durch den Buchenwald in die Waldebene Ost hineinfährt – oben am Frauenkopf . . .»

«Wer spricht denn da?» fuhr Haussmann barsch dazwischen.

«Sie sollten nicht vergessen», fuhr Abel ungerührt fort, «etwas Geld mitzubringen, immerhin geht's bei dem Rendezvous um einiges.»

Haussmann legte nicht auf, er schwieg.

«Ach, bevor ich es vergesse, Abel ist mein Name», er buchstabierte, «A – b – e – l, zu Unrecht verdächtig, einen gewissen Reissler umgebracht zu haben.»

«Warten Sie . . .» Haussmann schrie fast ins Telefon, doch der Detektiv legte auf. Hinter ihm klopfte jemand an die Scheibe der Telefonzelle. Doch Abel nahm erneut den Hörer von der Gabel, spendierte dem Apparat zwei weitere Zehner.

Das Rufzeichen des privaten Anschlusses kam ein gutes halbes dutzendmal. Abel stellte sich vor, daß ein Formel-I-Bolide in der Zeit zwischen zwei Klingeltönen auf 100 km/h beschleunigt. Dann hob jemand ab und sagte unwillig:

«Ja?»

«Dr. Wolf?» fragte der Detektiv freundlich.

«Am Apparat.» Der Anwalt war immer noch ungehalten.

«Einen schönen Gruß von Regazzo aus Zürich, ich meine Paul Regazzo.» Abel machte eine Kunstpause, um die Reaktion zu testen, die kam auch prompt:

«Was soll der Quatsch?»

«Nun, ich soll eine kleine Zusammenkunft arrangieren», erklärte der Detektiv, «morgen abend, 20.30 Uhr, in der ersten Schneise links, wenn man durch den Buchenwald in die Waldebene Ost hineinfährt – am Frauenkopf oben.»

«Abel?» fragte der Anwalt.

«Ja, Abel.»

«Was ist, wollen Sie mich erpressen?»

«Gut, daß Sie mich daran erinnern», sagte Abel herzlich, «Regazzo meint, Sie sollten ein bißchen Geld mitbringen.»

Ohne die weitere Reaktion abzuwarten, hängte Abel den Hörer auf die Gabel. Beim Hinausgehen entschuldigte er sich freundlich bei dem Mann, der an die Scheibe geklopft hatte. Abel war gespannt, ob die Spekulation aufgehen würde. Noch 22 Stunden, und er würde wissen, wessen Motiv für einen Mord stark genug war.

31

Es war Nachtfrost angesagt. Seit dem späten Nachmittag waren die grauen Wolkenfladen aufgerissen und von einem heftigen Nordwest vertilgt worden. Eine kleine Mondsichel zuckerte ihr spärliches Licht über die Fichten. Unten im Tal glommen die Lichter der Stadt. Wie ein glitzerndes, blauschwarzes Tuch lag das Waldstück über dem Hügel im Osten. Wer sich dort auskannte, wußte, daß durch einen weit zwischen die Häuser reichenden Buchenwaldkeil eine Straße hinauf zum Frauenkopf führte, die dann in einen einsamen, asphaltierten Waldweg mündete.

Von dort aus reicht eine Schneise hinunter auf die andere Seite des Hügels, auf dem eine große automatische Richtfunkanlage der Post installiert ist. In dieser Novembernacht hatte niemand hier oben zu tun – außer Abel, der schon seit fast einer Stunde mit dem

Rücken an einen Baum lehnte. Vor ihm lag die Abzweigung in den Waldweg, der durch die Schneise führte. Hinter einer Insel aus Fichten mit lockerem Unterholz stand sein Wagen. Durch die Äste sikkerte das Mondlicht herunter, und in den Pfützen wuchsen die ersten Eiskristalle. Die Konturen von Abels Gestalt wurden vom undurchdringlichen Schatten der Bäume verschluckt.

Drei Minuten vor halb neun flimmerte weißes Licht durch den Wald. Aufgeblendete Scheinwerfer kreisten an den Stämmen entlang. Mit leise knirschenden Reifen rollte ein großer Mercedes über die angefrorenen Kiesel des Waldweges. Kurz bevor die Lichter zu Abel hinüberkrochen, schwenkten sie ab und fuhren an dem Capri entlang.

Die Scheinwerfer erloschen. Es blieb still. Der Fahrer des großen Wagens verharrte eine Weile unbeweglich hinter dem Steuer.

Die Gestalt stieg aus, ging um den Wagen herum. Als der Mann vor dem Kühler war, blendete eine große Stablempe vom nahen Waldrand herüber. Der Mann verharrte, er hob die rechte Hand gegen das Licht und versuchte mit zusammengekniffenen Augen den grellen Schein der Lampe zu durchdringen.

«Guten Abend, Mister Regazzo», Abels Stimme hatte etwas Verbindliches. «Nehmen Sie bitte auch die linke Hand hoch, vor die Augen, ja so ist es recht.

Der Mann schwieg.

«Kommen Sie jetzt bitte ganz langsam auf das Licht zu. Mit den Händen können Sie den Strahl abblenden, so daß Sie den Weg erkennen können.» Abel beobachtete den Mann sorgfältig, der nun begann, auf die Lichtquelle zuzugehen. Abel wich im gleichen Tempo tiefer in das Gehölz zurück. Nach einigen Schritten blieb er stehen.

«Stopp!»

Der Mann hielt an, er hatte immer noch die Hände vor den Augen gekreuzt.

«Gut so», lobte Abel, «ich nehme an, daß Sie wissen, daß meine Pistole auf Sie gerichtet ist, so daß ich mir ersparen kann, Ihnen mit einem Loch im Körper zu drohen, wenn Sie nicht spuren.»

Der Mann schwieg immer noch, es schien aber, als habe er mit dem Kopf genickt.

«Ich freue mich, daß Sie gekommen sind, Herr Rechtsanwalt», sagte Abel. Er grinste.

«Ich komme als Vertreter meines Mandanten, Herrn Haussmann», sagte Wolf ungerührt.

«Nein, Sie kommen in eigener Sache», lachte Abel, «halt, vielleicht als Mr. Regazzo . . .» Der Anwalt blieb ohne sichtbare Regung. Abel fuhr fort: «Wir werden doch keinen Mörder begünstigen, das ziemt sich nicht für einen korrekten Anwalt.»

«Ich habe den Auftrag, Ihnen eine nicht unbedeutende Summe im Namen meines Klienten zur Verfügung zu stellen. Das Geld ist im Wagen.»

«Wieviel?» fragte Abel kalt.

«Dreihunderttausend in kleinen, gebrauchten Scheinen, nicht durchnumeriert.»

«An was so ein cleverer Anwalt nicht alles denkt.»

«Die Bedingung meines Auftraggebers lautet, daß Sie ein formuliertes Geständnis in der Mordsache zum Nachteil des Reissler unterschreiben und sich dann sofort via Paris nach Brasilien begeben, der Flug ist bereits gebucht, ich habe das Ticket ebenfalls dabei.»

«Ich stelle hier die Bedingungen, Mr. Regazzo», sagte Abel unwirsch.

«Mehr Geld?»

«Ja, viel mehr!»

«Unmöglich!»

«Doch möglich», beharrte der Detektiv, «denn das sind noch nicht einmal zwei Prozent von dem, um was ihr beide Reissler beschissen habt, so billig bin ich nicht. Immerhin war es ein Haufen Arbeit, bis ich wußte, wer *meinen* Klienten umgelegt hat.»

«Vierhundert?»

«Eine Million!»

«Das kann ich nicht.»

«Also doch Sie alleine?»

«Wieso ich?»

Wolf bemerkte seinen Fehler sofort.

«Sie haben Reissler erschossen», sagte Abel ruhig. «Sie waren mit Haussmann an dem Tag, an dem Reissler umkam, in Zürich . . .»

«Was soll's, das ist häufig so.»

«Sie sollten mich ausreden lassen», rügte Abel, «Haussmann war in Zürich und ist nach Mailand geflogen, gehen wir also davon aus. Wo waren Sie noch, außer in Zürich?»

«In Mailand, wie mein Mandant, denn wir hatten zusammen Gespräche zu führen», kam prompt Wolfs Antwort.

«Richtig», sagte Abel kalt. «Sie waren in Mailand. Die Sache hat nur einen Haken, da ist der Umweg über Stuttgart, den Sie vergessen hatten zu erwähnen. Sehen Sie, ich habe festgestellt, daß nur Sie auf die Maschine Zürich–Mailand gebucht waren, wo war Haussmann?»

«Seien Sie nicht albern, Haussmann war die Nacht bei einer guten Bekannten.» Wolf begann abzuwiegeln.

«Sie werden lachen, aber ich glaub es Ihnen», fuhr Abel fort, «und Sie sind auch nach Mailand geflogen, bloß von Stuttgart-Echterdingen aus, nachdem Sie unseren Freund Reissler beseitigt hatten.»

Wolf schwieg.

Abel fuhr fort: «Ich habe ein wenig spekuliert und gewonnen. Bei der Durchsicht der Passagierlisten fiel mir der Name Regazzo auf der Strecke Zürich–Stuttgart–Zürich auf. Es ist durchaus ungewöhnlich, daß jemand einen nicht ganz billigen Flug hin und zurück bucht und am Zielort ganze fünfzehn Minuten Aufenthalt hat, es sei denn, unser Mann ist ein Snob und will seiner schwäbischen Freundin nur einen Gutenachtkuß geben. Ziemlich unwahrscheinlich, nicht?»

Wolf beantwortete die Frage nicht. Er stand weiter regungslos im Lichtkegel der Taschenlampe, die Hände vor dem Gesicht verschränkt.

«Es hätte nun sein können, so meine Spekulation, daß diese Buchung eine Art Ablenkungsmanöver war. Etwa für den Fall, daß jemand auf den kleinen Umweg stoßen würde, dann hätte immerhin die Möglichkeit bestanden, zu behaupten, Sie hätten nur eine wichtige Akte in Stuttgart übernommen und seien sofort zurück nach Zürich geflogen und von dort nachts nach Mailand. Der kluge Mann baut vor. Den Decknamen hätte man damit erklären können, daß die Sache wegen der deutschen Steuerbehörden streng vertraulich war. Sicher wäre jedenfalls eines gewesen, daß die Zeit in Stuttgart für einen Mord zu kurz war.»

«Ich muß etwas klarstellen», sagte der Anwalt. Seine Stimme war fest. «Weder ich noch Herr Haussmann haben von Reisslers Anwesenheit in Stuttgart etwas gewußt, es besteht kein Anlaß für die absurde Annahme, einer von uns hätte ihn getötet. Wenn wir Ihnen heute Geld anbieten, dann nur wegen einer Steuersache, die mit der

Erbschaft zusammenhängt. Mit dreihunderttausend ist unser Risiko da schon voll ausgereizt.»

«Nein», triumphierte Abel. «Nein, wir bleiben beim Thema: Mord! Sie wußten sehr wohl von Reisslers Anwesenheit, denn da ist noch die Sache mit dem Telefon im Interconti. Mittags hat Reissler zwei Gespräche geführt. Ein Ortsgespräch und ein Ferngespräch mit achtzehn Einheiten.»

«Das interessiert mich nicht. Was ist mit meinem Angebot?»

«Das interessiert Sie sehr wohl! Denn Reissler hat am Nachmittag seines Todestages einen entscheidenden Fehler gemacht, er hat versucht, auf eigene Faust weiterzukommen, und bei Haussmann angerufen. Dort hat man ihm gesagt, daß der Vogel nach Zürich ausgeflogen ist. Also hat Reissler dort angerufen – und ist an unseren Freund Regazzo geraten, der dann noch genügend Zeit hatte, alles zu arrangieren.»

«Was soll das Pokern, Abel, es bleibt bei der Summe, überlegen Sie mal, das ist ein Haufen Geld für einen wie Sie.»

«*Ich* brauche nicht zu pokern, mein Lieber», Abel schrie fast, «wollen Sie wissen, wie es weitergeht?»

«Eine Frauenstimme hat das Opfer etwa um 19 Uhr sprechen wollen. Jetzt ist aber weit und breit unter den Verdächtigen keine Frau zu sehen, die als Mittäterin in Frage käme. Man kann sich aber auch von einer Dame vermitteln lassen. Zum Beispiel macht das das Flughafenpostamt in Zürich – auf Wunsch versteht sich – für den vielbeschäftigten Businessman. Im Klartext: Sie sind von Zürich nach Stuttgart geflogen und haben kurz vor dem Abflug sich mit Reissler verbinden lassen. Bei diesem Gespräch haben Sie einen Treffpunkt mit ihm ausgemacht, um über die ganze Angelegenheit zu reden. Bevor Sie allerdings zu dem Tatort gefahren sind, haben Sie als vorsichtiger Mann noch auf die Zürichmaschine eingecheckt, damit Ihr Name in der Passagierliste blieb, und sind dann leise verschwunden. Nach Mailand sind Sie später – nach der Tat – unter einem x-beliebigen Namen geflogen.»

Abel machte eine Pause und betrachtete sein Opfer, das zwischen den mit Eisperlen überzogenen Sträuchern stand.

«Kann ich die Hände herunternehmen?» fragte der Anwalt. Seine Stimme war gefaßt. «Mein Kreislauf ist nicht gut.»

«Sie werden Zeit genug haben, ihn zu kurieren», spottete Abel. «Das Leben im Knast ist relativ stressfrei.»

«Ich habe Ihnen schon ein paarmal gesagt, daß ich im Auftrage von Herrn Haussmann hier bin.» Wolf schien sich zu strecken.

«Könnte sein», räumte Abel großzügig ein, «ist aber nicht wahr. Theoretisch hätte Haussmann auch auf den Namen Regazzo reagieren und Sie hierherschicken können, weil er die Hose voll hat.»

«Eben», bestätigte der Anwalt gelassen.

Doch Abel ließ sich nicht bluffen.

«Aber ein Rechtsanwalt, der nur ein Minimum an Vernunft besitzt, würde nie seinen Klienten belasten, wenn er nicht selbst tief in der Tinte steckt. Auch nicht in einer Situation wie heute abend. Parteiverrat nennt man so was, nicht, Herr Doktor?»

Wolf stand mit gesenktem Kopf da und schwieg.

«Man muß kein großer Psychologe sein . . .»

«Verstehen Sie doch, Abel», sagte der Anwalt und kam drei kleine Schritte auf die Lampe zu, «meine Situation ist verzwickt, ich gebe Ihnen dreihundertfünfzigtausend, mehr kann ich nicht, und Sie hauen ab . . .»

Noch aus der Bewegung des letzten Schritts tauchte Wolf nach rechts ab, erreichte den Schatten eines Baumstamms, bevor der Lichtkegel ihm folgen konnte.

Plopp, plopp. Zwei Geschosse aus der Waffe des Anwalts fauchten durch den Schalldämpfer. Der Strahl der Taschenlampe fuhr nach oben, kreiselte durch die kahlen Äste und sank auf den modrigen Boden. Dort bildete sich eine kleine Lichtpfütze im faulen Laub. Es war still.

Wolf lauschte gespannt in die Dunkelheit. Vorsichtig tastete er sich auf den Lichtpunkt zu. Er meinte, seinen Gegner gerade stöhnen gehört zu haben.

«Reissler läßt grüßen», murmelte er höhnisch.

Fangschuß. Das Wort nistete sich im Gehirn des Mannes ein. Er packte den Griff der Waffe fester, hielt den Lauf nach vorne, immer die Gegend am Boden um die Taschenlampe fixierend.

Zwei Schritte vor dem Ziel kam der Hieb. Ein Knüppel fuhr auf den Arm des Anwalts herunter, brach einen Unterarmknochen und lähmte die Nerven, die in die Finger der rechten Hand führen. Wolf schrie auf und griff mit der Linken nach dem verletzten Arm. Er krümmte sich vor Schmerz. Bevor Abel zum zweiten Schlag ausholte, ergriff er die Pistole, die vor den Füßen seines Gegners lag. Dann hieb er mit der Faust von unten dem Anwalt ins Gesicht. Der stürzte nach hinten, drehte sich im Fallen und blieb dicht neben der Taschenlampe liegen. Im schwachen Widerschein des Lichts holte Abel mit dem Stiefel weit aus. Die grimmige Wut, in den letzten Tagen eingefressen, wollte sich austoben.

«Laß bleiben, Jean», sagte Paloff von der anderen Seite her. Der Tritt kam nur noch mit halber Kraft und traf das Schlüsselbein des Anwalts.

Mit wenigen Schritten war Paloff bei ihm. Er packte Abel am Ärmel und riß ihn zurück.

«Das reicht doch. Das ist jetzt eine klare Sache», sagte er mit fester Stimme. Abel nickte matt und hob die Taschenlampe auf. Vor seinen Füßen krümmte sich der Mann. Sein Kamelhaarmantel war von dem schwarzen Dreck verspritzt, modrige Blätter klebten im Gesicht. Wolf hatte das Bewußtsein wiedergefunden. Er hechelte und hielt wie im Krampf den rechten Arm umklammert.

«Auf!» befahl Abel und zerrte ihn am Kragen hoch. Paloff half mit einem sicheren Griff unter die Achsel nach. Den Anwalt in der Mitte, gingen die beiden zu den Wagen zurück.

32

Es war fast Mitternacht. In dem halbverfallenen Bereitschaftsgebäude der Stuttgarter Kripo in der Dorotheenstraße war die Vernehmung der Beteiligten zu Ende.

Dr. Wolf saß fröstelnd und apathisch mit einem Notverband am Arm auf einem der Holzstühle. Blut und Erde waren unter der Nase und um den geschwollenen Mund herum verkrustet. Er hielt den Blick gesenkt.

«Kein schöner Anblick», bemerkte Schuster und nickte mit dem Kopf in Richtung des Advokaten.

«Nein», bestätigte Abel und sah kurz von seinem Vernehmungsprotokoll auf, das er – wie neulich schon – eingehend studierte, ehe er Seite für Seite unterschrieb.

«Ich weiß jetzt zwar, daß er es war», begann Schuster wieder, «aber es wird schwer vor Gericht . . .»

«Ihr Problem», knurrte Abel.

«Er wird sein Geständnis widerrufen», philosophierte Schuster, der nun wieder hinter seinem Schreibtisch saß und die Hände wie zum Gebet gefaltet hatte. «Er wird sich darauf berufen, daß wir sein Geständnis erpreßt haben, daß wir ihn mit Gewalt zum Reden gebracht haben. Er ist schließlich Anwalt von Beruf.»

«Das wird ihm aber nichts helfen», warf Abel ein, «der § 136 a der Strafprozeßordnung, den Sie meinen, gilt nur für Staatsorgane – ein Privatdetektiv fällt da nicht darunter.»

Die beiden Männer unterhielten sich über Wolf, als sei er nicht im Raum. Er war nur noch Objekt, nicht mehr Subjekt der Handlung.

«Er wird sich darauf berufen, daß wir den Zustand, in dem er sich befindet, ausgenutzt haben», sagte Schuster, ohne sich zu rühren.

«Mag sein, aber ich kann als Zeuge über sein Verhalten und seine Aussagen oben an dem Parkplatz vernommen werden. Dazu sagt der Bundesgerichtshof . . .»

«Na ja, das ist wirklich nicht mein Problem, sondern das des Staatsanwalts.» Schuster streckte sich.

Abel grinste ihn an und schob den Stapel unterschriebener Protokollseiten zu dem Kommissar hin.

«Ich habe gestern noch mal nachgelesen, es ist wirklich nichts drin für unseren Freund. Außerdem: Lassen Sie mal seine Pistole ballistisch untersuchen, wir haben sie ja mitgebracht.»

«Bei den Juristen kann man nie wissen», sagte Schuster skeptisch und erhob sich schwerfällig. Paloff, der still im Hintergrund gesessen hatte, stand ebenfalls auf und machte ein unschlüssiges Gesicht. Seine Tabakspfeifen hatte er schon lange eingepackt.

Er nickte. Die Erfahrung des Kommissars deckte sich mit seinen Vorstellungen. «Bin ich so etwas wie ein Kronzeuge?» fragte er.

«Vielleicht», der Alte lächelte dünn, «bedanken Sie sich bei Ihrem Freund, der hat die Vernehmung im Wald ja relativ geschickt eingefädelt.» Nach kurzer Pause fuhr er fort:

«‹Vernehmung› ist hier wohl in Anführungszeichen zu setzen. Er mag zwar recht haben, der studierte Herr», jetzt war Abel das Objekt, «aber mit rechtsstaatlichen Prinzipien hat das alles nichts zu tun.»

Abel schoß drei Schritte nach vorn. Leise fragte er:

«Und was war mit mir gewesen? Sie wollten mir ums Verrecken

nicht die Chance geben, den Täter zu finden – weil Sie selbst nicht dazu fähig waren», er schnaubte verächtlich. «Ist das der Rechtsstaat, den Sie meinen? Ist Recht Ihre Scheiß-Routine, mit der Sie angeben? Ist Ihr Vorurteil besser als das Urteil über den wahren Täter, der hier auf dem Stuhl hockt», Abel trat an das Stuhlbein, «und den Apathischen mimt? Woher nehmen Sie Ihre spießige Arroganz, Ihre stumpfe Teilnahmslosigkeit an meinem Schicksal? Hat nur er, der reiche Anwalt, Anspruch auf Ihren Rechtsstaat?»

Abel war ins Schreien geraten. Er stand vor dem kleinen alten Kommissar, der ihm fest ins Auge sah. Nach einer kurzen Pause flüsterte Schuster:

«Aus der Erfahrung, Abel, aus der Erfahrung. Sie sind der gewöhnliche Tätertyp. Sie können mir nichts vormachen . . .»

Abel drehte sich um. Ohne zu antworten, winkte er seinem Freund, der schweigend dabeigestanden hatte und selbst den Kommissar nicht verstand. Abel schritt zur Tür und zischte zwischen den Zähnen hindurch:

«Scheiß-Bulle», dann war er an der Tür.

«Novotny», rief Schuster mit sanfter Stimme.

Abel und der Beamte stießen in der Tür zusammen.

«Herrn Abel bitte auf Nummer fünf.»

Novotny packte den fassungslosen Detektiv am Arm und zog ihn zurück in die Amtsstube. Handschellen klickten. Abel fuhr herum und brüllte den Kommissar an:

«Was ist hier los?»

«Ja, was ist hier los?» wiederholte Paloff verwirrt.

«Wie bitte?» Schuster blickte fragend auf.

«Was soll das Theater hier?» schrie Abel mit rotem Gesicht und hielt die gefesselten Hände dem Kommissar vor das Gesicht.

«Der Haftbefehl gegen Sie ist noch nicht aufgehoben», lächelte Schuster, «deshalb bleiben Sie vorerst hier. Sie können sich einen Anwalt bestellen und, wenn Sie wollen, Haftbeschwerde einlegen, aber vorerst bleiben Sie hier.»

Abel rang nach Fassung, während Dr. Wolf interessiert den Kopf hob und den gefesselten Detektiv musterte.

«Das ist doch die Höhe», rief Paloff empört, «Herr Kommissar, erst liefert Ihnen mein Freund den Täter und dann . . .» er brach ab.

«Gesetz ist Gesetz», murmelte der Kommissar und gab Novotny einen Wink, der Abel sogleich am Arm zerrte.

«Moment mal», schrie Abel dazwischen und riß die Handschellen zurück, «der Haftbefehl ist unverzüglich aufzuheben, wenn kein Tatverdacht mehr besteht.»

«Richtig, Sie sind ja ein Studierter», sagte Schuster, ohne auf das dünne Lächeln zu verzichten. «Dann wissen Sie auch, was ‹unverzüglich› heißt: nämlich ‹ohne schuldhaftes Zögern›.» Der Kommissar sah auf seine Uhr.

«Null Uhr dreiundzwanzig», sagte er. «Morgen ist auch noch ein Tag, da werde ich dann mit dem Staatsanwalt sprechen. Schuldhaftes Zögern ist dann nicht anzunehmen, wenn ein alter Beamter nach weiß ich wie vielen Überstunden spät nach Mitternacht mal Feierabend macht.»

Schuster packte seine Aktentasche auf den Tisch und verstaute seine Thermosflasche.

«Schade, daß es so spät ist, aber Sie bekommen ja eine Haftentschädigung für die Nacht, zehn oder zwölf Mark, leicht verdientes Geld für einen wie Sie.»

Im Vorbeigehen klopfte er Abel auf die Schulter.

«Mach's gut, mein Junge», sagte er freundlich.

«Im Grund sind Sie ein ganz armes Schwein, Schuster», murmelte Abel und folgte Novotny zur Zelle Nummer fünf.

JERRY OSTER

New York Babylon

Deutsch von
Werner Waldhoff

Zu diesem Buch

Die Kreidemarkierungen waren verschwunden, der Käse war weggeräumt worden, nichts deutete in dem Raum mehr darauf hin, daß es hier zu einer Gewalttätigkeit gekommen war.

Pamela stand neben dem Herd und goß Wasser in einen Kaffeefilter. In der Höhe ihrer Schulter hing ein Satz Küchenmesser, von denen eins fehlte.

Pamela Yost, im Hauptberuf Ehefrau eines TV-Stars, nebenberuflich als Fotografin tätig, erzählt dem Reporter Charles Ives, wie es zu dem schrecklichen Mord gekommen ist. Ein farbiger Einbrecher wurde von ihnen überrascht. Als dieser einen Revolver zog, griff Donald Yost nach dem Messer, das zufällig auf dem Tisch lag ... Yost starb am Tatort, der Einbrecher, ein gewisser Kenneth Briggs, erlag im Krankenhaus den Messerstichwunden.

Ives ist mehr an Pamela Yost als an den Hintergründen für die Bluttat interessiert, trotzdem ist er wenig begeistert, als seine junge Kollegin, Ann Roth, den Auftrag erhält, eine Frauenstory daraus zu machen.

Es dauert nicht lange, bis Ives merkt, daß der ständige Begleiter von Pamela, Bill Blake, eine höchst undurchsichtige Rolle spielt, nicht nur als Produzent von Pornofilmen. Auch Freddy, der ständige Begleiter von Pamelas Freundin Maida, macht keinen vertrauenerweckenden Eindruck. Er verabredet sich mit Ann, um die Mosaiksteinchen zu diesem mörderischen Puzzle zu sortieren, und findet sie tot, erstochen wie Briggs. Mit einem Messer aus Pamela Yosts Küche.

Charles Ives weiß, daß die Polizei kein großes Interesse mehr an dieser total verworrenen Geschichte hat und schon gar nicht an seiner ‹Mithilfe›. Also macht er sich allein auf die Suche nach Informationen. Die Halb- und Unterwelt von Manhattan und SoHo hat schon auf seinen Besuch gewartet.

Jerry Oster arbeitete viele Jahre als Journalist und Filmkritiker in New York, bevor er begann, Bücher zu schreiben. Die «New York Times» bezeichnet ihn als einen der besten Kriminalromanautoren der letzten Jahre.

In der rororo thriller-Reihe liegen vor:

Dschungelkampf (Nr. 2773), Nowhere Man (Nr. 2925), Saint Mike (Nr. 2924), Death Story (Nr. 3011), Kältesturz (Nr. 2953) und Violent Love (Nr. 3037).

Die Hauptpersonen

Charles Ives	kommt sich vor wie ein Polizist: immer erst nach der Tat dabei.
Phil Quinlan	will in seiner Zeitung Stories, die sich verkaufen.
Reese	löst nie das Rätsel.
Ann Roth	löst beinahe das Rätsel.
Kate	ist emanzipiert und hat altmodische Gefühle.
Donald Yost	sieht in seiner letzten Szene nicht sehr fotogen aus.
Pamela Yost	bringt sich in Teufels Küche.
Kenneth Briggs	hat zahlreiche Jobs gemacht. Sein letzter ist tödlich.
Bill Blake	hat dichterische Anwandlungen (nomen est omen), aber sein Geschäft ist nicht sehr poetisch.
Maida Ryan	wird immer nur ausgenutzt, zum Schluß für eine gute Tat.
Freddy Carl }	sind typische Vertreter ihrer Kaste: Schläger, Mörder und Co.
Lieutenant Dave Milner	hat viel Erfahrung und wenig Phantasie.

Dies ist ein Roman. Namen, Personen, Orte und Ereignisse sind das Produkt schriftstellerischer Phantasie und frei erfunden. Jegliche Ähnlichkeit mit lebenden oder toten Personen oder Ereignissen ist rein zufällig.

Erster Teil

1

Der Film war kurz, der Regen zu heftig, um herumzuschlendern, und so tauchte ich eine halbe Stunde zu früh bei der Zeitung auf. Ich setzte mich in den Automatenraum, trank eine Tasse von dem Gebräu, das aus dem Kaffee-Automaten kam, und las *The New Yorker,* bis es Zeit für die Arbeit war.

Im Lokalraum verbreitete sich die Hoffnung, daß für den Rest der Nacht nichts mehr passieren würde. Zwei Hausredakteure spielten vor einigen Kiebitzen Schach; einige Redakteure schauten sich ein Baseballspiel an, das aus einer trockeneren Stadt übertragen wurde, andere studierten irgendwas; ein paar Reporter hingen an den Telefonen, aber ihr Grinsen und ihre Gesten machten deutlich, daß sie flirteten und nicht arbeiteten.

Ich setzte mich an den Schreibtisch für Lokales und blätterte die erste Ausgabe durch; wie gewöhnlich las ich hauptsächlich Bildunterschriften.

«Lahme Nacht», sagte ich.

Reese blickte von seinem Kreuzworträtsel nicht auf. «Bei Regen trauen sich die komischen Typen nicht auf die Straße. Ich liebe Regen.»

«Ist ganz nett. Ich bin rübergelaufen.»

«Vom Village?» Er zerdehnte das letzte Wort; wie die meisten gehobenen Zeitungsleute wohnte er außerhalb und sah kaum was von Manhattan bis auf den Weg, den er jeden Tag von der Station zum Büro und zurück rannte. Er hatte sich selbst eingeredet, daß das Village ein perverser Sumpf war.

«Von der Fifty-seventh Street. Ich war im Kino.»

Nach dem Film erkundigte er sich nicht; das war eine weitere seiner falschen Annahmen. Er glaubte, ich würde die meisten meiner Nachmittage im Museum of Modern Art verbringen und mir bulgarische Filme ohne Untertitel ansehen.

Auf dem Fernsehschirm fing ein Spieler den Ball; wirklich tolle

Sache. Sie wiederholten es dreimal, machten es kaputt, bis es nur noch wie Routine aussah. «Gut, daß Baseball wieder im Kommen ist. Fühl ich mich immer gleich wie ein Junge.»

Reese schnaubte. «Barfüßiger Junge mit grauen Strähnen.» Nach einer Weile sagte er: «Wer schrieb *Ode an die Nachtigall*?» Er versuchte es so klingen zu lassen, als wüßte er es, und wollte mir nur eine Chance geben, mein Wissen unter Beweis zu stellen.

«Shelly.»

«Fünf Buchstaben. Kluges Kerlchen.»

«Keats.»

Er malte die Buchstaben in die Luft. «Geht nicht, ‹Broadway-Waise› muß Annie sein.»

«K-e-a-t-s.»

Er strahlte. «Ich hatte recht. Waise Annie.» Mit dem Kinn deutete er in eine andere Ecke des Raumes. «Weil wir grad dabei sind, hast du schon unsere Neuerwerbung gesehn? Heißt Ann Roth. Quinlan hat sie von *Newsweek* angeheuert.»

Ich blickte in die Richtung und sah eine Frau mit kurzem, dichtem Blondschopf, die sich konzentriert über eine Schreibmaschine beugte. Zwischen einzelnen Attacken auf die Tasten fuhr sie sich mit den Fingern durch die Haare.

«Was schreibt sie denn mit solcher Begeisterung? Hast du ihr nicht gesagt, daß wir Nachtmenschen sehr wählerisch sind?»

«Es geht um eine Todesanzeige in der *Times*.»

«Unsere Leser lesen die *Times* nicht.»

«Nein, aber unser Boß.»

«Zum Teufel mit ihm.»

«Du hast gut reden, Charlie. Du kriegst ja seine Memos nicht.»

Ich ließ ihn in Ruhe. Sein mangelndes Vertrauen in sein eigenes Urteil, was in die Zeitung sollte, war eine ansteckende Krankheit unter Nachtredakteuren. In diesem Augenblick sorgte sich wahrscheinlich jemand bei der *News*, daß er eine Story auf Seite sechsundzwanzig hatte, die wir auf Seite eins brachten; und jemand bei der *Times* versuchte ein Loch auf der Titelseite zu finden, wo er eine Story einschieben konnte, die im zweiten Teil der ersten Ausgabe gestanden hatte, die aber der *Herald* auf Seite drei gebracht hatte; beim *Herald* dachte jemand, daß die *Times* schon recht gehabt hatte, und überlegte, ob er die Story nicht auf eine unbedeutendere Seite abschieben sollte. In manchen Nächten sprang eine Story durch alle Ausgaben der Zeitungen, da jeder Chefredakteur der Reihe nach darauf reagierte, was seine Kollegen getan hatten. Eigentlich sollten diese Jongleursakte dem Leser zugute kommen, aber da nur jene Leute vier Zeitungen lesen, die nachsehen, ob auch ihre Namen drinstehen, bestand die eigentliche Leserschaft aus Quinlan und den anderen leitenden Redakteuren, die auf ihren langen Fahrten von den Vorstädten Zeit genug hatten, die Konkurrenzblätter durchzusehen; am meisten genossen sie die Fahrt, wenn alle Zeitungen genau gleich ausschauten.

Ich zog an einen anderen Schreibtisch um, legte meine Füße hoch und suchte die richtige Stelle in meinem Magazin. Ich las noch nicht gleich weiter, sondern beobachtete Ann Roth, die ihre Story zu Reese brachte.

Sie trug die diesjährige Uniform der jungen Journalistin – kurze Tweedjacke über einer Seidenbluse, einen Rock, der ein ganzes Stück über die Knie reichte, und hohe Lederstiefel. Die Uniform hatte sich während meiner zwanzig Jahre bei der Zeitung häufig gewandelt – diese hier hatte Designer-Jeans und T-Shirts mit rätselhaften Aufschriften abgelöst –, aber nicht geändert hatte sich, daß eine Frau einfach nicht quer durch den Raum gehen konnte, ohne vom größten Teil der männlichen Belegschaft visuell abgetastet zu werden. Ungeachtet dessen, daß sie die geänderte Einstellung der Welt den Frauen gegenüber zu dokumentieren hatten, blieben Zeitungen Männerclubs; es gab weibliche Hilfstruppen für Mode und Ernährung, und einige Frauen ließ man auch in die Hauptbezirke vordringen – irgend jemand mußte schließlich über die niedlichen kleinen Babies im Zoo schreiben –, doch die einzigen Frauen, die annähernd gleichberechtigt behandelt wurden, mußten schon bereit sein, obszön daherzureden und andere unter den Tisch zu saufen.

«Niedlich», sagte Bergman, mir die Sicht versperrend. Mit seiner Theaterrezension war er auf dem Weg zum Redaktionstisch. «Soviel ich mitgekriegt hab, hat die halbe Tagschicht sie schon zum Lunch geführt. Du wirst dich beeilen müssen.»

«Ich fang nie was mit Kolleginnen an.»

«Oh, Mr. Redlich.»

Nein. Ich hatte lediglich nie einen Journalisten kennengelernt – Mann oder Frau –, der nicht entweder sehr dämlich, sehr idealistisch oder sehr naiv gewesen wäre; eine dieser Eigenschaften ist absolut notwendig, um über stets wiederkehrende Ereignisse schreiben zu können, als würden sie zum erstenmal passieren, und dabei zu glauben, daß man damit irgendwas bezwecken könnte. «Wie war das Stück?»

«Eine Totgeburt.» Bergman reichte mir eine Kopie seiner Besprechung.

«Fünf Spalten für eine Totgeburt?»

«Manche Sachen sind so schlimm, daß sie der ausführlichen Erörterung bedürfen.»

Ich schaute auf die Uhr. «Wenigstens war es kurz.»

«Oh, ich bin nicht bis zum Schluß geblieben.»

«Ist das nicht unethisch? Und was, wenn's besser wurde?»

«Wird irgendwas besser?» sagte Bergman. «Wurde der Krieg besser, nachdem du nicht mehr dabei warst?»

«In gewissem Sinne schon. Er ging zu Ende.»

«Ich bin sicher, das Stück ging auch zu Ende.»

Ich hatte drei Jahre lang in Saigon gearbeitet, kam auf einen, wie ich glaubte, Urlaub nach Hause und fand mich als Opfer wieder. Quinlan führte mich in sein Privatbüro, setzte sich in seinen Stuhl, als wollte er demonstrieren, daß er sich drehen ließ, und teilte mir mit, daß sich die Leser nicht mehr für Orte auf der anderen Seite der Welt interessierten, sondern daß ihr Interesse der Stadt und ihren Menschen galt. Als ich meinte, der Krieg würde seinem Ende entgegensteuern, sagte er: «Genau.» Als das Ende kam, und ich rüber wollte, um über die Folgen zu berichten, sagte er: «Es ist vorbei.»

Ein Jahr lang arbeitete ich in meinem Privatbüro, schrieb über die Stadt und ihre Menschen, und die stumpfe Langeweile wuchs. In Saigon – New York einen halben Tag voraus – fühlte ich mich, als würde ich im Bug der Welt sitzen und als erster jeden Kurs- und Tempowechsel spüren; zurück in New York hatte ich das Gefühl, ich hätte beim Aufstehen schon alles verpaßt. Ich bat Quinlan, mich zum Nachtdienst einzuteilen; das verschaffte mir eine private Zeitzone, ließ mir die Tage frei, ermöglichte es mir, auf Kosten der Firma zu lesen und bot mir die gelegentliche Herausforderung, in der letzten Ausgabe irgendein Ereignis unterzubringen, das zumindest ein bißchen aus dem Rahmen fiel.

Ich reichte die Rezension zurück. «Du hast niemanden zitiert – nicht mal Shaw oder Aristoteles.»

Er errötete; er reagierte empfindlich auf meine Kritik, was seine gelegentlichen literarischen Zitate anbelangte. «Ich sprech oft genug mit eigenen Worten.»

«Ist auch besser so», sagte ich. «Wenn du bei einem Off-Broadway Stück T. S. Eliot anrufst – so wie du es letzte Nacht gemacht hast –, das ist genau so, als würde ich in einer Story über einen Großbrand in der Bronx Dante zitieren.»

Er runzelte die Stirn, also erklärte ich es. «Inferno.»

Er wechselte das Thema. «Susan hat in letzter Zeit schon öfters nach dir gefragt. Warum kommst du nicht am Donnerstag abend zu uns zum Essen, und hinterher sehen wir uns ein Stück an? Da hast du doch frei, oder?»

«Ein ganzes Stück?»

«Das liegt bei dir. Ich weiß, wann ich genug gesehn hab.»

«Du hast ‹Rokoko› falsch geschrieben», sagte ich. «Hinten -k-o-k-o.»

2

Um elf fuhr ich mit dem Lift nach unten, nahm den Hinterausgang und rannte durch den Regen zu *Eddie's*. Die Straße dampfte von den süßlichen Auspuffgasen der Lastwagen, die darauf warteten, die zweite Ausgabe abzutransportieren; die Fahrer lungerten in den Ladebuchten herum und redeten über Geld und Frauen, die nicht ihre Ehefrauen waren.

Ich bestellte mir ein Schinkensandwich und ein Bier, setzte mich an einen Tisch vorn am Fenster und beobachtete den Verkehr und – als Spiegelung im Fenster, verzerrt und fast unverständlich – das Baseballspiel. Eine Traube Presseleute mit Hüten aus gefalteten Zeitungen gegen den Regen drängten sich an der Seitentür, hofften auf eine spielentscheidende Wende, bevor sie wieder an die Arbeit mußten. Ein hochbezahlter Spieler verfehlte den Ball, das Spiel war zu Ende, und sie marschierten los, voll von bitteren Überlegungen, daß er mit ein paar Schlägen mehr verdient hatte als sie in einer ganzen Woche.

Zwei Redakteure kamen zum Seiteneingang herein und gingen zur Bar, nickten mir zu, bevor sie auf den Hockern Platz nahmen. Ich nickte zurück, aber das Nicken mußte nicht ganz ausgereicht haben, denn ich hörte einen von ihnen sagen, «Snob». Eine Menge Leute in der Redaktion glaubten, ich fühlte mich überlegen, weil ich Kriegskorrespondent gewesen war; dabei hatte ich nie mehr als die Aussichtslosigkeit empfunden, einen Sinn in diese Erfahrung hineinzubringen.

Ann Roth verschüttete Kaffee in ihre Untertasse, als sie sich mir gegenüber hinsetzte. Achselzuckend ging sie über ihre Ungeschicklichkeit hinweg, als wäre das eine altbekannte Geschichte. «Stör ich Sie?»

Sie hatte grüne Augen. «Nicht im geringsten.»

«Ich heiße Ann Roth. Ich bin neu hier in der Gegend.» Sie sprach mit einem Cowboy-Akzent, der verriet, daß sie sich unbehaglich fühlte.

«Charles Ives.»

«Ich weiß. Ich hab Phil gefragt, ob Sie was mit dem Komponisten zu tun hätten. Er wußte es nicht.»

«Phil?»

Sie zwinkerte ungläubig. «Phil Quinlan? Unser Chefredakteur?»

«Ah. Ist lange her, seit ich das letzte Mal seinen Vornamen hörte. Die Leute, die nachts arbeiten, haben andere Namen für ihn.»

Sie schaute in ihren Kaffee. «Wußte ich nicht.» Sie stützte sich mit den Ellbogen auf den Tisch, eine Geste, die sichtbar werden ließ, daß ihr BH die gleiche perlgraue Farbe hatte wie ihre Bluse. «Na schön. Wie war es in Vietnam?»

Mir fiel buchstäblich nichts ein, was ich darauf hätte sagen können, also machte ich eine Geste, die alles und nichts bedeuten konnte.

«Ich möchte Korrespondentin werden», sagte sie. «In China. Ich studiere Chinesisch an der New School.»

«Immerhin ein Anfang», sagte ich. «Das und ein Visum und ein Job bei einer Zeitung, die sich für Nachrichten aus China interessiert.»

Sie fuhr sich mit den Fingern durchs Haar und schaute gekränkt drein.

Mir fiel mein eigener naiver Glaube an meine Fähigkeit ein, mich mittels Lektüre von Redewendungen und Bernard Fall auf Vietnam vorbereiten zu können. «Ich wollte damit lediglich sagen, daß diese Zeitung sich nicht sonderlich für Auslandsmeldungen interessiert.»

«Muß ganz schön hart für Sie sein», sagte sie, «wo Sie doch so ein großer Star waren.»

Ich fragte mich, ob wir uns in einer anderen Inkarnation schon mal gekannt hatten. Wir schienen das allgemeine Geschwafel schon hinter uns zu haben und bei den Dingen angelangt zu sein, die weh taten. «Wir sind alle immer nur so gut wie unsere letzte Story.»

Sie schaute sich um und merkte, daß die Barfliegen sich umgedreht hatten, um sie zu bewundern. Sie blickte mich mit einem kleinen Schuß Verzweiflung an, als hätte ich sie hierhergelockt.

Ich war nicht die geeignete Person, um sie zu beruhigen. Schöne Frauen bringen mich in Bedrängnis; ihre Schönheit verdeckt ihre wahre Natur; und selbst wenn diese wahre Natur verdorben ist, dann ist da immer noch dieses Gesicht.

Sie spreizte ihre Hand auf dem Tisch und schob sie auf mich zu, als wollte sie mir zögernd ein Geschenk anbieten. «Tut mir leid, daß ich das gesagt hab. Ich bin nervös, das ist alles. Ich wollte sie kennenlernen und wußte nicht wie. Für gewöhnlich marschier ich nicht einfach auf die Männer los.»

Ich versuchte dreinzuschauen, als wäre ich es gewohnt, daß man auf mich losmarschiert.

«Vielleicht könnten wir mal zusammen essen gehen?» sagte sie.

«Wir können in ein Chinarestaurant gehen, da können Sie gleich ein bißchen üben.»

Sie fuhr sich durchs Haar. «Das ist nicht komisch.»

«Sollte es auch nicht.»

«Es käme Ihnen komisch vor, wenn Sie wüßten, wie mein Chinesisch ist.»

Ich bemühte mich um einen mitfühlenden Blick. Wenn es in dem Tempo weiterging, waren wir verheiratet und geschieden und vielleicht zum zweitenmal verheiratet, bevor die Nacht vorbei war. Ich versuchte an irgendein neutrales Gesprächsthema zu denken und flüchtete mich zum Wetter. Sie konterte mit Spekulationen, was man mit ihrem Kaffee angestellt haben könnte, damit er so scheußlich schmeckte. Die Atmosphäre entlud sich ein bißchen.

«Ich muß wieder hoch», sagte ich. «Machen wir das Dinner irgendwann nächste Woche?»

«Gern.»

«Wir reden dann noch drüber, ja?»

«Gut.»

«War nett, Sie kennenzulernen.»

«War nett, Sie kennenzulernen.»

Ich ging zum Vordereingang des Gebäudes und nahm den Zentrallift. Das ‹Nicht rauchen›-Schild ließ den Wunsch nach einer Zigarette in mir aufsteigen.

Ich fragte mich, ob meine Bemerkung Bergman gegenüber, nichts mit Kolleginnen anzufangen, mir Ann Roth so begehrenswert erscheinen ließ. Ich hätte es vorgezogen, sie aus der Ferne zu bewundern, aber nachdem ich ihr jetzt schon näher gekommen war, drängte es mich geradezu, ihr noch näher zu kommen.

3

Reese wedelte mir mit einem Stück Papier zu, als ich durch die Tür kam.

«Wollte gerade einen Jungen nach dir schicken. Wir haben einen hübschen Mord. Unten in SoHo.»

Ich las die Polizeinachricht: Ein Mann war von einem Einbrecher erschossen worden, den er in seinem Apartment überrascht hatte; es war zu einem Kampf gekommen, und der Einbrecher war durch ein Küchenmesser schwer verletzt worden; er lag im St. Vincent's Hospital im Sterben. Die Frau des Ermordeten war Zeuge des Kampfes geworden.

«Tribeca», sagte ich.

«Was?»

«North Moore und Hudson sind nicht in SoHo. Das ist Tribeca. Das Dreieck unterhalb des Kanals.»

Mit einer Hand wedelte er derartige Haarspaltereien beiseite. «Jedenfalls Downtown. Geh dir's mal anschaun.»

«Wie willst du dein Kreuzworträtsel fertig kriegen?»

«Oh, Kate hat auch angerufen.»

Kate rief häufig zwischen elf und zwölf an, obwohl sie wußte, daß ich zu der Zeit meist beim Essen war. Sie erwartete nicht, daß ich zurückrief, da sie jetzt bereits schlief. Es war ihre Art, auf die Irrationalität unserer Beziehung anzuspielen.

Die Adresse war ein vornehmer Bau, der ursprünglich irgendwelchen kommerziellen Zwecken gedient hatte, jetzt aber Apartments enthielt. Er lag gleich um die Ecke vom Polizeirevier des Ersten Bezirks.

«Weit habt Ihr's nicht gehabt», sagte ich und zeigte einem Cop meinen Presseausweis, der neben einem mitten auf der North Moore Street geparkten, gleichzeitig als Sperre dienenden Streifenwagen stand. Andere Streifenwagen, die Zivilautos der Detectives und die Wagen von Fotografen und Fernsehtrupps waren kreuz und quer geparkt und gaben dem Ganzen den Anstrich eines von einem gelangweilten Jungen im Stich gelassenen Kinderzimmers.

«Wer hat das Kommando?» fragte ich.

«Milner», sagte der Cop, die beiden Silben deutlich voneinander trennend. «Bei so was kriechen die Chefs immer hinter ihrem Schreibtisch vor. Nigger bringen jeden Tag Nigger um, aber es braucht schon einen Nigger, der einen TV-Star umbringt, bis die Chefs ihren Arsch hochkriegen.»

Ich versuchte das angesteckte Namensschildchen des Cops in ein aussprechbares Wort zu verwandeln, aber da waren zu viele Konsonanten. «Ist es das, was passiert ist?»

«Kennen Sie den Werbespot, wo dieser Typ mit 'ner Bootsladung Bier über 'nen Parkteich rudert?»

«Ich schau nicht viel Fernsehn.»

Mißtrauisch musterte er mich von oben bis unten. «Na ja, der kommt in 'ner ganzen Menge von Werbespots vor.»

«Und der Bursche, der ihn umgebracht hat, war ein Schwarzer?»

«Vermutlich ein Junkie.»

Ich hätte die Story gern aus seiner Perspektive geschrieben; er sah es als ein Verbrechen gegen sein ganz persönliches Bier an. Doch dann gesellte ich mich zu den anderen Reportern am Eingang des Gebäudes, um mir die unpersönliche Fassung eines Detectives anzuhören.

Die Reporter waren gekleidet, als wären sie gerade aus ihrem freien Wochenende gerissen worden, doch Milner und seine Männer sahen wie Bankiers aus. Milner strich sein Haar zurecht, versuchte der Bewegung etwas Absichtsloses zu geben und drückte mit einem Finger gegen den Ellbogen eines Untergebenen, um ihn aus dem Blickfeld der Fernsehkamera zu dirigieren.

Sorgfältig jede Kurzform vermeidend, führte Milner aus, daß Donald Yost, fünfunddreißig, und seine Frau Pamela, einunddreißig, nach der Rückkehr vom Kino Kenneth Briggs, dreiunddreißig, dabei überrascht hätten, wie er ihr Apartment «plünderte». Briggs hatte eine Pistole gezogen und Yost befohlen, ihm zur Hand zu gehen. Yost hatte mit einem tragbaren Fernsehgerät nach Briggs geworfen und ihn mit einem Messer angegriffen, das er sich vom Tisch gegriffen hatte – bevor sie ausgegangen waren, hatten die Yosts ein bißchen Wein und Käse zu sich genommen und nicht aufgeräumt. Yost stach Briggs in Nacken und Brust, und Briggs schoß ihm drei Kugeln in den Bauch.

Milner sagte, keiner der anderen Mieter im Haus hätte etwas gesehen oder gehört. Er deutete auf einen Planenwagen, den Briggs vermutlich gestohlen hatte, um seine Beute abzutransportieren, und lud uns zur Besichtigung des Apartments nach oben ein.

Es war so geräumig, daß jeder einen Vergleich anstellen mußte – größer als eine Garage, eine Vier-Zimmer-Wohnung, ein Büro. In allen Fenstern hingen feinblättrige Pflanzen, wie abgetrennte Mädchenköpfe. Am Fußboden neben der Tür waren mit Kreide die Umrisse nachgezeichnet, wo Yosts Körper gelegen hatte. Ein weiteres Gekritzel mitten im Raum markierte Briggs' Stelle.

Einer der Detectives führte die Stellungen vor, die Milner bereits unten entworfen hatte, und die Fernsehleute filmten ihn. Dann filmten sie sich gegenseitig und dann die Pflanzen und die Kreisefiguren und die in ihre Notizbücher kritzelnden Reporter.

Ich schaute mir die Bücher der Yosts an. Zahlreiche Bücher über Schauspielkunst und Bühnentechnik, einige Exemplare der letzten Bestseller, viele Taschenbücher und ein paar alte Bücher, die aussahen, als wären sie das Erbe einer anderen Generation. Davon holte ich mir ein Exemplar von *Kabloona* heraus. Auf dem inneren Deckblatt stand: «Für Don, Alles Gute zum Geburtstag, Dad, 18. 5. 53.»

«Das hier sind alles Beweisstücke», sagte ein Cop, dessen Namensschildchen ihn als Taliaferro auswies.

«Yost bekam das Buch zum Geburtstag», sagte ich. «Genau wie ich.»

Taliaferro formulierte lautlos den Titel.

«Geht um Eskimos.»

«Stellen Sie es wieder zurück, okay?»

«Spricht sich Ihr Name Toliver aus?»

Er strahlte. «Kriegen nicht viele Leute richtig hin.»

«Eskimos haben drei Namen. Steht in dem Buch hier drin. Den Namen, den ihre Eltern ihnen geben, den Namen, den sie von ihren Freunden bekommen, und den Namen, den sie den Weißen gegenüber angeben.»

«Erzähl'n Sie keinen Scheiß.» Er ging auf einen TV-Trupp los, der Möbel herumschob, um irgendwas besser vor die Kamera zu bekommen. Ich nahm ein Yale-Jahrbuch von 1962 herunter. Donald Yost hatte einen Bürstenschnitt, große Ohren und zeigte ein aggressives Lächeln. Darunter stand, daß er Mitglied der Leichtathletikmannschaft und des Theater-Clubs wäre. Er wollte mal Bühnenautor werden.

«Was hab ich denn gesagt, Buddy?» erkundigte sich Taliaferro.

«Haben Sie Hintergrundmaterial über diese Leute?»

«Wir arbeiten dran.»

«Yost besuchte Yale.»

«Danke, Kojak.»

Milner las uns aus Briggs' Akte vor. «Er war so oft im Knast, ich kann mir gar nicht vorstellen, wann er mal Zeit hatte, sich verhaften zu lassen.» Das brachte ihm ein paar Lacher, und er sagte: «Zitiert mich bloß nicht, Jungs.»

Ich schaute mir einige Fotos an den Wänden an. Yost hatte sich die Haare lang genug wachsen lassen, um seine Ohren zu verdecken, aber sein Lächeln hatte seine Vitalität behalten. Da war ein Einzelfoto aus dem Werbespot, an den sich der Cop unten erinnert hatte, dazu noch einige andere Fotos aus Werbefilmen – Yost, der irgendein Päckchen hielt, wobei sein Lächeln Zeugnis von der Freude ablegte, die der jeweilige Inhalt bereiten würde.

Es gab auch andere Fotos – weniger kommerziell, weniger intensiv –, die Yost zeigten, wie er am Strand las, im Wald spazierenging, auf einem Pferd saß, in einem Shakespeare-Kostüm im Gras lag. Auf einem Foto lehnte er sitzend an der Spiegelwand eines Tanz-Studios, in einem Trikot mit Sweatshirt und Stutzen. Die Fotografin, eine Frau in Jeans und Indianerbluse, war im Spiegel zu sehen, eine Nikon vor dem Gesicht, die Ellbogen seitlich herausgereckt. Sie trug einen breiten, schwarzen Hut.

Dann war da noch ein Foto von der Fotografin. Diesmal trug sie einen anderen, helleren Hut, mit einer Feder im Band. Sie hatte hohe Backenknochen und volle, leicht zweifelnd zusammengepreßte Lippen, und ihre Augen schienen in Frage zu stellen, ob ihr Porträtist auch wirklich wußte, was er tat. Ihre rechte Gesichtshälfte lag im Dunkeln – der Schatten des Hutes, dachte ich zuerst. Bei näherem Hinsehen erkannte ich, daß diese Seite fast vollständig von einem Muttermal bedeckt wurde.

Ich ging hinüber zu Milner, der seinen Kopf zwischen die Köpfe von zweien seiner Gehilfen steckte.

«Inspektor?»

«Wer sind Sie?»

Ich zeigte ihm meinen Presseausweis.

«Wie geht's denn dem alten Knirps Reese?» sagte Milner. «Ich kannte den Knirps schon, als er noch in Brooklyn-Schuppen einbrach, und ich Streife in Crown Heights ging. Vor vierhundert Jahren.»

«Haben Sie irgendeinen Grund zu der Annahme, daß die Sache hier nicht das ist, nach was sie aussehen soll?»

Milner schaute zur Decke hoch. «Wenn ich für jeden Reporter, der sich für einen Polizisten hält, bloß einen Dollar bekommen würde.»

«Ich hab mich lediglich gefragt, ob Einbrecher für gewöhnlich Pistolen mit sich herumschleppen.»

«Der hier hat eine mitgeschleppt.»

«Wie kam Briggs in das Gebäude? Die Tür unten schaut recht stabil aus.»

Er verzog das Gesicht. «Vielleicht hat er sie deswegen nicht benutzt. Wir vermuten, daß er über eins der Lagerhäuser den Block weiter runter aufs Dach gelangte. Die haben 24 Stunden geöffnet. Dann nahm er die Feuerleiter nach unten. Das Fenster stand offen.»

«Ich schätze, Briggs hat kein Wort von sich gegeben, oder?» sagte ich.

«So wie er ausschaut, wird er das auch nicht mehr.»

«Alles, was Sie uns erzählt haben, beruht also auf Mrs. Yosts Version?»

Milners Wimpern flatterten. «Das ist richtig.»

«In welcher Verfassung befindet sie sich?»

«Sie sah mit an, wie ihr Alter abgeknallt wurde – in was für einer Verfassung soll sie wohl sein?»

Ich blätterte meine Notizen durch. «Welchen Film –»

«War nett, mit Ihnen zu plaudern, Ives», sagte Milner, legte seinen Handrücken gegen meinen Arm und drückte sich an mir vorbei.

«– haben sie sich angesehn?»

«Und grüßen Sie Knirps Reese von mir.»

Ich verlagerte meine Neugier auf ein Streichholzbriefchen, das auf einem Tisch neben der Couch lag; auf dem Deckel war das Reklamezeichen eines Restaurants in der Spring Street eingedruckt. Ich sah, daß Taliaferro mir den Rücken zudrehte und ließ es in meiner Tasche verschwinden.

4

Es wanderten so viele von uns ins Krankenhaus und standen überall im Weg herum, daß die Verwaltung eine weitere Pressekonferenz ansetzte. Ein Arzt zeichnete Bilder und redete über Eintrittswinkel mit der Begeisterung, mit der ein Erfinder einen neuen Apparat beschreibt.

Nach einer Weile setzte ich mich ab und hielt nach einem Münztelefon Ausschau. Ich konnte keins finden, aber eine Krankenschwester ließ mich ein Telefon in einem leerstehenden Büro benutzen. Ich diktierte meine Story, Reese wünschte mir eine gute Nacht – ich vergaß ganz, ihn Knirps zu nennen –, und dann trat ich hinaus in die Halle und mitten hinein in den Ansturm der Reporter und Kameramänner auf Pamela Yost.

Sie trug einen schwarzen Hut mit heruntergezogener Krempe und einen Trenchcoat mit hochgestelltem Kragen; kurz, sie war genau das, was sich die Fotografen gewünscht hätten. Sie hatte sich bei einem Mann mit kurzem braunen Bart und einer Frau mit kurzem schwarzen Haar, so glatt, daß es feucht wirkte, untergehakt. Der Mann sah aus, als wäre er bereit, sich aus der Meute herauszukämpfen. Ich nahm seinen Arm und drängte ihn zu der Tür des Büros, in dem ich eben telefoniert hatte. Wir vier kamen mit einer Leichtigkeit durch, die sich auch durch langes Training nicht hätte erreichen lassen, und ich schloß die Tür ab und stellte mich, genau wie im Film, mit dem Rücken dazu hin. Durch die Tür hindurch hörte ich gebrüllte Kritik an den ethischen Werten meiner Berufsauffassung.

«Vielen Dank», sagte der Mann.

Pamela Yost schaute lediglich unter ihrer Hutkrempe hervor. Sie sah weg, als sich unsere Blicke trafen, dann kehrte ihr Blick zurück, und sie nickte dankend.

«Was für eine Bande Leichenfledderer», sagte die andere Frau.

Der Mann ging zum Telefon. «Wen können wir anrufen, um irgendeine Eskorte zu kriegen?»

«Ich weiß nicht», sagte ich.

«Gehören Sie nicht zum Personal? Ich nahm an –»

«Ich bin Reporter. Ich hab dieses Büro lediglich für ein Telefongespräch benützt. Als ich herauskam, sah ich, daß Sie Hilfe nötig hatten.»

Pamela Yost zupfte an ihrem Mantelkragen. Der Mann blies sich indigniert auf. Die Frau stemmte die Hände in die Hüften und gab angeekelte Laute von sich.

«Ich kann das wohl kaum geplant haben», sagte ich. «Ich geh, wenn ich sicher bin, ich kann die Tür aufmachen, ohne daß sie alle reingestürzt kommen.»

«Ist schon gut, Bill», sagte Pamela Yost. Und zu mir gewandt: «Ich danke Ihnen.»

«Was für eine Sorte Mensch seid ihr nur?» sagte die Frau. «Aasgeier.»

«Maida», sagte Pamela Yost. «Er hat uns geholfen.»

Der Mann kam mit ausgestreckter Hand auf mich zu. «Ich bin Bill Blake. Tut mir leid, daß ich so kurz angebunden war. Das ist ein sehr belastendes Erlebnis gewesen.»

«Ich verstehe», sagte ich.

Pamela Yost nahm ihren Hut ab und schüttelte ihr Haar zurecht. «Ich bin Pamela Yost. Das ist Maida Ryan.»

«Charles Ives.»

Beinahe hätte sie gelächelt. «Sind Sie nach dem Komponisten benannt?»

«Nach einem Onkel. Er war nicht musikalisch.»

«Und Sie?»

«Ich pfeife manchmal.»

Jetzt lächelte sie, spitzte dann nachdenklich die Lippen. Ihr Muttermal war blasser als auf dem Foto, aber immer noch dunkel genug, um auf dieser Seite das Weiße in ihrem Auge intensiv leuchten zu lassen.

«Berichten Sie über den Tod meines Mannes?»

Blake mischte sich mit breitem Lächeln ein. «Was meinen Sie, wie unser Fluchtweg aussehen sollte, Mr. Ives?»

«Warum versuchen Sie nicht über die Vermittlung die Polizei zu erreichen?»

Er ging zum Telefon, aber es war überflüssig, denn in diesem Moment klopfte es an der Tür, und Milner rief meinen Namen. Ich sperrte die Tür auf und ließ ihn herein. Hinter ihm hatte sich ein Totempfahl aus Fotografen geformt – die ganz vorn duckten sich, die ganz hinten hielten ihre Kameras hoch über die Köpfe –, die mit ihren Blitzlichtern blindlings auf alles schossen, was möglicherweise durch den Türspalt zu sehen war, der sich gleich darauf wieder schloß.

«Ich hab einige Beschwerden über Sie erhalten, Ivesy Baby.»

«Hab lediglich den barmherzigen Samariter gespielt.»

Er ging hinüber zu Pamela und legte ihr eine Hand auf die Schulter. «Alles in Ordnung, schöne Frau?»

Sie lächelte und nickte.

«Ist Ihnen dieser Bursche auf die Nerven gegangen?» Er meinte mich damit.

«Er hat uns geholfen.»

«Darauf möcht ich wetten.» Er reckte sein Kinn Maida und Blake entgegen. «Sind das die Leute, die sich um Sie kümmern werden?»

Blake stellte sich und Maida vor. Milner gab telefonisch Anweisung, daß die Reporter verscheucht und ein Wagen für Pamela Yost und ihre Begleitung bereitgestellt werden sollten.

«Schätze, Sie können jetzt verschwinden, Ivesy Baby.»

Ich wollte nicht verschwinden und schaute Blake und Maid an, in der Hoffnung, sie würden erkennen, wie kompetent ich war, wie nett es war, mich in der Nähe zu haben. Sie sahen weg. Ich schaute Pamela Yost an, aber sie nagte an ihrer Lippe und starrte zu Boden.

Sie spürte, daß ich sie anschaute, blickte plötzlich auf und kniff die Augen zusammen, als hätte sie mich nie zuvor gesehen. Ich lächelte, und sie wandte den Blick ab.

«Good bye, Ives», sagte Milner.

«Good bye», sagte ich zu allen, aber keiner von ihnen antwortete.

Ich ging zur Tür hinaus und war sofort von Reportern umzingelt. Nur zu gern hätte ich «Kein Kommentar» gesagt, aber sie beschimpften mich lediglich lautstark.

5

Auf dem Heimweg schaute ich bei *McBell's* auf einen Brandy hinein. Kate saß an der Bar und spielte mit dem Barkeeper Betrüger-Poker.

«Hab deine Nachricht bekommen», sagte ich. «Mußte wegen einer Story los.»

«Drei Neuner», sagte Kate.

Der Barkeeper bot vier Neuner; Kate wollte sehen. Er hatte zwei Neuner, sie hatte keine. Sie stopfte den Dollar in ihre Hemdtasche. Sie mußte schon eine Menge gewonnen haben, die Tasche bauschte sich.

«Du treibst dich ja hier noch furchtbar spät rum», sagte ich. «Morgen keine Schule?»

«Tut meinen Studenten gut, wenn sie mich gelegentlich auch mal abgekämpft sehen», sagte Kate. «Fünf Achter.»

Der Barkeeper wollte sehen; sie hatte fünf Achter.

«Wie ist es dir ergangen?» sagte ich.

«Ist schon wieder eine Weile her, was?»

Es war häufig eine Weile her, aber keiner von uns beklagte sich deswegen; wir waren beide Einzelgänger, mit einem gelegentlichen Bedürfnis nach gesellschaftlichem Verkehr – und nicht nur gesellschaftlichem! Für diese Anlässe suchten wir stets die Nähe des anderen, und in den Augen der meisten unserer Bekannten gingen wir als Pärchen durch.

«Ich höre Untertöne von Unzufriedenheit», sagte ich.

«Gut. Das bedeutet, daß es mir gelungen ist, meine Gefühle erfolgreich zum Ausdruck zu bringen.»

«Kate, ich bin eigentlich nicht in der richtigen Stimmung für ein intensives Gespräch. Ich hab eine harte Nacht gehabt.»

«Wie wär's dann mit einem intensiven Fick?»

«Akzeptierst du ein Nein als Antwort?»

«Nein.»

«Kate, ich hab gerade einen Mord recherchiert. Ich fühl mich nicht sehr erotisch.»

«Die nackte Stadt.» Sie holte das Geld aus ihrer Tasche und zählte es. «Ich würd dich zu einem Drink einladen, Charles, aber ich fang ein Sparkonto für mein Baby an.» Sie beobachtete meine Reaktion mit zynischem Lächeln. «Keine Sorge, alter Junge. Ich bin nicht schwanger – ich denk lediglich drüber nach.»

«Ich bin überrascht. Ich dachte, du magst keine Kinder.»

«Weil ich so über meine Studenten rede? Ich hasse bloß die Teenager.»

«Babies haben so eine Art, Teenager zu werden.»

«Meine nicht. Sie wird nahtlos erwachsen.»

«Sie?»

«Ich hab vor kurzem einen faszinierenden Artikel gelesen», sagte Kate. «Über einen Viehfarmer oder Züchter oder wie immer die heißen –»

«Rancher.»

«Es war in England.»

«Raahncher.»

Kate mußte gegen ihren Willen lachen. Wie alle Komödianten versuchte sie, nie die Konkurrenz zu ermutigen. «Egal, er entdeckte jedenfalls, daß er das Geschlecht der Kälber beeinflussen konnte, je nachdem, wie die Kuh stand, wenn sie befruchtet wurde. Standen die Kühe mit dem Kopf zur Sonne, dann waren die Kälber mit großer Wahrscheinlichkeit männlich; standen sie von der Sonne abgewandt, waren sie meist weiblich. Hat irgendwas mit Magnetfeldern oder so was zu tun.»

«Wie kriegen sie die Bullen dazu, da mitzuspielen? In der Hitze der Leidenschaft und alldem?»

«Dummkopf. Sie verwenden doch gar keine Bullen. Das wird künstlich gemacht. Das ist der Jammer mit euch New Yorkern; vom wirklichen Leben habt ihr nicht die geringste Ahnung. Wir dagegen aus Philadelphia –»

«Ich bin nicht aus New York», sagte ich.

«Richtig. Vergeß ich ständig. Michigan, nicht wahr?»

«Wisconsin.»

«Wisconsin, Michigan.»

«Keiner von uns ist aus New York», sagte ich.

«Du bist so verflucht grammatikalisch, Charles», sagte Kate. «Ich bin Englischlehrerin, aber du wirst mich nie so reden hören.»

«Es stimmt aber. Keiner von den Leuten, die wir kennen, ist aus New York. Wir kommen alle von irgendwo anders her.»

Sie beugte sich über ihr Weinglas, als könnte sie darin all die Leute sehen, die sie kannte. «In *Gatsby* gibt es eine wunderbare Passage über Leute, die nach New York gezogen sind und die über Weihnachten mit dem Zug zurück in den Mittleren Westen fahren.»

«Ich kenn die Stelle.»

«Natürlich kennst du sie. Du bist so verflucht literarisch.»

«Ich pflegte sie auswendig zu können.»

Resigniert schüttelte sie den Kopf. «Du bist so verflucht romantisch.»

Alles wie immer, die spitzen Antworten und die Adjektive; nur die gespannte Stimmung war neu.

«Weißt du, warum wir hier leben?» sagte Kate. «Anstatt an den Orten, wo wir her sind? Weil es so einfach ist. Die Leute sagen immer, das Leben hier wäre hart, aber es ist einfach. Du mußt nichts besitzen; du kannst dein Leben mieten. Ich kenn Leute, die Bettlaken und Handtücher mieten. Du mußt dir nie eine Mahlzeit kochen; irgendwo hat immer ein Schuppen offen, der Grillhähnchen verkauft. Du mußt deine Nachbarn nicht kennen. Du mußt nicht mal deine Wohnung verlassen; du kannst dir dein ganzes Leben liefern lassen. Blieben wir dort, wo wir geboren wurden, dann wird dort was von uns erwartet. Wir müßten Bürgermeister oder Hundefänger sein; wir müßten in der DAR und der VFW oder der NAACP sein. Hier, da sind wir frei, da können wir uns jemand für eine Nacht unter den Nagel reißen und unsere Fertigmenüs essen, und niemand erwartet was von uns.»

«Ich bin mir nicht sicher, ob ich mir jemals eine Hypothek und Raten fürs Auto und einen Hinterhofzaun, über den ich mich mit den Nachbarn unterhalte, wünschen werde.»

«Was ist mit Kindern?» sagte Kate.

Ich spielte mit meinem Cognacglas. «Ist das ein Angebot?»

«Allein kann ich's ja schlecht machen», sagte Kate.

Der Barkeeper machte geräuschvoll sauber; sie machten gleich zu.

«Du schläfst besser noch ein bißchen», sagte ich.

«Kommst du mit zu mir?» sagte Kate. Bevor ich Ausflüchte machen konnte, sagte sie: «Ich will dich nicht in die Falle locken, Charles.»

Ich fühlte mich nicht in der Falle, aber ich verspürte den Drang, so zu tun, als wäre es so; da war so ein Gefühl in mir, dem ich nachgeben mußte. Das Gefühl galt nicht Ann Roth, deren Reize keinen so nachhaltigen Eindruck auf mich gemacht hatten; es galt Pamela Yost, deren Gesicht ich gern berührt hätte, um zu fühlen, ob die Wange mit dem Muttermal wärmer war als die andere.

«Ich muß früh raus», sagte ich. «Paßt mir besser, wenn ich daheim bin.»

«Dann komm ich mit zu dir.»

«Kate, du mußt morgen früh zur Arbeit.»

«Hör mit der väterlichen Tour auf, Charles.»

Ich rutschte von meinem Hocker, kämpfte mich in meinen Trenchcoat und blieb, mit der Fußspitze auf den Boden klopfend, neben der Tür stehen, während sie einen gelben Regenmantel und einen schwarzen Südwester überzog. Ich hielt die Tür auf, und sie marschierte an mir vorbei, als wäre das mein Job.

Mit ein paar Schritten holte ich sie ein, versuchte, meiner Stimme einen desinteressierten Klang zu geben. «Ich bin mir nicht sicher, ob selbst die gesündeste Beziehung die Belastung durch Kinder aushalten kann.»

«Sieht so aus.»

«Kate, du hast damit angefangen.»

«Ging mir so durch den Kopf.»

«Genau davon rede ich ja.»

Wir machten so weiter, stritten darüber, ob wir uns nun stritten oder lediglich argumentierten, bis wir vor ihrer Haustür standen. Wir einigten uns, daß es spät war und wir schlafengehen sollten, jeder in sein Bett, und daß wir ein andermal über all das reden würden. Ich wollte das Thema lebendig halten, da es mir die Gelegenheit zum Rückzug aus unserer Beziehung bot, ohne den Anschein zu erwecken, ich würde auf ein anderes Verhältnis zusteuern.

6

Quinlan behauptete, die Wände seines Büros wären aus Glas, damit die Belegschaft nicht das Gefühl hatte, er wäre unerreichbar. Alle anderen behaupteten, er wolle damit verhindern, daß sich jemand anschleichen konnte; sah er Schwierigkeiten auf sich zukommen, so brauchte er nur zum Telefonhörer zu greifen und so zu tun, als würde er ein Gespräch führen.

Ich erwischte ihn mit dem Rücken zur Tür; er schaute aus dem Fenster zu dem Haus auf der anderen Straßenseite. «Gibt's was Interessantes?»

Er wirbelte herum und eilte zu seinem Schreibtisch zurück. «Charlie, Baby, was hat dich ans Tageslicht gelockt?» Er legte eine Hand aufs Telefon, als könnte er das Klingeln erzwingen. «Dein Artikel heute morgen, tolle Sache.»

«Ich würd gern an der Story dranbleiben.»

Er versuchte sich zu erinnern, worüber ich geschrieben hatte; sein Lob war ein reines Ritual gewesen. «Oh, das. Die Tagschicht deckt das mit einer Hintergrundgeschichte ab.» Er wühlte auf seinem Schreibtisch herum und zog ein Foto von Donald und Pamela Yost hervor; es sah aus wie ein Schnappschuß aus einem Film. «Der Presseagent von dem Burschen hat das rübergeschickt. Scheint einen Film gemacht zu haben, der nie in New York rausgekommen ist. Schätze, jetzt werden sie ihn sofort in irgendein Kino drücken. Jesus, sie verpassen keine Chance, das Bild eines Klienten in die Zeitung zu bringen.» Er hielt das Foto und betrachtete es mit zusammengekniffenen Augen. «Sieht gut aus, die Frau, selbst mit diesem Ding da im Gesicht.»

«Naevus», sagte ich.

«Was?»

«Naevus flammeus. Eine angeborene Hautstörung. Der gebräuchliche Name ist ‹Feuermal›.»

«Woher zum Teufel weißt du das?»

Ich hatte es vor ein paar Minuten in der Zeitungsbibliothek nachgesehen, aber ich ließ mich nicht gern ausfragen, woher ich das wußte. «Wegen dieser Story ...»

«Ich seh da keine Story, Charlie. Irgendein Junkie bringt einen Typ um. Ist das eine Story?»

«Der Typ hat sich gewehrt.»

Quinlan zuckte mit den Schultern. «Das macht es ein bißchen besser. Hätte er sich nicht umbringen lassen, dann wäre es eine großartige Story gewesen.»

Das Telefon klingelte, und Quinlan schnappte danach. Der Anrufer hatte nicht viel zu sagen, aber Quinlan zog ihm immer noch ein paar Worte heraus, in der Hoffnung, ich würde inzwischen gehen.

Statt dessen schaute ich mir Quinlans Spielsachen an – eine Digitaluhr mit einer Plakette, laut der hier die gleiche Uhrzeit zu sehen war wie auf der Uhr des U. S.-Marineobservatoriums in Washington; Fotos von Quinlan mit allen verfügbaren Präsidenten, Gouverneuren und Bürgermeistern – und mit Elisabeth Taylor, die in einem Film mitgespielt hatte, bei dem einige Szenen in der Redaktion gedreht worden waren; ein rotes Telefon, das Quinlan in die Lage versetzte, mit der Schlußredaktion zu sprechen, ohne vorher drei Ziffern wählen zu müssen; einen Plastikbriefbeschwerer, aus Quinlans altem Presseausweis des Weißen Hauses gebastelt; eine vergoldete Pica-Normschrift.

In meinem Schreibtisch bewahrte ich ein paar Aspirin auf. Ich besaß keine Andenken. Ich hatte nie eine Story ausgeschnitten, die ich geschrieben hatte – nicht, weil ich nicht auf einen Teil meiner Arbeit stolz gewesen wäre, sondern weil ich glaube, es gehört in den richtigen Zusammenhang.

Endlich legte Quinlan auf. Er spreizte die Finger. «Also? Was kann ich für dich tun, Charlie?»

«Wenn ich irgendein Kochrezept auftreib, das zu der Story paßt, wärst du dann interessiert?»

«Was zum Teufel willst du damit sagen?»

Ich griff nach der heutigen Zeitung und blätterte sie durch. «Wir haben heute eine Story drin, die zu den längsten Stories zählt, die ich je in einer Zeitung gesehn hab. Sie ist fünfmal so lang wie meine Story, oder wie die Story, daß der Bürgermeister seine Einstellung zu Westway geändert hat. Weißt du, worum es bei dieser Geschichte geht?»

Er wußte, was auf ihn zukam, lehnte sich zurück und ließ es über sich ergehen.

«Endivie», sagte ich. «Ein Klassiker – die beste Sache, die wir seit der unverstandenen Kohlrübe hatten.» Ich blätterte um. «Hier haben wir eine Story, wie man Marmortische reinigt.»

«Sie werden schmutzig», sagte Quinlan.

«Wär ich nie draufgekommen.» Die nächste Seite. «Hier ist was über Leute, die in einem Konvertitenkloster in Südkalifornien leben. Ungemein wichtig. Keine Ahnung, wo da die lokale Perspektive sein soll. Ah – da haben wir's. Früher haben sie mal in New York gewohnt.»

«Charlie, solche Sachen wollen die Leute lesen.»

«Weißt du, was mir jemand erzählt hat? Jemand erzählte mir, wir schicken Champagnerflaschen an Leser, die uns diese kleinen Anekdoten über beeindruckende Szenen zusenden, die sie auf der Madison Avenue miterlebt haben oder irgendwelche witzigen Bemerkungen, die sie bei Saks mitgehört haben.»

Quinlan räkelte sich in seinem Stuhl. «Das war meine Idee. Sehr beliebt.»

«Typisch für die Kaufhausmentalität der Zeitungen in dieser Stadt», sagte ich. «Es ermuntert die Leute, den Journalismus für eine Sammlung von Trivialitäten zu halten, die mit Spielzeug bezahlt werden. Und es ermutigt uns, das Bedeutungslose zu glorifizieren. Als du mich aus Saigon abkommandiert –»

Er wedelte mit beiden Armen, als wollte er eine Insektenwolke verscheuchen. «Oh, Charlie, fang nicht wieder damit an.»

«– hast, sagtest du, die Leute würden sich nicht mehr für Auslandsnachrichten interessieren. ‹Internationalismus ist ein Mythos.› Das waren deine Worte.»

Er schien sich zu freuen, zitiert zu werden. «Das stimmt.»

«Außerdem sagtest du, sie wollen die Sachen lesen, die um die nächste Ecke herum passieren. Na schön, das hier ist eine Story, die hinter der nächsten Ecke spielt. Es ist genau die Art von Story, die die Paranoia der Leute über das Stadtleben bestätigt. Die Yosts sind Märtyrer einer Mittelklasse, die von der Stadt zugunsten von rauschgiftverseuchten, verhätschelten Minoritäten geopfert wurde.»

«Ganz schön starker Tobak», sagte Quinlan.

«Phil, um Himmels willen – das ist eine Story um einen Mann, der im Kampf um seinen Fernsehapparat starb. War es eine Geste der Wut? Wollte er sein Territorium verteidigen? Wollte er vor seiner Frau angeben? Dachte er, alle Pistolen schießen nur mit Platzpatronen? Was immer seine Beweggründe gewesen sein mögen, ich möchte sie herausfingen.»

«Wird nicht leicht sein – da er tot ist.»

«Er hinterließ eine Spur, um Himmels willen. Er hat Eltern, Freunde, eine Frau – ich red mit ihnen.»

«Ich dachte, seine Frau hätte einen Schock.»

«Ich werd später mit ihr reden.»

«Später ist die Story kalt.»

«Nicht für sie.»

Er stand auf und ging ans Fenster.

«Die Yosts lebten in einem Apartment», sagte ich. «Ich weiß, das ist kein Kloster – aber wir haben oft Stories über Leute, die in Apartments leben. Oder vielleicht hat Mrs. Yost ein ganz tolles Quiche-Rezept, das wir zusammen mit der Story bringen könnten.»

«Hör auf damit, ja?»

Ich ließ die Zügel etwas lockerer. Er mußte glauben können, es wäre seine Idee gewesen.

«So wie ich das sehe», sagte er schließlich, sich an das taube Publikum jenseits der Straße wendend, «ist es eine Story über die Lebenden – nicht über die Toten. So wie ich das sehe, ist es eine Story über eine Frau, die lernen muß, mit der Stadt zurechtzukommen, nachdem sie ihren Mann durch ein Gewaltverbrechen verloren hat.»

«Wir könnten Rezepte für ein Trauermahl bringen», sagte ich. «T-r-a-u-e-»

«Ich sagte, hör auf damit . . . ich meine, wie paßt sie sich an? Zieht sie in ein neues Apartment um? In eine andere Stadt? Falls sie hier bleibt, wie findet sie sich zurecht? Hat sie Angst vor der U-Bahn? Hat sie Angst auszugehen? So wie ich das sehe, braucht diese Story die Handschrift einer Frau.» Mit zielbewußtem Schritt kehrte er an seinen Schreibtisch zurück. «Könnte genau das richtige für Annie sein.»

«Annie.»

«Hast du Ann Roth noch nicht kennengelernt? Ist gerade von *News*-»

«Du Hundesohn.»

Quinlan spreizte unschuldig die Finger vor der Brust. «Charlie. Teamwork. Erinnerst du dich? Das hier ist eine Zeitung, keine Operntruppe mit Diva und Chor. Außerdem brauch ich dich nachts. Du bist der einzige, den ich noch habe, der eine Schlagzeilen-Story so behandelt, wie sie behandelt werden sollte . . .»

Er fuhr fort, wie großartig ich doch wäre, aber ich hörte mir das nicht bis zum Ende an. Durch seine Glasscheiben konnte ich sehen, wie er eine Nummer aus dem Gedächtnis wählte, und von seinen Lippen konnte ich ablesen, wie er sagte, *Annie? Hier Phil*.

Ich ging ins *Y*, schwamm eine Meile, setzte mich eine Stunde in die Sauna und war zum Schluß vor lauter Gesundheit Quinlan sogar noch dankbar, daß er mich von meiner professionellen Verantwortung für die Yost-Sache befreit hatte – jetzt konnte ich in aller Ruhe die Sache als Amateur verfolgen.

7

«Sie müssen ganz schön sauer auf mich sein», sagte Ann.

Reese starrte mich an, sein Stift gezückt, mit dem er das Wort ‹Schalmei› schreiben wollte, das ich ihm gerade als antike Oboe erklärt hatte.

«Bin gleich wieder da», sagte ich zu ihm und ging an Ann vorbei zum Automatenraum. Sie kam mir nach, und wir setzten uns auf die vordere Kante von zwei Plastikstühlen, wie Kammermusikanten.

«Ich steck in Schwierigkeiten», sagte Ann.

«Oh?»

«Keine schweren Probleme – bloß ein totales Schlamassel.» Sie kämmte ihr Haar. «Ich hab mich mit Phil getroffen ... gesellschaftlich. Es fing an, als ich noch bei *Newsweek* war. Ich lernte ihn bei irgendeinem Essen im Rathaus kennen. Wir fingen an, ab und zu gemeinsam zum Lunch zu gehen, dann Dinner, dann Dinner und irgendein Theaterstück – so in der Art. Ich wußte, daß er verheiratet war – ich mein, er ist der Typ des verheirateten Mannes –, aber wir sprachen immer drüber, daß ich hier einen Posten annehmen könnte, also war ich stets in der Lage mir einzureden, das wären nur Geschäftstreffen. Jedenfalls fing ich dann hier an zu arbeiten, aber wir hörten nicht auf –»

«Entschuldigen Sie», sagte ich, «den Rest möchte ich lieber nicht hören.»

Sie lehnte sich etwas zurück, so als würde sie aus schnellem Lauf schlitternd zum Halten kommen.

«Ich mag keinen Klatsch», sagte ich.

Sie streckte ihren Nacken wie eine in die Enge getriebene Katze. «Ich versuche Ihnen zu erklären, daß ich stark unter Druck stehe.»

«Ich kenn Sie nicht mal, Ann. Das ist nichts weiter als Provokation, wenn Sie mir was über Ihr Gesellschaftsleben erzählen.»

Sie schnaubte, und ihr Gesicht verzog sich spöttisch. «Schmeicheln Sie sich bloß nicht.»

Ich stand auf. «Ich muß zurück an meinen Schreibtisch.»

«Sie haben recht», sagte sie, ihre Hände wie Schalen im Schoß haltend und in sie hineinsprechend, als wollte sie die Worte daran hindern, ihr Kleid zu beschmutzen. «Ich war provokativ. Sie ... interessieren mich. Ich habe mich furchtbar darüber aufgeregt, daß Phil mir diesen Auftrag gegeben hat. Er erzählte mir, daß es Ihre Idee war. Ich wollte ihm sagen, ich könnte das nicht machen, weil ich Sie nicht verletzen möchte. Aber ich konnte nicht. Ich hab ihn ständig gedrängt, mir eine Chance zu geben, mal was Besonderes zu machen. Ich konnte ihm nicht sagen, ich will's nicht machen, auch wenn ich weiß, er will sich bloß meine Dankbarkeit sichern, damit ich endlich doch mit ihm schlaf. Ich hab noch nicht mit ihm geschlafen. Ich –»

Zwei Redakteure kamen rein und drückten sich um den Soda-Automaten herum, als wär es ein Spielautomat; sie marschierten hinaus, ließen die Verschlüsse ihrer Gewinne knallen und schauten uns mit wissenden Augen an.

«Ann, ich bin nicht verärgert, daß Sie die Story bekommen haben. Das macht Sinn. Sie sind jung und begeisterungsfähig –»

Ihr Kopf ruckte hoch. «Das war überflüssig. Ich weiß, daß ich in bezug auf ältere Männer eine Macke habe. Ich verbring deswegen viel Zeit bei meinem Seelenklempner.»

«Sie sollten auch ein bißchen Zeit Ihrer Überempfindlichkeit widmen.»

«Daran arbeite ich in meiner Gruppentherapie.»

Ich lachte. Einen Moment später stimmte sie ein.

«Ich bin begeisterungsfähig», sagte sie. «Ich hab mit der Story bereits angefangen. Ganz interessant, glaub ich. Ich hab mit einigen Leuten geredet, die mit Donald Yost gearbeitet haben – Schauspieler, Regisseure, Produzenten.»

«Und?»

«Genau das, was zu erwarten war. Er war sanft. Er war freundlich. Er konnte keiner Fliege was zuleide tun.»

Das hatte ich tatsächlich erwartet.

«Die Beerdigung ist morgen. Hoffentlich kann ich dort mit seiner Frau reden, ohne daß es den Anschein hat, ich wäre ein ...»

«Aasgeier?»

«Ja. Ich meine, wie faßt man eine solche Person an? Sanft? Rauh? Verständnisvoll? Zynisch?»

«Vielleicht kann ich behilflich sein», sagte ich.

Ihre Augen schienen sich ein Stückchen zurückzuziehen.

«Ich versuch mich nicht reinzudrängen», sagte ich. «Ist lediglich so, daß ich bei der Originalstory einige ihrer Freunde kennengelernt hab und vielleicht die Vorstellung übernehmen kann.»

«Recht passend, was?» sagte Ann. «Der Neuling nimmt dem alten Haudegen die Story weg und ist dann auf die Kontakte des alten Haudegens angewiesen.»

«Wir alle mußten da mal durch.»

Wieder sprach Ann in die Schale ihrer Hände: «Ich frag mich bloß, ob das bedeutet, daß Sie und ich nicht miteinander schlafen werden.»

Meine Genitalien reagierten spontan und positiv darauf, aber mein Verstand gab ablehnende Laute von sich. Zum einen war ich nicht scharf darauf, als Quinlans Rivale aufzutreten; zum anderen kamen mir ihre Neurosen, wie ihr Haar, ein bißchen zu stromlinienförmig vor; dazu kam noch, daß ich in bezug auf Pamela Yost eine gewisse Loyalität entwickelt hatte. Es war leicht, den echten Profi herauszukehren. «Ich hab mich immer bemüht, mit Kolleginnen kein Verhältnis anzufangen.»

«Klingt wie eine Regel, die ich auch aufstellen würde», sagte Ann.

Ein Redakteur rettete mich, der mir ausrichtete, daß Reese mich auf der Stelle zu sehen wünschte. Ich fragte Ann, wann und wo die Beerdigung stattfinden würde, und sagte, wir träfen uns dann dort.

«Wozu soll das gut sein?» sagte sie.

«Wie sonst kann ich Sie bekannt machen?»

Ihr Gesicht zog sich zweifelnd zusammen, aber dann meinte sie lediglich achselzuckend: «Wenn Sie was für Beerdigungen übrig haben, okay.»

«Ist mein freier Tag», sagte ich, als wäre damit alles erklärt.

8

Reese schickte mich los, um das Bombenentschärfungskommando durch die Stadt zu begleiten; jemand hatte Sprengstoff im Citicorp Building, Pan Am Building, McGraw-Hill Building und dem Americana Hotel deponiert. Die Polizei hielt die Täter für puertorikanische Terroristen; ich hielt sie eher für Architekturkritiker.

Als ich zurückkam, saß Kate mit hochgelegten Füßen an meinem Schreibtisch und las Zeitung.

«Schau ich echt aus?» sagte sie.

«Ungemein.»

«Was würde passieren, wenn ich ‹Stoppt die Druckerpressen› brüllte?»

«Ich wäre als erster dabei.»

«Siehst du, Charles? Ich bin einzigartig.»

Ich setzte mich an einen anderen Schreibtisch, schrieb meine Story und gab sie Reese.

«Du hast den Bogen bei den Ladies raus», sagte er. Es klang erfreut, daß ich mich anscheinend von meinen Village-Nachbarn noch nicht hatte anstecken lassen. «Ich nehme an, du willst Schluß machen?»

«Ich muß früh aufstehn, damit ich rechtzeitig zu einer Beerdigung komm.»

Er lachte. «Die Ausrede hab ich auch noch nie gehört.»

Im Fahrstuhl sagte Kate: «Du scheinst dich nicht sonderlich über meinen Anblick zu freuen.»

«Ich mag keine Überraschungen.»

Sie stopfte eine lose Haarsträhne zurück. Sie steckte sich die Haare nur hoch, wenn wir miteinander schliefen, damit sie nicht überall im Weg waren; normalerweise reichten sie ihr über den ganzen Rücken. «Ich muß mit dir reden.»

Ich starrte die Lichter über der Tür an, als wäre ich mir nicht ganz sicher, ob wir wirklich abwärtsfuhren.

«Bei dem Gequatsche über Babies hast du dir vor Angst fast in die Hosen gemacht, was?» sagte Kate. Bis wir aus dem Lift und dem Gebäude draußen waren und in einem Taxi saßen, konnte ich mir eine Antwort zurechtlegen. «Ich schloß daraus, daß du auch eine andere Art von Beziehung wünschst.»

«Ich hasse dieses Wort – Beziehung. Wie haben wir früher dazu gesagt?»

Ich beobachtete zwei Betrunkene, die langsam eine Flasche in einer Papiertüte umkreisten.

«Der Jammer mit dem Leben ist», sagte Kate, «daß es keinen Übungsplatz dafür gibt.»

Ich kämpfte gegen ein Lächeln an und verlor.

Sie lächelte, als sie mich lächeln sah, und nahm meine Hand in ihre Hände. «Ich bin ganz durcheinander, Charles. Ich will wirklich ein Baby haben, ich werd auch nicht jünger. Aber über den anderen Teil davon bin ich mir nicht im klaren – einen Ehemann oder Wohnungsgenossen oder wie immer man ihn nennen will. Mein Problem ist, daß ich nicht immer gern allein schlafen geh, aber immer lieber alleine aufwach.»

«Mit einer Rose auf deinem Kopfkissen?»

«Wäre das nicht herrlich? Und einem Topf Kaffee auf dem Ofen.»

Wir dachten über unsere unterschiedlichen Ansichten nach.

«Ich hab mir auf Kanal 13 *La Guerre Est Finie* angesehn», sagte Kate. «Mit Yves Montand. Er erinnerte mich an dich, also hab ich dich besucht ... Du bist nicht eifersüchtig, oder?»

«Eher geschockt, daß ich so alt wie er aussehen soll.»

«Du siehst nicht so alt aus. Du bist irgendwie ... kernig, so wie er.» Sie atmete tief durch und redete schnell weiter. «Es geht darum, Charles, daß ich glaube, du würdest einen guten Vater abgeben. Keinen wahnsinnig väterlichen Vater, sondern einfach nur Vater. Du bist klug, du bist gesund, du siehst gut aus –»

«Kernig.»

«Jetzt bist du kernig, aber du hast mal gut ausgesehn. Ich hab mal einen Blick auf einen alten Paß von dir erhascht. Dein Haar war kürzer; du schautest irgendwie überrascht aus.»

«Aber gut?»

«Ja ... Ich bitte dich ja nicht, irgendwelche Verantwortung zu übernehmen, Charles.»

«Bloß meinen Samen zu spenden.»

«Bei dir klingt das so klinisch.»

«Es ist klinisch.»

«Ich hätte dir nicht zu erzählen brauchen, daß ich ein Baby will», sagte Kate. «Ich hätte einfach schwanger werden können. Aber ich wollte nicht, daß du fragst, wer der Vater ist.»

«Warum sollte ich fragen?»

«Weil du dir überlegen würdest, ob es einen anderen gibt.»

«Gibt es einen?»

«Siehst du?»

Ich schloß die Augen und massierte meinen Nasenrücken.

«Verursache ich dir Kopfschmerzen?» sagte Kate.

«Manchmal.»

«Deshalb möchte ich, daß meine Tochter deine Gene hat, Charles. Du bist so sensibel.»

«Sensibel genug, um nicht einfach so Babies zu kriegen.»

«Ich bin diejenige, die sie kriegt.»

«Kate, sei nicht albern.»

«Wieso ist es albern, ein Baby zu wollen? Hast du Freud nicht gelesen? Anatomie ist –»

«Kate.»

Den restlichen Weg legten wir schweigend zurück. Kate ging die Stufen zu ihrer Haustür hoch, während ich das Taxi bezahlte. Ich blieb unten auf dem Bürgersteig stehen.

«Muß morgen früh zeitig raus», sagte ich. «Ich arbeite an einer Story.»

«Was für einer Story?»

«Bloß irgendeiner Story.»

«Geht's um den ermordeten Schauspieler?»

«Ja.»

«Ich kenn seine Frau.»

«Oh?»

«Nicht besonders gut. Sie geht in mein Fitnessstudio. Wir haben uns ein paarmal in der Sauna unterhalten.»

Die Vorstellung von Kate und Pamela, die sich nackt unterhalten, verwirrte mich immer noch; das erotische Element hat nie meine Überzeugung verdrängen können, daß sie über mich reden. Damals fühlte ich mich ein bißchen eifersüchtig und ein bißchen schuldig.

Kate setzte sich mit mürrischem Gesicht auf die Stufen. «Ich vermute, du würdest mir nicht trauen, wenn ich sage, daß ich einfach bloß mit dir schlafen will.»

«Kate, es ist spät. Ich muß früh raus.»

«Irgendwas ist es immer.»

Ich ging die Stufen hoch, zog sie zu mir empor, küßte sie und drehte sie um. «Ich ruf dich an.»

«Hältst du mich für unverantwortlich?»

«Kate, bitte.»

Ärgerlich schlenkerte sie mit den Armen. «Du löst das Gefühl in mir aus, ich hätte alles verpfuscht, bloß weil ich meine wahren Gedanken ausgesprochen hab.»

Ich setzte zu einer langen Rede an, vor Aufrichtigkeit duftend und zu abgedroschen, um sie zu wiederholen; über meinen Respekt vor der Integrität ihrer Gedanken, über die Notwendigkeit, alle Aspekte dieser Angelegenheit sorgfältig zu durchdenken, über die ablenkenden Forderungen der Alltagswelt und so fort. Sie war damit nicht einverstanden, aber sie ließ mich vom Angelhaken rutschen und ging nach oben.

Ich marschierte heim, voller Bewunderung darüber, daß es mir in einer Nacht zweimal gelungen war, einer Frau treu zu bleiben, die kaum mehr als ein vages Phantasiegebilde darstellte.

9

Die Beerdigung fand auf einem jener Friedhöfe in Queens statt, die derartig von Grabsteinen strotzen, daß Reisende, die von den Flughäfen nach Manhattan fahren, leicht zu der Überzeugung gelangen können, der Tod ist hier eine lokale Großindustrie.

Alle Trauernden waren farbenfroh gekleidet und versicherten sich gegenseitig, daß Donald sich genau das gewünscht hätte. Ihre Blumengebinde wetteiferten miteinander in der blassen Aprilsonne.

Ich erkannte Yosts Eltern daran, daß jeder einen Bogen um sie machte; Yosts Klassenkameraden aus Yale erkannte ich an ihrer Kleidung, die ein paarmal den Kreis von anachronistisch bis zu modisch durchlaufen hatte und nun wieder im Trend lag; seine Schauspielerkollegen an ihren sorgfältig zur Schau getragenen falschen Emotionen.

Blake stand abseits von den anderen, neben einem mit zwei Gestalten besetzten Wagen, die ich nicht identifizieren konnte. Auf meinem Weg zu ihm wurde ich von einem Mann mit Cowboyhut und verspiegelter Sonnenbrille aufgehalten, der in einem blauen Anzug steckte, den er bei seinem Schulabgang zum erstenmal getragen haben mochte.

«Yeah?»

«Ich möcht mit Mr. Blake sprechen.»

«Wer sind Sie?»

«Ich bin Reporter.»

«Yeah, schön, machen Sie woanders Ihren Report.»

Ich hatte heute mein Kästchen mit den abgebrühten Dialogen nicht dabei, also ging ich einfach nur um ihn herum. Er schnappte sich meinen Arm und hätte damit irgendwas Schmerzhaftes gemacht, wenn Blake nicht gerade in unsere Richtung geschaut hätte.

«Ist schon in Ordnung, Freddy», sagte Blake.

Freddy ließ meinen Arm los, Blake übernahm ihn besorgt und führte mich ein Stück von dem Wagen weg. «Tut mir schrecklich leid, Mr. Ives. Freddy ist als Mädchen für alles angestellt, aber er hält sich gern für einen Leibwächter.»

«Was machen Sie, daß Sie einen Leibwächter brauchen?»

«Das ist seine Vorstellung», sagte Blake. «Nicht meine.»

Ich notierte mir im Geist, daß er meine Frage nicht beantwortet hatte.

«Schreiben Sie immer noch über diese scheußliche Sache, Mr. Ives?» sagte Blake.

«Um genau zu sein, ich bin als Privatmann hier. Eine Kollegin von mir ist an einem Interview mit Mrs. Yost interessiert, und ich hab ihr gesagt, ich würde mit Ihnen darüber sprechen. Ich hab nicht behauptet, ich hätte da irgendeinen Einfluß darauf; ich dachte lediglich, da ich nun mal Mrs. Yost – und Sie – bereits kenne, könnte ich die Vorstellung übernehmen.»

«Was für ein Interview?» sagte Blake.

«Über die Einzelheiten müssen Sie mit ihr reden», sagte ich. «Sie heißt Ann Roth. Grob umrissen glaub ich, sie will was darüber schreiben, wie man mit einer solchen Tragödie fertig wird.»

«Man?» sagte Blake.

«Mrs. Yost.»

«Aha. Und was sind Ihre Interessen, Mr. Ives?»

«Wie meinen Sie das?»

«Diese ... Ann Roth? Sind Sie ihr Chefredakteur?»

«Nein. Wir sind Arbeitskollegen.»

«Und Sie assistieren ihr ansonsten in keiner Weise – außer uns miteinander bekannt zu machen?»

«Richtig.»

«Meine Frage an alle, Mr. Ives, die mir erklären, was sie tun, lautet –»

«‹Was springt für dich dabei raus?›»

«Genau.» Aufnahmebereit streckte er die Hände aus, aber etwas in seinen Augen sagte mir, daß er mit einer Lüge rechnete.

«Ich dachte, ich könnte die Dinge für Mrs. Yost etwas einfacher machen», sagte ich.

«Nicht für ... Ann Roth?»

«Für sie auch. Aber ihr Seelenfrieden liegt mir nicht so am Herzen.»

«Aber Pamelas Seelenfrieden liegt Ihnen am Herzen?»

«Ja.»

«Warum?» Sein Lächeln zeigte, wie gern er Beichtvater spielte.

Ich zuckte mit den Schultern. «Mitgefühl? Sympathie?»

«Und was bringt Sie auf die Idee, daß Pamela Ihre Sympathie benötigt oder wünscht?»

«Eitelkeit.»

Blake lachte und legte eine Hand auf meinen Arm. «Ich weiß Ihre Offenheit zu schätzen, Mr. Ives.» Er nickte in Richtung der Trauergesellschaft. «Hier gibt es eine ganze Anzahl von Männern, die nur zu gern Pamela über ihren ... Kummer hinwegtrösten würden. Einige haben bereits angerufen und so was angedeutet. Manche von ihnen können Sie daran erkennen, daß sie von ihren Ehefrauen am kurzen Zügel gehalten werden.»

Ich betrachtete die Ansammlung. «Die meisten dieser Leute scheinen Freunde von Donald Yost gewesen zu sein.»

«Wie kommen Sie drauf?» sagte Blake.

«Schulfreunde, Clubfreunde, Freunde mit Geld.»

Blake zeigte mit einer Hand auf sich. «Sie meinen, im Gegensatz zu mir?»

«Ich hab mich lediglich gewundert, wo ihre Freunde sind.»

Blake vergrub seine Hände in den Taschen und wühlte mit einem Schuh im Gras herum. Ich hatte das die ganze Zeit über schon getan; das brachte uns einander näher, gemeinsame Betrachter der Dinge des Lebens.

«Donald brauchte sich nie Gedanken um einen reichlich gedeckten Tisch zu machen», sagte Blake. «Pamela stammt mehr ... aus der Mittelklasse. Für einige der Sachen, die für ihn selbstverständlich waren, mußte sie sich ganz schön abmühen. Seine Familie mißtraute ihren Motiven, aus denen sie ihn geheiratet hatte, was nicht gerade überraschend war, und obwohl man sie in diesem Kreis nicht direkt ablehnte, wurde sie doch ermutigt, sich im Hintergrund zu halten.»

Er erzählte mir noch so einiges – wie Donald Yost nach seinem Yale-Abschluß nach New York gekommen war, den Kopf voller hochfliegender Pläne, und wie er es doch nur zu einigen wenigen Rollen in Off-off-Broadway-Stücken gebracht hatte; er hatte dann Werbespots gemacht und war dabei zu einer populären Figur geworden. («Er hatte ein ehrliches Gesicht», sagte Blake. «Er sah aus, als wären die Dinge, die er anpries, gut für ihn.») Während der Dreharbeiten zu einem Werbefilm hatte er Pamela kennengelernt, die für die Produktionsgesellschaft als Fotografin gearbeitet hatte.

Sie stammte aus Santa Barbara, Kalifornien; sie hatte jung geheiratet, war in den Osten umgezogen und kurz darauf geschieden worden; sie hatte mit einer Reihe von Männern zusammen gelebt, zuletzt mit einem Filmemacher, der ihr was über Fotografie beigebracht und sie so in die Lage versetzt hatte, auf eigenen Füßen zu stehen.

«Nach ihrer Heirat hörte sie mehr oder weniger zu arbeiten auf», sagte Donald. «Auf Donalds Betreiben hin; Männlichkeitswahn in Verbindung mit viel Geld ist eine mächtige Sache.»

Ich lachte. «Aber sie lebten nicht gerade im Luxus.»

«Sehr zur Bestürzung seiner Eltern, fürchte ich», sagte Blake.

«Aber warum erzähl ich Ihnen eigentlich all das, Mr. Ives? Sie sind ja, wie Sie sagten, als Privatmann hier.»

Das erinnerte mich daran, daß ich Ann noch nicht gesehen hatte; ich entdeckte sie in der Menge, ihr Notizbuch gezückt, um etwas niederzuschreiben, was ein Mann zu ihr gesagt hatte, der mich mal aus einem Magazin heraus oder von einer Reklametafel herunter ermahnt hatte, irgendwas zu kaufen. «Was nun dieses Interview anbelangt ...»

«Wir sind ein bißchen vom Thema abgekommen, was?» sagte Blake.

«Ich an Ihrer Stelle würde schlicht und einfach sagen, es ist noch zu früh, um darüber zu sprechen.»

«Wird ... Miss Roth das als Antwort gelten lassen?»

«Ihr wird wohl nichts anderes übrig bleiben», sagte ich. «Pressefreiheit bedeutet nicht, daß man verpflichtet ist, mit der Presse zu reden.»

Blakes Lächeln flackerte tief in seinen Augen auf und breitete sich dann langsam über sein ganzes Gesicht aus. Es war nicht mein Lösungsvorschlag – darauf hätte er leicht selber auch kommen können –, sondern daß dieser Vorschlag von mir kam.

Ich wußte nicht, in welcher Beziehung Blake zu Pamela stand oder sie zu ihm, aber wenn ich etwas mit ihr zu tun haben wollte, so schien es, dann würde ich nicht darum herumkommen, mich bei ihm beliebt zu machen. Dabei hatte ich allerdings nichts getan, was ihn mir verpflichtet hätte; ich hatte lediglich auf seinen guten Willen gesetzt.

10

Die Zeremonie begann, und ich gesellte mich zu Ann, die auf einem kleinen Hügel mit Blick über das Grab stand. Der Wind war stärker geworden, und der Hauch von Frühling, der über dem Tag gelegen hatte, war verschwunden; der Wind fegte die Worte des Geistlichen weg, bevor sie uns erreichten.

«Und?» sagte Ann.

«Sie will nicht mit Ihnen reden.»

«Ich hatte auch nicht erwartet, heute mit ihr sprechen zu können. Ich wollte lediglich eine Art Verabredung treffen. Ich brauch mehr als nur ein Gespräch mit ihr.»

«Sie legt keinen Wert darauf, sich für eine Story herzugeben; sie möchte ihren Kummer nicht vermarkten.» Ich begann mich wie Blake anzuhören, das passende Sprachrohr.

Ann sah mich mißtrauisch an. «Wer war der Mann, mit dem Sie sich unterhalten haben?»

«Ein Freund von ihr. Bill Blake.»

Sie schrieb das in ihr Notizbuch. «Was macht er?»

«Keine Ahnung.»

«Was genau sagten Sie zu – oh, egal. Ich werd selber mit ihm reden. Es ist lächerlich von mir, mich darauf zu verlassen, daß Sie die Gespräche für mich führen.»

Ich blickte mit zusammengekniffenen Augen auf die Leute unter uns, als wollte ich nichts von dem verpassen, was da vor sich ging.

Pamela stand mit dem Gesicht zu uns, von Blake und Maida flankiert, leicht seitlich vor Yosts Eltern, die den Mittelpunkt einer kleinen, geballten Trauergruppe bildeten. Pamela trug einen schwarzen Hut mit schmalem Rand und einer kleinen, roten Feder im Band, ein langes, schwarzes Operncape und dunkelblaue Stiefel; das Cape ließ nicht erkennen, was sie darunter trug.

«Briggs ist gestorben», sagte Ann. «Ich hab's auf dem Weg zum Friedhof im Radio gehört.»

Pamela trat ans Grab vor und warf eine Rose auf den Sarg; die Geste enthüllte einen nachtblauen Samtrock. Sie atmete durch die Nase ein und aus und trat dann wieder zurück.

«Ich frag mich, ob sie sich dadurch besser oder schlechter fühlt», sagte Ann.

Die Knie von Yosts Mutter gaben nach, als sie ans Grab trat, und ihr Gatte und ein junger Mann stützten sie, bis sie sich wieder gefaßt hatte.

Ein Jet donnerte über unsere Köpfe, und einige der Trauernden starrten ihm wütend nach.

«Was springt bei alldem für Sie heraus?» sagte Ann. «Warum nehmen Sie sich einen freien Tag, bloß um den weiten Weg hier heraus zu machen? Sie haben doch höchstens ein paar Stunden Schlaf gekriegt.»

«Ich dachte, ich könnte Ihnen helfen», sagte ich.

Die Zeremonie war zu Ende; die Trauergemeinde drängte sich kurz um die Hauptleidtragenden, strebte dann auseinander, den Autos zu. Ohne ein weiteres Wort zu verlieren, eilte Ann hinter Blake her.

Ich beobachtete, wie sie mit Freddy verhandelte und dann dicht neben Blake stand, die Arme verschränkt, ein Bild des Zweifels.

Einen Augenblick lang fühlte ich mich einsamer als je zuvor in meinem Leben: Manhattan tauchte nur als vage Ahnung am Horizont auf; direkt um mich herum lagen die Toten und jenseits von ihnen das Unvertraute – gesichtslose Straßen von Bezirken, die weder Stadt noch Vorstadt sind. Ich war mit dem Taxi rausgekommen und hatte keine Ahnung, ob ich für die Rückfahrt eins auftreiben würde; ich wußte nicht, wo die nächste U-Bahn-Station war. Das ich mich durchaus noch innerhalb der Grenzen der Stadt bewegte, in der ich seit mehr als zwanzig Jahren lebte, war kein bißchen beruhigend; die Entfernung, die mich von dem trennte, was mir vertraut war, ließ keinen Gedanken an Heimat aufkommen – ich hätte genausogut in Omaha auf die nächste Maschine warten können.

«Nennen die Leute Sie Charles?» sagte Pamela. «Oder Charlie? Oder Chuck?»

Keine Ahnung, wie sie unbemerkt herangekommen war; Ann stand dahinten, gestikulierte mit beiden Armen, während Blake mit einem knappen Wink Freddy zu sich rief.

«Meine Mutter nannte mich Chookie», sagte ich.

Pamela lachte; so, als brauchte sie für das Lachen mehr Bewegungsspielraum, löste sie die Kordel, die das Operncape zusammenhielt, und ließ es wie ein Matador aufschwingen. Zu dem Samtrock trug sie eine dazu passende Jacke und darunter eine weiße Bluse mit Rüschen am Hals. Die Wange ohne Muttermal war vom Wind gerötet, und ihre Augen glänzten tränenfeucht, ebenfalls vom Wind hervorgerufen.

«Da war ich noch niedlicher», sagte ich.

Sie lächelte und sah mich länger an, als ich ihrem Blick standhalten konnte. Als ich wieder zurückschaute, betrachtete sie kläglich die langen Reihen der Grabsteine.

«Tun Sie das oft?» sagte sie. «Im Rahmen Ihrer Arbeit?»

Ich erinnerte mich an ein Feld in der Nähe von Hué, mit Leichen bedeckt, und einen plötzlich sprachgestörten Kaplan, der irgendwas vor sich hinmurmelte ...

Wir tauschten tastende Blicke. Am Rande meines Blickfelds sah ich Maida den Hang hochkommen. «Darf ich Sie mal anrufen? Wir könnten spazierengehen oder uns einen Film ansehen.»

«Sehr gern. Ich hab seit Ewigkeiten keinen Film mehr gesehn.» Sie bemerkte Maida und sprach schnell weiter. «Ich weiß nicht, wann das möglich sein wird.»

«Ich verstehe.»

«Hallo», sagte Maida.

«Wir bewundern die Aussicht», sagte Pamela.

«Wir müssen jetzt los», sagte Maida.

Ich sah, daß Blake und Freddy allein bei ihrem Auto standen. Ann ging auf einen der Zeitungswagen zu, an dem ein Fotograf lehnte und sich über Sprechfunk unterhielt.

«Also dann», sagte Pamela. Sie wirbelte ihr Cape über die Schultern.

«Passen Sie auf sich auf», sagte ich.

Sie streckte die Hand aus, ich nahm sie, und sie drückte kräftig zu. «Sie auch.»

«War nett, Sie wiederzusehn», sagte Maida.

«Bye.»

«Bye.»

«Bye.»

Ich mußte an dem Funkwagen vorbei, um zum Friedhofsausgang zu kommen. Ann saß auf der Kühlerhaube, die Beine überkreuz wie ein Pin-up-Girl aus einer anderen Zeit.

«Ich hab das Gefühl, daß Sie mir nicht alles erzählen», sagte sie.

«Wie meinen Sie das?»

«Sie und Mrs. Yost stecken unter einer Decke.»

«Nein.»

«Blake sagte, vielleicht würde sie in ein paar Monaten ein Interview machen.»

«Ist doch gar nicht so übel. Schließlich schreiben Sie doch darüber, wie sie mit allem ... fertig wird. Es ist noch zu früh, um mit irgendwas fertig geworden zu sein.»

«Was ist dieser Blake eigentlich – ihr Liebhaber?»

«Bloß ein Freund, denke ich. So eine Art Prellbock.»

Sie kämmte mit den Fingern durch ihr Haar und sprang von der Kühlerhaube. «Sollen wir Sie mitnehmen, oder wollen Sie den ganzen Tag hier herumhängen?»

«Ich dachte, ich lauf ein Stück und such mir dann ein Taxi.»

«Sie sind ein merkwürdiger Mann.»

Noch merkwürdiger wäre es ihr vorgekommen, wenn sie gewußt hätte, daß ich den ganzen Weg zu Fuß ging – zumindest, so weit ich konnte; heutzutage gibt es keinen Fußweg mehr über die Queensborough Bridge, also mußte ich die U-Bahn nehmen. Das sprach den Teil in mir an, der es für romantisch hält, ein Spion zu sein: ich fühlte mich, als hätte ich eine Mission in einem fremden Land erledigt, und der einzige Fluchtweg wäre der Weg zu Fuß gewesen.

11

Ich war zum Feiern aufgelegt, und so rief ich Bergman an, um seine Einladung zum Besuch eines Theaterstücks anzunehmen. Wir trafen uns bei *Joe Allen's;* er begrüßte sämtliche Angestellten und die Hälfte der Gäste, bevor er mich zu einem Tisch mit gutem Überblick über das Kommen und Gehen führte.

«Susan kommt etwas später», sagte er. «Sie hat noch ihre Tai-Chi-Stunde.»

«Tolle Freundin. Ich hab meine Kaffeesatz-Lesestunde aufgegeben.»

Bergman winkte einem Pärchen zu. «Howard. Christine.»

«Kennst du denn alle hier?»

«Du bist also allein gekommen», sagte er. «Ich hätte wetten mögen, du bringst Ann Roth mit. Es heißt, ihr hättet bei *Eddie's* recht vertraut die Köpfe zusammengesteckt.»

«Es war voll. Wir saßen an einem Tisch.»

«James. Wußte gar nicht, daß du wieder in der Stadt bist.»

James flüsterte Bergman irgendwas ins Ohr.

«Ich weiß. Wirklich komisch.»

Bergman erhob sich, um eine Blondine zu umarmen, die ich erkannte, deren Name mir aber nicht einfiel.

«Ist es nicht schwer, objektiv über Leute zu schreiben, mit denen man auf so vertrautem Fuße steht?» sagte ich, nachdem er sie wieder losgelassen hatte.

«Hast du keine Quellen?»

«Keine, die so aussehen.»

«Möchtest du sie kennenlernen? Zufällig weiß ich, daß sie nicht oft nein sagt.»

«Ich würd das Tempo nicht durchhalten», sagte ich. «Sie schaut so aus, als wäre sie heute hier und morgen in Gstaad.»

«Wirklich komisch.»

«Die Leute lachen nicht mehr», sagte ich. «Sie sagen einfach bloß ‹wirklich komisch›.»

«Was ist komisch?» sagte Susan und gab mir einen Kuß auf die Wange.

«Wenn du eher gekommen wärst.»

«Du solltest dich nicht so rar machen, Charles», sagte Susan, nachdem sie sich gesetzt hatte. «Erzähl uns alles, was bei dir los war.» Sie war Psychologin und hatte Augen, die ich mal als Konsultationszimmer-Augen bezeichnet hatte; sie schaute drein, als könnte sie es kaum erwarten, mein Unterbewußtsein ans Tageslicht zu zerren.

«Dies und jenes.»

«Wir haben deine Story über den Schauspieler gelesen, der ermordet wurde», sagte sie. «Wir haben ihn mal in einem Stück gesehn.»

«Ich fürchte, ich hab ihn da schon ermordet», sagte Bergman. «Vielleicht war es auch Selbstmord.»

«Richard», sagte Susan, «das ist schon ein bißchen makaber.»

«Clive», sagte Bergman. «Wie geht's?»

Im Theater blieben Susan und ich während der Pause sitzen; Bergman mischte sich unters Volk. Susan schaute sich das Buch an, das ich auf dem Weg hierher gekauft hatte – eine Biographie von T. E. Lawrence.

«Er war ziemlich neurotisch, nicht wahr?» sagte Susan.

«Rein zufällig ist er einer meiner Helden.»

«Du hast Helden? Wie ungewöhnlich. Natürlich bin ich dafür, vergiß das nicht. Ich halte es für äußerst wichtig, daß man Rollenvorbilder hat.»

Ich lachte. «Meine Helden sind alle englisch, homosexuell und tot.»

«Wirklich? Wie heißen sie?»

«Lawrence, Gavin Maxwell, T. H. White.»

«Und wie sieht's dabei mit der homosexuellen Seite aus?»

«Ich denke, ich bewundere Männer, die ohne Frauen leben. In gewissem Sinne waren sie alle Einsiedler.»

«Einsiedler», sagte Susan. «Ich hab so das Gefühl, daß die Einsiedelei unser nächstes großes Gesellschaftsphänomen wird. So viele meiner Patienten versuchen sich als Einzelgänger. Vielleicht bist du ein Pionier, Charles.»

«Kein sehr hingebungsvoller, fürchte ich», sagte ich. «Ich schein ständig auf der Suche zu sein.»

«Ich nehme an, du siehst Kate selten», sagte Susan.

«So ungefähr.»

«Aber am Horizont wartet eine andere?»

Ohne Grund hatte ich eine Nachmittagszeitung mitgeschleppt; wie auf ein Stichwort hin schlug ich die Seite mit dem Bild von Donald und Pamela Yost auf – fast das gleiche, das Quinlan mir gezeigt hatte; der Presseagent nahm seine Arbeit ernst – und zeigte es Susan.

«Das ist nicht dein Ernst», sagte Susan.

«Wir haben uns kurz getroffen», sagte ich. «Da sind – wie wir es im College nannten – ein paar Funken übergeflogen.»

«Kann ich verstehen», sagte Susan. «Sie ist nicht nur schön – sie ist wunderschön. Aber sie ist auch sehr verletzlich. Sie bringt die mitleidige Seite in dir zum Vorschein.»

«Ich wußte gar nicht, daß ich eine habe.»

«Du läßt sie nur nicht raus», sagte Susan. «Männer gestehen beides nicht gern ein, weder daß sie gebraucht werden noch daß sie jemanden brauchen. Hat Dick dir von seiner Gruppe erzählt?»

«Nein.»

«Er geht zweimal im Monat zu einer bewußtseinserweiternden Gruppensitzung. Es hat ihm sehr geholfen.»

«Kaum, wenn er mir nicht mal davon erzählen kann.»

«Das ist zum Teil auch deine Schuld», sagte Susan. «Eure Kommunikation besteht ständig aus witzigen Bemerkungen; es ist so, als würdet ihr für ein Oscar Wilde-Stück vorsprechen –»

Eine Frau vor uns lachte beifällig, drehte sich um und grüßte Susan mit geballter Faust. «Nur weiter so, Schwester.»

Susan lächelte; als die Frau sich wieder umgedreht hatte, verzog sie das Gesicht. Leiser sagte sie: «Ich will damit lediglich zum Ausdruck bringen, Charles, daß Dick gerade entdeckt, daß es ganz in Ordnung ist, Dinge zu benötigen – mich zum Beispiel, und wenn man das noch ausdehnt, daß es ganz in Ordnung ist, auch selbst benötigt zu werden – von mir, von dir, von den Kindern, von jedermann.»

Die Lichter gingen aus, Bergman kam zurück, und das Stück ging weiter. Ich achtete nicht sonderlich darauf; ich war sehr zufrieden, mit welch edlen Attributen Susan meine Absichten ausgestattet hatte.

12

Ich nahm die U-Bahn in die City, fuhr an meiner Station vorbei, weiter zu der Bar in der Spring Street, deren Streichholzbriefchen ich in Yosts Apartment gefunden hatte. Unterwegs kaufte ich ein Päckchen Zigaretten – womit eine zweijährige Abstinenz beendet war; wenn ich mich schon auf ein neues Abenteuer einließ, dann wollte ich das in vertrauter Gesellschaft tun.

Die Bar lag abseits des üblichen Kneipenpfades, den die Bewohner der Viertel dahinter getrampelt hatten, und unter den scharfen Blicken der Stammgäste kam ich mir wie ein Eindringling vor. Ich setzte mich an die Bar, bestellte ein Bier und spielte mit dem Wechselgeld, das feuchte Ringe auf dem polierten Holz hinterließ.

Ich trank noch ein Bier und dann noch eins, bevor sich Maida zu mir gesellte.

«Ihr Kinn ist voll Schaum», sagte sie.

Mit einer Serviette wischte ich mir das Gesicht ab. «Danke.»

«Sie sind so sauber und ordentlich», sagte Maida. «Ich hatte keine Ahnung, daß sich heutzutage jemand noch so anzieht.»

Ich schaute hinunter auf meine Cordhosen, mein Tweedjackett, mein gestreiftes Hemd, meine braunen Mokassinschuhe. «Ich war einige Jahre aus dem Land. Ich bin noch nicht ganz auf dem neuesten Stand.»

Sie war wesentlich modischer gekleidet: ein Paar bauschige Hosen hingen um die Knöchel und über die Joan Crawford-Schuhe, dazu eine Männerweste über einem kurzen Jäckchen, das nur locker geschnürt war; ihre Brüste spitzten wie kleine Tierchen zwischen den Schnüren hervor.

«Wo ist Bill?» sagte ich.

«Er mußte heute abend arbeiten, einen Film schneiden. Warum?»

«Ist er Filmemacher?»

«Yeah.»

«Was für Filme?»

«Werbespots. Industriesachen. Warum?»

«Darf ich Ihnen einen Drink bestellen?» sagte ich.

«Ich dachte schon, Sie würden mich nie fragen», sagte Maida. «Wodka und Tonic, mit dem Tonic sparsam umgehen ... Also, wollen Sie mir Ihre Lebensgeschichte erzählen, oder soll ich Ihnen meine erzählen?»

«Meine hab ich schon gehört», sagte ich. «Lassen Sie mich Ihre Geschichte hören.»

«Ich war das beliebteste Mädchen in der Severna Park High School.»

«Wo ist das?»

«Severna Park.»

«Aha.»

«Es ist in Maryland», sagte sie. «Gott, welch ein Ort.»

Sie klopfte mit ihrem Rührstäbchen auf den Bartresen und sang einen Song in der Jukebox mit.

«Liebe ist eine Rose, die man besser nicht pflückt ...»

«Hübsche Geschichte», sagte ich.

«Und jetzt erzählen Sie mir Ihre», sagte Maida. «Nein, lassen Sie mich erzählen. Sie kommen aus Westchester oder Connecticut, besuchten eine erstklassige Privatschule an der East Side und Sie tragen immer Cordhosen und essen Fleisch und Kartoffeln und lesen das *Time*-Magazin und schauen sich Filme in der Third Avenue und Broadway Shows an und lauschen Mozart, und am Sonntag gibt's Sex – aber erst, nachdem Sie die Zeitung gelesen haben. Sie sind nicht verheiratet, haben aber immer nur eine Freundin. Sie heißt Jessica oder Maud. Sie kauften ihr bei Bloomingdale's ... na, wie war ich?»

«Ich hab heut abend eine Broadway Show besucht.»

Sie klatschte in die Hände. «Juhu. Ich hatte recht.»

«Wie geht's Ihrer Freundin Pamela?» sagte ich.

«Sie ist okay. Warum?»

«Sie wohnt bei Ihnen?»

«Im Moment ja.»

«Bill auch?»

«Yeah. Warum?» Sie beugte sich vor, um in meine Augen zu schauen; diesmal wollte sie eine Antwort.

«Ich meinte bloß, Sie und Bill leben zusammen.»

«Schockiert Sie das vielleicht, Charles?»

«Was für Pläne hat Pamela?» sagte ich. «Will sie wieder zurück in ihr Apartment oder sich was Neues suchen oder was?»

«Was geht zwischen Ihnen und Pamela vor?» sagte Maida. Sie grinste in Erwartung meiner Antwort.

«Ich bin lediglich neugierig.»

«Der alte Reporterinstinkt, he?»

«So was ähnliches.»

Sie stemmte ihre Ellbogen auf die Bar und setzte ein übertriebenes Schmollen auf. «Und ich dachte die ganze Zeit, Sie wären an mir interessiert.»

In gewisser Weise war ich das auch. Ich mochte ihre Arroganz, und obwohl ihr Porträt von mir alles andere als ins Schwarze getroffen hatte, fühlte ich mich geschmeichelt, daß sie sich die Mühe gemacht hatte. «Sind Sie auch in der Filmbranche?»

Sie wandte sich mir so plötzlich zu, als wollte sie mir die endgültige Antwort auf all meine Fragen geben. Aber sie tat es nicht; sie ließ den Druck, den sie aufgestaut hatte, in einem langen Atemzug hinauszischen. Sie bastelte an einer revidierten Antwort, als Freddy zwischen uns trat.

Maida lehnte sich zurück, von mir weg. «Hi, Freddy.»
«Hi, Freddy», sagte ich.
Freddy hatte seinen blauen Anzug gegen Jeans und Sweater getauscht. Den Cowboyhut und die verspiegelte Sonnenbrille trug er immer noch, und ich betrachtete darin eine Weile mein verzerrtes Spiegelbild.
«Was will er?» sagte Freddy.
«Frag ihn», sagte Maida.
Er machte eine fast unmerkliche Bewegung auf sie zu, lehnte sich dann zurück und richtete erneut seine Gläser auf mich.
«Ich trink ein Bier», sagte ich. «Möchten Sie auch eins?»
«Hab Sie hier noch nie gesehn», sagte Freddy.
«Wär auch schwierig gewesen. Bin das erste Mal hier.»
«Wohnen Sie hier in der Gegend?»
«Bißchen weiter oben. Im Village.»
«Vielleicht sollten Sie dort auch bleiben», sagte Freddy.
«Jesus, Freddy», sagte Maida. Zu mir gewandt. «Beachten Sie ihn nicht. Er hat zu viele Filme gesehn.»
«Fertig?» sagte Freddy. «Wir fahren hoch in die Stadt.»
«Ich trinke bloß noch aus», sagte Maida.
Freddy langte zwischen uns durch nach ihrem Glas und trank es für sie aus.
«Verstehn Sie, was ich meine?» sagte Maida. «Na los, spiel die Bogart-Rolle, Freddy.»
Freddy packte ihren Ellbogen; seine angespannten Kinnbacken zeigten, daß er fest zudrückte, aber Maida ließ sich nichts anmerken. Erst als er losließ, glitt sie vom Hocker. Es war tatsächlich wie in einem Film, dessen Anfang ich verpaßt hatte.
«Hat mich gefreut, Chas.»
«Grüßen Sie Pamela von mir.»
Freddy richtete seine Sonnenbrillengläser auf mich. «Was meinen Sie?»
«Er meint ‹grüßen›, Freddy», sagte Maida. Sie spitzte übertrieben den Mund. «Grüßen.»
Sie waren zur Tür hinaus und fast schon aus meinem Blickfeld durchs Fenster verschwunden, als Freddy erneut Maida am Ellbogen packte und sie besitzergreifend zu sich riß. Ich zahlte und ging hinaus. Sie standen rechts und links vom Lichtkegel einer Straßenlaterne, von der Hüfte an nach vorn abgeknickt, und drohten sich gegenseitig in einer Streit-Pantomime mit dem Finger. Dann richteten sie sich wieder auf und marschierten davon; Freddy ver-

suchte Maida am Arm zu nehmen, aber sie riß sich los und hielt sich ganz dicht an die Hauswände, so weit entfernt von ihm wie möglich.

13

Ich ging heim, duschte und versuchte zu lesen, konnte mich aber nicht konzentrieren. Ich schaltete den Fernseher an und freute mich, daß ein Baseballspiel übertragen wurde; ich verfolgte einen Spielzug, womit auch schon das Spiel beendet war. Ich holte mein Backgammonbrett hervor und spielte ein Spiel gegen mich selbst; an einem Punkt zog ich die roten Steine so, daß Schwarz einen eindeutigen Vorteil hatte. Ich fragte mich, ob ich mich gewinnen lassen oder am Gewinnen hindern wollte.

Das Telefon läutete, und ich ging ran.

«Ich wußte, daß du zu Hause bist», sagte Kate. «Ich merk immer, wenn ein Telefon in einer leeren Wohnung läutet.»

«Hallo, Kate.»

«Ich dachte, du wolltest mich anrufen.»

«Ich bin gerade eben heimgekommen.»

«Weißt du, was ich glaube?» sagte Kate. «Ich glaube, ich habe dir den perfekten Vorwand geliefert, aus unserer Beziehung auszusteigen.»

«Ich dachte, du magst das Wort nicht.»

Das ignorierte sie ganz lässig, das mußte man ihr lassen.

«Ich kann einfach nicht glauben, daß ich so dämlich war», sagte Kate. «Auf einem verfluchten Silbertablett hab ich dir einen Vorwand geliefert.»

«Ich versuch aus gar nichts auszusteigen, Kate», sagte ich. «Ich weiß lediglich nicht, was ich davon halten soll, Kinder zu haben.»

«Wer sollte schon ein Baby mit dir haben wollen?» sagte sie.

Ich zündete mir eine Zigarette an.

«Ich meine, außer ich möchte ein Kind haben, das zu einem Lügner und Betrüger heranwächst –»

«Kate.»

«Kate», mokierte sie sich. «Ich habe eine Theorie, daß die Häufigkeit, mit der man den Namen einer Person ausspricht, indirekt proportional zur Qualität der ... Beziehung ist.» Das Z kam als Zischlaut. «Ich versuch aus gar nichts auszusteigen, Kate.› Da ist schon ein kleiner Unterschied zu ‹Kate, ich versuch aus gar nichts auszusteigen›. Das erstere ist ... schwätzerischer; das zweite ist bestimmter und nachdrücklicher. Aber keins von beiden ist sehr überzeugend, Charles.» Sie lachte herzhaft. «Siehst du? Da haben wir's. Ich hab's eben auch gemacht.»

«Ich versuch aus gar nichts auszusteigen.»

«Du bist so durchsichtig, Charles.»

So fühlte ich mich – nackt und verletzlich. «Im Moment ist alles ziemlich schwierig für mich.»

«Möchtest du darüber reden?»

«Auch das ist schwierig.»

«Versuch deine Lippen zu bewegen.»

Das war eine Anspielung auf eine Geschichte, die ich ihr auf der Party, auf der wir uns kennenlernten, erzählt hatte – es ging da um eine meiner Lieblingsgeschichten von James Thurber, in der eine Steinsphinx eingesteht, daß das Rätsel, mit denen sie die Leute in die Enge treibt, gar nicht so schwierig ist, sondern sich lediglich mit steinernen Lippen schlecht aussprechen läßt. Das gehörte zu unserem Vorrat an Vertrautheiten – eines der Wörter und Sätze und Gesten und Erinnerungen, die wir gemeinsam erworben hatten und die uns über ihren eigentlichen Wert hinaus erheiterten, bloß weil sie uns gehörten. Es war genau die Art von Anspielung, die, in freundlichem Ton gesagt, aus dem schlimmsten Streit die Luft rauslassen kann, die mit einem Tropfen Nostalgie das momentane Knirschen in einer Beziehung ölen kann. Aber Kate sagte es mit einer Gehässigkeit, die die Vergangenheit unwiederbringlich verloren erscheinen ließ. «Bist du noch dran?» sagte Kate.

«Ja.»

«Ich ebenfalls ... Das kommt dir reichlich ungelegen, nicht wahr? Daß ich die kleine Andeutung nicht einfach verstehe und mich unauffällig entferne?»

Ich hörte, wie Rauch inhaliert und wieder ausgestoßen wurde. Sie hatte also auch wieder mit dem Rauchen angefangen.

«Du bist der einzige mir bekannte Mensch», sagte Kate, «der lieber eine Vergangenheit hätte als eine Gegenwart. Vielleicht liegt es daran, daß du so lange Reporter warst. Die Dinge sind nicht real, bevor sie nicht vorüber sind und du darüber schreiben kannst, daß sie sich ereignet haben. Genau so ist es mit deinen ... Beziehungen. Während sie sich ereignen, stellen sie lediglich eine Verpflichtung dar, eine Sache; wirklich genießen kannst du sie nur dann, wenn sie vorbei sind, wenn du ihnen gegenüber nicht mehr verantwortlich bist.»

Wir hatten mehr als die meisten anderen über unsere Vergangenheiten geredet; beide konnten wir uns den Vorwurf nicht ersparen, daß wir alte Liebschaften verklärten, was dann so klang, als würden wir uns voller Zuneigung an niedliche Schoßtierchen erinnern, für die wir ein besseres Zuhause hatten suchen müssen, weil sie unsere Steppdecken zernagt oder unsere Sofas zerkratzt hatten.

«Ich wünschte bloß, du würdest den Mumm aufbringen, mir zu sagen, daß du dich für eine andere interessierst», sagte Kate. «Anstatt diesen Vorwand auszunützen, der Gedanke an Babies bringe dich durcheinander.»

Es war ein Aspekt der absichtlichen Beiläufigkeit unserer Beziehung, daß wir ganz offen unsere Begeisterung für Männer oder Frauen zum Ausdruck brachten, die wir auf der Straße oder in Filmen und Magazinen sahen; Kate hätte verstanden, daß ich mich in eine Frau vernarrt hatte, die ich zuerst auf einem Foto gesehen hatte; das Muttermal hätte sie ganz besonders zu würdigen gewußt.

«Charles?»

«Ja?»

«Red mit mir.» Sie weinte.

«Ich hab nichts zu sagen.»

«Triffst du dich mit einer anderen?» Es war ein Aufschrei.

«Nein.» Das konnte ich leicht sagen, sogar mit einer gewissen Empörung in der Stimme, denn es entsprach voll und ganz der Wahrheit. Ich bereitete mich innerlich auf die nächste Frage vor.

«Aber du würdest gern?» sagte Kate.

«Kate, da gehen so viele Dinge vor sich.»

«Oh, verstehe. Eine dieser Geschichten. Du brauchst Zeit zum Nachdenken?»

«Ja.»

«Um Bilanz zu ziehen? Deine Nummer richtig hinzukriegen?»

«Kate.»

«Ist es so? Versuchst du mir das beizubringen?»

«Ja.»

«Bastard», sagte sie und legte auf.

Ich hatte den Hörer kaum aufgelegt, als es erneut läutete. Ich ließ es läuten, aber es hörte nicht auf, und schließlich nahm ich ab.

«Hier Pamela Yost. Ich wollte wissen, ob ich für einen Moment hochkommen könnte.»

«Uh...»

«Ich bin in der Telefonzelle an der Ecke.»

«Sicher.»

14

«Sie stehen im Telefonbuch», sagte Pamela. «Ich glaube, Sie sind der erste Mensch, den ich in New York kenne, der im Telefonbuch steht.»

«Bloß eine Angewohnheit», sagte ich. «Ich sehe meinen Namen so gern gedruckt.»

Pamela saß in meinem Schaukelstuhl, ihren Hut auf den Knien; er war schneeweiß mit einem roten Seidenband und sah aus, als gehöre er einem Riverboat-Spieler.

«Ich hab ein paarmal angerufen», sagte Pamela. «Der Apparat war besetzt.»

«Ich hab telefoniert», sagte ich ungemein erleuchtend.

«Ich wollte Sie nicht einfach so überfallen.» Sie löste das Seidentuch, das sie um den Hals trug, und legte es über die Stuhllehne; sie stülpte den Kragen ihrer Tweedjacke herunter und bürstete unsichtbare Stäubchen von ihrem roten Seidenhemd und ihren teuren Jeans; sie verrenkte sich den Nacken, um die Spitzen ihrer weichen Lederstiefel zu betrachten. Nachdem sie sich so rückversichert hatte, daß sie umwerfend aussah, begutachtete sie mich.

«Möchten Sie einen Drink?» sagte ich.

«Hätten Sie einen Kaffee?»

«Aber sicher.» Ich ging in die Küche, machte mir einen Scotch, trank, stellte Wasser auf und gab Bohnen in die Mühle. Die Geräusche lockten sie an die Tür.

«Soviel Mühe wollte ich Ihnen nicht machen.»

«Es ist keine Mühe.»

Sie nickte. «Ich weiß. Ich mahle meinen Kaffee immer selber, und stets sagen die Leute ‹Oh, machen Sie sich nicht die Mühe›, und ich sage dann stets ‹Es ist keine Mühe›.»

«Geht so schnell wie Pulverkaffee», sagte ich, «und ist hundertmal besser.»

«Was für eine Sorte?» sagte Pamela.

«Französischer.»

«Ich trinke französischen Mokka – mit einer Spitze Zimt.»

«Hab ich nie probiert», sagte ich. Übertrieben sorgfältig ging ich meine Gewürze durch. «Nichts. Kein Zimt.»

«Kaufen Sie Ihren Kaffe bei McNulty's?» sagte Pamela.

«Noble und Bowman. Ist meistens nicht so voll.»

«Bei McNulty's herrscht immer ein schreckliches Gedränge», sagte Pamela.

Ich nahm den Wasserkessel von der Flamme und übergoß den gemahlenen Kaffee.

«Das Wasser kocht nicht», sagte Pamela.

«Soll es auch nicht», sagte ich. «Es soll heiß sein, aber nicht kochen.»

«Warum das?»

Ich zuckte mit den Schultern. «Damit der Kaffee nicht so einen großen Schock bekommt oder so ähnlich.»

Pamela nickte und ging zurück ins Wohnzimmer. Ich brachte ihr eine Tasse zu dem Bücherregal, wo sie stand und die Titel las.

«Ich fürchte, Milch hab ich keine», sagte ich.

«Sie sind Zeitungsmann», sagte sie. «Trinken Zeitungsleute ihren Kaffee nicht schwarz?» Sie neigte den Kopf und ging die Bücher weiter durch. *«Daniel Martin.»*

«Haben Sie es gelesen?» sagte ich.

«Mein Mann hatte es gelesen.»

Ich setzte mich auf die Couch und nippte an meinem Scotch. «Stört es Sie, wenn ich rauche?»

«Ganz und gar nicht. Gefiel Ihnen *Daniel Martin*?»

«Ich war enttäuscht», sagte ich. «Ich hatte mich darauf gefreut. Seine anderen Bücher hatten mir gut gefallen.»

«Ich mochte *The Magus* sehr», sagte Pamela.

«Sie haben davon gerade eine überarbeitete Fassung herausgebracht», sagte ich. «So was ärgert mich. Ein Autor sollte nur eine Chance bekommen.»

Pamela wandte sich mir zu und schlürfte ihren Kaffee. «Mmmh. Gut. Warum sagen Sie das?»

«Daß ein Autor nur eine Chance bekommen sollte?»

«Ja.»

Ich zog ein paar nachdenkliche Falten. Ich war nicht gerade in der richtigen Form, meine Verallgemeinerungen zu verteidigen.

«Glauben Sie nicht, daß man durch Überarbeitung etwas verbessern kann?» sagte Pamela.

«Ich vermute schon. Aber es kommt die Zeit, daß ein Künstler eine Arbeit preisgeben und sich der nächsten Sache zuwenden sollte.»

«Preisgeben? Das gefällt mir.»

«Stammt nicht von mir», sagte ich. «Von ... Valéry oder Mallarmé – irgendein Franzose mit drei Silben.»

Pamela setzte sich in den Schaukelstuhl; Hut und Halstuch hatte sie auf die Couchlehne gelegt.

Mein eingestandenes Plagiat schien dem nichtssagenden Gerede ein Ende bereitet zu haben. Doch es entstand das, was mein Vater ein «angenehmes Schweigen» zu nennen pflegte, dem er unweigerlich durch seinen Kommentar dazu ein Ende machte, was ihm wiederum, einem Ritual gleich, Sticheleien von meiner Mutter und von mir einbrachte; ich pflegte dann zu behaupten, ich hätte dicht vor einer bedeutenden intellektuellen oder wissenschaftlichen Formulierung gestanden.

«Ich möchte wetten, das ist Ihr Lieblingsstuhl», sagte Pamela und strich über die Armlehne des Schaukelstuhls.

«Machen Sie es sich ruhig gemütlich darin.»

Sie lehnte sich zurück und ließ ihren Blick durch das Apartment schweifen. «Das schaut sehr nach einer Ein-Mann-Wohnung aus. Sie müssen ein Einzelgänger sein.»

«Es gibt Leute, die das behaupten. Aber warum hab ich dann ein Doppelbett und zwei Kopfkissen?»

Einen Moment lang hielt sie den Atem an.

«Das war nicht provokativ gemeint», sagte ich. «Es ist lediglich ein Widerspruch, der mir manchmal bewußt wird – wenn ich beispielsweise die Laken wechsle.»

«Sie sind gern allein», sagte Pamela. Es war keine Frage. «Aber manchmal haben Sie Bedürfnisse. Das ist kein Widerspruch. So ist ... das Leben.»

«Vermutlich», sagte ich und trank einen Schluck Scotch. Ich drückte meine Zigarette aus und zündete mir eine neue an. Je mehr Beschäftigungen ich fand, desto besser war es, denn wenn ich sie nur anblickte, hatte ich das Gefühl, in ihren klaren, grauen Augen zu versinken.

Das Telefon läutete, und Pamela war auf den Beinen, wich zurück, mit dem Rücken auf die Wand zu, die Hände nach hinten gestreckt, als versuchten sie die Grenzen der Sicherheit zu ertasten – eine so schnelle Bewegung, daß sie schon vorbei war, als das erste Läuten endete. Sie strich ihre Jacke glatt, blickte auf ihre Stiefel und deutete mir gegenüber ein kleines Schulterzucken an.

«Das hat mich erschreckt», sagte sie.

Wir lachten beide gleichzeitig.

«Gehen Sie nicht ran?» sagte sie.

«Nein.»

«Das heißt, es ist eine Frau.» Sie setzte sich wieder und trank ihren Kaffee aus. «Diejenige, die manchmal das andere Kopfkissen benützt.»

Wir lauschten dem Läuten – vier-, fünf-, sechsmal.

Als es aufhörte, stieß Pamela einen Seufzer offensichtlicher Erleichterung aus.

Ich zog eine Weile heftig an meiner Zigarette, und Pamela beobachtete mich, als würde ich irgendeine Vorstellung geben. Schuldbewußt drückte ich die Zigarette aus.

«Ich nehme an, Sie fragen sich, weshalb ich hergekommen bin», sagte Pamela.

Ich sagte: «Ich denke, Blake hat Sie geschickt – nachdem er hörte, daß ich mit Maida geredet habe.»

Pamela lachte – die Art von Lachen, halb überlegen, halb mitfühlend, mit der man auf den Versuch eines Kindes reagiert, wie ein Erwachsener zu argumentieren. «Glauben Sie das wirklich?»

«Die Neugier, mit der ich Sie verfolge, macht ihn nicht glücklich», sagte ich.

Sie preßte ihre Hände vor der Brust zusammen, schaute erfreut drein. «Bill ist solch ein Schatz. Er ist absolut davon überzeugt, daß mich jedermann in der Welt auszunutzen versucht.»

«Also hat er Sie geschickt?»

Hart sagte sie: «Niemand schickt mich irgendwohin.»

Ich steckte mir die nächste Zigarette an.

«Er glaubt, Sie haben ihn angelogen», sagte Pamela. «Er glaubt, Sie und diese Reporterin stecken unter einer Decke. Er glaubt, Sie wollen mich ausbeuten.»

«Was glauben Sie?»

«Ich habe keine Ahnung, warum Sie so was sollten, aber er glaubt, Zeitungsleute sind ziemlich skrupellos.»

«Sie wollten mir sagen, weshalb Sie hergekommen sind», sagte ich.

«Ich wollte Ihnen auf Wiedersehn sagen.»

Ich fühlte die Leere, die man empfindet, wenn man etwas durch Achtlosigkeit verliert. Ich arbeitete bereits an einer Entschuldigung für Kate. «Oh?»

«Ich gehe für eine Weile weg. Ich weiß noch nicht genau wohin. Ich habe Einladungen von Freunden. Vielleicht treib ich mich auch bloß rum.»

«Weshalb erzählen Sie mir das?» sagte ich. «Ich meine, warum machen Sie sich die Mühe, mir auf Wiedersehn zu sagen?»

Mit dem Fingernagel fuhr Pamela die Naht ihrer Jeans entlang. «Ich hatte diese Phantasievorstellung, als ich Sie im Krankenhaus traf, daß Sie derjenige sind, der mir durch all das hindurch hilft – ein Ritter in glänzender Rüstung.»

Ich zupfte an meinen ausgebeulten Cordhosen und wünschte, ich wäre kavaliersmäßiger gekleidet. «Ich hatte eine ähnliche Phantasievorstellung.»

Beinahe resigniert nickte Pamela. «Ich weiß.»

Eine Weile saßen wir da, von der Realität erschüttert.

«Vielleicht könnte meine Phantasie Ihre Phantasie morgen zum Lunch einladen», sagte ich. «Mit etwas Glück kriegen wir eine imaginäre Rechnung.»

Sie lachte. «Ich würde mich freuen.»

Während ihres Aufbruchs kehrten wir zum leichten Konversationston zurück – wir sprachen über Hüte und Halstücher und das Wetter und die Größe meines Apartments und wie dringend es neu gestrichen werden müßte. Wir tauschten eine Art Kuß aus – ihr Hut stellte ein Hindernis dar –, verrenkten uns die Hälse, bis sich unsere Wangen berührten, und kamen überein, uns gegen Mittag in ihrem Apartment zu treffen, wo sie einige Sachen zusammenpacken würde.

15

Ich brauchte drei Anläufe, bis ich eine Kleidungskombination fand, in der ich mich halbwegs wohl fühlte. Ich trank zwei Töpfe Kaffee und rauchte den Rest meines Päckchens und ging los und kaufte das nächste Päckchen und kam auch damit recht flott voran. Ich sah mir *Sesamstraße* und *Ich liebe Lucy* und *Meine drei Söhne* und *Liebe auf amerikanisch* und die ersten paar Minuten von *Liebe des Lebens* an. Ich schlenderte so langsam wie möglich in die City, mußte aber trotzdem noch zweimal den Block umrunden, ehe es Mittag war.

Bei Tag wimmelte es in der Gegend nur so von Lastwagen und Arbeitern. Die Straßen rochen nach Gewürzen aus irgendeinem Lagerhaus, und aus dem Stall von Varick und Beach, wo Polizeipferde während ihrer Freizeit untergebracht waren, drang Pferdeduft.

Punkt zwölf klingelte ich. Niemand öffnete. Ich klingelte erneut, wartete, trat dann zurück auf die Straße und schaute zu dem Fenster hoch. Pamela schaute auf mich herab.

«Paß auf», sagte sie und ließ irgendwas fallen. Ich wollte es fangen, wußte aber nicht, auf was ich mich gefaßt machen sollte und trat einen Schritt zurück; ein Stück Kordel mit einem Schlüssel am Ende verfehlte mich nur knapp. Der Schlüssel war neu.

«Ist dir was passiert?» rief Pamela.

«Nein.» Ich sperrte die Haustür auf und marschierte hoch in den vierten Stock. Die Apartmenttür stand einen Spalt auf und ich ging hinein.

Die Kreidemarkierungen waren verschwunden, der Käse war weggeräumt worden, nichts deutete in dem Raum mehr darauf hin, daß es hier zu einer Gewalttätigkeit gekommen war.

Pamela stand neben dem Herd und goß Wasser in einen Kaffeefilter. In Höhe ihrer Schulter hing ein Satz Küchenmesser, von denen eines fehlte.

«Hallo.»

«Hallo.»

Sie trug ein an der Taille zusammengeknotetes Arbeitshemd und ein anderes Paar Jeans; ihr zurückgestrichenes Haar wurde von einer Spange halbherzig zusammengehalten; ihre Füße waren nackt.

«Ich hab spät angefangen», sagte sie. «Bin noch nicht ganz fertig. Ich mach mir gerade Kaffee. Willst du auch welchen?»

«Ich glaub nicht. Ich hab schon einige Gallonen getrunken.»

«Tee?»

«Nein, danke.»

«Ich fürchte, sonst gibt's hier nichts – Saft oder so was.»

«Macht nichts.»

Sie goß Kaffee in eine Tasse und ging, ohne mich anzusehen, an mir vorbei ins Wohnzimmer. Ich folgte ihr. Sie beobachtete mich, wie ich mir einen Platz suchte, und als ich mich auf die Couch gesetzt hatte, setzte sie sich neben mich und stellte ihre Tasse auf dem Tisch ab.

Mit der Anmut, wie sie Fremden zusteht, umarmten wir uns, überwanden sogar die Schwierigkeiten, unsere Körper einander nahe zu bringen, und kämpften uns schließlich nach und nach aus unserer Kleidung, ohne dabei einen Ellbogen ins Auge oder einen Tritt vor das Schienbein zu bekommen. Pamela stemmte einen Fuß gegen den Couchtisch, aber selbst dann kippte weder die Tasse um, noch wurde Kaffee verschüttet.

Ihre Brüste lagen wundervoll in meinen Händen, wie kleine Kätzchen schmiegten sie sich hinein. Sie benutzte ihre Beine als ein weiteres Paar Arme.

«Das hab ich gebraucht», sagte Pamela.

Ich hob den Kopf und küßte ihre dunkle Wange.

Mit zwei Fingern rieb sie über die Stelle.

«Vom ersten Augenblick an hat mir an dir gefallen, daß du trotz der Stelle da keine Angst hattest, mich anzuschaun. Vielen Leuten ist es unangenehm.»

«Ich finde es hübsch.»

«Ich bin daran gewöhnt», sagte Pamela.

«Ich finde es hübsch.»

«Chookie ...» Sie lachte über mein Grimasse. «Nein, das paßt nicht mehr zu dir. Charlie? Nein. Charles? Charles. Der Name ist dir am liebsten, nicht wahr? ... Ich gehe trotzdem fort, Charles. Das weißt du, oder?»

«Ja.»

«Verstehst du, warum ich muß?»

«Ja.»

«Das war der letzte Teil der Phantasievorstellung.»

«Ich weiß.»

«Man braucht so was, manchmal – glaubst du nicht auch?»

«Ja.»

«Können wir trotzdem noch essen gehen?» sagte sie. «Ich bin am Verhungern.»

«Wir sollten gehn.»

«Damit wir uns weniger schuldig fühlen.»

Mir war nicht klar, ob das eine Frage sein sollte. «Fühlst du dich schuldig?»

«Nein», sagte sie. «Kein bißchen. Vermutlich sollte ich – mein Mann wurde gestern beerdigt –, aber es ist nicht der Fall. Ich kann nicht eine Menge Energie darauf verwenden, daran zu denken, was war, mich daran zu erinnern, wann es war. Ich muß mein Leben weiterleben.»

«Heißt Fortrennen weiterleben?» sagte ich.

Sie reckte den Hals, um mich richtig sehen zu können. «Bitte, setz mich nicht unter Druck. Ich muß für eine Weile weg.»

«Ich wollte damit sagen, du wirst zurückkommen, nicht wahr?»

Sie sah an mir vorbei, in irgendwelche Fernen.

«Ich werde zurückkommen, aber ich weiß nicht, wer ich dann sein werde.»

Wir zogen uns wieder an – Pamela ersetzte das Arbeitshemd durch einen Rollkragenpullover aus Kaschmir; dazu kam noch ein graues Tweedjackett und ein grauer Wollhut mit weicher Krempe.

Am Fuß der Treppe hatte ein anderer Mieter – ein blonder

Mann Mitte Zwanzig – gerade die Haustür aufgeschlossen und trat beiseite, um uns hinauszulassen; er nickte lediglich, als Pamela grüßte.

«Hast du gemerkt, wieviel Platz er mir eingeräumt hat?» sagte Pamela. «So behandeln einen die Leute, wenn man ... trauert. Er hätte mir auf den Rücken schlagen und sagen sollen ‹Kopf hoch, Kindchen›, doch statt dessen benimmt er sich, als hätte er Angst, ich könnte im nächsten Moment zusammenbrechen.»

Wir nahmen ein Taxi zum World Trade Center und speisten an den Fenstern zur Welt. Der Himmel war bedeckt, und wir sahen rein gar nichts, aber das machte nichts, da wir immer noch an unserer Romanze häkelten.

Der Kellner hielt uns für frisch verheiratet, wegen all des Gekichers und Getätschels, und überredete den Oberkellner, uns einen Schluck Champagner einzuschenken.

«Ich werde jetzt», sagte Pamela, und ihre Stimme wurde leiser und tiefer, «aufstehn und zum Lift hinausgehn und verschwinden. Du darfst erst gehn, wenn ich genügend Vorsprung habe.»

«Du tust so, als würdest du mir nicht traun», sagte ich. «Als würdest du glauben, ich könnte versuchen, unsere Phantasie auszudehnen.»

«Mir trau ich nicht», sagte Pamela. Sie wollte noch etwas sagen, stand aber statt dessen auf – sie erkannte eine gute Abgangszeile –, gab mir einen Kuß auf die Wange und ging aus dem Restaurant.

Ich versuchte noch einen Tropfen aus meinem Champagnerglas zu holen, starrte hinaus auf die Wolken und angelte nach meinen Zigaretten; bis jetzt war ich zu beschäftigt gewesen, um zu rauchen. Meine Hand verfing sich in der Kordel und tauchte mit dem Haustürschlüssel wieder auf, den ich eingesteckt und vergessen hatte.

Ich erwischte Pamela am Lift. Als sie mich sah, wurde ihr Gesicht ganz dunkel.

«Du hast es versprochen», sagte sie.

Ich hielt ihr den Schlüssel hin, und sie starrte ihn wie ein Kaninchen an, das ich soeben herbeigezaubert hatte. «Wo hast du den her?»

Ich mußte lachen, so sehr überraschte mich ihre anmaßende Frage. «Du hast ihn mir runtergeworfen. Ich vergaß, daß ich ihn noch hatte.»

Sie nahm den Schlüssel und stopfte ihn in ihr Täschchen. «Das ist eine echte Plage. Der Hausbesitzer verspricht ständig, einen

Türsummer einzubauen, aber wir müssen immer noch einen Schlüssel runterwerfen, wenn jemand kommt. Ständig marschieren die Leute damit fort.»

Ein Lift kam, und sie nahm plötzlich meinen Arm und zog mich herein. «Ich habe noch den ganzen Nachmittag frei. Es wäre albern, ihn nicht gemeinsam zu verbringen.»

Ich war froh über ihren Sinneswandel, aber gleichzeitig fühlte ich mich auch ein bißchen so wie zu Kinderzeiten, wenn meine Mutter mich aus einem Raum voller Erwachsener führte, um mir in der Küche was zukommen zu lassen. Ich hatte genug erlauscht, um zu wissen, daß ich nicht belohnt wurde, sondern vielmehr von Gesprächen über Tod, Scheidung und Sünde fortgelockt wurde.

Mit der Fähre fuhren wir nach Staten Island und zurück. Ich erzählte ihr die für Reisen mit Flugzeug und Bahn zurechtgeschnittene Version meiner Lebensgeschichte. Da wir bereits miteinander geschlafen hatten, ließ ich die Stellen aus, die mich unwiderstehlich machen sollten und hob statt dessen mein Mitgefühl und mein Talent hervor, anderen in Krisenzeiten behilflich sein zu können. Die meiste Zeit über schien Pamela vom Kielwasser der Fähre wie gebannt zu sein.

Sie wurde wieder munter, als wir an Land kamen, mußte aber weiterhin in Bewegung bleiben; sie drängte mich in ein Taxi und gab dem Fahrer als Ziel das Museum of Modern Art an.

«Da ist eine Fotoausstellung, die ich gern sehen möcht», sagte Pamela.

«Ich mochte das Foto von ...»

«Was?»

«Oh, nichts.»

«Wir dürfen meinen Mann ruhig erwähnen», sagte Pamela. «Werd du jetzt bloß nicht auch noch rührselig mit mir.»

«Ich mochte das Foto in deinem Apartment von deinem Mann im Tanz-Studio, mit deinem Spiegelbild im Spiegel.»

«Das ist ein Foto, das jeder Fotograf mal macht, von dem er aber nie Abzüge entwickeln lassen sollte. Sich selbst in Fenstern und Spiegeln und Teichen zu fotografieren – ein schreckliches Klischee.»

«Jemandem hat es gut genug gefallen, um einen Abzug davon zu machen.»

«Don mochte es. Es ist eine gute Aufnahme von ihm.»

«Glaubst du, du wirst weiterarbeiten, wenn du wieder zurück bist?»

Sie zuckte mit den Schultern. «Das ist alles viel zu weit weg, um darüber nachzudenken.»

«Ich meinte, wenn du dich ein bißchen für Journalismus interessierst, dann möchtest du vielleicht für eine Zeitung arbeiten. Ich hab zwar nicht gerade eine Menge Einfluß, aber ich kann dir sagen, mit wem du reden mußt.»

Sie lachte. «Du bist ganz schön hartnäckig, was?»

Ich lachte. «Aus der Perspektive hab ich das gar nicht gesehn. Es würde mir nicht gefallen, wenn du bei meiner Zeitung wärst. Ich glaube nicht, daß man gut mit Leuten zusammenarbeiten kann, an denen einem viel liegt. Du mußt auf eine Art zu Leuten, mit denen du arbeitest, nein sagen können, wie du es bei Leuten nicht kannst, mit denen du ... intim bist.»

«Diese Ann Roth? Bist du mit ihr intim?»

Ich lachte. «Feindlich, was vermutlich eine Abart von Intimität darstellt.»

«Ja, nicht wahr?» sagte Pamela. «Glaubst du, daß ich sie los bin?»

«Könnt ich mir vorstellen», sagte ich. «Sie kann dich schlecht interviewen, wenn du nicht hier bist.»

«Nein, das kann sie nicht.»

«Wohin genau gehst du eigentlich?» sagte ich.

Sie drohte mir mit dem Finger. «Du betrügst.»

Die Fotos stellten Landschaften dar; man hatte drei Bilder zusammengeklebt, um ein Panorama von hundertachtzig Grad und mehr zu erzeugen.

«Sie sind herrlich still», sagte Pamela.

«Ich glaub, das ist irgendwie auch eine Form des Betrugs», sagte ich. «Das Auge kann so nicht sehen, genausowenig wie die Kamera, alles auf einmal.»

«Alle Fotos betrügen», sagte Pamela. «Sie stoppen jede Bewegung, sie verzerren die Perspektive. Ich könnte eine Aufnahme von dir machen mit einem Objektiv, das dir die Nase von Jimmy Durante und die Ohren von Dumbo verpaßt, und ich könnte dich mit geschlossenen Augen und runterhängendem Unterkiefer erwischen. Und das könnte ich dann als Porträt bezeichnen.»

«Als Maler könntest du das auch.»

«Ah, aber dann würde man mich beschuldigen, das absichtlich getan zu haben. Bei einem Foto ist höchstens die Kamera schuld – aber die ist bloß ein Gerät.»

«Aber du wärst ihr Komplice.»

Sie drehte sich um und starrte mich an. «Das ist ein lächerliches Wort dafür.»

Ich versuchte mich vor sie zu stellen, aber sie drehte sich immer weiter. «Tut mir leid. Tut mir leid. Tut mir leid.»

Sie hörte auf, sich zu drehen; meine Litanei machte sie ärgerlich. «Es war doch bloß eine Metapher.»

«Verschwinden wir von hier», sagte sie.

Ich ging mehr hinter als neben ihr und hätte sie am Ausgang der Galerien beinahe umgerannt, als sie plötzlich stoppte und sich umdrehte. «Gibt es einen Film, den wir uns anschaun können?»

«Ich denke schon. Sie zeigen jeden Tag Filme.»

Sie ging auf die Treppe zum Untergeschoß zu. «Schaun wir ihn an.»

«Willst du nicht wissen, welchen Film sie zeigen?»

«Nein. Ich meine, das spielt keine Rolle.»

«Vielleicht hat er schon angefangen.»

«Spielt keine Rolle.»

Es spielte keine Rolle: es war ein Experimentalfilm, mit einer auf einer Maschine montierten Kamera gedreht, die wie der Projektor im Hayden Planetarium aussah. Die Maschine ließ die Kamera alle nur denkbaren Kreise beschreiben, und man sah eine trostlose Ebene (in Kanada, wie ich mittlerweile erfahren habe), den Himmel über der Ebene und den Boden direkt unter der Maschine. Der Film dauerte länger als drei Stunden; wir kamen ungefähr in der Mitte und blieben bis zum Schluß. Für mich waren die Höhepunkte, als die Kamera den Schatten der Maschine filmte, der sich über den Boden der Ebene streckte. Das Warten auf diese Momente hielt meine Aufmerksamkeit wach.

Für Pamela gab es keine Höhepunkte. Sie schlief fast sofort ein, die Beine hochgezogen und den Kopf an meine Schulter gelegt. Ihr Kopf wog eine Tonne, und ihre Hand bohrte sich in meine Rippe; es war unbequem, aber ich rührte mich nicht. Ich hatte keine Angst, sie zu wecken, ich fürchtete, sie könnte einfach verschwunden sein, sobald sie erwachte. Ich hätte mir den Film ein Dutzend Mal angeschaut und dann noch einige Dutzend von der Sorte durchgehalten, wenn sie solange in meinen Armen geblieben wäre.

Aber der Film endete, und die Lichter gingen an, und Applaus kam auf – teilweise höhnisches Klatschen, teilweise enthusiastisches Klatschen – von unseren Mit-Cineasten, und Pamela streckte und reckte sich.

«Bravo», sagte sie.

Ich lachte und küßte sie.

«War der Butler der Täter?»

Ich machte mich auf eine weitere gequälte Reaktion auf die Vorstellung von einer Welt aus Verbrechen und Mord gefaßt, aber offensichtlich schien ihr gar nicht bewußt, was sie gesagt hatte. «In Wirklichkeit war es eine Liebesgeschichte, und der Junge hat das Mädchen gekriegt.»

«Wie kitschig.»

«Wirklich?»

Sie schaute mich eine Weile an, sank dann mit einem Seufzer in sich zusammen. «Es ist wirklich nett gewesen, weißt du, und ein Teil von mir möchte auch, daß es so bleibt, aber ich fürchte, das kann nicht sein.»

«Kannst du mir mal genau sagen, warum?»

«Weil es so am besten für mich ist. Die letzten Tage sind ein einziger Alptraum gewesen. Der heutige Tag war ein Traum. Und jetzt ist es an der Zeit aufzuwachen.» Sie erhob sich und legte eine Hand auf meine Schulter, um mich am Aufstehen zu hindern. «Tu mir einen Gefallen. Bleib hier – bloß für ein paar Minuten. Ich möchte nicht raus auf die Straße und mit Trauermiene nach Taxis winken. Okay?»

«Ich schau nie trauernd drein, wenn ich einem Taxi winke. Lediglich resigniert.»

Sie küßte ihre Finger und drückte sie auf meine Lippen. «Bitte.»

Ich nickte bloß und schaute traurig drein.

Sie beugte sich vor, um mich zu küssen, entschied dann, daß es genug war, tänzelte die Reihe der Sitze entlang und war verschwunden.

Ich wartete eine Weile und ging dann hinaus, gefolgt von einem Filmfanpärchen, die sich über ein Werk des gleichen Filmemachers unterhielten – irgendwas über einen Zweieinhalb-Stunden-Zoom auf eine Wand.

Zweiter Teil

1

«Wer schrieb *The Anecdote of the Jar*?» sagte Reese. «Was immer das auch sein mag.»

«Wallace Stevens – mit einem v.»

«Noch nie von ihm gehört.»

Eine sehr entschlossen aussehende Ann Roth kam quer durch den Raum auf mich zu. Ich entschied mich für Quinlans Trick und griff zum Telefon.

«Wer zum Teufel ist Rosinante?» sagte Reese.

«Ein Pferd.»

«Dann ist Stevens falsch, kluger Junge.»

Ich griff hinüber, nahm ihm die Zeitung weg, schaute mir das Rätsel an und warf sie ihm wieder zu. «Steeds.»

«Kann ich Sie kurz sprechen?» sagte Ann.

Reese blickte von ihr zu mir und wieder zu ihr und dann wieder zu mir. Er stand auf, klemmte sich die Zeitung unter den Arm und zog seine Hosen hoch. «Ich bin drüben bei *Eddie's*. Paß auf die Telefone auf, ja?»

Ann setzte sich in Reeses Stuhl. «Ich wollte Ihnen lediglich sagen, daß das nicht sehr professionell von Ihnen war.»

Ich hätte beinahe eine Bemerkung zu der Vergangenheitsform gemacht, tat es aber nicht. «Was war nicht professionell?»

«Die ganze Sache auf dem Friedhof – Ihr Versuch, mich davon abzuhalten, an diese Story heranzukommen.»

Ich zündete mir eine Zigarette an.

«Sie sind genau wie all die anderen hier», sagte Ann. «Sie glauben nicht, daß eine Frau bei so einer Story anständige Arbeit leisten kann. Nun, Sie täuschen sich. Ich werde mehr als nur anständige Arbeit leisten. Und es ist mir egal, ob Mrs. Yost jemals mit mir spricht. Bei dieser Geschichte geht's um mehr als nur um sie; da ist das Thema mit diesen beiden Männern, die aus verschiedenen Gesellschaftsschichten stammen. Ich meine, es ist wirklich unglaublich – da sind diese beiden Typen, die in vollkommen unterschiedlichen Welten leben, die keinen Grund haben, jemals einander zu begegnen, und als sie sich dann doch begegnen, bleiben beide auf der Strecke. Darin kommt soviel über das männliche Temperament zum Ausdruck – diese ganze Macho-Sache.»

Das klang wie mein ursprünglicher Vorschlag, den ich Quinlan gemacht hatte, mit einem Schuß Feminismus. «Nun, viel Glück.»

«Sie glauben wirklich, ich hab's nötig, was?»

«Eine Redewendung, nichts weiter.»

Einen Moment lang schnaufte sie heftig durch die Nase, dann wurde sie sanfter. «Hören Sie, es tut mir leid. Ich hab einfach eine Menge Probleme, mich hier einzugewöhnen. Frauen wird hier jede Menge Feindseligkeit entgegengebracht.»

Das konnte ich nicht leugnen. «Schauen Sie, Sie haben da eine gute Story; also machen Sie zu und schreiben Sie das Ding. Und denken Sie nicht darüber nach, was andere Leute denken könnten.»

Ann ordnete Reeses Bleistifte. «Ich mach mir mehr Sorgen, was Sie denken. Sie wissen ja, daß ich was für Sie übrig hab.»

Ich auch für sie – wenn auch nur deswegen, weil sie mir ständig erzählte, daß sie was für mich übrig hatte. Ich erwartete Pamela wiederzusehen, aber ich wußte nicht, wann das sein würde; vorübergehend hatte sich Ann in einer Nische meiner Erinnerung eingenistet, zusammen mit Sommerromanzen, einmaligen Nummern und weiblichen Reisebekanntschaften. Was Kate anbelangte, so hatte ich mehr oder weniger gezwungenermaßen begonnen, die Dinge zu beenden, und ich wußte nicht, wie ich da noch einmal das Steuer herumwerfen sollte. Ich fühlte mich verhältnismäßig frei.

«Ich denke, wir sollten dieses Dinner machen, über das wir geredet hatten», sagte ich.

«Ich dachte mehr daran, gleich ins Bett zu gehen», sagte Ann. Sie errötete, als sie Reese neben ihrer Schulter entdeckte.

«Ich glaub nicht, daß Stevens stimmt», sagte Reese.

Ann erhob sich von seinem Stuhl. Ich stand auf und begleitete sie zu ihrem Schreibtisch zurück.

«Wie wär's mit morgen abend?» sagte ich. «An Samstagen hab ich die Frühabendschicht. Um halb zehn bin ich fertig.»

«Das wär nett», sagte sie. «Ich hab morgen vormittag ein Interview; den restlichen Tag nehm ich mir frei.»

«Ein Interview mit wem?»

«Ein Mann namens David Weil. Er leitet dieses Theater im Village, an dem Briggs arbeitete. Sie wohnen im Village, nicht wahr?»

«Ja.»

«Ich hab Ihre Nummer im Büro-Adreßbuch nachgesehen. Ich wollte ein bißchen was über Sie wissen.»

Ihre Arglosigkeit war nervtötend; vermutlich hatte es was mit dem Eifer zu tun, mit dem sie zur Analyse ging.

«Ich wohne Seventy-second und York», sagte Ann. «Würden Sie hinkommen? Ich mach ein tolles Gulasch.»

Ihre Adresse machte sie zu dem, was wir im College als ‹geographisch nicht begehrenswert› bezeichnet hatten. Trotzdem gefiel mir der Gedanke, daß zwischen unseren Wohnungen ein gewisser Abstand lag; Nähe im Büro war Nähe genug.

Ich schrieb mir ihre Adresse auf – ich spürte mehr das wissende Gemurmel all jener um uns herum, die uns bereits zu einem Pärchen erklärt hatten – und sagte, bis zum kommenden Abend dann, und ging zurück zu meinem Schreibtisch.

«Bist du sicher mit Stevens?» sagte Reese, als ich vorbeiging.

Ich riß ihm noch einmal das Rätsel aus der Hand und packte einen Bleistift. «Vergils Gefährte ist Dante, was bedeutet, Dimaggio ist Dom, nicht Joe, was bedeutet, daß Grundnahrungsmittel Fleisch und nicht Eier ist, was wiederum bedeutet, daß Stevens stimmt.» Ich schob ihm das Rätsel zurück.

Er schaute es sich an und warf es dann in den Papierkorb. «Und was soll ich jetzt machen?»

2

Am Samstagabend kam ich etwas früher weg und war kurz vor zehn bei Ann. Die Sprechanlage rührte sich auf mein Klingeln hin nicht. Ich dachte, daß sie vielleicht noch schnell etwas Wein oder ein wichtiges Gewürz holen gegangen war, und spazierte einmal um den Block. Zum erstenmal in diesem Jahr war die Nacht fast warm.

Wieder antwortete niemand.

Ich mußte einige Blocks weit laufen, bis ich eine Telefonzelle fand; um Kleingeld zu bekommen, mußte ich ein Päckchen Zigaretten kaufen. Keine Antwort.

Ich ging zurück zu ihrem Gebäude und klingelte erneut. Nichts.

Ich schlenderte die Seventy-second zur First Avenue vor und dann weiter in den Single-Bezirk, wo ich mir in einer Bar ein Bier bestellte. Es war noch früh genug, und die Gäste schauten hoffnungsvoll drein, daß aus dem heutigen Abend die Nacht der Nächte werden würde.

Ich rief noch dreimal an, marschierte den ganzen Weg zurück, klingelte erneut und hinterließ dann eine Nachricht in ihrem Briefkasten, daß ich da gewesen wäre. Dann nahm ich ein Taxi nach Hause; seit der Schule hatte ich mich nicht mehr derartig gekränkt gefühlt.

Das Telefon läutete, als ich zur Tür hereinkam; beinahe wäre ich nicht rangegangen, denn ich verspürte nicht die geringste Lust, den ganzen Weg zurückzutrotten.

«Ja?» sagte ich so schroff wie möglich.

«Ich muß Masochistin sein», sagte Kate, «aber ich frage mich, ob du mir bei einem Drink Gesellschaft leistest.»

«Ja. Mache ich.»

«Sie hat dich versetzt, eh?»

«*McBell's*?»

«Ich warte.»

Ich sah sie nicht, als ich dort ankam; ich begann eine gemeinschaftliche Verschwörung gegen mich zu wittern. Dann entdeckte ich sie an einem Tisch im Hinterzimmer.

«Wenn du magst», sagte Kate, «dann können wir einfach so tun, als wär nichts gewesen. Wir können einfach wie zuvor weitermachen.»

«Okay.»

Jeder von uns holte Zigaretten hervor, dann beäugten wir uns gegenseitig, dann brachen wir in Gelächter aus.

«Ich glaube, einiges hat sich doch geändert», sagte Kate, als unsere Zigaretten brannten.

Ich drückte ihre Hand, was bedeuten sollte, daß wir zäh genug waren, um das durchzustehen.

Einen Moment lang überließ sie mir ihre Hand, dann zog sie sie sanft, aber unmißverständlich weg. «Aber ich glaube, es sind noch einige weitere Veränderungen notwendig, wenn wir etwas aus dieser Sache machen wollen.»

«Zum Beispiel?»

«Zum Beispiel deine Stunden.»

«Zeitungsarbeit ist Nachtarbeit», sagte ich. «So wie Unterrichten Tagesarbeit ist.»

«Vielleicht solltest du dir eine Tagesarbeit besorgen.»

«Du meinst einen neuen Job?»

«Warum nicht?»

«Das wär ein bißchen extrem, nicht wahr?» sagte ich.

«Ich sag das nur, weil ich glaube, du verschwendest deine Talente.»

«Ganz im Gegenteil. Ich setze die einzigen Talente ein, die ich besitze.»

«Unsinn», sagte Kate.

«Es stimmt. Journalismus ist alles, was ich kann. Es ist alles, was ich je getan hab.»

«Das letztere mag stimmen, das erstere nicht», sagte Kate. «Du kannst alles tun, was du willst.»

«Ich könnte kein Arzt sein.»

«Nein, morgen nicht. Aber du kannst Medizin studieren.»

«Nicht morgen.»

«Du kannst morgen ein Bewerbungsgesuch anfordern.»

«Ich will aber kein Arzt sein.»

«Du könntest unterrichten», sagte Kate.

«Was? Journalismus?»

«Literatur.»

«Ich hab keinen Magisterabschluß», sagte ich. «Das ist das mindeste, was ich brauche.»

«Na und? Dann machst du eben deinen Magister.» Sie hob die Hände. «Sag es nicht. Hol dir eine Bewerbung für einen Magister.»

«Ich bin zu alt, um wieder in die Schule zu gehen», sagte ich.

«Quatsch. In den Zeitungen liest man ständig Geschichten über Zweiundneunzigjährige, die ihre High School-Diplome machen.»

Ich zuckte mit den Schultern. «In der Zeitung.»

«I. F. Stone lernt Griechisch», sagte Kate.

«Ich hab im College Griechisch studiert.»

«Wirklich? Sag was auf Griechisch.»

«O andres Athenaioi.»

«Was heißt das?»

«O Männer von Athen.»

«Wie poetisch. Mehr weißt du nicht mehr?»

«Ich hab eigentlich nie genug gewußt, um sagen zu können, ich hätte es vergessen.»

«Na schön, dann fang wieder damit an. Lern es diesmal richtig.»

Eine Weile rauchten wir schweigend.

«Ich mein es ernst, Charles», sagte Kate. «Jede Unterhaltung, die wir von nun an führen werden, ist ernst gemeint. Wir haben alles zu lange beiläufig gemacht. Ich möchte ernsthaft werden.»

«Ich mag meine Arbeit», sagte ich.

«Nein, tust du nicht. Du magst, daß du dabei nicht schwer heben mußt und daß du nichts mit nach Hause schleppen mußt. Aber du könntest genausogut ein Schnellimbißkoch sein, was die Befriedigung anbelangt, die es dir verschafft. Du sagst das ständig selber – daß es nichts damit zu tun hat, den Leuten die Wahrheit zu sagen; sie bekommen lediglich die für den Schreiber geeignete Version davon vorgesetzt. Du sagst dauernd, Zeitungen enthalten lediglich eine Ansammlung von Dingen, die Reportern wichtig erscheinen, weil sie zufällig anwesend sind, wenn diese Dinge geschehen; wenn sie sie nicht sehen, dann sind sie auch nicht passiert. Ständig sagst du, ein Reporter zu sein, das ist nicht viel besser als ein Spanner zu sein.»

Ich hatte diese Dinge nicht ständig gesagt, aber gesagt hatte ich sie. Mir fiel nichts ein, um meine eigenen Argumente zu entkräften. Ich blickte mich um, als wollte ich sagen, es wäre schrecklich voll hier. «Möchtest du gern raus hier?»

Kate warf mir einen mitleidigen Blick zu. «Das Schlachtfeld laß ich dich wechseln, Charles, aber nicht das Thema.»

«Ich dachte lediglich, bei dir wäre es ruhiger.»

«Bei dir, bei dir», sagte Kate. «Du willst immer zu mir, damit du jederzeit gehen kannst.»

«Ich bin schon länger nicht mehr zum Saubermachen gekommen.»

«Zu dir.»

Wir gingen zu mir und, wie vorherzusehen gewesen war, läutete das Telefon, während ich im Bad war, und ich konnte Kate nicht daran hindern, den Hörer abzunehmen.

«Es ist eine Frau», sagte sie und zielte mit dem Hörer wie mit einem Revolver auf meinen Bauch.

«Womöglich das Büro.»

«Aber sicher doch.»

«Ja?» sagte ich.

«Hi», sagte Ann.

«Hi.»

Kate verdrehte die Augen.

«Ich vermute, Sie haben bereits Ersatz gefunden», sagte Ann.

«Ja, nun ...»

«Hören Sie, es ist meine Schuld», sagte Ann. «Diese Story hat mich aufgehalten.»

«Oh?»

«Hören Sie, ich möchte mich wirklich mit Ihnen treffen. Da ist etwas, was ich Ihnen zeigen möchte.»

«Wie wär's mit morgen? Im Büro?» Ich warf einen Blick auf Kate, ob sie sich davon beeindrucken ließ. Sie schaute unversöhnlich drein.

«Jetzt gleich wäre besser», sagte Ann. «Es ist dringend.»

Ich sah auf meine Uhr. «Wir haben jetzt halb zwölf.»

«Das macht nichts. Um zwölf läuft eine Show.»

«Eine Show?»

«Soll eine Überraschung werden», sagte Ann. «Wir treffen uns Ecke Forty-seventh und Seventh.»

«Ist das Ihr Ernst?»

«Bitte kommen Sie. Es wird Sie interessieren. Es geht um Mrs. Yost.»

«Was ist mit ihr?»

«Ich muß Schluß machen», sagte Ann. «Ein reichlich unfreundlich aussehender Bursche hämmert schon gegen die Tür. Ich seh Sie in – was sagen wir? – zwanzig Minuten?»

Ich brachte lediglich ein Schnaufen zustande.

«Bye.»

Kate stand im Türrahmen, Füße auseinander, Arme unter den Brüsten verschränkt. «Schau, ob du durchkommst.»

«Es ist Arbeit.»

«Das ist eine Beziehung auch, Charles.»

Ich legte ihr die Hände auf die Schultern und schob sie zur Seite; sie leistete genug Widerstand, daß ich mich anstrengen mußte.

«Stoß mich nicht herum, du Bastard», sagte Kate.

«Kate, hör zu – offensichtlich kann ich jetzt nicht richtig umgehen damit.»

«Womit?»

«Mit uns.»

«Ah.»

«Ich kann's nicht erklären. Es ist sehr kompliziert. Ich hab keine Zeit. Vielleicht ein andermal. Aber nicht jetzt.»

«Es geht um Leben und Tod.» Sie sagte es sarkastisch.

«Ja», sagte ich – mit Überzeugung, denn genau das glaubte ich.

3

Ann beugte sich in das Taxi, während ich zahlte. «Was ist das bloß für eine Ecke. Das warme Wetter hat alles Ungeziefer aus dem Holz gelockt.»

«Wohin gehen wir?»

Sie nahm meinen Arm und zog mich zur Forty-seventh Street. «Es ist eine Überraschung.»

«Ich mag keine Überraschungen.»

«Die ist was Besonderes.»

Sie führte mich zu einem Kino mit dem Namen ‹Symposium›, in dem ein Film namens *Die Sommertage der Miss Jane Aire* lief.

Ich warf Ann einen Blick zu, aber sie deutete auf eine Tafel, auf der eine *Playboy*-Kritik des Films zitiert wurde: «Wahrhaft intelligente Erotik, die Sie körperlich und geistig anregen wird.»

«Es ist Kunst», sagte Ann und trat an das Kassenfensterchen. «Ich zahl.»

Die Kassiererin, eine Orientalin, sagte etwas zu Ann, und sie lachten.

«Sie kennt mich noch vom Nachmittag», sagte Ann.

«Haben Sie den Film schon gesehn?»

«Yeah. Haben Sie je einen gesehen?»

«Die obligatorischen paar Filme», sagte ich.

«Ich hatte noch nie einen gesehn», sagte Ann. «Gefallen sie Ihnen?»

«Ich finde sie entfremdend.»

«Ich auch. Aber zuerst hat es mich irgendwie angemacht.»

Es gab noch drei andere Zuschauer, die alle weit auseinander saßen. Wir setzten uns in die letzte Reihe.

Der Film handelte von einer Erzieherin auf einem Landsitz, die sich ihre Freizeit mit Landarbeitern, Kuhmägden, Jagdaufsehern und Wilderern vertrieb, um sich über ihre unerwiderte Liebe zu ihrem Arbeitgeber hinwegzutrösten, einem strengen Mann, gespielt von einem dunkelhäutigen Schauspieler, der mehr Ähnlichkeit mit Jack Bennys Rochester hatte als mit einer Figur von Charlotte Brontë.

«Die Aufnahmen sind sehr schön», sagte Ann.

«Umm.»

Die Hauptrolle wurde von einer Blondine mit großzügigem Mund und verwirrenden Lippen gespielt.

«Ich dachte immer, zwei auf einmal wäre unmöglich», sagte Ann.

«Psst», sagte einer der anderen Zuschauer.

Ich interessierte mich für eine Schauspielerin, die eine Nebenrolle bekleidete; sie trug einen Strohhut, dessen Krempe manchmal das Sonnenlicht aufsplitterte und über ihre Brust warf. Selbst während der emsigsten Momente behielt sie den Hut auf, umklammerte ihn mit dekorativ abgespreizter Hand. Sie wurde oft im Profil fotografiert, und die Enden ihres Halstuchs, um die Krone ihres Hutes geschlungen, verdeckten oft genug ihr Gesicht ganz. Weil man sich solche Mühe gab, ihr Gesicht zu verbergen, beobachtete ich sie ganz genau, und einmal, als sie den Kopf zurückwarf und ihren Hut losließ, um sich einen Spermafaden vom Mund zu wischen, konnte ich sie gut sehen. Es war Pamela Yost.

«Überrascht?» sagte Ann.

Pamelas Muttermal war mit Make-up überdeckt worden; ihr Körper schien voller als der, den ich in Armen gehalten hatte – wann? Erst vor zwei Tagen? Ich fragte mich, ob es an der Kameralinse oder an der Zeit lag.

«Ich hab genug gesehn», sagte ich.

«Ist gleich zu Ende», sagte Ann. Sie hatte ihre Knie gegen den Vordersitz gestemmt und sonnte sich in den Bildern.

Ich zündete mir eine Zigarette an.

Die Namen der Darsteller im Abspann waren zu schön oder zu niedlich, um etwas anderes als Pseudonyme sein zu können. «Nanette» – Pamelas Rolle – war von «Randi Rice» gespielt worden; Kameramann war «A. Clare»; Produzent-Drehbuchautor-Regisseur war «I. Amhid». Das Ganze war ein Werk der Urizen Productions.

Auf der Straße bewegte ich mich sehr langsam und vorsichtig, aus Angst, ich könnte fallen. Ann führte mich in ein *Blarney Stone*, setzte mich an einen Tisch und holte Bier.

«Wie haben Sie das herausgefunden?» sagte ich.

Sie konnte sich kaum fassen vor Freude. «Ich bin richtig stolz auf mich.»

«Das seh ich.»

«Ich hab diesen Weil aufgesucht, ja? Briggs' Boß in diesem Theater im Village? Am Anfang sagte er nicht viel, halt das Übliche – Briggs war ein guter Arbeiter, schrecklicher Schock, diese Sachen eben. Aber nach einer Weile meinte er, es hätte ihn schon gestört, daß man Briggs als Einbrecher hinstellte.»

«Wie gestört?»

«Nun, er meinte, Briggs hätte eine Menge Geld gehabt – nun ja, vielleicht nicht gerade eine Menge, aber er konnte sich doch Sachen leisten, Kleider und so, die bei dem Gehalt, das Weil ihm zahlte, nicht drin waren.»

«Vermutlich war er zuvor schon eingebrochen.»

«Weil glaubte, er hätte noch einen anderen Job gehabt, so nebenbei; einen Job, von dem sein Bewährungshelfer nichts wußte. Weil gab mir eine Telefonnummer, unter der er manchmal Nachrichten für Briggs hinterlassen hatte. Es ist lediglich ein Antwortdienst – Sie wissen schon, wo sie nur die Nummer sagen, wenn sie rangehen? Jedenfalls rief ich einen Mann an, den ich von früher kannte, der in PR für Ma Bell macht, plauderte eine Weile mit ihm und brachte ihn dann dazu nachzusehen, unter welchem Namen diese Nummer eingetragen war.»

«Das haben Sie alles heute gemacht?» sagte ich.

«Yeah.»

«Einem Samstag?»

«Yeah.»

«Ihr Freund muß immer noch ganz schön was für Sie übrig haben.»

Sie zuckte mit den Schultern. «Jedenfalls war der Anschluß unter Urizen Productions eingetragen, was sich wie eine Filmgesellschaft anhört. Also rief ich unsere Hollywoodkorrespondentin an, und sie schaute in irgendeinem Katalog oder so was nach und sagte, eine Produktionsgesellschaft unter dem Namen existiere nicht. Ich wollte mich gerade bedanken und auflegen, als sie auf die Idee kam, in einem anderen Katalog nachzusehen, der von einem Verband herausgegeben wird, der sich Adult Film Association nennt. Können Sie sich das vorstellen? Sie nennen das Erwachsenenfilme.»

«Für Kinder sind sie nicht gedacht.»

«Vermutlich. Jedenfalls war da Urizen eingetragen. Keine Adresse – nur die gleiche Telefonnummer.»

«Ich kenn den Namen irgendwie», sagte ich.

«Was? Urizen?»

«Ja.»

«Ein merkwürdiger Name.»

«Moment mal.» Ich ging zu einem Münztelefon und rief Bergman an. «Dick, hier ist Charles. Denk mal zurück an deine Schulzeit und sag mir, was das Wort ‹Urizen› für eine Bedeutung für dich hat.» Ich buchstabierte. «Das ist irgendein Charakter in einem Stück oder so was. Vielleicht bei Shakespeare.»

«Was machst du gerade?» sagte Bergman. «Kreuzworträtsel?»

«Vielleicht auch aus der Mythologie», sagte ich. «Hast du ein Nachschlagewerk da?»

«Einen Moment.» Kurz darauf hörte ich ihn murmeln, «Ulysses, Unicorn, Urania, Urdur, Utgard ... nichts, kein Urizen.»

«Hast du eine Shakespeare-Konkordanz?»

«Nein, aber wir haben Gäste», sagte Bergman. «Und zu denen muß ich wieder zurück.»

«Irgendwelche Literaten dabei?»

«Was für eine Frage.»

«Also gut, dann frag sie. Ich warte.»

Er seufzte und legte den Hörer hin. Ich hörte Gelächter und Stimmen und Bergman sagen, er wüßte nicht warum, und dann ertönte eine autoritäre Stimme und Bergman sagte Gott sei Dank, was erneutes Gelächter hervorrief.

«Du hast Glück», sagte Bergman. «Kennst du Bill Buckley?»

«Nein.»

«Der Kolumnist, Herrgott noch mal.»

«Dick, bitte, wirf mir keine berühmten Namen an den Kopf. Erzähl mir einfach, was er gesagt hat.»

Nach einer Pause sagte er: «*The Book of Urizen* ist ein Gedicht von Blake.»

«Blake?»

«Es geht da um den Konflikt zwischen Vernunft und Begehren.»

«William Blake?» sagte ich.

«Wie viele Blakes gibt's denn?» sagte Bergman.

«Da gibt's den Bill Blake.»

Bergman lachte. «Na, wenn du so dick mit ihm befreundet bist, warum rufst du dann mich an?»

4

«Ich hab mal im College was über Blake geschrieben», sagte ich. «Möcht wissen, was das war.»

Wir befanden uns in Anns Apartment – einem winzigen Raum mit Blick auf das nächste Apartment. Sie las einen enzyklopädischen Artikel über Blake.

«He, hören Sie sich das an», sagte sie. «Eine Ausstellung mit Zeichnungen von Blake war von der Kritik verrissen worden, und er zog sich daraufhin lange Zeit völlig zurück. In einem Brief schrieb er einem Freund *‹I am hid›.*»

Verständnislos schüttelte ich den Kopf.

«I. Amhid», sagte Ann. «Der Regisseur des Films. Ich hielt es für irgendeinen arabischen Namen.»

Ihr Eifer und ihre Fähigkeit, all diese Querverbindungen zu ziehen, beeindruckten mich. Ich fühlte mich, als würde ich schlafwandeln, und das bereits seit Tagen. Erst als ich Ann beim Aufschließen ihrer Apartmenttür zusah, begriff ich die Bedeutung des Schlüssels, den ich in die Tasche gesteckt hatte. Eine ganze Weile schon dachte ich darüber nach, wie ich es Ann am besten sagen konnte.

«Da ist noch etwas, das Sie wissen sollten», sagte ich schließlich.

Erwartungsvoll zog sie die Augenbrauen hoch.

«Ich, äh, stattete Mrs. Yost noch einen Besuch ab – am Tag nach der Beerdigung.»

«Einen Besuch», sagte sie flach.

«Sie lud mich auf einen Kaffee ein.» Bevor sie diesen Euphemismus wiederholen konnte, sprach ich schnell weiter. «Die Haustür des Gebäudes hat keinen Summer. Sie müssen einen Schlüssel runterwerfen, wenn ein Besucher kommt. Ich steckte den Schlüssel in meine Tasche und hätte ihn beinahe vergessen, bis ich ... bis ich ging. Sie war ... sehr bekümmert.»

Jetzt war sie mit Kopfschütteln an der Reihe.

«Der Schlüssel war brandneu. Ich hatte den Eindruck, er war als Ersatz für einen Schlüssel gemacht worden, den jemand genauso wie ich eingesteckt hatte. Es war einfach ein Reflex.»

«Wer zum Beispiel?» sagte Ann.

«Beispielsweise Briggs», sagte ich.

Ann notierte sich etwas in ihr Büchlein. «Das können wir bei der Polizei überprüfen. Sie müssen eine Liste der Gegenstände haben, die sich in Briggs' Taschen befanden.»

«Da ist noch was anderes», sagte ich. «Es ist bloß so ein Eindruck, aber als ich auf dem Friedhof mit Mrs. Yost sprach –»

«Und ihr sagte, sie solle unter keinen Umständen mit mir reden», sagte Ann.

«– erwähnte ich irgendwas über ... Filme. Sie sagte, ‹Ich hab seit einer Ewigkeit keinen Film mehr gesehn›. Ich weiß, das sagt man einfach so dahin, aber –»

«Aber an dem Abend, an dem ihr Mann umgebracht wurde, waren sie ja angeblich im Kino gewesen.»

«Genau.»

«Wie um alles in der Welt konnten Sie zu einem solchen Zeitpunkt über Filme sprechen?» sagte Ann.

«Wir machten lediglich ... leichte Konversation.»

Ann klatschte in die Hände. «Kommen Sie, Charlie, mir können Sie's doch sagen. Sie wollten sich mit ihr verabreden, nicht wahr? Sie fragten sie, ob sie mit ins Kino geht.»

«Ich sagte ihr, wenn sie einen Begleiter benötige, dann könnte –»

«Einen Begleiter.»

«– sie mich anrufen. Ich dachte, ich könnte ihr behilflich sein, sich an ihr verändertes Leben anzupassen.»

«Waren Sie mal bei den Pfadfindern, Charlie?»

Ich erinnerte mich, wie zornig Freddy gewesen war, daß Maida und ich über Pamela geredet hatten, und ich erinnerte mich an meine Spekulationen, daß Pamela von Blake zu mir geschickt worden war. Ich fragte mich, wer auf die Idee gekommen war, sie sollte mit mir schlafen.

Ann legte das Lexikon beiseite, nahm ihren Block und blätterte ihn durch. «Also. Briggs arbeitete für Blake. Blake ist ein Freund der Yosts. Wir können annehmen, daß Briggs ebenfalls ein Freund der Yosts ist. Wenn er zufällig einen verirrten Schlüssel in der Tasche hatte, dann können wir fast mit Sicherheit sagen, daß er ein Freund der Yosts war. Jedenfalls war er, ebenfalls mit ziemlicher Sicherheit, kein Einbrecher. Bleibt die Frage, weshalb war er dort? Handelte es sich lediglich um einen freundschaftlichen Besuch, der in Streit ausartete? Oder ... trieb er eine Schuld ein oder bezahlte für eine?» Triumphierend reckte sie einen Finger hoch. «Ich möchte wetten, er hatte ein Verhältnis mit Mrs. Yost, und ihr Mann erwischte sie mit runtergelassenen Hosen.»

Das war vor Stunden mein erster Gedanke gewesen.

Aufgeregt schlug Ann mit den Knien gegeneinander. «Das wird eine wahnsinnige Story. Ich kann's kaum erwarten, Phil davon zu erzählen. Morgen früh werd ich ihn sofort anrufen. Ich frag mich, ob er uns mit dem, was wir bis jetzt haben, losschlagen läßt.»

«Uns?»

Sie machte eine großzügige Geste. «Wir sind ein Team, Charlie.»

«Ich glaub nicht, daß Sie losschlagen sollten, bevor wir uns nicht mit Mrs. Yost unterhalten haben.»

«Worüber sollten wir uns mit ihr unterhalten?» sagte Ann. «Sie wird uns anlügen, weiter nichts. Was sollen wir von ihr verlangen – soll sie uns bestätigen, daß sie in dem Film war? Das ist ein Fakt – keine Bestätigung notwendig. Sie fragen, ob Briggs für Blake gearbeitet hat? Auch das ist ein Fakt – oder zumindest ist es ein Fakt, daß Briggs den Beantwortungsservice von Blake benutzt hat. Wir können sie fragen, was wirklich in jener Nacht passiert ist, aber ich hab so meine leichten Zweifel, ob sie es uns sagen wird.»

«Ich habe die Absicht, sie zu fragen.»

Sie machte eine großtuerische Bewegung mit den Schultern. «Oh, haben Sie, ja? Wieso glauben Sie – Oh, ich vergaß ganz, daß Ihr beide ja befreundet seid. Eine gemeinsame Kaffeestunde.» Sie hob ihr Kinn in Richtung des Telefons. «Also? Rufen Sie sie an. Fragen Sie.»

«Sie ist nicht in der Stadt.»

Ann gab ein Geräusch von sich, irgendwas zwischen einem Husten und einem Lachen. «Das wäre ich auch nicht. Ich wäre in Brasilien.»

An meiner alten Zigarette steckte ich mir eine neue an; meine Kette hatte schon ein halbes Päckchen verschlungen.

Ann fächelte mit einer Hand vor ihrem Gesicht herum, stand dann auf und öffnete das Fenster. «Sie schaun sich's schon wieder an.»

«Was?»

«Meine Nachbarn. Sie schaun sich *The Wizard of Oz* an. Ungefähr die zehnte Nacht hintereinander. Sie müssen einen Video-Recorder haben.»

Ich stand auf, ging ans Fenster und sah zu, wie Dorothy und Todo und der Feige Löwe und der Jäger und die Vogelscheuche die Yellow Brick Road entlangtrabten.

Ann sang: «*We're off to see the Wizard* ... Komm schon, Charlie.»

«*The wonderful Wizard of Oz*.»

Ann nahm meinen Arm und drückte ihn. «Das war sehr gut. Sie sind doch mit dem Komponisten verwandt, nicht wahr? Ich hab Sie das gefragt – mein Gott, ist das erst eine Woche her? – und Sie haben nie darauf geantwortet.»

«Im Geiste», sagte ich.

«Wie meinen Sie das?»

«Ich hab mal einen Film über Ives gesehn», sagte ich. «Er hieß *Eine gute Dissonanz ist wie ein Mann*.»

«Vermutlich bedeutet das irgendwas», sagte Ann, «aber ich kapier's nicht.»

Die Böse Hexe des Westens flog vorbei, und Ann zeigte den gebührenden Schauder. «Charlie, wie kann man nur in so einem Film mitspielen.»

«Es ist ein Klassiker», sagte ich.

Sie versetzte mir einen leichten Schlag in den Bauch. «Das mein ich doch nicht. Ich meine ... Sie wissen schon, was ich meine.»

«Ich weiß nicht», sagte ich. «Vermutlich macht es sich bezahlt.»

«Ich versteh nicht, wie sie glauben kann, daß sie niemand erkennt», sagte Ann. «Selbst mit dem Make-up auf dem Muttermal.»

«Ich kann mir nicht vorstellen, daß das Publikum bei diesen Filmen groß auf Gesichter achtet.»

Ann lachte und legte ihren Kopf an meine Schulter. «Bleibst du die Nacht hier?»

Ich tat so, als würde ich darüber nachdenken, obwohl ich durchaus die Absicht hatte; jeder Clown kann einem sagen, daß es am schwierigsten ist, einen Jongleursakt elegant zu beenden.

«Ich hab Phil erklärt, daß ich es für das beste halte, wenn wir einfach nur Freunde sind», sagte Ann. «Falls es das ist, worüber du nachdenkst.»

«Ich dachte», sagte ich, «daß es so viele Worte für die verschiedenen Variationen von Mord gibt – Tötung, Selbstmord, Vatermord, Muttermord, Brudermord –»

«Insektenmord», sagte Ann und lachte, bis ich auch nicht anders konnte.

«– Königsmord, Völkermord und so weiter – aber es gibt kein gebräuchliches Wort für den Mord am Ehepartner, was sicherlich eine weitverbreitete Form dieser Übung ist.»

«Es ist –» Ann wedelte mit ihren Fingern in der Luft herum, als müßte sie sich ihr Vokabular zusammensuchen. Sie scheiterte. «Ich weiß nicht. Charlie, du glaubst doch nicht, Mrs. Yost hätte ihren Mann umgebracht, oder?»

«Ich weiß nicht.»

«Aber sie könnte das alles arrangiert haben.»

«Vielleicht.»

«Jesus.»

Eine Weile schauten wir uns noch den Film an, dann setzte sich Ann auf das Fenstersims und klemmte mich zwischen ihre Beine.

«Ich muß zugeben», sagte sie, «der Film hat mich auf Touren gebracht. Nicht der Film selbst, sondern die Vorstellung, es vor anderen zu treiben.»

«Wenn du damit deine Nachbarn meinst», sagte ich, «na ja, du weißt ja, wie Judy Garland Fans sind.»

Sie gab mir einen leichten Boxhieb aufs Kinn, gefolgt von einem Kuß. Sie wickelte ihre Beine um mich, und ich marschierte mit überraschender Leichtigkeit mit ihr zum Bett und legte sie wie eine Feder ab. Daß das ganze Unternehmen ein Erfolg wurde, war ein Triumph des Fleisches über den Geist, denn mein Kopf war vollgestopft mit Bildern aus Kunst und Leben. Als ich dann schlief, träumte ich, daß Quinlan, Pamela, Judy Garland und ich in einem China-Restaurant saßen; wir aßen nicht, sondern schauten uns einen Film an, der für uns vier auf eine tragbare Leinwand projiziert wurde. Ann war eine Kellnerin und Kate die Filmvorführerin; meine Mutter war eine Platzanweiserin.

5

Ann hatte einen gesunden Schlaf; ich war fast angezogen, bevor sie sich rührte und streckte.

«Wie nett», sagte sie. «Du wirst die Zeitung holen. Und auf der Seventy-third Street gibt es eine gute Bäckerei.»

«Ich muß los», sagte ich.

«Wohin? Ich dachte, wir versuchen, Mrs. Yost aufzustöbern.»

«Ich dachte, es wäre besser, wenn ich mich darum kümmere. Mich hält sie immer noch für einen Freund; dir wird sie nicht trauen.»

«Ich trau dir nicht», sagte Ann. «Ich glaub, du stehst auf Mrs. Yost.» Sie sprang aus dem Bett, kam auf mich zu, schlang die Arme um meine Taille und lehnte sich wie ein Wasserskifahrer zurück. «In deinem Apartment letzte Nacht, das war doch nicht sie, oder?»

«Ich sagte dir doch schon – Mrs. Yost hat die Stadt verlassen. Sie hält sich bei Freunden auf, irgendwo.»

«Und wer war es dann?»

«Eine Freundin.»

«Du dachtest gestern, ich hätte dich versetzt, ja?» sagte Ann. «Hat dich das geärgert?»

«Ich dachte mir, es wird schon einen Grund geben.»

«Aber den wirklichen Grund hättest du nie erraten.»

«Ann, du kannst wirklich stolz auf dich sein. Du hast großartige Arbeit geleistet, all diese Einzelteile zusammenzusetzen.»

«Großartige Arbeit für eine Frau – das meinst du damit doch, nicht wahr?» Sie ließ mich los, drehte sich um und schlang die Arme um sich.

«Das hab ich nicht gesagt.»

«Warum versuchst du dann, mir die Sache aus der Hand zu nehmen?» sagte Ann und wandte sich mit finsterem Gesicht wieder um.

«Du sagtest, wir wären Teamgefährten», sagte ich. «Ich biete lediglich meine Hilfe an.»

«Das hast du anfangs schon mal gesagt, als du mir ein Interview mit Mrs. Yost vermitteln wolltest», sagte Ann. «Nichts hast du getan.»

«Ann, wenn du anfängst, sie zu suchen, dann verschreckst du sie bloß. Sie erwartet, von mir zu hören.»

«Um ins Kino zu gehen?»

«Was auch immer.»

«Warum kann ich dir nicht glauben?» sagte Ann.

Ich sackte ein bißchen in mich zusammen, als wäre das ein Kreuz, das ich ständig tragen müßte.

«Ich verstehe nicht, warum wir überhaupt mit ihr reden müssen», sagte Ann. «Ich denke, wir sollten schnurstracks zur Polizei gehn. Sie werden die Ermittlung wiederaufnehmen, und wir kriegen die Exklusiv-Story. Wir können doch nicht die ganze Arbeit für sie machen.»

«Ich habe nur die Befürchtung, daß die Dinge vielleicht nicht das sind, was sie scheinen.»

Ann ruderte mit den Armen. «Was? Glaubst du, in dem Film, das war ihre Zwillingsschwester?»

«Hat sie eine Zwillingsschwester?»

Sie kauerte sich auf die Fersen. «Ich weiß nicht.»

Ich nahm sie bei den Schultern. «Schau mal. Ich kann mir nur vorstellen, daß jemand gezwungenermaßen in einem Pornofilm mitspielt – man schuldet jemand Geld oder hat was getan, was einen erpreßbar macht. Okay? Nehmen wir also mal an, das war Mrs. Yosts Grund. Was bedeutet, daß sie möglicherweise in etwas verwickelt ist, mit dem sie nicht fertig wird – daß sie bis über beide Ohren drinsteckt. Wäre es da nicht besser, wenn wir, anstatt zur Polizei zu gehen und sie anzuzeigen, ihr wieder auf die Beine helfen würden – statt sie zu verdammen?»

«Du bist ein echter Romantiker, was, Charlie?»

«Ich versuche es aus jeder Perspektive zu sehen.»

«Ich glaube trotzdem, wir sollten Phil erzählen, was wir bis jetzt herausgefunden haben.»

«Schau mal. Soweit wir wissen, ist niemand sonst hinter der

Story her – richtig? Weil erwähnte nicht, daß er auch noch mit anderen Reportern gesprochen hätte, oder?»

«Er hat mit einigen gesprochen, aber er hat ihnen nicht das erzählt, was er mir erzählt hat. Er sagte, er bekäme langsam Schuldgefühle, weil er was Wichtiges zurückgehalten habe.»

«Aber der Polizei hat er nichts erzählt?»

«Er sagte, sie hätten sich ungefähr fünf Minuten mit ihm abgegeben – wollten nur bestätigt haben, daß Briggs für ihn gearbeitet hatte. Und machten ihm lediglich klar, was für ein Trottel er doch gewesen wär zu glauben, er könnte einen Ex-Sträfling auf den rechten Weg zurückführen.»

«Also hast du das exklusiv», sagte ich.

«Ich denke schon.»

«Na gut, das wird auch noch einen weiteren Tag exklusiv bleiben. Wenn ich Mrs. Yost bis morgen nicht gefunden habe – oder zumindest herausgefunden habe, wo sie steckt –, dann kannst du loslegen.»

«Für wen hältst du dich eigentlich, daß du glaubst, mit mir ein Geschäft abschließen zu können, Charlie?» sagte Ann.

«Sieh die Sache so, als würde Mrs. Yost das Geschäft abschließen.»

Sie bemühte sich, schüttelte dann den Kopf über ihr Unvermögen. «Ich komme immer wieder zu dem gleichen Schluß – du und Mrs. Yost, ihr habt was miteinander, was über einen Kaffeeklatsch hinausgeht.»

Ein Teil von mir hätte ihr das gern bestätigt, aber ich war mir nicht sicher, ob es sich dabei um meine ehrliche Seite handelte, die um Vergebung nachsuchte; es schaute mehr nach der eitlen Seite aus, die Anerkennung suchte, wie unwiderstehlich ich doch war.

«Vertrau mir, bitte», sagte ich.

«Hab ich eine andere Wahl?»

Ich bluffte. «Aber sicher. Du kannst dich ans Telefon hängen, sobald ich zur Tür draußen bin.»

Mit den Fingern fuhr sie sich durchs Haar. Sie hatte diese Geste schon eine ganze Weile nicht mehr gemacht; das war, so erkannte ich, ein Maßstab für ihr Vertrauen in ihre Fähigkeit, alldem auf den Grund zu gehen.

«Traust du mir, daß ich's nicht tu?» sagte Ann.

«Natürlich», sagte ich. Natürlich traute ich ihr nicht – und wenn es nur aus dem Grund war, weil ich genau wußte, daß ich nicht gerade viel zu einem vertrauensvollen Klima beigetragen hatte.

«Rufst du mich an?» sagte Ann.

«Sobald ich etwas herausgefunden hab.»

Sie trat dicht an mich heran, hielt aber ihre Arme weiterhin verschränkt. Es blieb mir überlassen, sie zu umarmen.

«Ich habe die letzte Nacht genossen, Charlie», sagte Ann. «Ich hoffe, es bleibt nicht bei dieser einen Nacht.»

Ich packte sie bei den Schultern und küßte sie. Mit wortloser Kommunikation kam ich besser zurecht; alles, was ich sagte, hatte einen falschen Klang, hörte sich nach Fälschung an.

6

Es regnete den ganzen Tag. Ich schaute mir die Bilder im Fernseher an und lauschte der Musik aus dem Radio; manchmal ergänzten sie sich, häufiger prallten sie gegeneinander.

Jede Stunde rief ich Pamelas Nummer an und hinterließ eine Nachricht bei ihrem Beantwortungs-Service. Anfangs beklagten sich die Telefonistinnen, aber nach einer Weile hatten sie sich an die Intervalle gewöhnt; rief ich ein paar Minuten zu spät an, dann meinten sie, sie hätten sich schon Sorgen um mich gemacht.

Um sechs ging ich zu der Bar in der Spring Street. Drei Gäste waren da, aber niemand, den ich zu sehen wünschte. Ich marschierte zu Pamelas Gebäude; in ihrem Apartment brannte Licht.

Ich ging zu der Bar an der Ecke und wählte ihre Nummer; der Anrufbeantworter meldete sich.

Mir waren die Zigaretten ausgegangen, und ich bat den Barkeeper um Wechselgeld für den Automaten. Er deutete auf ein Schild mit der Aufschrift *Geldwechsel nur bei Kauf*.

«Eine Coke», sagte ich.

Er brachte eine. «Fünfundneunzig.»

Ich holte noch einen Dollar hervor. «Und den hier wechseln.»

Er deutete auf das Schild.

«Ist für Ihr Trinkgeld», sagte ich.

Er brachte vier Quarter.

Einen davon schob ich zurück. «Den noch mal klein machen.»

«Hab keine Dimes mehr», sagte er.

Ich zog meinen Presseausweis und hielt ihm die Karte unter die Nase. «Möchten Sie, daß zwei Millionen Leute lesen, was Sie für ein Arschloch sind?»

«Sind Sie ein Bulle?» sagte der Barkeeper.

Ich begriff nicht, bis ich merkte, daß ich unabsichtlich das Wort *Pressedienst* mit dem Daumen zugedeckt hatte; er konnte nur noch die Worte *New York Police Department* lesen. Ich steckte die Karte wieder ein. «Richtig.»

«So eine Marke hab ich noch nie gesehn», sagte der Barkeeper.

«Innere Angelegenheiten», sagte ich. «Mein Wechselgeld.»

Er brachte mir zwei Dimes und einen Nickel. Ich nahm die Dimes, warf sie in den Automaten und bekam die falsche Marke. Ich wollte gerade ein großes Theater anfangen, als ich draußen zwei berittene Polizisten sah und mir einfiel, daß das Erste Revier ganz in der Nähe war; wahrscheinlich war das hier ihre Stammkneipe. Ich eilte zur Tür.

«He», rief der Barkeeper. «Einen lausigen Nickel als Trinkgeld?»

Ich kehrte zu der Wohnung zurück, drückte auf Pamelas Klingel und rannte über die Straße in einen Hauseingang. Niemand näherte sich dem Fenster.

Ich setzte mich auf ein Geländer und versuchte hinter den Sinn dieses Manövers zu kommen. Ich zündete mir eine neue Zigarette an und wollte gerade wieder klingeln, als die Tür aufging und zwei Männer herauskamen. Einer war der blonde Mann, den ich gesehen hatte, als ich mit Pamela das Haus verließ; der andere hatte eine Glatze.

«Hi», sagte ich.

«Hi», sagte der Blonde.

«Ich wollte gerade klingeln. Schätze, ich werd gleich hochgehn.»

«Wohnen Sie hier?» sagte der Glatzköpfige.

Zu dem Blonden sagte ich: «Wir haben uns schon gesehn, erinnern Sie sich? Ich war in Begleitung von Mrs. Yost.»

«Ich erinnere mich nicht», sagte der blonde Mann.

Ich wünschte, ich hätte es geprobt, aber ich versuchte noch mal den Trick mit der Pressekarte. «Ich bin bei der Polizei. Ich überprüf lediglich, ob bei Mrs. Yost alles in Ordnung ist.»

Der Blonde versuchte meine Karte zu sehen, die ich halb verborgen in der Handfläche hielt.

«Ich denke, das paßt schon, Tom», sagte der Mann mit der Glatze.

«Soll keine Beleidigung sein», sagte Tom. «Aber die Cops, die letzte Woche hier waren, stellten die dämlichsten Fragen.»

«Tom unterrichtet Griechisch», sagte der Glatzköpfige. «Sie sahen seine Bücher und hielten es für Russisch. Sie fingen sofort an, über die Kommunisten herzuziehen.»

Ungläubig schüttelte ich den Kopf. «In den letzten paar Jahren ist das Niveau der Polizei wirklich ganz schön gesunken.»

«Ich vertrete die Theorie», sagte Tom, «daß es ohne Polizei keine Kriminellen geben würde.»

«Eine interessante Theorie.»

«Die Polizei verdächtigt jeden, ein Krimineller zu sein», sagte Tom. «Man kann es ihnen auf der Straße an den Gesichtern ablesen.»

«Es ist ein hartes Leben», sagte ich.

«Die Leute fangen deswegen an, sich wie Kriminelle zu benehmen», sagte Tom.

Tom war eindeutig ein Jünger von Sokrates. Ich schob mich durch die Tür. «War nett, mit Ihnen zu reden. Wünsche einen guten Abend.»

«Friede», sagte Tom.

Ich wartete, bis sich mein Herzschlag beruhigt hatte, dann kletterte ich die Stufen hoch und lauschte an Pamelas Tür; drinnen spielte leise Musik. Ich klopfte. Schritte. Quietschende Fußbodenbretter.

«Wer ist da?» sagte Pamela.

Ich hielt mir mit einer Hand den Mund zu. «Tom. Von unten.»

«Tom?»

«Ja.»

Sie öffnete die Tür. Es gab keinen Aufschrei, keine Hand, die an die eigene Kehle fuhr. Sie wedelte lediglich leicht angeekelt mit einer Hand, so als wäre sie wieder mal auf einen abgeschmackten Scherz hereingefallen. «Ich hätte es wissen müssen – all diese Telefonanrufe.» Sie ging zurück in die Wohnung.

7

Ich fand sie in der Küche, wo sie sich ein Glas Wein einschenkte.

«Ich weiß alles», sagte ich in gesunder Übertreibung. «Daß Briggs für Blake arbeitete, über den Film ... alles.»

Pamela nickte und trank das Glas zur Hälfte aus. An mir vorbei ging sie ins Wohnzimmer zum Bücherregal und holte aus einer Emailledose einen Joint. Sie hielt ihn hoch. «Willst du auch?»

«Nein, danke.»

Sie stellte die Dose zurück, zündete ein Streichholz an und brachte den Joint in Gang. Nach einigen tiefen Zügen setzte sie sich auf die Couch, legte die Füße auf den Kaffeetisch und nippte an ihrem Wein.

«Wirst du darüber in deiner Zeitung schreiben?» sagte Pamela.

«Ich möchte dir helfen.»

Sie lachte.

Das Telefon klingelte.

«Da du es nicht sein kannst», sagte Pamela, «muß es Ann Roth sein. Sie hat beinahe genausooft angerufen wie du.»

«Oh?»

«Warum hörst du nicht mit dem Theater auf?» sagte Pamela. «All dieser Scheiß von wegen Helfen. Du hast gerade versucht mich bloßzustellen, damit du einen verfluchten Artikel für deine verfluchte Zeitung schreiben kannst.»

Diese Interpretation machte mich sprachlos; ich hatte mich für den Betrogenen gehalten, nicht für einen Zeitungsgeier. «Ich habe mich um dich gesorgt. Das war alles völlig legitim. Ich möchte dir helfen. Das ist legitim. Ich schreibe nichts für niemanden – aber Ann Roth tut das. Was ich weiß, das weiß sie ebenfalls – und bald schon werden es auch noch andere wissen. Und wenn das der Fall ist, dann werden sie nicht zu dir kommen und um eine Erklärung bitten. Sie werden zur Polizei gehen in Erwartung einer Belohnung oder einer Gefälligkeit. Briggs war vorbestraft. Es muß eine Menge Leute geben, die über seine Beziehung zu Blake Bescheid wußten. Einige davon sind sicherlich Ex-Sträflinge, die nur darauf warten, daß sie der Polizei im Austausch gegen irgendwas anderes etwas anzubieten haben. Du mußt zur Polizei, bevor sie es tun. Wenn du das tust, dann hören sie dir viel bereitwilliger zu, als wenn sie dich holen müssen.»

Pamela starrte zwischen ihren Knien hindurch. «Ich hätte weggehen sollen, so wie ich es dir gesagt hatte.»

«Warum hast du's nicht gemacht?» sagte ich.

Sie zuckte mit den Schultern. «Ich tu, was man mir sagt.»

«Blake?»

Sie nickte.

«Er hat dir gesagt, du sollst mich besuchen, nicht wahr?»

Sie nickte.

«Und mit mir schlafen?»

Sie zog an ihrem Joint. «Was macht das schon für einen Unterschied?»

Ich setzte mich neben sie. «Blake hat dir nicht gesagt, du sollst mich jetzt zur Tür reinlassen, oder? Das heißt, du bist durchaus in der

Lage, selbständig zu handeln. Ich will von dir nicht hören, daß du mit mir geschlafen hast, weil du selbst es wolltest – aber nehmen wir bloß mal an, es wäre so gewesen. Auf mich macht das den Eindruck, als suchst du noch von anderer Seite als von Blake Unterstützung. Na schön, such ruhig weiter – selbst wenn es keinen Unterschied zu machen scheint –, denn für dich ist nichts drin, wenn du weiter zu ihm hältst.»

«Was wird die Polizei mit mir machen?» sagte Pamela.

«Was hast du getan?»

«Nun, ich habe sie angelogen, nicht wahr?»

«Deinen Mann hast du nicht umgebracht, oder?»

Sie lehnte sich zurück und musterte mich eingehend. «Glaubst du das wirklich?»

«Ich frage dich.»

«Nein», sagte Pamela.

«Hat Briggs es getan?»

«Natürlich hat er es getan, Herrgott noch mal.»

«Aber nicht, weil ihr ihn beim Einbruch in euer Apartment überrascht habt?»

«Das ist eine lange Geschichte.»

«Kann ich mir vorstellen.»

Sie atmete ein paarmal tief durch, wie ein Athlet, der sich auf den Start vorbereitet. «Ich muß es auf meine Weise erzählen. Ich kann es nicht hübsch und sauber und ordentlich erzählen.»

«Ich verstehe.»

Sie suchte mein Gesicht nach Anzeichen von Ironie ab, atmete dann noch einige Male durch.

«Mein Mann war Schauspieler», sagte sie. «Er spielte in zahlreichen Werbespots mit. Er verdiente eine Menge Geld. Er hatte einen guten Ruf. Wie alle anderen auch, die Werbefilme machen, wollte er in richtigen Filmen mitspielen. Aber das eine führt nur selten zum anderen. Filmproduzenten glauben, daß Werbe-Schauspieler so sehr mit einem Produkt identifiziert werden – einer Seife oder einer Bank oder was auch immer –, daß sie in dramatischen Rollen nicht glaubwürdig wirken ... Aber egal, darum geht's nicht. Es geht darum, daß Don – mein Mann – schließlich doch eine Filmrolle bekam. Es war keine große Rolle – nicht die Hauptrolle –, aber immerhin eine gute Rolle.»

Sie machte noch einen Zug an ihrem Joint, drückte ihn dann aus. «Na, wie komm ich voran?»

«Gut.»

«Das war der leichte Teil. Jetzt kommt der schwierige Teil.» Sie nahm einen Schluck Wein.

Ich zündete mir eine Zigarette an.

«Der Film wurde in Arizona gedreht», sagte Pamela. «Kurz bevor Don zu den Dreharbeiten hinfuhr, besuchten wir eine Party bei Bill. Wir haben uns wirklich angeturnt. Alle anderen auch. Es gab alles, was man sich nur vorstellen kann – Alkohol, Pillen, Koks, Grass. Ich hatte von allem reichlich. Don ebenfalls. Alle anderen auch. Die Party entwickelte sich zu einer ... einer Orgie. Ich meine, so nennt man's vermutlich. Jeder vögelte jeden. So was ist doch eine Orgie, oder? ... Jedenfalls fuhr Don los und drehte den Film und kam zurück, und einige Monate später gingen wir wieder zu einer Party bei Bill – einer Überraschungsparty. Die Überraschung bestand darin, daß wir einen Film über die erste Party sahen. Bill hatte ihn gemacht. Er macht Pornofilme. Ich denke, das weißt du. Er hatte die Party bloß so aus Spaß gefilmt, aber es gefiel ihm so sehr, daß er es in einem seiner Filme verwenden wollte. Er wollte ein ganzes Drehbuch um die Party herum schreiben. Jedenfalls –»

«Wie konnte er euch filmen, ohne daß ihr was gemerkt habt?»

«Spiegel, von der einen Seite her durchsichtig.»

«Aber braucht man da nicht Beleuchtung und all das?»

Die Ablenkung störte sie. «Heutzutage kann man Filme bei Kerzenlicht drehen ... Bitte, laß es mich auf meine Weise erzählen. Da hab ich das Gefühl, ich hab die Sache im Griff.»

Ich nahm einen Schluck von ihrem Wein.

«Jedenfalls hielt Bill es für großartig, daß Don dabei war, denn Dons Gesicht war allgemein bekannt, und in den Werbespots spielte er immer diese ehrbaren Typen – Anwälte und Bankiers und so. Bill redete ständig davon, bekannte Leute wie Schauspieler und Sportler und Rockstars – einmal hat er es bei Mick Jagger versucht – für seine Filme zu gewinnen. Er sagte, man würde sie nie erkennen, weil niemand, der sich diese Filme anschaut, auf die Gesichter achtet.»

Ich lachte.

«Was ist so komisch?»

«Das war auch mein erster Gedanke.»

Sie sah mich an, als wollte sie sagen: *Na und?* «Jedenfalls hielt Don das Ganze nicht für so komisch, vor allem, wo der Film, den er gemacht hatte, gerade herauskam, mit der Chance, weitere Rollen von den gleichen Produzenten zu kriegen. Er erklärte Bill, es könnte seine ganze Karriere ruinieren, wenn die Szene je gezeigt würde. Er reagierte so empört, als ob ... ach was, egal.»

Sie gab sich Mühe, eine Erinnerung zu unterdrücken. Als sie es geschafft hatte, fuhr sie fort: «Jedenfalls sagte Don zu Bill, er würde zu seinem Anwalt gehn, wenn der Film nicht vernichtet würde. Er wußte nicht genau, was an der Sache illegal war, aber er dachte sich, koscher konnte es nicht sein. Bill wies darauf hin, daß Don schlecht Anzeige erstatten konnte, ohne die Sache, die er geheimhalten wollte, an die Öffentlichkeit zu bringen. Er war recht zufrieden mit sich selbst. Jedenfalls ging Don auf mich los. Er gab mir an allem die Schuld – daß wir überhaupt zu der Party gegangen waren, daß wir uns so angeturnt hatten, daß ich mitgemacht hatte. Als hätte ihn jemand dazu zwingen müssen ... Jedenfalls sagte ich Bill, wenn er den Film nicht vernichten oder höchstens mal auf Parties zeigen würde, dann würde er damit meine Ehe zerstören. Er schien richtig froh, das zu hören – ich meine zu hören, daß ich um meine Ehe besorgt war. Er sagte: ‹Na schön, Pamela; aber ich verlange eine Gegenleistung von dir – eine kleine Gefälligkeit.› Du kannst dir vorstellen, worum es sich dabei handelte?»

Ich nickte.

«Es waren anderthalb Tage Arbeit», sagte Pamela. «Ich biß einfach die Zähne zusammen, hielt mir die Nase zu und tat es. Ich trug Make-up; ich trug Hüte. Seit ich ein Teenager war, hab ich Hüte getragen, wegen dem da.» Sie berührte ihr Muttermal. «Ich entdeckte, daß sich die Leute mehr an den Hut als an dich erinnern. Und da ja die Leute nicht auf Gesichter achten, dachte ich mir, niemand würde es herausfinden.»

«Dein Mann wußte nichts davon?»

«Nicht, bis Bill es ihm erzählte», sagte Pamela. «So ist Bill nun mal. Er kann nicht einfach bloß jemand betrügen; er muß ihn auch wissen lassen, daß er betrogen worden ist ... Jedenfalls wußte Don Bescheid – und er tobte vor Wut, was sich in erster Linie gegen mich richtete. Er war auf mich wütender als auf Bill. Eines Nachts fing er an, mit einem Messer herumzufuchteln. Ich suchte so schnell wie möglich das Weite. Ich ging zu Bill und sagte ihm, er müsse was tun, um die Sache wieder einzurenken, weil ich es nicht mehr ertragen könnte. Bill meinte, er würde mit Don reden. Er rief ihn an und redete am Telefon mit ihm. Dann fragte er, ob er kurz rüberkommen könnte ... was er dann auch tat.»

«Das war letzte Woche?» sagte ich.

«Ja.»

«Und was geschah?»
«Ich war nicht dabei.»
«Du warst nicht dabei?»
«Ich sagte dir doch, ich war bei Bill.»
«Blake nahm doch Briggs mit, oder?»
«Ich sagte, ich war nicht dabei.»
«Du warst dort, als die Polizei kam.»
«Ja ... Bill rief an und sagte, ich sollte heimkommen.»
«Und?»
«Ich tat es.»
«Und?»

Sie funkelte mich einen Moment lang wütend an, nahm dann einen Schluck Wein. «Bill war da, saß am Küchentisch, trank Wein und lauschte der Radiomusik – als wäre er bei einer verfluchten Party oder so was. Ich wurde hysterisch. Als ich mich wieder beruhigt hatte, erklärte er mir, was ich der Polizei sagen sollte.»

«Ich verstehe nicht. Warum –»

«Wegen Ken», sagte Pamela und zuckte zur Unterstreichung mit einem Bein.

«Ken? Du kanntest ihn also?»
«Er war ein Freund.»
«Ein Freund von dir? Nicht von deinem Mann?»

Pamela fuhr mit der Hand so fest an ihr Muttermal, daß es fast wie ein Schlag wirkte. «Siehst du das? Ich hab mich sehr frühzeitig im Leben daran gewöhnt. Es hat mich nie gestört. So bin ich eben. Donald hielt es für ein Stigma – ist dies das richtige Wort dafür? Er dachte, ich würde darunter leiden, daß ich gebrandmarkt war. Er hielt sich für den einzigen Menschen auf der Welt, der erkennen konnte, daß ich trotzdem schön war. Trotzdem – das war es, was er dachte. Ich dachte immer, ich wäre deswegen schön. Aber Donald hielt das Mal für häßlich – etwas, das versteckt werden mußte. Und er versuchte es – und damit mich – vor dem Rest der Welt zu verstecken. Er kommandierte unser gesellschaftliches Leben. Er entschied, wen wir sahen und wann. Er spielte gern Gott. Das einzige bißchen Freiheit hatte ich immer dann, wenn er nicht in der Stadt war und einen seiner verfluchten Werbespots abdrehte.»

«Und dann sahst du Briggs?»

«Sah ihn? Ja, ich sah ihn. Er war mein Freund.»

Sie warf den Kopf zurück, als wollte sie die Erinnerung wieder an den richtigen Platz gleiten lassen. «Er faszinierte mich. Er war sehr gewalttätig – er wußte nicht anders mit den Dingen umzugehen –, aber die Art und Weise, wie er über gewisse Dinge sprach, das machte ihn fast zum Poeten. Ich hatte noch nie einen solchen Menschen kennengelernt – arm und schwarz und unterdrückt. Manchmal dachte ich, ich wäre lieber wie er und nicht so, wie ich nun mal war – weiß, Mittelschicht und ... ich weiß nicht, ausbeuterisch.»

«Blake machte dir also klar, daß er die Polizei über Briggs informieren würde, wenn du die Wahrheit sagst – worauf die Polizei dann die unvermeidlichen Schlußfolgerungen ziehen würde.»

«Richtig.»

«Und Blake brachte Briggs mit ... warum? Um deinen Mann einzuschüchtern oder um ihn zu demütigen?»

«Beides, nehme ich an.»

«Und was passierte, als sie bei Donald ankamen?»

«Ich sagte dir –»

«Hast du danach gefragt?»

«Natürlich hab ich gefragt», sagte Pamela. «Bill meinte, ich würde überzeugender klingen, wenn ich nicht wüßte, was passiert war ... vermutlich hatte er recht damit.»

«Für mich hört sich das so an, als hätte er wesentlich mehr Probleme als du», sagte ich.

«Er hat ein Alibi», sagte Pamela, verzog dann das Gesicht. «Nie hätte ich gedacht, daß ich mal so einen Satz von mir geben würde. Klingt wie in einem schlechten Film.»

«Was für ein Alibi?»

«Er hat Leute, die bezeugen würden, daß er in der Nacht, in der es passierte, in Kalifornien war und nicht vor dem nächsten Morgen zurückkam.»

«War er dort?»

«Ich sagte dir doch gerade –»

«Besser, du gewöhnst dich dran, nach manchen Dingen zweimal gefragt zu werden», sagte ich. «Polizisten haben diese Angewohnheit.»

«Nachdem ich dir erzählt hab, was passiert ist», sagte Pamela, «was glaubst du, was geschieht, wenn ich zur Polizei geh?»

«Ich bin kein Anwalt, aber ich würde meinen, die Polizei übersieht deine Verdunkelung eines Ermittlungsverfahrens um der Chance willen, Blake unter Anklage stellen zu können – ich weiß nicht genau, vielleicht wegen Mordverschwörung.»

Pamela ließ ihren Kopf auf die Knie sinken. «Ich bin erschöpft.»

Ich streckte den Arm aus und massierte ihren Nacken.

«Wieso gehst du immer noch so sanft mit mir um?» sagte Pamela.

«Ich hab es dir schon ein paarmal erklärt», sagte ich. «Ich hab mich um dich gesorgt, ich mochte dich. Ich tue es immer noch – irgendwie, auf eine Weise, die ich nicht wirklich versteh, die ich nicht wirklich verstehen muß.»

«Du hast mich unter Kontrolle», sagte Pamela. «Ich muß tun, was immer du sagst.»

Ich ließ ihren Nacken los. «Ich bin an Kontrolle nicht interessiert.»

«Alle Männer sind an Kontrolle interessiert.»

Abrupt stand ich auf. «Du bist auf ein paar Typen gestoßen, die so waren. Es gibt auch andere Männer.»

Ohne sich zurückzubeugen, blickte sie auf. «Und du bist einer von denen?»

«Pamela –»

Sie erhob sich plötzlich, nahm meine Hände und drückte sie gegen ihre Brust. «Es tut mir leid.»

Eine ganze Weile schaute ich sie nicht an.

«Komm, tanzen wir», sagte Pamela und kam in meine Arme.

Ich lachte.

Sie drängte mir eine Art Foxtrott auf, stieß gegen meine Beine, bis ich zu führen begann.

«Das hab ich von einer Freundin übernommen», sagte Pamela. «Sie hatte ein Gewächshaus. Der Mann nebenan war ein Schlosser. Sie verliebten sich ineinander und rissen die Wand zwischen ihren Geschäften heraus. Sie hatten eine Vereinbarung getroffen; wenn sie Streit hatten, durfte keiner von ihnen die Aufforderung des anderen zum Tanz ausschlagen. Einmal besuchte ich sie, und da tanzten sie zwischen Vorhängeschlössern und Farnen herum, ich mußte wieder raus und einmal um den Block laufen, weil ich die Tränen nicht zurückhalten konnte.»

Wir beendeten unseren Tanz im Schlafzimmer. Pamela hielt die ganze Zeit über ihre Augen geschlossen; ihr Orgasmus hätte in einem anderen Land stattfinden können.

Ich hatte keinen Orgasmus; mein Verstand glich einem mehrfach beschriebenen Blatt, auf dem sich ein Schriftzug zu einem unlesbaren Knoten über den anderen legte. Fragen nach der Motivation drängte ich in entlegene Bezirke meines Bewußtseins ab, wo sie Jahre später immer noch auf Klärung warteten. Nur in einem Punkt war ich mir sicher: ich befand mich in Pamelas Bett, zusammen mit

Pamela, und außerhalb der Wände ihres Apartments gab es ein Ensemble von Nebenrollen, die aus dem einen oder anderen Grunde alle mein Verhalten mißbilligt hätten.

Ich erwachte gegen acht, weckte damit Pamela; beide waren wir eingedöst.

«Bill holt mich hier um neun zum Abendessen ab», sagte Pamela.

Das erinnerte mich daran, daß ich zur Arbeit mußte, was mich an Ann erinnerte, was wiederum eine Woge der Besorgnis auslöste, sie könnte mittlerweile ins Büro gegangen sein und einfach eine Story mit dem, was sie wußte, geschrieben haben. Ich unterdrückte diese Sorge, teilweise deswegen, weil mich ein stärkeres Gefühl überwältigte – etwas, das sehr dicht an Eifersucht heranreichte.

«Wie kannst du mit ihm ... so normalen Umgang pflegen?» sagte ich. «Nach allem, was passiert ist.»

«Irgendwie stecken wir doch beide drin, oder?» sagte Pamela.

«Warum kommst du nicht mit in meine Wohnung?»

«Er würde es vermuten. Du bist der einzige Mensch, mit dem ich was zu tun hatte, außer mit ihm und Maida.»

«Aber du wirst zur Polizei gehn?» sagte ich.

Pamela setzte sich mit gekreuzten Beinen hin und zog das Laken um sich zusammen. «Ich habe Angst.»

«Wir würden ja nicht einfach zur Tür hereinmarschieren», sagte ich. «Hast du einen Anwalt?»

«Na ja, einen für Einkommensteuer und solche Sachen.»

«Ich werde sehen, was ich tun kann», sagte ich; es hörte sich so an, als müßte ich nur mit den Fingern schnippen.

«Okay.»

«Wirst du mich später anrufen?»

«Okay.»

«Treffen wir uns morgen.»

«Okay.»

«Und mach dir keine Sorgen.»

«Okay.» Pamela lachte. «Wenn ich das oft genug sage, glaubst du, daß dann alles okay sein wird?»

Ich küßte sie. «Aber sicher.»

8

«Wer ist ein CSA General?» sagte Reese. «Fängt mit L an.»
«Lee.»
«Zehn Buchstaben», sagte Reese.
«Longstreet.»
«Was zum Teufel ist die CSA?»
«Die Conföderierten Staaten von Amerika.»
«Warum zum Teufel sagen Sie das nicht gleich?»

Ich beendete die vage formulierte Notiz für einen der Gerichtsreporter mit der Bitte um die Namen von einigen Strafverteidigern und legte sie in den Briefkasten. Ich rief Ann zum x-tenmal an und bekam keine Antwort. Ich rief Pamela an und bekam keine Antwort.

«Was ist mit Prufrocks Frucht?» sagte Reese. «Acht Buchstaben.»
«Pfirsich.»
«Ich glaub, du hast dir die falsche Branche ausgesucht, Charlie.»

«Als ich im College war», sagte ich, «ging ich mal zu einer Party von einem Professor, der eine wunderschöne Tochter hatte, die ich beeindrucken wollte. Sie kam mit einer Schale Früchte vorbei, bot mir welche an, und ich sagte ‹Darf ich es wagen, einen Pfirsich zu essen?› und sie sagte ‹Aber sicher, nur zu›.»

«Kapier ich nicht», sagte Reese.

«Bist du sicher, daß du heute abend noch nichts von Ann Roth gehört hast?» sagte ich.

«Das hab ich dir schon sechsmal gesagt, Charlie. Was ist überhaupt mit dir und Ann Roth? Du weißt ja, es ging das Gerücht um, daß Quinlan es ihr besorgte. Du versuchst doch nicht den Boss zu verdrängen, oder?»

Sein Telefon klingelte und ich nahm ab. *«Daily Planet.»*
«Uh.»
«Lokalredaktion. Ives.»
«Mr. Ives, hier spricht Bill Blake. Pamela Yosts Freund.»
«Ja?»

«Tut mir leid, Sie bei der Arbeit zu stören, aber ich bin schrecklich in Sorge um Pamela.»

«Oh?»

«Ich war heute abend um neun mit ihr zum Essen verabredet, aber sie war nicht da. Seit Stunden versuche ich sie telefonisch zu erreichen, aber es geht niemand ran. Normalerweise wäre ich nicht so besorgt, aber in ihrer Verfassung ...»

«Warum rufen Sie mich an?»

«Ich hab nicht die geringste Ahnung, was ich machen soll», sagte Blake. «Journalisten wirken immer so kompetent.»

«An Ihrer Stelle würde ich die Polizei anrufen.»

«Ja, nun, so einfach ist das auch wieder nicht, Mr. Ives. Verstehen Sie, für Pamela ist das alles momentan ziemlich schwierig.»

Ich fragte mich, ob er wußte, daß ich Bescheid wußte, und all die Ironien in diesem Zusammenhang genießen konnte. «Das ist verständlich.»

«Ja. Der Jammer ist, daß sie ihren Kummer noch dadurch vergrößert, daß sie sich irgendwelchen weitschweifigen Phantasien hingibt. Es ist nicht bloß so, daß sie von dem schrecklichen Ereignis noch ein Trauma hat; sie reagiert auf Dinge, die sich nie ereignet haben, so als wären sie wirklich geschehen.»

«Zum Beispiel?»

«Nun, das läßt sich am Telefon schlecht besprechen, Mr. Ives. Ich frage mich, ob wir uns nicht vielleicht irgendwo treffen könnten. Ich weiß, es ist spät, aber ich glaube, es ist schrecklich dringend.»

«Für mich hat es den Anschein», sagte ich, «als wären Sie Pamelas größtes Problem.»

«Ich versteh nicht, was Sie meinen.»

«Ich weiß alles, Blake – über Sie und Briggs, über Sie und Yost, über Pamela und Briggs, über die Filme – alles.»

«Sie ... Sie wissen diese Dinge von Pamela?» sagte Blake.

«Teilweise.»

«Ja, natürlich. Das erklärt Ihre Feindseligkeit. Ich kann mir vorstellen, was sie Ihnen erzählt hat. Ich hoffe, Sie geben mir die Chance einer Gegendarstellung.»

Ich sah ihn vor mir, die Füße auf dem Schreibtisch, genau wie ich, wie er es genoß, seinen Scharfsinn und seine Intelligenz vorzuführen. Ich hatte meine mickrigen Karten ausgespielt und damit jeden Vorteil, den ich eventuell besessen hatte, aus der Hand gegeben, aber ich war fasziniert davon, daß er keine Fluchtanstalten traf – denn ich wollte, daß er flüchtete, das spürte ich deutlich, ich wollte, daß er Pamela mit sich nahm und mich von einer Verantwortung befreite, der ich nicht gewachsen war.

«Sie wollen mir sicherlich erzählen, daß Sie in Kalifornien waren», sagte ich.

«Um genau zu sein, ich war unterwegs von Los Angeles nach New York», sagte Blake. «Mit der Sechs-Uhr-Maschine. Ich kam hier kurz nach Mitternacht an und erfuhr, was sich einige Stunden zuvor zugetragen hatte.»

«Ich bin sicher, Sie haben alle notwendigen Bestätigungen», sagte ich. «Wahrscheinlich können Sie auch noch einige Passagiere liefern, die sich daran erinnern können, mit Ihnen geplaudert zu haben.»

«Ganz zu schweigen von den Leuten, die mich zum Flughafen brachten und die mich hier abgeholt haben», sagte Blake.

«Wenn Sie schon so clever sind», sagte ich, «dann hätten Sie wenigstens den Film aus dem Verkehr ziehen sollen.»

«Die Aufführungsrechte aller meiner Filme liegen bei einem Verleih, der sie zeigt, wo immer es ihm gefällt», sagte Blake. Er stieß die Luft scharf aus, als wäre ihm gerade eben etwas eingefallen. «Ich nehme an, Pamela hat Ihnen erzählt, ich hätte sie gezwungen, in dem Film mitzuwirken?»

«So was in der Art.»

«Ich habe nicht die Absicht, Ihnen eine moralische Verteidigung meines Handwerks zu liefern, Mr. Ives», sagte Blake. «Ich produziere eine Ware, für die ein beträchtlicher Markt existiert. Und genauso, wie die Leute freiwillig bezahlen, um meine Filme zu sehen, so spielen die Schauspieler freiwillig darin mit. Oh, sie mögen dringend Geld benötigen, aber dadurch übe ich wohl kaum Zwang aus. Nein, Pamela war eine durchaus willige Teilnehmerin – sehr eifrig, möchte ich sagen. Zwei Dinge motivierten sie – das Geld, wie ich schon erwähnte, und der Wunsch, ihren Mann zu demütigen, den sie verabscheute.»

Die Unsicherheit, die ich zu Beginn unseres Gesprächs empfunden hatte, war verschwunden. In dem, was er sagte, lag etwas Tröstendes – aus der Glaubwürdigkeit heraus geboren. Pamelas Geschichte dagegen knirschte nur so vor lauter Künstlichkeit.

«Wenn Sie etwas Zeit übrig haben, Mr. Ives, dann hab ich noch einen kleinen Film, der Sie vielleicht interessiert.»

«Wenn Sie von der Party reden, dann benütz ich lieber meine Phantasie, besten Dank.»

Blake lachte. «Die Party. Großartig, daß Pamela das als Fundament für ihr Lügengebäude benutzte ... Es gab eine Party, Mr. Ives, und irgendwo gibt es sicherlich auch einen Film darüber – Filmemacher filmen stets ihr Leben, genauso wie Schriftsteller darüber schreiben. Aber dieser Film würde nicht mehr zeigen als einige Leute, die Spaß haben – mit Hilfe von ein paar illegalen Zutaten, das geb ich zu. Nein, ich sprach von einem anderen Film, dessen Inhalt viel undurchsichtiger ist und dessen Folgerungen viel bedeutungsvoller sind. Möchten Sie ihn gern sehen?»

«Was geschah in jener Nacht, Blake?»

«Ich war nicht dabei.»

«Was glauben Sie, was geschah?»

«Schaun Sie sich den Film an. Er ist eine Art Antwort.»

«Wo sind Sie?»

«In einem kleinen Club, dessen Mitbesitzer ich bin. In der West Street, knapp über der Houston. Auf dem Schild steht ‹Nur für Mitglieder›, aber kommen Sie einfach rein, und fragen Sie nach mir. Es ist eine Schwulenbar, aber lassen Sie sich davon nicht einschüchtern. Die Kundschaft ist harmlos und das Licht hell. Das Ganze nennt sich *Tiger, Tiger.*»

«Hell erstrahlend?»

«Wie ungewöhnlich, Mr. Ives. Studieren Sie Poesie?»

«Ich studiere Ihre Wortspiele», sagte ich. «*Urizen. I am hid.*»

«Wunderbar», sagte Blake. «Seit Jahren treib ich diese Scherzchen, bloß so für mich. Es ist nett, ein Publikum zu haben.»

Ich sagte Blake, ich wäre in einer halben Stunde bei ihm, legte auf und zog meinen Mantel an.

«Worum ging's?» sagte Reese.

«Ich hab einen Tip bekommen», sagte ich. «Ich ruf dich an, wenn dabei was rauskommt.»

«Was für eine Art Tip?»

«Ich ruf dich an. Falls Ann Roth anruft, sag ihr, sie soll schön still sitzen bleiben, bis ich sie anruf.»

«Ich würde ihr lieber sagen, sie soll auf ihrem kleinen Arsch ein bißchen herumrutschen.»

«Sag ihr, was du willst. Aber richte ihr in jedem Fall aus, daß ich sie anrufe.»

«Ich komm mir vor wie beim Ball der einsamen Herzen», sagte Reese.

9

Die Tür von *Tiger, Tiger* war wuchtiger, als sie aussah; der Lärm, der dahinter herrschte, überraschte mich.

Der Raum war aseptisch weiß und gab den blassen Gesichtern der Gäste eine geisterhafte Farbe. Die Sterilität wurde gemildert von den scharfen Düften – Schweiß der Tänzer, Leder, Marihuana, Amylnitrit – und der Lautstärke der Musik, die sichtbar in der Luft zu hängen schien.

Magnetisch angezogen richteten sich alle Blicke im Raum auf mich; mit niedergeschlagenen Augen suchte ich mir einen Weg an die Bar zu bahnen, unter Vermeidung der schweren Stiefel der Tänzer, die mit Ketten und Schlüsselringen klirrten.

Der Barkeeper hatte sich schon bei meinem Eintritt ans Telefon gehängt, und als ich die Bar erreicht hatte, stand Blake bereits winkend in einer Tür dahinter. Die Tür führte zu einem Flur mit vielen Türen rechts und links. Als Blake die Tür schloß, verstummte die Musik abrupt.

«Danke, daß Sie gekommen sind, Mr. Ives», sagte Blake und schüttelte mir dankbar die Hand. Er lachte. «Nick an der Bar hat Sie für einen Polizisten gehalten ... Gehn wir in mein Büro.»

Er nahm mich am Ellenbogen, führte mich an verschiedenen Türen vorbei und schob mich dann in einen kleinen Raum, der mit einem Schreibtisch aus Aktenschränkchen und obendrauf eine Schlachterplatte, vier Sesseln und einem Sisalteppich möbliert war. An den Wänden hingen gerahmte Posters – eins von der Alvin Ailey Dance Company, eins von Al Pacino in *Bobby Deerfield*. Das einzige Fenster wurde zur Hälfte von einer Klimaanlage ausgefüllt; das restliche Stück Fensterscheibe war silbern angestrichen worden. Auf einem Gestell war ein Sechzehn-Millimeter-Kinoprojektor aufgebaut, mit eingezogenem Film.

«Keine Blake-Abzüge?» sagte ich.

Blake lachte. «Irgendwann reicht's mal.» Er setzte sich hinter den Schreibtisch und winkte mich in einen der Sessel.

«Ich hoffe, nichts von dem wird Sie schockieren, Mr. Ives», sagte Blake. «Aber eine der Funktionen eines derartigen Etablissements besteht darin, seiner Kundschaft ein Ventil für deren sexuelle Triebe zur Verfügung zu stellen. In einer heterosexuellen Bar für Singles begegnen sich Männer und Frauen, flirten miteinander und gehen dann ins Apartment des einen oder anderen. Eine der Anomalien der homosexuellen Gemeinde ist es, daß selbst eine einzige gemeinsam verbrachte Nacht als übermäßige Verpflichtung betrachtet wird. Ich bin sicher, Sie wissen Bescheid, was in dieser Gegend hier in Lastwagen und Lagerschuppen und Bartoiletten so abläuft. Wir haben versucht, diese Impulse zu berücksichtigen, sie gleichzeitig aber auch ein bißchen zu verfeinern. Wir sind kein Puff oder Massagesalon, aber zwei Männer, die sich hier kennenlernen, können eines unserer Zimmer mieten, damit ihre kurze Begegnung unter zivilisierteren Umständen als sonst üblich abläuft. Die Zimmer sind makellos sauber. Die Einrichtung ist entsprechend anonym, aber angenehm. Und nach dem Geschäftsgang zu schließen, werden unsere Kunden befriedigt – in jeder Hinsicht ... Wie ich schon sagte, ich hoffe, Sie sind nicht schockiert.»

«*Chacun à son mauvais goût*», sagte ich.

Blake lachte. «Sie sind ein Mann von Welt, wie ich sehe.»

«Jedenfalls von Manhattan.»

Wieder lachte er. «Als zusätzlichen ... Anreiz können unsere Kunden gegen eine kleine Gebühr einen kurzen Film von ihrem Stelldichein machen lassen. Nichts Besonderes – eine Kamera, eine Einstellung, eine Filmrolle. Es gibt keinen Kameramann – sie arbeitet ferngesteuert. Am nächsten Tag ist der Film entwickelt, und die Kunden können damit tun, was sie wollen. Da die meisten dieser Verbindungen schon von ihrem Konzept her sehr flüchtig sind, werden viele dieser Filme nie abgeholt. Es ist mehr die Vorstellung als die Verwirklichung, die anregend wirkt ... Jedenfalls ist das eine ziemlich lange Vorrede zu dem, was ich Ihnen zeigen will.»

Blake erhob sich und ging zu einem Lichtschalter neben der Tür. «Dies ist eine Filmrolle, nach der nie verlangt wurde. Ich versuche mein Personal daran zu hindern, sich diese Filme anzusehen, aber ich kann nicht überall sein. Einer meiner Angestellten stieß auf diesen Film hier und erkannte sofort seine Bedeutung. Ihnen wird es nicht anders gehen.»

Er schaltete das Licht aus und den Projektor an. Auf dem Silberfenster blitzten abnehmende Zahlen auf.

«Wie ich schon sagte, Kunst ist es nicht», sagte Blake.

Die Kamera war auf ein flaches, mit einem weißen Laken bedecktes Bett gerichtet. Auf dem Bett, masturbierend, lag Pamela Yost. Einen Augenblick später kam ein Neger dazu, der sich zwischen ihre Beine kniete und ihre Schenkel streichelte, bis sie kam. Er legte sich auf den Rücken, und sie bearbeitete seinen Penis mit dem Mund. Sie war noch damit beschäftigt, als der Film auslief.

Blake schaltete den Projektor aus und das Licht an. «Eine Zweihundert-Fuß-Rolle durchläuft die Kamera in ungefähr zweieinhalb Minuten, daher das Fehlen eines wirkungsvollen, dramatischen Aufbaus. Wie ich sagte, es ist mehr die Vorstellung, die den Leuten gefällt ... Sie haben die Frau natürlich erkannt. Ich weiß nicht, ob Sie den Mann erkennen konnten – bei Schwarzen ist die Beleuchtung auch unter günstigsten Umständen schwierig, und wir verwenden eine durchlaufende Belichtung, die nicht zu jeder Hautfarbe paßt.»

Ich zündete mir eine Zigarette an und bemühte mich, nicht an das zu denken, was ich gerade gesehen hatte.

Blake setzte sich an seinen Schreibtisch und bildete ein Zelt mit seinen Fingerspitzen. «Pamela und Ken haben sich hier offensichtlich öfters zur ... Cocktailstunde getroffen. Da ist nicht viel los, und nur wenige Leute bekamen etwas von ihrer Beziehung mit.»

«Wieso haben diese wenigen Leute so hilfsbereit geschwiegen?» sagte ich.

«In diesem Geschäft sieht man so nach und nach alles», sagte Blake. «Man bringt es nicht weit, wenn man über das, was man sieht, redet.»

Ich sah den Film an dem silbernen Fenster, an den Wänden, auf der Schreibtischplatte. Ich schloß die Augen.

«Möchten Sie einen Drink, Mr. Ives?» sagte Blake.

Ich schüttelte den Kopf.

«Vielleicht etwas anderes?»

«Schmieren Sie die Polizei?» sagte ich.

Blake krümmte sich. «Bei jedem Geschäft gibt es notwendige Ausgaben, Mr. Ives. Bei jedem Geschäft.»

«Wo ist Pamela?»

Er hob die Schultern und streckte die leeren Hände aus.

«Wenn sie herumrennt und diese ihre Geschichte erzählt, dann versteh ich nicht, wie Sie so ... fröhlich sein können.»

Blake lachte. «Verzeihen Sie, Mr. Ives, aber als Abnehmer für ihre Story kommt nur jemand in Frage, der so leichtgläubig ist wie Sie – jemand, dessen Vorstellung von Pamela fast unerschütterlich ist. Zur Polizei wird sie nicht gehen, denn schließlich hat sie die auch schon beim erstenmal angelogen. Es wäre ihr nicht in den Sinn gekommen, sich an einen Journalisten zu wenden, wenn Sie nicht zufällig einer gewesen wären, also wird sie jetzt auch nicht im Büro Ihrer Konkurrenz sitzen und ihre Geschichte irgendeinem Reporter berichten. Sie besitzt keine Freunde, bei denen sie sich aussprechen könnte – außerhalb des Zirkels, zu dem ich gehöre. Ihrer Familie und ihrer Verwandtschaft hat sie sich entfremdet ... Nein, ich bin nicht in Sorge, daß Pamela ihre Story verbreitet. Ich hege eher den Verdacht, daß sie untergetaucht ist. In der realen Welt gibt es für sie keinen Platz.»

Ich drückte meine Zigarette aus, rutschte in meinem Sessel ein Stück vor und fragte mich, wohin ich gehen würde, wenn ich hier aufstand.

«Wenn Sie zur Polizei gehn», sagte Blake, «bin ich jederzeit bereit, mit Ihnen zu gehen. Sie denken womöglich, ich hätte was zu verbergen, aber ich habe nichts Verbotenes getan. Oh, ich wußte, daß Pamela und Ken ein Liebespaar waren, aber danach hat mich nie jemand gefragt. Ken war Teilzeitarbeiter in diesem Etablissement, aber damit bin ich kaum für sein Benehmen in der Freizeit verantwortlich zu machen. Ich habe weder einen Meineid geschworen noch Ermittlungen behindert. Wenn Sie zur Polizei gehen müssen, dann werde ich, wie ich schon sagte, mit Ihnen gehen. Ich werde ihnen diesen Film zeigen. Ich werde ihnen alles erzählen, was ich weiß. Aber mir ist der Sinn dabei nicht klar. Pamela stellt keine Bedrohung für die Gesellschaft dar. Sie ist keine Massenmörderin, die um jeden Preis der Justiz übergeben werden muß. Sie ist ein schäbiges Individuum, keiner wie auch immer gearteten Aufmerksamkeit wert. Ich würde sie so schnell wie möglich vergessen, und wenn sie sich aus eigenem Antrieb irgend wohin abgesetzt hat, dann hat sie uns allen einen großen Gefallen damit getan.»

Ich stand auf. «Ich brauche ein bißchen frische Luft.»

Blake erhob sich und kam besorgt auf mich zu. «Kann ich Ihnen was bringen lassen?»

«Ich muß erst mal nachdenken.»

«Ich verstehe», sagte Blake.

Durch eine Seitentür ließ er mich auf eine Gasse hinaus, in der es nach Urin und Müll stank.

«Das ist wohl kaum die frische Luft, von der Sie sprachen», sagte Blake.

«Nein.»

«Falls ich irgendwas für Sie tun kann, Mr. Ives, dann rufen Sie mich bitte an.»

«Das werde ich.»

«Gute Nacht, Mr. Ives. Oder besser Guten Morgen.»

«Ja.»

10

Es war eine jener warmen Nächte, in denen es schmerzt, allein zu sein. Ich lief und lief, ohne irgendein Ziel zu haben. Ich las alle Straßenschilder und die Schilder in den Läden und an den Fenstern, als könnte ich später danach gefragt werden. Ich las Plakate im zweiten Stock und merkte erst, wie wenig Ahnung ich von dem hatte, was über meinem Kopf vor sich ging. In der Seventh Avenue in Höhe der Twenties entdeckte ich das Schild einer Firma, die sich auf Ausrüstung und Dekor für polynesische Restaurants spezialisiert hatte; mir wurde klar, wie beschränkt mein Geschäftssinn gewesen war. Ich dachte daran, nach Polynesien zu ziehen und dort einen Laden aufzumachen, in dem Ausrüstung und Dekor für New Yorker Restaurants verkauft wurde.

Irgendwie gelangte ich zum *Plaza*. Die Hoteltüren spuckten einen Haufen junger Leute in Abendkleidung aus, die über die Straße auf den Pulitzer Springbrunnen zustrebten, angeführt von einem schlanken Mädchen in weißem Kleid. Sie stoppte nur lange genug, um ihre Silberschuhe auszuziehen und ihr Kleid bis zu den Oberschenkeln hochzuraffen, dann marschierte sie schnurstracks in den Brunnen; den anderen blieb nichts anderes übrig, als ihr zu folgen. Sie reichten sich die Hände und tanzten einen immer schneller werdenden nassen Tanz, bis schließlich ein Mädchen in schwarzem Kleid kopfüber ins Wasser fiel. Sie überspielte ihre Verlegenheit, indem sie die anderen bespritzte und sie genauso naß zu machen versuchte. Die Schlacht tobte eine Weile, ging dann in einen weiteren Tanz über.

Das Mädchen in dem weißen Kleid löste sich aus der Reihe, kam an den Rand des Brunnens, schaute mir in die Augen und streckte die Hand aus.

«Komm», sagte sie. «Tanz mit.»

Jemand hinter mir gab mir einen sanften, scherzhaften Stoß, und ich mußte mich mit einer Hand abstützen, um die Balance nicht zu verlieren. Das Mädchen beugte sich vor und nahm meine Hand.

«Hab keine Angst», sagte sie.

Ihre nasse Hand rutschte von meiner ab und sie schwankte kurz, gewann dann wieder die Kontrolle über sich und blickte mit in die Hüften gestemmten Händen auf mich herab. Ihr Kleid hätte auch aus feuchter, weißer Farbe bestehen können, so klebte es an ihrem Leib. Sie schaute an ihrem Körper herunter, dann wieder zu mir; sie lächelte und wandte sich mit einer Kopfbewegung ab, die zu sagen schien, *Wenn du mich nicht willst, dann bekommst du mich auch nicht.*

Jemand hinter mir kicherte höhnisch, ein anderer zischte über mein unsportliches Benehmen. Ich ging davon, ohne irgendwelchen Blicken zu begegnen.

Tanz mit. Tat ich das nicht immer? Wenn eine Frau pfiff, kam ich nicht immer gesprungen? Pawlow hatte seine helle Freude an mir gehabt; kaum tauchte eine Frau auf, da fing ich schon an zu sabbern. Ein Blick genügte, und schon würde ich alles stehen und liegen lassen, oder, noch wahrscheinlicher, ich würde meine gegenwärtige

Begleitung im Stich lassen. Ihre Lippen würden sich öffnen, und ich würde sie sagen hören, daß sie mich liebte. Sie würde einen Finger heben, und ich würde ihre Hände an meinen Genitalien, in meinem Haar spüren. Sie würde einen Schritt machen, und ich würde Arm in Arm mit ihr dahinschlendern, auf irgendeine Zukunft zu. Dann und erst dann, wenn sie neben mir ging und aus meinem unmittelbaren Blickfeld verschwunden war, wäre ich frei zu sehen, wer als nächste an die Reihe kommen würde. *Tanz mit.* Tausch deine Partner, do si do, Allemande links, Promenade. Partnertausch.

Ich ging die Fifth Avenue zur Seventy-second Street hoch und dann die Seventy-second vor zur York. Ich klingelte bei Ann, und niemand antwortete.

Ich ging den Block hinunter, fand eine Telefonzelle und wählte ihre Nummer. Keine Antwort.

Ich ging zurück zu ihrem Gebäude und läutete beim Hausverwalter. Ich läutete und läutete, und schließlich kam er im Bademantel seiner Frau aus seinem Apartment im Erdgeschoß und spähte durch die Tür zu mir hinaus. Ich versuchte meinen Trick mit dem Presseausweis, aber jetzt verließ mich das Glück. Er ging zurück in sein Apartment, und ich ging wieder hinaus auf die Straße. Ich war noch nicht ganz an der Ecke, als ein Streifenwagen, von seinem Anruf alarmiert, schräg vor mir auf den Bürgersteig fuhr. Nach einer langwierigen Diskussion konnte ich die Polizisten überreden, Anns Apartment aufzubrechen.

Sie lag tot auf dem Fußboden des Wohnzimmers; Blutflecken breiteten sich um sie herum wie die Blütenblätter einer Blume aus. Ein Messer lag neben ihr, die Klinge war rot. Durch das Fenster hindurch konnte man die Nachbarn sehen, die sich *The Wizard of Oz* anschauten.

Milner schenkte sich einen Kaffee ein, ohne mir welchen anzubieten. Ich hatte meine sämtlichen Zigaretten aufgeraucht, und er ließ mich nicht raus aus seinem Büro, damit ich mir draußen am Automaten welche ziehen konnte.

Er saß an seinem Schreibtisch, die Füße hochgelegt, und las aus seinem gelben Notizblock vor, in den er sich Notizen gemacht hatte. «Möchten Sie noch mal alles durchgehen, Ives?»

Ich ging noch mal alles durch. Ich hatte es so oft erzählt, daß kein Raum mehr für Spekulationen blieb.

«Sie meinen also, Sie hätten Mrs. Yost zuletzt gegen halb acht gesehen?» sagte Milner.

«Ja.»

«Woher wollen Sie das wissen?»

«Was?»

«Woher wissen Sie, daß es halb acht war?»

«Ich hab auf meine Uhr geschaut.»

«Aus irgendeinem bestimmten Grund?»

«Ich war schon zu spät zur Arbeit dran.»

Er schrieb das – oder irgendwas anderes – nieder. «Der Gerichtsmediziner schätzt, daß Miss Roth gegen zehn abserviert wurde ... Warum zwinkern Sie mir ständig zu?»

«Ich versuch wach zu bleiben.»

«Nett von Ihnen.»

Einer seiner Assistenten kam herein und legte einige Papiere auf den Schreibtisch; im Hinausgehen warf er mir einen Blick zu, der zum Ausdruck brachte, daß er sich fragte, was ich wohl dazu sagen würde. Milner las die Papiere und warf mir den gleichen Blick zu.

«Zwischen neun und elf», sagte Milner.

«Es hat sie zwischen neun und elf erwischt, was bedeutet, daß Ihr Alibi Mrs. Yost nicht viel nützt.»

«Sie hat sie nicht umgebracht.»

«Woher wollen Sie das wissen?»

«Ich kann es nicht beweisen, aber ich weiß es.»

«Ah.» Er nahm ein Blatt auf, und sein Blick pendelte zwischen dem Papier und mir hin und her. «Wissen Sie das auch? Das Messer war ein Sab-Sabat-S-a-b-a-t-i-e-r.»

«Ja.»

«Woher wissen Sie das?»

«Weil ich es in Mrs. Yosts Küche gesehen hab.»

«Oh, haben Sie, ja, haben Sie? Was sind Sie eigentlich, ein Messerfreak?»

«Es ist ein ganzer Satz – der gleiche Satz, aus dem das Messer stammte, mit dem Briggs getötet wurde.»

«Darauf wollte ich gerade zu sprechen kommen», sagte Milner.

«Und Pamela Yosts Fingerabdrücke befinden sich auf dem Griff.»

«Woher wissen Sie das?»

«Weil es ihr Messer war.»

«Schaut nicht gut für sie aus», sagte Milner.

«Sie hat es nicht getan.»

«Wer dann?»

«Blake hatte sich für neun in ihrem Apartment angesagt. Er –»

«Sind Sie deswegen gegangen?» sagte Milner. «Damit er euch beide nicht überraschte – Sie wissen schon – in trautem Beisammensein?»

«Ich sagte es bereits. Ich mußte zur Arbeit.»

«Aber Ihr Beisammensein war – Sie wissen schon – recht vertraut?»

«Wir standen im Begriff, uns anzufreunden.»

«Was immer das auch heißen mag.» Milner las einige weitere Zeilen.

«Blake hätte das Messer nehmen können –»

«Er behauptet, Mrs. Yost wäre nicht zu Hause gewesen», sagte Milner.

«Behauptet er.»

«Er behauptet es, und seine Freundin, Maggie Ryan, beschwört es.»

«Maida Ryan.»

«Wie auch immer. Was soll das überhaupt für ein Name sein, Maida?»

«Haben Sie Blake nach seinen Filmen gefragt?» sagte ich. «Und nach seinem Flugticket?»

«Wir arbeiten daran. Glauben Sie, das ganze Dezernat ist auf diesen Fall angesetzt?»

«Und überprüfen Sie sein Alibi in Kalifornien.»

«Ich werd gleich in der ersten Maschine sitzen», sagte Milner. «Danach, denk ich, werd ich nach Paris fliegen. Die Polizeibehörde ist da wahnsinnig großzügig.»

Tagelang ging es so weiter.

Blake zeigte der Polizei seine Filme und sein Flugticket und gab den Namen des Mannes an, der ihn in Los Angeles zum Flughafen gebracht hatte, zusammen mit den Namen mehrerer Männer, mit denen er dort geschäftlich zu tun gehabt hatte. Einer von Milners Männern flog nach Los Angeles und sprach mit ihnen; sie bestätigten, was Blake gesagt hatte. Maida wühlte in ihrem Täschchen und förderte einen Parkschein vom Kennedy Airport zutage, der besagte, daß sie zu der von Blake angegebenen Zeit dort gewesen war. Um der Form willen schloß die Polizei Blakes Club für eine Weile, wegen Verletzung hygienischer Vorschriften.

Angetrieben von einigen bösartigen Leitartikeln, geschrieben von Quinlan, gaben sie sich mehr Mühe als gewöhnlich, Pamela zu finden – sie nahmen Kontakt zu ihrer Familie und vielen Bekannten aus ihrer Vergangenheit auf. Sie blieb verschwunden.

Die Mieter in Anns Haus beantragten bei dem Vermieter, einen Portier einzustellen.

Ich machte Urlaub. Kate, die sofort zu mir gekommen war, als sie gehört hatte, was passiert war, brachte mich in ein Haus in den Berkshires, das ihren Eltern gehörte. Ich las zum erstenmal *Krieg und Frieden* und schaffte es endlich nach jahrelangen vergeblichen Versuchen, *Unter dem Vulkan* zu Ende zu lesen. Kate verriet mir den Trick: fang gleich mit dem zweiten Kapitel an und lies das erste Kapitel zum Schluß.

Dritter Teil

I

In diesem Sommer wurde es so heiß, daß jede Intimität fast schon an Feindseligkeit grenzte. Die Bevölkerung, als wäre sie mit Echophrasie geschlagen, konnte über nichts anderes als die Temperaturen reden, und manchmal hallte der Singsang *Heiß, heiß, heiß* wie ein primitiver Stammeschoral durch die Stadt.

Ich war aus der Nachtschicht genommen worden und hatte den Job bekommen zu beschreiben, wie heiß es war – ich mußte eine tägliche Metapher dahingehend finden, welche alltäglichen Aktivitäten durch das Wetter unmöglich gemacht worden waren.

Quinlan hatte seichte Beiträge von mir erwartet, aber ich schrieb über Familien aus Morrisania und Bedford-Stuyvesant, die lieber ihre Nächte auf den Gehsteigen von Orchard Beach und Coney Island zubrachten, anstatt in ihren Wohnungen zu ersticken. Ich schrieb über einen dreizehnjährigen Jungen, der geköpft wurde, als er sich in der U-Bahn zu weit aus dem Fenster lehnte, um einen kühlen Luftzug zu erhaschen. Ich schrieb über einen Feuerwehrmann, der genau in dem Augenblick in ein brennendes Gebäude rannte, als es zusammenstürzte; seine Kollegen mutmaßten, das unaufhörliche nächtliche Weinen seines Babies daheim hatte ihn fast verrückt gemacht.

«Ganz schön schweres Geschütz, Charlie», sagte Quinlan. «Gibt es da nicht auch noch eine leichte, beschwingte Seite? Wie ich höre, bieten die Massagesalons bei der Hitze Nachlässe bei Do-it-yourself-Methoden an.» Er lachte.

«Ich glaub, ich werd Schluß machen, Phil», sagte ich.

Er wedelte die Absicht beiseite. «In letzter Zeit wird hier furchtbar viel gemeckert und gemurrt. Eine Verfasserzeile unter einem Artikel und ein Lohnscheck scheinen nicht mehr genug zu sein.»

«Watergate ist die Ursache», sagte ich.

«Was zum Teufel soll das heißen?»

«Reporter haben aufgehört, an Politiker, Wissenschaftler, Ärzte,

Entertainer, Sportler zu glauben ... wie kommst du auf die Idee, Zeitungen könnten von ihrer Skepsis verschont bleiben?»

«Reporter sollen schließlich skeptisch sein.»

«Ich hab es satt, darüber zu schreiben, was andere Leute tun», sagte ich.

«Was würdest du anfangen, wenn du hier Schluß machst, Charlie?»

«Ich weiß es nicht.»

«Du kommst in ein Alter, wo deine Vergangenheit dir eine Falle stellt», sagte Quinlan. «Es gibt keinen Neuanfang. Du hast deine Chance verpaßt, als du von Saigon zurückkamst. Du hättest einen Roman über dein romantisches Leben als Kriegskorrespondent schreiben sollen. Du hättest es für eine Million an den Film verkaufen können.»

«Ich hab's nicht mal zu einem Trenchcoat gebracht», sagte ich.

Quinlan wühlte auf seinem Schreibtisch herum und fand eine Presseveröffentlichung. «Solange du hier noch arbeitest, geh mal zu dieser Pressekonferenz. Irgendeine Umweltgruppe. Robert Redford wird dort sein. Er fürchtet, daß Solarenergie durch das heiße Wetter in Verruf gerät.» Er lachte. «Vielleicht kannst du was Komisches daraus machen.»

Ich schaute mir die Erklärung an und schob sie wieder zurück. «So was hatten wir bereits letzte Woche.»

«Verdammt noch mal, Charlie, eine Zeitung zeichnet in groben Zügen die Geschichte nach. Solarenergie ist eine große Story.»

«Wir sollten die Leute nicht in dem Glauben bestärken, sie könnten allein dadurch, daß sie eine Pressekonferenz abhalten, in die Geschichte eingehen.»

«Charlie, es geht um Robert Redford.»

«Wir sollten ihn befreien», sagte ich. «Und zwar von dem Glauben, sein Erfolg als Schauspieler verschaffe ihm Zugang zu anderen Rubriken der Zeitung.»

Quinlan wuchtete sich in seinem Stuhl herum. «Und worüber würdest du schreiben, Charlie, wenn du diese Zeitung leiten würdest?»

«Nun, da gibt es immer noch den ungeklärten Mord an einer unserer Reporterinnen.»

Quinlan stand auf und ging ans Fenster.

«Tut mir leid, Phil», sagte ich. «Ich weiß, du hast sie gern gemocht. Es tut mir leid, daß ich nicht verhindert habe, daß sie in so was Ernstes verwickelt wurde.»

Er zuckte mit den Schultern. «Was sollen wir tun?»

«Ich möchte herausfinden, wer sie umgebracht hat.»

Er drehte sich um, knickte ungläubig in der Hüfte nach vorn. «Wovon zum Teufel redest du?»

«Pamela Yost hat sie nicht umgebracht.»

Er wandte sich wieder dem Fenster zu. «Beweis es.»

Ich erhob mich und ging zur Tür.

«Wo zum Teufel willst du hin?» brüllte Quinlan.

«Beweise suchen.»

Zaghaft streckte er die Hände aus. «Oh, Charlie, so hab ich es nicht gemeint.»

«Ich versteh dich nicht», sagte ich. «Als du noch Reporter warst, da hast du dir die Stories nicht so durch die Finger rutschen lassen. Aber diese Story hast du einfach beiseite abgeschoben. Du hast keinen Menschen nach Kalifornien geschickt, um Blakes Alibi zu durchlöchern. Du hast niemand auf das Pornogeschäft angesetzt, um Blake in dieser Richtung was anhängen zu können. Du hast einige Leitartikel geschrieben, daß die Polizei alles versaut hat, aber du hast nie deine eigene Ermittlung in Gang gebracht. Ich versteh es nicht.»

Er ging zu seinem Schreibtisch, schnappte sich ein Blatt Papier und wedelte damit herum. «Das ist ein Memorandum von oben. Wöchentlich kriege ich ungefähr drei Stück davon. Bei dem hier geht's um deine Story über den Jungen, dem in der U-Bahn der Kopf abgerissen wurde. Ich hab dir zuvor schon beizubringen versucht, die Finger von solchen Sachen zu lassen. Es ist zu negativ.»

«Negativ?»

«Negativ.»

«Es ist doch passiert. Ich hab's schließlich nicht erfunden.»

«Hör zu. Die Auflage sinkt. Die oben haben das Gefühl, die Auflage sinkt deswegen, weil es die Leute satt haben zu lesen, wie beschissen die Welt ist. Sie haben es satt, von Morden und Vergewaltigungen und Überfällen zu lesen und –»

«Sie lesen lieber Rezepte.»

«Fang nicht wieder damit an», sagte Quinlan. «Ich weiß, wie dir zumute ist. Mir geht's ebenso. Aber die Zeiten haben sich geändert, Charlie. Die Leute beziehen ihre Nachrichten aus der Glotze. Eine Zeitung muß ihnen mehr bieten als nur Nachrichten.»

«Rezepte.»

Er streckte einen zitternden Finger aus. «Okay, dort ist die Tür. Du brauchst nichts weiter zu tun als den Flur runtergehn, zum zehnten Stock hoch, in die Personalabteilung, ihnen zu sagen, wann dein letzter Arbeitstag ist, dein Pensionsgeld regeln und dann hier zu verschwinden.»

Ich nickte. «Okay.»

Seine mahnende Geste verwandelte sich in eine Willkommensgeste. «Charlie, bitte.»

«Nein, du hast vollkommen recht, Phil. Ich kann die Dinge nicht ändern, und ich hab keine Lust, mich mit ihnen zu ändern. Es ist an der Zeit, daß ich was anderes mache.»

Er setzte sich an seinen Schreibtisch, nahm einen Bleistift und machte Korrekturen auf einem Blatt. «Nimm dir den Tag frei, ja? Wir reden darüber morgen weiter.»

«Phil, du mußt eine Sache begreifen», sagte ich. «Ich weiß, wie leicht man ... die Nachrichten von gestern vergißt. Man kann eine Story in dem Moment vergessen, in dem man seinen Artikel abliefert. In gewissem Sinne hat mir das an dem Job immer gefallen – er hinterläßt keine Spuren. Aber diese Sache ist anders. Ich war daran beteiligt. Nicht als Reporter, sondern als menschliches Wesen. Ich kann das nicht einfach beiseite schieben.»

«Die Cops haben es beiseite geschoben», sagte Quinlan.

«Natürlich haben sie das. Sie haben andere Sorgen.»

«Aber du wirst ja jetzt viel Zeit haben – nicht wahr? Jetzt, wo du in Rente gehst?» Er lächelte in Erwartung meines Rückziehers.

«Genau das.»

«Du verrückter Hund. Ich glaub es, wenn ich es sehe.»

«Behalt mich im Auge», sagte ich und ging zur Tür hinaus.

2

Kate und ich verbrachten das Wochenende mit den Bergmans in Amagansett. Ich beschloß, mich sofort dem Müßiggang hinzugeben, und als sie am Montag zurückfuhren, blieben wir noch.

Auch hier war es heiß. Am frühen Morgen oder am späten Nachmittag gingen wir an den Strand; die Mittagszeit verbrachten wir im Haus oder in Restaurants oder fuhren in unserem Wagen mit Air-condition herum. Den Herd benützten wir nur, um Kaffee zu machen. Eines Abends grillten wir draußen Steaks, aber dabei wurde uns so heiß, daß wir zum Strand gingen und schwammen und dann die Steaks kalt aßen, als wir zurückkamen.

«Ich bin froh, daß du deinen Job aufgibst», sagte Kate eines Morgens; wir hatten miteinander geschlafen und lagen nun auf dem Rücken und versuchten, wieder trocken zu werden. «Solange du bei der Zeitung bleibst, werde ich auf Ann Roth eifersüchtig sein.»

«Das ist albern.»

«Nein, ist es nicht. Sie ist eine Erinnerung, und Erinnerungen sind sehr mächtig. Sie sind stets gegenwärtig, weil sie nie gegenwärtig sind. Das ist das perfekte Arrangement – eine Erinnerung zu lieben. Das ist so, als würde man eine Romanfigur lieben.»

«Ich war nicht in Ann Roth verliebt.»

«Aber erzähl mir bloß nicht, du wärst nie in eine Romanfigur verliebt gewesen.»

Ich stand auf und ging unter die Dusche. Als ich wieder herauskam, stand Kate im Wohnzimmer vor der Klimaanlage, die Beine gespreizt und die Hände in die Hüften gestemmt; es wirkte leicht obszön.

«Der erste Mann, den ich in meinem Leben geliebt habe», sagte sie, «war Heathcliff.»

«Meine erste Liebe war Brett Ashley», sagte ich.

«Die hab ich auch geliebt», sagte Kate. «In Büchern hab ich eine Menge Frauen geliebt. Da hab ich meine latente Homosexualität von der Leine gelassen. Ich hab sogar das Mädchen mit den großen Daumen in *Even Cowgirls Get the Blues* geliebt.»

«Mit ihren Daumen bin ich nicht zurechtgekommen», sagte ich. «Auch das Buch hab ich nicht bis zum Schluß durchgestanden.»

«Ich hielt es für ein großartiges Buch», sagte Kate. «Ich liebte Holden Caulfields Bruder. Wie war gleich sein Name – Zooey?»

«Das ist Zooey Glass – Seymours Bruder. Holdens Bruder war ... mir fällt der Name nicht mehr ein, aber er ging nach Hollywood und prostituierte sich.»

«Wer hat den Brief in der Badewanne gelesen?» sagte Kate.

«Zooey.»

«Und wer ist dann Seymour?»

«Der Schreiber des Briefes. Der sich dann umbringt.»

«Ich frag mich, ob Salinger je wieder ein Buch schreiben wird», sagte Kate. Sie ging duschen. Als sie wieder auftauchte, rief sie etwas, was ich nicht verstehen konnte.

Ich ging zur Tür. «Was?»

«Ich sagte, ich liebte Sidney Carton.»

«Ich liebte Lucy.»

«Wußtest du, daß sie davon Wiederholungen im Fernsehen bringen?»

«Ich meinte Lucy Darnay.»

«Ich weiß, wen du meintest.» Kate kam aus dem Bad, begab sich in die Küche, machte die Tür vom Eisschrank auf und ließ sich davon kühlen. «Ich liebte auch Martin Beck.»

«Wen?»

«Kennst du Martin Beck nicht?»

«Nein. Ich glaub, du solltest die Eisschranktür nicht so offen lassen. Es ist nicht unsere Stromrechnung.»

Sie wartete eine Weile, schloß dann wieder die Tür. «Martin Beck ist ein Kriminalbeamter in einer Reihe von Romanen eines schwedischen Paares – Ehemann und Ehefrau. Ich kann ihre Namen nicht aussprechen – zu viele O. Martin Beck ist wunderbar. Er raucht zuviel und bastelt Modellschiffe.» Mit mitleidigem Blick sah sie mir zu, wie ich eine Zigarette anzündete; sie hatte es geschafft, erneut aufzuhören. «Du rauchst auch zuviel.»

«Tu so, als wäre ich eine Figur in einem Buch.»

«Verstehst du», sagte Kate, «das ist das Komische, daß es mir dann nichts ausmachen würde. Romanfiguren gegenüber sind wir tolerant. Erinnerungen gegenüber sind wir tolerant. Auf eine lebende Ann Roth wäre ich nicht eifersüchtig, weil ich weiß, daß ich besser bin als jede reale Person. Aber es ist schwer, mit einer Erinnerung zu konkurrieren.»

An diesem Abend besuchten wir eine Party bei Freunden der Bergmans, ein Stück weiter den Strand runter. Die Gäste waren Wall Street-Typen mit ihren Frauen, und mit Ausnahme einiger Kinder im Teenageralter waren wir das jüngste Pärchen. Kate trug ein Paar weiße Shorts und ein schwarzes Bikinioberteil, und alle Männer hielten sie für ungemein niedlich und gaben ihr im Flüsterton Börsentips, wozu sie sich ganz dicht zu ihren Brüsten beugen mußten.

«Ich bin die Ballschöne», sagte sie, als wir uns an der Bar begegneten.

«Ich bin stolz darauf, dein Begleiter zu sein.»

«Und was hast du angestellt?»

«Oh, ich hab mich ein bißchen unters Volk gemischt.»

«Ich hab gesehn, wie du dich mit diesem großen jungen Ding unterhalten hast.»

«Sie ist die Tochter des Gastgebers. Studiert Französisch in Wellesley.»

«Tatsächlich?» sagte Kate. «Der Druck deines Arms schien ihr zu gefallen.»

«Sie ist ziemlich ungestüm. Du weißt ja, wie junge Leute sind.»

«Yeah, nun, wenn sie sich noch mal an dich klammert, dann brech ich ihr den Unterkiefer.»

«Ich dachte, auf reale Personen wärst du nicht eifersüchtig», sagte ich.

Sie schob sich an meinem Bein hoch und gab mir einen Kuß. «Das Problem besteht einfach darin, daß du mit deiner Sonnenbräune so gut aussiehst.» Sie zog mich hinaus. «Schnappen wir ein bißchen frische Luft. Über den Dow-Jones-Index weiß ich alles, was ich je wissen wollte.»

Wir gingen hinunter ans Wasser und setzten uns in den Sand. Kate lehnte sich auf die Ellbogen zurück und balancierte ihr Glas auf ihrem nackten Bauch; sie kreischte leise, bis sie sich daran gewöhnt hatte.

«Wenn jetzt plötzlich ein Hai aus dem Wasser auftaucht», sagte sie, «sterb ich.»

Es dauerte eine Weile, bis wir uns entspannten; jeder Umriß und jedes Geräusch wirkten auf einmal gefährlich.

«Allein die Vorstellung», sagte Kate nach einer Weile, «daß genau in diesem Augenblick irgendwo anders jemand genau das gleiche tut wie wir.»

Ich lachte.

«Es stimmt», sagte Kate. «Es ist deprimierend, aber es stimmt. Wir alle glauben, wir wären so einzigartig, dabei sind wir nichts weiter als Massenware.»

«Was hat dich in diese Stimmung gebracht?»

«Alkohol, Hitze, Sonne, hohes Alter. Das Interessante am ... Leben ... ist, daß man zwar tatsächlich im Alter klüger wird, aber nur bis zu einem gewissen Punkt. All diese alten Typen da drinnen – sie sind so dämlich wie alle anderen auch; sie sind wie Kinder. Sie sind schlimmer als Kinder, wirklich, weil sie es besser wissen müßten.»

«Was müßten sie besser wissen?»

«Daß sie mich nicht vögeln können, beispielsweise», sagte Kate. «Sie haben einfach Angst. Wenn man ein gewisses Alter erreicht hat, dann nimmt der Tod konkretere Form an als für uns. Ich erinnere mich sehr deutlich daran, wie mein Vater aufhörte, zuerst die Sportseiten zu lesen und gleich die Seite mit den Todesanzeigen aufschlug. Ich bin sicher, das hat sein Sterben beschleunigt, und sein Sterben hat das meiner Mutter beschleunigt. Es gab für sie keinen vernünftigen Grund, so jung zu sterben, wie sie gestorben sind.»

«Sie müssen jedenfalls ganz schön stolz auf dich gewesen sein», sagte Kate. «Du warst ja ziemlich berühmt und all das.»

«Vermutlich.»

Ein paar Teenager kamen den Strand entlanggeschlendert, rauchten einen gemeinsamen Joint. Meine große Freundin war ebenfalls dabei.

«Hiya», sagte sie.

Ich nickte.

«Hiya», äffte Kate nach. «Hiya.»

«Gehn wir nach Hause», sagte ich.

«Nach New York?»

«In unser gegenwärtiges Heim.»

«Die Nacht ist jung.»

«Ich möchte mit dir schlafen.»

«Ah, sie hat dich auf Touren gebracht, was?»

«Kate.»

«Wir können es gleich hier machen», sagte Kate. «Du bist Burt Lancaster und ich bin Debbie Reynolds.»

«Deborah Kerr.»

«Oh, du weißt genau, daß ich es wußte.» Sie nahm ihr Glas vom Bauch, trank, stellte es auf meinem Bauch ab und küßte mich.

«Ich mag es nicht, wenn man auf mich tritt, Kate.»

«Sie werden um uns herumgehn. Hast du nie ein bumsendes Pärchen am Strand erlebt? Alle schaun sie weg.»

Ich stand auf, marschierte auf das Haus der Bergmans zu, und sie folgte mir, *The Teddy Bears' Picnic* singend. In der Nähe des Hauses zischte sie, eilte an meine Seite und hielt meinen Arm fest. «Charles, da ist jemand drinnen. Der Wagen, der eben vorbeigefahren ist, hat das Schlafzimmer beleuchtet, und ich sah, wie er sich drinnen bewegte.»

«Bist du sicher, daß es kein Schatten war?»

«He, schau ich so aus, als würd ich falschen Alarm schlagen? Ich hab einen Mann da drinnen gesehn.»

Ich tastete im Dünengras herum, bis Kate mich hochzerrte.

«Was machst du da?»

«Ich such einen Stock oder so was.»

«Bist du verrückt? Wir gehn zurück zur Party und rufen die Polizei an.»

«Vielleicht jagen wir ihm einen Schrecken ein, wenn wir uns laut unterhalten, und er verschwindet.»

«Verschwindet wohin? Vielleicht genau in unsere Richtung.»

«Also rufen wir die Polizei.»

«Gute Idee.»

Wir riefen die Polizei, und sämtliche Börsenmakler mußten Kate sorgfältig abtasten, ob sie auch keinen Schock hatte, und dann kam die Polizei, und wir alle trabten hinüber zu Bergmans Haus und stellten fest, daß der Fernsehapparat verschwunden war. Der Einbruch zog einen gewaltigen Papierkrieg nach sich, und als schließlich alles abgewickelt war, konnten Kate und ich kaum noch stehen.

«Warum bist du nicht in dem Moment, in dem ich dir sagte, ich hätte jemanden gesehn, fortgerannt?» sagte Kate. «Was trieb dich dazu, herumschnüffeln zu wollen?»

«Ich weiß nicht. Vermutlich, weil es nicht mein Haus ist. Ich fühlte mich verantwortlich.»

Sie stieß einen Jubelschrei aus. «‹Ich such einen Stock.› Einfach toll.»

Ich zündete mir eine Zigarette an.

«Denkst du über diese Yost-Sache nach?»

«Es kam mir in den Sinn, ja.»

«Zur Hölle damit. Es will einfach nicht verschwinden.»

«Es war gewalttätig. Das Leben ist gewalttätig, also werden wir ständig daran erinnert.»

«Männer sind gewalttätig», sagte Kate. «Sie suchen nach Stökken. ‹Ich such einen Stock.› Nicht zu fassen.»

Ich ging hinaus auf die Veranda und rauchte. Die Suche nach einem Stock war ein Reflex gewesen, wieder mal entstanden, weil man zu viele Filme gesehen hatte; benutzt hätte ich ihn bestimmt nicht. Denn von Kates erster Warnung an war ich mir in einem Punkt völlig sicher gewesen: die Person, die sich im Haus befand, war Pamela Yost.

An diesem Nachmittag fuhren wir nach Patchogue und suchten einen Antiquitätenladen, von dem uns die Bergmans erzählt hatten. Wir fanden ihn nicht und fuhren immer weiter Richtung Westen; schließlich landeten wir in Coney Island.

Wir schlenderten den Bürgersteig zum Aquarium entlang. Kate lehnte sich über das Geländer des Beckens mit den weißen Walen. Wir sahen den Delphinen bei ihren Kapriolen mit ihrem Trainer zu.

«Delphine sind klug», sagte Kate. «Schau dir bloß an, wie sie diesen Schnösel darauf trainiert haben, sie jedesmal zu füttern, wenn sie aus dem Wasser springen.»

An dem Behälter mit dem Kraken besagte ein Schild, daß er nur selten unter seinem Felsen hervorkam. Wir warteten, und er kam nicht.

«Wahrscheinlich haben sie gar keinen Kraken», sagte Kate.

«Willst du mich heiraten?» sagte ich.

Sie drückte ihre Stirn gegen das Glas des Behälters. «Ich glaub's einfach nicht.» Als sie aufblickte, huschte der Krake vorbei, und sie sprang zurück. «Jesus.»

«Willst du?»

«Nach solch einem Omen», sagte Kate, «wie könnte ich da nein sagen?»

«Typisch für dich, nicht einfach nur ja zu sagen.»

«Ja», sagte Kate.

Auf dem Heimweg fuhr Kate; sie sang mit dem Radio um die Wette.

«Woher kennst du all diese Songs?» sagte ich.

«Ich lausche nur dann klassischer Musik, wenn du in der Nähe bist», sagte Kate. «Wenn ich allein bin, hör ich mir Rock an.»

Wir hielten, um zu tanken und Cokes zu kaufen. Kate saß auf der Kühlerhaube und trommelte mit den Absätzen gegen den Reifen. «Heißt das, du möchtest ein Baby, Charles?»

«Es könnte ganz nett sein.»

«Wir müssen uns einen Namen ausdenken.»

«Möchtest du immer noch ein Mädchen?»

«Wann immer ich mir meine Studentinnen anschaue, dann glaube ich, es wäre furchtbar, für ihre Produktion verantwortlich zu sein. Andererseits wäre ich kein bißchen stolzer, wenn ich ihre Boyfriends produziert hätte. Teenager sind schrecklich. Sie haben so große Füße.»

«Mir hat der Name Molly immer gefallen», sagte ich.

«Molly klingt hübsch. Mein Lieblingsname ist Jake – nicht Jacob, einfach nur Jake.»

In Southampton bog Kate auf einen Parkplatz. «Ich möchte noch ein bißchen was einkaufen.»

«Wir haben massenhaft Lebensmittel.»

«Ich möchte ein Hochzeitskleid.»

Zuerst probierte sie eine weiße Spitzenbluse und ein Paar Shorts.

«Niedlich», sagte ich.

«Das will ich doch hoffen», sagte Kate. «Die Shorts kosten 45 Dollar. Gehören zur Partisanenausrüstung der britischen Armee.»

«Ich glaub, ich warte beim Wagen», sagte ich. «Leuten beim Einkaufen zuzuschaun, macht mich schläfrig.»

«Ich wünschte, ich würde dabei auch schläfrig werden. Könnt ich ein Vermögen sparen. Aber mich belebt es.»

Ich kaufte *The New Yorker,* setzte mich auf die Kühlerhaube, rauchte und schaute mir die Cartoons an. Ich blickte auf, als Bremsen quietschten und sah auf der anderen Straßenseite eine Frau in lavendelfarbenem Hemd, weißen Hosen und weißen Sandalen. Ein großer Strohhut verbarg ihr Gesicht. Sie trug einen Beutel mit Lebensmitteln unter dem Arm und eine Einkaufstasche in der anderen Hand. Sie klemmte die Einkaufstasche zwischen die Knie, um ihre Schlüssel aus ihrer Umhängetasche zu holen, und öffnete die Tür eines blauen Volkswagens; sie stellte die Einkaufstaschen hinein, ging um den Wagen herum, öffnete die Fahrertür, ohne auf den Verkehr zu achten, stieg ein und fuhr davon.

Ich stieg ebenfalls in den Wagen und folgte. Mein Atem kam in schweren Stößen.

Sie fuhr zu einem Haus in der Dune Road, wo sie von einem Irish Setter und einem kleinen blonden Jungen begrüßt wurde. Sie nahm ihren Hut ab, um den Jungen zu küssen. Ihr Haar war rot, fast wie das des Setters, und sie hatte viele Sommersprossen. Sie bemerkte mich und winkte lächelnd. Ich hob einen Finger, fuhr zum nächsten Wendepunkt und dann wieder zurück in die Stadt.

Kate saß am Rinnstein und las *The New Yorker.*

«Wo zum Teufel warst du?» sagte sie.

«Mein Blase hat plötzlich einen Anfall bekommen. Ich mußte zur nächsten Tankstelle.»

«Jesus.» Sie stieg in den Wagen.

«Ich hab *The New Yorker* gekauft», sagte ich.

«Woher zum Teufel sollte ich das wissen?»

Ich fuhr schwungvoller als notwendig und kam sogar ein bißchen ins Rutschen, als ich in unsere Einfahrt bog. Ich ging hinein, wusch mir das Gesicht, ging hinaus auf die Veranda und zündete mir eine Zigarette an.

Kate kam mit einer Büchse Bier zur Tür. Sie öffnete die Büchse, und ich bekam ein paar Spritzer ab.

«Sorry», sagte Kate.

«Umm.»

«Jetzt, wo du gesagt hast, du willst heiraten, wünschst du dir, du hättest es nicht gesagt», meinte Kate. «Stimmt's?»

Ich schnippte meine Zigarette nach einer Möwe, die oben auf der Düne dahintrippelte.

«He», sagte Kate, «ich ruf den Tierschutz an.» Sie setzte sich auf einen Stuhl und schlürfte ihr Bier.

Ich zündete mir die nächste Zigarette an.

«Macht es dir was aus, mir zu erzählen, was dir im Kopf rumgeht?» sagte Kate.

«Gerade vorhin in der Stadt hab ich geglaubt, ich hätte Pamela Yost gesehn.»

«Machst du Witze?»

«Sie war es nicht. Bloß eine Frau, die ihr aus der Entfernung ein bißchen ähnlich sah.»

«Also folgtest du ihr, nur um sicher zu gehn.»

«Ja.»

«Jesus.» Sie nahm noch einen Schluck Bier. «Und da mach ich mir Sorgen wegen Ann Roth, wo die wirkliche Erinnerung, mit der ich konkurrieren muß, aus Pamela Yost besteht.»

«Du konkurrierst nicht mit ihr», sagte ich. «Sie ist tot.»

«Oh, komm, hör auf. Es hat inzwischen genug Leichen gegeben. Das Ganze ist doch nicht von Dashiell Hammett.»

Ich nahm ihr die Büchse weg und nahm einen Schluck.

«Komm schon, Charles, laß dir nicht alles aus der Nase ziehen. Warum glaubst du, daß sie tot ist? Glaubst du, sie hat sich aus Reue selber umgebracht?»

«Nein.»

«Jemand hat sie getötet?»

«Ja.»

«Wer, verdammt noch mal?»

«Wer immer Ann getötet hat.»

Kate stampfte mit dem Fuß auf. «Ann wurde mit Pamelas Messer umgebracht.»

«Das ein anderer genommen haben könnte.»

«Was für ein anderer?»

«Blake, zum Beispiel.»

«Blake hat ein Alibi. Sein Alibi hat ein Alibi.»

«Genau das ist ziemlich verdächtig», sagte ich.

Kate versuchte ein Muster in die feucht beschlagene Büchse zu zeichnen, aber es zerlief. «Blake hat sich bei der Polizei als sehr kooperativ erwiesen.»

«Natürlich hat er das», sagte ich. «Indem er ihnen den Film mit Pamela und Briggs zeigte, sprach er Pamela schuldig.»

«Es war ein ziemlich übler Film, nach dem zu urteilen, was du mir erzählst hast.»

«Pamela wurde zu einem Film gezwungen; man hätte sie auch zu einem zweiten Film zwingen können.»

«Ich wollte, du würdest sie nicht ständig Pamela nennen», sagte Kate. «Außerdem haben die anderen Schauspieler angegeben, daß sie sehr kooperativ gewesen wäre.»

«Vielleicht hat man sie für diese Aussage bezahlt», sagte ich. «Blake verfügt über die nötigen Mitteln, um sich jede Aussage zu kaufen, die er brauchte.»

«Wenn Blake Ann tötete, weil er vor dem Angst hatte, was sie alles herausfinden könnte», sagte Kate, «wieso hat er dann dich nicht auch umgebracht?»

«Dazu bestand keine Notwendigkeit. Tatsächlich war es für ihn vorteilhaft, daß ich der Polizei Pamelas Version der Geschichte erzählte. Indem ich eine Geschichte erzählte, zu der er ein Alibi hatte, half ich, Pamelas Glaubwürdigkeit zu erschüttern. Briggs und Yost tot und Pamela in Mißkredit, da erschien nur noch Blake glaubwürdig.»

«Ich wollte, du würdest sie nicht Pamela nennen», sagte Kate.

«Hast du deshalb deinen Job aufgegeben – damit du ihr all deine Zeit widmen kannst?»

«Kate, ich hab's dir doch gerade gesagt. Ich glaub, sie ist tot.»

«Du bist ein echter Nekrophiler, was?»

Ich zündete mir eine neue Zigarette an der alten an.

«Rein zufällig bin auch ich auf ein Wort gestoßen, das dich bis aufs i-Tüpfelchen beschreibt», sagte Kate. «Nympholepsie. Weißt du, was das bedeutet?» Abwehrend streckte sie eine Hand aus. «Laß nur. Ich weiß, du haßt es, so was gefragt zu werden ... Es ist ein großartiges Wort.» Sie erhob sich plötzlich und ging ins Haus. Ich hörte Türen und Schubladen knallen, und als ich hineinging, war sie beim Kofferpacken. Ich ging zu ihr und legte die Hände auf ihre Schultern.

Sie entwand sich meinem Griff. «Ich mag es nicht, wenn man mich so anfaßt. Es hat so was Herablassendes an sich.»

«Ich hab bloß überlegt, ob du tanzen möchtest.»

Sie lachte. «Wer bist du, Fred Astaire?»

«Treffen wir ein Abkommen», sagte ich. «Jedesmal wenn wir uns streiten, dann stehen wir das bis zur Klärung durch. Keiner marschiert davon; keiner legt mehr den Telefonhörer auf. Okay?»

«Du bist derjenige, der immer verschwindet, Charles.»

«Und keiner von uns darf die Aufforderung des anderen zum Tanz ausschlagen. Okay?»

Unter meinen Händen zuckte sie mit den Schultern. «Das ist lächerlich.»

«Versuchen wir's.»

«Wie kann man streiten, wenn man tanzt?»

«Genau das ist der springende Punkt.»

«Es ist albern.»

«Versuch es.»

«Ich kann nicht nein sagen?»

«Nein.»

«Das ist eine Art Zwangsmaßnahme.»

«Alle Vereinbarungen sind erzwungen.» Ich drehte sie zu mir herum und machte mit ihr ein paar Tanzschritte.

«Gleich hier?»

«Es muß spontan sein.»

«Es ist so heiß.»

«Dann tanzen wir eben langsam.»

«A cappella?»

«Ich werde summen.»

Sie bewegte sich steif, so wie ich, als Pamela es mit mir versucht hatte. Sie stoppte, und ich hätte ums Haar die Balance verloren.

«Es funktioniert nicht», sagte Kate.

«Du gibst dir keine Mühe.»

«Es hat keinen Zweck, Charles», sagte Kate. «Es wird nicht funktionieren. Wir werden nicht funktionieren. In den vergangenen paar Monaten hab ich versucht, mir einzureden, wir könnten es, aber wir können nicht. Wenn du nach all der Zeit immer noch von dieser Yostfrau besessen bist –»

«Ich bin nicht besessen.»

«– dann hat es keinen Sinn, es noch länger zu probieren.»

«Kate, ich bin sicher, daß sie tot ist.»

«Du bist nicht sicher. Du denkst nur, du wärst es. In deinem Kopf ist sie jedenfalls lebendig – in deiner verfluchten Erinnerung. Verstehst du denn nicht? Sie ist wie eine dieser Bücherfrauen. Sie ist wie Ann Roth. Beide bedeuten dir was, weil sie Erinnerungen darstellen. Sie sind pure Magie für dich. Genau das ist es, was du wirklich willst. Du willst keine reale Person in deinem Leben – jemand, der herumläuft und redet und fühlt und hungrig wird und ficken will und nach einem Tag in der Sonne unangenehm riecht; du willst eine Phantasievorstellung.»

«Kate.»

«Nein.» Sie machte den Koffer voll und zog den Reißverschluß zu.

«Kate, bitte.»

«Charles, ich kapier durchaus, von welcher Seite ich was auf die Ohren krieg. Ich habe keine Lust, noch länger die Zielscheibe für deine emotionalen Schrotladungen abzugeben.» Sie schnappte sich ihren Koffer und ging zur Tür. «Ich nehm den Wagen. Du wirst schon ein Taxi zum Bahnhof finden.»

«Kate.»

«Kate Wer?»

Beim Losfahren knallte der Wagen draußen gegen irgendwas, und als ich zur Haustür ging, sah ich, daß der Briefkasten von seinem Pfosten geschleudert worden war. Ich lief hinaus und hängte ihn an den Zaun. Der Wagen hatte an der Dune Road gestoppt, und Kate war ausgestiegen. Ich ging auf sie zu, bis ich sah, daß sie sich vornübergebeugt in den Graben übergab. Als sie fertig war, schob sie sich die Haare aus dem Gesicht und stand tief atmend mit in die Hüften gestemmten Händen da. Sie sah wunderschön aus, voller Energie, vital. Wäre sie eine Fremde gewesen, ich hätte mich selbst auf diese Entfernung hin sofort in sie verliebt und mich gefragt, ob ich sie jemals wiedersehen würde.

Ich setzte mich wieder in Bewegung, auf sie zu, aber sie stieg ein und fuhr mit radierenden Reifen los. Ich drehte mich um, ging zurück ins Haus und machte mich auf die Suche nach einem Zugfahrplan. Ich stieß auf ein Wörterbuch und schlug den Ausdruck «Nympholepsie» nach. Die erste Bedeutung war recht putzig – «eine Verzückung, ausgelöst durch den Anblick von Nymphen» – doch die zweite Bedeutung schien angemessen: «krankhafter Drang nach etwas Unerreichbarem.»

3

Milner lehnte sich in seinem Stuhl zurück und verschränkte die Hände hinter seinem Kopf, er schüttelte nicht direkt den Kopf, sondern wendete ihn mehr von einer Seite zur anderen. «Sie geben nie auf, was, Ivesy?»

«Es überkam mich einfach. Es war eine Inspiration.»

Er verdrehte die Augen. «So was ist mehr für Dichter gedacht.»

Ich lachte. «Dave, denken Sie doch mal drüber nach. Vielleicht steht Blakes Alibi deswegen, weil er wirklich in Kalifornien war. Aber vielleicht kam er zu einem anderen Zeitpunkt zurück, als er angegeben hat. Wenn ein Ticket erst mal bezahlt ist, kann jeder damit fliegen. Er und seine Leute fliegen ständig hin und her. Das hat er selbst gesagt. Er könnte einen ganz späten Flug genommen haben, bis um –»

«Wie oft muß ich es Ihnen noch sagen, Chuck? Spielen Sie nicht den Bullen.» Er betonte jedes Wort mit einem Schlag seiner flachen Hand auf den Schreibtisch. Dann zog er eine Schreibtischschublade auf und holte einen mit Papieren vollgestopften Manilaumschlag hervor. «Sehen Sie das?»

«Sparen Sie sich die Mühe», sagte ich. «Die Szene hab ich schon tausendmal gesehn.»

«Im Kino, richtig?»

«Richtig.»

«Sehen Sie? Das ist der Jammer mit Ihnen, Chuck. Sie schaun sich zu viele Filme an. Ich hab mich mit Ihrer Freundin Kate darüber unterhalten. Wie geht's ihr übrigens?»

«Gut.»

«Sie ist eine echte Nervensäge. Na, egal, ich sag jedenfalls zu ihr, die Polizeiarbeit ist zum Teil deswegen so beschissen, weil die Leute all diese wahnsinnig tollen Cops in der Glotze sehen, die jede Woche einen Fall lösen – wie ein Uhrwerk. Wenn jemand mal einen Flim über die wirkliche Polizeiarbeit machen würde, dann schliefen die Leute beim Zuschauen ein, aus purer Langeweile.»

«Zeitungsarbeit ist ähnlich», sagte ich.

«Also verstehn Sie, was ich meine?»

«Ja.»

«Man gewinnt nie wirklich. Man versucht, lediglich seine Verluste so gering wie möglich zu halten.»

«Stimmt.»

Er beugte sich über den Schreibtisch. «Was ich damit sagen will,

Chuck, kümmern Sie sich um Ihren eigenen Dreck.» Er lehnte sich zurück und verschränkte die Hände wieder hinter dem Kopf. «Die Leute hören nie auf, sich gegenseitig umzubringen. Gestern sind in einer Fleischverpackungsfirma ein paar Metzger mit Hackmessern aufeinander losgegangen. Jesus, was für ein verfluchtes Gemetzel. Und als ich heimkam, hatte meine Frau mir auch noch ein Steak gemacht. Ich konnte es nicht mal anschaun. Ich hab nur einen Teller Suppe und ein volles Glas Bourbon runtergekriegt.»

Er erzählte mir noch eine Story von der Front, aber ich hörte nicht zu.

«Ich mag es ganz und gar nicht, wenn Sie so still sind», sagte Milner. «Es bedeutet, daß Sie nachdenken.»

«Ich habe gerade über Ihre Arbeit nachgedacht – und meine. Wir sitzen viel herum und warten darauf, daß ein anderer was tut; dann reagieren wir darauf, versuchen es in irgendein System zu zwängen. Pamela Yost und Blake und all diese Leute – das sind originelle Köpfe.»

Er schnaubte. «Ich bleib lieber auf dieser Seite vom Schreibtisch, besten Dank.»

«Deswegen gefällt mir meine Idee so gut», sagte ich. «Sie ist originell.»

Seine Augen wurden schmal. «Was für eine Idee ist das?»

«Wenn Blake zu anderer Zeit zurückgeflogen ist – zeitig genug, um schon zum Hauptereignis hier zu sein –, dann bedeutet das, Maida Ryan ist das schwache Glied in seiner Alibikette. Konzentrieren Sie sich darauf herauszufinden, ob er überhaupt drüben war. Ich sage, er war, flog aber dann früher zurück. Die Zeugen, die ihn in Kalifornien verabschiedet haben, werden sich nicht erschüttern lassen; die sind von seiner Sorte. Aber Maida ist verletzbar. Wenn man ihr, und wenn es nur für einen Moment ist, klarmacht, wie widerlich Blakes Geschäft ist – schließlich beutet er Frauen aus –, dann denkt sie vielleicht anders drüber, zu seinen Gunsten zu lügen.»

Wieder begann Milners Kopf hin und her zu wandern. «Ich glaube, Sie sollten sich ein Hobby suchen, Ivesy. Briefmarken oder so was. Oder vielleicht was mit den Händen – Tischlern beispielsweise.»

«Haben wir je festgestellt, wo sich Maida in der Mordnacht aufgehalten hat?» sagte ich.

Milner knirschte mit den Zähnen. «Hören Sie auf, ‹wir› zu sagen.»

«Wir haben es nicht. Sie haben es nicht. Sie haben sich auch auf

Blake konzentriert. Sie fragten sie, ob sie ihn zu der von ihm angegebenen Zeit abgeholt hat, und sie sagte, das hätte sie, und damit hatte sich's.»

«Wenn Sie mal eine Inspiration haben, dann gibt's kein Halten mehr, was?»

«Weil sie eine Frau ist, können wir sie weichklopfen», sagte ich.

«Hören Sie auf, ‹wir› zu sagen.»

«Wirklich. Das Ganze ist eine Frage der Sensibilität.»

«Meine Tochter würde Ihnen das nicht durchgehen lassen», sagte Milner. «Sie ist eine echte Radikale.»

«Nein», sagte ich. «Sie würde mir beistimmen. Blake ist genau die Sorte Mann, die Ihre Tochter am meisten verabscheut. Wir müssen dafür sorgen, daß Maida erkennt, wie abscheulich er ist.»

«Hören Sie auf, ‹wir› zu sagen.»

«Okay. Ich. Ich werde dafür sorgen.»

«Ich kann Sie einsperren lassen, das wissen Sie», sagte Milner.

«Unter welcher Anklage?»

«Ich denk mir was aus.»

«Sagen Sie nicht Behinderung in einem Ermittlungsverfahren, denn es gibt kein Ermittlungsverfahren.»

Er schaute gekränkt drein. «He, Chuck.»

«Tut mir leid, Dave. Ich verstehe Ihre Lage. Versuchen Sie auch meine zu verstehen.»

«Kann ich nicht.»

«Ich bin benutzt worden. Es spielt keine Rolle, wer Ann umgebracht hat – Pamela Yost oder Bill Blake. Ich bin benutzt worden, die Sache aufzubauen – als Bestandteil der Erklärung, des Alibis, wie immer Sie es nennen wollen.»

«Einige der Jungs denken, Sie haben es Mrs. Yost besorgt», sagte Milner.

Ich konnte ihn nicht anschaun. «Und wenn es so wäre?»

«Nun ja, dann wurden Sie gar nicht so sehr benutzt. Sie waren einfach, äh, in die Sache verwickelt.»

Ich legte den Kopf zurück und schloß die Augen. Nach einer Weile öffnete ich sie wieder und blickte Milner an. «Sie haben recht. Ich bin darin verwickelt. Aber ich möchte mich wieder herauswikkeln. Darin verwickelt zu sein, hindert mich daran, mein eigenes Leben zu leben. Es hindert mich, meine Beziehung zu Kate, wie immer das auch aussehen mag, zu klären.»

«Ich dachte mir schon, daß es bei euch beiden nicht so besonders gut läuft», sagte Milner.

«Nein, tut es nicht.»

Er wedelte lässig mit einer Hand. «Wenn Sie nicht mehr in die Sache verwickelt sein wollen, dann sagen Sie einfach, zum Teufel damit. Pfft, und schon sind Sie nicht mehr verwickelt.»

«Das hab ich probiert, als ich mit Blake redete, in der Nacht, in der Ann starb. Ich wollte, daß er flüchtet, weil ich Bescheid wußte – aber das tat er nicht. Von Anfang an hat er mich benutzt – mein Interesse an der ganzen Sache –, um mich weiter darin verwickelt zu halten.»

«Ihr Interesse an Mrs. Yost?» sagte Milner.

«Ja.»

«Also haben Sie es ihr besorgt?»

«Läßt sich das nicht etwas anders ausdrücken?»

«Drücken Sie es aus, wie Sie wollen, Chuck, etwas unorthodox ist es trotzdem.»

«Nein. Mein Interesse war orthodox; nicht die Frau, der mein Interesse galt. Aber es dauerte eine Weile, bis mir das klar wurde. Und selbst danach konnte ich es nicht akzeptieren. Das ist nicht ungewöhnlich; die Leute bringen ganze Eheleben mit dem Versuch zu, nicht zu erkennen, daß sie einen Fehler begangen haben.»

Milner nickte. «Ich kenne einige Leute von der Sorte.»

«Ich will damit nur sagen, Dave, daß ich die losen Enden verknüpfen muß. Für die Gesellschaft mag das nicht notwendig sein, für die Justiz nicht, aber für mich schon. Ich brauch Kontinuität.»

«Was immer das heißen mag», sagte Milner.

«Es heißt, keine losen Enden.»

Milner stand auf und streckte sich. «Ich weiß es zu schätzen, daß Sie mir das erzählt haben, Chuck. Ich weiß, daß es nicht leicht ist. Aber ich muß Ihnen noch mal sagen – spielen Sie nicht den Bullen.»

«Nicht den Bullen spielen, bedeutet das, ich kann zu Maida gehen und sie bitten, die Wahrheit zu sagen?»

«Wieso glauben Sie, daß sie das tun wird?»

«Instinkt.»

Er nahm den Manilaumschlag, wog ihn bedeutungsvoll in der Hand, bevor er ihn in die Schublade legte. «In zwei Drittel der Fälle sagt mir mein Instinkt irgendwas. Mir fehlen lediglich die Fakten.»

«Na und? Vielleicht kriegen wir noch ein paar Fakten.»

«Hören Sie auf, ‹wir› zu sagen.»

4

Ich spielte den Polizisten. Von einem vegetarischen Restaurant in der Spring Street aus behielt ich die Bar im Auge. Ich trank eine Menge geeiste Kräutertees und aß eine Menge fades Gebäck und sah mehrmals Maida kommen und gehen, aber immer in Begleitung von Freddy oder Blake oder beiden.

Ich saß lange auf einer Bank in der Sixth Avenue herum – es war eine von mehreren Bänken in einem widersinnigen Zementpark, deren Nutznießer fast ausschließlich Penner waren –, von wo aus man die Broome Street bis zum Eingang des Gebäudes einsehen konnte, in dem Blake und Maida eine Wohnung hatten. Ein paarmal sah ich sie, aber nie allein.

Gelegentlich spazierte ich zu dem erhöht gelegenen West Side Highway, der für Autos gesperrt und von einfallsreichen Läufern und Fahrradfahrern in einen Spielplatz verwandelt worden war; von diesem Aussichtspunkt aus konnte ich zu Blakes Club hinuntersehen. Blake und Freddy sah ich hinein- und hinausgehen, aber niemals Maida.

Die träge Hitze, die unterschwellige Gefahr, und vor allem diese Art von Spiel erinnerten mich an meine Zeit in Vietnam. Man stand jeden Tag auf, um ein wucherndes, sinnloses Spiel zu beobachten, von peinlich abgedroschenen Figuren aufgeführt unter völliger Mißachtung jeglicher dramaturgischer Einheit – das alles löschte sehr schnell die Gewißheit aus, mit der ich hier angekommen war, ich könnte hinter all dem einen Sinn entdecken. Meine ursprüngliche Niedergeschlagenheit war einem erhebenden Gefühl der Freiheit von jeglicher Verantwortung gewichen. Überzeugt davon, daß dem Krieg jede Logik fehlte und daß all die Kugeln, Raketen, Mörser oder Granaten ohne jede Absicht abgefeuert wurden, war ich ohne Furcht, wie ein Kind, das auf einem unbebauten Grundstück spielt. Die Tatsache, daß ich häufig Französisch und Pidgin-Vietnamesisch sprach, verstärkte noch die Illusion eines Spiels, eines Theaterstücks, denn in einer fremden Sprache kann ich Dinge sagen, die ich auf Englisch nicht sagen kann; ich bin nicht ich selbst. (Mein Reputation für Tapferkeit stand nur hinter der eines französischen Fotografen zurück, dessen Mut aus der Überzeugung geboren war, daß das Blickfeld seines Bildsuchers die einzig existierende Realität umfaßte und daß es keine Gefahr geben konnte, solange er seine Kamera nicht in Richtung der Gefahr wandte. In gewissem Sinne wies er die Richtigkeit dieser Annahme selbst nach, als er mit einigen ARVN-Rangern auf Patrouille ging, sich aus der Deckung erhob und von einer Gewehrkugel getötet wurde, die das Objektiv seiner Kamera durchschlug.)

Die gleiche Tollkühnheit, von der Unwirklichkeit der Ereignisse erzeugt, brachte mich davon ab, weiterhin mürrisch darauf zu hoffen, Maida allein anzutrefen; ich faßte den Entschluß, ihr direkt gegenüberzutreten.

Die Gelegenheit kam in der zweiten Woche meiner Wache. Nach dem Dinner war ich hinüber nach SoHo marschiert und hatte die Bar eine Weile beobachtet, dann war ich runter zur Broome Street gegangen und hatte eine Zeitlang an einer Laterne gelehnt. Auf der Straße war mehr los als sonst; Taxis fuhren vor, Fahrgäste stiegen aus, sogar eine Limousine in der Größe eines kleinen Ozeandampfers war zu sehen, der ein glänzendes Pärchen, gebräunt und elegant, entstieg. Die Besucher strebten verschiedenen Eingängen zu, aber nachdem ich einige von ihnen durch verschiedene Türen hineingehen und wieder herauskommen gesehen hatte, erkannte ich, daß hier eine Art Party des ganzen Häuserblocks ablief und daß Blake einer der Gastgeber war.

In meinen billigen Jeans, Mokassins ohne Socken, meinem ältesten weißen Hemd, dessen Kragen längst ausgefranst war, dazu noch unrasiert, paßte ich genau in diese Gesellschaft, denn so hatte offensichtlich der modische Mann von heute auszusehen. Die Frauen trugen kaum etwas; viele hatten Trikothemdchen und Boxershorts an – ich erinnerte mich an ein langes Feature, das die Zeitung über den *Sportiven Look* gebracht hatte; andere hatten sich Tücher um die Hüften gebunden, die als Röcke dienen sollten; für diejenigen, die Kleider trugen, schien es lediglich ein nachträglicher Einfall gewesen zu sein.

Die Hitze war überwältigend, und jeder glänzte vor Schweiß. Das hinderte sie nicht am Tanzen – zu einer monotonen, peitschenden Musik, von der ich lange glaubte, es wäre nur ein Song, wieder und wieder gespielt; erst bei näherem Hinhören merkte ich, daß es sich um mehrere, fast identische Songs handelte.

Es war unmöglich, sich zu unterhalten, aber das schien auch niemand vorzuhaben; die Augen der meisten Gäste waren auf irgendwelche privaten Phantasien gerichtet; was ihre Ohren hörten, wurde von Narkotika moduliert.

Ich setzte mich auf einen Fenstersims, redete mir ein, daß es hier kühler wäre und beobachtete Maida, die mit einem dünnen, knochenlosen schwarzen Mann tanzte; als er sich fast horizontal flach über dem Boden wand, sah er einfach nur noch wie ihr Schatten aus. Sie trug eine Art Badeanzug, an der Hüfte hoch geschnitten, und darüber einen durchsichtigen Rock; ihre Füße waren nackt. Während einer Pause trat sie an einen Tisch, der als Bar diente, steckte sich einen Eiswürfel vorn hinein und schauderte bei der plötzlichen Kälte. Sie sah mich und winkte, als hätte man mit mir gerechnet, doch als die Musik wieder anfing, verließ sie ihren Partner, der das nicht zu bemerken schien, und schlüpfte durch die Menge in einen anderen Teil der Wohnung. Kurz darauf war sie wieder zurück; ganz offensichtlich hatte sie ihre Anweisungen bekommen.

«Na so was, Chas», sagte sie. «Nett, dich zu treffen.»

«Ich hab beschlossen, es wär an der Zeit, mehr auszugehn.»

Mit der Hand fächelte sie ihrem Gesicht Luft zu. «Heiß.»

«Wann fängt der Film an?» sagte ich.

Voller Unschuld preßte sie eine Hand gegen ihre Brust. «Also wirklich, Chas. Du hast einen ganz falschen Eindruck von uns. Wir sind schlichte Leute.»

Sie sagte noch etwas, das ich nicht verstehen konnte; ich deutete auf mein Ohr und blickte mich suchend um. Sie zögerte einen Moment, nahm dann meine Hand und führte mich zu der Tür zum Treppenhaus. Auch im Stock drüber lief die Party; wir setzten uns auf halbem Weg auf die Stufen, wo sich der Lärm von unten und der von oben fast aufhoben.

«Wirklich nett, dich zu sehn, Chas», sagte Maida. «Du hast mir nie deine Lebensgeschichte erzählt.»

«Seit wann bist du mit Blake zusammen?» sagte ich.

«Mein Gott, eine Ewigkeit.»

«War er deine Fahrkarte aus Severna Park?»

«Ich dachte, wir wollten über dich reden?»

«Ich hab mich bloß gefragt, ob deine Begeisterung fürs Showbusiness langsam nachläßt.»

Sie verdrehte die Augen. *«Oy, Gevalt.»*

«Und fürs Verbrechen.»

Sie erhob sich, strich sich hinten über den Rock. «War nett, mit dir zu reden, Chas.»

«Maida, du kannst auf Blake nicht zählen», sagte ich. «Er benutzt dich, und daraus folgt, daß er dich eines Tages nicht mehr brauchen wird – so wie es bei Pamela der Fall war.»

Sie verzog das Gesicht, stieg aber nicht die Treppe hinunter.

«Hör mir nur eine Minute zu», sagte ich. «Das wird sehr altmodisch und pompös klingen –»

«Darauf möcht ich wetten.»

«Aber hör mir einfach bloß zu.»

«Ich hör die ganze Zeit schon zu. Also red.»

«Pornografie ist heutzutage recht chic –»

«Oh, Herr im Himmel.»

«Sie zeigen erotische Filme beim New Yorker Filmfestival. Der Jet-set gibt Wohltätigkeitsveranstaltungen für Harry Reems und Larry Flynt.»

Maida untersuchte ihre Fingernägel.

«Das wird gefeiert als Manifestation der freien Rede und als Emanzipation von der Heuchelei. Dagegen sein heißt in verschiedenen Punkten reaktionär zu sein – moralisch, intellektuell, sexuell. Aber es hat nichts mit Moral oder intellektueller oder sexueller Freiheit zu tun. Es hat etwas mit Fesselung zu tun, mit Entmenschlichung, Vergewaltigung –»

Maida lachte. «Du klingst wie ... wie heißt sie doch gleich?»

«Du bist keine moderne Frau, Maida», sagte ich. «Du bist keine Pionierin für sexuelle Aufklärung. Du bist eine Puppe, ein Besitzstück – und, wie ich schon sagte, eines Tages wirst du nicht mehr gebraucht werden.»

Sie schmollte; wie ich gehofft hatte, nahm sie es persönlich. «Deine Freundin Pamela hat auch keine so blütenweiße Weste.»

«Pamela ist tot», sagte ich. «Weil wir gerade von ‹nicht mehr gebraucht werden› reden.»

Sie sah aufrichtig überrascht drein. «Tot?»

«Du mußt es doch wissen.»

«Aber ... Bill sagte –»

«Eben.»

«Die Polizei sagte, sie wäre aus der Stadt verschwunden.»

«Das vermuten sie.»

Sie beugte sich zu mir, sich gegen meinen Angriff stemmend. «Ich denke eher, du bist derjenige, der Vermutungen anstellt.»

«Möchtest du noch eine meiner Vermutungen hören?»

Sie machte eine gelangweilte Geste. «Hab ich eine andere Wahl?»

«Meine Vermutung ist, daß du die Polizei bezüglich des Zeitpunkts angelogen hast, zu dem du Blake am Flughafen abgeholt hast, in der Nacht, in der Yost getötet wurde. Du hast die Wahl, bei einem Mann zu bleiben, der einen Meineid von dir verlangt, um seine Haut zu retten, oder mit mir zur Polizei zu kommen und deine Haut zu retten.»

Sie lachte. «Du bist unglaublich.»

Das konnte ich kaum leugnen. Das ganze Ausmaß davon traf mich wie ein Schlag in den Magen, als Blake am Treppenabsatz auftauchte, die Arme weit zum Willkommensgruß ausgebreitet. Er war es, der Redlichkeit ausstrahlte, während ich den verstohlenen, heruntergekommenen Anblick eines professionellen Heuchlers bot. Und mein Trumpf glitt die Treppe hinab, löste sich von mir.

«Na so was, Mr. Ives», sagte Blake. «Ich habe überall nach Ihnen Ausschau gehalten.» Das war für die anderen Gäste gedacht, die sich auf dem Treppenabsatz erholten. Zu Maida sagte er etwas weniger Liebenswürdiges, auf das ich nur ihre kurze Antwort hörte: «Ich?» Stirnrunzelnd ging sie die Stufen ganz hinunter bis zur Straße.

«Mr. Ives, Mr. Ives», sang Blake und kam hoch zu der Stufe, auf der ich saß. «Und da dachte ich, ich würde Sie niemals wiedersehn.» Als wir unter uns waren, wurde sein Gesicht hart, und seine Lippen bewegten sich kaum. «Freddy steht mit dem Wagen unten. Gehn wir, Ives.»

Ich mußte über den verlorengegangenen ‹Mister› lachen.

5

«Hallo, Freier», sagte Freddy. Er nahm seinen Cowboyhut ab und wischte sich mit dem Handgelenk über die Stirn. Er hatte eine Glatze. Er setzte sich auf den Fahrersitz, neben Maida. Blake stieg hinten mit mir ein; aus der Tasche seines weißen Leinenjacketts holte er einen kleinen Revolver.

«Ich hab dich allmählich ziemlich satt, Ives», sagte Blake. «Und ich hab es satt, dich satt zu haben.»

Freddy lachte.

«Fahr zu, Freddy», sagte Blake.

«Maida», sagte ich, «wenn du nicht glaubst, daß Pamela tot ist, warum fragst du dann nicht deine Freunde hier?»

Freddy drehte sich um und griff nach mir. «He, Freier.»

Blake schlug ihm auf den Arm. «Ich sagte, fahr.»

Freddy fuhr los, bog in die Sixth Avenue Richtung Norden ein.

Maida drehte am Radio und fand einen Rock-Sender.

Freddy sang lauthals mit. *«Badlands, whoa whoa whoa whoa. Badlands, whoa whoa whoa whoa* ... Gefällt dir Bruce Springsteen, Freier?»

«Ich versteh den Text nicht», sagte ich.

«Scheiße.»

Freddy bog nach links in die Houston Street. Ein unglaublicher Mond hing dicht über dem Horizont, schien direkt auf New Jersey zu stürzen.

«Da fällt mir gerade ein», sagte ich, «ich hab einen wichtigen Zahnarzttermin.»

Blake drückte die Waffe gegen mein Ohr.

Freddy bog in die West Street und dann in die Gasse neben *Tiger, Tiger.*

«Endstation», sagte Freddy und lachte.

Durch eine Seitentür betraten wir den langen Flur. Blake stieß mich in ein Zimmer, machte die Tür hinter mir zu und schloß ab.

Es war wie das Zimmer, das ich in dem Film mit Pamela und Briggs gesehen hatte. Ein Plattformbett stand in der Mitte des Raumes, mit einem sauberen weißen Laken überzogen. Der Bettrahmen und der Fußboden und die Decke und die Wände des Raumes waren weiß; die Fenster waren mit weißgestrichenen Kiefernbrettern abgedeckt. Lediglich eine Öffnung in der Mitte der Decke über dem Bett war nicht weiß. Durch die Öffnung hindurch konnte ich das Glas einer Kameralinse sehen.

Ich setzte mich aufs Bett und zündete mir eine Zigarette an.

Blake schloß die Tür wieder auf und kam mit einem Regiestuhl herein. Er sah die Zigarette und lehnte sich hinaus in den Flur. «Bring einen Aschenbecher, Liebes.» Er kam herein, machte die Tür zu, sperrte aber nicht ab. Das Gewicht der Waffe zog seine Tasche herunter.

Einen Moment später kam Maida mit einem gewaltigen Marmoraschenbecher herein.

Wieder mußte ich lachen.

Blake funkelte mich an, lächelte dann schief und schüttelte müde den Kopf. «Um Himmels willen, Maida, benutz deinen Grips. Hol etwas weniger Tödliches.»

Maida schaute mich an, und ich hielt ihren Blick so lange wie möglich fest. Sie ging hinaus und kam kurz darauf mit einem Plastikaschenbecher wieder.

«Schon viel besser», sagte Blake. Er stellte den Aschenbecher auf den Fußboden, schob ihn zu mir rüber und setzte sich dann in den Regiestuhl.

Ich schnippte Asche auf den Fußboden.

Blake lachte. «Netter Gag ... Oh, Ives, was bist du doch für ein

Narr. Du wolltest einfach nicht aufgeben, was? Und jetzt schau dir an, was es dir eingebracht hat. Scheint fast so, als hättest du Todessehnsucht. Hast du, Ives?»

«Wenn ich meinen sehnsüchtigen Wunsch laut ausspreche, dann geht er nicht in Erfüllung.» Der Kriminalroman-Dialog floß nur so aus mir heraus; vielleicht kann man sich unter solchen Umständen nicht anders unterhalten.

Die Tür ging auf, und Freddy beugte sich herein. «Ich geh Carl holen.»

Blake seufzte. «Du hättest schon längst dort und wieder zurück sein sollen.»

«Ich mußte pissen», wieherte Freddy. Er salutierte in meine Richtung. «Bis dann, Freier.»

Maida nahm seinen Platz an der Tür ein. «Bill, ich möchte mit dir sprechen.»

«Später.»

Sie atmete tief ein, um etwas zu sagen, tat es dann aber doch nicht und schloß die Tür.

Weiter unten im Flur klingelte ein Telefon.

«Verdammt», sagte Blake. «Das ist womöglich Carl, der wissen möchte, wo Freddy bleibt.» Er ging hinaus und schloß hinter sich die Tür ab.

Ich ging zur Tür und lauschte. Ich hörte das Rascheln von Maidas Rock.

«Maida?»

«Was?»

«Mach die Tür auf.»

«Ich kann nicht.»

«Ruf die Polizei.»

Sie antwortete nicht.

Es gibt sowieso keine Möglichkeit, daß sie alles so schnell erzählen kann, dachte ich. Dann hatte ich eine Inspiration. «Hörst du mich?»

«Ja.»

«Rufe die Nummer 911 an ... sag ihnen die Adresse ... sag ihnen den Code 10–13.» Das war das Zeichen, daß ein Polizeibeamter in Schwierigkeiten steckte; auf dieses Zeichen hin ließen Polizisten im Umkreis von Meilen alles stehen und liegen und eilten ihm zu Hilfe. Ich wiederholte es, wobei mir durchaus bewußt war, wie lächerlich es klang.

Sie sagte nichts.

Ich hörte das Schließen einer Tür und Blake und Maida im Gespräch. Ihre Stimme klang forschend, seine besänftigend.

Blake sperrte die Tür auf, kam herein, sperrte ab und setzte sich in seinen Stuhl.

Ich machte einen letzten Zug an meiner Zigarette und trat sie auf dem Fußboden aus.

«Jetzt übertreibst du aber, Ives», sagte Blake.

«Ich dachte, das wär schon bei der Kanone der Fall gewesen.»

«Es sollte dir mittlerweile schmerzlich bewußt sein, daß dies hier endgültig ist.»

«Das wußte ich schon die ganze Zeit über», sagte ich. «An anderer Stelle war man skeptisch. Der Jammer ist, daß es sie überzeugen wird, daß ich recht hatte, wenn du mich umbringst.»

«Es gibt solche Tode und solche», sagte Blake.

«In diesem Fall», sagte ich, «kannst du mich ruhig informiert sterben lassen. Ich hab die Theorie, daß du früher als angegeben aus Kalifornien zurückkehrtest, in der Nacht, in der Yost starb – daß du ganz in der Nähe warst, um die ganze Sache zu dirigieren.»

Blakes Mund klaffte vor Verblüffung auf, dann fing er an zu lachen – so herzlich und so lange, daß ich mir schon überlegte, ob ich ihn nicht anspringen sollte. Er beherrschte sich schließlich wieder und wischte sich die Augen mit einem Taschentuch. «Sorry, Ives, aber du täuschst dich.»

Eine weitere Woge der Hilflosigkeit schlug über mir zusammen, mehr wegen seines geistigen Vorteils als wegen der Waffe.

«Ich bin stark in Versuchung, dir alles zu erzählen, Ives», sagte Blake. «Eine Täuschung kann man dann am besten genießen, wenn man sie mit dem Getäuschten teilt ... das alles ist so simpel, daß es mir fast peinlich ist, es dir zu erzählen.» Er nahm die Pose eines Geschichtenerzählers ein. «All diese gewissenhafte Sorgfalt, mit der mein Alibi überprüft wurde, ob oder ob ich nicht in Kalifornien war. Ich muß zugeben, du warst mit deiner Spekulation, daß ich dort war und lediglich mit einem früheren Flug zurückkam, auf der richtigen Spur.»

«Das Telefon», sagte ich.

Anerkennend neigte er ein wenig den Kopf.

«Pamela rief dich an, und du hast Briggs angerufen.»

«Stimmt nicht genau», sagte Blake. «Verstehst du, du leidest immer noch an der Illusion, daß Pamela dir die Wahrheit gesagt hätte. Sie rief mich tatsächlich an, aber erst nach der Auseinandersetzung zwischen Ken und Donald.»

«Aber dafür war kaum Zeit», sagte ich.

«Sie ließ mich am Flughafen ausrufen», sagte Blake. «Zuerst hatte sie das Hotel probiert, aber da war ich schon weg.»

«Und Briggs war bereits bei ihr zu Hause?»

«Genau – und zwar tödlich verwundet ... Pamela und Donald hatten miteinander gestritten, und Donald war aus dem Apartment gestürmt. Pamela rief Ken an und bat ihn, ihr zu Hilfe zu kommen. Sie beabsichtigte, einige Sachen zu packen und zu verschwinden und wollte Ken in der Nähe haben, für den Fall, daß Donald zurückkam. Sie mußte sich fast gewünscht haben, daß Donald zurückkehrte, denn sie brauchte so lange, bis Donald tatsächlich zurückkam, und sie erwischte. Ken und Donald ... kämpften es aus.»

«Dann rief sie dich zu Hilfe, um eine Geschichte zu erfinden, die sie der Polizei erzählen konnte?»

«Bevor ich nicht zurück war und die Dinge im Griff hatte, wollte ich nicht, daß die Polizei erfuhr, daß Ken für mich arbeitete.»

Ich steckte mir die nächste Zigarette an. «Warum hat mir Pamela erzählt, du wärst in ihrem Apartment gewesen?»

«Sie suchte einen Verbündeten, Ives. Sie brauchte eine Story, die so gut wie möglich klang.» Er schüttelte verblüfft den Kopf. «Ich versteh nicht, wieso du weiterhin irgendwas glaubst, das Pamela gesagt hat.»

«Hast du sie umgebracht?»

Er zuckte ein bißchen zurück. «Ich tu gar nichts, Ives. Ich bezahl Leute dafür, daß sie was für mich tun.» Er begleitete die Worte mit einer Handbewegung von oben nach unten.

«Und Ann Roth hast du genauso umgebracht», sagte ich, seine Geste nachahmend.

Er rutschte in seinem Stuhl hin und her. «Das ist alles Schnee von gestern, Ives. Ich hab jetzt andere Sorgen, als dir bei der Rekonstruktion der Vergangenheit behilflich zu sein.»

«Ich will es ja nur kapieren», sagte ich. «Das ist das mindeste, was du tun kannst ... Was haben all diese Filme miteinander zu tun?»

Es klopfte an der Tür. Blake erhob sich achselzuckend, als wollte er damit andeuten, es wären auch noch andere beteiligt, die man nicht warten lassen durfte. «Es ist Zeit, Ives.»

6

Blake sperrte die Tür auf und ließ Freddy und einen Mann in Jeans, Arbeitsstiefeln und einem schwarzen T-Shirt eintreten. Er war braungebrannt; sein Haar war so kurz geschnitten, daß auch die Kopfhaut verbrannt war. Die Muskeln seiner Arme sahen wie Leder aus.

«Ives, das ist Carl», sagte Blake.

Freddy lachte.

Carl stellte eine schwarze Sporttasche ab, deren Inhalt klirrte, lehnte sich gegen die Wand und starrte mich an.

Ich spielte noch ein bißchen mit den Mosaiksteinchen. «Du hast tatsächlich den Film über die Party gemacht, nicht wahr? Und um dich davon abzuhalten, ihn zu zeigen und damit die Karriere ihres Mannes zu ruinieren, spielte Pamela in deinem kleinen Brontë-Verschnitt mit, ja? Aber Yost kapierte nicht, daß sie ihm nur zu helfen versucht hatte, und ging auf sie los, und sie wandte sich an Briggs und wurde schließlich seine Geliebte. Aber den Film mit Briggs hat sie nicht gemacht, nicht wahr? Den hast du gemacht, ohne daß sie eine Ahnung davon hatte. Du hast ihn nicht verwendet – bloß gewartet, bis er sich als nützlich erwies. Ist es nicht so?» Ich wünschte, ich hätte es weniger fragend gesagt.

«Warum entspannst du dich nicht einfach, Ives?» sagte Blake.

Carl bohrte mit seinem Daumennagel an seinen Schneidezähnen herum.

«Wie du schon sagtest, Ives, eine weitere Leiche in dieser jetzt schon fast jakobinischen Szenerie würde zuviel Verdacht erregen», sagte Blake. «Unglücklicherweise trifft das auch auf ein weiteres Verschwinden zu. Jammerschade, weil ich erst kürzlich den idealen Ort entdeckt habe, wo man unerwünschte Gegenstände loswerden kann. Hast du schon mal von dem New Jersey-Ödland gehört, Ives?»

«Ich habe John McPhee gelesen.»

Blake klatschte in die Hände. «Wie außergewöhnlich. Dort hab ich meine Entdeckung gemacht. Ich fand sein Buch an einem so unwahrscheinlichen Ort wie dem Zeitschriftenstand am Flughafen, zwischen historischen Liebesromanen und dem Gegenwartsschund. Er ist ein wunderbarer Schriftsteller, nicht wahr?»

Carls starrer Blick glitt ab.

«Deshalb», sagte Blake, «wird dein Abgang ziemlich offen erfolgen – mit einem kleinen Unterschied. Es war allgemein bekannt, daß dich die Ereignisse im Frühling ganz schön mitgenommen hatten.

Ich glaube, du hast sogar Urlaub bei deiner Zeitung genommen. Ganz offensichtlich hast du dein Gleichgewicht noch nicht wiedergewonnen, und dein Herumgeschnüffel am Rande der ... Halbwelt hat eine merkwürdige Wirkung auf dich ausgeübt. Du hast angefangen, durch die Schwulenbars zu ziehen – und zwar nicht durch diejenigen, die von den künstlerischen Direktoren der Madison Avenue besucht werden. Du warst hinter den schärferen Sachen her – hinter den Typen, die ihre Waren auf verlassenen Piers und in Lagerhäusern und leeren Lastwagen in dieser Gegend hier feilbieten. Diese Orte sind Sumpflöcher der Verderbtheit, Ives. Selbst die Polizei wagt sich da nicht hin. Aber du bist Stammgast geworden. Viele Zeugen werden sich melden, wenn dein Tod offiziell wird – um zu bezeugen, daß du diese Orte Tag und Nacht aufgesucht hast ... Tragischerweise hast du schließlich bei deiner Partnerwahl einen Irrtum begangen. Du hast dir jemanden ausgesucht, der einen mehr mörderischen Geschmack hatte –»

Freddy lachte, bis Blake ihn mit einem Blick stoppte; er war zu verliebt in seine eigene Beredsamkeit, als daß er auch nur eine beifällige Unterbrechung gestattet hätte.

Was mich anbelangte, so gab ich allmählich die Hoffnung auf, daß Maida mir helfen würde, und zog eher Beten in Betracht.

«Dieser Bursche hat dich erwürgt, Ives», fuhr Blake fort. «Vielleicht genau in dem Augenblick, in dem er in dich eindrang. Und, nachdem er diese Leidenschaft befriedigt hatte, fuhr er fort, deinen Körper mit einer Reihe von Werkzeugen zu verstümmeln.» Er blickte zur Decke, auf der Suche nach einem zündenden Schluß. «Es gab keinerlei Hinweise auf die Identität deines Mörders.»

Ich merkte, daß Blake Angst hatte; es tröstete mich kaum, denn ich glaubte nicht, daß er genügend Angst hatte, um es sich anders zu überlegen.

«Hat mir gut gefallen, wie du gegen Schluß zu die Zeitform geändert hast», sagte ich. «Ein sehr wirkungsvolles Stilmittel.»

Blake lächelte bescheiden. «In meiner Jugend war ich recht gut in Latein.»

«Ich hatte ein bißchen Griechisch», sagte ich.

Blake schaute auf die Uhr. «Er gehört dir, Carl.»

Carl kniete neben seiner Tasche nieder und holte einen Satz lederner Handschellen heraus, zusammen mit einer Silberkette. Er reichte Freddy die Sachen, der sie kichernd in den Händen wog.

Ich hörte die Sirenen eine Sekunde vor Blake.

«Seid still.»

«Was?»
«Still.»
Blake öffnete die Tür, und das Jaulen drang herein.
«Womöglich ein Feuer», sagte Freddy.
«Still.»
Ich lachte.
Freddy schlug nach mir, und ich bekam gerade noch rechtzeitig einen Ellbogen vor mein Gesicht. Wir führten einen kleinen Tanz auf; ich hielt mir den Ellbogen, er seine Hand.
«Freddy, hol den Wagen», sagte Blake.
«Scheis-se.»
«Los, Freddy.»
Freddy schwankte los, die Hand gegen die Seite gepreßt.
Wie durch Zauberhand war auch Carl verschwunden.
«Das war ein großer Fehler, Ives», sagte Blake. Er drehte sich um und lauschte.
Ich schnappte mir den Aschenbecher und warf ihn. Ich verfehlte Blake um ein ganzes Stück, aber es erschreckte ihn, und ich schaffte es, ihn zu packen und seine Revolverhand gegen die Wand zu quetschen. Ich rammte ihm mein Knie zwischen die Beine; er stürzte, und der Revolver fiel zu Boden. Ich trat nach ihm, er schlitterte über den Fußboden, prallte von der Wand ab und rutschte hinter das Bett. Blake stürzte ihm nach.
Ich nahm den Regiestuhl und schleuderte ihn nach seinen Knien. Er stieß gegen den Stuhl, verfing sich mit einem Fuß darin und knallte zu Boden. Ich hechtete auf das Bett und griff nach der Waffe, aber Blake erwischte mich an den Fußgelenken und zerrte mich und das Bett quer über den Boden.
Ich ließ das Bett los und landete heftig mit meinem Ellbogen auf dem Boden. Urplötzlich färbte sich der weiße Raum grau.
Viele Sirenen wurden zu einer. Bremsen. Türen. Rufe.
Blake hob den Revolver auf.
Ein Polizist kam zur Tür herein und schoß Blake in die Brust.
Hände drückten mich gegen die Wand.
«Friß ein bißchen Farbe, Mutterschänder.»
«Wo steckt der verdammte Cop?»
«Hier nicht, Sir.»
«Hier auch nicht Captain.»
«Captain, der Bursche hier hatte eine Kanone.»
Ich brachte meinen Mund ein Stückchen von der Wand weg. «Captain?»

Ein Knie bohrte sich in meinen Rücken. «Halt's Maul, Mutterschänder.»

Freddys Stimme. «Faßt die Hand nicht an. Faßt die Hand nicht an.»

«Welche, du Arschloch? Die hier?»

«Aaaah!»

Gelächter.

«Findet den verdammten Cop.»

«Captain?» sagte ich.

Ein Gummiknüppel knallte mir von hinten gegen die Beine. Ich rutschte ein Stückchen an der Wand herunter. Jemand zog mich an den Haaren wieder hoch.

«Ich sagte ‹halt's Maul›, Mutterschänder.»

«Ich rief Code 10–13 an», sagte ich.

Er rammte den Knüppel zwischen meine Beine und ruckte nach oben. «Soll ich deine Stimme ein bißchen verändern, Mutterschänder?»

Gelächter.

«Laß ihn reden», sagte jemand.

Der Cop ruckte noch mal mit dem Knüppel, nahm ihn dann weg. «Du hast's gehört, Mutterschänder. Red.»

Ich versuchte mich umzudrehen, aber Hände preßten mich gegen die Wand. «Ich hab Code 10–13 angerufen. Ich kenn die Codes. Ich bin Reporter.»

«Ich will verflucht sein, wenn ich das glaub.»

«Ein verfluchter Reporter.»

«Eine Frau rief 911 an», sagte der Captain.

«Sie hat für mich angerufen», sagte ich. «Es gab keine Möglichkeit, das alles am Telefon zu erklären. Ich wußte, daß Sie bei 10–13 sofort kommen würden. Hier steckt kein Polizeibeamter in Schwierigkeiten.»

«Verflucht will ich sein, wenn ich das glaub.»

«Laßt ihn von der Wand, Jungs», sagte der Captain.

Sie taten es so grob wie möglich.

Der Captain stopfte sein Hemd in die Hose. Auf seinem Namensschildchen stand Rosenberg.

«Soll ich ihm Handschellen anlegen, Sir?»

Rosenberg deutete mit dem Kinn auf Blake. «Hat jemand die Ambulanz angerufen?»

«Bei Ankunft im Krankenhaus ist der tot, Sir.»

«Bist du ein Doktor?»

«Nein, Sir.»

«Dann ruf eine Ambulanz an.»

«Was ist mit diesem Kerl?»

«Was soll mit ihm sein?»

«Soll ich ihm Handschellen anlegen?»

«Er ist ein Reporter», sagte Rosenberg. «Wenn du ihm Handschellen anlegst, wie soll er sich da Notizen machen?»

«Jawohl, Sir.»

«Captain», sagte ich, «wenn Sie Inspector David Milner, Manhattan South Mordkommission, anrufen, dann wird er Ihnen sagen, wer ich bin. Er weiß über das hier Bescheid.»

«Was denn, ist er vielleicht Hellseher?»

«Er kennt die Hintergründe.»

«Bin ich vielleicht nicht gut genug für Sie? Reden Sie nur mit einem Inspector?»

«Ich dachte nur, es würde die Angelegenheit vereinfachen.»

«Haben Sie eine Ahnung, wie viele jüdische Captains es gibt?» sagte Rosenberg. «Sie sollten sich nach der Chance, mit mir reden zu können, sämtliche Finger ablecken.»

7

Wir saßen in Blakes Büro, Rosenberg hinter dem Schreibtisch, auf dem er seinen Hut abgelegt hatte. Mitten durch sein schwarzes Haar lief eine breite graue Strähne. Als er meinen Blick bemerkte, fuhr er sich mit einer Hand durchs Haar.

«Damit seh ich wie ein Filmstar aus, was?» sagte Rosenberg.

Ich zeigte ihm meinen Presseausweis.

Er zuckte mit den Schultern. «Und?»

«Ich versuch Ihnen lediglich begreiflich zu machen, wieso ich die Polizei-Codes kenne.»

«Es gibt genügend Achtjährige, denen die Polizei-Codes bekannt sind», sagte Rosenberg. «Deshalb rennen die nicht in der Gegend rum und geben sich als Polizeibeamte aus.»

«Es ist eine zu lange Geschichte, um sie einer 911er Telefonistin zu erzählen.»

«Ich hab den ganzen Tag Zeit», sagte Rosenberg.

Beim Wegstecken meiner Brieftasche fuhr der Schmerz in meinen Ellenbogen, und ich stöhnte auf.

«Brauchen Sie einen Arzt?» sagte Rosenberg.

«Ich glaube nicht. Aber vielleicht sollte ich mir einen Anwalt besorgen.»

«Inspector. Anwalt. Was ist los mit Ihnen? Reden Sie doch mit mir.»

Irgendwo hatte ich meine Zigaretten verloren. «Haben Sie eine Zigarette?»

«Wie wär's mit einem Kaffee? Vielleicht ein Sandwich?»

«Bloß eine Zigarette.»

Vom Flur rief er einen Cop herein. Der Cop gab mir eine Zigarette und versuchte meine Nase in Brand zu stecken.

«Fühlen Sie sich jetzt besser?» sagte Rosenberg, nachdem der Cop wieder verschwunden war und ich einen tiefen Zug genommen hatte.

«Ich weiß nicht, wo ich anfangen soll», sagte ich.

«Fangen Sie mit dem Schluß an», sagte Rosenberg. «Wir arbeiten uns dann rückwärts vor. Was ging hier vor?»

«Ich wurde entführt.»

«*Entführt?* Und was haben Sie angestellt, um sich so was einzuhandeln?»

«Ich weiß etwas über einige Morde.»

«Morde? Plural? Mehr als einer?»

«Ja.»

«Und wann gingen die über die Bühne – diese Morde?»

«Im April.»

«April? Sie sind schon im April entführt worden?»

«Ich bin heute nachmittag entführt worden.»

«Na also, es hätte viel schlimmer kommen können.»

«Captain, ich bin ziemlich am Ende. Wenn Sie Milner nicht anrufen wollen, könnten Sie mich dann vielleicht verhaften, damit ich mir einen Anwalt kommen lassen kann?»

«Die Chancen, daß ich Sie verhafte, stehen nicht schlecht», sagte Rosenberg. «Aber hier gibt's noch eine ganze Menge aufzuräumen. Warum unterhalten Sie mich nicht mit Ihrer kleinen Geschichte, während wir hier warten?»

Ich zog ein paarmal an der Zigarette und unterhielt ihn. Ich ließ die Sachen aus, die Pamela mir erzählt hatte, und erzählte ihm statt dessen Blakes Fassung der Geschichte. Der Witz dabei war, daß Blake eigentlich nicht tot sein sollte, falls er mir die Wahrheit gesagt hatte.

Als ich fertig war, fuhr sich Rosenberg mit einer Hand durchs

Haar. «Für mich hört sich das so an, als sollten Sie sich auf der Stelle einen Anwalt besorgen.»

«Ja.»

«Ich hab einen Sohn, der Jura studiert», sagte Rosenberg. «Fordham, ob Sie's glauben oder nicht.»

«Eigentlich hab ich keinen Anwalt», sagte ich. «Vielleicht sollte ich ihn anrufen.»

Rosenberg machte ein mürrisches Gesicht. «Mit einem der Winkeladvokaten aus der Baxter Street sind Sie besser dran. Mein Junge überlegt sich sowieso, ob er das nicht alles aufgeben und Discjockey werden soll.»

Ich lachte.

«Wir leben in aufregenden Zeiten für Discjockeys, zumindest hör ich das immer wieder», sagte Rosenberg. «Gerade ist ein neues Album von Bruce Springsteen rausgekommen.»

«Ich glaub, ich hab was davon im Radio gehört, auf dem Weg hierher.»

«Sie sind wenigstens stilvoll entführt worden», sagte Rosenberg. «Ist er Jude?»

«Springsteen?»

«Yeah. Ich meine, es klingt so. Ich weiß nicht.»

«Ich auch nicht.»

Er erhob sich, fuhr sich mit einer Hand durchs Haar und setzte seine Kappe auf. «Was für ein Leben. Verschwinden wir von hier. An dem Ort krieg ich eine Gänsehaut. Ein Schwulentreff, nicht wahr?»

«Yeah.»

Rosenberg hielt mir die Tür auf. «Sie wissen wohl, daß Sie Glück gehabt haben, daß Sie nicht die Kanone in der Hand hatten, als mein Mann zur Tür hereinkam.»

«Das weiß ich.»

«Denken Sie dran, wenn Sie das nächste Mal mit der Polizei Verstecken spielen.»

Freddy und Maida saßen im Fond des Streifenwagens. Die Art, wie sie vorgebeugt dasaßen, ließ mich vermuten, daß sie Handschellen trugen. Freddy hatte seinen Cowboyhut und seine Sonnenbrille verloren; sein Skalp war feucht vom Schweiß und seine Augen blicklos. Er hatte blaue Augen – ein hübsches Blau.

Maida hielt die Augen geschlossen; sie wiegte sich vor und zurück, als wollte sie sich beruhigen.

«Da war noch ein Mann», sagte ich zu Rosenberg. «Gebaut wie ein Bodybuilder.»

«Yeah, schon. Ich schätz, der ist abgehaun.»

«Sein Name ist Carl.»

«Das ist eine große Hilfe.»

«Kann ich die Frau einen Moment sprechen?»

«Wozu?»

«Sie ist diejenige, die 10–13 durchgegeben hat.»

«Und was wollen Sie von ihr? Ihr den Groschen zurückgeben?»

«Sie ist ... nicht so schuldig wie die anderen.»

«He, Zeitungsmann. Sie waren unten in der Centre Street, richtig? Dieses große, hohe Gebäude. Lauter Anwälte und Richter. Das sind die Leute, die solche Sachen entscheiden.»

«Ich will ihr nur sagen, daß ich ihr das nicht vergessen werde.»

«Sie brechen mir das Herz. Aber machen Sie nur zu.»

Maida schreckte zusammen, als ich mich zu ihrem Fenster hinunterbeugte, das einen Spalt offenstand. Freddy versuchte, mich anzuspucken, aber aus seinem trockenen Mund kam nichts weiter als heiße Luft.

«Danke», sagte ich.

Maida zuckte mit den Schultern.

«Schwanzlutscher», sagte Freddy, zu beiden von uns.

«Ich werd alles tun, um dir zu helfen», sagte ich.

Maida nickte ohne Überzeugung.

«Gibt es irgend jemanden, den ich anrufen kann?» sagte ich. «Irgendwas, das ich tun kann?»

Sie überlegte sich das ernsthaft, schüttelte dann den Kopf.

«Deine Familie?» sagte ich.

Sie schob sich dichter ans Fenster heran, brachte ihren Mund an den Spalt. «Ich hab eine Schwester in Baltimore. Ihr Name ist Tina. Ihr Mann heißt Michael Graziano. Er steht im Telefonbuch.»

«Ich ruf sie an, sobald ich kann.»

«Wird das alles in der Zeitung stehn?»

«Ich glaub nicht, daß es bis Baltimore durchdringt.»

«Dann sag ihr, sie soll Mom und Dad nichts erzählen. Ich mach das selber, wenn ich ... wenn ich kann.»

«Sei tapfer», sagte ich. «Eine Menge Pluspunkte sprechen für dich.»

«Yeah.»

Freddy spuckte noch einmal und machte diesmal das Fenster naß. Maida zuckte vor der tropfenden Spucke und dann vor Freddy zurück. Sie beugte sich über ihre Knie und versuchte sich in nichts aufzulösen.

Vierter Teil

1

Nach ein paar Tagen hörte Freddy auf zu spucken und fing an zu reden; er merkte, daß er dadurch auf die Leute interessanter wirkte und für längere Zeitspannen aus seiner Zelle herauskam. Seine Version der Geschichte hatte den Vorteil, die letzte zu sein und durch ihre Schlichtheit zu überzeugen.

Laut Freddy planten Pamela Yost und Kenneth Briggs, Donald Yost zu ermorden – in der Absicht, es so aussehen zu lassen, als wäre er das Opfer eines Einbrechers –, um hinterher glücklich miteinander leben zu können. Als Yost unerwarteten Widerstand leistete und Briggs tödlich verwundete, sicherte sich Pamela die Hilfe von Blake, um eine Erklärung für die Leichen zu finden, die sich in ihrem Wohnzimmer angesammelt hatten. Blake tischte nur zu gern eine passende Story auf, denn er rechnete damit, daß Pamela Nutznießerin beachtlicher Lebensversicherungen und Erbin des beträchtlichen Vermögens ihres Mannes sein würde; er sicherte sich regelmäßige Ratenzahlungen von diesen Geldern.

Die Hartnäckigkeit von Ann Roth – und meine Allgegenwärtigkeit – beunruhigten Blake, denn er spürte, daß Pamela zu reizbar war, um ein Verhör durchzustehen. Er kam zu dem Schluß, daß Angriff die beste Verteidigung wäre, und heuerte Carl an, um Ann zu ermorden, wobei der Anschein erweckt werden sollte, als hätte Pamela es getan, während es bei Pamela so aussehen sollte, als wäre sie geflohen.

Freddy lieferte der Polizei Carls vollen Namen und Adresse. Natürlich war er nicht zu Hause, aber nach und nach verfolgte man seine Spur bis zu einem billigen Hotel in Weehawken. Er bestritt viele Punkte in Freddys Geschichte, aber seine Handschrift fand sich in zwei anderen Morden wieder, die die Polizei schon seit langem aufzuklären versuchte, und schließlich hörte er mit seinen Protesten auf und versuchte zu handeln, indem er selber auspackte. Carl behauptete, Blake hätte es selbst übernommen, Pamelas Leiche verschwinden zu lassen, und glaubte sich an die Erwähnung des New Jersey-Ödlands zu erinnern, aber mehr wußte er nicht. Freddy, der sich bescheiden als Faktotum bezeichnete, erinnerte sich an ein Ferngespräch von Blake, in dem dieser eine «Transportmöglichkeit für einen Freund» angefordert hatte, aber er hatte keine Ahnung, an wen der Anruf gegangen war. Einer von Milners Assistenten fuhr nach South Jersey, um sich dort umzuhören, und kam mit der beeindruckenden Meldung zurück, daß das New Jersey-Ödland eine Million Acres umfaßt.

Milner sagte, wenn es in seiner Macht stünde, würde er dafür sorgen, daß ich den Rest meines Lebens damit verbringen würde, dort zu graben.

«Dave, ich hab das nicht getan, was ich getan hab, weil ich Ihnen nicht trau», sagte ich. «Das Ganze war ziemlich weit hergeholt, und Sie hätten so einer Sache gar nicht nachgehen können. Ich bin genauso überrascht wie Sie, daß dabei überhaupt was rausgekommen ist.»

«Ich hasse Überraschungen», sagte Milner. Er nahm einige Akten von seinem Schreibtisch und schob sie in eine andere Ecke des Schreibtischs, als wäre damit schon was gewonnen. «Was für ein Schlamassel. Ich war eingeladen, an der Polizeiakademie einen Vortrag über Mordtechniken zu halten. Ich hab nichts mehr von ihnen gehört. Glauben Sie, das hat irgendwas zu bedeuten?»

«Dave, Sie sind ein guter Polizist», sagte ich.

«Was planen Sie als nächsten Trick, Ivesy, Baby? Ich möchte nur sichergehn, daß ich dann nicht in der Stadt bin.»

«Ich schätze, ich werde mir einen Job suchen.»

«Sie sollten eine TV-Serie über sich machen», sagte Milner. «Ich spiel den dämlichen Bullen, der nie weiß, was los ist, bis Sie mir's erklären. Sie kriegen immer das Mädchen, und ich krieg Magengeschwüre ... Übrigens, wie geht's Kate?»

Ich hatte sie angerufen und ihr geschrieben und keine Antwort erhalten. Ich war bei ihrem Haus gewesen und hatte die heruntergelassenen Fenster gesehen. Ich hatte mir eingeredet, daß sie ihre Eltern oder Freunde besuchte, aber ich rief niemanden an, weil ich niemanden beunruhigen wollte, falls sie doch nicht dort war.

«Sie ist okay», sagte ich.

«Was bin ich froh, daß irgendjemand okay ist», sagte Milner. Er stützte seine Ellbogen auf den Schreibtisch und ließ sie auseinandergleiten, bis sein Kinn fast das Protokollbuch berührte. «Scheiße. Ich muß einen Bericht über das schreiben. Wer zum Teufel soll das glauben? Und nicht nur das, ich muß es auch noch selber tippen. Das wird eine verfluchte Ewigkeit dauern.»

«Sie sollten sich eine Sekretärin besorgen.»

«Ich hab eine», sagte Milner. «Sie haben sie doch draußen gesehn, oder? Die sich ständig die Nägel macht? Wenn ich sie bitte, was zu tippen, dann muß sie aufhören, mit ihrer Schwester zu telefonieren, und sie beschwert sich bei der Gewerkschaft. Abgesehen davon kann ich wenigstens mit den Fingern tippen; sie nimmt die Ellbogen dazu. Die Polizei als Arbeitgeber garantiert Chancengleichheit für alle.»

Ich erhob mich und gab ihm die Hand. «Ich denk, ich verschwinde, damit Sie sich an die Arbeit machen können.»

Er schüttelte meine Hand. «Irgendwie stört es mich, Sie gehen zu sehen, Ivesy. Ich weiß, ich werde Sie vor Gericht und so sehen, aber ich werd unsere kleinen Plauderstündchen vermissen – wo Sie mir erzählen, wie Sie meine Fälle gelöst haben und all diese Sachen.»

«Dave, Sie wissen so gut wie ich, daß Sie den Fall gelöst hätten. Irgend jemand hätte geredet. Ich hab die Sache lediglich durch unkonventionelles Verhalten ein bißchen beschleunigt.»

«Ich muß Ihnen sagen, Ivesy, daß ich es womöglich geschluckt hätte, wenn Blake die Sache wie geplant durchgezogen hätte. Ich meine, ein bißchen merkwürdig wäre es mir schon vorgekommen, daß es in dem Fall schon wieder eine Leiche gibt, aber zu weit hergeholt wäre es mir auch nicht erschienen, daß Sie ausgeflippt und von irgendeinem perversen Typen abserviert worden sind.»

«Vermutlich hab ich mich ein bißchen merkwürdig benommen.»

Milner verdrehte die Augen.

2

«Du bist jederzeit willkommen», sagte Maida. Sie tat so, als würde sie gegen die Scheibe zwischen uns hämmern. «Bloß hol mich hier raus.»

«Die Anwälte versichern mir, daß du bald draußen sein wirst», sagte ich. «Die einzige Anklage gegen dich lautet auf Beteiligung an meiner Entführung, und da du die Polizei gerufen hast, müssen sie das wieder fallenlassen.»

«Ich habe ihnen erzählt, was ich über Bills Geschäft weiß», sagte Maida. «Viel ist es nicht.»

«Ich bin sicher, es wird helfen.»

«Ich tu es in erster Linie für mich selbst», sagte Maida. «Ich mein, das alles loszuwerden. Ist ein gutes Gefühl. Ich muß mich auch noch bei dir bedanken – wegen dem, was du auf der Party zu mir gesagt hast.»

«Meine feministische Analyse?»

«Es war eine gute Analyse», sagte Maida. «Ich mein, ich wußte schon, daß diese Sachen zutrafen, aber laut ausgesprochen hat es mir gegenüber nie jemand.»

«Ich bin froh, daß es geholfen hat.»

«Vielleicht ... vielleicht seh ich dich ab und zu mal.»

«Vielleicht.»

«Hör zu, Chas», sagte Maida. «Ich weiß, daß du dich wirklich für Pamela interessiert hast. Es tut mir leid, daß es nicht das geworden ist, was du dir gewünscht hast. Ich mein, sie war ein nettes Mädel, bevor sie versaut wurde.»

«Da magst du recht haben», sagte ich.

Maida lehnte ihre Stirn gegen die Scheibe und blickte auf ihre Hände hinunter. «Vielleicht ist es gar nicht so übel, tot zu sein. Muß jedenfalls besser sein, als hier drin zu hocken.»

«Du wirst nicht mehr lang drin sein.»

«Und was dann? Ich mein, was soll ich mit meinem restlichen Leben anfangen? Ich bin achtundzwanzig und hab so das Gefühl, der Teich ist schon ausgetrocknet.»

«Achtundzwanzig», sagte ich. «Das ist erst der Anfang.»

Maida legte den Kopf schief. «Erst der Anfang. Das ist hübsch.»

«Es ist ausgeborgt.»

«Hör mal, mein ganzer Lebensstil ist geborgt», sagte Maida. «Es wird höchste Zeit, daß ich mein eigenes Leben lebe. Ich glaub, ich sollte erst mal für eine Weile aufhören, mich immer auf Männer zu verlassen. Du hast mich mal gefragt, ob Bill meine Fahrkarte aus Severna Park war. Nun, er war es nicht, aber ein anderer, ihm sehr ähnlicher Mann war es. Ich war eine Weile mit ihm zusammen, dann mit einem anderen, dann mit noch einem anderen, dann mit Bill. Das waren alles Freifahrtscheine für mich, aber ich fürchte, sie haben dafür ganz schön bei mir abkassiert.»

«Du hast massenhaft Zeit, dir das alles zurückzuholen.»

Sie drückte eine Hand gegen die Scheibe und betrachtete ihren Handrücken. «Manchmal seh ich das so richtig vor mir, du und ich zusammen, Chas. Du bist keiner von diesen Durchschnittstypen.»

Ich bemühte mich um ein bescheidenes Lächeln.

«Aber ich denke, ich krieg nur dann die Kurve, wenn ich mal eine Weile auf eigenen Füßen steh», sagte Maida. «Wenn du verstehst, was ich meine.»

«Ich verstehe.»

«Nun», sagte Maida, «deine drei Minuten sind um.» Sie lachte. «Ich schätze, ich seh dich noch, Chas.»

Ich berührte ihre Finger, nur durch die Scheibe getrennt. «Ich schätze, ich seh dich noch.»

3

«Du wirst noch bei der *Times* landen», sagte Quinlan. «Du warst schon immer eine Art Snob.»

«Mit dem Journalismus ist Schluß», sagte ich. «Das hab ich dir doch schon klargemacht.»

«Wahrscheinlich wirst du deine Lebensgeschichte an den Film verkaufen.»

«Würde einen lausigen Film ergeben. Zu viele Dialoge.»

Er schenkte mir ein hinterlistiges Lächeln, als wären damit meine Möglichkeiten erschöpft. «Was wettest du, daß du in zwei Monaten hier wieder anklopfst und um einen Job bettelst?»

«Tu mir einen Gefallen», sagte ich. «Gib mir dann keinen Job. Für mich ist der Schritt auch nicht gerade leicht. Ich brauch sämtliche Unterstützung, die ich nur kriegen kann.»

Er nahm sein Goldlineal mit der Pica-Schrift und wog es in der Hand; das schwere Gewicht schien ihm ein Trost zu sein. «Das ist gar kein so übles Leben, Charlie. Ich versteh nicht, was du dagegen hast.»

«Ich fürchte, die Tatsache, daß ich zum Gegenstand von Zeitungsstories geworden bin, hat lediglich die Unzufriedenheit noch verstärkt, die ich empfunden hab», sagte ich. «Ich hab mich darin selbst nicht wiedererkannt.»

«Wir haben einen Helden aus dir gemacht», sagte Quinlan. «Was zum Teufel willst du mehr?»

«Ihr hättet einen Trottel aus mir machen sollen.»

Er zeigte mit seinem Lineal auf ein Titelseitenfoto mit einigen Politikern. «Trottel haben wir genug; an Helden sind wir knapp.»

«Als Kind», sagte ich, «hatte ich richtige physische Angst davor, durch Teleskope und Mikroskope zu schaun.»

Er zog eine Grimasse bei meiner falschen Schlußfolgerung.

«Ich war sicher, ich würde vom einen aufgesogen oder ins andere hineinstürzen, in neue Räume. Mir ist immer noch nicht ganz wohl, wenn ich eine Aufnahme von Einzellern oder Sonnenprotuberanzen sehe.»

Er zuckte mit den Schultern. «Und?»

«Ich schätze, ich ziehe die Dinge in ihrer normalen Entfernung, in ihren normalen Ausmaßen vor», sagte ich. «Zeitungsberichterstattung ist die ideale Beschäftigung gewesen, weil sie diese Distanz unterstützt. Man hat die Illusion, unter der Oberfläche zu graben; wir werfen mit Phrasen herum wie Tiefe, hinter dem Vorhang, Nahaufnahme, Background, Analyse. Aber das ist alles nur Wunschdenken –»

«He, hast du heute morgen das Stück von Fleming gesehn?»

«Die Gebote von Raum und Zeit und, vor allem anderen, der Vereinfachung bedeuten, daß wir bestenfalls Maler mit ganz breitem Pinsel sind. Schlimmstenfalls begehen wir Fahrerflucht.»

Er hielt sein Lineal hoch, als wolle er meinen Angriff parieren.

«Versteh mich nicht falsch», sagte ich. «Ich schließe mich aus dieser Verallgemeinerung nicht aus. Genau das hat mir an dem Job immer gefallen – ich konnte mich vom Schauplatz des Vorfalls entfernen, bevor ich in die Sache verwickelt wurde.»

Sehnsüchtig starrte er sein Telefon an.

«Das Schreckliche dabei ist», sagte ich, «daß ich mein Leben so zu leben versuchte, wie ich meine Arbeit ausführte. Ich beobachtete meine Beziehungen zu Frauen, anstatt ein Teil davon zu sein. Ich wußte immer, wo der nächste Ausgang war; immer drückte ich mich auf diesen Ausgang zu, sagte, ich würde gleich wieder zurück sein, obwohl ich damit good bye meinte.»

Er stand auf und ging zum Fenster. «Zwei Monate.»

«Stell mich nicht wieder ein, Phil.»

«Charlie Baby», sagte Reese. «Was bin ich froh, dich zu sehn.»

«Keine Aufträge, bitte. Ich bin bloß vorbeigekommen, um auf Wiedersehn zu sagen.»

«Wenn du schon hier bist, was heißt ‹herunter› auf französisch?»

«À bas.» Ich buchstabierte es.

Er malte es in die Luft, runzelte dann die Stirn. «Kann nicht sein, weil Deans die Baseballbrüder sein müssen.»

Ich schaute über seine Schulter. «Alous.»

«Was werd ich nur ohne dich anfangen?» sagte Reese.

«Du kannst jederzeit anrufen.»

«Wird nicht notwendig sein», sagte Reese. «Du kommst wieder. Wir haben sogar einen Wettpott laufen. Ich hab auf drei Wochen gesetzt. Denk dran, ja? Ich würd ungefähr vierzig Piepen gewinnen. Ich lad dich zu einem Drink ein.»

«Der heilige Monat der Moslems ist der Ramadan», sagte ich. «Also ist die spanische Münze ein Real, kein Peso.»

4

«Du hast mit beiden geschlafen?» sagte Susan Bergman.

«Nicht gleichzeitig», sagte ich.

«Ich weiß, was du meinst», sagte sie. «Muß ein merkwürdiges Gefühl sein – ich meine, daß beide eines gewaltsamen Todes gestorben sind.»

«Du hast mich mal gefragt, wie ich über meine Freunde schreiben könnte», sagte Bergman. «Schlägt das nicht in die gleiche Kerbe?»

«Ich hab nie was darüber geschrieben», sagte ich.

«Das stimmt», sagte Susan. «Er war als Suchender dabei, nicht als Reporter.»

«Das ist komisch», sagte Bergman.

«Die Frage ist», sagte Susan, «was hofftest du zu finden?»

«Irgendwas Neues, vermute ich. Etwas anderes.»

«Das war's ganz sicher», sagte Bergman. «Wenn ein Romanautor das geschrieben hätte, dann hätte man ihm Unwahrscheinlichkeit vorgehalten.»

«Da war auch der Punkt», sagte ich, «wo ich ganz ernsthaft davon überzeugt war, daß ich es mit einem noch nicht dagewesenen Fall von Großmut zu tun hatte.»

«Noch nicht dagewesen in bezug auf was?» sagte Susan.

«In bezug auf mich. Ich glaubte ehrlich, Pamela Yost befände sich in Schwierigkeiten und bräuchte Hilfe, und ich könnte sie ihr geben.»

«Zuerst sagst du, die Sache geht dich nichts an», sagte Susan. «Dann erklärst du, daß du mit drinhängst.»

«Du kannst froh sein, daß du nicht jetzt noch drinhängst», sagte Bergman. «Daß sie dich nicht eingebuchtet haben.»

«Das ist nicht komisch», sagte ich. «Ich glaube, es ist bedeutsam, daß ich als Reaktion darauf nicht zur Schreibmaschine rannte und eine Menge Worte zwischen mich und die Realität brachte. Ich glaub, das ist es, was Journalisten tun – sie erzählen Ereignisse nach, damit sie sie vergessen können.»

«Ich glaub nicht, daß ich leicht zu vergessende Sachen schreib», sagte Bergman. «Rein zufällig bin ich gerade mit einem Verleger im Gespräch, der meine gesammelten Rezensionen herausbringen will.»

«Dick, du schreibst über anderer Leute Ideen», sagte ich. «Sicher, du hast Ideen über ihre Ideen – originelle Ideen. Aber deine Arbeit hängt von ihren Arbeiten ab. Gäbe es ganz plötzlich keine Theaterstücke mehr, dann hättest du nichts mehr zu schreiben. Du könntest einen Artikel darüber schreiben, daß es keine Stücke mehr gibt, und das wär's dann auch schon.»

«Ich könnte eine jährliche Zusammenfassung schreiben, wieso es keine Stücke mehr gibt.»

Ich lachte.

«Jemandem zu helfen, bedeutet nicht notwendigerweise eine Beteiligung», sagte Susan. «Jemandem zu helfen, das ist Ausübung von Macht ebenso wie von Großmut und Freundlichkeit. Der Helfer übt eine Kontrolle über denjenigen aus, dem er hilft, und das ist nicht immer eine gesunde Kontrolle. Ich hätte ein besseres Gefühl bezüglich deiner Bindung an Pamela Yost, wenn du nicht mit ihr geschlafen hättest.»

«Es fing als eine Art ... Trost an. Dann wurde es zu etwas anderem.»

Bergman beugte sich vor, wie ein Anwalt. «Aha, und was war mit Ann?»

«Ann benahm sich provozierend», sagte ich. «Vermutlich wollte ich auch Quinlan eins auswischen, weil er ihr meine Story gegeben hatte.»

«Gerade eben sagtest du, du wärst nicht als Reporter dabei gewesen.»

«Dick, hier ist nicht alles bloß schwarz oder weiß. Es ist kein Theaterstück.»

«Das wirklich Interessante für mich ist», sagte Susan, «daß du diese noch nicht dagewesene Bindung zu Pamela Yost zu einem Zeitpunkt eingingst, zu dem Kate dich dazu bringen wollte, eine feste Bindung zu ihr einzugehen. Ich hab den Eindruck, deine Bindung an Pamela – ein wirklich recht kurioser Einfall von dir – war für dich eine Möglichkeit, der Verbindung mit Kate auszuweichen. Es mag eine Bindung gewesen sein – ein Akt der Großmut, wie du es formuliert hast –, aber in gewissem Sinne drehte sich es doch nur um eine gemeinsame Nacht.»

«Was uns zu Kate bringt», sagte ich.

Sie schauten sich wie Verschwörer an.

«Das war das, was Kate als vielsagenden Blick bezeichnen würde», sagte ich. «Warum erzählt ihr mir nicht, wo sie steckt?»

Bergman stand auf. «Ich hol noch ein bißchen Kaffee.»

«Du bleibst hier, Dick», sagte Susan.

Er setzte sich. Sie rutschten hin und her.

«Kate», begannen sie gleichzeitig.

Bergman überließ Susan mit einer leichten Verbeugung den Vortritt.

«Kate hat die Stadt verlassen», sagte Susan.

«Das dacht ich mir schon.»

«Sie rief uns an, nachdem sie in der Zeitung von deinem letzten Abenteuer gelesen hatte. Sie wußte nicht sonderlich viel, weil es sich bei der Zeitung um keine New Yorker gehandelt hat ... Sie ist nicht in New York.»

«Richtig. Sie hat die Stadt verlassen.»

«Kate hat Urlaub genommen, Charles», sagte Susan. «Sie reist ein bißchen herum.»

Ich konnte sie vor mir sehen, auf der Straße, in ihrer typischen Art und Weise fahrend – linker Ellbogen aus dem Fenster, linke Hand am Außenrückspiegel, rechten Arm ausgestreckt, die Finger graziös am Lenkrad. Hinter ihr die Ebene und Silos und die Stahl- und Glastürme irgendeiner zweitklassigen Stadt.

«Sie hat dir einen Brief geschrieben», sagte Susan. «Sie hat ihn an uns geschickt, damit du nicht den Poststempel siehst.»

«Aber Ihr habt den Poststempel gesehn», sagte ich.

«Aber wir werden ihn dir nicht sagen», sagte Susan.

«Susan.»

«Dort, wo sie den Brief abgeschickt hat, wird sie sowieso nicht mehr sein», sagte Bergman. «Sie fährt herum.»

«Du bist ärgerlich auf mich, nicht wahr, Susan?» sagte ich.

«Nicht ärgerlich. Bloß ein bißchen traurig. Traurig darüber, daß du so viel Kraft und Energie auf so schäbige Menschen konzentriert und solch einen wertvollen Menschen wie Kate vernachlässigt hast.»

«Auf was willst du jetzt deine Energien konzentrieren?» sagte

Bergman. «Wirst du einen Roman über all das schreiben und ihn an den Film verkaufen und dir dann irgendwo eine Insel kaufen?»

«Du hast selbst gesagt, daß man einem Romanautor Unwahrscheinlichkeit vorhalten würde.»

«Na und? Schreib es als Tatsachenroman, dann kann dir niemand diesen Vorwurf machen.»

«Ich fühl mich nicht danach, es niederzuschreiben. Ich hab es satt, Dinge niederzuschreiben.»

«Ich glaube, du solltest Privatdetektiv werden», sagte Susan.

«Und dann darüber schreiben», sagte Bergman.

«Ich würde gern Kate finden und dann herausfinden, was Kate möchte.»

Wieder tauschten sie einen dieser Blicke. Susan erhob sich und holte den Brief. Er roch nach Ferne, und ich sah Kate vor mir, wie sie ab und zu die Hand vom Spiegel nahm, um sich das Haar aus dem Gesicht zu streichen, um sich eine Windträne aus dem Auge zu wischen.

Die Tränen in meinen Augen hatten nichts mit Wind zu tun, und die Bergmans beobachteten mit der Skepsis von Zuschauern bei einer Zaubershow, wie die Tränen mir über die Backen liefen.

Ich schrieb alles nieder, bemühte mich, daß es einen Sinn ergab. Ich wartete lange – schrieb zuerst einen Roman über einen Kriegskorrespondenten. Ich wartete darauf, daß Kate zurückkommen würde, denn ich war sicher, daß sie kommen würde, und ich bin sicher, daß sie zurückgekommen ist. Die Bergmans wissen Bescheid, ebenso ihre Freunde und ihre Familie, aber es scheint sie geradezu fröhlich zu stimmen, ein Geheimnis zu haben, und sie scheinen entschlossen, es mit ins Grab zu nehmen.

Ich gehe stets in der Erwartung aus, sie zu sehen, aber es ist eine große Stadt, und entgegen dem Mythos sieht man nicht jeden, den man kennt, wenn man nur lange genug an einer Straßenecke steht. Eine neue Adresse, ein neuer Job, neue Kneipen – und schon hat man ein neues Leben.

Einmal schrieb ich ihr eine Geburtstagskarte und gab sie Susan Bergman zur Weiterbeförderung. Sie stellte sie vor sich auf dem Kaffeetisch auf und starrte sie lange an. Dann zerriß sie die Karte, stand auf, warf sie in den Kamin und schaute zu, wie sie verbrannte.

«Du willst bloß das letzte Wort haben, Charles», sagte Susan. «Überlaß Kate das letzte Wort.»

5

Lieber Charles,

Ich hab in der Zeitung von dir gelesen. Ich hoffe, du hast dich wieder erholt.

Es ist merkwürdig, deinen Namen in der Zeitung an anderer Stelle als in der Verfasserzeile zu lesen. Ich vermute, dein Wunsch hat sich erfüllt – du schreibst nicht über das, was andere Leute tun.

All die Einzelteile dieser Geschichte passen gar nicht mehr in meinen Kopf. Ich hab keine Ahnung, wer wem was angetan hat und ob die Gerechtigkeit gesiegt hat. Allerdings glaub ich, daß Blake sein Schicksal verdient hat.

Das Herbstsemester über hab ich Urlaub von der Schule. Das hat sie ziemlich überrascht, aber ich hab um mich geschlagen und geschrien, bis ich meinen Willen bekam. Es ist durchaus möglich, daß ich überhaupt nicht mehr zurückkomme, wenn ich das finde, wonach ich suche – was immer das auch sein mag.

New York hat mich schließlich doch noch geschafft – ich glaub, teilweise auch wegen dieser Yost-Blake-Roth-Sache. Eine Extravaganz im New Yorker Stil, nicht wahr. SoHo-Wohnungen, die East Side – quer durch die ganze Stadt. In der Anonymität der Stadt wachsen und gedeihen die Neurosen dieser Leute. Ich weiß, daß sich auch in unbebauteren Gegenden dieses weiten Landes Leute mit schöner Regelmäßigkeit erschießen, aber die Art und Weise, wie sie das tun, scheint irgendwie ehrlicher und direkter zu sein. Ober hab ich bloß zu viele Western gesehen?

Ich hab eine Menge dieser weiten, offenen Flächen in den letzten paar Wochen gesehen. Ich fahr von Sonnenaufgang bis Sonnenuntergang in westlicher Richtung. Ich dachte daran, Wisconsin oder Michigan oder wo immer du her bist zu besuchen, um zu sehen, wie das ist, aber das Steuerrad klemmt ein bißchen, wenn ich nach rechts abbiegen will, also hab ich es gelassen.

So stehen die Dinge bei mir zur Zeit. Wenn ich daran denke umzudrehen und auf einem Schild steht «Wenden verboten», dann fahr ich geradeaus. Ich halte, wenn es heißt «Halt», und fahre, wenn es heißt «Fahren». Gestern sah ich ein Schild, auf dem stand, «Fahren Sie im Notfall von der Brücke». Ich hatte Glück, daß es zu keinem Notfall kam, da es eine sehr hohe Brücke war.

Abends versuche ich in eine Stadt zu kommen, anstatt in einem Motel am Highway zu übernachten, und ich versuche ein Zimmer in einer Pension zu kriegen, anstatt in einem *Holiday Ramada Qua-*

lity Johnson's. Ich bin schon an einigen Orten mit Veranden und Schaukelstühlen gewesen. Ich bin sicher, der Himmel ist mit Veranden und Schaukelstühlen ausgerüstet.

Ich denke viel nach. Ich fahre und denke den ganzen Tag und schaukle und denk den ganzen Abend. Ich denk über den kreativen Niedergang von Bob Dylan nach, über die unergründliche Popularität von Barry Manilow, über die fast überall verbreitete Unwilligkeit zu blinken, wenn man die Fahrspuren wechselt, über Idi Amin.

Ich denk auch über dich nach – über das, was wir hatten und warum wir es nicht mehr haben. Ich denke gerne, ich hätte es ehrlich probiert, aber ich gesteh auch als erste meine Mängel ein, und vielleicht werden sie mir im Himmel gar keinen Schaukelstuhl geben – bloß einen Holzstuhl. Vermutlich hast du dir auch Mühe gegeben, obwohl ich das nicht immer an deinen Handlungen erkennen konnte. Vielleicht stand es, wie die Araber sagen, bloß nicht im Buch der Bücher.

Ich schätze, irgendwann werd ich nicht mehr Richtung Westen fahren können; entweder muß ich dann das Auto gegen ein Boot eintauschen oder rechts oder links abbiegen oder umdrehen. Ich träum nicht so sehr von Kalifornien, so wie das viele Ostküstenbewohner tun. Meine Eltern nahmen mich mit nach San Francisco, als ich zehn war. Ich erinnere mich, daß ich eine Menge Hügel hochgeklettert bin, um von dort auf andere Hügel zu schaun, dann ging's auf einen anderen Hügel, von wo aus wir zu dem Hügel rüberschauten, auf dem wir gerade gewesen waren. Aus der Nähe waren diese Hügel nichts Besonderes. Nur aus der Entfernung sahen sie gut aus. Was, wie ich glaube, auf alles und jedes zutrifft.

Was Los Angeles anbelangt – hat mal nicht jemand gesagt, daß es dort viel Nichts gibt?

Ich bin neugierig auf Orte wie Portland oder Seattle. Also vielleicht ...

Später

Bin dreihundert Meilen gefahren und jetzt in einer anderen Stadt. Ich war in Aufbruchsstimmung, obwohl ich einen kurzen Stopp einlegte, um mir Petersens Klapperschlangen-Ranch anzuschaun. Beunruhigend.

Ich konnte nichts Anheimelndes finden, und so bin ich in der

Hochzeits-Suite vom *Holiday-Inn* gelandet. Alle anderen Zimmer sind von John Deere-Traktoren-Verkäufern belegt, die hier eine regionale Versammlung abhalten. Einer von ihnen hat mich angesprochen und eingeladen, als ich hier ankam.

Noch später

Bin wieder zurück. Vor ein paar Stunden noch hättest du mein gesamtes Wissen über Traktoren auf dem sprichwörtlichen Stecknadelkopf unterbringen können. Aber jetzt könnte ich einen Traktat über Traktoren schreiben, ganz zu schweigen von Traktoren-Verkäufern und ihrer einsamen, entwurzelten Existenz.

Burt (meine Verabredung) hat mich gebeten, ihn zu heiraten, sobald er sich von seiner sexlosen, zänkischen Frau hat scheiden lassen und seine vier Kinder an die Kajoten Koyoten - verdammt - Wölfe verfüttert hat. (Ich war mal so gut in Rechtschreibung. Ich hab den Philadelphia-Orthographiewettbewerb in der siebenten Klasse gewonnen. Außerdem hab ich in der achten Klasse den Softballweitwurf gewonnen. 287 Fuß!!)

Und noch ein bißchen später

Bloß eine kleine Unterbrechung, um Burt davon abzuhalten, meine Tür einzutreten. Ich hab ihm erklärt, daß auch ein freundliches Nümmerchen nicht drin ist, bevor die Fäden von meiner Geschlechtsumwandlungsoperation nicht gezogen sind.

Wo war ich stehengeblieben?

Der nächste Tag, weiter westlich

Beim Schlaf war ich stehengeblieben, von dem kleinen Schwips ganz zu schweigen. Die offene Straße hat mir aber den Kopf wieder klargemacht, und auf dem alten Kilometerzähler stehen weitere dreihundert Meilen. In der Ferne kann ich Berge sehen.

Nun, Charles, mein Wunsch hat sich erfüllt. Ich bin schwanger.

Wenn wir jetzt miteinander reden würden, dann hätten wir jetzt wohl das, was sie als Schwangerschaftspause bezeichnen.

Du bist nicht der Vater. Ich war kaum daheim, nachdem ich dich mitten bei unserem letzten Walzer verlassen hatte, als ich meine Periode bekam. Das steht also mal fest.

Keine Ahnung, wer der Vater ist. Nach meiner Rückkehr nach New York hab ich ein paar Tage – oder waren es Wochen? – rachsüchtig herumgevögelt, wobei ich genau wußte, wer, emotional gesehen, das letzte Opfer sein würde: ich selbst. Ich hab mich da selbst wieder rausgezogen, allerdings nicht, bevor nicht einer ins Schwarze getroffen hatte.

Mein erster Gedanke war, wer wohl der Vater sein könnte, aber dann begann mir die Idee, es nicht zu wissen, zu gefallen. Wie immer sich das Baby entwickelt, auf diese Weise kann ich dem Vater nie die Schuld daran geben – dafür brauch ich ihm auch keinen Verdienst daran zuzugestehen. Dieser Einfall machte der Erkenntnis Platz, daß es eine begrenzte Anzahl von Männern war, mit denen ich geschlafen hatte – und deshalb hätte ich mit einiger Sicherheit gewußt, wer der Vater sein könnte. Ich mein, wenn das Baby braune Haare und einen roten Schnurrbart gehabt hätte, dann war es wahrscheinlich der Kerl mit den braunen Haaren und dem roten Schnurrbart. Und wenn das Baby einen Buckel gehabt hätte, dann weiß ich, daß es der Kerl mit dem Buckel war.

Nein, ein Buckliger war nicht dabei. Nichts Ausgefallenes für die alte Kate. Aber du verstehst, was ich sagen will.

Ein unglaublicher Sonnenuntergang, hinter diesen Bergen. Bleib noch ein bißchen da, ich finde heraus, was das für Berge sind ...

DIE ROCKIES!!!

Den Pionieren muß eindeutig schlecht geworden sein, als sie die Berge sahen.

Vielleicht hast du (weiter oben) ein paar Vergangenheitsformen bemerkt, die zu dem Schluß führen könnten, daß ich nicht mehr schwanger bin. Das stimmt. Ich bin eine jener Frauen, von denen du gelesen hast, die eine Abtreibung hinter sich haben. Es war – ich red lieber nicht drüber.

Ich machte die Abtreibung, weil ich erkannte, daß ich nicht nur schwanger werden, sondern von dir schwanger werden wollte. Und der Anlaß für diesen phantastischen Wunsch war, daß ich dich liebte. Wirklich und aufrichtig.

Zwei Tage später

Entschuldige die Pause, aber ich hatte einen Heulanfall, und dann schlief ich ein, und als ich wieder aufwachte, überkam mich der Drang nach Bewegung, und ich hab mir den halben Arsch abgefahren. Die verdammten Rockies hab ich immer noch nicht erreicht; die Berge, die ich gesehen hatte, waren lediglich die *Vorhügel* der Rockies.

Wie ich schon sagte, ich hab dich geliebt. Das ist vorbei. Du hast mir sehr weh getan, und das werd ich dir nie verzeihen.

Natürlich ist es im Grunde viel komplizierter. Ich könnte dir verzeihen, daß du mich verletzt hast, denn das würde meine besten Charakterzüge zur Geltung bringen – mein Mitgefühl, meine Menschlichkeit. Aber du könntest mir nie verzeihen, daß ich durch dich verletzt worden bin, denn ich wäre eine ständige Erinnerung an deine schlechtesten Charakterzüge – an den groben Klotz, den Lumpen, den Rabauken.

Hier draußen haben sie mehr Sterne, als du dir vorstellen kannst. Ich hab gerade die Sterne ein bißchen angestarrt, draußen auf der Veranda zusammen mit meiner Vermieterin bei einer Tasse Tee. Ich glaube, sie hatte einen Brandy drin, aber mir hat sie keinen Tropfen angeboten.

Dieser Brief hat schon an zu vielen Tagen zu viele Kilometer zurückgelegt, um noch irgendeinen Sinn zu ergeben. Ich denk, ich werd ihn wegwerfen.

Mein erster Gedanke, als ich dich traf – weißt du noch, wie wir uns kennenlernten? Es war auf einer so langweiligen Party, daß wir uns beide die Bücher des Gastgebers ansahen. Ich betrachtete gerade ein Exemplar von *The Long Goodbye*, und du sagtest, «Das ist der große amerikanische Roman», und ich sagte, «Noch besser als *Battle Cry*?», und ich merkte, daß du dich auf der Stelle in mich verliebtest. Also, wie gesagt, mein erster Gedanke war, daß du gefährlich bist – emotional, meine ich, nicht physisch. Du zeigtest mir eine Stelle in *The Long Goodbye*, wo es um Blondinen ging, und ich erkannte, daß du die Frauen, über die Chandler schrieb, mehr liebtest als das Geschriebene. Auch ich hab Männer in Büchern geliebt – wir haben darüber geredet –, aber das ging bei mir nie so weit, daß ich sie etwas Lebendem und Atmendem vorgezogen hätte. Du aber tust das. Du bevorzugst die Abstraktion. Du bist das, was sie, wie ich glaube, den Unheilbaren Romantiker nennen, ohne dabei besonders romantisch zu sein. Ich glaube, du hast mich mehr geschätzt als geliebt – fast so wie eine Anekdote. Ich war jemand, von dem du den Leuten erzählen konntest ... etwas Zitierbares. Guter Stoff. In diesem Sinne verkörperte ich vom Augenblick unseres Kennenlernens an die Vergangenheitsform.

Als du im Hause meiner Eltern *Krieg und Frieden* gelesen hattest, sagtest du, du hättest es nicht wirklich genossen, wärst aber froh, «es gelesen zu haben». Ich hielt das für einen ziemlichen Collegespruch, aber es ist absolut typisch für dich, nicht wahr? Das Leben ist für dich eine Aneinanderreihung von Büchern im Regal, Kerben in dem alten Colt. Du bist von oben bis unten mit Erfahrungen bedeckt, hast aber keine Möglichkeit, sie dir einzuverleiben. Du bist wie eines dieser Schalentiere, die über und über mit Muscheln behängt sind. Du schlitterst unten am Grunde des Ozeans entlang –

Ah, zum Teufel mit den Metaphern.

Höchste Zeit für mich, ein bißchen weiter nach Westen zu kommen.

Kate.